中国 文学与文化 研究丛书

中国文学与文化研究丛书

"重庆英才·创新领军人才"项目资助
重庆师范大学校级重大培育项目资助
重庆师范大学"博望学者"特聘教授计划资助

初唐四杰辞赋研究

何易展 著

四川大学出版社
SICHUAN UNIVERSITY PRESS

图书在版编目（CIP）数据

初唐四杰辞赋研究 / 何易展著 . — 2 版 . — 成都 ：
四川大学出版社，2024.2
（中国文学与文化研究丛书）
ISBN 978-7-5690-6655-5

Ⅰ . ①初… Ⅱ . ①何… Ⅲ . ①赋－古典文学研究－中
国－唐代 Ⅳ . ① I207.224

中国国家版本馆 CIP 数据核字（2024）第 051256 号

书　　　名：初唐四杰辞赋研究
　　　　　　Chutang Sijie Cifu Yanjiu
著　　　者：何易展
丛　书　名：中国文学与文化研究丛书

丛书策划：张宏辉　欧风偃
选题策划：高庆梅
责任编辑：高庆梅
责任校对：刘慧敏
装帧设计：李　野
责任印制：王　炜

出版发行：四川大学出版社有限责任公司
　　　　　地址：成都市一环路南一段 24 号（610065）
　　　　　电话：（028）85408311（发行部）、85400276（总编室）
　　　　　电子邮箱：scupress@vip.163.com
　　　　　网址：https://press.scu.edu.cn
印前制作：四川胜翔数码印务设计有限公司
印刷装订：成都市新都华兴印务有限公司

成品尺寸：170 mm×240 mm
印　　张：20
插　　页：2
字　　数：371 千字

版　　次：2020 年 12 月 第 1 版
　　　　　2024 年 4 月 第 2 版
印　　次：2024 年 4 月 第 1 次印刷
定　　价：78.00 元

扫码获取数字资源

四川大学出版社
微信公众号

本社图书如有印装质量问题，请联系发行部调换

再版序

曩者何君易展负笈南游，从余治汉赋之学，时渠已成硕论《初唐四杰辞赋研究》，旋即付梓问世，沾丐学界者亦久矣。易展南游归蜀，几经折转，教授渝都，以巴渝学与辞赋学为研究之己任，成品硕果，穰穰满家，昔明儒方孝孺《答俞景文》曰："古之传世者虽不可胜举，而其大较皆豪杰之士，道德充溢于中，事功见于当时。"其于赋学之传世，可谓也已。今得易展微信文字，云昔时评读四杰赋之旧著，出品人视为珍馐，即再版，请为序，余嗟叹美文亦如美食，一食不足，再食可也，闻而喜，读之乐，以为古贤称"凌云笔"者，或此之谓也。

夷考两千载之赋史，四杰居中，上承汉、晋，启程唐、宋，响之随声，通达明、清。余曾读四杰赋文，得其风华流丽，读其赋评，愕然不知所措，如王勃《上吏部裴侍郎启》以为："文章之道，自古称难。圣人以开物成务，君子以立言见志。遗雅背训，孟子不为；劝百讽一，扬雄所耻……屈、宋导浇源于前，枚、马张淫风于后，谈人主者，以宫室苑囿为雄；叙名流者，以沉酗骄奢为达。故魏文用之而中国衰，宋武贵之而江东乱。虽沈、谢争骛，适先兆齐、梁之危；徐、庾并驰，不能止周、陈之祸。"危言于辞赋，耸听以治乱，余疑焉，余惑焉。重读易展教授之文，以赋体文学观念剖析四杰赋创作之经典与批评之理性，此解蔽之言乎！以骚、文、律、俗诸体评赏四杰赋之众美与创新，此释疑之说乎！及夫考述其题材原型与意象描写，此亦祛惑之论乎！蔽之解，疑之释，惑之祛，余快然而入无言之境也矣哉！

少陵杜公，诗之圣人也，曾评四杰诗以为"不废江河万古流"，倘移之评四杰赋，不知易展以为然否？

癸卯冬月初七日许结于金陵赋心斋

序

人的一生，该追求什么样的生命境界？

何易展，我的第一个研究生，做了他自己的解答：出版了他著述生涯中本是第一部却成为第二部的专著，用他的著作作为周岁女儿的礼物，并在教师节那天，邀我作序。易展年届知天命，能以书、以小女，印证生命的存在，是何等的幸呢？

世间事，人与人，真的是存在缘分。教师节那天，天气晴好，正阅学生论文，中有一信致我，言及与我之相交，言及我对他们思路之开启，言及为人师者，谁不想得天下之英才而教之云云，易展电话就到了。我教书，31年已虚度，无甚业绩，唯得生如易展，足慰我心，是何等的幸呢？

光阴倏忽，15年前，金桂飘香，而立之年的易展，负笈别子，求学狮山，成为我的开门弟子，并呈其诗稿表达他对文学之爱。易展虽不是中文科班出身，却于乡村课徒之暇，自学考研，笔耕不辍，而立之年，不求经济仕途，只将兴趣充实生活，不亦快哉？因而，嘱他不要学我这个老师，疏懒不爱动笔。三年里，易展每读毕一书，必阐述心得，撰成一文，语言流畅，新见时出。其已有之知识结构偏重文艺学，偏重探析文章的艺术性，尤其是语言的韵律。20世纪80年代中期，我跟随古文所以屈守元为首的老先生们学习，先生们特别强调研究当以文献为基础，注重文献资料，有一分资料说一分话，绝不空洞地讨论与构建理论，应加强文献学与文艺学的结合。故易展撰文能从阅读中发现问题，解决问题，一些文献考证小论文开始见诸报刊。

有感于古代大量文章，因为西学体系的"纯文学"观念对"杂文学"观念的取代，西学方法对传统学术方法的取代，以没有抒情性、文学性，从文学的殿堂中被排除，成为一堆故纸，今人除了作为史料使用，许多文体都未能被研究，中国文学原本具有的特点因而被遮蔽，文学研究的领域愈益缩小。何谓文？文怎么化天下？古人创作大量的应用文，我们今天难道仅仅只作为史料翻翻？带着这些问题，我又嘱易展阅读《全唐文》，希望他回到具体语境中，进

初唐四杰辞赋研究

行古代文学研究。论文选题之时，他以自己独特的文心、奠定于自己个人的生命体验和自我理解，选了《初唐四杰辞赋研究》为题。在与四杰个体生命的相遇中，他关注四杰与四杰所处时代政治文化生态的"相遇"或"对话"，表达出对四杰以及四杰生命的理解。在"我和四杰""四杰与他"的联结中，关注四杰的方方面面，辞赋观、个体群体、四杰辞赋的文学价值、文学史价值，鲜活了四杰的文学生命。

翻阅易展修改后的《初唐四杰辞赋研究》，显然，较之十几年前，经过南京大学追求文献学与文艺学完美结合优良学风的熏陶，这书稿，语言更精炼畅达，观点更深刻全面，文献更丰富翔实。辞赋赋法特有的细腻与易展好学深思、严谨细密之才性，一拍即合，帮助他在专著的写作中发挥出更大优势。这种细腻体现在论文研究体系缜密的逻辑构建与文本的细读上，通过自己的阐释语言给当代读者完美地诠释了中国古代文学中辞赋文体文法的美。

首先，《初唐四杰辞赋研究》回归到中国古代文学的语境，重新检讨现存全部辞赋文献，更准确地描述和探索辞赋发展演进的脉络及其主客观原因，从辞赋观念的演变入手，厘清了如下关系：一，赋骚关系；二，文与诗赋关系；三，杂文内涵与本质。从而探析四杰与唐代的赋体文学观念，在辞赋流变史中，确立了唐代辞赋的地位和四杰辞赋观念的贡献，同时对辞赋史上很多一直有争议的问题进行了细致辨析，提出了新的看法。比如，律赋称名和特征、赋体因子、破体、先秦以来直到唐代"文"的观念是包括有韵的诗赋作品等。

其次，《初唐四杰辞赋研究》注重文献资料的全面真实，裒辑四杰辞赋作品，并就其作年、文本内容做疏证考释。

再次，《初唐四杰辞赋研究》运用细读文本的方法，讨论四杰辞赋篇目、分类及文本在语言、文学及思想艺术方面的成就，细致研究其赋作所用之韵律。

最后，《初唐四杰辞赋研究》不仅研究"四杰"被视作一个文学群体的共性，也关注四杰各自的创作个性。关注到四杰辞赋的写作都在努力脱离传统的线性写作，写得更自由，更随心所欲，更没有文体界限，不仅在题材上，而且融体破体上也有开创之功。

全书以散点透视及历史理性的批评视野，揭示和还原了四杰赋体文学文本及其在唐初文学史中的真实意义。四杰得遇易展，何其有幸！

也是桂花飘香的十月，在易展写作硕士研究生论文时，我深感自己才疏学浅，指导易展吃力，正好中国赋学会会长、南京大学教授许结先生来蓉开国际辞赋学术会。因钦慕许先生的才情，我带着易展，冒昧地走向许先生，向许先生推荐易展，许结先生蔼如春风，温暖了蓉城那个秋夜，而易展也通过自己的刻苦努力，成为许结先生的博士弟子，专攻辞赋研究，出版了其第一部专著。易展得遇许结先生，何其有幸！

自九月初桂花开时，易展请序，冗事杂沓，散漫拖延月余之久。其间总是想起陈子昂殇高氏墓碑文中所谓"不恨尔寿之不长，惜尔器之不彰"的伤逝悯才之叹，不觉有"人生只百年，此日最易过"之嗟，乃生"吾将老矣"之感。序成之日，值霜降，忽见湮灭于淫雨之桂花，竟于苦雨终风之后的晴日阳光下，又在枝头绽放一抹更令人惊异的琼蕊。蠡毕深悟，或许生命一如既往，惊喜与温暖常在，四杰之遇与不遇又何异哉？草木零落，美人迟暮；霜醉红叶，气舒秋阳，生命之华章更灿烂热烈，因以卢照邻《长安古意》"寂寂寥寥扬子居，年年岁岁一床书。独有南山桂花发，飞来飞去袭人裾"作结以自安慰，亦寄望于易展能光其业也。

李丹于 2020 庚子鼠年新冠横行十月余之十月深秋

目　录

初唐四杰辞赋研究

绪　论

本书的基础是我多年前的硕士毕业论文，稿始成时约十五万字，若弃之敝筐，总觉可惜，故一直有整理删述之意。虽有斧斤之思，却力所不逮，故唯于前作修缀而已。然此相关选题自笔者初作之后，其相关之硕士博士论文或期刊论文继之者如缕，此犹可见斯题之可新也。

一、选题及研究缘由

唐代是我国封建社会的鼎盛时期，政治、经济、军事、文化等各个方面都取得了前所未有的成就，赋体文学创作也出现了空前的繁荣，单从作品数量看，就达到了 2000 多首，比此前所有赋作总数还要多①，但对唐代赋体文学的研究热度与深度却似乎不能与唐诗的研究相提并论。

首先，在文学史上，对唐代赋体文学价值至今没有准确定位。虽学界对汉赋研究的深入和对汉赋价值的肯定，已不容赘言，然对唐赋的价值却颇多异议。虽明清以来的律赋选本多以唐律为尊，其选尤多，但却明显带有现实功用与价值，与文学的自身价值关系并不明显。至于其文学之特征、价值之有无，多以唐律（赋）为形式主义而一言蔽之，有持一叶而障全目之势，其对开拓汉魏之体式、秉楚骚之精神的初唐赋更视而不见。对唐代赋体文学持否定论者，实始于宋代的考赋与经义之争。正是缘于唐代科考律赋的形式和言志述道的局限，宋人在考赋与考经义两端徘徊。其后元代以考古赋为主，祝尧《古赋辩体》认为由楚骚汉赋至六朝之赋，"一代工于一代，辞愈工则情愈短，情愈短则味愈浅，味愈浅则体愈下"②。在这种"体愈下"的赋体文学发展观的视野

---

① 叶幼明：《辞赋通论》，长沙：湖南教育出版社，1991 年，第 106－107 页。

② 祝尧：《古赋辩体》卷五《三国六朝体上》，《景印文渊阁四库全书》第 1366 册，台北：商务印书馆，1986 年，第 778 页。

下，唐赋自然颇受批评，故祝尧在《古赋辩体》卷七《唐体》中云："俳体卑矣，而加以律。律体弱矣，而加以四六，此唐以来进士赋体所由始也。雕虫道丧，颓波横流。"① 在这种文学发展史观和诗学复古观念的影响下，明代一些学者，如李梦阳、何景明、胡应麟等更是对唐赋颇持批评态度。后来清代亦有继起者，如程廷祚等。当然，"唐赋"实际并非只有律赋，然其批评者又多以唐律为对象，更甚者，则如"憎其人者，恶其余胥"②，衍而对唐赋给予整体性批评，如李梦阳之"唐无赋"③ 说。当然就拘束严苛的唐代律赋而论，其价值也并非如其持复古视野的批评者所论。事实上，纵观中国文学骈文和散文发展史，就隋唐及以后的考试制度等而论，其律赋的价值也是不容全然抵诬的。正如赵俊波说："由于律赋创作在晚唐摆脱了应试的束缚，所以用现在的评判标准来衡量，其价值又更值得重视。"④ 如果律赋的价值就摆脱应试的束缚而论，则更不能置初唐赋学之价值和意义而全然不论。初唐赋作不仅于应试未密，且尚有"言志"之古风，而晚唐律赋束缚之松散，实则不过是初唐律赋自大历中唐之变后的中继，其所受初唐赋之影响尤可见一斑。故初唐赋的创新，对后世律赋的影响，也是不容避而讳言的。

至于初唐赋学，四杰尤可堪为代表。学界对初唐四杰的诗歌创作成就有目共睹，对其骈文成就论及者亦多，王勃《滕王阁序》、骆宾王《讨武曌檄》（或作《代李敬业传檄天下文》）等已使其声名不朽。然而对四杰赋体创作价值的肯定却少有"火眼金睛"。作为初唐著名的创作群体，四杰之名的赞誉，并不止于其诗歌的创作，实则主要是其赋和骈文的成就。以四杰之名而首肯其赋体创作者，始于唐人。唐初，赋体文学不仅应用于功名取仕，亦用于娱情遣兴，甚至交际干谒，有纯粹抒情的咏物小赋，有追求仕举的律赋，有应诏奉和的"和赋"或"诏赋"，也有抒志写情的大赋或追求事功的"献赋"。就题材而言，多诗赋同题，故有学者说："在初唐，诗文两者作比较，人们更多看重的是文而不是诗。'四杰'之所以在文坛上有如此显赫的声望，主要的怕是借助他们

① 祝尧：《古赋辩体》卷七《唐体》，《景印文渊阁四库全书》第1366册，台北：商务印书馆，1986年，第801页。

② 刘向撰，赵善诒疏证：《说苑疏证》，上海：华东师范大学出版社，1985年，卷五，第109－110页。

③ 李梦阳：《空同集》卷四十八《潜虬山人记》，《景印文渊阁四库全书》第1262册，台北：商务印书馆，1986年，第446页。

④ 赵俊波：《中晚唐赋分体研究》，北京：中国社会科学出版社；北京：华龄出版社，2004年，第3页。

那一手典雅华赡、超逸隽永的骈俪文。"① 清代倪璠称:"初唐四杰去庾最近,余喜其文似开府,遂不忍去……昔中郎、虎贲貌似者,犹或爱之,矧盈川之文,江河万古,在所不废者也。"② 其所称"文似开府"和"盈川之文",都是就四杰的赋及骈文而言。而且从诗学发展的历程来看,"唐初一百年间,诗的格律化虽然完成,但真正高潮要到盛唐。散文到中唐古文运动才见复兴。赋体文学实际上把持着文坛的统治地位。"③ 在赋体文学如此发达的初唐,唐人冠其以四杰之名④,是不可能无视他们赋学创作成就的。对四杰赋价值的重新认识,也有助于驳正对唐赋价值认识的不正之处。

其次,学界对唐赋的研究多集中在对单篇文章的赏析上,对律赋尤少关注,即便有注意者,也多只是选文罢了。一些选文对唐代各体赋虽偶有提及,但多举中晚唐,对初唐赋的文体和文本研究则较为稀见,如对唐代文赋的研究,大多举《华山赋》《牡丹赋》《阿房宫赋》。至于文赋的起源问题,论者也各持一端,缺少详文专书论及,有认为文赋产生于宋代的,也有认为产生于唐代或唐前的⑤,既缺乏从赋体文学史的整体性和历时性关照,就唐代断代赋体文学史研究而言,也缺乏辩证性思考。赋自古诗之流而分,已多蕴涵所谓后来的"文"的因子⑥,故自骚至汉赋,皆有所谓散体文的一些特征,而汉赋亦以汉文赋或汉散体赋而自具特征,故"文赋"之名当自汉始,其后所承又各相因变,故从唐代文赋的体式等特点来看,笔者较为赞同马积高先生在《赋史》中所持的"新文赋"观点。他认为唐代"新文赋已经产生"⑦。此正如儒学的发展,汉代或称经学为儒学,而魏晋因之,则又称之为玄学或新儒学,唐宋至明清至近代,在儒学(经学)的发展史中多有以"新儒学"称之者,其显然不过是以当下之学而别旧学之意。回到唐代赋学来看,其在律赋方面的创变实际也

① 骆祥发:《初唐四杰研究》,北京:东方出版社,1993 年,第 154 页。

② 庾信撰,倪璠注,许逸民校点:《庾子山集注》,北京:中华书局,1980 年,卷十六,第 1076 页(倪璠注)。

③ 陶绍清:《试论初唐骈赋的哲理内蕴》,《柳州师专学报》2001 年第 4 期。

④ 初唐"四杰"之名最早见于唐代郗云卿《骆宾王文集序》。骆祥发:《初唐四杰研究》,北京:东方出版社,1993 年,第 145—147 页。

⑤ 文赋起源异说。分别参马积高、万光治《赋学研究论文集》、上海古籍出版社《古典文学三百题》、向熹《古代汉语知识辞典》、钱仲联《中国文学大辞典》、郭预衡《中国古代文学史》、马积高《赋史》和《历代辞赋研究史料概述》等书。

⑥ 因子,即因素、成分之意。某种主要文体因子,决定着这种文体的主要特征和文体的分类界定,是文体判定因素中的重要特征。为行文方便,以骚赋因子为主要特征的篇目,又不妨直接以"骚赋"名之,其余"文赋""骈赋""诗体赋"等皆如此,皆指以该文体特征因素为主的赋作篇目。

⑦ 马积高:《赋史》,上海:上海古籍出版社,1987 年,第 256 页。

是因于魏晋的骈赋而加之以律，甚或四六之体。但在律赋研究方面则多举中、晚唐，如王起、李程、张仲素、黄滔之作，显然是并没在意祝尧所揭示的唐代律赋之加以律再加以四六的变化过程及其所带来的影响。在唐代骚赋研究方面，学者也主要研究柳宗元等名家，忽视初唐的创制。事实上，初唐四杰的赋作几乎各体皆备，而初唐赋体与盛、中、晚唐赋体又是略有变化的，初唐赋体文学对后代赋的影响不容低估，特别是在初唐赋创作群体中，四杰赋创作更值得注意。

再者，就唐代赋体文学而言，因其律赋在后代复古观念和思潮影响下所带来的负面印象，致使后人对唐代某人的专集式赋体文学研究相对较少，而且相对来说，赋体文学的宗经、征圣、明道的要求更为明显，其引经据典更为繁复，其识读也就更需学识和才情，加之初唐四杰这一群体的赋体创作，因其成就往往为诗名所掩，则其赋学之成就反而更少被关注。四杰在诗歌领域确有不凡的成就，然其赋作体裁的齐备（包括骚赋、文赋、骈赋、律赋、俗赋①、诗体赋）、题材的广泛（咏物抒情、纪行述志、宫廷市井、天象节令、褒圣与牢骚、入世与出世等）、思想经历的近似②，以及赋作数量在初唐之众，实在赋学领域亦可以"四杰"名噪一时。目前对地域作家或作家群研究正方兴未艾，四杰尽管地域不同，但其创作和经历具有许多相似之处，就其赋创作而言，也完全可以作为一个具有共性的作家群体予以研究。

至于四杰生平行踪，由于本书侧重于文本文体的研究，而且新旧《唐书》皆有传记，且张志烈先生《初唐四杰年谱》、骆祥发《初唐四杰研究》、何林天《重订新校王子安集》和一些论文都有述及，故本书不赘述。

二、四杰辞赋历代研究情况

历来对赋的研究主要是选赋和评点。选赋当然也包括注赋的情况，而评点则主要是对赋体制、风格的探讨和论析。尽管自元明以来，多受唐赋"卑

---

① 文人俗赋自汉已始，如汉代《神乌赋》、张衡《骷髅赋》等，至唐代拟之，敦煌文献中多有所录，如《燕子赋》《韩朋赋》《丑妇赋》等，另外也有白行简《天地阴阳交欢大乐赋》等，可见唐代对俗赋亦有承继。骆宾王《荡子从军赋》，周绍良先生就认为其体近于俗赋，称其："假如不收在《骆临海集》中，而是发现于敦煌石室，那绝不会想到这是唐初四杰的文章，很可能认为是属于《燕子赋》一类体裁的说唱文学。"（周绍良：《唐代变文及其它》，《敦煌文学作品选》，中华书局，1987年，第27页）

② 骆祥发：《初唐四杰研究》，北京：东方出版社，1993年，第62页。

弱"① 和 "唐无赋"② 论调的影响，但对唐赋的学习借鉴却代有人出。宋人《文苑英华》《唐文粹》等收录唐赋颇多，其中《文苑英华》收录唐赋占所收赋作的百分之八十。元代祝尧《古赋辩体》虽对唐赋多有微言，但亦专列《唐体》，并选附唐赋多篇。至明代《赋苑》等，亦收录唐赋。在清代，则出现了许多赋的选本，如赵维烈《历代赋钞》、王修玉《历朝赋楷》、吴光昭《赋汇录要笺略》、雷琳与张杏滨《赋钞笺略》、邱先德与邱士超《唐人赋钞》、马传庚《选注六朝唐赋》、潘遵祁《唐律赋钞》等，许多选本对唐赋都有收录。在赋论方面，浦铣《历代赋话》与《续历代赋话》、孙梅《四六丛话》等从资料、作家作品、佚事传略等方面对赋进行汇编归纳；浦铣《复小斋赋话》、王芑孙《读赋卮言》则探讨了赋的体制、风格与创作之类的一些问题。这些作品中尤多涉及唐赋。另外，李调元《赋话》论述比较全面，分为《旧话》与《新话》，分别从资料、作品、作家、创作等角度进行了探讨，尽管不是唐赋研究的专门之作，但却推动了对唐赋和整个赋体文学的研究。就清以前唐赋研究的总体概况而言，大多数乃从编选、笺注和评点的角度去审视观照赋，缺乏体系性和研究深度。而且在赋体文学流变、风格、群体性特征探讨上也略显不足。近现代的一些著述，比较重要的有何沛雄《赋话六种》、马积高《赋史》《历代辞赋研究史料概述》、徐志啸《历代赋论辑要》、何新文《中国赋论史稿》、曹明刚《赋学概论》、俞纪东《汉唐赋浅说》、郭维森与许结《中国辞赋发展史》、尹占华《律赋论稿》、赵俊波《中晚唐赋分体研究》、许结《中国辞赋理论通史》等，这些著作或多有涉及唐赋之研究，但其对初唐四杰赋的文本研究甚少，缺少将四杰作为一个创作群体给予关照的四杰辞赋学研究专著。据知网统计，以"初唐四杰"为名的研究论文至 2008 年亦不过五六十余篇，截至 2020 年 6 月笔者所见亦不过 115 篇左右。而分别以王、骆、卢、杨之名为题的论文，目前大致统计亦分别不过 200、100、80、50 余篇。

历代关于初唐四杰的相关研究文献资料，从郗云卿辑《骆宾王文集》并作《骆宾王文集序》至清代文人追摹或研注，其资料实多。然郗氏序似最早以"四杰"之名见于文字者，然从其序文来看，其"四杰"之号实非郗氏所加，应当早流传于文林。其序谓：

---

① 祝尧：《古赋辩体》卷七《唐体》，《景印文渊阁四库全书》第 1366 册，台北：商务印书馆，1986 年，第 801 页。

② 李梦阳：《空同集》卷四十八《潜虬山人记》，《景印文渊阁四库全书》第 1262 册，台北：商务印书馆，1986 年，第 446 页。

初唐四杰辞赋研究

骆宾王，婺州义乌人也，年七岁，能属文。高宗朝，与卢照邻、杨炯、王勃，文词齐名，海内称焉，号为"四杰"，亦云"卢骆杨王"四才子。①

将四杰作为一个群体总而论之的文献，或最早见于张鷟《朝野佥载》。张鷟于上元二年（675）中进士，与沈佺期、宋之问同年，杨炯亦于此年应制举，补校书郎，则张鷟、宋之问与初唐四杰应大致为同时代人。然张鷟《朝野佥载》所记武周之事较多，武则天卒于公元705年，则张鷟《朝野佥载》成书或在武周之后。张鷟死于开元年间，书中所载开元以后唐敬宗、宣宗事，疑为后人羼入。而郗云卿则于公元707年奉中宗敕搜骆宾王诗文。《朝野佥载》虽无直接称以"四杰"之名，但其谓"故世称'王杨卢骆'"②。如果以张鷟所作实为笔记杂录论著，其所成非一日之功，故其记"四杰"之号确当在郗云卿之前。

自郗云卿《骆宾王文集序》后，《旧唐书·文苑传》亦载四杰之事迹，在《杨炯传》中就载："炯与王勃、卢照邻、骆宾王以文词齐名，海内称为'王杨卢骆'，亦号为'四杰'。"③ 其后《文苑英华》《郡斋读书志》《吟窗杂录》《容斋续笔》《容斋四笔》《古今纪要》《孔氏杂说》《续世说》《橘山四六》《新唐书》《册府元龟》《戒子通录》《少仪外传》《诸史提要》《梅溪集》《事类备要》《翰苑新书集》《名贤氏族言行类稿》《山堂考索》《事文类聚》《敏求机要》《文献通考》《唐才子传》《唐音》《氏族大全》《韵府群玉》《蜀中广记》《天中记》《陈学士先生初集》《闲适剧谈》《补续全蜀艺文志》《语林》《少室山房集》《诗薮》《艺苑卮言》《诗镜总论》《四溟诗话》《岘佣说诗》《香宇诗谈》《升庵诗话》《国雅品》《姜斋诗话》《师友诗传录》《唐音癸签》《八朝偶隽》《尧山堂外纪》《七修类稿》《嵩渚文集》《香雪文钞》《全唐诗》《全唐文》《全唐文纪事》《可园文存》《坚瓠集》《古事苑定本》《昭昧詹言》《赋学仙丹》等，多有论及初唐四杰诗文或品行之言，特别是四杰在初唐文坛的地位被广泛认可，清代诸多诗文、话等所论极多，此不一一列举。延及民国时期，闻一多、徐世昌、杨钟羲等抑或偶有论及四杰诗文或行迹品操，但综而观之，就其初唐四杰辞赋所发者甚少。

---

① 周绍良主编：《全唐文新编》（第二部第一册），长春：吉林文史出版社，2000年，卷二七八，第3151页；骆祥发：《初唐四杰研究》，北京：东方出版社，1993年，第145页。

② 张鷟：《朝野佥载》，北京：中华书局，1979年，卷六，第141页。

③ 刘昫等：《旧唐书》，北京：中华书局，1975年，卷一九〇上，第5003页。

自 20 世纪 80 年代后，关于初唐四杰的综合研究或诗文选渐渐多起来，如沈惠乐等编《初唐四杰和陈子昂》（1987）、任国绪选注《初唐四杰诗选》（1992）、海南出版社《初唐四杰诗全集》（1992）、骆祥发《初唐四杰研究》（1993）、张志烈《初唐四杰年谱》（1993）、王国安等选注《初唐四杰与陈子昂诗文选注》（1994）、林清晖等著《初唐四杰》（1999）、陈书良主编《初唐四杰》（2000）、姚敏杰《初唐四杰》（2006）、傅朝阳《"初唐四杰"之首王勃》（2007）等，王定璋《入蜀诗人撷页：四杰、杜甫、陆游及其他》（2009）、马庆洲等编《初唐四杰》（2010）、倪木兴选注《初唐四杰诗选》（2017）、广陵书社《初唐四杰诗》（2018）等。当然，从李昉编《文苑英华》收入四杰辞赋作品起，其后历代的一些赋选集都多有择选初唐四杰辞赋作品的，至近代有程千帆《程千帆推荐古代辞赋》、冷卫国编《历代赋·广选·新注·集评》、黄瑞云选注《历代抒情小赋选》等，但从总体上来看，初唐四杰赋之专门研究亦不多见。

兹将一些专书和短论中所见提及四杰赋之文献抄略一二于下①：

骆祥发《初唐四杰研究》论及四杰生平行踪、品德才藻，并分别对四杰作品做概述性剖析，重点在诗和骈文，对一些赋作的评价颇有见地，对四杰赋作时年也略有论述。然而所论赋，亦不过为证明四杰之心志和思想，从文本体裁、题材、艺术手法论者难窥一二，对四杰赋作具体年代的界定亦无详赡的考订，仅数语寥寥。对王勃年谱的考证，有张志烈先生《初唐四杰年谱》和聂文郁《王勃诗解》。詹杭伦先生《唐宋赋学研究》一书中有《〈释迦佛赋〉作者考辨》一章，他认为《全唐文》所载王勃《释迦佛赋》的著者是有争议的，又于2006 年在《文学遗产》第 1 期发表《王勃〈释迦佛赋〉乃丁晞仁作考》一文。

至于四杰赋的艺术特点，叶幼明《辞赋通论》略有提及。叶先生说："唐赋的语言风格也多种多样……又有如骆宾王《荡子从军赋》、王勃《春思赋》那样颇尚词采的秾丽。……四杰赋颇尚词藻，但丽而能清。"② 该书对四杰赋文体的归类划分，有启导和先见之功，如对向有争议的卢照邻《五悲文》《释疾文》等的归类问题，突破了《文选》和《文苑英华》的局限。他说："因其形式为骚，归入骚类，是合理的，然既是骚，就是赋之一体。"③ 只是可惜其对四杰赋文体分类问题没有进一步详细深入论述。当然对卢照邻《对蜀父老

① 因为本书主要以本人硕士毕业论文为基础修订，故此下所列的一些相关论著主要为 2008 年以前作者所见的资料。

② 叶幼明：《辞赋通论》，长沙：湖南教育出版社，1991 年，第 113 页。

③ 叶幼明：《辞赋通论》，长沙：湖南教育出版社，1991 年，第 150 页。

初
唐
四
杰
辞
赋
研
究

问》、骆宾王《钓矶应诘文》等文体的归类，也必然涉及文赋的概念与产生时代的界定问题，而对文赋的源起界定，马积高、万光治、曹明钢、向熹、钱仲联、郭预衡等先生所持各不一致。从四杰赋文本来看，初唐四杰的文赋已颇有特色，这是证明唐初即已存在"文赋"的不争事实，不过与前代相较，可以说是"自具特色"的"文赋"或"新文赋"罢了。①

又高光复先生《赋史述略》探讨了辞赋的酝酿、形成和兴盛的过程，并着重评价了历代辞赋作家和他们的重要作品，主要着笔在先唐时期的辞赋，特别是汉魏时期的赋家和赋风，对唐及唐后的辞赋作品，作者的褒扬显得有点吝啬。不过，对个别作家的作品评价却比较中肯和恰当，如对王勃、白居易、韩愈、柳宗元、刘禹锡、黄滔、王棨等多有中肯的见解。对律赋的评价高先生倾向于明人徐师曾等人的传统观念，他也与朱光潜先生一样，都认同齐梁时期句式的意义和声音上的对偶谐协就已经是唐代律赋的先兆，并指出了唐律赋趋于严格限韵、平仄对仗和题材上浓厚的政治色彩等倾向。就文本解读来说，他对四杰赋大多不过作鉴赏式简单评析。

此外，姜书阁先生《骈文史论》、刘麟生《中国骈文史》、韩国学者白承锡的《初唐赋研究》等亦有关于初唐四杰辞赋研究的散论。至于以专集或选注形式对四杰辞赋进行收集整理的著作目前有任国绪《卢照邻集编年笺注》、何林天《重订新校王子安集》、蒋清翊《王子安集笺注》、陈熙晋《骆临海集笺注》、徐明霞《卢照邻集杨炯集》等，这些对初唐四杰赋文本研究都提供了较大帮助。至于对初唐四杰研究的单篇学术论文，近十年有所增多，如管遗瑞《王勃在彭州的创作》、姚圣良《王勃和〈楚辞〉》、詹杭伦《王勃〈释迦佛赋〉乃丁晖仁作考》、白承锡《王勃赋之探讨》、胡朝雯《初唐四杰的辞赋、骈文对诗歌革新的影响》、阿忠荣《初唐四杰的赋体创作》、哈温巍《初唐四杰的赋作对唐代赋体文学的开拓意义》等，兹不一一列举。但总体而言，对初唐四杰辞赋研究专著和专论，诚不为多，而且对初唐四杰辞赋更缺乏专门的校注和文献整理。

三、四杰在文学史上的地位与影响

初唐四杰在文学史上的地位是不容置疑的，许多文学史教材都予以置评和论述。但是对初唐四杰文学史地位的评价与影响，主要着眼于其诗学成就。当

---

① 唐代"新文赋"的概念参马积高《赋史》《历代辞赋研究史料概述》等论述。对唐代新文赋的时间界定大多认为在中唐及其之后，对初唐的文赋创作少有论及，因而对唐代的文赋肇始也颇有误解。

然从初唐诗坛来看，其诗歌确有创树新风的意识，姜书阁先生就称："在初唐的后期，出现了力求跳出上官体的范围而有意识地要创造新风格的'四杰'，他们虽未脱尽南朝的影响，但其努力是取得了一定成就的。他们把诗歌引向现实生活，抒写真实情感，走向正确的现实主义道路，确已负起了唐诗开创期中的时代使命。"①

那么初唐四杰诗歌的创新成就主要表现在哪些方面呢？恐怕最主要的是反对当时流行的上官体。上官体是六朝宫体遗风。刘大杰《中国文学发展史》云："四杰的诗，我们都知道是上承六朝的遗风，不脱那种富贵华丽的气息，欢喜创作当日流行的律诗。但在我们现在看来，他们的代表作品，却是那些乐府体的小诗和七言歌行。那些诗，虽有一部分仍脱不了宫体诗的香艳的余影，但他们很能在那种曲折变化的描写中，用婉转的音调，通俗的言语，显出作者过人的才气，同时或在诗的意境上，或在诗的作风上，表现着浓厚的浪漫情调。这一点，是四杰和当日宫廷诗人最重要的差别。"② 也就是说刘大杰先生认为四杰的诗歌是与宫廷诗不同的，具体表现在诗歌特征上就是描写曲折变化，音调婉转抑扬，语言通俗易懂，诗境有浪漫情调。这也最能显示作者的才气。如果说上述的评价只是一种泛泛之论，那么我们看一下前人对四杰诗歌作品的具体评价，或许能见出其中缘故。如王勃名作《送杜少府之任蜀川》（一作"蜀州"）："城阙辅三秦，风烟望五津。与君离别意，同是宦游人。海内存知己，天涯若比邻。无为在歧路，儿女共沾巾。"《唐诗三百首》清陈婉俊补注云："赠别不作悲酸语，魄力自异。"③《唐诗镜》云："此是高调，读之不觉其高，以气厚故。"④ 此所谓"魄力自异"和"高调""气厚"等评价，恐怕正是说明王勃才气之不俗。显然这种才气是具体体现在格调、文气和诗歌意境方面的，如毛水清《隋唐五代文学史》中评价说："过去，离别诗一般都是悲伤的，但诗人却用'海内''天涯'两句这样开朗壮阔的诗行，把绵绵的儿女之情撇开，变悲凉为豪放，表现了不平凡的抱负。"⑤ 正是在这种古今的对比中，人们看出四杰离别诗的创变，这种创变在诗则为意境的高妙，在作者则为才气之豪迈。

① 姜书阁：《中国文学史纲要》，西宁：青海人民出版社，1984年，第269页。
② 刘大杰：《中国文学发展史》，北京：商务印书馆，2017年，第405页。
③ 蘅塘退士编，陈婉俊补注：《唐诗三百首》，北京：线装书局，2009年，卷五，第2页。
④ 陆时雍：《唐诗镜》，《景印文渊阁四库全书》第1411册，台北：商务印书馆，1986年，第311页。
⑤ 毛水清：《隋唐五代文学史》，南宁：广西人民出版社，2003年，第37页。

四杰诗歌可以说在这方面有着一些共同的趣向，如毛水清评杨炯《夜送赵纵》诗"格调高朗，境界清雅，神韵自出"①。而论卢照邻《长安古意》与骆宾王《帝京篇》，认为其"端丽而不乏风华，格局雄远，虽仍有六朝余沸，骨力未劲，但曲尽人情，铺叙生动，实在是才华宏肆之作"②。这确实可以见出四杰与初唐上官体诗风的异致，这些颇具风力才情的诗歌也奠定了他们在诗学史上的地位。

但四杰在文学史上的地位又并不局限于其诗歌史地位，其在文学上的创变动机一方面在于当时上官体诗风承六朝遗习，但另一方面却更多是因为其富杰的才情。从汉魏至唐代亦是辞赋变化最大最复杂的一个时期，这时期诗赋亦相互影响。特别是自汉魏以来辞赋发展趋于骈俪化和形制短小，这在一定程度上影响了赋的铺叙、讽谏、言志等功能的表现，因而在初唐这种赋体是追求复古还是继续趋于骈丽化是摆在当时文坛和政坛的两种取向。四杰辞赋正是处在这一变革时期的作品，其承前启后的文学史意义更不容忽视。

四杰辞赋中无论是受六朝遗风影响的骈赋，还是彰显复古趣向的骚赋，甚至是其所作的新文体赋，都同样彰显了他们在承袭与创变中的风力与才情。古人谓"诗言志"，诗确实最能彰显才情和心声。《诗序》云："在心为志，发言为诗。"③诗歌正是诗人心志和才气的表现。也即是说四杰诗歌的创变，一方面确实缘于当时振弊起衰其诗风的主观意图，另一方面却是因为四杰的才情。如初唐四杰之一的王勃，毛水清在《隋唐五代文学史》中就称："他（王勃）倡导儒家诗教，强调文章经世济时、移风易俗的作用，反对上官体（批评上官体'骨气都尽，刚健不闻'），有变革初唐文风的意愿，'开辟翰苑，扫荡文场'，'思革其弊，用光志业'。其诗体裁多样，尤长五律，风格清新宏放，为四杰之冠。"④当然，如果着眼于传统的诗学评价和文学发展史，初唐四杰诗歌的创新成就确实已足以奠定他们在中国文学史上的地位，但这并不能完全反映当时文学史的真实现象。如果我们将四杰辞赋创作同样放于这一视域来审视，或许更能明确其在唐代文学史上的地位。

四杰对诗歌的创变和在唐代文学史上的地位，在胡震亨《唐音癸签》中就已有评价，其引王世贞语曰："四杰词旨华靡，沿陈隋之遗，气骨翩翩，意象

---

① 毛水清：《隋唐五代文学史》，南宁：广西人民出版社，2003年，第40页。
② 毛水清：《隋唐五代文学史》，南宁：广西人民出版社，2003年，第42页。
③ 毛亨传，郑玄笺，孔颖达疏：《毛诗正义》，北京：北京大学出版社，2000年，第7页。
④ 毛水清：《隋唐五代文学史》，南宁：广西人民出版社，2003年，第37页。

老境，故超然胜之，五言遂为律家正始。"① 他们从文体演变的过程出发，对四杰如何承前代诗风、文风而改变唐初文学风气给予考察，特别是对于其七言绝句、古诗、五言律诗、七言歌行、五言绝句等体裁的创新和文学史价值都给予了高度肯定。明代胡应麟《诗薮》也从四杰七言歌行方面强调了四杰在诗歌体裁方面的开拓和文学成就。当然，对其诗歌评价，人们既看到了四杰在题材、体裁、艺术风格上的创新，同时也注意到了他们所存留的齐梁诗风的影响。如谢天瑞辑《诗法》云："至王杨卢骆，以俪句相尚，美丽相矜，终未脱陈、隋之气习。"②

四杰诗歌虽足以彰示其才情，但其诗亦有力所不能及之处，赋往往更兼才学，如清刘熙载云："以赋视诗，较若纷至沓来，气猛势恶。故才弱者往往能为诗，不能为赋。积学以广才，可不豫乎？"③ 由此观之，四杰辞赋创作或许同样能体现其文学史价值和意义，而且其诗歌创变与辞赋的创变是一样的，显然不仅是四杰意气所使，更是其才力所驱。

"四杰"名号之所始，或许正是与王杨卢骆的诗文评价和文学史地位评判有关的。闻一多先生在其《唐诗杂论》中就称："继承北朝系统而立国的唐朝的最初五十年代，本是一个尚质的时期，王杨卢骆都是文章家，'四杰'这徽号，如果不是专为评文而设的，至少它的主要意义是指他们的赋和四六文。谈诗而称四杰，虽是很早的事，究竟只能算借用。"④ 对于"四杰"的称号到底是评其诗还是论其文，从其排序亦略可窥其究竟。张鷟谓世称"王杨卢骆"⑤，而郗云卿谓"亦云卢骆杨王四才子"⑥。这种称名的先后顺序一是说明评论者的视角不同，其暗示这种排序的先后可能因为其对诗、文评价的角度和对象不同；二是可能正是因为这种排序和评价引起的无谓争论，可能导致后来逐渐采用"四才子"或"四杰"的名号。也就是说对四杰名号的形成，可能先由"王杨卢骆"或"卢骆杨王"的称谓，衍为"四才子"，再定型为"四杰"。"四杰"这一名号一是平息了排序之争，二是也同时消融了诗、文评价的具体指义。但无论如何，我们还是可以看出四杰称名应是与其辞赋、骈文等成就密切相关的。张鷟《朝野佥载》云：

① 胡震亨：《唐音癸签》卷五，《景印文渊阁四库全书》第 1482 册，台北：商务印书馆，1986 年，第 546 页。按：此语实出王世贞《艺苑卮言》卷四。

② 谢天瑞：《诗法》卷八，明复古斋刻本。

③ 刘熙载：《艺概》，上海：上海古籍出版社，1978 年，第 101 页。

④ 闻一多：《唐诗杂论》，武汉：武汉大学出版社，2008 年，第 17 页。

⑤ 张鷟：《朝野佥载》，北京：中华书局，1979 年，卷六，第 141 页。

⑥ 骆宾王著，陈熙晋笺注：《骆临海集笺注》，北京：中华书局，1961 年，第 377 页。

卢照邻字昇之，范阳人。弱冠拜邓王府典签，王府书记一以委之。王有书十二车，照邻总披览，略能记忆。后为益州新都县尉，秩满，婆娑于蜀中，放旷诗酒，故世称"王杨卢骆"。照邻闻之，曰："喜居王后，耻在骆前。"时杨之为文，好以古人姓名连用，如"张平子之略谈，陆士衡之所记""潘安仁宜其陋矣，仲长统何足知之"，号为"点鬼簿"。骆宾王文好以数对，如"秦地重关一百二，汉家离宫三十六"。时人号为"算博士"。如卢生之文，时人莫能评其得失矣。惜哉，不幸有冉耕之疾，著《幽忧子》以释愤焉。文集二十卷。①

张鷟与沈佺期、宋子问、杨炯等大致为同时代人，其"王杨卢骆"的称名排序，显然是针对其骈文和辞赋而论的，其所引杨炯文句虽已不知出于何篇，但其后《全唐文纪事》卷六十七、《赋话》卷九、《四六丛话》卷二十八皆引此一段，可见学者应是将其视为评论赋和骈文特点的材料。而所引骆宾王文句则出其《帝京篇》，对于《帝京篇》的归类或有认为属诗，或有认为体同于赋。无论何如，至少张鷟论三人皆是以"文"视之。可见"王杨卢骆"的排序正是针对其赋体文学成就而言，就今天尚存的四杰文集所搜集诗文来看，四杰的辞赋篇目总数也大致与排序相同。但不过就卢照邻的排序确有争论，若将其非赋名篇的拟骚类古体归入，则其篇数又略超杨炯。今粗略统计，王勃赋 12 篇，杨炯赋 8 篇，卢照邻赋（含《释疾文》等）9 篇，而骆宾王 3 篇。② 或许正是因为如此，故卢照邻始有"喜居王后，耻在骆前"之论。初看此论，卢照邻似并无争趋之意，倒似颇谦逊，但结合张鷟所记，显然卢氏所论正是针对杨炯之排名所发。卢照邻似乎一方面有推崇骆宾王之意，认为"耻在骆前"，但实际上应是其自觉其排序不仅在骆之前，更应在王勃之后、杨炯之前。而且张鷟其后评杨炯"点鬼簿"、骆宾王"算博士"皆非雅号，乃论其文之弊。然称卢照邻文"时人莫能评其得失"，同时无得失之评的亦有王勃文，可见"王杨卢骆"的排序正是反映了当时人们对其辞赋成就的评论。但这条材料同时也隐示了当时人对四杰辞赋成就评价的得失，至少卢照邻和张鷟或许是有同感的。

然按郗云卿《骆宾王文集序》所称"卢骆杨王四才子"的排序及称法，显然不是从赋体文学成就的角度来评论的，这或许是从其当时诗歌的成就来论

---

① 张鷟：《朝野佥载》，北京：中华书局，1979 年，卷六，第 141 页。
② 未计骆宾王《帝京篇》等，四杰诗赋颇有互融的特征，其《帝京篇》确有融赋体创作的艺术特征，但为讨论的方便仍将其归入诗体的歌行类。卢照邻的《长安古意》亦归入歌行体类。

的。但从今日所见到的四杰留存的诗歌情况统计，骆宾王存诗最多，约 128 首，其次为卢照邻，约 89 首，再次为王勃 87 首，杨炯存的诗歌最少，仅 34 首。当然这个数字并不能说明四杰当时的诗歌创作成就，其诗歌无疑在后世流传的过程中多有散佚。按《旧唐书·文苑传》载，时有《卢照邻文集》二十卷、《杨炯文集》三十卷、《王勃文集》三十卷、《骆宾王集》十卷。[①] 杨炯文集在宋代已经多有残缺，如宋晁公武《郡斋读书志》卷四上集部别集类仅著录二十卷，并云："集本三十卷，今多亡逸。"[②] 而今存《杨炯集》又是以明代万历年间童佩"从诸书裒集，诠次成编"[③] 而成的《盈川集》为底本，散佚是在所难免的。

虽然今天确实不能据其现存诗歌来评价其排序问题，但从《旧唐书》所载或许依旧能窥见一些踪影。

《旧唐书》载：

> 炯与王勃、卢照邻、骆宾王以文词齐名，海内称为"王杨卢骆"，亦号为"四杰"。炯闻之，谓人曰："吾愧在卢前，耻居王后。"当时议者，亦以为然。其后崔融、李峤、张说俱重四杰之文。崔融曰："王勃文章宏逸，有绝尘之迹，固非常流所及。炯与照邻可以企之，盈川之言信矣。"说曰："杨盈川文思如悬河注水，酌之不竭，既优于卢，亦不减王。'耻居王后'，信然；'愧在卢前'，谦也。"[④]

从崔融等人的评价来看，"王杨卢骆"的称名排序确实应为评其辞赋及骈文等成就的评论。崔融、张说等虽皆重四杰之文，但其立论的角度和视野又是不一样的。在崔融看来，王勃文章非常流可及，排在四杰之首当之无愧。他认为杨炯所谓"愧在卢前，耻居王后"，可能表达了杨炯的自我激励和谦勉，也就是说崔融认为杨炯认为自己在文章成就上尚不及卢照邻，而又赶不上王勃而自耻。但在张说理解则显然不同，他认为杨炯的文学成就应在王、卢之上，故称"既优于卢，亦不减王"，所以他认为杨炯之言"耻居王后"信然，而称杨

---

① 分别参刘昫等：《旧唐书》，北京：中华书局，1975 年，卷一九〇上，第 5000、5003、5006、5007 页。

② 晁公武著，孙猛校证：《郡斋读书志校证》，上海：上海古籍出版社，1990 年，第十七卷，第 828—829 页。又见晁公武：《昭德先生郡斋读书志》卷第四上，《四部丛刊三编》景宋淳祐本。

③ 纪昀等：《钦定四库全书总目》（整理本），北京：中华书局，1997 年，卷一四九，第 1991 页。

④ 刘昫等：《旧唐书》，北京：中华书局，1975 年，卷一九〇上，第 5003—5004 页。

炯之"愧在卢前"则是其自谦。崔融与张说略相先后，其立论的视角是显然不一样的。崔融是就四杰整体的诗文成就的评论，而从《旧唐书》所引张说与徐坚论近代文士的言论来看，张说则是就诗人文风而非其整体文学成就立论。

如果杨炯之言正如张说所论，一方面则说明杨炯在一定程度上确实夸诞自傲，另一方面则说明在唐代人们对初唐四杰的评价并不完全相同。如其同时代人张鹭就对其文评价不高，并引时人所谓"点鬼簿"讥之。而张说则称："杨盈川文思如悬河注水，酌之不竭。"① 可见从初唐四杰所处的时代至郗云卿、张说的时代，人们对其文学成就评价是不一致的。这种评价的不一致实际上应是出于对诗、文成就未能分而辨之，才使其含混不清，排序不定。从《旧唐书》所引来看，杨炯听闻其排序并由此所发之论，正是未清楚这种排序是针对何种对象和何种文学成就而发。从杨炯的自我评价来看，其排序似为"卢骆杨王"才符合他认为正常的排序，这与郗云卿所称"卢骆杨王"的排序一致。也许在杨炯的自我意识中正是就其诗歌成就而做的自我评价。杨炯在辞赋和骈文方面确实并没有像王、卢、骆那样有名篇传世，他不可能有自视过王的言论。从现存作品来看，杨炯诗歌所表现的题材大多与王勃相同，另外有一些边塞诗如《从军行》《出塞》《战城南》《送刘校书从军》等较有特色，可谓其代表作。其诗歌总体上来看议论成分较多。至于其排名，谌东飚在《杨炯集》出版前言中说："从创作实践来考察，恐怕他不仅应排在王后，还应排在卢、骆之后。"② 虽然据《朝野佥载》记载"唐衢州盈川县令杨炯，恃才简傲"③，但杨炯恐怕还是有自知之明的，其作《王勃集序》，由此可见与王勃之关系和对王勃的推崇，其在序文中已多有表述，故所谓"耻居王后"，应如崔融理解为是。关于世所行之"王杨卢骆"或"卢骆杨王"之称，或当就其文与诗而分别置论，故有此排序之不同。但无论这种评价及其排序何如，从中可见唐人对四杰文学之成就的肯定却是无疑的。

初唐四杰的文学史地位是由其诗文创新成就奠定的。闻一多先生就认为"诗中的四杰是唐诗开创期中负起了时代使命的四位作家"④，而其在初唐诗坛的开创意义，任国绪认为表现在三个方面：一是初唐四杰在理论上拨正了唐诗

---

① 刘昫等：《旧唐书》，北京：中华书局，1975年，卷一九○上，第5003—5004页。

② 杨炯著，谌东飚校点：《杨炯集》，长沙：岳麓书社，2001年，前言，第2页。

③ 黄庭坚撰，史容注：《山谷外集诗注》卷三，《四部丛刊》景元刊本。又见上海书店1985年据商务印书馆1934年版重印《山谷外集诗注》（《四部丛刊续编》第58册），第338页。注：此条《山谷外集诗注》引《朝野佥载》语，谌东飚称出《太平广记》语，然查今本《朝野佥载》《太平广记》皆不见此条。

④ 闻一多：《唐诗杂论》，武汉：武汉大学出版社，2008年，第17页。

沿着《诗经》以来的现实主义文学道路健康发展的方向；二是初唐四杰在诗歌创作上实践了自己的理论主张；三是初唐四杰的诗歌继承了六朝文学的创作经验，在诗歌体裁样式上完成了五律的定型，在发展提高七言古诗的基础上创造了初唐近体歌行。①

除开诗歌领域的成就，初唐四杰辞赋创作的文学史价值大致体现在三个方面：

其一，初唐四杰在辞赋理论方面追求复古的诗学传统，可以说为唐宋以后"祖骚宗汉"的赋学理论倾向倡树先声。为什么讲四杰辞赋理论是对诗学传统的追溯和阐释呢？这是因为在四杰看来赋诗的理论思想和实践是相通的，并没有太大的差别。初唐四杰的复古诗学主张缘于初唐文坛衰颓的现实，在诗歌方面继续六朝习气的影响，诗歌在形式上进一步趋向骈俪、对偶、声病限韵等形式要求和束缚；在题材方面由于宫廷诗人的特殊生活境遇，仍不脱风云月露之形、禽鱼草木之状，与现实生活和经世致用的赋诗言志的传统相去甚远；在诗歌风格上萎靡衰颓，气骨不振。而在辞赋及骈文方面，同样受六朝骈俪化和诗歌格律化倾向的影响，已很难看到汉魏以来驱遣自如的大赋光彩。对六朝辞赋及骈文的批评，在祝尧《古赋辩体》中亦有专论，其谓："又观后之辞人，刊陈落腐而惟恐一语未新，搜奇摘艳而惟恐一字未巧。抽黄对白而惟恐一联未偶，回声揣病而惟恐一韵未协。辞之所为馨矣，而愈求妍矣而愈饰。彼其于情，直外焉而已矣。"② 其论唐代赋体亦称"大抵律多而古少"③，并且对这种律体萎弱之气亦加批评。可见晋宋齐梁至唐初以来的辞赋卑弱现象亦成为文坛之积弊。面对这种衰敝，王勃等高倡复古，极力宣扬回溯《诗经》传统，如其《上吏部裴侍郎启》云："自微言既绝，斯文不振。屈宋导浇源于前，枚马张淫风于后。谈人主者，以宫室苑囿为雄；叙名流者，以沉酗骄奢为达。故魏文用之而中国衰，宋武贵之而江东乱。虽沈谢争骛，适先兆齐梁之危；徐庾并驰，不能止周陈之祸。于是识其道者，卷舌而不言；明其弊者，拂衣而径逝。《潜夫》《昌言》之论，作之而有逆于时；周公孔氏之教，存之而不行于代。天下之文，靡不坏矣。"④

---

① 任国绪选注：《初唐四杰诗选》，西安：陕西人民出版社，1992年，前言，第10—19页。

② 祝尧：《古赋辩体》卷五《三国六朝体上》，《景印文渊阁四库全书》第1366册，台北：商务印书馆，1986年，第778页。

③ 祝尧：《古赋辩体》卷七《唐体》，《景印文渊阁四库全书》第1366册，台北：商务印书馆，1986年，第801页。

④ 王勃著，蒋清翊注，汪贤度校点：《王子安集注》，上海：上海古籍出版社，1995年，第130—131页。

上述王勃《上吏部裴侍郎启》中透露出两点重要的信息：一是王勃具有强烈而激进的复古思想；二是其复古主张绝不局限于诗歌领域。

首先，四杰倡导回到《诗经》的传统，虽对汉赋以来的辞赋和骈文，包括诗歌，或有所批评，这虽看似一种激进的复古主义，但其实不过是振弊之急切而致有矫枉过正之论。也就是说他们的振弊倡论有积极的现实语境意义。任国绪就称："其实王勃的目的在于以'矫枉过正'的言词引起人们对继承《诗经》传统的高度重视，并非要把《诗经》以后的文学一概否定掉。当时在'积年绮碎'的'香风迷雾'笼罩之下，在人们久已麻痹的心灵中，不这样'危言耸听'地大声疾呼，是不足以发聩震聋的。"[①] 但另一方面，虽然王勃在《上吏部裴侍郎启》中因揭弊当时文坛，而似于汉赋亦有微言，但究其实质，其理论逻辑与刘勰《文心雕龙·通变》篇和祝尧"体下说"是一致的。祝尧《古赋辩体》称："盖西汉之赋，其辞工于楚骚。东汉之赋，其辞又工于西汉，以至三国六朝之赋，一代工于一代，辞愈工，则情愈短；情愈短，则味愈浅；味愈浅，则体愈下。"[②] 显然他们并不是否定汉赋楚骚，而是强调在复古中近今疏古的弊端，主张师承远古，实有正流变革积弊的意义。

其次，四杰的复古主张不限于诗歌领域。为什么如此讲呢？这是与四杰所持的大诗学观念相一致的。在王勃《上吏部裴侍郎启》及杨炯《王勃集序》中所论皆总称文之弊而意欲思革。而从《汉书·艺文志》至唐宋《文苑英华》《唐文粹》等编著体例和当时人的论著来看，"文"是包括诗赋概念的。南朝就有称："有韵者为文，无韵者为笔。"[③] 刘勰《文心雕龙·总术》云："今之常言有文有笔，以为无韵者笔也，有韵者文也。"[④] 而且初唐杂文考试，实际上就包含了诗赋考试的内容。可见四杰所称的思革文弊应是针对当时诗、赋及骈文所出现的积弊而提出的。

当然，四杰的复古主张是与他们对传统的诗学涵养相关的。他们的复古主张并不是简单地追求形式上的模拟和复古，而是首先表现在诗学宗旨上。四杰的诗学宗旨是与孔子"兴、观、群、怨"说的诗用诗教观一致的，这种诗教观在《毛诗序》、班固《两都赋序》、刘勰《文心雕龙》等论著中得到进一步阐发。在具体的叙述中，他们又各自将颂上德与抒下情，或原道宗经与体国经野

① 任国绪选注：《初唐四杰诗选》，西安：陕西人民出版社，1992年，前言，第11页。

② 祝尧：《古赋辩体》卷五《三国六朝体上》，《景印文渊阁四库全书》第1366册，台北：商务印书馆，1986年，第778页。

③ 杜甫撰，钱谦益注：《钱注杜诗》，上海：上海古籍出版社，2009年，卷四，第118页。

④ 刘勰著，范文澜注：《文心雕龙注》，北京：人民文学出版社，1958年，卷九，第655页。

等现实政治作用联系起来，进一步丰富诗赋的"文以载道"① 功能。由于诗用与赋用的一致性以及赋诗的密切关系，在四杰的文论主张中是显然将诗赋放在一个体系中进行思考的。这无疑使他们的文学理论视野更为开阔，理论体系性更为严密。

其二，四杰在文学复古的理论主张下积极地参与创作实践，在诗歌领域反对上官体，追求汉魏诗歌的刚健骨风，在辞赋领域则抱有"祖骚宗汉"的倾向，因此他们创作了大量的骚赋、文赋等作品。而四杰的复古又不是简单的形式模拟，而是展现出高度灵活的创新才能。

虽然王勃在《上吏部裴侍郎启》中对汉赋略有微词，但如前所述，其目的并不在于批评楚骚汉赋，这在他们的创作实践中就可以得到体现。如王勃《游庙山赋》《江曲孤凫赋》《涧底寒松赋》《慈竹赋》《青苔赋》《七夕赋》《采莲赋》，杨炯《青苔赋》《幽兰赋》《庭菊赋》，卢照邻《释疾文》《五悲文》《狱中学骚体》《秋霖赋》，骆宾王《萤火赋》等都具有明显的拟骚倾向。而王勃《释迦佛赋》、杨炯《浑天赋》、卢照邻《对蜀父老问》《穷鱼赋》、骆宾王《钓矶应诘文》等则有明显的散体汉赋特征。甚至卢照邻《释疾文》《五悲文》有并融楚骚汉赋的倾向，这可以说是其在初唐辞赋创作中的突破，其意欲摆脱赋体制上的单一束缚。

如卢照邻《释疾文》，在形制上有仿骚体《九歌》《九章》等的特征，但又不完全局于以"九"为限，正如其《五悲文序》云："自古为文者，多以九、七为题目，乃有《九歌》《九辩》《九章》《七发》《七启》，其流不一。余以为天有五星，地有五岳，人有五章，礼有五礼，乐有五声；五者，亦在天地之数。今造五悲，以申万物之情，传之好事耳。"② 显然有模拟又有创新。卢照邻《释疾文》敷陈三篇，其与《五悲文》皆形如组诗，而在《释疾文》中的《粤若》《悲夫》《命曰》三篇中又各有"重曰"，显然是追模楚骚体例，而且文中也完全用楚辞体"兮"字句。但这种"兮"字句的句式结构及章法又明显较《楚辞》所录的篇章在形式上要变化丰富一些，其中既可见有楚辞句式的影子，也能见汉赋散体漫句的影子，甚至也能看见齐梁以来的骈俪句式的影子，这实在可以说是四杰赋的一种创造。

兹录其《粤若》一段于下：

---

① 按：宋陈埴撰《木钟集》卷一云："自汉以来号为儒者，只说文以载道，只将经书子史唤作道，其弊正是钻破故纸不曾闻道所以。道体流行天地间，虽匹匹都是自家元不曾领会得，然此事说之亦易，参得者几人？"（见《景印文渊阁四库全书》本）然文以载道之实，又可谓起自先秦矣。

② 卢照邻著，徐明霞点校：《卢照邻集》，北京：中华书局，1980年，卷四，第49页。

粤若稽古，帝烈山兮。远矣大矣，臣太岳兮。钦哉良哉！有太公兮，卷舒龙豹，奄经营乎四履。有先生兮，乘骑日月，期汗漫乎丸垓。尚书抗节兮属炎灵之道丧；中郎含章兮遇金行之纲颓。彼圣贤之相续，信古往而今来。人何代而不贵？代何人而不才？郁律崛岉兮，似昆陵之玉石；泮涣粲烂兮，象星汉之昭回。尔其为广也，碧海云蒸而地合；尔其为峻也，赤城霞起而天开。①

从这一段已可大致明了四杰赋作的承继和创新特点。在内容上有镕经取史、化巧生新的特点，这也正是汉赋展现赋家才学、包纳宇宙的气势。从其题名"粤若""悲夫""天命"来看，此篇正彰显了作者对自然、人生和天命哲学的深刻思考，表现在思想内涵上就是对传统文化的鉴照和深刻反思。而在文体上则借鉴《尚书》散体直言和楚辞句式，如开篇"粤若稽古，帝烈山兮"与《尚书》卷一《尧典》"粤若稽古帝尧"可谓同趋，不过在句式上则以楚辞体句式化宕，然慎终追远的思想传统却是十分显明的。为什么要追远，这无疑是与卢照邻在对自然天命与己身遭遇的对比中所领悟的哲学思考相关的。《粤若》篇即是谈自然顺化之理。《尚书》的《尧典》乃追述帝尧之功业勋绩，其最大的功业莫过于"稽古"。"稽古"或有学者将其释为取法古圣帝王，或取法古代，或法天，这些解释都有一定道理，但实际都是后来逐渐衍进的意义。"稽古"就是考察天地自然之道，而顺乎其然。马融就称："顺考古道。"② 郑康成注："稽古，同天。言能顺天而行，与之同功。"③ 当然如果将天地自然之道与人道的因循结合起来看，马、郑两位的内在意义都是一致的。如清陈立《公羊义疏》引《春秋繁露·楚庄王第一》云："《春秋》之道，奉天而法古。……故圣者法天，贤者法圣。"④ 可见圣贤帝王都是取法天地之道，循自然之化。《后汉书·范升传》引升奏云："臣闻主不稽古，无以承天。"⑤ 显然法天就是法自

---

① 董诰等编：《全唐文》，北京：中华书局，1983年，卷一六七，第1701页。按：文字与徐明霞点校《卢照邻集》略异，如"帝烈山兮"徐校本作"帝列仙兮"（《卢照邻集》，中华书局，1980年，卷五，第59页）。今从《全唐文》本。

② 孙星衍撰，陈抗等点校：《尚书今古文注疏》，北京：中华书局，1986年，卷一，第2页。

③ 孙星衍撰，陈抗等点校：《尚书今古文注疏》，北京：中华书局，1986年，卷一，第2页。

④ 孙星衍撰，陈抗等点校：《尚书今古文注疏》，北京：中华书局，1986年，卷一，第2页。又见陈立：《公羊义疏》卷一，清皇清经解续编本。然中华书局1986年版《尚书今古文注疏》标点应有疑义，查《春秋繁露·楚庄王第一》"《春秋》之道，奉天而法古"与"故圣者法天，贤者法圣"间应有省文。

⑤ 范晔：《后汉书》，北京：中华书局，1999年，卷三十六，第824页。

然，即主不知自然之道，自不能承自然之理，循自然之化。而卢照邻谈顺自然之道，更追乎帝烈山氏。烈山氏亦应属五帝之一，或在炎黄之初。或谓神农氏，或谓炎帝，据传炎帝生于厉山（烈山）石室，故卢照邻追述炎帝稽古之功，又流而及于太岳、太公、先生、尚书、中郎等，其用意自有圣贤相承相法和追远敬祖而述德之意，当然同样亦有如范升所谓"臣不述旧，无以奉君"①之义。故卢照邻称："彼圣贤之相续，信古往而今来。人何代而不贵？代何人而不才？"② 由此可见，在卢照邻看来，一切只要法乎自然、顺应天理，则可同乎圣贤，故谓："人何代而不贵？代何人而不才？"又如卢照邻《同崔少监作双槿树赋》云："朝朝暮暮落复开，岁岁年年红以翠。""故年花落不留人，今年花发非故春。倏兮夕阴，忽兮朝新。侏儒何功兮短饱？曼倩何负兮长贫？"③可以说其对人事或天人关系的哲学思考直接或间接对后代文学创作也产生了影响，如张若虚《春江花月夜》所慨叹："江畔何人初见月？江月何年初照人？"④ 由此引发的深刻思考和联想，可以说与四杰的启迪不无关系。虽然在形式上是由六言变成了七言，但问句体式、思想内涵、顶针修辞等都极其相近。

当然，卢照邻此赋也打破了楚辞体句式，又融合魏晋骈文的四六特征而进行演进，化四六为四四六，或十一、十二，或六六，或散体等句式。正是因为其句式熔铸生新的特征，故我们在其赋体归类中，将《释疾文》《五悲文》既归为骚赋，又同时归为文赋。

此外，四杰辞赋的创造性还表现在他们的骈赋和律赋创作方面。其骈赋创作同样既有对魏晋骈赋的继承也有突破，这从上面所引卢照邻《释疾文》一段亦可略窥。如"钦哉良哉！有太公兮，卷舒龙豹，奄经营乎四履。有先生兮，乘骑日月，期汗漫乎丸垓"一段实为以"钦哉良哉"总引发端，而其后则为三句隔对的形式，这从后面的韵脚字就可以看出来，如"颓""来""才""回""开"与"垓"韵同。这亦实为《释疾文》为赋体的证明之一。当然在四杰时代，骈文和骈赋尚无严格的区分，这是因为魏晋六朝以来以"有韵者为文，无韵者为笔"的缘故，故其所作《释疾文》亦可名为《释疾赋》无异。《释疾文》虽并不是严格的骈赋或骈体文，但其中所用的骈体句式上的创新完全可以反映卢照邻赋体文学上的创变和革新之意。

① 范晔：《后汉书》，北京：中华书局，1999 年，卷三十六，第 824 页。

② 董诰等编：《全唐文》，北京：中华书局，1983 年，卷一六七，第 1701 页。

③ 董诰等编：《全唐文》，北京：中华书局，1983 年，卷一六六，第 1687 页。

④ 彭定求等编：《全唐诗》，北京：中华书局，1960 年，卷一一七，第 1184 页。

　　四杰在骈赋上的创造，可以略与六朝徐庾赋做比较便知。如庾信赋体多四六隔句对，但其形式尚能灵活变化，间杂五言、七言，观其五言多在四言之中缀以虚字，或以偏正结构而置虚词"之"字而成偏正修辞词组。以庾信《三月三日华林园马射赋》与卢照邻《同崔少监作双槿树赋》中所用五、七言略做比较，便可知其不同。因为骈体四六为主要形式，而所谓变化则多在四六的排列形式和四六中杂用五、七言或其他形式句式的变化。先看庾信《三月三日华林园马射赋》，如："皇帝以上圣之姿，膺下武之运，通乾象之灵，启神明之德。"① 而其七言如："玉衡正而泰阶平，阊阖开而勾陈转。"其明显亦化自楚辞体句式，又如其被王勃化用的名句"落花与芝盖同飞，杨柳共春旗一色"。则与楚辞体句式不同，乃为一种创变，但其实仍是一种主谓结构。再看卢照邻《同崔少监作双槿树赋》中的五、七言变化。《同崔少监作双槿树赋》中五言运用较少，但亦有一两句，如"地则图书之府，人则神仙之灵"，则是一种主谓判断式陈述句。又如"去不谓之损，来不谓之饶"，亦是陈述式主谓结构，与庾信五言句的动宾式结构不同。而卢照邻《同崔少监作双槿树赋》中的七言如："迫而视之，鸣环动珮歌扇开；远而望之，连珠合璧星汉廻。""朝朝暮暮落复开，岁岁年年红以翠。若夫游蜂戏蝶封其蕚，轻烟弱雾络其条。""故年花落不留人，今年花发非故春。""侏儒何功兮短饱？曼倩何负兮长贫？"其中"若夫"为发语词。而其七言变化更多，甚至与四言相联，构成隔对。而且其七言的句式结构也更为复杂，虽仍采用晋宋六朝以来的骈体，但显然在赋体句式上却是有所创变的。

　　当然四杰对六朝以来文学的革新并不重在其形式，而是在于其文风和思想内涵，以及意识形态的改变和革新。这就是为什么前人多以为四杰反对六朝徐、庾之体，而为何又往往在诗赋文中承而继之，故又称有庾、徐之遗响。恐怕这就是因为对四杰所反对的具体对象并不明确，而误以为四杰反对的是六朝文体的形式。"绮靡"之态虽然一方面确实可以表现在文体和语言形式上，但究其实质还是在于文风和文气上的一种绮媚无骨。这正如骨与肉的关系，有肉无骨不行，有骨无肉亦不行，骨多肉少则癯，肉多骨少则腴。正是因为如此，隋初虽力革文弊，甚至隋开皇四年将"文表华艳"的泗州刺史司马幼之治罪。② 虽能振一时之弊，然终无变风轨。至唐初仍遗此习，故高步瀛称："唐初文体，沿六朝之习，虽以太宗之雄才，亦学庾子山为文，此一时风气使然，

---

① 庾信撰，倪璠注，许逸民校点：《庾子山集注》，北京：中华书局，1980 年，卷一，第 3 页。
② 魏徵等：《隋书》，北京：中华书局，1973 年，卷六十六，第 1545 页。

非关政治污隆。"① 显然隋初的革弊只在形式，并没有深究影响这种文风的本质，因此也不可能取得成功。同时，对文体形式的模仿追求与创变实际上是任何一个时代都同时存在的复古与革新的双面性现实。复古与革新也是文学史中最复杂反复的现象，复古既是继承也是创变，革新既有创变又必须有复古，不然成无根之木、无源之水。从文学发展史来看，六朝的骈体文正是对汉代散体文的创变和革新，六朝骈体自有其文学史意义和价值，而且六朝骈文的发展与晋宋以来在诗歌格律、形式技巧方面的发展也是密切相关的，这也符合文学史发展的必然规律。但是诗歌在形式上的创变时间比较快，由于其形制的短小，内容彰显也比较随意、灵活，它与骈文和赋体比较起来，骈文和赋在形式上的创变则缓慢得多。因此，骈文和赋体发展到一定时期，由于题材、内容等缺乏新意，而逐渐沦落到对形式的一味模拟，自然就会受到批判。从隋代李谔的上书来看，其指斥当时文坛"寻虚逐微，竞一韵之奇，争一字之巧。连篇累牍，不出月露之形；积案盈箱，唯是风云之状"，并称"文笔日繁，其政日乱"②。为何在隋如此，在唐初又如彼？所谓隋代"文笔日繁"，"其政日乱"，乃在于文繁而失文教之传统，在唐初虽文亦承六朝，然言之有文，文之有教，故高步瀛认为当时仍习六朝体，而且风气所使，无关政治污隆。这并不是说文学无关政治污隆，而是文学形式无关政治污隆，显然文学表现形式并不应该成为批判的对象和批判的原因。它们的错误只在于在历史的某一时段中过于长期固化单一的形态和过分地追求趋同的形式而缺乏内容和深邃的内涵。

初唐四杰可以说比较清晰地认识到了文学形式与文风本质的关系，王勃认为："夫文章之道，自古称雄，圣人以开物成务，君子以立言见志。遗雅背训，孟子不为；劝百讽一，扬雄所耻。"③ 其称文风变化，"自微言既绝，斯文不振"④，可见他认为文风的衰落不是在形式而是在文非言志，缺乏微言大义，无雅颂之遗义。正是因为四杰所反对的并不在于六朝以来的文学形式，而在于文风本质的绮靡颓丧，所以他们不但仍沿用六朝以来的骈体、骚体等，也开创性地将文赋和诗体赋、律赋，甚至俗赋都加以不同程度地书写和表现。这可能被视作他们在赋体文学形式上的突破和创变，但另一方面实际上却正是他们对"文章之道"本质的关注而不在乎其形式，方能不拘于其形式。因此其诗体赋在唐代确实可以算是一种创新，而至元代，特别是明清两代对古赋创制则明确

① 高步瀛选注：《唐宋文举要·乙编》，上海：上海古籍出版社，1982 年，卷一，第 1133 页。
② 魏徵等：《隋书》，北京：中华书局，1973 年，卷六十六，第 1544—1545 页。
③ 董诰等编：《全唐文》，北京：中华书局，1983 年，卷一八○，第 1829 页。
④ 董诰等编：《全唐文》，北京：中华书局，1983 年，卷一八○，第 1829 页。

要求句式形制，彼时则很少将五、七言纳入古赋体，包括骈体。

当然，四杰在辞赋文学的创新，不仅在文体句式上的创变，也在于为了达到重申"文章之道"的内涵，而多化用典故。这是其辞赋及诗文的一个比较突出的特点。他们被人们呼为"当时体"，恐怕都是与这些特征有关的。至于"当时体"的内涵及褒贬问题，则待后文另论。其用典既是与当时文风革新有关，也是与其欲倡树文道有关。正是这些典故的巧妙运用，使他们的诗赋创作并不是简单地对前代的复古模拟，而是有着更多理论主张下的实践目的。因此那些过多从形式出发对四杰诗赋的批评反倒可能失之于浅诮，如学者评"四杰之骈文，大率措辞绮丽，周对工整，平仄协调，多用四六之句，绝少单行之调。虽曰承齐梁余习，而潜气内转，不如六朝多矣。骈文至四杰，可谓现代化，然古意则全失也。"① 如果从形式而论，四杰骈文确实可能四六句为多，但如果结合其他文体来看，其绝少单行之调则不确。因为本为骈文，自然无须单行之调。骈文是与诗赋的律化相关的，如果结合其骈赋等观之，探索玩味其用典，概论其古意全失，则失之公允。

其三，四杰辞赋代表了初唐辞赋创作的总体成就，在辞赋创作方面，颇有如王芑孙所论："总魏晋宋齐梁周陈隋八朝之众轨，启宋元明三代之支流。"② 当然，正是因为四杰对辞赋文学的语言表现形式无所拘执，而多所创树，方能使他们在辞赋文学的表现形式上确实有许多建树，甚至有开宗衍派的文学史意义。

首先，他们丰富了赋体文学形式，其创作不但有文赋、骚赋、骈赋，还有诗体赋、俗赋、律赋等。然纵观有唐一代，其赋体文学创作给人总体的印象是"律多而古少"，因此历代对唐赋的印象基本上也是以律赋为其代表，如《文苑英华》所选赋体便多为律赋，明清以来的选本也多以唐律为唐赋群象之代表。或偶有选唐古赋者，亦不过多选录韩愈、柳宗元的一些近骚、近文的赋作。宋代姚铉纂《唐文粹》开卷录唐古赋，收有李华《含元殿赋》、李白《明堂赋》、杜牧《阿房宫赋》、李庚《西都赋》《东都赋》、杜甫《朝献太清宫赋》《朝享太庙赋》《有事于南郊赋》、梁肃《受命宝赋》、杨炯《浑天赋》、李白《大猎赋》、乔潭《裴将军舞剑赋》、高适《济河焚舟赋》、卢肇《海潮赋》等。但是总体上来说，唐古赋创作的数量和成就不如律赋，因此迄至元明，祝尧、李梦阳等对

---

① 刘麟生：《中国骈文史》，上海：上海书店出版社，1984年，第74页。

② 王芑孙：《读赋卮言》，《渊雅堂全集》本，《续修四库全书》第1481册，上海：上海古籍出版社，2002年，第376页。

唐赋提出了批评。然就唐赋的总体状况来看，特别是初唐辞赋创作来看，清代王芑孙对唐赋的评价实际应是颇有启发意义的，其称唐赋："总魏晋宋齐梁周陈隋八朝之众轨，启宋元明三代之支流。"① 这或许恐怕就应是从初唐四杰赋作众体兼备的现实来论的，至少初唐四杰赋创作已启唐代各体赋之嚆矢。

所谓"总魏晋宋齐梁周陈隋八朝之众轨"，可以从三个层面来看：其一是八朝赋体形制体例，其二是语言形式和技巧，其三是赋体题材。

从赋体形制体制来看，四杰以前主要辞赋形式有秦汉杂赋、骚赋、汉代散体大赋，或称文赋，也出现了民间俗赋，至魏晋以后既保留有前代赋体，也出现了所谓的抒情小赋，这些小赋是骈赋或骚赋，也偶有诗体赋。但此时虽尚未出现律赋，但其时诗体赋创作和骈赋对音韵格律的趋于协整和严格，在诗歌创作方面对音韵格律的重视，使律赋的出现成为必然。到唐初，由于科举考试的推助，律赋自然产生，从而兴替成为赋的一种主要表现形式。从四杰赋创作实践来看，其体例齐备，各体兼具，甚至也出现了律赋，如王勃《寒梧栖凤赋》等。有些赋体创作，如律赋、大赋、俗赋、诗体赋等形式并不是当时诗赋创作的主要形式潮流，但四杰依旧在此有所创作和突破，可以说这是四杰对前代赋体有意的模拟学习，在形式上带有对唐前赋体的总结性质。

在赋体语言形式与技巧方面，四杰辞赋对唐前赋体的语言形式都有所借鉴、运用和发展，如在楚辞体句式方面，四杰在辞赋创作中都基本上加以借用甚至有进一步拓展。如楚辞体的几种常见句型：第一种"□□兮□□，□□兮□□"（桂棹兮兰枻，斫冰兮积雪。《九歌·湘君》）。第二种"□□□兮□□，□□□兮□□。"（君不行兮夷犹，蹇谁留兮中洲。《九歌·湘君》）。第三种"□□□兮□□□，□□□兮□□□。"（操吴戈兮被犀甲，车错毂兮短兵接。《九歌·国殇》）。第四种"□□□之□□兮，□□□之□□。"（惟草木之零落兮，恐美人之迟暮。《离骚》）。第五种"□□□□，□□□些（兮）。"（后皇嘉树，桔来服些。《橘颂》）。第六种"□□□□，□□□□。"（出自汤谷，决于蒙汜。《天问》）。前三种形式实际可以视为是在第一种形式上的变体，这种句式在《九歌》中运用最多。而四杰在赋体创作中对楚辞各类句式基本上都有运用，譬如卢照邻《秋霖赋》"眺穷阴兮断地，看积水兮连天"就是对楚辞《九歌》第二种句式的借用和发展。他将两分句由主谓、动宾两种形式直接转化为动宾形式的并联结构。而如《秋霖赋》中"玉为粒兮桂为薪，堂有琴兮室无

---

① 王芑孙：《读赋卮言》，《渊雅堂全集》本，《续修四库全书》第1481册，上海：上海古籍出版社，2002年，第376页。

人"则明显是借用楚辞体第三种句式，但也对前后分句结构有所改创。而《总歌第九》"登若木兮座明堂，池濛汜兮家扶桑"则直如《国殇》句式，又如其"倏兮夕隙，忽兮朝新。侏儒何功兮短饱？曼倩何负兮长贫"①"明明天子兮圣德扬，穆穆皇后兮阴化康"② 等又是对前三种句式的化用。而在《秋霖赋》《双槿树赋》《穷鱼赋》中对其中楚辞体第五种和第六种四言句式运用亦多，变化也最明显、灵活。特别是卢照邻《五悲文》《释疾文》可以说是对楚辞体最全面的接受与开拓性的创作，如《五悲文》"使掌事者校其功兮，孰能与狸隼而齐举？金为舟兮瑶瑉辑，不可以涉丘陵些；珠为衣兮翡翠裳，不可以混樵蒸些。何器用之乖剌兮，悼斯人之勤爹"一段可以说熔铸了《九歌》《离骚》《橘颂》《天问》等篇最典型的句式。

楚辞体句式在王勃、杨炯、骆宾王的辞赋中也得到比较充分地表现和运用，如王勃赋"想佳人兮如在，怨灵欢兮不扬""停翠梭兮卷霜縠，引鸳杼兮割冰绡""洞庭波兮秋水急，关山晦兮夕雾连"等句是明显的楚辞体句式，但更多的则是将"兮"字变化为"则、其、而、之"等虚字或省略掉。至于对魏晋以来骈赋句式的运用则比比皆是，随文可陈，兹不赘述。对诗歌句式的化用，如王勃《春思赋》最为明显，而对文赋句式的借用则如杨炯《浑天赋》，同样可参卢照邻《五悲文》《释疾文》等和王勃《七夕赋》一段："于是虬檐晚静，鱼扃夜扃。忘帝子之光华，下君王之颜色。握犀管，展鱼笺，顾执事，招仲宣。仲宣跪而称曰：'臣闻九变无津，三灵有作。布元气于浩荡，运太虚于寥廓。辨河鼓于西墉，降天孙于东堮。'"③ 显然既有对文赋句式的运用，也融入了骈体句式。

从赋作题材来看，四杰辞赋创作既有抒情赋题材，也有体物赋题材，也有散体大赋题材，也有魏晋以来的玄思类题材，也有写节气、述行、宫殿苑囿、天象、器用、草木、鸟兽、怀思、性道等，可以说题材广泛，对汉魏以来赋体题材基本上都有一定程度涉及。

可见，王芑孙对唐代赋"总八朝之众轨"的评价是极为贴切的。而且他们在将各种体式句式融合中，又多有创新，其题材不仅有咏史怀古之思，也有抒发当下之慨，既有平实的现实创作意义和倾向，又要融借典故、生发古意，对宋元明以后赋体的发展确实有启发之功。

① 卢照邻著，李云逸校注：《卢照邻集校注》，北京：中华书局，1998年，卷一，第21—22页。按：《全唐文》卷一六六题作《同崔少监作双槿树赋（并序）》。

② 卢照邻著，李云逸校注：《卢照邻集校注》，北京：中华书局，1998年，卷三，第180页。

③ 董诰等编：《全唐文》，北京：中华书局，1983年，卷一七七，第1801页。

初唐四杰辞赋创作在上述三个方面的成就，已经可以看出他们在辞赋文学创作领域具有的开拓意义，因此有学者认为四杰诗赋具有开宗衍派的文学史意义。如《六一山房诗集》卷九《送王研农舍人归象山兼示欧仲真员外》："王郎年少真奇才，异军海上搴旗来。初唐四杰衍宗派，林蕙思绮何有哉？吾乡骈文古无作，姚令开山号沈博。"① "姚令"指姚燮（1805—1864），是晚清文学家、画家，字梅伯，号复庄，又号大梅山民、上湖生、某伯、大某山民、复翁、复道人、野桥、东海生等，浙江省宁波市（镇海县）北仑区人。此诗为清董沛作，董沛为浙江鄞县人，鄞县即今宁波辖区。而林蕙、思绮当指清初骈文大家吴绮、章藻功，此二人与陈维崧皆以骈文知名。章藻功著有《思绮堂集》，吴绮著有《林蕙堂集》。吴绮、陈维崧所作四六骈文，均原出徐、庾。陈维崧更取法于初唐四杰，以雄博见长。故此诗称"初唐四杰衍宗派"实正是对其诗赋骈文而论，说明初唐四杰辞赋文学对后世的作者确有深刻的影响。而且从前所述辞赋在体式、句法、题材上的继承和开拓来看，其"启宋元明三代之支流"亦正是说明其开派衍宗的文学史意义。

甚至可以说，初唐四杰对其文学创作的开宗衍派的角色是具有主观性追求的，这也是与初唐四杰受传统的儒学和诗学教育的影响有关的。杨炯《王勃集序》中就追其先世，间有贤达，其祖父王通为隋秀才高第，蜀王侍读，又曾讲艺龙门，"摧摩三古，开阐八风。始摈落于邹、韩，终激扬于荀、孟"②。其父王福畤亦修六艺，通儒学。王勃本人九岁读颜氏注《汉书》，撰《指瑕》十卷，十岁包综六经，其家学影响可见一斑。赋诗的关系，在于赋为诗六义之一，而且赋诗皆为言志抒情之用，无论是诗言志，还是汉赋的讽谏，其实质与儒学主张的经世致用传统是一致的。王勃在《平台秘略论·艺文》中就说："故文章经国之大业，不朽之能事。"③ 其说与曹丕相同。在《上吏部裴侍郎启》中亦称："夫文章之道，自古称难。圣人以开物成务，君子以立言见志。遗雅背训，孟子不为；劝百讽一，扬雄所耻。苟非可以甄明大义，矫正末流，俗化资以兴衰，家国由其轻重，古人未尝留心也。"④ 这些都强调了他对文学经时济世、移风易俗的政教及现实作用与意义的重视。因此他们的诗赋创作虽难免受晋宋

① 董沛：《六一山房诗集》卷九，《续修四库全书》第1558册，上海：上海古籍出版社，2002年，第147页。

② 董诰等编：《全唐文》，北京：中华书局，1983年，卷一九一，第1930页。

③ 王勃著，蒋清翊注，汪贤度校点：《王子安集注》，上海：上海古籍出版社，1995年，第302—303页。

④ 王勃著，蒋清翊注，汪贤度校点：《王子安集注》，上海：上海古籍出版社，1995年，第129—130页。

六朝的影响，但其所侧重和主观创作动因上绝不同于风云月露之思。诗赋的关系在经世与易俗上的作用是一致的，而且都本原道、宗经。这在刘勰《文心雕龙》中已有极为深刻的理论阐释，《诠赋》称："及灵均唱《骚》，始广声貌。然'赋'也者，受命于诗人，拓宇于楚辞也。于是荀况《礼》《智》，宋玉《风》《钓》，爰锡名号，与诗画境。六义附庸，蔚成大国。"① 由此观之，四杰的复古思想实际不仅止于对当时诗风的不满，而是对当时整个文坛的状况而发的思革主张。

杨炯《王子安集序》云："尝以龙朔初载，文场变体，争构纤微，竞为雕刻；糅之金玉龙凤，乱之朱紫青黄。影带以徇其功，假对以称其美。骨气都尽，刚健不闻；思革其弊，用光志业。"② 王勃批评上官体"骨气都尽，刚健不闻"，显然具有积极追崇汉魏风骨的复古倾向和意义。王勃的批评虽从形式入手，但却最终并不是对形式的批评，而是批评六朝以来对形式的过分追求和拘执，从而影响了文风、文气的表达，因此他对汉魏诗歌及楚骚汉赋并不是一概否定的。他是否定那种形式僵化而骨气都尽的作品，当然这种批评也自然不是仅针对诗歌而言，在其辞赋和骈文创作理论和实践中这种思想倾向实际也是一以贯之的。其中论文之衰敝，显然就是站在大诗学的角度，而非仅就诗而论。换言之，以王勃为代表的四杰的文学主张实际是以整个大诗学视野为基础和前提的。

初唐四杰对文风、文气的关注，以及对《诗经》以来"斯文不振"和周公之教不行的文学史状况的激愤之言，正是其对文学以宏大视野关照和其文统意识密切相关的。经历六朝、隋以来的文弊，初唐四杰思而振之，这种意识实为韩愈之先声。如宋人论文章之弊，正如《文行》所云："若汉之董仲舒、唐之韩退之，当于古人求之，敷陈三策，切中帝心；佐佑六经，有光帝范。使夫人慕山斗之为高，遡渊源之自出。则不专于文而已。呜呼！汉唐诸子犹不免后人之议，则晋宋齐梁，蛙鸣蝉噪，尚何足论哉？故尝论之，文弊于战国暴秦，至汉董仲舒则继道统于垂线。文弊于三国六朝，至唐韩昌黎则回狂澜于既倒。"③ 因此，客观来讲，四杰已开昌黎论文统之先河。正因为初唐四杰思革文弊，开张文统，他们的复古不仅在诗歌领域，在辞赋领域也同样得以展开。唯有如此体系性地来审视四杰文学的实践价值和意义以及与其理论思想之关联，才更明

---

① 刘勰著，范文澜注：《文心雕龙注》，北京：人民文学出版社，1958 年，卷二，第 134 页。

② 王勃著，何林天校：《重订新校王子安集》，太原：山西人民出版社，1990 年，序录，第 5 页。

③ 林駉：《古今源流至论后集》卷六，《景印文渊阁四库全书》第 942 册，台北：商务印书馆，1986 年，第 256 页。

白初唐四杰辞赋文学在文学史上的重要意义和作用。

四、四杰辞赋研究的价值与意义

纵观中国古代赋体文学研究现状，多集中于楚汉魏晋。近几年又有探微于宋、明、清三代之辞赋者，然其侧重亦在于对断代赋史或赋学理论批评的探讨，从文本研究视角出发者甚为罕见。而有略注意于唐赋者，不过仍是一些关于文本与赋学思想意义个案性研究的散论，对文本艺术观虽略有涉及，然却并不尽如人意。偶或有对一些唐代作家赋体文本的研究，但却仍落于律赋研究的窠臼，其对象跳脱不出中晚唐的赋手名家。在笔者的硕士论文发表之前，初唐赋体文学研究的天空可谓异常的清寂和寥落，这往往给人一种初唐赋体文学衰颓惨寂的印象，但这种印象实际只不过是一种假象。

囿于前代一些学者对初唐四杰追从六朝遗习的断论，倡其论和从其说者，往往又绝少以文本加以佐证和玩索，因而致使后来者望初唐之赋学往往似满眼荆棘。如若具有革新意识的四杰尚如此，那么很难再在初唐的时空中找出一点赋学的新声了。这种望途生畏和满眼迷蒙的楚天烟雨尽勘疑的假象，使唐赋研究陷入一种比较狭窄的境地，研究的对象、思路和方法也往往比较陈旧，很难有真正的突破。正是面对这种研究现状和"尽勘疑"的假象，笔者以为，其一应剥开"四杰"被诗名掩盖的外表，还原"四杰"声名之称的本质与潜在的文学史意义是极为重要的；其二应还原初唐四杰赋体文学的本来地位和对文学史发展的意义。如果从文学史发展的纵向和历时性维度来考察，四杰赋作具有初唐文学中特有的丰蕴娇姿，其有不为中、晚唐赋所能承载的文学史价值。

正是从文学发展史的历时性维度考察，我们更需要关注一种文学史现象和群体性行为，而不是个别作家的创作实践。虽然在整个赋体文学发展历史过程中，个体赋作家对于赋体文学发展史的推进肯定是不言而喻的，但相对于群体性的文学实践与理论创树，则个体研究的意义就会弱一点。如果着眼于文学发展史的关注，虽然我们以四杰赋作为整体性关照和研究对象，但其作为群体性研究对象自然也不能免于将诗赋的结合考察。或者可能有人认为这种考察应是将诗、赋、文的结合，但笔者以为彼时"文"的概念与其后大别，故赋应包括其时"文"的范畴，而且四杰的革新与理论更多应是针对当时的流弊有感而发，这种流弊正是《诗经》和《楚骚》以来的韵文发展的形式僵化与脱离诗教传统而文统道丧的问题。因此这种以诗赋为主的考察就极其自然和合理，这实际在四杰的理论阐发中也都有隐喻和暗示。不过，甚为可喜的是，自笔者硕士研究生论文之后，关于四杰的乐府诗、骈文、序文、文等研究继出，无疑对本研究是有所补益的，也有助于读者更全面地了解四杰的文学史价值和意义，也更能凸显四杰辞赋研究的作用。

当然，将四杰赋创作视为初唐文学发展史上一个比较特殊的群体创作和文化现象予以关注和研究，又是继汉代宫廷文学、建安文学和邺下文人文学，以及竹林七贤等文人群体性创作一样，对于其所在时代的整体文学关注、文学风气风尚形成及流变是极为重要的。首先，四杰辞赋研究，不仅可以揭示其文本创作与其思想的简单对应关联，而且从其大量用典用事，以及对传统文学、文化乃至道统、学统、文统的思考与继承，同样能够彰显他们在对传统文化传承中所肩负的历史作用与价值，这实际往往超越文本研究的纯文学意义。其次，四杰辞赋创作正是处在隋末唐初的思想文化重要的变革时期，从历史来看，骈文及骈赋历经魏晋六朝及隋的长期发展，已呈颓势之趋，故有去弊革变的趋向，这是时代的大趋势。而诗歌领域也在经历从四言到五言，从汉乐府到格律化的变化，然这种变化又正处于一种上升期。而且诗歌的作用与用途正脱离宫廷乐歌逐渐走向文人化抒情言志，在表达形式、方法上亦面临新的变革和创新，这使诗赋在初唐这一特殊时期相互借鉴融合成为必然之趋向。而且在学术上唐代也开始对前代学术加以总结，如唐代孔颖达、贾公彦等对经学的整理与义疏，其不仅在树立新的典范，具有某种创新的潜意识，另一方面则出于学术和学统发展的自然的时代要求，需要对前代学术成果加以系统性整理与归纳。在文学领域也开始出现李善等人对《文选》的点注，这是顺应时代的趋势和要求的。正因如此，重新探索和阐释四杰辞赋在文体的丰富多样性、灵活创新性，以及其文本的艺术、思想，特别是从音韵、句式方面所蕴含的价值和意义，恐怕就会别有价值和意趣，这也有利于重新反窥四杰赋对传统赋文学的继承与创新。

当然，正是因于上述时代原因，加之四杰自身的杰出才能，四杰辞赋创作在题材选择上也就具有一定的广泛性、比鉴性和总结性特征。又由于四杰的天纵之才、不拘之性，也使他们的赋作题材和诗歌题材一样都呈现出一种现实性与生活情趣化特征。既有对天人哲学命题的关注，也有对具细而微的生活化事件的描写，可以说其在诗赋领域已经开始了中唐新乐府写实诗的先行之旅。当然，从这个角度和视野来看，四杰辞赋的文学史价值也就更具有意义，确实如王芑孙所云有"启宋元明三代"之功。四杰辞赋在艺术技巧上各有优长，作为一个创作群体，他们又具有大致相近的身世际遇。四杰在辞赋创作题材原型意义的相近性、思想内涵的曲折、共同的骚人气质、"徒志远而心屈，遂才高而位下"① 的人生经历方面，确实存在共情共志或意曲款合之处，这使"四杰"之名在当时就有一定的社会影响。当然"四杰"之名同样适用于其诗歌领域的成就和影响，但恐怕如闻一多先生所言其文的因素应更多。他们在辞赋创作题材上的开创，在融体破体上的开创已足开一面之新，其为初唐赋学"四杰"又有何不当呢？

初唐四杰赋题材的广泛，从前人对其赋体的分类已可略见，如前人对四杰赋多以咏物赋、大赋、抒情赋或骈赋的名目归整而含括之。但这显然并不能含括四杰全部的辞赋创作文本，而且今天的研究也多囿于以"赋"命名的作品。因此笔者觉得对四杰辞赋的基本状况进行考察，并进行大致体例分类研究是有必要的，这有利于梳理四杰辞赋在题材和体例上的具体承启意义。而且这种分类就必须涉及对文本的仔细考察，也有助于具体了解四杰赋作在破体创体上的创变成就。

笔者以为，对四杰赋从咏物赋、大赋、抒情赋、骈赋等名目或视角的考察，这并不是科学性和体系性的分类探讨，但这种分类有助于我们了解其题材的大致特征或内容。如咏物赋是针对题材而论，大赋是针对形制篇章而发，抒情赋是针对情感的表征现象，骈赋又是针对语言句式，其间逻辑关系显然比较松散，不能形成一个体系中的并列或顺承关系。本书从科学的文体分类角度，结合赋体文学发展演变的历史特征，重新对四杰赋体文学予以界定和分类。其中有承前人正确而未深入的见解而详加引申推论之说，也有驳前人谬议而另立新说。譬如初唐王勃作《寒梧栖凤赋》一篇，形制颇似律赋，《登科记考》虽并未明确载其考题及篇名，但于"幽素科十二人"下引《旧唐书·文苑传》记王勃"应幽素举及第"②。其所应举之赋是否就是《寒梧栖凤赋》呢？这当然还有待进一步详文考证，其虽确有押韵的特征，但其尚未表现出限韵、次韵等完全规范的特征，这或许是早期试赋的表现。这就由此进一步引发对唐代何时试赋问题的思考。因此本书对唐代试赋取士的时间界定以及先唐试赋取士的个例一并略做考证。从而说明律赋的形成与唐代科举试赋确实有很大的关系，但同时试赋（律赋）的形成又是一个历史的自然的选择和结果，它的酝酿和成熟经历了一个逐渐萌发的过程，科举给予了它成熟的时机和条件。对于这一客观的历史认识，祝尧可谓有先哲之明，其谓："盖俳体始于两汉，律体始于齐梁。俳者律之根，律者俳之蔓。后山云'四律之作始自徐庾。'俳体卑矣而加以律，

① 董诰等编：《全唐文》，北京：中华书局，1983 年，卷一七七，第 1806 页。

② 徐松撰，赵守俨点校：《登科记考》，北京：中华书局，1984 年，卷二，第 55 页。

律体弱矣而加以四六，此唐以来进士赋体所由始也。"① 显然这一过程的考察也有助于我们进一步理解四杰律赋创作的时代背景及其文学史意义。

四杰的律赋创作虽存留不多，但却对考察初唐律赋的发展具有重要意义。首先，律赋与试赋有着十分密切的关系，但律赋与试赋在最初又应是有所不同的两个概念。那些于科举考试中所创作的律赋我们称为试赋，但那些为试赋做准备而创作的近似或相类赋体应该称为律赋更为准确。关于王勃的《寒梧栖凤赋》《释迦佛赋》是不是律赋，虽有不同的争论，但如果从形式上关注，是完全可以视之为律赋的。而且从唐初律赋及试赋的实际情况来看，试赋最初并非一定限韵，作为考试的律赋发展应大致经历限题、赋某字（韵）、和韵、不次用限韵、次用限韵。到后来，律赋与骈赋相区别的唯一特征就主要是"限韵"这一条，尹占华说："律赋本由骈赋发展而来，与一般骈赋不同的是：它是限韵的。故初盛唐时，只需将骈赋按规定押韵，就是律赋。其实对于律赋来说，只有按规定押韵这一条是'硬'格律，其他如对偶之类，是'软'格律，是颇有伸缩的余地的。"② 朱光潜认为律赋"不但求意义的排偶"，也求"声音的对称和谐"③。但这恐怕并不是对唐初律赋的实际情况的总结，而只是对律赋的一般的语言形式特征的描述。

结合尹、朱二说以及律赋发展过程的实际，笔者认为律赋的文体概念范畴可以稍做拓伸，对具有"试"性质的律赋范围界定亦可略做扩展。故唐初作为考试性质或带有考查性质的试赋，完全可能也包括一些"和赋"和"令诏赋"。那么，我们对初唐律赋的情况判断就断然不能只以"限韵"和是否标明限韵的形式特点来取舍。如果从限题到限韵的发展因素加以综合考虑，王勃的《寒梧栖凤赋》则完全有可能如某些学者认为的是试赋。④ 而且受当时创作倾向和试赋逐渐限韵倾向的影响，一些非试赋性质的律赋也诞生了，如杨炯的《幽兰赋》，无论题材和用韵形式，对中唐及中唐以后的律赋影响都应是比较大的，中唐仲子陵、乔彝等人便有以《幽兰赋》为题的试赋（皆以"远芳袭人，终古无绝"为韵）。

其次，对初唐律赋的考察有助于对唐代律赋的发展及其定型化过程有深入

---

① 祝尧：《古赋辩体》卷七《唐体》，《景印文渊阁四库全书》第 1366 册，台北：商务印书馆，1986 年，第 801 页。

② 尹占华：《律赋论稿》，成都：巴蜀书社，2001 年，第 418—419 页。

③ 朱光潜：《中国诗何以走上"律"的路》，见赵敏俐编：《文学研究方法论讲义》，北京：学苑出版社，2005 年，第 213 页。

④ 尹占华说此赋"不大可能是试赋"（《律赋论稿》，成都：巴蜀书社，2001 年，第 107 页），然高光复、许结、姜书阁等认为其是试赋。

了解。从上述可以看出，初唐已经有明确的律赋篇章，其无论是题材还是限韵形式等对唐代律赋的发展是有影响的。甚至可以说初唐四杰律赋的限韵形式对后来唐代科举试赋的限韵，特别是八韵形制具有开创性意义。有学者推断出《释迦佛赋》以"随步图相，明灭闻迹"为韵，并认为这种用韵形式"完全遵守四平四仄，相间而行的规范"①。这显然是与成熟的唐代律赋用韵形态一致的。但詹杭伦认为"在律赋发展史上，一般认为这种规范的律赋出现在晚唐五代，到宋代才完全定型化"②，并由此质疑和推断此赋作者权属，并将此篇归为金元时期的丁时仁作，这是值得商榷的。此正如曹丕《燕歌行》的情况一样，一般认为七言律诗形成于齐梁以后，至杜甫方才成熟，然《燕歌行》一章已开其端。虽然文学文体的发展大致遵循递次替衍的进程，但却不能否认那些具有开创意识的打破规律者，而文学文体的变革实际亦多因这些首倡和创变者之功。因此笔者认为对四杰辞赋《释迦佛赋》的考证就涉及唐代赋学的重大学术问题，它既涉及律赋发展史、佛教史，也涉及历来对唐初律赋用韵情况的学术争辩问题。这些不仅在于对四杰辞赋篇目的具体研究，更多涉及唐代赋学发展史考察，其研究的价值和意义可见一斑。

再者，初唐四杰辞赋体例齐备，对于全面考察初唐及有唐一代的赋体文学发展，以及赋体与诗文等的互融互渗等都有重要的意义。对初唐四杰辞赋的分类历来并未有明确的界说，特别是对其非赋名篇的作品，在归类上也或有争议。对初唐四杰赋的归置大多将其视为骈赋，而对其文赋、律赋、骚赋等归类及探讨也少有论说。因此对四杰辞赋的研究亦需以其文本为基础进行详勘，突破前人陈见，对唐代赋体文学史的研究亦当有所勘进和助益。其中譬如四杰赋的归类问题、与其他文体的关系及破体融体问题、对楚骚汉赋的继承与创变问题等，这些实际都是初唐赋学史中的重要问题。如某些向被视为"文"体的篇章是否可以归入赋类，以及四杰赋与汉唐俗赋的关系等③，已多有学者加以讨论，然仍有覆而未发者，而且对四杰赋诗互渗互文问题的探讨仍乏希声。

当然，由于四杰对文统及道的自觉以及其时代使命，使得他们的文学创作具有特殊的时代意义，表现在文学文体上也具有总结性、开创性和变革性特征。因此在其辞赋的归类上，虽主要依据各体赋的主要文体特征，但又必须是从广义的、宽泛的和融合的视野来界定四杰赋的分体，而且因赋诗都是在不断

---

① 詹杭伦：《王勃〈释迦佛赋〉乃丁时仁作考》，《文学遗产》2006年第1期。
② 詹杭伦：《王勃〈释迦佛赋〉乃丁时仁作考》，《文学遗产》2006年第1期。
③ 参郭预衡《中国古代文学史》、钱仲联《中国文学大辞典》等相关解说。

发展演变的，自然也不能局限于赋分体的孤立和静止状态。从文学发展的角度来看，采用一种动态的、交融的、互渗的分体方式考察和研究视野，既是对四杰辞赋研究需运用的一种研究方法，实际也是初唐四杰辞赋呈现给读者的一种新的状态。正因为四杰辞赋这种特殊的呈现状态，在其分体研究中，自然难免多有篇目重复的叙述，而为了避其累赘，也避免常用赋体分类法的偏见和不足，笔者在本文中引入"因子"一词，正如语言研究中的"语素"一样，使其成为较微观的考察，这样更便于还原文体分类的原始及略窥其文体间的互渗与演变等关系。这种方法的运用，实际亦可反窥四杰辞赋的创变意义。

第一章　四杰与唐代赋体文学观念谫论

唐代文学史中涉及几个非常重要的问题，如乐府运动与新乐府运动、古文运动、诗歌意境与声律等问题，这些似乎都是关于诗论和文论的命题。但这些问题实际又与唐代赋学问题极相关。当然，因为自元明以来先后出现祝尧的"体愈下"说、李梦阳的"唐无赋"说以及清人程廷祚"唐以后无赋"论，虽然清代王芑孙在《读赋卮言》中力辩唐赋之盛，也非常肯定其价值，然似终不能挽其颓衰之象。因此，近代一些唐代文学研究的著作所涉的主要命题亦不出诗歌、小说或戏曲的领域，在胡朴安等的《唐代文学》中虽将之拓展为五个部分，涉及诗歌、小说、戏曲、抒情散文、杂文。然其中亦未有唐赋的地位，在杂文一类，其不过认为有如柳宗元的游山水记等作品。[①] 而相关的文学史著作，也多举汉赋，论唐赋者可谓寥寥无几。

然唐赋对唐代文学的影响却并不因人们对唐代科举试赋的贬损而销遁。从唐代韩、柳的抒情散文、陆贽的奏议、刘知几的《史通》等多采用辞赋句式和章法，以及骈四俪六的文字形式，可见赋体对当时文章学的影响。正如绪论所述，四杰的赋体文学观是包会于其诗文理论观念中的。这从王勃《上吏部裴侍郎启》、杨炯《王子安集序》等篇章可以略窥一二。特别是从四杰的创作实践及其理论等来看，唐代赋体文学观念实际涉及几个主要方面：一是赋骚关系，二是文与诗赋关系，三是杂文内涵与本质。而这三个方面又实际有着内在的密切联系，初唐基本上仍沿袭赋骚同体以及文为有韵之体的文学观念，但初唐又是发萌"文"之观念改变的一个重要转折期。

一、唐代赋骚同体观及其源流

在唐代赋体文学观念中除诗赋同源的观念，赋骚同体亦为一重要学术观

---

① 胡朴安、胡怀琛：《唐代文学》，北京：商务印书馆，1931年，第9—10页。

初唐四杰辞赋研究

念。赋骚同体的观念从学术思想本质来看，它是与诗赋源流有密切关系的。正是因为在传统学术思想中，如班固谓："赋者，古诗之流也。"① 而刘勰云："赋也者，受命于诗人，拓宇于楚辞也。"② 从而将赋与古诗及楚辞的关系建构阐释得十分清楚。

（一）赋骚同体观及其源流

从先秦文献传流来看，屈宋等人的作品虽然今天被视为一种不同于《诗经》体的文体，甚至被尊奉为一种新的文学体例，但事实上，楚辞体的发生和形成是与古诗以及诸子等散文书写体式有着密切关系的，也许其时屈宋他们并不将自己的作品看作一种创格或创例，因为至屈宋，这种文体实际已逐渐成为一种自然的文体样态了，可能其中又偶因巫楚文化和古代巴文化的影响而带有地域性的语助词"兮"等的运用而被赋予一种新的文体形象。但这种文体特征与传统的文学书写方式，或者说与传统的经典表达方式是密切相关的。从现有文献的记载来看，夏商以来的主要经典表达应大致以《诗》《书》《易》为典范，这三部经典中的叙述方式已经大致包括了后来的《春秋》《礼》及诸子散文的一些叙述特征和方法。即其时已经孕育了"诗"（韵文）和"书"（散文）的两种形态。在屈宋等人的楚辞作品中实际上也含有这两种表现方式，但其中以"诗"的表现方式最为明显，因此"楚辞"不过是对古诗传统的一种衍进性继承和发展。

自屈原之后，汉代学人对赋与楚辞的关系认识如何呢？我们可以看看《史记》和《汉书》等文献中的记载。如司马迁《史记》对屈原赋作的评价，就可以看出这种源流和传承关系。其谓："屈平之作《离骚》，盖自怨生也。《国风》好色而不淫，《小雅》怨诽而不乱。若《离骚》者，可谓兼之矣。上称帝喾，下道齐桓，中述汤武，以刺世事。明道德之广崇，治乱之条贯，靡不毕见。其文约，其辞微，其志洁，其行廉，其称文小而其指极大，举类迩而见义远。其志洁，故其称物芳。其行廉，故死而不容自疏。濯淖污泥之中，蝉蜕于浊秽，以浮游尘埃之外，不获世之滋垢，皭然泥而不滓者也。"③ 其中对《离骚》与《诗经》的关系剖析分辨甚明，不但详述了《离骚》对"国风"和"小雅"的兼取承继，而且对其行文章法主旨皆加以辨析，不但揭示了《离骚》与《诗》

---

① 萧统编，李善注：《文选》，上海：上海古籍出版社，1986 年，第 1 页。
② 刘勰著，范文澜注：《文心雕龙注》，北京：人民文学出版社，1958 年，卷二，第 134 页。
③ 司马迁：《史记》，北京：中华书局，1959 年，卷八十四，第 2482 页。

之讽谏同旨之趋，实际也彰显了《离骚》为《诗》之流裔。司马迁在《屈原传》中亦称屈原"乃作《怀沙》之赋"①，可见其将屈原所作"楚辞"又视作赋体无疑。

实际上，在从诗歌到辞赋的发展过程中，楚辞正处于诗与赋的中变环节，在古诗向赋体发展的过程中起着一种十分重要的作用，可以说是早期的一种赋体，正如后世称"《离骚》为辞赋之祖"②。正是因为楚辞所处的这种中变地位，宋代学人实际上就已经明确称《离骚》为辞赋之祖。如《宋景文公笔记》卷中云："予谓老子《道德》篇为玄言之祖，屈宋《离骚》为辞赋之祖。"③ 至明清论者皆以此为的见。当然，这种见解并不是突发的奇想怪论。在汉代，实际上人们既注意到了楚辞与古诗的关系，这一方面体现在《史记》等西汉早期的一些文献和评述中；另一方面，特别是在东汉时期，人们又开始注意到了楚辞与赋的关系。班固《汉书·艺文志》载"屈原赋二十五篇""唐勒赋四篇""宋玉赋十六篇""贾谊赋七篇"④。其中将楚辞视为赋体无疑。而且《汉书·贾谊传》引贾谊《吊屈原赋序》（或作《吊屈原文序》）一段，亦可佐证。其文曰：

> 谊既以适去，意不自得，及渡湘水，为赋以吊屈原。屈原，楚贤臣也，被谗放逐，作《离骚赋》，其终篇曰："已矣！国亡人，莫我知也。"遂自投江而死。谊追伤之，因以自谕。⑤

此段文字又见录于贾谊《新书》卷十，其文云："以谊为长沙王太傅。谊既以适去，意不自得，及渡湘水，为赋以吊屈原。屈原，楚贤臣也，被谗放逐，作《离骚赋》，其终篇曰：'已矣！国亡人，莫知我也。'遂投江而死。谊追伤之，因以自谕。"⑥ 其中透露的两点信息很值得注意：一是称屈原作《离骚赋》，即将屈原《离骚》篇视为赋体。这与《汉书·艺文志》中班固将屈原

①　司马迁：《史记》，北京：中华书局，1959 年，卷八十四，第 2486 页。

②　吕祖谦：《丽泽论说集录》卷七，《景印文渊阁四库全书》第 703 册，台北：商务印书馆，1986 年，第 397 页。

③　宋祁：《宋景文公笔记》卷中，明刻本。

④　班固：《汉书》，北京：中华书局，1962 年，卷三十，第 1747 页。

⑤　班固：《汉书》，北京：中华书局，1962 年，卷四十八，第 2222 页。

⑥　贾谊：《新书》卷十，《景印文渊阁四库全书》第 695 册，台北：商务印书馆，1986 年，第461−462 页。又见贾谊撰，阎振益、钟夏校注：《新书校注》，北京：中华书局，2000 年，第 456 页。按：《新书校注》谓"遂自投江而死"，多"自"字。

二十五篇作品都归为赋体是一致的。二是汉代"文"的观念就是指的诗赋等有韵的文体，这直接与魏晋的文笔观念相承。此在后面详论。

至东汉后期，人们去古渐远，特别是从汉赋的发展与经孔子整理的《诗经》文本样态间很难直接地察觉它们之间的对应和承袭关系，对文体的衍变历程也渐趋模糊，大多数学者开始更多地看到文学文体的近承关系。在这种情况下，班固在《两都赋序》中谓："或曰：赋者，古诗之流也。"① 所谓"或曰"就是有人说或者听人论说，可见对这种论见在当时并不是一种统一或者说唯一的赋源学观念。人们对赋与古诗的关系考察，也只能间接由赋与楚辞关系，再由楚辞与古诗关系，方能明白诗赋源流。虽然，班固并没有直接分析诗赋之间的这种源流关系，却直接承袭刘向、刘歆父子《七略》《别录》等成果，其在《汉书·艺文志》中将"诗赋略"归为一类，这其中已深蕴诗赋的同源关系。

这种思想在后来得到了继承，并被近代考古学所印证。如《史记》载："故天子听政，使公卿至于列士献诗，瞽献曲，史献书，师箴，瞍赋，蒙诵，百工谏，庶人传语，近臣尽规，亲戚补察，瞽史教诲，耆艾修之，而后王斟酌焉，是以事行而不悖。"② 《史记》等解释献诗为"上诗风刺"，献典为"献乐典"，献书为"太史上书谏"，师箴为"乐太师上箴戒之文"，而其释"瞍赋"之"赋"，裴骃《集解》则引韦昭谓："赋，公卿列士所献诗也。"③ 由此可见至三国时人们还尚能明辨赋诗之间的源流关系。至清代章学诚、刘熙载等论"六诗"亦阐明赋为六诗之一，甚至刘熙载称："《汉书·艺文志》论孙卿、屈原赋有侧隐古诗之义。刘勰《诠赋》谓'赋为六义附庸'，可知六义不备，非诗即非赋也。"④ 其中即隐喻着赋与古诗同宗，或者说诗有六义，而赋亦兼六义，明白阐释了赋兼古诗之用实。清张惠言亦称荀卿、屈原之作"不谋同称，并名为赋。故知赋者，诗之体也"⑤。章学诚《校雠通义》谓"诗赋本《诗经》支系"⑥。可见在《周礼》时代诗赋的关系极为密切，赋即是古诗，或谓古诗之一种。今天《清华简》所载《周公之琴舞》等篇章应为《诗经》中《周颂》

---

① 萧统编，李善注：《文选》，上海：上海古籍出版社，1986年，第1页。

② 司马迁：《史记》，北京：中华书局，1959年，卷四，第142页。

③ 司马迁：《史记》，北京：中华书局，1959年，卷四，第143页。

④ 刘熙载：《艺概》，上海：上海古籍出版社，1978年，第86页。

⑤ 张惠言：《七十家赋钞目录序》，清道光元年合河康氏家塾刻本。又见《茗柯文编》初编，上海：上海古籍出版社，1984年，第18页。按：二序文字略异，应为张氏手稿本篇目等有删略之故，故两序初刊本与整理后刊本目录序中所陈篇目略异。

⑥ 章学诚：《文史通义》（附《校雠通义》），上海：上海书店出版社，1988年，《校雠通义》卷三，第99页。

古诗篇，其体例颇与后来赋体的长短相间、韵散间杂的赋体形式相近。^① 这确实可以作为赋与古诗渊源的一种印证。

由此可见，赋骚同体观念的衍生是与赋诗及骚辞源流密切相关的。而自汉代开始的历代赋骚同体观念的衍生与纠缠又突出表现为辨体与宗经的两种意识形态的交织。我们可以从以下几个方面来看唐前的赋骚同体观念的发展：

首先，赋骚同体观念是与诗赋源流关系的认识密切相关的，同时又是与宗经及辨体意识相纠葛的。如上文所述，自汉代以来人们基于赋、诗之间的这种源流关系认识，而赋与骚的关系又极为密切，因此从汉代以来人们基本上持赋骚同体的观念。当然，对赋骚同体的认识以及诗赋源流问题的探讨，自先秦以后未有断续，观其衍进确又突出地表现在两点：一是辨体，二是宗经。汉人不但将《诗》尊为经典，列为五经之一，还同样将《离骚》视为经典，与《诗》无异。而且汉代由于汉赋的繁兴，赋体在各种领域得到广泛的书写和运用，赋体亦渐被尊为经典。然而，因为赋体的广泛运用，甚至在文体观念尚未完全明晰的时代，诗赋跨界的渗透亦较常见。这在先秦至汉晋典籍中都可见到相似的情况，如《尚书》载《五子之歌》，《尧典》以赋体书写，《史记》《文心雕龙》皆参融赋体等。而因事用备细和繁复，又渐渐出现了对"体用"的辨析要求。然而也正是因为辨体与宗经所持守的立场和视野及目的之不同，也往往使人们对赋骚是否同体的问题产生怀疑。辨体者以实用与当下的视野观照，而宗经者主历史的思辨的眼光和思想。自然，辨体者往往误以为赋骚异体，而宗经者却贯守赋骚同体的观念。这种文学文体的衍进必然带来认识论上的争辩和新的学术视野的勘进，魏晋正是将辨体与宗经交织的衍进时期。

在魏晋时，主流意识仍是将《离骚》等楚辞篇章视为赋体，但有学者认为其时赋骚有分体的趋势，这主要表现在《文选》将赋骚分列，且《文心雕龙》并置《辨骚》《诠赋》二篇。其实这是对当时赋体文学发展状况的一种误解。一方面，受汉代以来将《离骚》经典化的影响，同时另一方面在实际政治生活中文事滋繁，故文章同体异用的情况渐开，为便政事与治用，在文学文体中从实用的径路来看，辨体的意识增强。而辨体又必然导致对体源问题的思考，从文学文体源流的思辨来看，由流及源，则必然衍发对本源的尊崇，故其宗经的倾向则愈发显然。选文的目的本来是方便问学或治政之用，如《文选序》引《易》云："《易》曰：'观乎天文，以察时变；观乎人文，以化成天下。'文之

────────────

① 何易展：《清代汉赋学理论与批评》，北京：人民出版社，2018年，第268-275页。

第一章　四杰与唐代赋体文学观念谫论

时义远矣哉。"① 这使在通选的过程中辨体自然成为选文附带的宗旨。选文辨体出于现实致用，这在《文选序》中已多次暗示，其谓："盖踵其事而增华，变其本而加厉。物既有之，文亦宜然。随时变改，难可详悉。"② 由于文体的"随时变改"，使辨体成为必然。尽管《文选》分列赋、诗、骚、文等序次，且有明显的辨体意识，却并不能完全否认赋骚同体的理论依据。故萧统《文选序》亦云："至于今之作者，异乎古昔。古诗之体，今则全取赋名。荀宋表之于前，贾马继之于末。自兹以降，源流实繁。"③ 萧统显然是站在文学发展的理论视野，以历史唯物辩证的观照得出的结论：一是强调了赋与古诗的同源关系，二是说明荀宋、贾马之作的同体关系及与古诗的渊源，三是承认古诗之骚辞及赋诗，包括四五言等体皆是其流裔变衍之作。但这似乎与其序末的"凡次文之体，各以汇聚。诗赋体既不一，又以类分。类分之中，各以时代相次"④略相矛盾。一方面说诗赋同体同源，一方面又称"诗赋体既不一"，显然后者出于现实致用的辨体观。当然这种辨体也是与其时对文学文体愈细愈密的"体用"要求一致的。这种变化不仅在曹丕《典论》和陆机《文赋》中有所揭示，在萧统《文选序》中对这种体用变化的时代性因素亦有所揭橥：

> 自炎汉中叶，厥涂渐异。退傅有在邹之作，降将著河梁之篇。四言五言，区以别矣。又少则三字，多则九言。各体互兴，分镳并驱。颂者，所以游扬德业，襃赞成功。吉甫有穆若之谈，季子有至矣之叹。舒布为诗，既言如彼，总成为颂，又亦若此。次则箴兴于补阙，戒出于弼匡，论则析理精微，铭则序事清润。美终则诔发，图像则赞兴。又诏诰教令之流，表奏笺记之列，书誓符檄之品，吊祭悲哀之作，答客指事之制，三言八字之文，篇辞引序，碑碣志状，众制锋起，源流间出，譬陶匏异器，并为入耳之娱。黼黻不同，俱为悦目之玩。作者之致，盖云备矣。⑤

而在理论上坚持赋骚同源同体者，则以宗经意识极强的刘勰《文心雕龙》为代表。或有人以为刘勰既列《辨骚》，又置《诠赋》篇，或有分赋骚的思想倾向。但细审《文心雕龙》全篇及其结构，显然《辨骚》置于卷一《原道》

① 萧统编，李善注：《文选》，北京：中华书局，1977年，第1页。
② 萧统编，李善注：《文选》，北京：中华书局，1977年，第1页。
③ 萧统编，李善注：《文选》，北京：中华书局，1977年，第1页。
④ 萧统编，李善注：《文选》，北京：中华书局，1977年，第2页。
⑤ 萧统编，李善注：《文选》，北京：中华书局，1977年，第2页。

《征圣》《宗经》《正纬》之后，同为一卷，可见作者将其视为"经"的目的是十分显然的。

其首篇《原道》总论文之道，故依《易》理，既叙道（自然）之文，又陈文之应道（自然），此可谓总陈。然后再叙以人文之道，其称："人文之元，肇自太极，幽赞神明，易象惟先。庖牺画其始，仲尼翼其终。而乾坤两位，独制文言。言之文也，天地之心哉！"① 自《易》而追乎经典圣哲，其称："爰自风姓，暨于孔氏，玄圣创典，素王述训，莫不原道心以敷章，研神理而设教，取象乎河洛，问数乎蓍龟，观天文以极变，察人文以成化；然后能经纬区宇，弥纶彝宪，发辉事业，彪炳辞义。故知道沿圣以垂文，圣因文而明道，旁通而无滞，日用而不匮。《易》曰：鼓天下之动者存乎辞。辞之所以能鼓天下者，乃道之文也。"② 也就是说，《文心雕龙》开篇即申明了文以载自然、人文之道。而人文之道亦是法天地自然之道，这与《易》理是相融贯的，而且可以说与《尚书》所阐之理一致。在《尚书·尧典》中亦彰述颂赞帝尧稽古顺天（自然）之功德。因而此篇所谓"原道"亦是依顺天地自然之道，故"研神理""取象""问数""观天文""察人文"等都是对自然之道的如何探究和考察，因此不知"道"故不能"沿圣"，亦不能"垂文"，圣人因文而明道，其"明道"的深义可知。

而其后《征圣》篇紧承《原道》，实是对圣人以文明道的再论和详辨。圣人述作，先王圣化，皆有典训，故称"见乎文辞""布在方册"，或"此政化贵文之征也""此事迹贵文之征也""此修身贵文之征也"。而对如何以文明道，刘勰同样亦举《春秋》《诗》《书》等为说，分列"此简言以达旨也""此博文以该情也""此明理以立体也""此隐义以藏用也"。他强调以文征圣，既在于强调文的作用，但同样也在于强调文以征圣的意义，故称"则文有师矣"。这种师法是什么呢？显然仍是要回到宗经的道路，故其云："是以子政论文，必征于圣；稚圭劝学，必宗于经。"③ 至于《正纬》《辨骚》二篇，则紧承《宗经》篇之后，前面《原道》《征圣》其旨皆可归于宗经。从全书结构来看，第一卷为辨经宗经，第二卷至第五卷为辨体，第六卷至第十卷为创作论，其中又包括创作方法论和修性论。《宗经》篇云："三极彝训，其书言经。经也者，恒久之至道，不刊之鸿教也。故象天地，效鬼神，参物序，制人纪，洞性灵之奥

① 刘勰著，范文澜注：《文心雕龙注》，北京：人民文学出版社，1958年，卷一，第2页。
② 刘勰著，范文澜注：《文心雕龙注》，北京：人民文学出版社，1958年，卷一，第2-3页。
③ 刘勰著，范文澜注：《文心雕龙注》，北京：人民文学出版社，1958年，卷一，第15-16页。

区，极文章之骨髓者也。"① 显然，关乎天地人三才至极之道，也是世所尊之彝训常典，这些皆可称为"经"。依此论之，其《正纬》《辨骚》二篇实际亦涉及取象天地、效鬼神、参物序、制人纪、洞性灵之奥义，故《正纬》开篇云："夫神道阐幽，天命微显，马龙出而大易兴，神龟见而洪范燿。故系辞称河出图，洛出书，圣人则之，斯之谓也。"② 正因如此，东汉谶纬学说兴起，并以纬为经。当然，如果从学术发展史的历时性视野来看，这些纬书实际上都可以算是对经的传解，较之后代和近世，或可视为"次经"。正是因为它们相较于六经，而降为次经，故后来之学者或有肯定，或持批评，其议不一。虽然刘勰认为"按经验纬，其伪有四"③，却肯定其"事丰奇伟，辞富膏腴，无益经典而有助文章"④。而且东汉以来，纬书地位得到官方学术的肯定，刘勰正是出于"前代配经"的史实，虽为辨经，实仍有宗经之义。在汉代纬书能够大兴，不仅因其政治原因，也是与中国传统学术的发展及其规律衍进相关的。从本质上来看，纬书关乎神理，实质是与"经"取象天地、效鬼神、参物序、制人纪、洞性灵相一致的，只不过在表现方式上为一显一隐，一约一繁。纬隐，故成其为"神教"，而纬多于经，则"神理更繁"，故刘勰称"神宝藏用，理隐文贵"⑤。实际上这也是中国文学从经学中独立出来所必然的经历和发展。

《辨骚》篇则更是肯定屈原的创铸伟辞，自可与经相并。《离骚》在西汉即被视为"经"，故汉武命淮南王安作《离骚传》，将《离骚》视为"经"之义已经至为显明。如唐代颜师古注《汉书》、裴骃《史记集解》皆引作《离骚经》。⑥ 今本汉王逸章句、宋洪兴祖补注《楚辞》标题作"卷一离骚经章句第一离骚""卷二九歌章句第二离骚""卷三天问章句第三离骚"等，王逸云："《离骚经》者，屈原之所作也。"⑦ 可见"离骚"既为篇名，又被用以代指屈原的作品。至少屈原的《离骚》在汉代已明确被视为"经"，具有经典的地位。刘勰《辨骚》亦云："自风雅寝声，莫或抽绪，奇文郁起，其《离骚》哉！"⑧

---

① 刘勰著，范文澜注：《文心雕龙注》，北京：人民文学出版社，1958年，卷一，第21页。
② 刘勰著，范文澜注：《文心雕龙注》，北京：人民文学出版社，1958年，卷一，第29页。
③ 刘勰著，范文澜注：《文心雕龙注》，北京：人民文学出版社，1958年，卷一，第30页。
④ 刘勰著，范文澜注：《文心雕龙注》，北京：人民文学出版社，1958年，卷一，第31页。
⑤ 刘勰著，范文澜注：《文心雕龙注》，北京：人民文学出版社，1958年，卷一，第29—31页。
⑥ 班固：《汉书》，北京：中华书局，1962年，卷七十九，第3308页；又见司马迁：《史记》，北京：中华书局，1959年，卷一二七，第3220页《集解》注。
⑦ 洪兴祖：《楚辞补注》，北京：中华书局，1983年，卷一，第1页。又目录可参《四部丛刊》景明翻宋本《楚辞》。
⑧ 刘勰著，范文澜注：《文心雕龙注》，北京：人民文学出版社，1958年，卷一，第45页。

可见他首先就肯定了其对《诗经》的继承，与《诗》可以说同列经的地位。故后引淮南作传，班固非经，其"褒贬任声"，但在辨析中刘勰明显是对其极加褒赞的，故称"然其文辞丽雅，为词赋之宗"，"《离骚》之文，依经立义"，"名儒辞赋，莫不拟其仪表，所谓金相玉质，百世无匹者也"，"汉宣嗟叹，以为皆合经术；扬雄讽味，亦言体同诗雅"。这虽是对班固、王逸、汉宣帝、扬雄等人评价的历史追述，但从侧面反映了"四家举以方经"的事实，也暗寓了作者的立场。故紧接着，刘勰考核其论，并征之以言，称其有"典诰之体也""规讽之旨也""比兴之义也""忠怨之辞也"，故"观兹四事，同于风雅者也"①。其对后世的影响，更是阐明了其经典的地位。

由此来看，刘勰《文心雕龙》卷一的《辨骚》与卷二《诠赋》，并不是分别骚、赋之意，卷一独列《辨骚》的目的，显然循辨体之实而明"宗经"之本。其在《明诗》篇则明古诗之义，包囊《诗》《书》之体，故称"诗者，持也，持人情性"，即言情咏性之作皆可为诗，从葛天氏之乐辞，至《玄鸟》《云门》之篇，唐尧禹舜之歌，又《五子之歌》及商周之"雅""颂"，皆顺美匡恶，不离"诗"之本。迄于"风人辍采"，以《春秋》而观志；楚客结怨，以《离骚》而刺讥。汉初四言，柏梁列韵；严马属辞，成帝品录，《沧浪》全曲，邪径童谣，枚叔、傅毅之章，李陵、班婕之体，从建安之新变，至近世之新竞，追原述始，总归诗囿。其中可见作者将楚辞骚体与赋体皆归为"古诗"之流。故在《乐府》之后又列《诠赋》篇，《乐府》为乐歌，则赋可视为徒歌。或者说乐府为歌诗，则赋为白诗，即"不歌而诵谓之赋"②之义。在《诠赋》篇中刘勰一面辨体，一面强调其与"古诗"的源流关系，其云："诗有六义，其二曰赋。"又称赋诗的关系，谓："诗序则同义，传说则异体，总其归途，实相枝干。""及灵均唱骚，始广声貌。然赋也者，受命于诗人，拓宇于楚辞也。"③可以说赋骚的关系阐发甚明。

其次，赋骚同体的观念不但反映在诗、骚、赋源流的理论辨析过程中，同时也反映在选章辨体的实践过程。其中最明显的就是后世多将楚辞及模拟楚辞体的作品视为骚赋，在选文中或归入赋类，或单置骚赋一体。如《汉书·贾谊传》载屈原被谗放逐而作《离骚赋》，《东观汉记》《后汉书》等载汉人模拟楚辞类作品亦明确被称为"赋"，如扬雄作《反骚》《广骚》《畔牢愁》等，梁竦

---

① 刘勰著，范文澜注：《文心雕龙注》，北京：人民文学出版社，1958年，卷一，第45—47页。

② 班固：《汉书》，北京：中华书局，1962年，卷三十，第1755页。

③ 以上所引并见刘勰著，范文澜注：《文心雕龙注》，北京：人民文学出版社，1958年，卷二，第134页。

作《悼骚赋》等。宋人陈起《桂》诗云："一夜桂花发，千崖风露香。树经秋几过，人在月中央。不预《离骚》赋，空居寂寞乡。山翁对之饮，酒色也鹅黄。"① 宋钱杲之《离骚集传》亦称《离骚》篇为赋，其云："右《离骚赋》凡十四节，三百七十三句。盖古诗有节有章，赋有节无章。"② 元陈栎《两都赋纂释序》云："《离骚》，赋之祖，降是舍汉何适矣？孟坚《两都》有余刃，无窘步。汉赋舍班又何适矣？"③

赋骚的这种渊源在元代祝尧《古赋辩体》中有比较详细的辨析，兹略引如下：

> 宋景文公曰：《离骚》为词赋祖，后人为之，如至方不能加矩，至圆不能过规。则赋家可不祖楚骚乎？然骚者，诗之变也。诗无楚风，楚乃有骚，何邪？愚按屈原为骚时，江汉皆楚地，盖自文王之化，行乎南国，《汉广》《江有汜》诸诗，已列于二《南》、十五《国风》之先，其民被先王之泽也深。"风""雅"既变，而楚狂"凤兮"之歌、沧浪孺子"清兮浊兮"之歌，莫不发乎情，止乎礼义，而犹有诗人之六义。故动吾夫子之听，但其歌稍变于诗之本体，又以"兮"为读，楚声萌蘖久矣。原最后出，本诗之义以为骚，凡其寓情草木、托意男女，以极游观之适者，变风之流也。其叙事陈情，感今怀古，不忘君臣之义者，变雅之类也；其语祀神歌舞之盛，则几乎颂矣；至其为赋，则如《骚经》首章之云，比则如香草恶物之类，兴则托物兴辞，初不取义，如《九歌》沅芷、澧兰以兴"思公子而未敢言"之属。但世号楚辞，初不正名曰赋，然赋之义实居多焉。自汉以来赋家体制，大抵皆祖原意，故能赋者，要当复熟于此，以求古诗所赋之本义，则情形于辞，而其意思高远。辞合于理，而其旨趣深长。成周先王二《南》之遗风，可以复见于今矣。④

① 陈起：《江湖后集》卷七，《景印文渊阁四库全书》第1357册，台北：商务印书馆，1986年，第805页。按：陈起《江湖小集》录其《鸟鸟歌》亦称《离骚赋》。北宋李纲《梁溪集》载其《张氏二甥寄诗可喜赋此篇以赠之》诗云："渭阳正续《离骚赋》，频寄诗来慰客愁。"可见宋人虽尊《离骚》为经，但在文体归类上是持骚赋同体的。

② 钱杲之：《离骚集传》，宋刻本。

③ 陈栎：《定宇集》卷一，《景印文渊阁四库全书》第1205册，台北：商务印书馆，1986年，第164页。

④ 祝尧：《古赋辩体》卷一，《景印文渊阁四库全书》第1366册，台北：商务印书馆，1986年，第718页。

其时祝尧所云楚声、楚骚就是楚赋，故在卷二称荀卿"其时在屈原先，楚赋于斯已盛矣"，又云："屈子之骚，赋家多祖之。"①。

至明清人则更立"骚赋"一类，如明代黄生评杜诗《桃竹杖引赠章留后》诗云："盖诗之变调，而其源出于骚赋者也。"② 又仇兆鳌云："按历代赋体，如班马之《两都》《子虚》，乃古赋也。若贾扬之《吊屈》《甘泉》，乃骚赋也。唐带骈耦之句，变为律赋。宋参议论成章，又变为文赋。少陵廓清汉人之堆垛，开辟宋世之空灵，盖词意兼优，而虚实并运，是以超前轶后矣。"③ 显然将楚辞和拟楚辞类作品视作骚赋体。又如论杜甫《天狗赋》云："此骚赋格也，篇中画然四大段，或叙或断，有开有阖，与集内五古诸诗，局势相似。"④ 清初陆荽《历朝赋格》就将历代赋体分作文赋格、骚赋格和骈赋格三种。

当然，明清视骚为赋实为普遍之情形，其文献记载繁多，此不便一一胪举。此不但于文学家持其论见，而且于经学家也大抵持相同之观点。《李太白诗集注》卷三十四《丛说》引明郝经之说云："诗之所以为诗，所以歌咏性情者，只见《三百篇》耳，秦汉之际骚赋始盛，大抵怨蕴烦冤，从谀侈靡之文，性情之作衰矣。"⑤ 其论虽非允当，但可以明确看出"骚赋"就是指秦汉之际的楚辞体作品。

在选文实践中，以明清两代的赋选本来看，基本上不选录《楚辞》作品，但这并不能说明明清赋选家是将赋骚分置或持赋骚异体观念的。以清初陆氏《历朝赋格》为例，清初陆荽《历朝赋格》选历代赋作就分列文赋格、骚赋格和骈赋格三类，其虽然未收《楚辞》文本中的赋作，但不过是受其选赋体例所限。其所选赋篇为以赋名篇的作品，且以《离骚》为代表的《楚辞》文本，在明清以来被尊为经典的倾向更为明显，且从汉代王逸注《楚辞》，宋代洪兴祖补注、朱熹集注，钱杲之又作《离骚集传》，吴仁杰为《离骚草木疏》等，其后明清学人更广为其注疏义解，如黄文焕《楚辞听直》、陆时雍《楚辞疏》、汪瑗《楚辞集解》、贺贻孙《骚筏》、蒋骥《山带阁注楚辞》、李陈玉《楚辞笺

① 祝尧：《古赋辩体》卷二，《景印文渊阁四库全书》第 1366 册，台北：商务印书馆，1986 年，第 743 页。

② 杜甫撰，仇兆鳌注：《杜诗详注》，北京：中华书局，1979 年，第 1064 页。

③ 杜甫撰，仇兆鳌注：《杜诗详注》，北京：中华书局，1979 年，第 2157 页。又按：《景印文渊阁四库全书》本《杜诗详注》作"足以超前轶后矣"（《景印文渊阁四库全书》第 1070 册，台北：商务印书馆，1986 年，第 946 页）。

④ 杜甫撰，仇兆鳌注：《杜诗详注》，北京：中华书局，1979 年，第 2190 页。

⑤ 李白撰，王琦注：《李太白集注》卷三十四，《景印文渊阁四库全书》第 1067 册，台北：商务印书馆，1986 年，第 596 页。

注》、屈复《楚辞新集注》、王夫之《楚辞通释》、胡文英《屈骚指掌》等，这些都使《楚辞》文本进一步被经典化。在《八千卷楼书目》卷十五集部就首列"楚词类"著作36种，显然《楚辞》文本的经典化是明清选本不录屈原等楚辞体作品的主要原因。正如《历朝赋格·凡例》云："夫子删《诗》，而楚无《风》，后数百年屈子乃作《离骚》，《骚》者，诗之变，赋之祖也。后人尊之曰'经'，而效其体者，又未尝不以为赋，更有不名赋而体相合者，说详祝氏《外录》。余谓枚生《七发》，乃赋之最佳者，后人仿枚，辄名曰'七'，无稽之言，每为捧腹，然其体与骚似异，故不及载，而以拟骚为一格焉。"① 其中显然可见陆氏持骚赋同体观念无疑。

那么，何以又将骚别于赋呢？正如上所述，将《离骚》别于赋体，主要表现在选文方面，其目的在于"宗经"，从而抬升《离骚》等楚辞作品的地位。但这种宗经的行为，并不是意在将骚体都尊为经典，因此那些模仿楚辞体的作品只能称为骚体，而不可能成为"骚"经的范畴，从前述汉代王逸作《楚辞章句》及其纲目已经可以看出这种用意。当然，至于后世将依附于《楚辞》文本的其他非屈原作品也纳入经典的范畴，则显然又出于后世经的扩大化和其他衍生的意义和作用。

再者，就是在汉晋至唐代的典籍中多以"文"来泛指诗赋。诗赋和骚同属于有韵的文体范畴，这也是赋骚同体的理论条件之一。而且"文"的概念的衍化，即由其有韵渐而演变为散行的内涵亦是在唐初这一时期逐渐发展开来的。

先秦以来直到唐代，"文"的观念是包括有韵的诗赋作品的，这从几个角度可以证明：

一是从《文言》始，就揭呈了"文"的本质内涵在于语言的形式特征，这使诗赋自然成为"文"的代表。《易》有《文言》篇，其称为孔子阐《易》之十翼之七，《正义》曰："《文言》者，是夫子第七翼也。以乾、坤其《易》之门户邪，其余诸卦及爻，皆从乾、坤而出，义理深奥，故特作《文言》以开释之。庄氏云：'文谓文饰，以乾、坤德大，故特文饰，以为《文言》。'今谓夫子但赞明易道，申说义理，非是文饰华彩，当谓释二卦之经文，故称《文言》。"② 显然《文言》是开释深纬经文的言辞，其语言形态如何？是否具有文饰华彩？其说虽不一，但从其所引《文言》文辞来看，或能窥出些端倪。如其

---

① 陆莱：《历朝赋格·凡例》，《四库全书存目丛书》第399册，济南：齐鲁书社，1995年，第274页。

② 王弼注，孔颖达疏：《周易正义》，北京：北京大学出版社，2000年，卷一，第14页。

论乾卦称："《文言》曰：元者善之长也，亨者嘉之会也，利者义之和也，贞者事之干也。君子体仁足以长人，嘉会足以合礼，利物足以和义，贞固足以干事。君子行此四德者，故曰：'乾，元、亨、利、贞。'"① 则《文言》篇显然具有排比、铺张、对仗等修辞手法，其体势几近于后来之赋体，而且甚至有古诗的韵味，因此或者可以说与古诗之体无异。另《孔子家语》云："言以足志，文以足言。不言，谁知其志？言之无文，行之不远。晋为郑伯入陈，非文辞不为功，小子慎哉。"②

为什么称"言之无文，行之不远"呢？"言"本来就具有讲、说或文、辞的意义或内涵，但何以称"言之无文"？显然"言"与"文"在表达形式上还是存在细微的差别的。或如《说文》所云："直言曰言，论难曰语。"③ 那么，言就是简言，或者说是一般的口语体，而"文"则是繁言深纬，故《说文》云："文，错画也。象交文，凡文之属皆从文。"④ 而清段玉裁释曰："错当作逪。逪画者，交逪之画也。《考工记》曰：'青与赤谓之文。'逪画之一耑也。逪画者，文之本义。纹彰者，纹之本义，义不同也。黄帝之史仓颉见鸟兽蹏远之迹，知分理之可相别异也。初造书契，依类象形，故谓之文。"⑤ 又称"像两纹交互也"⑥。由此可见，孔子《文言》篇所结撰的文体形式与许慎等的总结是相合的，这就寓示着"文"在先秦至汉代就是指那种形式比偶成文的文体，这与诗赋的比兴以及铺陈（赋）的特征是相一致的。

再回过头来看所谓"言之无文，行之不远"，显然就暗寓着对那些直白无文的口语或散杂之言，显然是不方便记忆和阅读的，这自然影响其传播和接受，故自然不可能行之甚远，传之弥久。对于古人的书写工具、方式及传诵、引征等来讲，具有语言规律性特征的文字显然有更多的优势。虽然我们今天并不能完全知晓上古先秦文献的本来面貌，但从昔葛天氏之乐，黄帝《云门》之篇，以至《九歌》《九韶》之古乐，再至楚辞之变奏，其中乐歌的便于诵歌记忆的特征应是显然的，这就必然寓示着歌辞在语言形式上应保持有一种特有的方便记忆的特征。而且从文化人类学的视野及人们对文体语言学的研究来看，

---

① 王弼注，孔颖达疏：《周易正义》，北京：北京大学出版社，2000 年，卷一，第 14 页。
② 孔子：《孔子家语》卷九，《四部丛刊》景明翻宋本。按："晋为郑伯入陈"，中华书局影印聚珍仿宋版王肃注《孔子家语》等作"晋为伯，郑入陈"。
③ 许慎撰，段玉裁注：《说文解字注》，上海：上海古籍出版社，1981 年，卷三上，第 89 页。又见刘熙撰，王先谦证补：《释名疏证补》卷四，清光绪二十二年刊本。
④ 许慎撰，段玉裁注：《说文解字注》，上海：上海古籍出版社，1981 年，卷九上，第 425 页。
⑤ 许慎撰，段玉裁注：《说文解字注》，上海：上海古籍出版社，1981 年，卷九上，第 425 页。
⑥ 许慎撰，段玉裁注：《说文解字注》，上海：上海古籍出版社，1981 年，卷九上，第 425 页。

人类对语言的把握是由简而趋繁的。因此古代的文献文本在总体上不可能呈现出如今天散文般的杂散的叙述状态，更可能是一种有韵的，结构体式比偶成文的，或者偶有骈散间杂的情形。而散体和骈体的发展应该都是在"古诗体"（或者古赋体）的基础上，同时趋向两个不同方向的延伸发展。因此诗赋愈为骈俪，在大"文"范畴下逐渐成为"诗"体，而如《尚书》体类的"文"则愈益散化，而终成为六朝所谓的"笔"。这或许就是文、笔的大致的形成和发展史迹。当然，由于文献的缺佚，从今天出土的一些先秦考古材料来看，反倒是赋体保留了古诗的形态特征，特别是在汉赋中这些古赋、古诗的特征更为明显。

汉代班固承刘向、刘歆父子《七略》《别录》等编纂《艺文志》，其称仿依《七略》而删其要，虽不知其中原录《辑略》《六艺略》《诸子略》《兵书略》《术数略》《方技略》等的情况，但从班固所删存的情况来看，其中所引的"六艺"经书及诸子之书，在文体上恐怕多数应保留有古诗文的书写体式，这可以从今传《周易》《尚书》及诸子之书大致得见。且不说《文言》篇，就《周易》的卦、辞等语体形式已经可以看出其中骈体、偶对、用韵等一些特征，这在姜书阁先生《骈文史论》中就已有说明。而《尚书》首篇《尧典》及诸子之作，大多可以视为古诗之体，同汉代散体大赋等的骈散间杂的古赋体式并没有本质的区别。至于班固《诗赋略》所存更是汉代所见的诗赋古体篇章，皆为"文"之范畴无疑。

二是从汉代至南北朝，关于史书中大量记载当时作家"善属文"的情况，其实所谓善属文，大部分是善于创作诗赋。可见"文"是包括诗赋这一类有韵的文体的。如《汉书》卷五十八载儿宽"善属文"，儿宽"治《尚书》，事欧阳生。以郡国选诣博士，受业孔安国。贫无资用，尝为弟子都养，时行赁作，带经而锄，休息辄读诵，其精如此。以射策为掌故，功次，补廷尉文学卒史"①。显然儿宽所善应是指善于作体近于诗赋章奏等类的文章，故补"廷尉文学卒史"，张汤以儿宽所作奏章献上，亦为汉武帝所喜。时汉武帝乃喜文学之士，亦有自创诗赋，载在《艺文志》《帝纪》等篇。可见称儿宽"善属文"，其实多是指其能作有韵之诗赋章表等类。

又《汉书》卷六十六载桓宽"治《公羊春秋》，举为郎，至庐江太守丞，博通善属文，推衍盐铁之议，增广条目，极其论难，著数万言"②。虽并未论

---

① 班固：《汉书》，北京：中华书局，1962年，卷五十八，第2628页。

② 班固：《汉书》，北京：中华书局，1962年，卷六十六，第2903页。

及桓宽作诗赋的情况，但从桓宽作《盐铁论》文本来看，其文辞与古诗赋体无异。又《汉书》卷七十载陈汤"少好《书》，博达善属文"①。实际陈汤亦是多代人作奏献，故所谓"善属文"亦当是指善作章奏书表之类。又如《汉书》卷八十八称"（董）仲舒通五经，能持论，善属文"②。从董仲舒作《春秋繁露》和《士不遇赋》等来看，其确实善属文，故"文"的范畴也是有所特指的。在汉代，文学显然是指文章和学术，而这些文学之士，实际上正是既通经术，亦能文章。儿宽治《尚书》③，桓宽治《公羊春秋》，陈汤少好《尚书》，董仲舒治《公羊春秋》，又兼通五经。经学与文学在最初并无本质的差别，早期的经学著作多为文学经典，故《易》《诗》《书》《礼》《春秋》等皆被传而尊树为后世文学经典。从另外一个侧面来看，也可以说早期流传下来的文学著作自然被尊树为经学的经典。经学为文章之内理，如刘勰《宗经》篇所云："三极彝训，其书言经。经也者，恒久之至道，不刊之鸿教也。"④ 而文章则为经学之衣被。故一为内理之道，一为达道之言辞，实相为表里，未可判然相分。不过衍至后世，道统泯而文统衰，故辞繁理弱，区而相分。由此来看，先秦"文学"的范畴，显然还是尤重骈散兼行的古诗或古赋体式，并没有特指散体的意味。也就是说其"文"还是指有言有韵而句成偶的文体，这自然也包括先秦五经文本。

在《淮南鸿烈解》《东观汉记》《三辅决录》《华阳国志》《三国志》《高士传》《十六国春秋》《后汉书》等所记人物"善属文"的情况，基本上与上述相仿，实际皆通经术和文章之学，好为诗赋章表等文辞。如《淮南鸿烈解》称贾谊："初，安为辩达，善属文。"⑤ 这从传世的淮南王等所辑的《淮南子》及其所作《离骚传》等亦可辨审。又如《三辅决录》引《高士传》载张仲蔚："明天官博物，善属文，好诗赋。"⑥《华阳国志》记司马相如亦称"善属文，著《子虚赋》而不自名。"⑦《十六国春秋》称刘聪"尤善属文，著述怀诗百余篇，赋颂五十余篇。"⑧《后汉书》称崔骃："年十三能通诗、易、春秋，博学有伟

① 班固：《汉书》，北京：中华书局，1962年，卷七十，第3007页。
② 班固：《汉书》，北京：中华书局，1962年，卷八十八，第3617页。
③ 按：班固《汉书》卷八十八"欧阳生"条下载欧阳生事伏生，"授倪宽，宽又受业孔安国，至御史大夫"，显然此倪宽即儿宽。
④ 刘勰著，范文澜注：《文心雕龙注》，北京：人民文学出版社，1958年，卷一，第21页。
⑤ 刘安撰，许慎注：《淮南鸿烈解》，《四部丛刊》景钞北宋本，上海：商务印书馆，1937年，序，第5页。
⑥ 赵岐撰，挚虞注，张澍辑：《三辅决录》，三秦出版社，2006年，卷一，第14页。
⑦ 常璩撰，刘琳校注：《华阳国志校注》，成都：巴蜀书社，1984年，卷十上，第712页。
⑧ 崔鸿：《十六国春秋》卷二前赵录二，明万历三十七年兰晖堂刻本。

才，尽通古今训诂百家之言，善属文。……骃拟扬雄《解嘲》，作《达旨》以答焉。"①显然，善属文应包括文质相兼、理辞相融，既非理胜于辞，亦非辞胜理。故治经学者，以其为事理、辨道和内容；善文辞者，以其为容理述情之形式。因此，此期所谓的"文"的范畴应主要包括诗赋。

三是在汉代以来或有以文称赋的情形。如贾谊《吊屈原文序》就自称"为赋以吊屈原"②，可见此篇属赋体无疑，那么此篇应名为《吊屈原赋》，但在《文选》等典籍中选录此篇却多作《吊屈原文》。又如卢照邻作《五悲文》《释疾文》，其题虽为文，但实为赋体。当然这或许也正反映了唐初尚持守"有韵者为文"的传统。

此外，先秦以来或辞赋互称，如《汉书》载枚乘："以病去官。复游梁，梁客皆善属辞赋，乘尤高。"③《汉书·司马相如传》载："景帝不好辞赋。"④汉宣帝评王褒等人赋作，亦称"辞赋大者与古诗同义，小者辩丽可喜。辟如女工有绮縠，音乐有郑卫，今世俗犹皆以此虞说耳目，辞赋比之，尚有仁义风谕，鸟兽草木多闻之观，贤于倡优博弈远矣。"⑤在《汉书·艺文志》中录成相杂辞十一篇，即归为杂赋类。⑥据《汉书》等载，汉武帝自造赋二篇，即《伤李夫人》及《秋风辞》。又如陶渊明《归去来兮辞》依仿楚辞体，实则为赋。《汉书》注引唐颜师古注《离骚赋》云："离，遭也。忧动曰骚。遭忧而作此辞。"⑦即是说辞和赋在颜师古看来并无大的区别。特别是在《周易》等先秦典籍中，多以"辞"来指代其"文"，如《周易》之文，有卦辞、爻辞、系辞、彖辞、象辞之称，此或暗示了其特殊的语言修辞结构。如《子夏易传》称："君子进德修业，忠信所以进德也，修辞立其诚，所以居业也。"⑧所谓"修辞"就应是对文本语言方式的一种有意识的组合和文饰。因此这也说明先秦所谓文辞都应是有所限定的，这些文辞基本上应为有韵的文体。

在曹丕《论文》和陆机《文赋》篇中，主要讨论的对象和范畴就是指有韵的一类文体。如陆机《文赋》就主要分辨和讨论了诗、赋、碑、诔、铭、箴、颂、论、奏、说等，其称"诗缘情而绮靡，赋体物而浏亮；碑披文以相质，诔

---

① 范晔：《后汉书》，北京：中华书局，1965年，卷五十二，第1708—1709页。
② 萧统编，李善注：《文选》，北京：中华书局，1977年，卷六十，第831页。
③ 班固：《汉书》，北京：中华书局，1962年，卷五十一，第2365页。
④ 班固：《汉书》，北京：中华书局，1962年，卷五十七上，第2529页。
⑤ 班固：《汉书》，北京：中华书局，1962年，卷六十四下，第2829页。
⑥ 班固：《汉书》，北京：中华书局，1962年，卷三十，第1753页。
⑦ 班固：《汉书》，北京：中华书局，1962年，卷四十八，第2222页。
⑧ 卜商：《子夏易传》卷一，清通志堂经解本。

缠绵而凄怆；铭博约而温润，箴顿挫而清壮；颂优游以彬蔚，论精微而郎畅；奏平徹以闲雅，说炜晔而谲诳。"① 曹丕《典论·论文》称班固以傅毅能属文而论文人相轻之事，显然既因非有自见之明，又有未窥文非一体之奥。虽称能文，然各有所长。故曹丕认为文非一体，既举王粲、徐干之赋，又表陈琳、阮瑀等之章表书记，可见曹丕是将诗、赋、章、表、书、记等皆视为"文"的。故其云："夫文本同而末异，盖奏议宜雅，书论宜理，铭诔尚实，诗赋欲丽。"② 这与汉代以来一直到齐梁，视"文"为有韵的文体情况是一致的。这也说明魏晋至齐梁的"有韵者为文，无韵者为笔"的文学文体观念始来有之，这实际上也基本奠定了唐初的诗论、文论等文学观念的基本立场。

综上可见，秦汉至魏晋齐梁，学人还是基本上持守骚赋皆源于"诗"的观念，也就是说赋骚没有本质的差别，皆可视为同源同体，只不过骚赋相较于古诗之旧貌，有近源远源的问题。如郝经《郝氏续后汉书》卷六十六上"诗部"论诗云："《诗经》三百篇，雅亡于幽厉，风亡于桓庄。历战国先秦，只有诗之名，而非先王之诗矣。本然之声音，郁湮喷薄，变而为杂体，为骚赋，为古诗，为乐府、歌行、吟谣、篇引、辞曲、琴操、长句、杂言，其体制不可胜穷矣。"③ 又曰："赋本诗之一义，屈宋作而骚赋兴，与诗别而体制异矣。"④

（二）赋颂同体与异流

赋在后世虽成为一种独立的文体，但考究赋的源起，则与"古诗"有密切关系，而"古诗"实非对一种具体的诗歌文体的指称，而是对具有某类型化的文体的泛指。因此古诗实际上应包括了赋、雅、颂、风等早期文体，甚至可能包括《尚书》中那种韵散结合的文体形式。

当然赋也是与铺排描写的手法和技巧有关的，后世对其文体的界属从此一特征出发。《释名》为"赋"下定义云："敷布其义谓之赋。"⑤ 王逸解《楚辞》中"赋"字也说："赋，铺也。"⑥ 在注意赋的手法和技巧的基础上，汉代人们

① 萧统编，李善注：《文选》，北京：中华书局，1977 年，卷十七，第 241 页。

② 萧统编，李善注：《文选》，北京：中华书局，1977 年，卷五十二，第 720 页。

③ 郝经：《郝氏续后汉书》卷六十六上上，《景印文渊阁四库全书》第 385 册，台北：商务印书馆，1986 年，第 617 页。

④ 郝经：《郝氏续后汉书》卷六十六下下，《景印文渊阁四库全书》第 385 册，台北：商务印书馆，1986 年，第 664 页。

⑤ 刘熙：《释名》卷六，《四部丛刊》景明翻宋书棚本；又见《释名》，《丛书集成初编》（补印本），上海：商务印书馆，1939 年初版，1959 年补印，卷六，第 99－100 页。

⑥ 洪兴祖：《楚辞补注》，北京：中华书局，1983 年，卷四，第 157 页。

解赋与解诗一样，都或多或少附上了一些政教的色彩。所以郑玄解"六诗"中"赋"云："赋之言铺，直铺陈今之政教善恶。"① 显然，这应是对特定时代的"赋"的阐释，其实这根本上不是对赋这一文体的定义，而是对《诗》中的赋法的描述。他强调了赋的"铺陈"的特征，更指出了"赋"作为技巧与手法，与比、兴等不同的"直"的特征，这都是针对具体的诗的修辞学而论的，这也是承赋为诗六义之一而发的，因此后来的文体意义上的"赋"从源头上讲就是古诗之一。孔颖达进一步就郑解云："郑以赋之言铺也，铺陈善恶则诗文直陈其事，不譬喻者皆赋辞也。"② 当然，作为文体，赋并不是排斥比、兴之手法的。梁钟嵘主张"诗有三义"，即"赋、比、兴"，并说："直书其事，寓言写物，赋也。"③ 既然寓言写物，也自然离不开比、喻之类的手法，写物总是有所寓指和目的，实际又离不开兴。唐代贾公彦就说："凡言赋者，直陈君之善恶，更假外物为喻，故云铺陈者也。"④ 这实际上就是一种赋与兴、比的结合。陆机等在汉代解诗解赋的基础上，从文学文体的本身特征出发，提出了："诗缘情而绮靡，赋体物而浏亮。"⑤ 点明了赋体物的特性，而赋之体物又是与其铺排的特征分不开的。至刘勰，则更进一步探讨赋的文体源流，而且拓宽了赋的功用，或者说更详细地描述了赋的特征：不仅"体物"，亦可"写志"。《文心雕龙·诠赋》篇称："赋者，铺也。铺采摛文，体物写志也。"⑥ 这自然将铺排的手法与抒情的功用结合了起来。

为什么要讲赋的铺排与抒情双重功用和特征呢？这种功用和特征实际上在颂体中亦承流下来，由此也可以略窥赋颂之间的关系。要谈赋颂的关系，首先必须明了"颂"与铺排描写的关系。《诗序》云："颂者，美盛德之形容，以其成功，告于神明者也。"⑦ 如何来显示成功？如何来形容呢？这只能在祭祀告祖时靠祭祀贡物之丰富、铺列之臣富、物事之丰盈来说明，显然这种"形容"方式就是与物象的铺排有关的。因此从文体上来看，"颂"本义也就是与铺排描写密切相关的，作为文体的颂几乎无一能脱离这一根本创作技巧和方法。就此而言，颂又与赋具有共同的铺排描写的特征。颂从一开始就直接指向其社会

---

① 郑玄注，贾公彦疏：《周礼注疏》，北京：北京大学出版社，2000年，卷二十三，第717页。

② 毛亨传，郑玄笺，孔颖达疏：《毛诗正义》，北京：北京大学出版社，2000年，第14页。

③ 钟嵘著，向长清注：《诗品注释》，济南：齐鲁书社，1986年，卷上《总论》，第9页。

④ 郑玄注，贾公彦疏：《周礼注疏》，北京：北京大学出版社，2000年，卷二十三，第718页

⑤ 萧统编，李善注：《文选》，上海：上海古籍出版社，1986年，卷十七，第766页。

⑥ 刘勰著，范文澜注：《文心雕龙注》，北京：人民文学出版社，1958年，卷二，第134页。

⑦ 毛亨传，郑玄笺，孔颖达疏：《毛诗正义》，北京：北京大学出版社，2000年，卷一，第21页。

功用，发展到后来便衍为言说手法与技巧，即状貌取容。至于后来除去祭祀等仪式形式后的"宣上德"或"赞貌图相"，就必须且只能借助于"状貌取容"这一基本的言说形式，才能达到"美盛德"的目的。否则，一切皆成为空中楼阁，"盛德"皆成为毫无凭倚的空相。另一方面，"美盛德"除现实的具体物象的铺排陈示，还内含了对抽象物事的盛赞、夸诞和铺排。比如古代的王者，借助战争来表现圣功，但战争的结果和影响是广泛而深远的，哪怕是有些有利的影响，也是不为当下人人所察觉的，于是借助于一种最直接的歌舞言颂形式，来表现胜利的喜悦和战功。

颂在祭天祀地的过程中，逐渐脱离单一的口诵和歌舞而形成一种文体，从哲学和文体学的层面上，都表现出一种复杂的态势。单从形式和内容的角度看，颂盛德和歌舞则可表现为（1）"颂"为形式，"盛德"为内容；（2）歌舞为形式，圣功王迹（盛德）为内容；（3）"颂"为形式，歌舞为内容。这三种形式实际是出现在文学、艺术及政治生活的诸多层面中的。此三者互为推动，从而最终发展为（1）所表现的文体层面模式。之所以将颂视为形式，是由于颂所具有的状貌取容的手法特征所决定的。这种手法具有工具的性质和职能，从而使所从事的（描摹的）对象自然有了"内容"的性质，这也是颂发展成为一种文体概念的重要因素。颂之状貌取容，从一开始就与歌舞脱离不开关系。《毛诗序》说："颂者，美盛德之形容，以其成功，告于神明者也。"① 此可谓较早谈及颂与以赞圣功为目的的歌舞表现形式间的关系。然而对于颂、歌舞与盛德此三者之间的三角关系的论述却并不甚显明，至清代学者阮元从训诂学的角度，考察颂的本义，认为"颂"字即"容"字，主要指"舞容"（舞蹈的样子）的意思。② 褚斌杰先生也说《诗经》中风、雅、颂之颂诗与"舞容"有关："如颂诗一类，不但配乐，而且有动作，可说是连歌带舞的歌舞曲。"③ 但褚斌杰先生所论已不囿于《毛诗序》和阮元所论的"颂"之支力点的"手法"了。阮元和《毛诗序》皆是从"颂"之本义，即"颂"这一表现手法和技巧上说的。仅就内容与形式而言，二者所论又是较为丰富和深刻的。其一，显然状貌取容为颂的表现手法和形式意义；其二，所表现的"状貌取容"（即所状之"貌"，所取之"容"）为"颂"表现的内容，"颂"即形式；其三，基于上述颂、歌舞、盛德的三角关系，以及"颂"义脱离本义的衍生，《毛诗序》与阮

① 毛亨传，郑玄笺，孔颖达疏：《毛诗正义》，北京：北京大学出版社，2000 年，卷一，第 21 页。

② 阮元撰，邓经元点校：《揅经室集》，北京：中华书局，1993 年，卷一，第 18 页。

③ 褚斌杰：《中国古代文体概论》，北京：北京大学出版社，1990 年，第 5 页。

元所论的"颂"与"貌"或"容"（即"歌舞"类所表现者）二者的形式与内容关系又是复杂和相对的。其四，《毛诗序》和阮元二者所论尽管依旧似乎着力于表现手法或表现形式上的本义而言，但已然明显地趋于"颂"有作为"形式"意义而言的文体因素了。当然，在《毛诗序》之前的先秦典籍中，以颂为题的作品是有的，但其作为文体意义与赋、箴、铭等相区别，此时还并不是十分显明。这也进一步说明，颂与舞容与语言表述形式之间的这种关系实质就是一种赋法和铺陈展示，因此其时颂与赋是无甚区别的，这主要是由于它们共同的"状貌取容"式的铺排描写的特征所决定的。同时，由于美盛德的关系，以其成功告于神明，其目的乃在悦神愉神，故其言颂的方式是具有抒情性的。

另外，正是由于"颂"本义所决定的"歌舞"和"舞容"的特征，决定了"颂"从一开始就具有入韵的特点。一者，歌舞为了合乐可歌，需要押韵；二者，颂诗或颂赋为了便于吟唱和记忆也需要押韵。故而可知，颂、赋在最初形式上都具有押韵、铺排等共同特征，实可谓"同体"，后来偶或因为"异用"，而赋颂开始分日或分题了，即分别作为题目题名了，不再赋、颂连称或混称。随着文学流变与繁衍，以及作品的实用性与文学性特征的各自日益突出，对这种实用性特征的分工与文学特征的分鉴也就更为详明。表现在文体特点上，就呈现出文体的发展与分化趋于精密，"颂"便从严格的文体意义自立为一体了。从《全上古三代秦汉三国六朝文》和《文选》中所载颂体看，其颂基本上为韵文，其句式为诗体或骈体。如《有焱氏颂》："听之不闻其声，视之不见其形。充满天地，苞裹六极。"（其注称：《庄子·天运》引"有焱氏为之颂"。《释文》"焱亦作炎"。）[1] 又有《成王冠颂》："令月吉日，王始加元服。去王幼志，服衮职。钦若昊天，六合是式。率尔祖考，永永无极。"[2] 从句式上来看，颂体与赋体是没有差别的。故姜书阁先生说："梁萧统《文选》以有辞采文华，沈思翰藻者为限，便首辑汉至宋、齐之赋，达全书三分之一；清许梿评选《六朝文絜》，选文七十二篇，而赋居其首，得十二篇。至于不名为赋，而实系赋体者，在这两部书中都不少，如：《文选》中的'骚''七''檄''对问''设论''辞''颂''符命''论''吊文'，几乎全是。"[3] 又《四库全书总目提要》对元祝尧《古赋辨体》评价一段，颇能见出古人对赋颂源流及其关系认识，

---

① 严可均校辑：《全上古三代文》卷一，《全上古三代秦汉三国六朝文》，北京：中华书局，1958年，第10页。

② 严可均校辑：《全上古三代文》卷二，《全上古三代秦汉三国六朝文》，北京：中华书局，1958年，第22—23页。

③ 姜书阁：《骈文史论》，北京：人民文学出版社，1986年，第75页。

其云：

> 其书自楚词以下，凡两汉、三国、六朝、唐、宋诸赋，每朝录取数
> 篇，以辨其体格，凡八卷。其外集二卷，则拟骚及操歌等篇，为赋家流别
> 者也。采撷颇为赅备。其论司马相如《子虚》《上林》赋，谓："问答之体
> 其源出自《卜居》《渔父》，宋玉辈述之，至汉而盛。首尾是文，中间是
> 赋，世传既久，变而又变。其中间之赋，以铺张为靡，而专于词者则流为
> 齐、梁、唐初之俳体。其首尾之文，以议论为便，而专于理者则流为唐末
> 及宋之文体。"于正变源流，亦言之最确。何焯《义门读书记》尝讥其论
> 潘岳《藉田赋》分别赋、颂之非，引马融《广成颂》为证，谓古人赋、颂
> 通为一名。然文体屡变，支派遂分，犹之姓出一源，而氏殊百族，既云辨
> 体，势不得合而一之。焯之所言虽有典据，但追溯本始，知其同出异名可
> 矣，必谓尧强主分别即为杜撰，是亦非通方之论也。①

可见，在先唐即常以"赋颂"连称。如王充《论衡》中即多次称"赋"为
"赋颂"，"赋颂"一词在此明确是指一种文体。王充也说："方今尚书郎班固，
兰台杨终、傅毅之徒，虽无篇章，赋颂记奏，文辞斐炳，赋象屈原、贾生，奏
象唐林、谷永。"② 在文中提到"赋颂"和"记奏"，但其释义例举则以"赋"
和"奏"分别简称之。

不过，在先唐的文论中，也逐渐出现了赋颂异体论调或主张。持赋颂同体
论者，应是看到了古颂赋的共同之处；所谓异体论者，不过是看到了以事用为
基础的当代颂赋的相异之处。曹丕《典论·论文》云："奏议宜雅，书论宜理，
铭诔尚实，诗赋欲丽。"③ 刘勰《文心雕龙·颂赞》进一步发挥说："四始之
至，颂居其极。颂者，容也，所以美盛德而述形容也。……风正四方谓之雅，
容告神明谓之颂。……颂主告神，义必纯美。"④ 此依然是对《毛诗序》的继
承，依旧从颂之本义论。不过，刘勰《文心雕龙》的文体论基本上是对文体源
流的梳理和探讨，虽旧说"四始"不一，但可以肯定刘勰首先强调了颂与古诗

---

① 纪昀等：《钦定四库全书总目》，北京：中华书局，1997 年，卷一八八集部四十一，第 2632
页。

② 王充著，黄晖撰：《论衡校释》，北京：中华书局，1990 年，卷二十九，第 1174 页。

③ 萧统编，李善注：《文选》，上海：上海古籍出版社，1986 年，卷五十二，第 2271 页。

④ 刘勰著，范文澜注：《文心雕龙注》，北京：人民文学出版社，1958 年，卷二，第 156－157
页。

的关系，并指出其与风、雅的区别。而其区别正是事用之别。但是从文学发展的实际情况来看，后来文人创作的颂篇基本上都不是"容告神明"，而依旧是"颂上德"与"抒下情"。当然，作为颂体，从本质上就决定"颂上德"的成分居多，正因如此，刘勰乃将其与赞合论。如此来看，颂文体特征所表现的句式、音韵、结构、章法等基本性质与赋是没有太大的差别的。也就是说虽然刘勰专列《颂赞》一篇，但其本意可能并不是欲分列其体，而是可能针对当时对文体学理论认识，特别是在选体过程中出现的一些混乱进行理论澄清。特别是萧统等编《文选》，不仅分列赋诗，甚至将骚颂等亦从赋体中单列出来。当然从事用的目的来区划文体可能有具体的时代意义和作用，但从纯粹的文体学及其理论来看，则显然有烦琐无序之弊。《文选》首列古赋，以赋为首，实际上既反映了赋在齐梁时代的重要性和广泛性，但这种重要性既与其体物言志的事用有关，也与赋本身就内含诸文体因子，总兼诸文体要素的特征有关。在班固时代来看汉赋，可能谓"赋者古诗之流"，但在先秦，赋实则就是"古诗"，故清代学者刘熙载等认为赋兼六义，其云："班固言'赋者古诗之流'，其作《汉书·艺文志》，论孙卿、屈原赋有恻隐古诗之义。刘勰《诠赋》谓赋为六义附庸。可知六义不备，非诗即非赋也。"① 由此可见，赋颂不但同源，而且由于后来诗向骈化和整齐化的方向发展，而赋与颂则保持了同一方向的发展，即骈散结合。

虽然刘勰时代开始出现赋颂分体，特别是《文选》的选体辨体意识给唐代文学分体实践及理论都带来了影响。但考察此前两汉时代，赋颂甚少区别，或者说区别至少还不是十分明显。刘勰在观察两汉赋颂的变化时，有一段颇值得注意，其云："至于班、傅之《北征》《西巡》，变为序引，岂褒过而谬体哉！马融之《广成》《上林》，雅而似赋，何弄文而失质乎！"② 当然，刘勰是出于辨源的思想，因此其出发点是不一样的，但他在对待创作实践中所出现的这些现象则是持批评态度的。从中可以看出，颂体在汉代开始既有散文化发展的倾向，接近于序引一类的文体特征。也就是说这类文体中，韵的要求可能淡化，但同时又说明了有些颂体则"雅而似赋"，跟赋差别不大，其所谓"弄文而失质"，则可能是指颂逐渐有脱离"容告神明"和"颂上德"的途径，而逐渐融契于"抒下情"的风雅趋向，故称"雅而似赋"。这都进一步说明古诗在发展过程中，风、雅既有被后来汉诗、乐府至唐宋诗所接受或延续，又同时被后来

---

① 刘熙载：《艺概》，上海：上海古籍出版社，1978年，卷三，第86页。

② 刘勰著，范文澜注：《文心雕龙注》，北京：人民文学出版社，1958年，卷二，第157页。

的赋体所接受与融入，同样，颂体亦是如此，其在向散文化发展的过程中遂融契于赋体，其中个别赋作呈现出纯散化而变为序、引，这也正是刘勰所批评的"谬体"。整体来看，从两汉至唐代，颂体基本上与赋体相近，大多数篇末仍保留有古诗韵化的痕迹，即同赋体的乱辞，如"颂曰""铭曰""赞曰""歌曰"等。由此反窥，赋确实亦兼具六义。按《史记》引淮南王安作《离骚传》称《离骚》即兼风雅之义，则可知赋亦同也。

从屈原《橘颂》以"颂"名篇而被视为楚赋无疑，到王褒《洞箫》，不论是被命名为"颂"或"赋"，其体为赋则无疑，故姜书阁先生说："《洞箫》多骈偶之句，说它以赋而开骈俪之端，是矣。"① 甚至姜先生也说："（王褒）《圣主得贤臣颂》及《四子讲德论》两篇近于赋体的'颂''论'为历代文学家所讽诵，从而把骈体文的形成向前推进了一大步。"② 这些都说明后来的诸多文体实际上都具有赋的一些特征。不过，在刘勰的时代，赋颂相区别又逐渐成为一种趋势，故刘勰云："原夫颂惟典雅，辞必清铄；敷写似赋，而不入华侈之区；敬慎如铭，而异乎规戒之域；揄扬以发藻，汪洋以树义，唯纤曲巧致，与情而变，其大体所底，如斯而已。"③ 显然，刘勰明确强调了颂"敷写似赋"，只不过由于事用目的、场合等，则要求"敬慎如铭"，但又与纯粹规戒不同。也就是说其所论颂赞区别主要是从文章体用的角度来谈的，但由于颂的对象的要求，颂体的抒情是一种正面的、昂扬的和积极的抒情，因此称"与情而变"，而不似赋体无拘。从这个角度来看，则赋体抒情的适用范畴更广，且其后所论"揄扬以发藻，汪洋以树义"等，则涉及赋体铺排描写等，显然这都说明赋颂之间的关系极为密切。

当然，从今天文体分类实践来看，若过分注重于体用，不审其同，一味求异，则为分目过细，文体名目繁多，甚至会出现一事一用一体，这就会使文体分类失去意义。既然如班固所说赋已经具有"颂上德"的作用与意义，那么颂体完全可以视为与赋同体。其在题名上的标示可能目的更多的是为醒题明旨。文体分类，不仅要看到其相异点，也更应该寻找其相同点，这样才更有利于文体的归并。当然，刘勰从当时事用的角度出发，对一些文体的共性是肯定的，因此他论赞说："约文以总录，颂体以论辞；又纪传后评，亦同其名。……义兼美恶，亦犹颂之变耳。"并说赞："发源虽远，而致用盖寡，大抵所归，其颂

① 姜书阁：《骈文史论》，北京：人民文学出版社，1986年，第125页。
② 姜书阁：《骈文史论》，北京：人民文学出版社，1986年，第123页。
③ 刘勰著，范文澜注：《文心雕龙注》，北京：人民文学出版社，1958年，卷二，第158页。

家之细条乎!"① 也就是说尽管刘勰从文体上将颂、赞、赋、铭等分而目之，但其认为颂、赞、赋等是具有诸多的共同特征的，他说："所以古来篇体，促而不广，必结言于四字之句，盘桓乎数韵之辞。约举以尽情，昭灼以送文，此其体也。"②

以上是从文体源流上对赋颂关系的梳理。但他们多是从"颂上德"的具有褒赞和告祝神明的颂本义衍变中来看赋颂的关系。然在先秦以来，又实有以颂诵互称的，这一方面是由于古代汉语通假的原因，另一方面却喻示了颂体本来就融于赋，而且古赋的衍变实际最早也与颂体极相关，如出土清华简材料中的《周公之琴舞》篇，实则为周颂《敬之》篇所本。也就是说《周公之琴舞》是较早的一篇颂体古诗，但从结构、句式、用韵、章法等来看，其与后来的赋体基本无异，特别是采用九章的形式，以及每章都具有启、乱形态，可以说与后来楚辞的《九歌》《九章》体极其相近，恐怕楚辞亦是对上古颂体古诗的继承，并非向壁而生。当然，楚辞体中融入"兮"字等句则可能缘于屈宋等受当地巫楚及巴文化的影响。如果颂具有"容告神明"的特殊性质，那么诵就应是扮演其大众性的一面，也就是上文所说颂体具有一般"抒情性"的一面。

作为动词的赋、诵（颂），古义实际上是一致的。如荀悦《汉纪》孝成皇帝纪二卷二十五云："又有小说家者流，盖出于街谈巷议所造。及赋诵、兵书、术数、方伎，皆典籍苑囿，有采于异同者也。"③ 其"赋诵"应为名词并举，此"诵"应同"颂"，则显然赋同颂。在今本《韩非子》一书中有"且先王之赋颂，钟鼎之铭，皆播吾之迹"④ 语，他本或有作"先王之赋诵"者，无论如何，从汉语语法结构来看，此"赋诵"要么为名词并称，要么"赋"为动词，而"诵"作名词，则显然"诵"意同"颂"，但从上下文句来看，此赋颂应同指共称。又如《楚辞》的《大招》言："二八接舞，投诗赋只。"⑤ 王逸注："投，合也。诗赋，雅乐也。古者以琴瑟歌诗赋为雅乐，《关雎》《鹿鸣》是也。言有美女十六人，联接而舞，发声举足，与诗雅相合，且有节度也。"⑥ 也就是说不仅诗赋互称，而且诗赋与颂舞也是合融的，这也进一步说明了赋颂的关

----

① 刘勰著，范文澜注：《文心雕龙注》，北京：人民文学出版社，1958 年，卷二，第 158－159 页。

② 刘勰著，范文澜注：《文心雕龙注》，北京：人民文学出版社，1958 年，卷二，第 159 页。

③ 张烈点校：《两汉纪》，北京：中华书局，2002 年，第 437 页。

④ 王先慎撰，钟哲点校：《韩非子集解》，北京：中华书局，1998 年，卷十一《外储说左上》，第 262 页。

⑤ 洪兴祖：《楚辞补注》，北京：中华书局，1983 年，第 221 页。

⑥ 洪兴祖：《楚辞补注》，北京：中华书局，1983 年，第 221 页。

系。赋诵作为动词，有时也是可以通用的。班固引刘歆《诗赋略》语云："传曰：'不歌而诵谓之赋，登高能赋可以为大夫。'"① 从词性及语言结构来看，"歌"应为动词，其缀一"而"字，则表明"诵"亦为动词，而第二个"赋"字置于"能"字之后亦为动词。故此"赋""诵"便有吟诵、铺陈、铺叙之意，特别是后一"赋"字作动词，其敷陈之意更为明确。《左传·文公十三年》载："郑伯与公宴于棐，子家赋《鸿雁》，季文子曰：'寡君未免于此。'文子赋《四月》。子家赋《载驰》之四章。"② 此"赋"为动词，亦同"诵"之义，为诗的表现方法或手法。又《左传》中"郑伯克段于鄢"一段中，述庄公和庄公母在洞中相见一事："公入而赋：'大隧之中，其乐也融融。'姜出而赋：'大隧之外，其乐也泄泄。'遂为母子如初。"③ 其中"赋"字亦有"诵"（铺陈）之义。作为诗赋的口头语言表达形式，此"赋""诵"二义相通无疑。《说文》云："诵，讽也。"段玉裁引《周礼·大司乐》注："'倍文曰讽，以声节之曰诵。'倍同背，谓不开读也。诵则非直背文，又为吟咏以声节之。《周礼》经注析言之，讽诵是二，许统言之，讽诵是一也。"④ 徐锴曰："临文为诵。"⑤《论语·子罕》有"子路终身诵之"⑥《礼记·文王世子》亦云："春诵夏弦。"⑦ 此处诵是指诵诗。作为有韵律节奏的文学表达而言，赋诵是具有共同的特征的，这也为作为名词概念或文体意义的赋诵（颂）具有某些相同或相通的特征提供了依据和基础。而且，既然"讽诵"可以互训，而汉人称赋"劝百讽一"，可见他们是主张赋有讽谏之义的。从这个角度来看，诵（颂）也是应具有讽谏意义的，虽然颂主要是美盛德而容告神明，但清华简《周公之琴舞》篇就是成王自儆和诫谕诸臣的颂诗，可见颂亦是可以有劝谏义的，这也使诵颂与赋相通无碍。诵与颂近通，亦可表示"颂"后来最常用的"颂扬"之意。如秦《泰山刻石》："本原事业，只诵功德。"⑧《后汉书·何敞传》："使百姓歌诵，史官纪

---

① 班固：《汉书》，北京：中华书局，1962年，卷三十，第1755页。

② 孔颖达正义：《春秋左传正义》，北京：北京大学出版社，2000年，卷十九下，第628－629页。

③ 孔颖达正义：《春秋左传正义》，北京：北京大学出版社，2000年，卷二，第64页。

④ 许慎撰，段玉裁注：《说文解字注》，上海：上海古籍出版社，1981年，卷三上，第90页。

⑤ 徐锴：《说文解字系传》，北京：中华书局，1987年，卷五，第44页。

⑥ 刘宝楠撰，高流水点校：《论语正义》，北京：中华书局，1990年，卷十，第356页。

⑦ 孙希旦撰，沈啸寰、王星贤点校：《礼记集解》，北京：中华书局，1989年，卷二十，第557页。

⑧ 司马迁：《史记》，北京：中华书局，1959年，卷六，第243页。

德。"① 又汉《司隶校尉杨孟文石门颂》："垂流亿载，世世叹诵。"② 可见唐以前基本诵颂相通，且常赋诵或赋颂通称。

近代学者对赋颂同体也提出了诸多的见解，如美国康达维说汉初"事实上，'赋'在这一时期只不过是最盛行的文体。汉朝的时候，有许多作品在文体上很清楚是属于赋体，但却冠以其他的名称，其中最常用的则是'颂'。'赋'和'颂'在名称上可互换使用"，而且"有些时候，'赋颂'甚至当作一词使用"。其并举《汉书》中有关庄助一段的记载，称皇上每遇"有奇异，辄使为文，及作赋颂数十篇"③。《汉书》《后汉书》及魏晋以后之书中，赋颂联称的情况其实很多。前面讲到王充《论衡》中就多次赋颂和记奏并举，且常以赋和奏分别简称赋颂和记奏。康达维先生又举《孟子·万章篇下》载"颂其诗，读其书，不知其人可乎"为证，以此进一步证明颂即诵之义，认为颂为赋字的同义字，此二字均可作"诵读"之意。作为以颂名篇者，其所颂之内容，亦非仅为"赞颂上德"，如东方朔的《旱颂》，篇名依旧冠以颂字。此颂明显为赋之义，可见赋与颂可相通互换。《汉书·艺文志·诗赋略》载"隐书十八篇"，其"杂赋"类列"成相杂辞十一篇"④，已不流传今世，康达维先生称或皆为讽诵一类言辞。⑤ 也就是说，在汉代以来赋颂（诵）应是可视为同体共称的。

上面已经从两个途径对赋颂相通的实质做了简要的论述：一是赋颂作为名词的情况，一是赋颂作为动词的情况。同时从内容表现方式来看，赋颂亦都可以"颂上德"和"抒下情"，也同样都具有"讽谏"之义。而且从上面的叙述似乎还可以窥猎出除开颂与赋的密切关系外，实际上赞、铭等体亦与赋体有莫大的关系。如赞即可从刘勰《颂赞》篇中总结其为颂体，或为"颂之变耳"之体。实际从文体源流来看，刘勰虽举其一端，然已可知其末，其在颂赞、铭箴、诔碑、杂文、谐隐等篇中所述又何尝不与赋或多或少相关呢？如称"夫箴诵于官，铭题于器，名目虽异，而警戒实同。""铭兼褒赞，故体贵弘润；其取事也必核以辨，其摘文也必简而深，此其大要也。"⑥ 显然赋用极广，而其余诸体则因事而文名，故题目虽异，其体实同，其不同者则因循事而变。关于诗

---

① 范晔撰，李贤等注：《后汉书》，北京：中华书局，1965 年，卷四十三，第 1482 页。
② 李兆洛：《骈体文钞》，上海：商务印书馆，1937 年，卷二十二，第 416 页。
③ 马积高、万光治主编：《赋学研究论文集》，成都：巴蜀书社，1991 年，第 22 页。
④ 班固：《汉书》，北京：中华书局，1962 年，卷三十，第 1753 页。
⑤ 马积高、万光治主编：《赋学研究论文集》，成都：巴蜀书社，1991 年，第 22 页。
⑥ 刘勰著，范文澜注：《文心雕龙注》，北京：人民文学出版社，1958 年，卷三，第 195 页。

赋的流变和赋、诗、颂、赞、箴、铭等的关系，可参看万光治先生的《汉赋通论》中的《汉代颂赞箴铭与赋同体异用》，颇有卓见。

除此之外，诸体与赋表现在韵与句式上的差别，则同样因时而变。赋在各代的情况亦不相同，如汉赋之韵疏，而唐赋之韵密，宋文赋则又疏。句式方面，楚辞略为整严，而汉赋趋散，至魏晋又趋之于骈，唐律则甚之，至宋则矫枉过正成"一片之文"①。也就是说从历时的角度来看，赋可谓兼有这些文体的特征。譬如古赋与古颂之体其押韵皆疏，故范文澜认为《周颂·清庙》一章，章八句，无韵，且引王国维《观堂集林·说周颂篇》谓："颂之声较风雅为缓，故风雅有韵而颂多无韵。"② 那么这是不是可以成为赋颂不同的特征呢？实际上并非如此，一是上古音韵如何，是否协韵，今天对其中的韵字韵脚甚至用韵方法只是一种后起的统计和归纳式研究，尚不足以反映上古音韵的全部真貌。而且古音通假、变衍、转呼变声等情况亦当有之，故某字古音的状况尚不确定。二是即便按后来人研究的韵读，这些文字实际上大多保留有疏韵。而且上古典籍又多经后人整理，如孔子删诗，并重新加以"乐正"，其不但记于《史记》，从清华简等出土材料来看，孔子删诗当为确证。秦世焚书，至刘向等又重校典籍，并加以篇章和结构等处理，去其重复，其中难免有裁句断篇定字等，这些都很难说对诗赋古韵保存没有影响。三是上古之世，并没有后世所谓的音韵之学，押韵的规律性和适度性应只是在实践中的不断摸索，因此其早期诗赋用韵必然呈现不规则至逐渐规则的状态。而且由于赋体事理之繁复，义理之广容，早期古赋都不可能有严格的韵甚至句式的要求。这种过程只能是一种集体无意识的逐渐养成的结果。从诸子散文的状态衍进就可以大致看出这种倾向。也就是说，古颂押韵应同古赋押韵一样，疏而无规则，但随着赋与颂体文学的发展，赋颂皆变为有韵之文，且用韵逐渐较为规律。此外，在《诗赋略》中有"杂赋"类，何谓汉时"杂赋"？其义颇可深思。或许就是指其体例、用韵、句式、章法乃至事用，可能与当时流行之赋体尚有融而未契之处。但这足以反映出赋本来的包容性，就如刘勰所论的"杂文"实际上就包含了对问、议论及七、九等诸体。这些文体实事上具有赋的特征，其因又非具事而命，又非赋名篇，故或称之为"杂文"。另在《诗赋略》中列有"杂行出及颂德赋二十四篇""孝思孝景皇帝颂十五篇"等皆归入赋类，可见赋与颂在刘向、刘歆的

① 祝尧：《古赋辩体》卷八，《景印文渊阁四库全书》第 1366 册，台北：商务印书馆，1986 年，第 818 页。

② 刘勰著，范文澜注：《文心雕龙注》，北京：人民文学出版社，1958 年，卷二，第 165 页。

时代就相通。不论是作为"六义"之二义的赋颂，还是分别作为诗经体裁意义的颂和文学表现手法的赋，在汉代它们的意义都已经不再局限于其最初的原始意义了。汉体赋作为一种新兴的文体，至少在题名上是新兴的，于是汉代的经学家对赋的解释则多在诗六义之一。这一方面可能出于经学家的训诂溯源，另一方面可能还表现为他们在文学与经学的途径上的差异和偏视。但至唐代经学家则发生明显的变化，其对赋之溯源，既重其修辞，亦重其体例，故以"三体三用"为说，或肇以六义六诗之论。由此来看，赋体在唐代迎来新的发展变化也就是理所当然的了。

以上是从理论的角度来看赋颂的关系，但赋颂在实践创作中还是出现了一些细致的差别，这或许可以称为"异流"，然其流虽异，而终不离乎江海。魏晋以来，由于事用日繁，在赋颂文体的区别方面理论主张也渐彰显，但在文本创作实践方面，此时大多数以颂名篇者，却往往与赋具有共同的特征。其时颂除多褒德，大多仍为韵语，较少有杂文的搀入。至唐初以颂名篇者似乎才与赋体真正表现出差异性。唐初王勃《乾元殿颂（并序）》《拜南郊颂（并序）》《九成宫颂（并序）》[1]、骆宾王《灵泉颂》[2] 等，每篇前部分多不押韵或押疏韵，但从句式、章法等来看，近乎刘勰所谓"序引"或"雅而似赋"的变化，但在每篇之末皆有整齐的韵辞。

如王勃《乾元殿颂（并序）》：

> 我大唐鸡浑指极，树神宰而制山河；鹤谶裁仪，辟太虚而有天地。黄精吐瑞，潜龙苞象帝之基；紫气征祥，鸣凤呈真王之表。高祖太武皇帝虹星湛色，开宝胄于金壶；蛟电凝阴，发皇明于石纽。白蛇宵断，行移海岳之符；苍兕晨驱，坐遘云雷之业。属东邻委驭，扇虐政于丛祠；北拱瓖尊，絷皇图于宝极。[3]

"地"（歌部）与"基"（之部）、"壶"（鱼部）与"符"（侯部）协韵，这足以说明其颂体还是押疏韵的。唐代大多数赋篇都是押韵的，特别是律赋和骈赋更是如此。如《文镜秘府论》所载唐赋押韵之实例，赋（文）多数情况韵脚字处于偶数句尾，隔对句有四分句，韵脚字应在第四分句句尾。但这些大多是

① 董浩等编：《全唐文》，北京：中华书局，1983 年，卷一七八，第 1807—1819 页。
② 董浩等编：《全唐文》，北京：中华书局，1983 年，卷一九七，第 1994—1995 页。
③ 董浩等编：《全唐文》，北京：中华书局，1983 年，卷一七八，第 1807—1808 页。（韵脚处双线为笔者所加。）

针对唐赋中的律体和骈体而论。事实上四杰颂体所承正是古赋化衍而来，虽然在句式上也变承六朝骈体，但由此可以说明初唐四杰的颂体作品也正是处于一种创变期。因此将颂体视为古赋是比较妥当的，但就四杰所作的颂之创体篇章来看，却又呈现出骈体的一些因素，特别是在篇末又糅之以骚体的乱辞类，而这些乱辞实际为有韵的古诗体。故其亦呈现出多种赋体因子杂融的现象。从总体上来看，将之归入唐代新起的新文赋体是比较合理的。

从上数所引几句可以看出，初唐四杰颂体的押韵特征颇不规则，故如刘勰所论每篇前部分完全可以视为序引或赋体，后面的"敢献颂曰""敢作颂曰""其词曰"后一段诗体的韵文才真正算是刘勰所定义的颂体。显然，此已为颂体之一变，即赋多而颂少。从这些颂篇来看，四杰在赋中所运用的创造性特征尤其明显，它既遗留有赋押韵的一些特征，但又呈现出比骈体更繁复的句式变化，其中兼采杂言、四六或散体。而真正要体现颂之本义的则是直接表现为纯属诗体性结构的文后的附庸。如王勃《乾元殿颂（并序）》中一段"颂"体：

> 紫扃垂耀，黄枢镇野。银树霜披，珠台月寫。响明立极，横神廓社。《大壮》摛爻，斯干韵雅。（其一）
> 鹑居化没，狙诳道长。琼构霞明，璜轩露厂。弃人崇欲，违天蠱象。南巢不救，东邻长往。（其二）①

又如《拜南郊颂（并序）》和《九成宫颂（并序）》中，其"颂"辞分别为：

> 辽河巨浸，碣石危峰。城分元菟，塞接黄龙。凭遐作梗，恃险忘恭。人残鬼哭，主暗臣凶。有晋不纲，戎麾内逐。帝隋失御，皇舆外骛。九县尘征，三灵雾黩。长兹下慢，逋我天戮。五材无陨，千龄有圣。武创元基，文清宝命。波恬四海，明宣七政。息众以宁，绥荒以令。飞龙继迹，鸣凤重光。遂均夷夏，迭用柔刚。戈船泛月，剑骑横霜。风驱海石，电扫辰阳。帝师无战，神兵有伐。丞相陪麾，司空仗钺。危云旦起，长星夜发。万垒争屠，千城自厥。功超薄伐，义极兼该。殊方底定，善阵徐回。归俘献捷，课绩分材。建侯清庙，偃伯灵台。考事龟谟，凝清凤扆。仰观俯察，享神作祀。道则推天，功非在己。丰隆旦出，招摇夕指。神坛岳

---

① 董诰等编：《全唐文》，北京：中华书局，1983年，卷一七八，第1811页。

立，斋馆云深。銮旗晓引，葆吹晨吟。山明野澈，日降天临。锵锵盛服，肃肃珪簪。俎豆毕陈，笙镛间抚。玉觞分献，金锌畅矩。青帝鸣琴，朱灵会舞。上和下悦，神歆福聚。收欢巨野，反旆灵躔，恩周宇宙，乐极寰埏。德因时立，颂以词宣，帝之功也，臣何饰焉？①

九门浩荡，三山超忽。帝坐金房，仙成玉阙。浮丹丽紫，栖霞冠月。真匠难征，虚谈易越。（其一）

旋窥凤纪，极眮龙坟。曾巢化没，上栋爻分。茅宫蔽雨，松殿来云。犹迷匪陋，尚阙斯文。（其二）②

可见，唐初时颂依旧为有韵之文，但从立意上乃屑屑于颂圣褒德；在体式上有序引散体与古颂诗体杂融的倾向，特别是文末所附的诗体趋于板滞和冗长，无赋体乱辞的新意和活泼气象。以"颂"名篇者大多以文体及颂铭之体杂之。正如刘勰所云，颂体有趋于以序引和雅赋的两种倾向，因此部分颂体确实如序体类非韵文，有点接近于一般的杂文或骈文文体，但大多数颂体还是更"雅而似赋"。从唐初至晚唐，由于事用的琐细，则文体分类也趋繁密，如牛希济的《文章论》称："今国朝文士之作，有诗、赋、策、论、箴、判、赞、颂、碑、铭、书、序、文、檄、表、记，此十有六者，文章之区别也，制作不同，师模各异。"③可见晚唐五代有些文体逐渐发生了变化，但大多数还是有共同的文体特征的，故其称"十有六者"，言下之意仍有未区别者。

在阮元的时代，颂作为独立的文体似乎更当无疑，但阮元从颂的本义出发，与《毛诗序》一样揭示和追源颂的文体因素的来源。褚斌杰先生认为颂"是祭神祭祖时用的歌舞曲"④。但这依旧是出于事用的功能分析，而非从文体的一些具象特征做定性定量分析。实际上，"祭神祭祖时用的歌舞曲"可能只是颂在发展中所表现的内容之一。当然，颂的这种早期特征就决定了其体应是有韵可歌的，可抒情颂德的，有可采用重章复沓的九体形式，这自然既与它的本义有关，也与它的衍生义和定名有关。因此颂体在本质上是与赋体一致的。如《商颂》《周颂》等很多都是用于配乐的歌舞用的，而后来则同赋一样只保留了"不歌而诵"的口颂（诵）性质了，突出地表现为运用有韵的诗或诗体

---

① 董诰等编：《全唐文》，北京：中华书局，1983 年，卷一七八，第 1813—1814 页。

② 董诰等编：《全唐文》，北京：中华书局，1983 年，卷一七八，第 1818 页。

③ 董诰等编：《全唐文》，北京：中华书局，1983 年，卷八四五，第 8877 页。

④ 褚斌杰：《中国古代文体概论》，北京：北京大学出版社，1990 年，第 5 页注释①。

赋。但在齐梁及唐以前的诗体，大多仍为四言或五、六言杂用的歌行体，至唐则变为愈益整齐的诗体。《全晋文》卷十三载左九嫔《杨皇后登祚颂》《德柔颂》《芍药花颂》《郁金颂》《菊花颂》《神武颂》、王济《锺夫人序德颂》①等，如庾峻《祖德颂》：

> 思文我祖，降兹岳灵。绵绵之迹，时惟初生。天难忱斯，骏命靡常。世祚中衰，官族消亡。念昔底绩，惟乃旧章。烈祖勤止，其德允荒。汉后不辟，公族剥乱。难起萧墙，政由竖官。监彼天眚，我不干时。纵德遗宠，显志遁思。均乐公侯，逸豫无期。烈祖底戒，营兹垣墉。曾孙笃之，永世攸同。②

从此一时期的颂来看，大多数仍是学习和模拟《诗经》文本中的颂诗形态，实际上从今天出土的清华简等材料来看，上古的颂诗形态可能远比今本《诗经》样态更复杂，更接近于赋体。因而晋以后，特别是唐初这种将赋诗结合的样态可能是真正意义上对颂诗的还原，但显然由于诗赋分趋的缘故，使二者不能融契，只能以序引和乱辞的形式呈现为两种不同的样态。但无论如何，从上述魏晋时代的颂体来看，其中仍是充满铺排描写和押韵特征的。《全晋文》《全汉文》《文选》《全上古三代文》《全后汉文》《全三国文》《全隋文》等所载颂体皆是如此。

至初唐有李世民《皇德颂》《赐真人孙思邈颂》③、李治《大唐纪功颂（并序）》④、李隆基《鹡鸰颂（并序）》⑤、仲子光《独游颂》（未见文）⑥、李百药

---

①　严可均校辑：《全晋文》卷二十八，《全上古三代秦汉三国六朝文》，北京：中华书局，1958年，第1621页。

②　严可均校辑：《全晋文》卷三十六，《全上古三代秦汉三国六朝文》，北京：中华书局，1958年，第1666−1667页。

③　董诰等编：《全唐文》，北京：中华书局，1983年，卷四，第48−49页。

④　董诰等编：《全唐文》，北京：中华书局，1983年，卷十一，第131−134页。

⑤　董诰等编：《全唐文》，北京：中华书局，1983年，卷二十，第234页。

⑥　《全唐文》卷一三一王绩《仲长先生传》："著《独游颂》及《河渚先生传》以自喻。"《答冯子华处士书》："吾所居南渚有仲长先生……先生又著《独游颂》及《河渚先生传》，开物寄道悬解之作也。"《答冯子华处士书》云："高人姚义尝语吾曰：'薛生此文，不可多得，登太行，俯沧海，高深极矣。'吾近作《河渚独居赋》，为仲长先生所见，以为可与《白牛》连类，今亦写一本以相示，可与清溪诸贤共详之也。"似王绩作有《河渚独居赋》，《全唐文》亦未收录其文。

初唐四杰辞赋研究

《皇德颂》①、孔颖达《释奠颂》(未见文)②、颜师古《圣德颂》、岑文本《三元颂》《藉田颂》、张文琮《太宗文皇帝颂》、史仲谟《后汉溧阳侯史崇墓碑颂》、陈子昂《大周受命颂》《续唐故中岳体元先生潘尊师碑颂》③等。王无功作《醉乡记》及《五斗先生传》,唐吕才称其"类《酒德颂》"④,可见其时颂体已有破体的现象。此外,陈子昂颂突破了板滞的四言体式,复而为六言、八言、七言等,这可以视为颂对赋义的复归。陈子昂《续唐故中岳体元先生潘尊师碑颂》中"颂曰"一段的颂体完全可以看作是赋体:

观元化兮求古之列仙,得瑶图与金鼎,信元符之自然。神与道而为一,天与人兮相连。苟精守以专密,必驾景而凌烟。丹邱不死兮羡门子,黄宫度世兮吾体元。体元至德兮洵淑美,冲心养和保元始。初学茅山济江水,乃入华阳洞天里。道逢真人昇元子,授以宝书青台旨。令守嵩阳玉女峰,云栖穷林今五纪。圣人以万机为贵,而我以天下为累。圣人以大宝为尊,而我以天下为烦。是以冥居于岷崛,寄遗迹于轩辕。有唐高宗兮天子之光,好道乐仙兮思彼云乡。千旌万骑兮翠凤凰,遨游汝海兮箕山阳。朝拜白茅夕紫房,斋心洁意缅相望。祈问玉真及玉皇,何以得之受天昌?黄庭中人在子身,窅窅冥冥精甚真,去汝骄气与淫神,勤能思之道自亲。遂解形而遗世,乘白云而上宾。弟子不知其所往,乃刻石以思其人。⑤

另外如陈子昂《昭夷子赵氏碣颂》⑥ (此篇"颂曰"一段亦多为四言诗体)、崔融《洛图颂》⑦、张说《圣德颂》⑧ 等。张说又奉敕撰《皇帝在潞州祥瑞颂十九首》,如:《日抱戴》《月重轮》《赤龙》《逐鹿》《嘉禾》《黄龙》《羊头山北童谣》《仙洞》《大王山三垒》《疑山凿断》《赤鲤》《黄龙再见》《紫云》《李树》《神蓍》《金桥》《紫气》《大人迹》《神人传庆》。张说颂作颇多,还有

① 董诰等编:《全唐文》,北京:中华书局,1983年,卷一四二,第1441页。

② 《全唐文》卷一四五于志宁《大唐故太子右庶子银青光禄大夫国子祭酒上护军曲阜宪公孔公碑铭》称:"上《释奠颂》一篇,文艳雕龙,将五色而比彩。"

③ 以上自颜师古《圣德颂》等篇分别见董诰等编:《全唐文》,北京:中华书局,1983年,卷一四七,第1487-1488页;卷一五〇,第1519页;卷一六二,第1657页;卷一六二,第1661-1662页;卷二〇九,第2112-2113页;卷二一五,第2176-2177页。

④ 董诰等编:《全唐文》,北京:中华书局,1983年,卷一六〇,第1639页。

⑤ 董诰等编:《全唐文》,北京:中华书局,1983年,卷二一五,第2177页。

⑥ 董诰等编:《全唐文》,北京:中华书局,1983年,卷二一五,第2177-2178页。

⑦ 《全唐文》卷二一七《进洛图颂表》:"臣某言:奉某年月日敕,令臣撰《洛图颂》。"

⑧ 董诰等编:《全唐文》,北京:中华书局,1983年,卷二二一,第2228-2229页。

《起义堂颂》《上党旧宫述圣颂（并序）》《大唐封礼坛颂》《开元正历握乾符颂》《龙门西龛苏合宫等身观世音菩萨像颂》等，在颂辞部分皆多为四言诗体。不过，从上面的题名及内容来看，显然颂体表现的范畴扩大了，也就是说完全突破了"容告神明"甚至"美盛德"的限制，与赋体的表现范畴完全无异。而且值得注意的是，张说《大唐封礼坛颂》已完全近于无韵之文，文末之所谓四言颂体者寥寥无多，几乎成了毫不足观的点缀。[①] 张说《广州都督岭南按察五府经略使宋公遗爱碑颂》[②] 其"颂曰"一段为七言"兮"字句，明显为类于楚骚的韵文，实际上就是赋体的痕迹。至盛唐、中唐、晚唐，乃至宋、元、明、清，颂体基本上皆是如此：以大段之文，偶杂数句有韵之诗体（或为诗体赋句子）。由此可见，初唐四杰在颂体上的创造为后来颂体的发展肇其端绪，或可视为颂体新变的开始。

在初唐，赋、记、表、序、碑中往往皆具"颂曰"一段，可见古颂在唐人的观念中实际已非独立的文体，而被杂入了其他文体之中。另一方面可以见出这些文体实际都是对楚骚汉赋的继承，都采用赋体中的乱辞作结。那些以颂名篇的文体似乎成为上面所说的杂骈散序文类的一种新体，但实际上只是赋体的变相。另外，虽然唐代颂体大多以"颂曰"一段乱辞作为其文体标志性特征，但作为颂体点缀的"颂曰"一段，实际为赋体的乱辞。因此从文体特征上看完全可以不被视为文体特征，只是在这一部分个别的颂篇确实具有褒德颂圣的形容。因此从形制上来看，它与赋体的歌曰、赋曰、辞曰等没什么本质差别。因此在初唐四杰辞赋篇目中，本书又将其颂体之作归计于内。

（三）四杰的赋体文学观念

通过对前代赋体、赋源的理论梳理和探讨，我们再来看初唐四杰的赋体文学观念才能发现其依凭和承传。显然，对赋体、赋源和赋用的认知和理论探讨就像所有哲学对根本命题的思考一样，需要从现象和本质两个维度考察。

四杰的赋体文学观念是蓄蕴于其诗赋文辞之中的，虽然并没有完全成理论体系的论述，但于只言片语中却无不深透其文学理论主张。而于赋体文学方面，则主要涉及两个方面的思考：一是赋源、赋体、赋用的理论认知；二是辨体与宗经的关系。

前文说过，唐代是赋体文学发展尤为重要的一个时期，也是一些文学观念

① 张说以上诸颂皆见于《全唐文》卷二二一、二二二。
② 董诰等编：《全唐文》，北京：中华书局，1983年，卷二二六，第2288页。

开始渐渐转型的一个时期。唐代赋体文学观念对前代既有继承，又有创变和新思，这可以从初唐四杰的赋体文学观念表现中略窥其肤廓。其大致表现在如下几个方面：一是初唐四杰依旧继承了前代赋骚同体认识论观念。二是初唐四杰文论实际上既是诗论亦是赋论。三是初唐四杰辞赋创作具有"祖骚宗汉"的宗经意识。四是由于文体创作实践与体用的变化，"文"的概念也产生了变化，"杂文"内涵逐渐迁衍。

由于受前代赋学理论的影响，初唐四杰的赋学理论观念更多是一种意识的接受，尚未形成如陆机、刘勰那样系统的赋学理论阐释，因此要探讨四杰的赋学观念，可以大致从两个方面来看：一是其创作实践，二是其理论主张。

首先，从创作实践看初唐四杰的赋学观念。

从四杰的辞赋创作来看，王勃的赋体创作表现出如下几个特征：一是很少单篇全部采用骚体"兮"字句式，而是大量将楚辞骚体和汉赋句式，以及五言、七言诗体句式融入辞赋作品，将铺叙、描写、抒情及问答对话融入其中；二是往往将骚体"兮"字句与骈体句杂用，同时在句式上长短结合，既有三言、四言，亦有五言、六言，以至七言、八言句式；三是在辞赋篇章结构上多开门见山，立言见志。虽多小赋格调，但亦辅以赋序，以明事理及情志。或以叹咏，总乱以结言。从总体上来看，王勃辞赋在章法、句式及音韵方面都灵动变化，以期减少句式的单一冗繁，从而达到对六朝骈赋的突破。在此略举王勃《春思赋》《七夕赋》及《涧底寒松赋》数段为证：

先看《春思赋》：

> 若夫年临九域，韶光四极，解宇宙之严气，起亭皋之春色。况风景兮同序，复江山之异国。感大运之盈虚，见长河之纤直。蜀川风侯隔秦川，今年节物异常年。霜前柳叶衔霜翠，雪裹梅花犯雪妍。霜前雪裹知春早，看柳看梅觉春好。思万里之佳期，忆三秦之远道。澹荡春色，悠扬怀抱。野何树而无花，水何堤而无草。于是仆本浪人，平生自沦。怀书去洛，抱剑辞秦。惜良会之道迈，厌他乡之苦辛。忽逢边侯改，遥忆帝乡春。帝乡迢递关河里，神皋欲暮风烟起。……见原野之秀芳，忆山河之邈古。长安路狭绕长安，公子春来不厌看。杏业装金辔，蒲萄镂玉鞍。耸盖临平乐，回笳出上兰。上兰经鄠杜，挥鞭日将暮。白马新临御沟道，青牛近出章台路。章台接建章，垂柳复垂杨。草开驰马埒，花满斗鸡场。南邻少妇多妖婉，北里王孙驻行幰。……伤紫陌之春度，惜青楼之望远。紫陌青楼照月华，珠帷黼帐七香车。……恨雕鞍之屇晓，痛银箭之更赊。行行避叶，步

步看花。因狂夫之荡子，成贱妾之倡家。狂夫去去无穷已，贱妾春眠春未起。……龙沙春草遍，瀚海春云生。疏勒井泉寒尚竭，燕山烽火夜应明。……春望年年绝，幽闺离绪切。……入金市而乘羊，出铜街而试马。叶抱露而争密，花牵风而乱下。锦障萦山，罗帏照野。司空令尹之博物，二陆三张之文雅。新年柏叶之樽，上巳兰英之斝。①

又《七夕赋》：

若夫乾灵鹊谶之端，地辅龙骖之始。……则有皇慈雾洽，圣握天浮；庭分玉禁，邸瞰金楼。翦凫洲于细柳，披鹤御于长楸。……君王乃排青幌，摇朱舄，戒鹓舆，静鸾掖。……

于时玉绳湛色，金汉余光。烟凄碧树，露湿银塘。视莲潭之变彩，睨松院之生凉。引惊蝉于宝瑟，宿嫡燕于瑶筐。绿台兮千仞，艳楼兮百常。拂花筵而惨恻，披叶序而徜徉。结遥情于汉陌，飞永睇于霞庄。想佳人兮如在，怨灵欢兮不扬；促遥悲于四运，咏遗歌于七襄。于是虬檐晚静，鱼扃夜饬。忘帝子之光华，下君王之颜色。握犀管，展鱼笺，顾执事，招仲宣。仲宣跪而称曰："臣闻九变无津，三灵有作。"布元气于浩荡，运太虚于寥廓，辨河鼓于西墉，降天孙于东墰。……停翠梭兮卷霜縠，引鸳杼兮割冰绡……既而丹轩万栱，紫房千篇。仙御逶迟，灵徒檿弱，风惊雨骤，烟回电烁。娲皇召巨野之龙，庄叟命雕陵之鹊。驻麟驾，披鸾幕，奏云和，泛霞酌。碧虬玉室之馔，白兔银台之药。荷叶赪鲛，芙蓉青雀。上元锦书传宝字，王母琼箱荐金约。彩襮鱼头比目缝，香针燕尾同心缚。罗帐五花悬，珉砌百枝然。下芸帏而匿枕，弛兰服而交筵。托新欢而密勿，怀往眷而潺湲。于是羁鸾切镜，旅鹤惊弦。……洞庭波兮秋水急，关山晦兮夕雾连。……俄而月还西汉，霞临东沼。……君王乃驭风殿而长怀，俯云台而自矫，矜雅范而霜厉，穆冲衿而烟渺。迎十客，召三英，香涵蔗酎，吹肃兰旌。娃馆疏兮绿草积，欢房寂兮紫苔生。②

又如《涧底寒松赋》：

---

① 董诰等编：《全唐文》，北京：中华书局，1983年，卷一七七，第1799－1800页。
② 董诰等编：《全唐文》，北京：中华书局，1983年，卷一七七，第1801－1802页。

已矣哉！盖用轻则资众，器宏则施寡，信栋梁之已成，非榱桷之相假，徒志远而心屈，遂才高而位下。斯在物而有焉，余何为而悲者？①

从《春思赋》《七夕赋》《涧底寒松赋》等已经可以看出王勃辞赋写作的规律性：将句式长短错杂运用，三言、四言、六言或五、七言杂用，又将骈体句与诗体句交错运用，而诗体句中也基本上以五、七言交错运用，且同时采用"若夫""于是""则有""俄而""既而"等发语词或漫语，或者采用顶针等修辞方式来接绪文气。特别是在《春思赋》中大量融入五、七言律诗或古诗句式，而且间用"兮"字句。在《七夕赋》中则大量运用"于时""若夫""乃""俄而""既而"等发语词，甚至于篇中引入王仲宣"跪而称曰"的一段对话。而在《涧底寒松赋》中则用"已矣哉"一段陈言作结，以为乱辞，其仿骚体之意趣极为明显。如在《采莲赋》中则用"且为歌曰"作为乱词，在《游庙山赋》中则直接标明："乱曰：已矣哉！吾谁欺？林壑逢地，烟霞失时。托宇宙兮无日，俟虹鸾兮末期。他乡山水，祇令人悲。"②

在对楚辞汉赋的模拟方面，实际上已然透视着四杰"祖骚宗汉"的倾向。如王勃所作《七夕赋》，其中运用"兮"字句极多，如"绿台兮千仞，靓楼兮百常""想佳人兮如在，怨灵欢兮不扬""停翠梭兮卷霜縠，引鸳杼兮割冰绡""洞庭波兮秋水急，关山晦兮夕雾连""娃馆疏兮绿草积，欢房寂兮紫苔生"等，或者将"兮"字化用为"于""而""其""之""以""矣""些"等字，其从表面上看是对六朝骈体的继承，但六朝骈赋句亦多借鉴楚辞骚体，因此其实质仍是对骚体的模拟和创变。另外，王勃在《采莲赋》中运用"兮"字句亦多，但纵观王勃所作赋篇，其中虽非通篇采用"兮"字句式，且往往将楚辞体"兮"字句、汉赋体散句漫语、对话问答等，或者骈体句、诗体句相互杂糅错综，但其目的不过是使所作赋体更为灵动，力图打破六朝骈体的陈弊。这实际上也正是王勃赋作的创新所在，而且其中大多数变幻的骈体句，不过是将"兮"字换作其他虚字的代替句式，本质上是与楚辞体句式没有差别的。然而正是这种融通却说明王勃是将骚体与赋体相融合的，这与其在理论上持赋骚一体的观念应是相通的。

又如杨炯在《浑天赋》前面大部分采用汉代散体大赋形式，假托人物，对话问答，而后面一部分则采用骚体"兮"字句语式。又如《青苔赋》，通篇

---

① 董诰等编：《全唐文》，北京：中华书局，1983年，卷一七七，第1806页。
② 董诰等编：《全唐文》，北京：中华书局，1983年，卷一七七，第1803页。

"兮"字句极多，完全就是骚赋，其他如《幽兰赋》《庭菊赋》等亦多用"兮"字句。杨炯《幽兰赋》亦以楚辞为式，以"重曰"为乱。

骆宾王虽作赋较少，但其《萤火赋》亦偶用"兮"字句等。而卢照邻则更为突出，不但在《秋霖赋》等赋篇中用"兮"字句，而且在《明月引》《怀仙引》《总歌第九》等篇中也用"兮"字句，特别是在《五悲文》《释疾文》《狱中学骚体》中通篇用骚体。而且在《四部丛刊》景明本《幽忧子集》中将《五悲文》《释疾文》《狱中学骚体》三篇皆列为"骚"类。其虽放在赋诗之后，似乎别显为一类。但恐怕四杰创作时并没有这种分体的意识，这种分类只是出于后来"宗经"或"尊骚"的观念驱使。四杰不但创作实践中大量化用骚体"兮"字句式和汉赋句式，甚至融入当时逐渐流行的五、七言律诗等诗体句式，而且还出现了《狱中学骚体》《释疾文》《五悲文》等这些通篇为骚体的佳构，这足以说明他们持骚赋同体同源的观念。

无论是对楚辞汉赋的句式、语言结构，还是章法等，四杰赋都明显呈现出模拟的倾向，但四杰显然又不局限于模拟，而是大胆创新，看似打破了诗、骚、赋的界限，实际上是还原了诗、骚、赋本来的性质与关系状态。这既有利于重新解读初唐四杰的诗学和赋学理论思想，也有利于了解初唐文学发展的实际状况及其理论思想渊源。而且四杰在辞赋创作中大量融入的五、七言诗体，对初唐五、七言律诗和古诗创作的成熟和定型明显是具有重要影响的。

显然，初唐四杰正是悟透了赋源及其与古诗的关系，因此才能大胆将这种"兮"字既运用于赋，也运用于骚体的辞，甚至是曲、引等歌诗。此正如郝经所认为的骚、赋、引等皆是古诗的流变，其云："《诗经》三百篇，'雅'亡于幽厉，'风'亡于桓庄。历战国先秦，只有诗之名，而非先王之诗矣。本然之声音，郁湮喷薄，变而为杂体，为骚赋，为古诗，为乐府、歌行、吟谣、篇引、辞曲、琴操、长句、杂言，其体制不可胜穷矣。"[①] 如明清之际的费经虞作《雅伦》，其追叙诗源，列歌、谣、诗、颂、风、雅、诵、操、铭、箴、戒、辞、繇、诔、碑、骚、赋等[②]，由此可见将赋骚同归为古诗之流的传统已久。而正因四杰这种赋骚同体的观念，故《五悲文》《释疾文》在本书中也必须纳入赋体探讨。

由此来看，王勃虽没有直接明确的赋骚同体观念的理论阐述，但在其创作

---

① 郝经：《郝氏续后汉书》卷六十六上，《景印文渊阁四库全书》第385册，台北：商务印书馆，1986年，第617页。

② 费经虞：《雅伦》卷一，清康熙四十九年刻本。又见《续修四库全书》第1697册第25页（上海古籍出版社2002年版）。

实践上，不但熔铸汉赋与楚辞体，既用骚体"兮"字句，也用诗体句。这无疑反映了王勃"祖骚宗汉"的赋体创作理论倾向，以及视诗、赋、骚为一体的文体观念。正因如此，我们在审视四杰诗论的时候就不能仅仅局限于其狭隘的"诗学"范畴，在对四杰诗论研究的过程中就必须重新结合其赋体创作实践而重新加以考量。

其次，从理论主张看初唐四杰的赋学观念。

初唐四杰中文学理论成就较为突出的当数王勃，王勃对赋骚一体的理论认知是蓄蕴在其对整个文学流变史的考察中的，而对文学流变史的考察又主要是以古诗及其源流为鉴照的。赋骚同体的观念就是与"古诗"关系认知很密切的。何以称赋骚同体呢？究其实质，乃因赋与骚皆源于古诗之流，在"古诗"的时代即已孕育骚和赋的雏形，楚辞骚体和后来的汉赋等都是古诗在发展过程中的一种个体的历时性形态呈现。

由此观之，四杰对诗学的批评实际又包孕了对赋学的理论建构与批评。当然，四杰中以王勃的诗学理论批评成就最为突出。兹录杨炯《王子安集序》（或作《王勃集序》）和王勃《上吏部裴侍郎启》等为证。

> 自微言既绝，斯文不振。屈宋导浇源于前，枚马张淫风于后。谈人主者，以宫室苑囿为雄；叙名流者，以沈酗骄奢为达。故魏文用之而中国衰，宋武贵之而江东乱。虽沈谢争骛，适先兆齐梁之危；徐庾并驰，不能止周陈之祸。[1]

此一段呈词可以说含蕴着极深的文学理论观念。大致可以说明两点：一是王勃文学观念既有对传统文学诗学观的继承，也有对文学流变发展史的自我判断。而且他认为文章并不是重在形式，而是重在质实，也就是说他认为文章重在对"道"的传承，这与学人所宗的"原道"思想和后来的"文以载道"观是相通的。正因如此，王勃对"微言既绝，斯文不振"的批评侧重于"文章之道"的范畴，而并不是对语言、音韵、声律技巧等的批评。也就是说从文章"开物""见志"的承"道"观来看，王勃至少认为诗赋包括骚体又应是同源的，其旨趣也应同其渊懿。

那么"道"与语言形式有无关系呢？或者说"道"与"气"是什么关系

---

① 王勃著，蒋清翊注，汪贤度校点：《王子安集注》，上海：上海古籍出版社，1995年，卷四，第130页。

呢？在《王勃集序》中杨炯称王勃提出"骨气都尽，刚健不闻"的批评，并且曾"思革其弊，用光志业"。由此可见王勃对当时文坛的衰弊之风不但有理论批评，也有践履振发。其"骨气都尽"的批评显然既是针对诗歌创作领域，也是针对辞赋等文体创作领域的。

王勃以"骨气""刚健"来评价诗赋，从其"争构纤微，竞为雕刻。糅之金玉龙凤，乱之朱紫青黄。影带以徇其功，假对以称其美"① 的描述来看，似乎更多的是针对其形式的批评。王勃的"骨气"论可以说是对曹丕《典论》中的"文以气为主"说的继承。从曹丕论文来看，其称："文以气为主，气之清浊有体，不可力强而致。"② 显然其论"气"亦是以文章形式为据，故《初学记》卷二十一文部列"主气本形"③ 条。也就是说文气是否通贯是与语言形式的声韵、清浊、抑扬、高下等有关的。"道""气"的关系既如内容与形式，但"气"在中国哲学中也内蕴了"道"的性质。这正是在于"气"的一贯和连续性，而这种一贯和连续性状态返本归朴也就是一种自然的状态。而"道"所达致的最高的物化的状态也就是一种自然之态。人文之道亦在于法天象地，稽古而顺乎自然。也就是说王勃所主张的"文章之道"的最高境界就是要揭示和反映人文物理顺乎自然的规律性大道。而一味追求形式，忘却文章本来的目的，自然道丧气萎，故既言之无物，又言之无序。这自然也影响"气"或者说语言形式效果的发挥。

在四杰看来，"文章之道"的内涵是什么呢？王勃云："夫文章之道，自古称难。圣人以开物成务，君子以立言见志。"④《周易·系辞上》："夫《易》开物成务，冒天下之道，如斯而已者也。""开物成务"显然与宋明理学中的"格物致知"或"格物致用"是同理的。而杨炯则云："大矣哉，文之时义也。有天文焉，察时以观其变；有人文焉，立言以重其范。"⑤ 骆宾王则认为文学应"陶铸尧舜之典谟，宪章文武之道德。上以究三才之能事，下以通万物之幽情"⑥。显然，在他们看来，文章之道在于二途：一是开物成务，一是立言见志。换言之，也就是说文章之道一在于发明物理之幽情，一在于明人伦之情志。此实为《易》《书》等经典阐发的旨归，而《诗》则寄寓于比兴。如果梳

---

① 董诰等编：《全唐文》，北京：中华书局，1983年，卷一九一，第1931页。
② 萧统编，李善注：《文选》，上海：上海古籍出版社，1986年，卷五十二，第2271页。
③ 徐坚等：《初学记》，北京：中华书局，1962年，卷二十一，第511页。
④ 董诰等编：《全唐文》，北京：中华书局，1983年，卷一八〇，第1829页。
⑤ 董诰等编：《全唐文》，北京：中华书局，1983年，卷一九一，第1929-1930页。
⑥ 董诰等编：《全唐文》，北京：中华书局，1983年，卷一九七，第1998页。

理《易》《书》之旨，《诗》《礼》之趣，《史》《汉》之奥，骚赋之寄，无不托象于彼，而寄情于此。无论是"天文""人文"，还是"粤若稽古"，还是"通天人之际"，或"究三才之能"，正在于达致其通变极观之义。其后或有衍为诗教、易教、礼教之说，或有如讽谏、抒情之说，或有体国经野之论，亦不过具体而微、遇时而化而已。

当然，正是缘于"格物"与"言志"两途，而"历年滋久，递为文质"，不但两种"文类"呈现的艺术效果不同，而且也逐渐呈现出其表述和研究的方式，甚至对象的差异，故"文儒于焉异术"①。而这种变化与融契，唯有"应运以发其明，因人以通其粹"②。这种分化在四杰看来，即以孔子、屈宋等为其代表，《王勃集序》云："仲尼既没，游、夏光洙、泗之风；屈平自沈，唐、宋弘汨罗之迹。"③ 显然唯有辨其别异，方能通其契融。故杨炯对"文儒于焉异术，辞赋所以殊源"是明显持批评意见的，其云："逮秦氏燔书，斯文天丧，汉皇改运，此道不还，贾、马蔚兴，已亏于雅颂，曹、王杰起，更失于风骚。"④ 而这种文学本质观和文学史观在卢照邻、骆宾王的诗文中也略有呈现。如卢照邻在《驸马都尉乔君集序》中明确指责："屈平、宋玉弄词人之柔翰，礼乐之道已颠坠于斯文；《雅》《颂》之风，犹绵联于季叶。"⑤ 骆宾王则云："徒以《易》象六爻，幽赞通乎政本；诗人五际，比兴存乎《国风》。"⑥ 文、儒之间的辨析实正同于后来文学与经学关系的辩争，如果说刘勰时代尚是立足于经学的视野观照文学的意义，那么初唐四杰可以说已经从文学本质的角度来考察文学与经学的意义。这对于将诗赋进一步推向经典化是具有极为重要的意义的。

除此之外，四杰的赋学理论思想大多集中在其书启及诗序、赋序中。四杰对于赋用的阐发既沿袭诗教传统，又加入了魏晋以来的"体国经野"思想，对文学的体用，包括赋用、诗用亦有清晰的认识。如骆宾王《和学士闺情诗启》云："以封鲁之才，追自卫之迹。宏兹雅奏，抑彼淫哇。澄五际之源，救四始之弊。固可以用之邦国，厚此人伦。"⑦ 这正是对传统诗教诗用说的继承。

由此来看，王勃对唐初文坛以及整个文学史流变的批评，其中虽然偶或隐

---

① 董诰等编：《全唐文》，北京：中华书局，1983 年，卷一九一，第 1929—1930 页。
② 董诰等编：《全唐文》，北京：中华书局，1983 年，卷一九一，第 1930 页。
③ 董诰等编：《全唐文》，北京：中华书局，1983 年，卷一九一，第 1930 页。
④ 董诰等编：《全唐文》，北京：中华书局，1983 年，卷一九一，第 1930 页。
⑤ 董诰等编：《全唐文》，北京：中华书局，1983 年，卷一六六，第 1691 页。
⑥ 董诰等编：《全唐文》，北京：中华书局，1983 年，卷一九九，第 2009 页。
⑦ 董诰等编：《全唐文》，北京：中华书局，1983 年，卷一九八，第 2001 页。

含有对过于律化和过于讲究声韵技巧的批评，但其不过是批评"道""气"结合的失度，从语言学发展和人类审美意识发展来看，他对语言形式技巧的精粹化并不持反对意见，从他在辞赋创作的实践中大量运用律化的诗体句已经可以反窥他的审美鉴照。

因此他对"微言既绝"的批评，实际上又是与"诗赋言志"的传统相一致的。如其在《上吏部裴侍郎启》中称："遗雅背训，孟子不为；劝百讽一，扬雄所耻。"① 这显然是对言志和讽谏传统沦丧的批评。当然"劝百讽一"涉及赋体章法体制的问题，也与诗歌的"主文而谲谏"的传统有关。因此这里引扬雄之典，不过是表达他对文章之"道"覆而未明的批评。

正因为王勃对文章道统的重视，其"在乎词翰，倍所用心"②，故他编次《论语》，作《续书》，阐《元经》，注《周易》，衍《诗序》③。这实际就是其"甄明大义，矫正末流"④，揭发文章道统的具体践举。这些行为可以说都是以对"微言既绝"的认识为前提和催生因子的。所谓"微言既绝"，是指孔子所删述《诗》《书》之嗣业的圣人之作既绝。悉如孟子所云："王者之迹熄而诗亡，诗亡然后《春秋》作。"⑤ 这也正是一种流变史的视野。从王勃对文章或者说"文学"的发展变衍来看，其是将屈、宋、枚、马及沈、谢、徐、庾等看作相承传的，也就是说他认为屈宋的楚辞体与汉赋、骈体是相通的，至少从文学源流来看，赋骚是同体同源的，也即是说与《诗》《书》等是颇相关联的。当然，王勃此处所指乃着眼于文学和学术发展的视野，其称"斯文不振"，乃因他认为后之作者皆未能极好地秉承"文章之道"，虽屈、宋、枚、马、沈、谢、徐、庾，风流异代，然却因学者未识其道、未明其弊，而更趋于颓衰。

在前引《上吏部裴侍郎启》一段文字中，王勃所称述的"文"显然是指汉晋以来传统的有韵之文，（因此他所批评的正是那些有韵之文太过于注重语言形式，而忽视文章本质的"道"和内涵。）但所谓的"文章之道"显然又超出有韵之文的范畴，也就是说其论说实际不仅是诗论文论，亦可算是文笔之道论。如其对文章体用阐发，《上吏部裴侍郎启》称："苟非可以甄明大义，矫正末流，俗化资以兴衰，国家由其轻重，古人未尝留心也。"⑥ 亦是以明道为依

---

① 董诰等编：《全唐文》，北京：中华书局，1983年，卷一八〇，第1829页。

② 董诰等编：《全唐文》，北京：中华书局，1983年，卷一九一，第1931页。

③ 见杨炯《王勃集序》所叙，又见《王子安集原序》。按：《全唐文》卷一百九十一题作《王勃集序》。其后所引该序文字不再标明出处页码。

④ 董诰等编：《全唐文》，北京：中华书局，1983年，卷一八〇，第1829页。

⑤ 《孟子·离娄章句下》，见朱熹：《孟子集注》，济南：齐鲁书社，1992年，第117页。

⑥ 董诰等编：《全唐文》，北京：中华书局，1983年，卷一八〇，第1829页。

归的。因此可以说王勃对文学"骨气""刚健"的追求既是要求对文体语言形式的创变自然主张，也是对文章贯道的总结。因此，无论是诗、骚、赋，还是箴、铭、颂等都应是对"开物""见志"的抒写。由此言之，诗赋何异呢？赋骚何异呢？正如明陶汝鼐撰《荣木堂合集》文集卷三《陈博山诗序》云："夫《诗》亡而后《春秋》作，是用史以续诗。《春秋》亡而后《离骚》作，是用诗以续史。镜古之士往往于二者取衷焉。"① 那么，文学和经学的本质又有何不同？文儒又何必强分为二呢？

唯有如此通观，我们才能明确在初唐四杰的赋学理论中隐含的另一层要义。四杰一方面在创作中将诗、骚、赋融会无间，其既借此还原和反窥赋体与诗骚的渊源关系，也意在强化他们的赋源理论思考。而其阐发"文章之道"，则上接《易》《诗》《书》《春秋》诸经，与刘勰《文心雕龙》的文学理论观大体不二。如《文心雕龙·宗经》云："故论说辞序，则《易》统其首；诏策章奏，则《书》发其源；赋颂歌赞，则《诗》立其本；铭诔箴祝，则《礼》总其端；纪传盟檄，则《春秋》为根。并穷高以树表，极远以启疆，所谓百家腾跃，终入环内者也。"②

换言之，这可以视为"文"源诸经说。如颜之推《颜氏家训·文章篇》："夫文章者，原出五经。诏令策檄，生于《书》者也；序述论议，生于《易》者也；歌咏赋颂，生于《诗》者也；祭祀哀诔，生于《礼》者也；书奏箴铭，生于《春秋》者也。"③ 当然，王勃"文章之道"论中的"文"并非特指赋体，但却明显是包括赋体的。无论是从理论追述上，还是从赋体的"非诗非文""既诗既文"的特征等来看，赋体则可能与诸经有着某种源承关系。虽从班固的"赋者，古诗之流"来看，赋当与《诗经》有关，但"古诗"从文体形态来看究为何种样态，与诸经又是怎样的关系，却是有待深探的。既然赋与诗骚皆相关，且考今出简帛，"古诗"与诸经似皆有关系。杨炯《王勃集序》云："梁魏群材，周隋众制，或苟求虫篆，未尽力于邱坟；或独徇波澜，不寻源于礼乐。"④ 其对梁隋以来的赋体文学发展状况的批评，正是称其不究心邱坟，寻源礼乐。可见文学与《礼》《乐》诸经是有着密切关系的，其虽然不一定仅仅是脱胎于其形制章法，也可能是对其内容、典章、本质或大道的融鉴。清章学诚《文史通义·诗教上》云："战国之文，奇邪错出而裂于道，人知之；其源

---

① 陶汝鼐：《荣木堂合集》文集卷三《陈博山诗序》，清康熙刻世细绿堂汇印本。

② 刘勰著，范文澜撰：《文心雕龙注》，北京：人民文学出版社，1958年，卷一，第22—23页。

③ 颜之推著，王利器撰：《颜氏家训集解》，北京：中华书局，1993年，第237页。

④ 董诰等编：《全唐文》，北京：中华书局，1983年，卷一九一，第1930页。

出于六艺，人不知也。后世之文，其体皆备于战国，人不知；其源多出于诗教，人愈不知也。"①

换句话说，也就是王勃的"文章之道"观中，虽未明辨赋体与诸体之别，但却内蕴了文源于诸经、赋亦源于诸经的思想。

要进一步弄清其间逻辑，则须补充一点思考：若诸文体各源于诸经，那么诸经在最初是否已各不相同，或者已蕴示了文体间的这种差异？即古本《诗》《书》《易》在文学文体表现上有本质的差别吗？何况其时尚未有文体概念，那么其时作者是如何来体现这种差异的呢？恐怕即使其时存在这种文体表现的些微差异，作者亦不可能是有意为之。因此，在诸经文本文体表现上，如果其创制的时间大致相同，则诸经必然存在文体表现上的共同性。而且"五经"中的《诗》《书》《易》《春秋》等多经孔子删定整理，这已经历代学者证实，如果孔子时代尚不存在明确的文学文体观念意识，那么经孔子整理的诸经在文体表现上也不可能存在明确的文体差别。这就说明"五经"原本在文体上是存在许多共同因素的，这为我们重新审读赋体源流提供了新的空间。

赋体的产生的确与《诗》密切相关，但若称赋源于《诗》，无若说赋源于"诗"更准确。当然此"诗"并非今"诗"，称为"古诗"更为准确。

"古诗"是一种什么形态呢？与后来的诗有什么关系和差别？与"文"有什么关系和差别？古诗和古文的共同来源又是什么呢？"诗"或许与"文"一样，只是上古对各种文体的一种总称，并无后世文体的体派特征和分别。因此早期的"诗"（或"文"），恐怕与上古歌谣、神话传说、卜辞铭文等应都有关系，而这些文章和残篇虽有经后世整理，但依旧能从中看出有韵文的倾向。这从鲁迅等人所推断的"杭育杭育"②派文学起源说或可大致看出。大概最初是便于记忆和写作，在造字、用字、成文上倾向于韵文是可能的。从文化人类学的角度来看，这也是符合人类社会发展的认知规律的。

正因为赋是上古"古诗"样态的最直接反映，而"古诗"的表述或者说文体特征又与诸经相关，也即是说原本诸经皆用"古诗"之体的表述方式，因此后世学人才称赋"非诗非文""既诗既文"，又称赋源于六诗，源于楚辞，或源于纵横家文，或源于诸子之文。如章学诚《校雠通义·汉志诗赋第十五》说："古之赋家者流，原本《诗》《骚》，出入战国诸子。假设问对，《庄》《列》寓

---

① 章学诚：《文史通义》，上海：上海书店，1988 年，卷一，第 17 页。

② 鲁迅在《门外文谈》中说："我们的祖先——原始人，原是连话也不会说的，为了共同劳作，必须发表意见，才渐渐地练习复杂的声音来，假如那时大家抬起头，都觉得吃力了，却想不到发表，其中有人一叫道'杭育杭育'，那么，这就是创作……他当然就是作家，也是文学家。"

言之遗也。恢廓声势，苏、张纵横之体也。"

这些不仅反映了赋体来源的广泛性，也反映了在上古"赋"可能曾作为诸经文体的主要表现形式。正因如此，故清人刘熙载等人认为"赋"实兼古诗六义的功能。由此反窥，赋应兼有诗文的功用和体式特征。而初唐四杰辞赋创作中将诗、骚、赋、文的融合，恰好可以作为这一理论的注解。

再者，至于"杂文"的言说，则与初唐整个文体观念的渐变相关。

《文心雕龙·杂文》云："宋玉含才，颇亦负俗，始造对问，以申其志，放怀寥廓，气实使之。及枚乘摛艳，首制《七发》，腴辞云构，夸丽风骇。盖七窍所发，发乎嗜欲，始邪末正，所以戒膏粱之子也。扬雄覃思文阁，业深综述，碎文璀语，肇为连珠。"① 其中便将宋玉《对楚王问》、枚乘《七发》、扬雄《连珠》等视为"杂文"。如果从前述赋源诸经，又体兼众制，则"杂文"可能既包含了文笔兼具的创制，也可能实为赋体的一代名词。如《对楚王问》《七发》等皆被后人视为赋体，这些在当时或可能被视为杂文，可见"杂文"是与赋有密切关系的。

黄佐《六艺流别》就认为"骚、赋、词、颂、赞"为"诗之杂于文者"②。而且认为命诰之体乃出于《书》艺的"典"之流，其后又别而为六：制、诏、问、答、令、律。而在汉赋中问答之体实多，可见其源亦与《书》颇相关。这无疑证明赋、骚、颂既具有"诗"体要素，也同样具有"文"体要素。此外，黄佐认为设论、连珠等与《书》艺中的"训"有关，檄、移、盟、让、责、约等与《书》艺之"誓"有关。而设论等亦在赋体中广泛采用，至于连珠、檄、移、约等，其文与赋体甚近，近人多有视其为赋体者。如王褒《僮约》、孔稚圭《北山移文》、扬雄《连珠》等就被视为赋体。

在唐代科举考试中，有试诗赋，又有试杂文，可见唐代由于律赋渐兴，在赋体表现及章法上大有破创，人们对赋的观念也逐渐发生了转变，从而将策、表、赞、论等类赋之体名之曰"杂文"。

二、唐代赋体文学的经典化与试赋肇始

唐代赋体文学的经典化是从两个层面来展开和推进的：一是政府层面的试

① 刘勰著，范文澜注：《文心雕龙注》，北京：人民文学出版社，1958年，卷三，第254页。
② 黄佐：《六艺流别》，《四库全书存目丛书》（集部第300册），济南：齐鲁书社，1997年，第70页。

赋取士；二是文人的群体性创作。唐代赋体文学的经典化首先与试赋取士密切相关。

汉代以《诗》《骚》为经而加以尊崇，以之拟而成赋，融构众制，渐成一代之经典。故王国维《宋元戏曲史·序》称："凡一代有一代之文学：楚之骚，汉之赋，六代之骈语，唐之诗，宋之词，元之曲，皆所谓一代之文学，而后世莫能继焉者也。"① 而至于唐，赋诗皆趋骈化，并考之以科甲、命之以铨选，从而提升佐命，虽不欲尊而尊之，不欲倡而倡之，故律赋与律诗亦为唐之经典，后世拟效而犹未能过，故宋革之以考经义，元革之而考古赋，虽明弊去疣，实亦难超乎其上矣。唐代考诗试赋，虽不乏考察其经义之才，但对经义的考察更多的是依靠明经等科的试举，以及科考中的杂文、策论等的考察来实现的。故诗赋考察更多是对文学器识之才的考量。因此唐代律赋的经典化和诗歌的经典化一样，充分展示了有唐一代对文学的重视。

一些论唐代科举制以及唐代律赋的史学或文学著述，都认为以诗赋取士始于唐代。其实，唐代试赋取士是沿隋制，并非唐统治者的创举。为正确认识文学、文化以及辞赋发展的历史，对此问题有必要略做探源和阐析。

试赋取士与赋体的律化有着直接的因果关系。一般认为，诗歌在齐梁的律化是与梵音在中国的传播有关的。② 但显然在先秦时中国是已经存在声韵理论的，诗歌的声韵节奏也是事实上存在的，只不过上古、中古汉语读音的变化和词汇语汇的增衍变化，使切韵说或四声等流行起来。而且从声韵上促成诗歌的骈律化显然有诸多讲不通的地方，声韵说只能是诗歌骈律化的理论推助作用之一，但却不应是先决条件。早在先秦孔子删诗的时代事实上就已经经历了"古诗"向今本《诗经》样态的骈俪化过程。事实上"四声八病"的声韵说影响的只是诗赋当中的一些特殊体类，它并不是针对所有的诗体、赋体和文体，这其

---

① 王国维：《宋元戏曲史》，上海：华东师范大学出版社，1995年，第1页。

② 如梁启超、季羡林、汤用彤、赵荫棠、王力等研究，最早使用"反切"这种拼音方式的是来自西域的胡僧，而胡僧很可能是采用的梵语拼音法，和佛教的传播与佛经的翻译有极大的关系。赵荫棠《等韵源流》一书（商务印书馆2017年），专列"梵文与反切"一节。沈括《梦溪笔谈》曾载："切韵之学，本出于西域。汉人训字，止曰'读如某字'，未有反切。"《隋书·经籍志一》载："自后汉佛法行于中国，又得西域胡书，能以十四字贯一切音，文省而义广，谓之婆罗门书。"钱大昕《潜研堂文集》卷十五《音韵答问》云："自《三百篇》启双声之秘，而司马相如、扬子云益畅其旨。于是孙叔然（炎）制为反切（反，府远切；切，千结切），双声叠韵之理遂大显于斯世。"而反切之法，又影响四声之学，于景祥称："自从竺法获四十一字母之说一出，周颙著《四声切韵》，沈约著《四声谱》，王斌著《四声论》，这样平、上、去、入四声之说正式形成，并创为'四声八病'之说。"（《历史变革时期的文体演进——先秦两汉魏晋南北朝文体流变》，北京：文化艺术出版社，2013年，第18页）另参见闫艳：《佛经翻译对汉语音韵学的影响》，《学术探索》2016年第3期。

中的原因显然就是因为取士的影响，加之汉晋以来的形名论及形式美学的发展。不仅在汉晋的墓阙、画像砖、建筑遗址中对这种对称的形式美有所表现，而且在文学领域也已经出现端倪。抒情的骈俪小赋、比较骈整的律化诗都渐次出现，但其时尚未形成主流和较大的影响，而是魏晋以来带有考试性质的荐举、应和和即兴抒怀的特定场景性的活动和形式促进了诗赋的进一步骈律化。这反过来也影响了相关"四声八病"等音韵学理论的成熟以及韵书、字书甚至类书等的编写。

由此来看，要全面了解唐代律赋律诗的起源及定型、成熟等，则必须对官方试赋试诗的问题加以考察。这既涉及唐代赋诗的经典化问题，也涉及初唐四杰辞赋创作的实践探索及文学理论主张问题。

"诗赋取士"的具体时间的论定，涉及整个文学史、文化史以及辞赋发展史的梳理。它不但有助于我们清楚而正确地认清古代文学发展史，也有助于我们正确了解隋唐政治文化历史。对这一问题的辩正，涉及对某些历史认识的重新修订。

（一）试赋取士时间界说

论唐以诗赋取士，学者多引《唐会要》、新旧《唐书》或《册府元龟》语。《唐会要》载："天宝十三载十月一日，御勤政楼，试四科举人。其辞藻宏丽，问策外，更试诗赋各一道。"其注云："制举试诗赋从此始。"① 《册府元龟·贡举部》亦记此事曰："（天宝）十三载十月，御含元殿亲试博通坟典，洞晓玄经，辞藻宏丽，军谋出众等举人，命有司供食，既而暮罢。其词藻宏丽科，问策外更试律赋各一首。制举试诗赋，自此始也。"② 《旧唐书·杨绾传》亦载，天宝十三载（754）："取辞藻宏丽外，别试诗赋各一首。制举试诗赋，自此始也。"③ 也即是说唐代天宝年间制举中的"辞藻宏丽科"除考策问外，还加试诗赋各一首。

后来学者以此为基础，不断提出唐始试诗赋的论调。不过，对试赋肇始的具体时间实向无定论，较天宝早者，有如《新唐书·选举志上》记："永隆二年，考功员外郎刘思立建言，明经多抄义条，进士惟诵旧策，皆亡实才，而有司以人数充第。乃诏自今明经试帖粗十得六以上，进士试杂文二篇，通文律者

---

① 王溥：《唐会要》，北京：中华书局，1955 年，卷七十六，第 1393 页。
② 王钦若等编，周勋初等校订：《册府元龟》，南京：凤凰出版社，2006 年，卷六四三《贡举部·考试一》，第 7428 页。
③ 刘昫等：《旧唐书》，北京：中华书局，1975 年，卷一一九，第 3429 页。

然后试策。"① 赵翼《陔余丛考》卷二十八"进士"条云："唐初制,试时务策五道,帖一大经。经、策全通为甲第。策通四,帖过四以上为乙第。永隆二年,以刘思立言'进士唯诵旧策,皆无实材',乃诏进士试杂文二篇,通文律者然后试策。此进士试诗赋之始。"② 即认为永隆二年(681)为试赋之始。不过,对于"试杂文"的具体内容又是有争议的。徐松《登科记考》曰:"按杂文两首,谓箴铭论表之类。开元间(注:713—742),始以赋居其一,或以诗居其一,亦有全用诗赋者,非定制也。杂文之专用诗赋,当在天宝(注:742—756)之季。"③ 傅璇琮先生亦赞成徐说,"永隆二年起试杂文,即是试诗赋之始,实际上最初所谓杂文者只是箴表论赞等,后渐为赋或诗,杂文专试诗赋已是开元、天宝之际"④。"应当说,进士科在八世纪初开始采用考试诗赋的方式,到天宝时以诗赋取士成为固定的格局。"⑤ 与此说比较靠近,皇甫煃说:"以诗赋取士不始于初唐而始于初、盛之际的神龙至开元(注:705—713)年间。"⑥ 甚至还有更后者,李调元《赋话》云:"不试诗赋之时,专攻诗赋者尚少。大历、贞元之际(注:766—785),风气渐开;至太和八年,杂文专用诗赋,而专门名家之学,樊然竞出矣。"⑦ 不过,李调元此话并不是界定律赋试士的肇始时间,只是略论律赋发展情况而已,如在同书卷一引《能改斋漫录》云:"赋家者流,由汉晋历隋唐之初,专以取士,止命以题,初无定韵。"⑧《能改斋漫录》为宋人所撰,比较接近唐之事实。另有一论,介于永隆与神龙、开元之说,称:"武则天同太宗一样,十分重视科举考试。她在这方面的一个大手笔就是改革进士科内容,以诗赋取士。"⑨ 并且明确说:"自武则天开启以诗赋取士制度之先河。"⑩ 不但认为以诗赋取士为李唐王朝的创制,甚至将肇始时间归为武则天时期。

就以上言论来看,其共同点如下:一是唐始以试赋举士;二是"'试杂文'主要是试诗赋,以甲赋、律诗为考试内容"⑪。但对杂文中"专试诗赋"的具

① 欧阳修、宋祁:《新唐书》,北京:中华书局,1975年,卷四十四,第1163页。
② 赵翼:《陔余丛考》,上海:商务印书馆,1957年,卷二十八,第583页。
③ 徐松撰,赵守俨点校:《登科记考》,北京:中华书局,1984年,卷二,第70页。
④ 傅璇琮:《唐诗论学丛稿》,北京:京华出版社,1999年,第26—27页。
⑤ 傅璇琮:《唐代科举与文学》,西安:陕西人民出版社,1986年,第408页。
⑥ 皇甫煃:《唐代以诗赋取士与唐诗繁荣的关系》,《南京师院学报》1979年第1期。
⑦ 李调元:《赋话》,《丛书集成初编》,北京:商务印书馆,1936年,卷一,第3页。
⑧ 李调元:《赋话》,《丛书集成初编》,北京:商务印书馆,1936年,卷一,第1页。
⑨ 韩银政:《诗赋取士:唐代新兴的人才选拔制度》,《文史杂志》2006年第5期。
⑩ 韩银政:《诗赋取士:唐代新兴的人才选拔制度》,《文史杂志》2006年第5期。
⑪ 韩银政:《诗赋取士:唐代新兴的人才选拔制度》,《文史杂志》2006年第5期。

体时间并无定论。

笔者以为，试赋取士的时间至少不始于永隆二年。许结先生说："唐代考赋兼含'特科'与'常科'，又涉及礼部取士与吏部铨选。据史料记载，特科试赋在常科前，如唐高宗麟德二年王勃试《寒梧栖凤赋》即是。"① 而且王勃《上吏部裴侍郎启》说："伏见铨擢之次，每以诗赋为先。"② 可见至少在王勃作此启（671）③ 前朝廷就以试赋取士了。而试赋的史例可以说更早，它源自战国时"赋"的"交接邻国"，从而衍发"献赋""纳赋"之制。

（二）试赋取士并非始于唐代

是否唐代才开始试赋取士呢？考隋唐史及一些前人著述，事实上，试赋并非唐人创制。

早在班固《汉书·志文志》就说："传曰：'不歌而诵谓之赋，登高能赋可以为大夫。'"④ 这种"赋"的功能正是为迎合取士、铨选或擢升的目的。《汉书·艺文志》说："'登高能赋可以为大夫'，言感物造耑，材知深美，可与图事，故可以为列大夫也。"⑤ "古诗之流"的赋，自流变而自立为文体，自然秉承了"为大夫"的政治功利传统，这也就是为什么后世论赋，认为其有"诗教"的作用和意义，有"体国经野"的经世致用之能，甚至有"代行王言"的作用。后世考赋实际也正着眼于此，而并不完全在于考察其雕才绣藻。如此观之，古人的交接邻国，以微言相感，甚至相揖让之时的"称诗以谕其志"⑥ 之举，似乎即可视为较早的"献赋""纳赋"之制。许结先生说："试赋制度虽始定李唐，然以赋取士则渊源久远：自战国屈、宋以'文人'名世，辞赋亦最先步入宫廷；汉赋崛兴，要在'献赋'之制。"⑦ 早期的献赋之制在典籍中也多有记载：班固《两都赋序》："武、宣之世，乃崇礼官，考文章……言语侍从之臣……朝夕论思，日月献纳。"⑧ 《汉书·礼乐志》谓："至武帝定郊祀之

---

① 许结：《制度下的赋学视域——论赋体文学古今演变的一条线索》，《南京大学学报》（哲学·人文科学·社会科学）2006 年第 4 期。

② 董诰等编：《全唐文》，北京：中华书局，1983 年，卷一八〇，第 1830 页。

③ 张志烈：《初唐四杰年谱》，成都：巴蜀书社，1993 年，第 137—150 页。

④ 班固：《汉书》，北京：中华书局，1962 年，卷三十，第 1755 页。按：所谓"传曰"，当非出班氏原语，此句应转引自刘歆《七略》语，或谓《诗传》之语，至于究为今古文说，已不可考，今逸之。

⑤ 班固：《汉书》，北京：中华书局，1962 年，卷三十，第 1755 页。

⑥ 班固：《汉书》，北京：中华书局，1962 年，卷三十，第 1755—1756 页。

⑦ 许结：《中国辞赋流变全程考察》，《学术月刊》1994 年第 6 期。

⑧ 萧统编，李善注：《文选》，上海：上海古籍出版社，1986 年，卷一，第 2 页。

礼……乃立乐府……多举司马相如等数十人造为诗赋。"① 《叙传》云："渊哉若人，实好斯文。初拟相如，献赋黄门。"② 李谔也说："臣闻古先哲王之化民也……正俗调风，莫大于此。其有上书献赋，制诔镌铭，皆以褒德序贤，明勋证理。"③ 许结先生说："这种'献赋'擢士风尚衍为唐代科举考赋，士子无不熟稔律赋，争趋若鹜。"④ 显然，"献"至于"试"，是一种层次的递进。献赋与试赋又有微妙差别，许结先生说："赋学再次向宫廷统一文学的归复，亦即王朝政治制度与赋学的结缘，则在唐代进士科诗赋取士制度的形成。只是随历史进程文学下移，科举试赋已不同于汉代少数宫廷文学侍从的献赋，而是广大举子干禄求进的工具，且在淡褪前者创作中的'弘道'精神时，更多地表现出赋作为考试文体的应用性。"⑤

献赋开启了隋唐的试赋制度，但献赋毕竟不同于真正的试赋。对于绝大多数献赋的题材、内容，赋家具有自由的创作主动权，而试赋则多是限时限题材的命题之作。具有"试赋"性质的官方行为，在魏晋南北朝时便已有明确的文献记载。如《全三国文》所记三曹同题之作《登台赋》，实质上便是魏武帝考察二子文学才能的一种试赋形式。《全宋文》卷三十四载有谢庄《赤鹦鹉赋应诏》⑥《舞马赋应诏》⑦，此为诏赋无疑，而且已明显具有考察文士才能，即试赋的性质，只不过所试对象，是已从仕者，而非新进，即不直接以取士为目的。

至于直接以试赋取士的记载，依目前所见材料，大概起于隋代。明徐师曾说："三国、两晋以及六朝，再变而为俳，唐人又再变而为律……至于律赋，其变愈下，始于沈约'四声八病'之拘，中于徐（名陵）、庾（名信）'隔句作对'之陋，终于隋唐宋'取士限韵'之制。"⑧ 特别是高光复先生有一段评说，则直接有隋代选官试赋的时间说明：

① 班固：《汉书》，北京：中华书局，1962 年，卷二十二，第 1045 页。

② 班固：《汉书》，北京：中华书局，1962 年，卷一百下，第 4265 页。

③ 魏徵等：《隋书》，北京：中华书局，1973 年，卷六十六，第 1544 页。

④ 许结：《中国辞赋流变全程考察》，《学术月刊》1994 年第 6 期。

⑤ 许结：《制度下的赋学视域——论赋体文学古今演变的一条线索》，《南京大学学报》（哲学·人文科学·社会科学）2006 年第 4 期。

⑥ 严可均校辑：《全宋文》卷三十四，《全上古三代秦汉三国六朝文》，北京：中华书局，1958 年，第 2625－2626 页。此赋亦见于《艺文类聚》九十一。

⑦ 《全宋文》（见严可均校辑：《全上古三代秦汉三国六朝文》，中华书局 1958 年，第 2626 页）此赋下注："《宋书·谢庄传》，河南献舞马，诏群臣为赋。又见《艺文类聚》九十三，《初学记》二十九。"

⑧ 徐师曾：《文体明辨序说》，北京：人民文学出版社，1962 年，第 101 页。

自南北朝入唐以后，诗和赋都是向着格律化的方向发展着，不唯辞赋如此。……由于封建统治者把诗和赋的制作纳入了自己的政治轨道，作为取士的一种工具，这样就使诗赋在相当范围内，内容受到了限制，形式走向了僵化。隋开皇十五年（595）选官开始试赋，唐代取士，大体沿袭隋制，开设科目之中，以进士科最有吸引力，而进士科试诗赋，逐渐成为决定去取的关键。如《通典》载："进士者，时人共羡之，主司褒贬，实在诗赋，务求巧丽，以此为贤。"①

高先生又说："然自隋代取士试赋，而唐代又对这种形式加以巩固和发展。"②

高光复先生所云隋开皇十五年试赋选官，虽不知所据何史，但李调元《赋话》引宋人语亦证此事，可见试赋大概始于隋代无疑。其《赋话》云："赋用八字韵脚原始，见于《能改斋漫录》，云：'赋家者流，由汉、晋，历隋、唐之初，专以取士，止命以题，初无定韵。至开元二年，王邱员外知贡举试《旗赋》，始有八字韵脚。'"③许结先生也说以赋取士渊源久远，"魏晋迄隋'据兹擢士''以此选材'不乏其例，故隋文帝开皇三年左监门参事参军刘秩上疏即谓'晋宋齐梁递相祖习，谓善赋者，廊庙之人；雕虫者，台鼎之器；下以此自负，上以此选材'"④。此试赋时间更略早于隋开皇十五年之说。

不过，隋试诗赋，确是有史可稽。《旧唐书》载："史臣曰：举才选士之法，尚矣。自汉策贤良，隋加诗赋，罢中正之法，委铨举之司。由是争务雕虫，罕趋函丈，矫首皆希于屈宋，驾肩并拟于《风》《骚》。"⑤《隋书》说："其有上书献赋，制诔镌铭……魏之三祖，更尚文词，忽君人之大道，好雕虫之小艺。……竞骋文华，遂成风俗。江左齐、梁，其弊弥甚……竞一韵之奇，争一字之巧。连篇累牍，不出月露之形；积案盈箱，唯是风云之状。世俗以此相高，朝廷据兹擢士。禄利之路既开，爱尚之情愈笃。……用词赋为君子。……开皇四年……其学不稽古，逐俗随时，作轻薄之篇章，结朋党而求誉，则选充吏职，举送天朝。"⑥《全唐文》载《论选举疏》亦云："有梁荐士，

① 高光复：《赋史述略》，长春：东北师范大学出版社，1987年，第164-165页。
② 高光复：《赋史述略》，长春：东北师范大学出版社，1987年，第175页。
③ 李调元：《赋话》卷一，《丛书集成初编》，北京：商务印书馆，1936年，第1页。
④ 许结：《中国辞赋流变全程考察》，《学术月刊》1994年第6期。
⑤ 刘昫等：《旧唐书》，北京：中华书局，1975年，卷一六六，第4359页。
⑥ 魏徵等：《隋书》，北京：中华书局，1973年，卷六十六，第1544-1545页。

雅好属词；陈氏简贤，特珍赋咏……逮至隋室，余风尚存，开皇中，李谔论之于文帝曰：'魏之三祖，更好文词，忽君人之大道，好雕虫之小艺。连篇累牍，不出月露之形；积案盈箱，惟是风云之状。代俗以此相高，朝廷以兹择士，故文笔日繁，其政日乱。'帝纳李谔之策……炀帝嗣兴，又变前法，置进士等科，于是后生之徒，复相仿效，因陋就寡，赴速邀时，缉缀小文，名之策学。"①尽管李谔所论亦包括当时的骈文，但就《唐书》《隋书》及《全唐文》所载前后文看，当时所谓"文词""词赋""雕虫"者，显然亦指诗赋无疑，朝廷"以兹择士"正是以诗赋取士。特别是炀帝继位，又变李谔所倡的改革，"置进士等科"，后生"复相仿效"，所谓"复"者，大概即置进士科，又重新作诗赋应试，故云"后生之徒""复相仿效"和"缉缀小文"。

另外，《隋书》记杜正玄事，更是以赋试士的一件详例：

> 自旻至正玄，世以文学相授。……兄弟数人，俱未弱冠，并以文章才辨籍甚三河之间。开皇末，举秀才，尚书试方略，正玄应对如响，下笔成章。仆射杨素负才傲物，正玄抗辞酬对，无所屈挠，素甚不悦。久之，会林邑献白鹦鹉，素促召正玄，使者相望。及至，即令作赋。正玄仓卒之际，援笔立成。素见文不加点，始异之。因令更拟诸杂文笔十余条，又皆立成，而辞理华赡，素乃叹曰："此真秀才，吾不及也！"授晋王行参军，转豫章王记室，卒官。②

《隋书》记正玄之弟正藏："尤好学，善属文。弱冠举秀才……兄弟三人俱以文章一时诣阙，论者荣之。著碑诔铭颂诗赋百余篇。又著《文章体式》，大为后进所宝，时人号为文轨，乃至海外高丽、百济，亦共传习，称为《杜家新书》。"③可见，隋世确有试赋的先例。所谓"久之"当是应举日之内，最迟亦不过一两个月，不会为几年之后。因为"尚书试"后无授官，又"促召正玄"，若正玄已回乡远处，杨素因兴起而远召作赋，可谓不太合情理。也许在"试日"之内是可能的。此试（赋）之后，乃"授晋王行参军"。此试（赋）或可称为"加试"，近于后来的"铨选"，而前试或许只是"举选"，仅予"出身"，故有称"此真秀才"。这或许对唐代的"科考"和"铨选"制是有影响的。而

---

① 董诰等编：《全唐文》，北京：中华书局，1983年，卷二八一，第2851页。
② 魏徵等：《隋书》，北京：中华书局，1973年，卷七十六，第1747页。
③ 魏徵等：《隋书》，北京：中华书局，1973年，卷七十六，第1748页。

且，《隋书》记大业三年甲午诏曰：

> 爰及一艺可取，亦宜采录，众善毕举，与时无弃。以此求治，庶几非远。文武有职事者，五品已上，宜依令十科举人。有一于此，不必求备。朕当待以不次，随才升擢。其见任九品已上官者，不在举送之限。①

自南朝刘宋"文""笔"之说后，"有韵的诗、赋谓之文"，朱光潜先生也说："魏晋以后人所谓'文'与'笔'相对。'笔'就是散文，'文'则专指韵文，包括词赋诗歌在内。"②"善属文"自然理应包括善为赋，"善文"又是绝对具才学的表现，可见"善文"亦应"毕举"或"随才升擢"。可见隋大业取士并非仅着眼于"学识"，而是兼包和侧重于"才艺"，"才艺"即是"文章""文艺"。"文""学"或才学的关系在儒者的眼中正是"学者立身之本，文者经国之资"③。

由此可见，实际上在唐宋及以前的一些文学家眼中，典丽的"雕虫"与经世的"章学"并不矛盾。在隋唐选举的实例中，多既重经国"学识"，又重文章"典丽"。其"文章"正是"雕虫"之艺，是典丽文才的见证。雕虫之文与经国之学的结合，也使试赋发展逐渐走向了律赋经学化的倾向。

（三）试"杂文"与"文"的关系

我们再来看前面提及的永隆二年"试杂文"的情况：

《唐会要》卷七十六"进士"条载："（贞观）二十二年九月，考功员外郎王师旦知举……而师旦考其文、策全下，举朝不知所以。及奏等第，太宗怪无昌龄等名，因召师旦问之。对曰：'此辈诚有文章，然其体性轻薄，文章浮艳，必不成令器。'"④《新唐书》卷二百一《文艺传》上《张昌龄传》及卷四十四《选举志》上亦载此事。陈飞据此称："'考其文、策全下'就表明当时进士并非'止试策'了，还应有'文'。"⑤他说："早在调露二年刘思立奏请之前，进士科就已经有了试杂文的先例。"⑥有学者也说："永隆二年（618）诏，只

① 魏徵等：《隋书》，北京：中华书局，1973年，卷三，第68页。
② 高光复：《赋史述略》，长春：东北师范大学出版社，1987年，第164页。
③ 董诰等编：《全唐文》，北京：中华书局，1983年，卷十三，第161页。
④ 王溥：《唐会要》，北京：中华书局，1955年，卷七十六，第1379页。
⑤ 陈飞：《唐代试策考述》，北京：中华书局，2002年，第123页。
⑥ 陈飞：《唐代试策考述》，北京：中华书局，2002年，第127页。

是将由来已久的考杂文定为常规。"① 所以，"大抵自贞观八年至永隆二年这段时间，进士科不仅不是'止试策'，而且试策以外还有'帖读''帖经'和试'杂文'之类的试项，形式不一，但并不经常和规范；不过，随着时间的推移和科举考试的深入，它们当中的某些试项（如杂文）便被日益频繁地'加试'着，积渐成为普遍接受的事实，为最终写入诏令提供了基础。"②

按《条制诏》（新制）③ 和《条流诏》（旧制）④ 所记的考试内容来看，"杂文"项分别为"诗赋箴铭论表"和"箴铭论表诗赋"，标准分别为"华实兼举，义理惬当"和"洞识文律，义理惬当"。⑤ 先于《条制诏》颁行的《条流诏》强调了对"文律"的要求，后来颁布的《条制诏》亦倡"华实兼举"，所谓"华"亦即是对"文律"的要求。可见前后诏对"文律"的要求都是一致的。而"文律"的"律"与"华"又应该主要表现在文体句式与音韵协谐方面。从文体概念及文体发展情况论，至唐代，由于文体间的借鉴与融合，尽管箴、铭、论、表时有押韵，但已不尽然，唯有诗赋对句式和音韵协调的要求却是始终一贯的。这有必要从文学的概念和文体学的分类来看。

"文学"一词最初统包文学与学术，至两汉二者始分。博学谓"学"或"文学"，美辞谓"文"或"文章"。"自南朝刘宋一代开始，'文、笔'之说兴起，有韵的诗、赋谓之文，音韵的要求，成了对文学体裁的一种衡量标准。"⑥ 清刘天惠《文笔考》云："盖汉尚辞赋，所称能文，必工于赋颂者也。……据此则西京以经与子为'艺'，诗赋为'文'矣。……是《文苑》所由称文，以其工诗赋可知矣。然又不特《文苑》为然也。《班固传》称能属文，而但载其《两都赋》；《崔骃传》称善属文，而但载其《达旨》及《慰志赋》。班之《赞》曰：'二班怀文。'崔之《赞》曰：'崔氏文宗。'由是言之，东京亦以诗赋为文矣。"⑦

"至魏晋南北朝，遂较两汉更进一步，于同样的美而动人的文章中间更有'文''笔'之分。"⑧ 清梁光钊《文笔考》谓："孔子赞《易》有《文言》。其

① 邓小军：《唐代文学的文化精神》，台北：文津出版社，1993 年，第 572 页。

② 陈飞：《唐代试策考述》，北京：中华书局，2002 年，第 128—129 页。

③ 见《全唐文》卷三十一《条制考试明经进士诏》（简称《条制诏》）。

④ 见《唐大诏令集》卷一六○《条流明经进士诏》（简称《条流诏》）。

⑤ 陈飞：《唐代试策考述》，北京：中华书局，2002 年，第 132 页。

⑥ 高光复：《赋史述略》，长春：东北师范大学出版社，1987 年，第 164 页。

⑦ 阮元：《学海堂集》卷七，清道光刊本。

⑧ 郭绍虞：《文学观念与其含义之变迁》，见赵敏俐编：《文学研究方法论讲义》，北京：学苑出版社，2005 年，第 205 页。

为言也，比偶而有韵，错杂而成章，灿然有文，故文之。孔子作《春秋》，笔则笔；其为书也，以纪事为褒贬，振笔直书，故笔之。"① 显然，不管对文、笔之分的判断如何，但其判断依据却是相同的，"灿然有文"与"简言直笔"是"文"与"笔"的主要区别。"文"是偏重于文学性的、审美的艺术表达形式。在南北朝及隋的"文""学"（笔）观念中，"文"在隋时更偏重于诗赋。梁元帝《金楼子·立言篇》称："屈原、宋玉、枚乘、长卿之徒，止于辞赋，则谓之文。今之儒，博穷子史，但能识其事，不能通其理者，谓之学。至如不便为诗如阎纂，善为章奏如伯松，若此之流，泛谓之笔。吟咏风谣，流连哀思者，谓之文。……至如文者，维须绮縠纷披，宫徵靡曼，唇吻遒会，情灵摇荡。"② 刘勰《文心雕龙》亦以有韵为文，无韵为笔。③

唐人著《晋书》载④：

《蔡谟传》：文笔论议，有集行于世。

《乐广传》：广善清言而不长于笔，将让尹，请潘岳为表。岳曰："当得君意。"广乃作二百句语，述己之志。岳因取次比，便成名笔。时人咸云："若广不假岳之笔，岳不取广之旨，无以成斯美也。"

《文苑·成公绥传》：所著诗赋杂笔十余卷行于世。

可见晋唐人对"文""笔""论""表"是有区别的。至少"论"与"文"、"诗赋"与"笔""表"与"文"，尽管概念模糊，但是却小有区别。又如唐李延寿撰《南史·陆厥传》说："（永明）时盛为文章，吴兴沈约、陈郡谢朓、琅玡王融以气类相推毂，汝南周颙善识声韵。约等文皆用宫商，将平上去入四声，以此制韵，有平头、上尾、蜂腰、鹤膝。五字之中，音韵悉异，两句之内，角徵不同，不可增减。世呼为'永明体'。"⑤ 而"诗和散文的骈俪化都起源于赋"⑥，"意义的排偶和声音的对仗都发源于词赋，后来分向诗和散文两方

---

① 阮元：《学海堂集》，清道光刊本。

② 萧绎：《金楼子》，见鲍廷博辑刊《知不足斋丛书》本。

③ 刘勰《文心雕龙·总术》云："今之常言，有文有笔，以为无韵者笔也，有韵者文也。"见刘勰著，范文澜注：《文心雕龙注》，北京：人民文学出版社，1958年，卷九，第655页。

④ 分别参见房玄龄等：《晋书》，北京：中华书局，1974年，卷七十七，第2041页；卷四十三，第1244页；卷九十二，第2375页。

⑤ 李延寿：《南史》，北京：中华书局，1975年，卷四十八，第1195页。

⑥ 朱光潜：《中国诗何以走上"律"的路》，见赵敏俐编：《文学研究方法论讲义》，北京：学苑出版社，2005年，第211页。

面流灌"①。因而齐梁至唐，讲究"文律"的"文"包括诗赋是肯定的。至齐梁时将章奏亦别于"文"，大概此时便为"文专指诗赋"之肇端，故上述《隋书》记杜正玄兄弟善赋为"善属文"，隋"试文"为"试诗赋"之别说，亦无可厚非。

至唐调露、永隆年间所谓试"杂文"，徐松在《条流诏》"进士试杂文两首"下注云："按杂文两首，谓箴铭论表之类。"② 陈飞据《唐会要》等书记载的"考其文、策全下"③ 而认定"当时进士并非'止试策'了，还应有'文'"④。如果"试文"与"试策"分论，那么，"策"与"箴、铭、论、表之类"当不同，事实上"策"与"论"实质上相同，策就是指议论当时政治，向朝廷献策的文章。特别是上举《晋书·乐广传》似乎更可看出"表"当属"笔"，与"文"是不同的。那么后来的试"文"就不当指试论、表、策之类了，或许试"文"就应该专指试诗赋。故后蜀牛希济云："国家武德初，令天下冬季集贡士于京师，天子制策，考其功业辞艺，谓之进士，已废于行实矣。其后以郎官权轻，移之于礼部，大率以三场为试。初以词赋，谓之杂文。复对所通经义，终以时务为策，目虽行此，擢第又不由于文艺矣。"⑤ 尹占华在《律赋论稿》中亦引牛希济《贡士论》，称唐初"杂文指词赋"⑥。

另一方面，后来一些学者认为：源于词赋的意义排偶和声音对仗，而"分向诗和散文两方面流灌"⑦，也致使后来有韵的"文"的概念扩大，除诗赋之外，也包括箴、铭、赞、论、表之类。箴、铭、赞、论、表之类句式整饰，时有用韵（论表偶或整饰，多为散句疏韵），与赋或可谓"同体异用"⑧，这又是文体学需探讨的问题。不过，在齐梁至唐代，赋、箴、颂、铭、赞、论、表之类概念由于在文体音韵、格律化的变化影响下，人们对其概念亦趋于变化，有区别而又模糊，正是转型期之必然。唐代所谓试"杂文"者，大概便因为所试又不仅止于诗赋，亦包括论、赞、颂、表之类，此类文体发展在唐初时已不完

---

① 朱光潜：《中国诗何以走上"律"的路》，见赵敏俐编：《文学研究方法论讲义》，北京：学苑出版社，2005 年，第 214 页。

② 徐松撰，赵守俨点校：《登科记考》，北京：中华书局，1984 年，卷二，第 70 页。

③ 王溥：《唐会要》，北京：中华书局，1955 年，卷七十六，第 1379 页。

④ 陈飞：《唐代试策考述》，北京：中华书局，2002 年，第 123 页。

⑤ 董诰等编：《全唐文》，北京：中华书局，1983 年，卷八四六，第 8891 页。

⑥ 尹占华：《律赋论稿》，成都：巴蜀书社，2001 年，第 7 页。

⑦ 朱光潜：《中国诗何以走上"律"的路》，见赵敏俐编：《文学研究方法论讲义》，北京：学苑出版社，2005 年，第 214 页。

⑧ 万光治：《汉代颂赞铭箴与赋同体异用》，《社会科学研究》1986 年第 4 期。

全为韵文，或许故谓之"杂文"，而不专谓试"文"。学者所谓始于唐代的"杂文专试诗赋"① 也止于其后进士科常科而论。其实，在进士特科或一些自举或荐举性的选举中，试诗赋是早已存在的事实。"进士试杂文两首，识文律者，然后令试策。"② 大概便是以"试赋"为特科或"加试"，然后再"试策"，而后来以试诗试赋成为"常制"，且逐渐演化为进士科（常科）主要试诗赋。

唐前以试"文"或"杂文"取士的事例，有《梁书·文学传》："自高祖即位，引后进文学之士。"又《刘峻传》称："高祖招文学之士，有高才者，多被引进，擢以不次。"③ 从《隋书》记载的薛道衡、杜正玄、李德林等入仕经历来看，在隋代，诗赋之优就是入仕的条件之一。④ 而如何检验这种诗赋之优，恐怕试诗试赋的过程免不了。尽管这种择士的方式可能多数情况不属于进士科常制科目，或者为常制前的特科或"加试"，或者为自荐、代荐、诏荐等方式，而"以往的荐举理应有考试性的环节，但可能并不是严格而规范的考试"⑤。如《隋书》记李德林事："今岁所贡秀才李德林者，文章学识，固不待言，观其风神器宇，终为栋梁之用。至如经国大体，是贾生、晁错之俦；雕虫小技，殆相如、子云之辈。"⑥ 对贡生才能，如何可知，大概小试便了。

综上略可推知，大概隋代试举已兼采表论与诗赋。至于王定保、赵翼、徐松等认为的永隆二年或开元、神龙间始"试杂文"，"以赋居其一"⑦，大概主要就是指进士科的常科而言。

三、唐初文学生态与四杰辞赋的理性批评

前述已大致明确，唐代文学受齐梁隋代文学的影响，诗赋创作总体上虽依然呈现出一种骈俪化的倾向，但其时已渐次发生了转变的风向。那就是"杂文"的概念，以及"杂文"在科举考试中的题目的变化，已经能够说明这种风向的一些状况。

"杂文"并不是一种固定的文体，虽然在刘勰《文心雕龙·杂文》中有专论，但其说显然是指一种包属性极强的文类。杂文与赋是有密切关系的，又与

---

① 傅璇琮：《唐诗论学丛稿》，北京：京华出版社，1999 年，第 27 页。
② 王溥：《唐会要》，北京：中华书局，1955 年，卷七十六，第 1375 页。
③ 姚思廉：《梁书》，北京：中华书局，1973 年，卷四十九，第 688 页；卷五十，第 702 页。
④ 分别见魏徵等：《隋书》，北京：中华书局，1973 年，列传第二十二、列传第四十一、列传第七。
⑤ 陈飞：《唐代试策考述》，北京：中华书局，2002 年，第 238 页。
⑥ 魏徵等：《隋书》，北京：中华书局，1973 年，卷四十二，第 1194 页。
⑦ 徐松撰，赵守俨点校：《登科记考》，北京：中华书局，1984 年，卷二，第 70 页。

齐梁以来的所谓"笔"亦有一些关系，正因如此，齐梁以文笔二类分属文体，然兼融者往往难以归属，故论文体者又列"杂文"一类。而"杂文"显然在许多文体特征方面是与赋有关系的，特别是汉赋、楚骚一类的古赋体。

《文心雕龙·杂文》云：

> 智术之子，博雅之人，藻溢于辞，辞盈乎气。苑囿文情，故日新殊致。宋玉含才，颇亦负俗，始造《对问》，以申其志，放怀廖廓，气实使之。及枚乘摛艳，首制《七发》，腴辞云构，夸丽风骇。盖七窍所发，发乎嗜欲，始邪末正，所以戒膏粱之子也。扬雄覃思文阁，业深综述，碎文璅语，肇为连珠，其辞虽小而明润矣。凡此三者，文章之枝派，暇豫之末造也。
>
> 自《对问》以后，东方朔效而广之，名为《客难》。托古慰志，疏而有辨。扬雄《解嘲》，杂以谐谑。……班固《宾戏》，含懿采之华；崔骃《达旨》，吐典言之裁；张衡《应间》，密而兼雅；崔寔《客讥》，整而微质；蔡邕《释诲》，体奥而文炳；景纯《客傲》，情见而采蔚；……至于陈思《客问》，辞高而理疏；庾敳《客咨》，意荣而文悴。……原兹文之设，乃发愤以表志。身挫凭乎道胜，时屯寄于情泰，莫不渊岳其心，麟凤其采，此立本之大要也。
>
> 自《七发》以下，作者继踵。……及傅毅《七激》，会清要之工；崔骃《七依》，入博雅之巧；张衡《七辨》，结采绵靡；崔瑗《七厉》，植义纯正；陈思《七启》，取美于宏壮；仲宣《七释》，致辨于事理。自桓麟《七说》以下，左思《七讽》以上，枝附影从，十有余家。……
>
> 自《连珠》以下，拟者间出。杜笃贾逵之曹，刘珍潘勖之辈，欲穿明珠，多贯鱼目。……唯士衡运思，理新文敏，而裁章置句，广于旧篇。……夫文小易周，思闲可赡。足使义明而词净，事圆而音泽，磊磊自转，可称珠耳。
>
> 详夫汉来杂文，名号多品。或典诰誓问，或览略篇章，或曲操弄引，或吟讽谣咏，总括其名，并归杂文之区；甄别其义，各入讨论之域；类聚有贯，故不曲述。①

---

① 刘勰著，范文澜注：《文心雕龙注》，北京：人民文学出版社，1958年，卷三，第254-256页。按：其中书名号等标点，因为顺文理意，皆为笔者所加。宋玉所始造对问，当指《对楚王问》，而非对问之方式。对问的结构方式，早在《离骚》《渔父》等篇中已有之，故此所"始造对问"当指以对问为篇名的《对楚王问》。

按刘勰的论述，主要列了对问、七体、连珠等为"杂文"。纵观所列之篇目，实际上都属于后来学者所认为的"非赋名篇"的赋作。但为什么，这些篇目又不直接称为"赋"篇，而径取它名呢？这恐怕是与其用事行文的目的极相关系的，正因如此，才出现这种同体异名的情况。另一方面，这些篇章也确实不一定都有赋的"铺陈"的功效和修辞法，而且甚至它们有韵散结合的倾向。从这些特征来看，它们确实以"杂文"名之较为准确。

唐代科举考试中所谓最先试"杂文"，应是对考试的文体尚没有形成固定统一的要求，因而可能在此科考试中既有试诗赋，也有试论、表、赞、策等情况。而这些文体中有些按齐梁以来的文体观念，它们应属于"笔"，而不属于"文"，故以"试杂文"统括之而为宜。其后以"专试诗赋"为试"杂文"，实际上应为"杂文"科目考试只保留了试诗赋，而其余则于专科名目中考察了。

但从上面所叙，可以看出初唐四杰如卢照邻所作《五悲文》《释疾文》《狱中学骚体》等亦应为"杂文"，它们同样为"非赋名篇"的辞赋作品，属于有韵的"文"类。然唐代逐渐衍为以"杂文"科目专试"诗赋"，恐怕还透露出一些微妙的端倪。那就是在唐初文人实际上认为"赋"是体包众庶的，也就是说"赋兼六诗"[1]。这不但从刘勰的《文心雕龙》中可以窥见，从《诗》《骚》至汉赋，其体义甚广，不独赋者用之，非赋者亦用之，含情者用之，明理者亦用之，咏歌者用之，述史者亦用之，甚至诙谐讥诮者，街谈巷语者，谲怪变文、青楼琐唱，皆所用之。如有学者认为战国时后世文体皆已出现，其即都蕴于赋体和"杂文"中[2]。恐怕正是赋的这种"苞括宇宙，总揽人物"[3]的体性和气量，才启迪初唐四杰在辞赋创作中豪情纵性，挥洒自如，既不拘泥于形式，又能陶融于既往。

而且，由此来看唐初的"杂文"科目的设置，虽然可能承袭于前朝隋所置，但其后以"杂文"目专试诗赋，恐怕其中极可能寓示着时人对"赋"体的包容性和兼具文笔特征的一些理解。正是如此，又加之"文"的概念内涵的逐渐演化，至清代"文"渐成为与"诗"相对的一个概念，而不是仅指有韵者了。其时"文"更多的是指形式上的非骈俪状态，可能有韵，也有可能无韵，

---

① 元祝尧《古赋辩体》卷二评屈宋辞赋："删后遗音，莫此为古者，以兼六义焉尔。"即其认为赋骚是继《诗经》之后能兼六义（六诗）的文体作品。清刘熙载《艺概》卷三称："刘勰《诠赋》谓'赋为六义附庸'，可知六义不备，非诗即非赋也。"亦即自齐梁以来，实际上已经有赋兼六诗或六义的观念了。

② 清章学诚《文史通义·诗教上》云："战国之文，奇邪错出而裂于道，人知之；其源出于六艺，人不知也。后世之文，其体皆备于战国，人不知；其源多出于诗教，人愈不知也。"

③ 葛洪撰，周天游校注：《西京杂记》，西安：三秦出版社，2006年，卷二，第93页。

也就是说其"文"已指前代的论、表、赞、策、铭、颂、赋等的全部体类了。故清代王之绩称赋为"非诗非文",后世之学者亦称其"既诗既文"或"亦诗亦文"①。也就是说唐代的所谓"杂文"又经历了一个向"文"的范畴转变的过程。

由于唐初经历了由晋宋齐梁至隋代以来逐渐兴起的对骈文末趋的批评,这一方面影响到其文学创作的"复古"意识,因此他们力图在创作中改变六朝以来的旧习,故追摹古人,从而在创作中形成"祖骚宗汉"的意识和倾向。另一方面,又受"四声八病"声韵说等理论和晋宋以来形成的审美意识形态的影响,诗歌领域则进一步加强律诗技巧的探索,从而形成律诗创作的成熟和高潮。同时又影响着律赋的创作亦讲求骈偶对仗及内部的声韵技巧。

"古"和"骈"在齐梁之时,实际已是一组对立的概念。文学创作到底是向"古"发展,还是向"骈"发展?似乎是矛盾的两个方向?这从中唐兴起的"古文"运动亦可看出其间的端绪来。古文运动实际就是一种提倡古直平实的散文书写,反对骈文僵化书写的文学运动。但这场运动实际在唐初,甚至早在隋代就已经酝酿着风云了。李谔的上书,王勃的"思革其弊,用光志业",无不都在推助这场时代文学运动的到来。

但是如何来革弊变新?却是无数时代都曾经历的难解的命题。

虽然刘勰在《文心雕龙·通变》中曾谈到此问题,他说:

> 夫设文之体有常,变文之数无方,何以明其然耶?凡诗赋书记,名理相因,此有常之体也。文辞气力,通变则久,此无方之数也。名理有常,体必资于故实;通变无方,数必酌于新声;故能骋无穷之路,饮不竭之源。然绠短者衔渴,足疲者辍涂,非文理之数尽,乃通变之术疏耳。故论文之方,譬诸草木,根干丽土而同性,臭味晞阳而异品矣。
>
> ……暨楚之骚文,矩式周人;汉之赋颂,影写楚世;魏之策制,顾慕汉风;晋之辞章,瞻望魏采。……从质及讹,弥近弥澹。何则?竞今疏古,风味气衰也。……虽古今备阅,然近附而远疏矣。②

显然正如刘勰所说,那些"才颖之士"和摹习者往往追摹近古,不能远

---

① 何易展:《清代汉赋学理论与批评》,北京:人民出版社,2018年,第90-129页。
② 刘勰著,范文澜注:《文心雕龙注》,北京:人民文学出版社,1958年,卷六,第519-520页。

放，自然六朝余习难革。当然，"复古"并不仅仅只是亦步亦趋的模拟，而是重在"通古""变古"。如何通古？既要通览博观，还要在于明确"变"与"不变"。"变"在于新声，而"不变"在于文之本质，也即四杰所谓"夫文章之道"①。

由此可见，唐初不但文学思想意识正经历着一种潜变，而且在文体学观念上由于新诞的律诗、律赋及传奇等也正经历着一种变衍，这本身也是隋末以来世变文衰的文学生态所催生的初唐文学的革新径路。因而，辞赋创作的创新往往也从两个维度展开：一是复古，取法楚骚汉赋；二是进一步骈律化。初唐四杰的作品却往往将这两点融入一体，故又呈现出特有的特征和气象。

那么，如何来看待初唐四杰的这种看似矛盾的文学革弊之法呢？

显然，关键是要理解"通古""变古"之法，以及复古与创新的关系。正是如此，初唐四杰大多能博通旧典，通贯六经，特别是王勃经史子集无所不览。王勃"九岁，读颜氏《汉书》，撰《指瑕》十卷。十岁，包综六经，成乎期月"②。又撰《平台钞略》《次论语》《续书》《元经》等③，其旨正是在于通古博辨。复古并不是对古代文体的形式模拟，而是对意味、旨趣、奥机的揣摹和探索，辞婉而情深，义简而理丰，无非达于辞而已矣。元祝尧《古赋辩体》卷二"楚辞体下"论宋玉《九辩》后云：

> 右屈宋之辞，家传人诵，尚矣。删后遗音，莫此为古者，以兼六义焉尔。赋者，诚能隽永于斯，则知其辞所以有无穷之意味者，诚以舒忧泄思，粲然出于情，故其忠君爱国，隐然出于理。自情而辞，自辞而理，真得诗人"发乎情，止乎礼义"之妙，岂徒以辞而已哉。如但知屈宋之辞为古，而莫知其所以古，及其极力摹放，则又徒为艰深之言，以文其浅近之说，摘奇难之字，以工其鄙陋之辞。汲汲焉，以辞为古，而意味殊索然矣。夫何古之有？能赋者，必有以辨之。④

此诚得法古之奥趣，于初唐四杰辞赋中或亦可窥其一二。

---

① 见王勃《上吏部裴侍郎启》文。

② 王勃著，蒋清翊注，汪贤度校点：《王子安集注》，上海：上海古籍出版社，1995 年，第 66 页。

③ 王勃著，蒋清翊注，汪贤度校点：《王子安集注》，上海：上海古籍出版社，1995 年，第 61—77 页。

④ 祝尧：《古赋辩体》卷二，《影印文渊阁四库全书》第 1366 册，台北：商务印书馆，1986 年，第 743 页。

（一）四杰赋风新倾向

初唐四杰生活的时代大致相近，经历遭遇亦颇相似，在辞赋创作风格上也有诸多相同之处。而且四杰以诗、赋、文齐名，历代多被视为一个创作群体来予以研究。四杰在诗、赋、文方面成就卓越（因为叙述的方便，此处所指的"文"，乃为后来的"文"的概念，即类似于其启、序、表、铭、碑文等类的"笔"体文章），但其在诗赋方面的成就尤为人所注目。他们对初唐赋分体发展、赋体创作题材、手法，甚至赋体文学创作理论等多方面都做出了贡献。初唐四杰赋创作在时代的影响下，映射出初唐时代风尚所自具的特征。他们在赋体文学创作方面具有共同的理论或思想倾向。

在文学理论方面，罗宗强先生评初唐四杰说："他们提出了一种文质并重，合南北文学之两长的理想的文学主张。他们的主张，既没有让南朝的绮艳文风流荡忘返，又容许了从魏晋南北朝开始的对文学的艺术特殊性、文学的艺术技巧的自觉探讨得以继续发展。"① 换句话说，四杰文学理论主张便是"追求情思浓郁与气势壮大的文学思想倾向"②。他们的理论主张贯穿于其赋、诗、文创作实践中。

四杰这种文学理论主张是自魏晋以来赋风发展的新航标。魏晋六朝尚"绮靡"之风，唐初令狐德棻重"远调"文学理论，至四杰则发展为"气概"和"情貌"兼顾。四杰赋创作中追求情思浓郁和气势壮大的文学思想倾向，实际上也反映了其辞赋文学创作宗旨欲体现其情貌和气概的理论主张。这种气概无疑是壮大昂扬、激励振奋的，是"以气为主，调远、旨深、理当、辞巧的要求，实是一种文质并重的主张"，它"反对绮艳文风，重在情志内容"③。由"绮靡"至"远调"至"情思浓郁"，既是诗风的发展，也是赋风和整个文风理论的发展。杨炯《王勃集序》称其："长风一振，众萌自偃。"④ 此实可见四杰对初唐文风的深刻影响。

那么，这种文风理论主张是什么呢？用当时四杰之一的杨炯的总结，那就是："壮而不虚，刚而能润。雕而不碎，按而弥坚。"⑤ 可以说这是对其文学理

---

① 罗宗强：《隋唐五代文学思想史》，北京：中华书局，2003 年，《引言》第 2 页。

② 罗宗强：《隋唐五代文学思想史》，北京：中华书局，2003 年，第 28 页。

③ 罗宗强：《隋唐五代文学思想史》，北京：中华书局，2003 年，第 25 页。

④ 王勃著，蒋清翊注，汪贤度校点：《王子安集注》，上海：上海古籍出版社，1995 年，第 70 页。

⑤ 王勃著，蒋清翊注，汪贤度校点：《王子安集注》，上海：上海古籍出版社，1995 年，第 70 页。

论主张的外在与质实的最精当的形容，这种内外表现在文体上即为文质，为情貌，为气概。这种以情貌和气概来表现文学气质论的文学理论主张在罗宗强先生看来也应是涵盖诗、文、赋领域的。他说四杰不仅诗中有这种昂扬壮大的情感基调，其序文尤有。当然，四杰赋也具有同序文一样的"浓烈的抒情、流畅的笔调"①。朱光潜先生就认为初唐诗风对赋风具有影响，诗和文的骈俪化也一定程度上受赋的影响，诗文的骈俪化基本上同时并进。②"绮丽""绮艳"或"绮靡"所反映的审美对象也就并非仅指诗歌而言，在初唐及齐梁时期，它也指四六文和赋风。如中书侍郎刘逖上表荐辛德源曰："文章绮艳，体调清华。"③《隋书》记李谔上书评文风谏议："莫不钻仰坟集，弃绝华绮。"④ 这表明（绮艳）"文风"在齐梁至唐就包括赋、诗、骈文、论、表及章奏。初唐四杰也理应在赋体创作领域"追求情思浓郁与气势壮大的文学思想倾向"。

虽然李谔上书，曾一度短暂地让当时文风"弃绝华绮"，但显然这种末流是不能完全以一纸诏令可以禁绝的。唯有靠文人的自觉和创作实践的努力才能渐趋校正文风。而且这种禁令式的禁绝"华艳"显然本身也不符合文学发展的规律，因此李谔上书长远效果也就可想而知。因为文学本身必是文质的并重，而非去文留质，若此则质木无文，则如孔子所云"言之无文，行之不远"⑤。因此，初唐四杰一面要反对六朝文风，思革其旧弊，但一方面在创作中又贯注以自己的理论思考并文质兼重，这就表现在其诗赋创作中仍不免有骈俪的特色，这也成为后世评论家批评的把柄，认为其仍摆脱不了六朝的遗习。如清李调元《童山集》云："唐初王杨卢骆，犹仍六朝余习。"⑥ 傅正义评价初唐四杰与陈子昂亦称："前者一振萎靡，然未尽脱六朝余习，后者一返雅正，上承魏晋，下开盛唐。"⑦ 其所谓四杰的"六朝余习"，恐怕正是与他们的文质并重的理论主张相关的，但窥其辞赋创作实践，其对辞赋骈俪化实际在句式、章法等结构上却是多有变化和创新的。

四杰的赋风理论是以其辞赋创作实践为基础的。他们的赋体创作反映了"反绮艳与主张文质并重"、情感与气势参肩的创作倾向。他们的赋作大多是他

---

① 罗宗强：《隋唐五代文学思想史》，北京：中华书局，2003 年，第 31 页。

② 朱光潜：《中国诗何以走上"律"的路》，见赵敏俐编：《文学研究方法论讲义》，北京：学苑出版社，2005 年。

③ 魏徵等：《隋书》，北京：中华书局，1973 年，卷五十八，第 1422 页。

④ 魏徵等：《隋书》，北京：中华书局，1973 年，卷六十六，第 1545 页。

⑤ 王肃注：《孔子家语》卷九《正论解》，《四部丛刊》景明翻宋本。

⑥ 李调元：《童山集》文集卷二，清乾隆刻函海道光五年增修本。

⑦ 傅正义：《初唐"四杰"与陈子昂》，《渝州大学学报》1991 年第 2 期。

们自身独特际遇和经历的写照，体现了他们沉沦下僚的郁懑和力求干世的昂扬情志。他们无论是在创作实践，还是在理论和思想上都为陈子昂或李白、杜甫等盛唐诗赋作家的涌现做了重要的准备和思想的积淀。罗宗强先生便说："被后人称为初唐'四杰'的王勃、杨炯、卢照邻、骆宾王，在唐文学繁荣到来之前的理论准备上，实有不可忽视的贡献。他们的文学思想，包括他们的创作中反映出来的思想倾向和他们的理论主张，实际上反映了唐文学繁荣到来之前的第二次思想准备工作。"① 他认为陈子昂等创作中新倾向的出现和文学理论主张的提出，都有四杰的贡献，肯定了四杰的文学理论和实践成就。他说："'四杰'的主张是以他们的创作实践为基础的。"② 所以四杰赋体文学创作理论，我们完全可以从他们的文本中解读出来，那便是同诗文一样所体现的气概和情貌，即"追求情思浓郁与气势壮大的文学思想倾向"，这是四杰辞赋共同的理论趋尚和风格特征。

（二）四杰辞赋与文学生态批评

初唐的文学生态大致可以从四杰辞赋的理论主张中得以窥见。大体来讲，可以从以下几个维度：一是文质理论与折中的诗学视野；二是南北文学不同的地理空间视野；三是士庶阶层对立的批评视野；四是经学与文学的会同与矛盾的批评视野。

王勃论其时文风"骨气都尽，刚健不闻"，正是对当时文学生态的一种总体性批评，或者有学者认为这是其对六朝以来的文风的批评和不满。如此来看，则其对六朝文风是持批评态度的，而且其批评不可谓不激烈。然在其创作实践中却何以仍然保留六朝的余习，而且对徐、庾犹不乏规模学习呢？这恐怕就必须从四杰辞赋文学理论的本质及当时唐初的文学生态上进行探讨。

我们先来看盛唐、中唐之际的杜甫对初唐四杰的评价，其《戏为六绝句》云：

> 庾信文章老更成，凌云健笔意纵横。
> 今人嗤点流传赋，不觉前贤畏后生。
>
> 王杨卢骆当时体，轻薄为文哂未休。
> 尔曹身与名俱灭，不废江河万古流。

---

① 罗宗强：《隋唐五代文学思想史》，北京：中华书局，2003年，第28页。
② 罗宗强：《隋唐五代文学思想史》，北京：中华书局，2003年，第13页。

初唐四杰辞赋研究

纵使卢王操翰墨，劣于汉魏近风骚。
龙文虎脊皆君驭，历块过都见尔曹。

力才应难跨数公，凡今谁是出群雄？
或看翡翠兰苕上，未制鲸鱼碧海中。

不薄今人爱古人，清词丽句必为邻。
窃攀屈宋宜方驾，恐与齐梁作后尘。

未及前贤更勿疑，递相祖述复先谁？
别裁伪体亲风雅，转益多师是汝师。①

此六首组诗，其一为评价庾信诗赋成就的，仇兆鳌注："此为后生讥诮前贤而作，语多跌宕讽刺，故云戏也。"② 显然，此组诗基调乃为杜甫就当时对前贤的时评，与众不同，故作诗以讥笑后生之无畏。那么前贤是谁呢？从第一组诗来看，显然指庾信，第二组诗起则多为评初唐四杰之论。那么何以将他们放在一起评说呢？这显然与当时文人后生对这五人的评价，以及此五人之间本来的文学关系有关。显然，杜甫亦是将四杰与徐、庾相关联的。为什么如此呢？这就必须考察初唐四杰与徐、庾文学的共性及其遭际经历的某些相似。

首先，为什么杜甫称后生"嗤点"呢？这既是对后生的讥刺，亦是对当时文学生态的一种暗寓。显然其讥论诗赋者根本不懂其文，故首以"庾信文章老更成"开篇，显然对庾信前后期的文章既做了公允的评价，实际上也暗寓了作者对庾信诗赋合南北文风之两长的特点的肯定。而正是如此，所以四杰批评齐梁以来诗风"骨气都尽，刚健不闻"，显然并不是对齐梁的一概否定，其不仅学习庾信，甚至与之同调，仇注云："庾信四杰，乃齐梁嫡派也。"③ 其说虽不一定准确，但由此可以窥见四杰与庾信在诗赋风调上的关系。

其次，"王杨卢骆当时体"究竟是指一种什么样的文体？这种文体时人评价如何？从杜诗来看，时人确有"轻薄为文"的评价，但杜甫本人却持显然相反的评价。仇氏亦注："此表章杨王四子也。四公之文，当时杰出，今乃轻薄其为文而哂笑之。岂知尔辈不久销亡，前人则万古长垂，如江河不废乎。"④但既为"当时体"，显然在其同时代是具有极大影响的，从杨炯《王勃集序》

---

① 杜甫著，仇兆鳌注：《杜诗详注》，北京：中华书局，1979 年，第 898—902 页。
② 杜甫著，仇兆鳌注：《杜诗详注》，北京：中华书局，1979 年，第 898 页。
③ 杜甫著，仇兆鳌注：《杜诗详注》，北京：中华书局，1979 年，第 901 页。
④ 杜甫著，仇兆鳌注：《杜诗详注》，北京：中华书局，1979 年，第 899 页。

所谓"长风一振，众萌自偃"，"积年绮碎，一朝清廓，翰苑豁如，辞林增峻，反诸宏博，君之力焉。矫枉过正，文之权也。后进之士，翕然景慕"，"近则面受而心服，远则言发而响应。教之者逾于激电，传之者速于置邮。得其片言，而忽焉高视；假其一气，则邈矣孤骞。"① 可以看出这种影响不可谓不深广厚远。当然由此带来的法其皮相而昧其真味的情况则自然存在，故对其影响所带来的负面评价，杨炯亦有评论云："信谲之不同，非墨翟之过；重增其放，岂庄周之失？唱高寡属，既知之矣；以文罪我，岂可得乎。"②

虽然近人也对四杰的"当时体"有所研究，但却仍未能申其奥、得其真。如祝尚书先生认为："说得简单些，所谓'当时体'并无太大的新异处，只因他们典故化的撰述方式，从而引发文章在结构、写法等体制上的某些变化，是它最显著的特征。"他认为四杰"当时体"最大的特征就是用典。而且"当时体"主要指四杰的骈文，他说："质言之，就骈文论，四杰用典之繁密，可谓后无来者。笔者猜度，盛唐'轻薄'之士在用典与文章结构、行文方法变化二者间，对后者恐更难容忍，因为它直接关系到文章的'体'，而对四杰'当时'的好恶，反映出的正是文化潮流的变迁，即初唐兴盛的类书文化，到盛唐已逐渐衰微。"③ 如果四杰"当时体"的主要特征为"用典"，则何来"轻薄为文"之称呢？用典不但能使文章质实，亦为古代文章之传统，这也正是中国文学与经学的相循相因之所在，表现在文学上又或称之为引经用经的传统。刘勰《文心雕龙·通变》篇云："凡诗赋书记，名理相因，此有常之体也。文辞气力，通变则久，此无方之数也。名理有常，体必资于故实；通变无方，数必酌于新声。"④ 所谓"体必资于故实"，正是以旧事典实的文学引证传统，故后世文多"粤若稽古"者，虽已离弃《书》之本义，但其镜古之意仍在，显然以"用典"之征，而呼之为"轻薄为文"，则逻辑不爽也。

而且，杨炯《王勃集序》对"当时体"亦有一些评论，其云："会时沿革，循古抑扬，多守律以自全，罕非常而制物。其有飞驰倏忽，倜傥纷纶，鼓动包四海之名，变化成一家之体，蹈前贤之未识，探先圣之不言。经籍为心，得王何于逸契；风云入思，叶张左于神交。故能使六合殊才，并推心于意匠；八方

① 王勃著，蒋清翊注，汪贤度校点：《王子安集注》，上海：上海古籍出版社，1995 年，第 70—71 页。

② 王勃著，蒋清翊注，汪贤度校点：《王子安集注》，上海：上海古籍出版社，1995 年，第 72 页。

③ 祝尚书：《论初唐四杰骈文的"当时体"》，《文学遗产》2017 年第 5 期。

④ 刘勰著，范文澜注：《文心雕龙注》，北京：人民文学出版社，1958 年，卷六，第 519 页。

好事，咸受气于文枢。出轨躅而骧首，驰光芒而动俗。非君之博物，孰能致于此乎？"① 显然博物、用典只是"当时体"的一个表象特征，而能总文学与经学之术，契融情思与玄理于一体，可能才是"当时体"最大的特征。而此奥义也唯有识者可知，故有"信诵不同""唱高罕属""以文罪我"② 的情况，而杜甫为知，以《戏为六绝句》而讥轻薄不知者矣。至于对"时评"所反映的文化潮流的变迁，虽有可能如斯，但却亦不尽然。显然，王勃、杨炯之时已有不知而或相讥者，其或为士庶阶层身份之不同，也有立场互异之见，故《全唐文》云："（杨）炯虽有才名，不过令长，其余华而不实，鲜克令终。"③ 实不过因阶层群团和立场之不同的见解，非必为公允之见，故岂可以此陷其为轻薄？当然，这实际上也涉及唐初另一种文化和政治生态：士吏团体与庶族下僚的矛盾与对立。而至于类书文化的衰微的推测，只是从类书编辑的一个侧面的猜蠡，而至于引用类书，类书在政治和文化生活中的重要性，实际至盛唐亦未衰歇，因为科举考试的强化和所举士员的增加，无论是从文学和经义的途径，类书都有利于士子极其便利地获取信息，故而其意义都是显然的。这从宋代类书编撰不辍，尤可得其佐证。

再者，要想全面地了解四杰辞赋及其当下对他们的文学批评状况，则需要对杜诗中所叙述的"纵使卢王操翰墨，劣于汉魏近风骚""不薄今人爱古人，清词丽句必为邻""别裁伪体亲风雅，转益多师是汝师"等做出更明确和深入地解析。杜甫去四杰未远，其所论之背景与文学生态之影射必有所据依。

现在再回过头来看初唐文学生态的几个维度，或许也有助于加强我们对四杰辞赋文学批评的再理解。

其一是文质理论与折衷的诗学视野。也就是说为什么初唐四杰在理论上激烈反对齐梁以来的"骨气都尽，刚健不闻"的文风，但却在创作实践中又能包齐梁而薄汉魏，折中其诗学观，从而达成一种文质兼并的文学理论主张。这恐怕从中犹可窥见其官方的诗学风尚和主张，即影响文化的政治生态。唐初，高祖即颇重儒教，太宗即位，亦统定经学文本，又留心文学诗教。贞观初，太宗就对当时负责监修国史的房玄龄交代："比见前、后《汉》《史》载录扬雄《甘泉》《羽猎》、司马相如《子虚》《上林》、班固《两都》等赋，此既文体浮华，

---

① 王勃著，蒋清翊注，汪贤度校点：《王子安集注》，上海：上海古籍出版社，1995 年，第 62—63 页。

② 王勃著，蒋清翊注，汪贤度校点：《王子安集注》，上海：上海古籍出版社，1995 年，第 72 页。

③ 董诰等编：《全唐文》，北京：中华书局，1983 年，卷二二八，第 2306 页。

无益劝诫，何假书之史策？其有上书论事，词理切直，可裨于政理者，朕从与不从皆须备载。"① 唐太宗从文学政教的角度出发，对华靡文风确实有所批评，而且自己也创作了一些颇有气骨的作品，如《帝京篇十首》《入潼关》《饮马长城窟行》等。清人毛先舒《诗辩坻》卷四即评其："乃鸿硕壮阔，振六朝靡靡。"② 但后世大多数诗评家还是认为其具有六朝习气，如《唐诗归》钟惺云："太宗诗终带陈隋滞响，读之不能畅人。取其艳而秀者，句有余而篇不足。"③ 王世贞《艺苑卮言》云："《帝京篇》可耳，余者不免花草点缀，可谓远逊汉武，近输曹公。"④ 而且其诗专有"效庾信体"，如《秋日学庾信体》："岭衔宵月桂，珠穿晓露丛。蝉啼觉树冷，萤火不温风。花生圆菊蕊，荷尽戏鱼通。晨浦鸣飞雁，夕渚集栖鸿。飒飒高天吹，氛澄下炽空。"⑤ 其时太宗身边诸大臣如魏徵、虞世南等诗作皆多有齐梁余风。而至高宗时，上官仪诗"其词绮错婉媚"⑥，则专擅对仗声律。

为什么会出现这种绮靡文风的反弹呢？这是与太宗以来的"折衷"文风论有关的。唐太宗在《金镜》中云："夫立身之道，在乎折衷，不在乎偏射。"⑦ 显然其虽道立身，实际亦寓含了他对文学发展的方向性指示。而且"折衷"说在刘勰《文心雕龙》中已有一定阐说，如其《序志》篇云："同之与异，不屑古今。擘肌分理，唯务折衷。"⑧ 其《启奏》篇云："是以世人为文，竞于诋诃，吹毛取瑕，次骨为戾，复似善骂，多失折衷。"⑨ "折衷"思想是与儒家传统的中庸思想相一致的，因此"折衷"论实际上正是孔子以来主张的文质并重观。胡震亨《唐音癸签》就评太宗的这种折衷的文学观在其创作中已可窥见，其云："太宗文武间出，首辟吟源，宸藻概主丰丽，观集中有诗'效庾信体'，宗向微旨可窥。"⑩

也就是说，初唐政治影响下的文学和文化风气是要求折衷的，虽对六朝以

① 吴兢编撰：《贞观政要》，上海：上海古籍出版社，1978年，卷七，第222页。

② 毛先舒：《诗辩坻》卷四，《四库全书存目丛书补编》第45册，济南：齐鲁书社，2001年。

③ 钟惺、谭元春编选：《唐诗归》卷一，明刻本。

④ 王世贞著，陆洁栋、周明初批注：《艺苑卮言》，南京：凤凰出版社，2009年，卷四，第52页。

⑤ 彭定求等编：《全唐诗》，北京：中华书局，1960年，卷一，第10页。

⑥ 计有功辑撰：《唐诗纪事》，上海：上海古籍出版社，2013年，卷六，第72页。

⑦ 吴云、冀宇编辑校注：《唐太宗集》，西安：陕西人民出版社，1986年，第122页。

⑧ 刘勰著，范文澜注：《文心雕龙注》，北京：人民文学出版社，1958年，卷十，第727页。

⑨ 刘勰著，范文澜注：《文心雕龙注》，北京：人民文学出版社，1958年，卷五，第423页。

⑩ 胡震亨：《唐音癸签》卷五，《景印文渊阁四库全书》第1482册，台北：商务印书馆，1986年，第546页。

来的一些弊习有所批评，但在情思绮婉的表达上仍沿其习。故而初唐四杰虽在理论上或针对当时文学之弊的主张是尖锐的，但却在创作实践中又不可能超拔这种现实，而只能力求达致一种文质兼具的艺术效果。

其二是南北文学不同的地理空间视野，使他们对当下文学生态也会持予不同的批评态度。贞观初，太宗君臣就曾提出融合南北文风诗风的主张，如魏徵《隋书·文学》云："自汉、魏以来，迄乎晋、宋，其体屡变，前哲论之详矣。暨永明、天监之际，太和、天保之间，洛阳、江左，文雅尤盛。……闻其风者，声驰景慕，然彼此好尚，互有异同。江左宫商发越，贵于清绮，河朔词义贞刚，重乎气质。气质则理胜其词，清绮则文过其意，理深者便于时用，文华者宜于咏歌，此其南北词人得失之大较也。若能掇彼清音，简兹累句，各去所短，合其两长，则文质斌斌，尽善尽美矣。"①

唐代作为统一的帝国，出于政治的目的，他们也必然会调和南北文风，而"折衷"文学观也正合乎此。而且从南北各地的文化传统来看，由于受其长期自然地理、风土人文和气候等影响，习俗及信仰与文风都会有所差异。唐代宗室多由隋入唐，其继承了北方文化的传统，而北方文化多保留有汉魏的骨鲠之气。但唐初的统治者出于政治的考虑，为笼络江左东南文士，他们必须在政策层面或表面上要提出南北文化融合的主张。另一方面，由于接受新的风土习情，出于人性的好奇和新异的兴趣驱使，也会带动北方文人雅好南音，而南土之士则重北调。正因如此，庾信晚期入北，诗文则有新创而丰润成熟。太宗则雅好南方文化，故致齐梁余风不替。

而初唐四杰，由于沉身下僚，游历南北，自然难免对南北文风之不同都有切身的感受。王勃、杨炯、卢照邻都出生北境，又受北方儒学和文化的影响，其理论上自然极多"刚健"的主张，但在创作实践上则难免有追摹南朝徐庾体的倾向。如杨炯《王勃集序》称王勃人间才杰："动摇文律，宫商有奔命之劳；沃荡辞源，河海无息肩之地。以兹伟鉴，取其雄伯。壮而不虚，刚而能润。雕而不碎，按而弥坚。"②显然这既是杨炯的文学理想，也是王勃的文学主张。相反，出生于南地的骆宾王，其诗文创作则反倒更追求北方的清刚阔大之气。由此来看，对四杰辞赋的文学批评，则显然不应忽视这种文学地理空间及南北文化之不同的影响。

---

① 魏徵等：《隋书》，北京：中华书局，1973年，卷七十六，第1729—1730页。
② 王勃著，蒋清翊注，汪贤度校点：《王子安集注》，上海：上海古籍出版社，1995年，第69—70页。

其三是士庶阶层对立的批评视野，这既影响四杰对当时文学批评的态度，也影响当时士人对四杰辞赋文学及其德行的评价。此一点亦是与唐初政治极为密切相关的。唐代虽然改行科举，逐渐取消了汉代以举荐为主的士族门阀制度，但在唐初，显然这种制度尚未完全形成。而且，整个文坛风气受把持朝权的大臣的影响，而不是真正受制于文人本身的文学使命和文学才能。由于太宗对六朝风习地护翼，使清刚与讽谏的文风倡行未久，而于"龙朔初载，文场变体"①。所谓"文场变体"，即改变了太宗朝以来的倡率主张和方向，转而完全由"'江左余风'所笼罩"②。这实际上反映了当时文坛受到严厉的政治化的影响，一大批文士都跟随在权臣周围，形成影响巨大的"上官体"。

这些士族旧贵的创作多歌功颂德，这在一定程度上迎合了统治者的喜好。但其题材多囿于宫苑，而不关心民瘼，早已失去"古诗"采风的诗教传统，更谈不上有风谏之义。特别是"上官体"乃因上官仪为宰执之臣的身份，其作即便平平，其时周围之人也难免阿谀吹捧，一时文风竞向，虚浮华诞，因此这与出身贫寒的以四杰为代表的庶族阶层自然形成对立。以四杰为代表的庶族下僚，广泛接触社会，对社会的许多现实问题看得更为通透，也有强烈的治世理想，因此对这种虚无的文风表现出强烈的反感。这本身是出于政治的因素，而又并非文学声律本身的问题。因此其反对骈俪化的文风，更多的只是一种托词，如果将声律融于"开物""见志"的抒写，显然又会呈现出别样的景观。而四杰在实践中也正是如此作为的。何方形《唐诗审美艺术》说："唐代开始，庶族阶层日渐壮大，逐渐登上历史舞台。庶族阶层既具一种强烈的进取精神，对风俗民情、社会现实有着真切的了解，又有着一种强烈的务实态度。这种由进取精神与务实态度构成的社会心理，既是时代精神之核心体现，也是士庶文化转型的最显著标志。"③ 因此，在四杰的文学理论主张与实践创作中还蕴蓄着沉沦下僚的庶族阶层的政治考量。

其四是唐初经学与文学的会同与矛盾的批评视野，这也反映了当时文学及文学批评的生态。唐代从高祖李渊、太宗李世民起就十分重视儒学，在贞观元年诏中书侍郎颜师古考定"五经"文字，诏国子祭酒孔颖达等作"五经"义疏。除开传统的儒学经典外，李唐王朝还将庄老等的典籍亦列为经典加以尊奉。当然从学术的源流来看，唐王朝及贞观君臣大多继承了周、隋以来的北方

① 王勃著，蒋清翊注，汪贤度校点：《王子安集注》，上海：上海古籍出版社，1995 年，第 69 页。

② 乔维德、尚永亮：《唐代诗学》，长沙：湖南人民出版社，2000 年，第 29 页。

③ 何方形：《唐诗审美艺术论》，杭州：浙江大学出版社，2007 年，第 18 页

儒学传统，他们强调"王道政治"和"尧舜周孔之道"的政治传统。①

由于经历南北朝的统治，在唐初经学也呈现出南北的思想差异。由于唐初儒生治经，多沿袭南朝经学传统，注重名物训诂、礼仪典章，很少将儒学精神视为安身立命的根本。②王勃对此即有批评，其《送劼赴太学序》云："今之游太学者多矣，咸一切欲速，百端进取。故夫肤受末学者，因利乘便；经明行修者，华存实爽。至于振骨鲠立风标，服贤圣之言，怀远大之举，盖有之矣，未之见也。"③王勃等人出身于儒学风气较浓的北境，特别是王勃家学渊源，其十岁即能包综"六经"，经史子集无所不通。他显然有对南方经学的不满，正如杜晓勤先生所说："初唐四杰所接受的儒家思想并不是南朝门阀士族所推尊的'衣冠礼乐'之儒，而是以经世致用、恢复王道为特征的北方儒学。"④

虽然唐初的士族阶层也多读《诗》习《礼》，但都多引为进身之资，趋功近利，少有用于真正的致用理政。其中原因杜晓勤先生《初盛唐诗歌的文化阐释》一书有分析。⑤但除开唐初统治者尚儒、崇道的提倡为时较短，尚不足以影响到一般下层士子，以及"唐初，十大夫以乱离之后，不乐仕进"⑥的因素外，恐怕主要还是由于南北经学的差异给士子造成的思想上的纷繁。直到高宗朝时期《五经正义》等的颁定，南北学术才开始趋于融合和一尊。

四杰中王勃、杨炯、卢照邻皆出身北地，王勃出身于"以儒辅仁"的儒学世家，其祖父王通（文中子）创"河汾之学"，乃隋末唐初北方儒学体系中的一个重要分支，这是王勃儒学思想的主要来源，在王勃诗赋文中多有表现和记叙，在杨炯《王勃集序》中也有说明。杨炯出身于陕西华阴，幼学聪颖，显庆四年应弟子举及弟，被举为神童，可见其自小就接受北方儒学熏染。卢照邻为幽州范阳人，亦为名儒硕学之后，《旧唐书》称其"就曹宪、王义方授《苍》《雅》及经史"⑦，其《释疾文》亦自称其"入陈适卫""得遗书于东鲁"。而骆宾王虽出生于浙江婺州义乌，但其少年时就随父至青州博昌，"学问得于齐、

---

① 《贞观政要》卷六《慎所好》篇云："朕今所好者，惟在尧、舜之道，周、孔之教，以为如鸟有翼，如鱼依水，失之必死，不可暂无耳。"（吴兢编著：《贞观政要》，上海：上海古籍出版社，1978年，卷六，第195页）

② 杜晓勤：《初盛唐诗歌的文化阐释》，北京：东方出版社，1997年，第214页。按：新旧《唐书》"儒林传"及赵翼《二十二史札记》卷二十"唐初三礼文选之学"条等有相关记载。

③ 王勃著，蒋清翊注：《王子安集》，上海：上海古籍出版社，1995年，第251—252页。

④ 杜晓勤：《初盛唐诗歌的文化阐释》，北京：东方出版社，1997年，第214页。

⑤ 杜晓勤：《初盛唐诗歌的文化阐释》，北京：东方出版社，1997年，第214页。

⑥ 司马光编著，胡三省音注：《资治通鉴》，北京：中华书局，1956年，卷一九二，第6043页。

⑦ 刘昫等：《旧唐书》，北京：中华书局，1975年，卷一九〇，第5000页。

鲁者为多"①。这些都足以说明四杰受北方经学的影响较深。当然，作为一般的庶族阶层往往既非门阀，且受"衣冠礼乐"的俗儒陋儒之学的影响也较少，反而更积极地追求实用的北方儒学，积极倡导以恢复王道为本。这种王道政治的理想在四杰的诗赋文本中都有明确的体现。

唐代三教文化的交替或并行兴盛，对经学的发展同样具有重要影响，显然也对四杰的文学创作产生了影响。唐初受北朝佛教文化的影响，对佛教亦较为重视，其先后又将道教等加以尊奉。四杰的辞赋作品中都有对三教的描写，如王勃《释迦佛赋》《释迦如来成道记》《八卦卜大演论》《怀仙》《忽梦游仙》及许多寺碑文，杨炯《盂兰盆赋》等。因此，对三教思想的接受，也在一定程度上影响他们对传统儒学思想的理解，并进而影响其精神和气质。因而其对上官体的批评，在一定程度上亦是由于其独特的精神风貌和气质。"初唐四杰既体现了北方儒学'以道自任'、经世致用的人生精神，又保持着雄眄一切、高视阔步的人生姿态，还具有道家思想所强调的矫厉不群、耿介独立的人格操守。这就使他们的文化心态既不同于南北朝时期的门阀士族、宫廷文人，又迥异于高宗时期崛起的、汲汲于功名仕进而无人格可言的龙朔士人。"②

而且由于对儒学及玄理与阴阳易学等研究的深入和精进，不但对其创作用典有影响，也使他们在文学理论思考时更注重其哲理思辨的合理性，这显然也在一定程度上影响其学说和思想的折衷与务实。

从太宗提倡的"折衷"文学思想，到令狐德棻提出"远调"说，再到四杰的"气慨"与"情貌"兼顾，实际上可以说在理论上逐渐完成了对六朝"绮靡"文风的理论转型。令狐德棻《周书·王褒庾信传论》云："虽诗赋与奏议异轸，铭诔与书论殊途，而撮其指要，举其大抵，莫若以气为主，以文传意。考其殿最，定其区域，摭六经百氏之英华，探屈、宋、卿、云之秘奥。其调也尚远，其旨也在深，其理也贵当，其辞也欲巧，然后莹金璧，播芝兰，文质因其宜，繁约适其变，权衡轻重，斟酌古今，和而能壮，丽而能典，焕乎若五色之成章，纷乎犹八音之繁会。"③ 概言之，令狐德棻所代表的官方文学理论体系就是文学技巧层面上要"调远、旨深、理当、辞巧"，而效果则要"和而能壮，丽而能典"。这与四杰所主张的"壮而不虚，刚而能润，雕而不碎，按而

① 骆宾王著，陈熙晋笺注：《骆临海集笺注》，北京：中华书局，1961 年，《附录》，第 387 页。
② 杜晓勤：《初盛唐诗歌的文化阐释》，北京：东方出版社，1997 年，第 221 页。
③ 令狐德棻等：《周书》，北京：中华书局，1971 年，卷四十一，第 744－745 页。

弥坚"① 大致不悖。

如果说唐初令狐德棻的"远调"论只是对六朝"绮靡"文风的不满和复古的方向性指示，而四杰的"气概"和"情貌"兼顾，则可谓是具体的方法论指导。其"气概"正是对六朝骈俪之风而导致的"骨气都尽，刚健不闻"的文风衰敝的不满和振拔，而"情貌"则又是由陶铸旧典中得来的，可与六朝文尚能保留的可以一以贯之的东西。正因如此，四杰实际上并不完全排斥六朝骈体，因为六朝骈文在情貌表现上还是有可取之处。只是四杰对文学的强调并不完全如令狐德棻强调的那般"焕乎若五色之成章，纷乎犹八音之繁会"，而是"大则用之以时，小则施之有序"②，这是受务实的北方儒学精神的影响。

---

① 王勃著，蒋清翊注，汪贤度校点：《王子安集注》，上海：上海古籍出版社，1995 年，第 70 页。

② 董诰等编：《全唐文》，北京：中华书局，1983 年，卷一九一，第 1931 页。

第二章 四杰辞赋篇目及其分类

按后世文学理论中诗、赋、文范畴和内涵来看，四杰辞赋往往具有诗、赋、文兼容的特征，从文体学的显性特征来看，许多篇目文体归类并不明显。然就汉唐以来的辞赋文学观念而言，汉代以赋颂同称，即颂骚等皆被视为赋体，而至于唐，其流沿之。而且赋又由于具有"古诗"的因子，与"诗"极相关，如诗歌中的歌行体，在体制结构上与赋体颇有相近处，可以说歌行体诗保留了古乐歌的某些形态。有学者就将这类带有歌行性质的诗篇也归入赋体，或者对其中的赋法加以铺论。在四杰辞赋中有许多非赋名篇作品，在一些选文类著作中也多有收录，故又往往被学者视为散文一类，然也不乏一些颇有卓识的学者将其归入赋体，如卢照邻《释疾文》《五悲文》、骆宾王《钓矶应诘文》等，这些篇章从句式、音韵、章法等都同于赋体，可同归其类。为加深对四杰辞赋创作的全面认识，本章对四杰辞赋篇目略做归类，并对其归类依据略做释疑。

一、非赋名篇的创作与归类问题

在四杰赋篇目分类前，笔者必须申明一个观点：骚赋同体。骚赋之争，自汉以后，大致分为两派：一派主张单列辞骚；一派主张骚赋并同。他们各执一词，至今无定论。自汉司马迁、刘歆、班固、王逸起，后有皇甫谧、挚虞、陆机、李白、宋祁、祝尧、吴讷、戴震、马其昶、马积高、叶幼明等，皆主张赋骚一体，所辨甚明。而且就本质来看，赋骚的分列，实际乃因于选体与宗经的问题。在理论上，刘勰《文心雕龙》之《辨骚》与《诠赋》篇所论甚明，毋庸赘论，但同赋骚异同的学术思辨史还是有必要略做交代。

主张骚赋同体者，如汉代司马迁、刘歆、班固、王逸等，他们将屈作既称赋，又称辞赋。至魏晋皇甫谧、挚虞、陆机等，都"将楚辞归入赋或者诗一类的"①。唐代李白、宋代宋祁等也普遍认为屈作为词赋。② 元代祝尧、明代吴讷、清代戴震、马其昶等，亦皆主骚赋一体，如元代祝氏《古赋辩体》引宋景文公语云："《离骚》，为辞赋祖。"③ 故其论列古赋，首以屈原《离骚》为说。明吴讷《文章辨体序说》云："而仍载《楚辞》于古赋之首。盖欲学赋者必以是为先也。"④ 而清代戴震著《屈原赋注》、马其昶著《屈赋微》都主张骚赋一体。一些近当代学者，也承此论，如叶幼明、张国风等。

主张骚赋分体者，历代大致如下：南朝萧统，宋代洪兴祖、朱熹，明代徐师曾，清代王夫之、林云铭、蒋骥、程廷祚等。⑤ 南朝萧统《文选》于赋之外，另立"骚"一目，又立"辞"一目，以示三者区别；宋代洪兴祖作《楚辞补注》、朱熹作《楚辞集注》；承洪、朱之说，又有明代徐师曾《文体明辨》称屈宋之作为楚辞，以别于赋；清代王夫之撰《楚辞通释》、林云铭作《楚辞灯》、蒋骥注《山带阁注楚辞》、程廷祚作《骚赋论》，这些都被后世学者视为赋骚分体的学术论见。而且在选本中，确有不少将赋骚分列的情况。然而，这种表象并不能从理论上来驳斥赋骚同体的事实。就上述这些选文分论的情况而言，实际大多是出于"宗经"的原因，或因时代遭际而对忧国忧思的骚体之作的特殊见重。

实质上，先秦至汉代，人们都是认为骚赋同体的，所以叶幼明说："汉人对屈宋作品及其拟作是或称辞，或称楚辞，或称赋。在他们看来，辞与赋是二而一的，是一种文体的不同称述。"⑥ 至刘勰《文心雕龙》立《辨骚》和《诠赋》，才开启了后代骚赋分体的争端。不过，刘勰在《辨骚》中却明确称屈原作品为词赋，他说："固知楚辞者，体慢于三代，而风雅⑦于战国，乃雅颂之博徒，而词赋之英杰也。"⑧《辨骚》之作，乃出于尊树《离骚》为经典的目的

① 叶幼明：《辞赋通论》，长沙：湖南教育出版社，1991年，第21页。

② 以上诸人观点分别见晋皇甫谧《三都赋序》、挚虞《文章流别论》、陆机《文赋》等篇。而李白《江上吟》云："屈平词赋悬日月，楚王台榭空山丘。"宋祁云："《离骚》为词赋祖。"此语见吴讷《文章辨体》所引。

③ 祝尧：《古赋辩体》卷一，《影印文渊阁四库全书》第1366册，台北：商务印书馆，1986年，第718页。

④ 吴讷：《文章辨体序说》，北京：人民文学出版社，1962年，第19页。

⑤ 程廷祚《骚赋论》虽有分理骚赋之特征，然细观程氏所论，实非主张赋骚分体之说。参何易展：《清代汉赋学理论与批评》，北京：人民出版社，2018年，第243—245页。

⑥ 叶幼明：《辞赋通论》，长沙：湖南教育出版社，1991年，第21页。

⑦ 《文心雕龙注》卷一第47页于"风雅"下注："孙云唐写本作杂。"

⑧ 刘勰著，范文澜注：《文心雕龙注》，北京：人民文学出版社，1958年，卷一，第47页。

（参见第一章相关论述）。

（一）楚声与"兮"

其实，主屈宋之作自立一体，或称为"辞"，或称为"骚"，实则暗寓了楚辞的两个重要特征：一是可歌入乐的性质；二是抒情浓郁的特征。当然，如果以汉代学人的"不歌而诵谓之赋"的观点来看，赋与辞似确有区别。但是赋在早期作为"瞍赋"或"矇诵"的性质，实际也是与歌乐有一定联系的，在音声上的协谐利于记忆和传播。至于"不歌而诵谓之赋"，则显然是赋在发展过程中的传播形式的一种变衍，因为赋至后来除抒情、祭颂，还有呈王言、论政事等，其功能益繁，自然表述的方式也会发生变化，正如诗歌也从乐歌衍化为徒歌一样。从文化人类学的视野来看，早期的人类活动之间的信息传递主要是通过简单的肢体动作和简要的语言表达，如动物间的吼、嘶、鸣等就是一种信息的传递，如《诗经》所说的"呦呦鹿鸣"，可能即是在呼朋引伴。这从今天的生物科学和神经脑科学的发展已经可以得到证明（因此早期人类简单的语音的重复，发展为鲁迅先生所讲的"杭育杭育"的文学发生）。可以想见，早期人类的祭祀、颂祖或娱神的语言表达都有可能是带有歌乐舞容性质的，正如王逸所说沅湘之民"必作歌乐鼓舞以乐诸神"①。由此反观，如果赋是源于古诗，如班固所云："赋者，古诗之流。"则赋之初亦必是可歌入乐的，这从汉代赋颂同体，赋与颂的关系也可得到印证。祭祖颂神的颂诗就多是可歌入乐的。

由此来看，"不歌而诵"和"既歌而诵"或"既歌而语"并不是区分赋骚（辞）的主要依据。显然，将骚从赋体中分列出来，从《文心雕龙》来看，更主要的目的是出于宗经目的。在汉武帝时代已将屈原所作《离骚》等尊为经典，淮南王刘安还为其作《离骚传》。如果不考虑宗经的主观目的，而单从句式角度着眼，那么楚辞体句式与赋体句到底有没有差别呢？这种差别是关乎文体性质的因素吗？从表象上来看，"兮"字句确有特征，但如果不从文体本身的特征和文学发展史的历程来看的话，显然极容易无视骚、辞、赋的共同性文体特征。在不辨齐梁将赋骚分论的背景和原因的情况下，一些学者完全以句式是否带"兮"字来判断二者的差别，他们以楚辞中特殊的"兮"字用法，加之惯性地思维方式，认为这种具有地域特色的"楚声"作品，便应独立于赋。斯实大谬！正如《习学记言》所云："若楚人之辞必为楚音，则五方异域不胜其音，而文义奚取。虽《三百篇》亦殽乱而不知所裁矣。此固浅儒俗人之通患，

---

① 洪兴祖：《楚辞补注》，北京：中华书局，1983年，第55页。

学者不可不知也。"① 显然，要辨证其谬，则需要考察"楚声"与"兮"字之渊源本义。将"兮"字句作为文体判定依据的错误，大概主要有以下几点：

一是因为"兮"字并非故意性的特殊用法，除《楚辞》之外，《诗经》中亦有多次用到"兮"字。如《周南》《召南》《邶风》《鄘风》《卫风》《王风》《郑风》《齐风》《魏风》《唐风》《秦风》《陈风》《桧风》《曹风》《豳风》等篇，皆有作为语气虚词的范例。从语言学发展的角度来看，最初由于虚字数量不够丰富或者稀缺，故大量用"兮"字来体现和表达后来语言成熟期的其他虚字的功用和意义，这在楚辞和汉赋文本中即可看得出来。后来的赋体句中既有用楚辞体式"兮"字句，也有化用"兮"字句，改用其他虚字的变骚句式的。从文体学和语言学的角度来看，这无疑都展示了赋发展中一个非常生动而又真实的语料和文体关系发展的过程，因此并不能说"兮"具有楚地特色，也不能以"兮"字句式作为骚赋分体的理由。后来赋中"兮"字换用其他虚字，既是赋本身发展的特点，也是语言学发展的规律，这完全是与语言学发展的进程同步的。当然，"楚辞"体中"兮"字的经常使用，确实可能跟南方巴楚之地的巫祭巫歌及唱腔有关，此在后面详述。

二是因为"楚声"一词虽确有强调地域特性的一面，但其真正的内涵并不是指文体上的差别，而应是暗寓这种文体特定的传播地域和声读方式特色。徐师曾《文体明辨序》说："其辞稍变诗之本体，而以'兮'字为读，则夫楚声固已萌蘖于此矣。"② 的确，我们一般是以"兮"字句式，来作为判断"楚声"的标志。但究其实质，这并不能作为文体分类的依据，它只是声读和传授的差异的依据。正如先秦六经在各诸侯国之间传播，则产生了学派的差异，《诗》于官方学说在汉代都有四家，则民间之说更难计数。然却并不能就《诗》文本的文体性质产生怀疑，"经"是定于一尊的，只是"传"说各异。传说的差异与地域文化间的方音、声读等颇相关联。因此从声读上是读不出这类"楚声"之作与赋体的文体差异的。徐师曾所说的"楚声"，恰是从辞赋不同于诗的一种"声调"来论的。楚骚不同于诗的声调，也正是赋不同于诗的声调，所以《文心雕龙·诠赋》篇范文澜注说："窃疑赋自有一种声调，细别之与歌不同，与诵亦不同。荀、屈所创之赋，系取瞍赋之声调而作。"③ 从范先生注中，不难看出，他认为屈原骚体是属于赋类无疑的。另外，既然是瞍赋，矇瞍者无

---

① 叶适：《习学记言》，《景印文渊阁四库全书》第 849 册，台北：商务印书馆，1986 年，卷三十七，第 674 页。

② 徐师曾：《文体明辨序说》，北京：人民文学出版社，1962 年，第 100 页。

③ 刘勰著，范文澜注：《文心雕龙注》，北京：人民文学出版社，1958 年，卷二，第 137 页。

见，自然只有靠背诵或歌吟赋作，这说明荀屈的骚赋或早期的赋皆是合韵可歌的说唱文学。正因如此，前面称歌行体诗与赋亦有渊源关系。当然因统计的方便和避繁就简，本章暂未将四杰歌行体之类计入辞赋篇目。

无论"楚声"发端的赋是否与歌行体诗有关，但屈原"行吟泽畔"时所吟的"楚辞"体应是带有一些类说类唱性质的。所谓骚赋的"楚声"特征，一方面正是从音韵或早期依旧还滞留有诗可歌的残痕来说的①，一方面也是从黄伯思《冀骚序》所谓"书楚语，作楚声，纪楚地，名楚物"的地域性特色而论。但这种地域性特征是否就可将骚归入赋之别类呢？早期的诗歌来自民间的作乐或劳作讴歌，也是带有区域性的，及至发展到全社会的一种娱乐形式，我们依旧不得不认为它是诗歌，而不是别的什么。又如今天蜀地作家创作的小说，即便带上四川方言；广东的作家创作小说和诗歌，即便带有粤语习俚，我们依旧不能说它们不是小说、诗歌。这些方言俚语，只不过是这类文体中表现出来的带有作家气质和地方色彩的个性特征，绝不应含混文体的概念。事实上，笔者认为"楚声"应该具有三个方面的含义：其一，"楚声"是一种声调，有声韵特色的一面。其二，具有狭义范围的地域性特点。为什么说是狭义范围呢？因为在楚辞中这种"兮"字句只不过更常见而已，在《诗经》和先秦其他作品中，"兮"字用法也是存在的，但确实出现的频率较低，这说明这种语助词可能确实主要出现在南方巴楚之地。从《楚辞》文本来看，与经孔子整理后《诗》本确实有着风貌上的差异，但其中的渊源关系也可以看出来，前代已经有大量学者辨析诗骚及诗赋关系与源流。但如果将其与清华简所载的古本《诗》比较，如《周公之琴舞》篇，其在体制上有九启，又有乱辞，与楚辞骚体极相近。② 如果考虑到《春秋》《史记》等载"王子朝奔楚"的史实，则其所带到南方的经典以楚地方音阅读和传授则合乎情理，而楚地巫风盛兴，又加之多山地的自然地理特征，往往夹山而居，其所传消息往往以"歌唱"形式隔江夹谷而送，这在西南山歌、民歌和巫祭歌中都有表现。而这种"歌唱"形式往往拖长声调，便于声音的响亮和远播。而音声一加长，则往往不能变音，故其尾音音缀则似"兮""些"等字。在巫祭或某些场合曲意的加长，又有宣泄特定的情志的作用。此外，这些类似于山歌的唱法目的最初是为消息的远播，

---

① 说楚骚赋或赋早期保留有诗可歌的残痕，如汉武帝刘彻所作《瓠子之歌》，其文属骚赋（万光治《汉赋通论》，附录第 435 页）；从《汉书·武帝纪》来看，其记："夏四月，还祠泰山。至瓠子，临决河，命从臣将军以下皆负薪塞河堤，作《瓠子之歌》。"很可能此歌为有感而作，为可诵唱之作。又武帝作《秋风辞》，其文亦属骚赋，其被收入《乐府诗集》（八十四），似乎可为其可唱合乐的明证。

② 何易展：《清代汉赋学理论与批评》，北京：人民出版社，2018 年，第 240—301 页。

故而又往往采用反复铺陈的唱法，也便于隔江隔谷的听者的信息接收。因此将"古诗"体与楚地巫风和抒情、铺陈手法结合之后，这种赋体的特征就更为明显，因此从这一点来看，确实可以说"楚声"具有狭义的地域特色。其三，"楚声"是与北方狂放雄浑的风格稍异的巫风与抒情结合的赋体文。它是一种既具有诗的风貌，又具有文的特征的新文体。也就是说，"楚声"除开前面所述的特定的地域性意义外，徐师曾等人所说的"楚声"还有一层特定的所指，即指文人创作的作品。黄伯思所谓"书楚语，作楚声，纪楚地，名楚物"，显然有文人创作的因子，也就是说"楚辞"（或者徐师曾所谓"楚声"）不同于南方一般的山歌、俗曲。而这种文人参与的过程，正如王逸《楚辞章句》所称《九歌》为屈原所改创的巫祭之歌。《楚辞·九歌章句》云："《九歌》者，屈原之所作也。昔楚国南郢之邑，沅、湘之间，其俗信鬼而好祠。其祠，必作歌乐鼓舞以乐诸神。屈原放逐，窜伏其域，怀忧苦毒，愁思沸郁。出见俗人祭祀之礼，歌舞之乐，其词鄙陋。因为作《九歌》之曲，上陈事神之敬，下见己之冤结，托之以风谏。故其文意不同，章句杂错，而广异义焉。"① 换言之，楚辞明显借用巫祭之歌的唱法，而融入了新的可以为士人所理解的通俗的唱辞。也就是说屈原用当时的"普通话"（官言）翻译了巫祭方言，只不过保留了唱词中的南方唱腔和巫歌唱腔特点。因此，如果考虑到文人创作的情况，如屈原作为王室贵胄，其自然得见王子朝所带到楚国的典籍，其对六经亦当有所学习。而且《韩诗外传》载孔子适楚遇山野妇人，尚能知礼俗，可见周公所推行的"五服制"对荒服、要服的文教约束的作用是十分明显的。②

　　当然，楚辞的抒情性特别强烈，这既与上面所说的南方特殊的唱腔方式和方法有关，也与表现的内容题材有关。与北方文学相比，总体上来说楚辞抒情性更强，北方文学中的旷达说理性更浓。当然，并不是说北方诗文中就没有抒情，南方诗文中就没有雄浑的因子，这里只是侧重于楚辞特定的写意对象和写意语境，故而其作品往往呈现出"诗心骚意"的"怨身刺世"之情或"离谗忧国"之思。当然在后世的赋作中，也有这类具有"诗心""骚意"的作品，并不独是屈骚的特征。不过有人认为后世的赋体作品在抒情方面确实不如屈宋，其主要原因恐怕正是"兮"字楚声语调特有唱腔所引起的艺术效果的原因。如《汉书》就载高祖"乐楚声"，正是取其声娱和心感以及思旧之情，这种特定的情景和场域结合，才能产生出特有的抒情效果。其次则是时代与个人命运的悲

---

① 洪兴祖：《楚辞补注》，北京：中华书局，1983年，卷二，第55页。
② 何易展：《周代南夷移民考》，《管子学刊》2017年第3期。

情结合，天才放旷而自铸伟辞，自然会前无古人，后无来者，即使其后有遭际相似者或有感同身受之念的文人，也已经是异代的时空和异代的感受了。当然也唯有那些感同身受的吟唱，才能泛起"楚声"的骚怨之感。

三是因为楚骚和赋的确存在共同的文体特征。后来学者大都认为"楚声"应是另类，既不同于诗，也不同于赋。其也是从地域特性出发，而附带于文体的差异。事实上，楚骚之作与赋是具有共同的文体特征的。这种带有共同特征性的东西便是音声和谐的声韵特点①、由既歌且诵到不歌而诵的行吟方式、铺陈张肆的书写特征，以及句式骈散兼行和化融"文""笔"②的自由恢张的行文方式等。"楚辞"和"赋"源于同一母腹而成长于不同之环境，故其可能长着不同的外表和容貌，但基因却是相同的，因此它们同属于"赋"之体。纵观赋体发展史，楚辞句式中的"兮"字，可以说只不过是赋发展中既带有地域性又带有时期性特征的东西，随着语言学的发展，句式更丰富多彩，虚字也变幻错出，其后"兮"字的用法逐渐在汉魏的赋体被化用为"之、其、乎、于、则"等虚字。当然偶尔"返古"用"兮"字，便被视为"仿骚"，实际上这也是许多文学复古中的极为正常且普通的现象，事实上这种模仿也只是模仿"赋"体早期发展中的一些文体优点，或者说一些个性化的特点，而并非攀仿和造就另一种文体。在四杰的辞赋创作实践中即可看出这种思考和理念，他们不但将楚辞的手法融入赋体，而且将齐梁以来兴起的律诗也融入赋体，但他们却并不因之称其为"诗"。

"楚辞"或"赋"与其他文学性文体一样，还有一个最为明显的共同特征，即是抒情。骚和赋都是抒情的，褚斌杰先生称楚辞："虽然也富于文采，描写细致，往往也含有某些叙事成分，但它却是以抒发个人感情为主的作品，是真正的诗歌。"③当然，褚先生这里将楚辞归之于诗，可以说从文体源流来讲是言之成理的，但其所强调的实则是讲楚辞的抒情性，因为诗本义就是强调言志

---

① 楚辞和赋基本上都为韵文。而且二者单句字数较诗无规则，一篇之中，可由四、六言等一贯到底，也可由二、三、四、五、六、七，乃至十、十一言等组成。句式可骈可散。尽管古称"赋者，古诗之流"，然赋与诗又当有不同，特别汉及汉以后的诗。诗重意境，赋与诗歌的意蕴和意境不相同。诗歌以言简意丰和含蓄之美胜之，而辞赋则以铺陈、周详赅备、博洽丰约出之。即诗以意胜，赋以文美。

② 魏晋以来以有韵者为"文"，而无韵者为"笔"。如刘勰《文心雕龙·总术》云："今之常言有文有笔，以为无韵者笔也，有韵者文也。"此以文笔代指楚辞与汉赋兼融诗歌（诗）与散文（文）的书写特征。

③ 褚斌杰：《中国古代文体概论》，北京：北京大学出版社，1990年，第54页。

抒情，故《毛诗序》称："诗者，志之所之也。在心为志，发言为诗。"① 至于说"赋是用反复的问答体，演成为叙事的形式，它不是抒情，而是铺陈辞藻，咏物说理"②。这恐怕只能说是就某一个时代的赋作大致情况而言，就整个赋体文学来说，既有写物之品，也不乏抒情之作。刘勰《文心雕龙·诠赋》称："赋者，铺也，铺采摛文，体物写志也。"③ 其即明确了赋体"体物写志"的功能，"写志"实际就是"抒情"的意思，而"体物"事实上不是简单的物象呈示，也是"写志"的方式和手段，通过"体物"来展示其情志，也即如四杰所说的"开物""见志"，因为从《书》《易》的宗理来看，物之理与人之性又本有相通的，故圣贤皆讲"稽古法天"。因此赋体的抒情跟诗歌"言志"一样，"'言志'当然就是抒情、写意"④。

四是对文体界定和认识，应注意它在整个文学史的发展过程，注意到它的诞育期、婴儿期、成长期、成熟期和晚期等所有过程。从文学发展史和文体发展变迁的整个历程来看，楚辞这种体式应只是一个特殊阶段，是赋体发展史的雏形期所经历的一种特定而又很自然的现象。与成熟期的赋，或其他任何一个时期的赋比较，它们的确存在自己的个性，甚而早期的楚辞作品在某些方面比后来的赋显得更为光艳绝伦。这种高耀的光环便是由楚辞体式（"兮"字句式为主）和骚人之思（自由、激情、忧国爱民和尚美精神）组合来同构完成的。

虽然已有学者提出了骚赋同体的见解，如叶幼明《辞赋通论》说："辞乃我国古代赋体的一种。"⑤ 张国风也说："至于汉赋，则又分为骚体赋和散体赋两大支流。从文体上看，骚体赋和楚辞并无本质的不同。"⑥ 关于赋骚关系自汉代开始已多有论说，今人更是不断地反复陈辞，但可惜都不曾做深入的辨析。故笔者于此篇赘论，并将卢照邻《五悲文》《释疾文》等骚体之作划入赋体的大类进行研究，以明其因。

（二）四杰的非赋名篇之作

四杰辞赋创作，取鉴融裁楚骚创作的作品较多，但一些作品直接名之为赋，一些作品则非赋名篇，如直接以"文"或"篇"名之。四杰赋体文学篇

---

① 毛亨传，郑玄笺，孔颖达疏：《毛诗正义》，北京：北京大学出版社，2000 年，第 7 页。

② 褚斌杰：《中国古代文体概论》，北京：北京大学出版社，1990 年，第 54 页。

③ 刘勰著，范文澜注：《文心雕龙注》，北京：人民文学出版社，1958 年，卷二，第 134 页。

④ 叶朗：《中国美学史大纲》，上海：上海人民出版社，1985 年，第 13 页。

⑤ 叶幼明：《辞赋通论》，长沙：湖南教育出版社，1991 年，第 25 页。

⑥ 张国风：《一种过渡的折衷状态——诗、赋、骈文、散文的相互消长》，《中国人民大学学报》1995 年第 5 期。

目，历来论者，大抵论列王勃十二篇、卢照邻五篇、杨炯八篇、骆宾王二篇以赋名篇之作，共计二十七篇。然而学界对四杰赋，特别是非赋名篇之作（包括类骚之辞和散体文赋）的篇目归类是有争议的。笔者认为对赋的界定和对赋的分体，最主要的依据便是从文学发展史的角度，要综合考察其赋因子和分体赋因子特征。

某种主要文体因子决定这种文体的分类界定，在文体判定因素中起主要作用，正如生命体中的基因，是染色体中占据一定位置的一种遗传个体，具有主要的遗传功用。它以大量的不同形式存在，有时可能发生变异。赋体文学本身也会以各种不同形式出现"基因变异"，这便是文体的"破"体现象，即各种文体表现手法相互借鉴。尽管在这种基因变异中，某种基因特征仍是生命体的主要特征，决定这个生命的个体特性，但在进化与遗传过程中，母体与个体又往往是难以找到完全雷同的影像的，因而我们在界定文体时，只能据某种主要文体因子（基因）来判定它的文体（生命体）归类。从这种变与不变的文体因子特性来考察，会发现四杰赋中各体因子兼容，虽艺术上有些未臻极境，但其所处的继往开来的地位，为后世赋家所绝无仅有，论唐赋者所不得不提及，这也正是后世学者称四杰诗赋开衍宗派的原因。①

考虑到汉唐以来赋骚的源流关系，笔者对四杰所有赋体文学篇目进行了大致整理归类。列表于下：

作家	以赋名篇的篇目	非赋名篇的赋作	合计
王勃	《九成宫东台山池赋》《春思赋》《释迦佛赋》《寒梧栖凤赋》《七夕赋》《游庙山赋》《驯鸢赋》《采莲赋》《江曲孤凫赋》《涧底寒松赋》《青苔赋》《慈竹赋》	《拜南郊颂》《九成宫颂》《乾元殿颂》	12+3
杨炯	《浑天赋》《浮沤赋》《卧读书架赋》《盂兰盆赋》《幽兰赋》《青苔赋》《庭菊赋》《老人星赋》		8

① 清董沛撰《六一山房诗集》卷九《送王研农舍人归象山兼示欧仲真员外》："王郎年少真奇才，异军海上搴旗来。初唐四杰衍宗派，林蕙思绮何有哉？吾乡骈文古无作，姚令开山号沈博。"（见董沛：《六一山房诗集》，《续修四库全书》第1558册，上海：上海古籍出版社，2002年，第147页）

初唐四杰辞赋研究

作家	以赋名篇的篇目	非赋名篇的赋作	合计
卢照邻	《同崔少监作双槿树赋》《驯鸢赋》《穷鱼赋》《病梨树赋》《秋霖赋》	《释疾文》《五悲文》①《狱中学骚体》《对蜀父老问》	5+4
骆宾王	《荡子从军赋》《萤火赋》	《钓矶应诘文》《灵泉颂》	2+2
合计	27	9（13）②	

从上表来看，非赋名篇之作主要是卢照邻拟骚的《释疾文》《五悲文》《狱中学骚体》，以及模拟汉代散体赋的卢照邻《对蜀父老问》和骆宾王《钓矶应诘文》。根据《文苑英华》的归类，卢照邻《五悲文》《释疾文》《狱中学骚体》归为骚类。任国绪《卢照邻集编年笺注》也将其分列"骚"类之下。叶幼明说："因其形式为骚，归入骚类，是合理的，然既是骚，就是赋之一体。"③《旧唐书·卢照邻传》云："徙居阳翟之具茨山，著《释疾文》《五悲》等诵，颇有骚人之风，甚为文士所重。"④《旧唐书》将《释疾文》《五悲》（或称《五悲文》）等目为"诵"，大概是因为其文是"赋"，又押韵，汉代以来本有赋颂（诵）同称之习，其文又多类楚辞体句，故称"颇有骚人之风"。这说明，在唐五代时期人们就是将《释疾文》《五悲》等视为不歌而诵的赋体，是具有骚体因子的骚赋。

再看卢照邻《对蜀父老问》、骆宾王《钓矶应诘文》⑤。在《文苑英华》和

---

① 《释疾文》分《序》《粤若》《悲夫》《命曰》篇，文意紧承，似汉大赋的序、发语、正文、重曰、收束，可视为一篇赋。虽然《五悲文》名下也分为《序》《悲才难》《悲穷道》《悲昔游》《悲今日》《悲人生》篇，但每篇意可独立，其《序》为五篇之总序，以申做此五篇之用意，故"五悲"可视为独立的五篇。

② 括号内的数字为将《五悲文》分篇视之的数量。而《释疾文》虽亦分三章，然其内部体例连贯，实际可能隐喻着作者从"易"学三才的角度对天、地、人之间的关系思考，因而其中主要阐释对天命与人事的思考。而至于王勃《为人与蜀城父老书》两书等，虽体实为赋，然此为"辨体"和"禁体"之分，故虽论其赋因子，但却不以篇计入。

③ 叶幼明：《辞赋通论》，长沙：湖南教育出版社，1991年，第150页。

④ 刘昫等：《旧唐书》，北京：中华书局，1975年，卷一九○上，第5000页。

⑤ 骆宾王另有《祭赵郎将文》，似亦为文赋，然魏晋之后文的体用之别趋细，此按事用看实为祭文类，故不计入一般的体物写志的文赋类。而《钓矶应诘文》则明显带有文赋的问答体式，故归入文赋讨论。

任国绪《卢照邻集编年笺注》中它们属于"七"或对问设论之体。① 而"七"及对问设论之体，向被认为是赋体，在刘勰《文心雕龙·杂文》篇中分析其源流，此类皆祖宋玉《对楚王问》和枚乘《七发》等，而宋玉、枚乘之作则显然源出于赋体，故卢、骆此二篇亦应看作非赋名篇的赋作。何以将"七"体或对问设论视为赋体呢？还有几点理由及情况要说明：

其一，唐有许多类于"七"或对问设论之体的创作，都不见唐有专书收录，唯李昉《文苑英华·杂文·问答》收有卢照邻《对蜀父老问》、骆宾王《钓矶应诘文》，也将一些向被视为"七"体的文章收录在内。② 这些大量的类"七"、对问之作，在唐代并不专列对问或七体收录，说明在唐代人们便多将其视为"文"，这从四杰对自己作品的命名亦可见，他们并非将七、九、五类或对问体视为独立的文体，他们的思想观念中仍保留有魏晋以来的"有韵者为文"的观念，因此其所作"文"与"赋"无甚差别，均属于韵文。因为唐代科举所谓"试文"或"试杂文"，事实上就包括试赋、试诗等。可见在唐代"赋"仍然是可以包括在"文"一大类的。故卢照邻仿《九歌》《九辩》《九章》《七发》《七启》等作赋体的《五悲文》，又仿屈骚而作《释疾文》，其显然属赋体。自《昭明文选》录《七发》始，人们一直将《七发》视为散体赋的开山之作。"七"在一开始就并不被视为独立的文体，而是作为辞赋的附庸，故亦被作为赋体文学的范畴。这从汉王逸、宋洪兴祖分别为《楚辞》作章句及补注，并将后人拟骚的作品缀入其篇即可明其体类分属之义：《楚辞补注》中所增东方朔《七谏》、王褒《九怀》、刘向《九叹》、王逸《九思》，皆归为楚辞"骚"体之下，而不专列九、七，此尤可见文体之大义。《文选》虽分设骚、七、对问、设论等属，其意义恐怕是为了便于学子摹习而以类取鉴，并不是从文体学的视野分辨条章。而从文体理论的角度来分析或梳理的，则以同时代刘勰的《文心雕龙》之分类更为合理。当然，卢照邻《对蜀父老问》、骆宾王《钓矶应诘文》尽管不以赋名篇，但从句式、章法、结构及用韵等来看，也属赋体无疑。

其二，对于四杰所创作的序、表、启、碑文等，从句法等来看，确实也采用了大量的赋体句式的结构，与赋体句几乎没什么差别，有的也基本上押韵，但由于这些文类多为实用性文体，并不以押韵为限，而且多为疏韵，结构上铺陈的少，而叙事说理的多，主要以事用为主。故与文学性文体"抒情写志"还

---

① 卢照邻著，任国绪笺注：《卢照邻集编年笺注》，哈尔滨：黑龙江人民出版社，1989年，卷六，第410页。

② 叶幼明：《辞赋通论》，长沙：湖南教育出版社，1991年，第144页。

是存在着差别，故本章亦将此类文体置于本书赋体探讨之外。但唐代赋体文学对这些文类创作是明确存在着影响的。此外，王勃还创作有《拜南郊颂》《九成宫颂》《乾元殿颂》等，按汉代以来赋颂同体的观念来看，实际亦属于赋体。而且考其行文，虽为疏韵，但显然又密于一般的书、序、表、启等文。而且这些颂篇在体制结构上也基本同于赋篇，于每篇之末附"颂曰""词曰"等，则如骚赋的乱辞。且作者于每篇颂又另作"颂表"，以示上呈献奏之意。故此可以进一步说明这些颂具有献赋、献颂的性质，是呈示展现作者才华情志的文章。而对于表、启、书、序的归类，则各篇具体情况又有所不同，因为大多数表、启、书、序因具事之用，而非关逞才炫博、含芳吐华的文学才情，故不纳入赋体文学讨论，但四杰有部分书、序、记等，实则与赋体文学的体类及书写极其相近，如果从宽泛的赋体文学视野来看完全可以将其视为赋体文学的范畴，如王勃《为人与蜀城父老书》《为人与蜀城父老第二书》《续书序》《释迦如来成道记》《八卦大演论》《三国论》等，颇有汉赋风味，而且其碑铭文等亦多参鉴赋体写法。

其三，审卢照邻《对蜀父老问》、骆宾王《钓矶应诘文》二篇文本结构、音韵和句式，虽题名不作赋，但显然属于"文"，而唐初"文"的概念仍基本上是指有韵之体，故此亦应将其归为赋体。张崇琛主编的《名赋百篇评注》中便收录卢照邻《对蜀父老问》，将此文视为赋。并认为它采用汉代散体赋以"答难解嘲的构思，亦庄亦谐的手法，对后代赋作产生了很大的影响"[1]。卢照邻《对蜀父老问》仿汉大赋体制，形式上借"遂客主以首引，极声貌以穷文"，"既履端于倡序，亦归余于总乱"[2]，其首段完全可以视为赋序。当然首段不押韵亦合赋之体制，这也影响到后来"文赋"用韵模式。马积高评论李华《言鹜》时便说："基本上仿效汉时问答体形式。但不罗列名物，而刻意形容，期于尽相，则又不同于汉大赋，而与东方朔《答客难》之类相近。这正是唐代新体文赋的特色。"[3] 换言之，四杰的文赋已经肇唐代新体文赋的特征了。而且，卢照邻《对蜀父老问》等也基本上呈现出与汉代散体文赋在主要句式、音韵方面相似的特征：句式散行，押韵疏散，似乎无规可寻，然又有迹可依。从音韵和句式特点来看，马积高论汉赋与汉文的区别时就说："赋的韵语又多用骚体，甚至全为骚体，体现骚体与文体的互相融合；然其章法仍类文，叙事及提挈用

---

① 张崇琛：《名赋百篇评注》，西安：三秦出版社，2003 年，第 244 页。

② 刘勰著，范文澜注：《文心雕龙注》，北京：人民文学出版社，1958 年，卷二，第 134 页、第 135 页。

③ 马积高：《赋史》，上海：上海古籍出版社，1987 年，第 282 页。

语更类文，倘作区别，仍应属于文赋。"① 依马积高先生这些见解，卢、骆二篇也是完全可以算作文赋的，当然以马先生所言来评卢、骆二篇亦称允当。卢、骆的这两篇赋作，可以视为上承汉代散体赋之余响，下启中晚唐文赋之先声，可归入唐代新文赋的范畴。

二、四杰辞赋的分类及其依据

在大致明白四杰赋篇目数量的基础上，若按照各体赋因子的主要特征进行归类，大致可分为骚赋、文赋、骈赋、律赋、俗赋。此犹可见四杰辞赋创作的全面性，因此可以说唐初辞赋创作已是众体皆备，正如王芑孙所云："赋亦莫盛于唐。"②

（一）文体因子与赋的分类

历来对辞赋的分类纷繁复杂，有按时代先后依次分类，也有按赋的句式特征分类。上述对四杰赋篇目的大致分类，主要是按句法及篇章结构的分类。当然，对于辞赋的分类，目前学者有多种分法，有古、律之分，也有大赋、小赋之分；有骚赋、骈赋、律赋之分，也有古赋、俳赋、律赋、文赋之分，甚至从全篇表达的方式分为抒情赋、散体大赋等。但其实，不管是按三分法、四分法、五分法，或以"古""律"为准的二分法③，实质都以句式、韵律为判断的标准。

唐代由于新起的律赋创作，并以律赋为科考的内容。律赋创作与唐代律诗的发展既相关系，也大致同步。因此唐人喜欢以古、律区分新旧赋体。唐人所谓古、律之分，主要是以别于当时的骈赋、律赋和文赋、骚赋等。但是从理论上来看，显然"古赋"的内涵是有着具体的时代语境的。马积高先生称"古赋之名起于唐"④，并举《柳河东集》为例，说明古赋与律赋相分，故唐代可以算是较早出现古赋分体一名之始。事实上，马积高先生应承清陆葇之说，陆葇称："古赋之名始乎唐。"⑤ 然此说并不完全正确。早在江淹作《学梁王兔园赋

① 马积高：《历代辞赋研究史料概述》，北京：中华书局，2001年，第17页。

② 王芑孙：《读赋卮言》，《续修四库全书》第1481册，上海：上海古籍出版社，2002年，第376页。

③ 参见马积高《赋史》和《历代辞赋研究史料概述》。

④ 马积高：《历代辞赋研究史料概述》，北京：中华书局，2001年，第13页

⑤ 陆葇：《历朝赋格·凡例十三则》，《四库全书存目丛书》第399册，济南：齐鲁书社，1995年，第275页。

序》便云："或重古轻今者。仆曰：何为其然哉？无知音则已矣。聊为古赋，以奋枚叔之制焉。"① 也就是在齐梁时期，已经出现了"古赋"之名，显然此处古赋是指像枚乘之作类的一些汉代散体赋等，也就是说古赋实际应是与当时六朝齐梁的骈赋相对的文体。

当然，楚辞应是归属于古赋范畴的。宋代陈造《江湖长翁集》卷一就列"楚辞古赋"类，所收即为其拟骚的诗赋作品，如《送龙辞三章》《行春辞三首》《楚辞三章送郭教授趋朝》《问月楼赋》都属于拟骚类作品，而其《定观赋》《听雨赋》《后囚山赋》等则类似于汉代散体赋。② 那么，魏晋以前的骚赋、大赋、抒情赋，从古、律的角度来看，则多可归为古赋。明徐师曾在《文体明辨序说》中就将赋分为古赋、俳赋、律赋、文赋四体，其中古赋指楚汉赋体。而林联桂《见星庐赋话》中将赋仅分为古、律两大类，古赋中又分文赋、骈赋、骚赋三类，将文、骈、骚包括在古赋之下。显然，"古赋"的内涵是有所变衍的。至于"古赋"是否包属骈赋或文赋？则因时而异，这与时人的复古观念有密切关系。齐梁时"古赋"指楚汉赋体，不包括新兴的骈赋（俳赋），而至唐宋古赋则包括了骈赋。宋以来人们把律赋以外的赋（包括骚赋、汉文赋、骈赋及四言诗体赋等）就都称为"古赋"。③

至于明人徐师曾的分类，从逻辑上来看并不是将古赋与律赋视为二元对立的因素，故其后又分俳赋、律赋、文赋，这种四分法实际上大致是与时代相关的，但其中对"文赋"的认定大概是以宋代新文赋为肇始。换言之，汉代的散体大赋，他都不视之为文赋，而是概将楚辞骚体和汉代散体文赋作为"古赋"。当然这有谨守"古赋"原义的成分，但将"文赋"独立于"古赋"之外，将宋代新文赋与汉文赋之渊源关系决然割裂开来，却并不一定十分合理。唐宋兴起的新文赋实际上也是效法楚汉而复古产生的一种所谓新文赋，其与楚汉赋体的关系是十分明显的。

当然，若单以古、律分类，我们必须既要明确其原始本义，也要明确它们在历时性过程中的时代语境。古、律的划分应从两个方面来综合考虑：其一是从句式音韵；其二是从时代语境及其复古观念。从古、律的句式音韵上来看，能够在一定程度上辨别差异，但是在文学不断发展衍进、融会的情况下，后世的作者往往兼融化袭，有时往往将多种句式特征融入其中，甚至在一篇之中兼

① 江淹：《江文通集》卷二，《四部丛刊》景明翻宋本。
② 陈造：《江湖长翁集》卷一，明万历刻本（又见《景印文渊阁四库全书》第1166册）。
③ 马积高：《赋史》，上海：上海古籍出版社，1987年，第257页。

及多种表现手法和文体因子，这使文体的归类按古、律来分就极为困难，这就使我们必须要兼及作品的时代语境及其自身的文体因子的融合情况，在四杰辞赋中这种情况极其普遍。由于四杰赋体创作极主复古，但又力避僵化，故而其赋作多熔铸众体而创新篇，故其一篇之中往往呈现出似骈赋又似文赋，似骚赋又似骈赋或诗体赋。这确实展现出了四杰辞赋创作的创新性，但却为辞赋辨体带来了前所未有的难度。

当然，鉴于唐初去汉魏未远，如果以当下的"古赋"观念来看，其时主要还是基本上应遵循江淹时代的观念。但从唐代大多数好古摹尚的实际创作来看，他们也有尊树六朝而以之为复古的，如太宗的"效徐庾体"。由此来看骈体与律体的细微差别，也许在唐人的观念中骈体还有一些近古的成分。实际上，按"今古文"之别，今古文也是被赋予时代的新义而与时俱进的。汉代的"今古文"主要是隶篆字体之外，也兼学说之别，其今文就是隶书文字及今文经学家的解经思想和体系。"今古文"的争论和观念不仅影响了学术史的历程，也影响着文学创作理论与实践。对文学发展影响较大的一次运动便是中唐的古文运动，而中唐古文运动对于我们理解唐初的复古观念仍是有一定意义和作用的。唐初尽管有将骈体视作近古文体的可能，但是否在文体归属上将骈体视作古赋呢？从中唐古文运动的实义来看，"古"主要是指提倡文章句式的散化，显然是与骈和律相对而提出的概念。那么唐初的古赋似乎就不应该包括骈赋、律赋、诗体赋，甚至大量运用骈句的其他赋。曹聚仁说："唐代所谓古文运动，当时称为'平文运动'，'平文'正是白话文，和唐初流行的骈体文对称。又《史记》称：'《尚书》，直言。'直言，恰又是白话。"① 所以中唐所提倡的复古即是对《尚书》等"直言"的学习和摹尚。古文运动正是倡导对《尚书》所引领的"直"文的回归，即是对平文（散文）的提倡，以图与骈文相对峙。从《柳河东集》所收的"古赋"来看，这些古体自然有强调句式散化（平化或白话化）的意味，那么那些复古模拟楚汉赋体创作的文赋实际上又是可以归入古赋范畴的。因此四杰的古赋主要是那些拟骚的作品和仿汉代散体赋作的新文赋。而至于骈体，因其为律体之肇兴，故又将骈赋、律赋、诗体赋同归其为律体范畴。而至于俗赋，乃秦汉以来的杂赋所衍变，民间俗赋多融入俚俗故事和寓言等，行文方式较为灵活，有对话问答、设论等体，但至唐代又融入新的因素。由于俗赋受魏晋以来逐渐兴起的俗讲变文等影响，以及唐代诗体骈律化的倾向，这些俗赋中甚至融入一些唱诗性质，因此也有诗体的成分等融入，也有

---

① 曹聚仁：《中国学术思想史随笔》，北京：生活·读书·新知三联书店，2003年，第14页。

入古、律的成分兼容。在四杰辞赋中各种文体因子互融互渗的情况极为复杂，故又分别参校以文体因子而分论各体。

当然，这里所说的作为文体的赋与赋因子是有区别的，各体赋因子是判定赋分体标准的依据，它也主要是从句式、韵律、结构等文体创作特点来说，如骚赋因子便主要是具有"兮"字句式，以拟《九歌》《离骚》等句式为主，同时具有楚骚精神的忧愁骚思特点。律赋是从句式和音韵角度着眼，主要依据句式的骈俪（初唐和晚唐律赋有句式散行的）和韵律的协谐，加上用于"试"性质的限题或限韵等因素，这些特点就可以视为律赋的主要文体因子。文赋则以句式散行、押韵自由灵活、章法类文为其主要文体因子特点。骈赋则以句式骈俪偶行，音韵协谐，而与律赋不同，主要是抒情自由，不受韵脚和题材约束，为其主要文体因子特征。至于诗体赋，则主要依据是否具诗体句的整齐、平仄来判定，以五言、七言等诗体句为主要文体因子特征。

四杰赋几乎每篇都具有几种分体赋因子，这既是四杰对赋体文学的创新，也是四杰处在初唐这样一个自先秦汉魏到盛唐赋风和赋分体发展转变的重要时期所致的重要特点。正是他们的创作尝试，使赋（分）体发展至唐才臻于齐备。多种分体赋因子的融合，也使赋的分体判定更为复杂，故引入"因子"一词，以便从主要的文体因子来归类。从音韵来看，王勃《释迦佛赋》为四平四仄，为"律"赋用韵形式。杨炯《浑天赋》从形式上看，体近于散体大赋，但也有学者认为其近于扩大了的律赋。[①] 就王勃《释迦佛赋》来看，此篇具有多种创新因素，一是题材，二是音韵，三是文体表现手法。《释迦佛赋》尽管从音韵上，可以划入律赋，但此文吸取了文赋表现手法，大量运用散体句式，完全摆脱骈赋俪偶对律赋的一贯影响，极具创新生动的特征，明显含有文赋因子。另外，卢照邻《穷鱼赋》，赋中尽管时有骈句或"兮"字句，但多杂散体句，且语意散行，归为文赋也较妥当。为明确四杰赋分体情况，笔者将其赋大致分体列表于下：

① 邝健行：《诗赋合论稿》，南京：江苏古籍出版社，2002年，第174页。

作家\文体	王勃		杨炯		卢照邻		骆宾王		合计
	篇目	数量	篇目	数量	篇目	数量	篇目	数量	
骚赋	《游庙山赋》《江曲孤凫赋》《驯鸢赋》《涧底寒松赋》《慈竹赋》《青苔赋》(*《七夕赋》《采莲赋》)	6(8)	《青苔赋》《幽兰赋》《庭菊赋》	3	《释疾文》《五悲文》《狱中学骚体》《秋霖赋》	4	*《萤火赋》	(1)	13(16)
文赋	《拜南郊颂》《九成宫颂》《乾元殿颂》(*《释迦佛赋》)	3(4)	《浑天赋》	1	《对蜀父老问》《穷鱼赋》(*《释疾文》《五悲文》)	2(4)	《钓矶应诘文》	1	7(10)
骈赋	《九成宫东台山池赋》《七夕赋》《采莲赋》(*《春思赋》)	3(4)	《浮沤赋》《卧读书架赋》《盂兰盆赋》《老人星赋》	4	《同崔少监作双槿树赋》《驯鸢赋》《病梨树赋》(*《释疾文》)	3(4)	(《萤火赋》)(*《荡子从军赋》)	1(2)	12(20)
律赋	《释迦佛赋》《寒梧栖凤赋》	2	*《浑天赋》	(1)					2(3)
诗体赋	《春思赋》	1					《荡子从军赋》	1	2
俗赋							《荡子从军赋》	1	1
备注	加*者为明显含该类文体因子的赋,也可视为此类赋作,故分类中不免有重出篇目。为尽量避免重出,仅将一些明显的和主要的各体赋因子杂融的篇目列出。括号内统计数字为大致具有该赋体因子的文体分类篇目统计数量。								

如上表所示,卢照邻《五悲》《释疾文》尽管归入骚赋,但也具有文赋因子特色。《五悲文·序》说:

> 自古为文者,多以九七为题目,乃有《九歌》《九辩》《九章》《七发》《七启》,其流不一。余以为天有五星,地有五岳,人有五章,礼有五礼,乐有五声,五者,亦在天地之数。今造《五悲》,以申万物之情,传之好事耳。①

作者在阐明写作意图时,就明确比对《九歌》和《七发》,揭示其述作渊源,其既有承前作之诗心骚意而"申万物之情",也仿其形制而发为"天地之

---

① 卢照邻著,李云逸校注:《卢照邻集校注》,北京:中华书局,1998年,第182页。

数"，故骚其意而文其赋，则赋篇意蕴绵长，故在形式特征上既表现出骚体的特征，也有近于文赋的一些特点。卢照邻《释疾文》全篇虽多"兮"字句，拟骚的成分尤其明显，但骈句也很多，也具有明显的骈赋因子特征，姜书阁先生便认为它是"骈文中的上品"①。卢照邻创作的其他一些以赋名篇之作大多也具有骚体因子，其命意立篇抒情意味极为浓郁，大多呈现出忧愁骚思之情，拟骚的意味确实较为强烈和明显，这可能与卢照邻一生的遭际颇相关系。但鉴于这些篇章也融入了骈体或文体等文体因子，有些篇章从形式结构来看，骈体的句式比例尤其明显，故而只能同时结合全文文意和拟骚句（主要为"兮"字句）及骈体等其他文体因子的比例来加以判断，有些篇章虽然不纳入骚赋论述，但确实具有骚赋因子。

至于四杰所创作的颂体，主要以王勃为代表创作的《拜南郊颂》《九成宫颂》《乾元殿颂》，这些颂体实际源于古诗或古赋。在汉代赋颂同体，《汉书·艺文志》载"屈原赋二十五篇"②，此二十五篇之数显然包括屈原《橘颂》（或作《枯颂》）。虽然这些赋篇在句式上依然有大量采用骈体句法，但从总体结构上来看，以及句式与句式之间顺承关系来看，骈体并列的成分并不明显，大多具有叙事的意味，故而仍将这些颂体赋归入文赋。如王勃《拜南郊颂》曰：

> 微臣上稽龙蘥，下阅龟谋。观天地之至道，考皇上之大节。武宣七德，未尝瘉息乱之乡；文昭九功，未尝出升平之域。并能悬日月而高视，驾雷雨而先鸣。或皮币而践天阶，或干戈而蹑乾步。至于理定创礼，功成作乐，振长策以叙诸侯，设灵机而制群动，犹虞阶已泰，不能息洞庭之诛；夏载克宁，不能罢会稽之戮。……舍彼代也，其谁与哉！若夫应运而生，继天而作，鼓动千载之下，超腾百王之上，遂能发轩庭之景曜，蹑隋运之颓风，揖让而取文明，指麾而清函夏，则我皇唐得之矣。……辛亥谒于昭陵，癸丑告于太庙。时乘黑帝，月旅玄枵，大唐有国之五十一年，皇帝有天下之一十九载也。元恶既殄，万宇清矣。元勋既辑，万宝成矣。……爰考吉日，遂静行宫。有司具典，乘舆乃出。抚玄虬，戴翠凤。鼍鼓按节，鲸钟疏响。千乘岳动，万骑林回。星陈而天行，雷震而雾合。是时未登夫泰坛也，乃斋帷宫，宿帐殿。华盖移影，钩陈从跸。③

---

① 姜书阁：《骈文史论》，北京：人民文学出版社，1986 年，第 454 页。

② 班固：《汉书》，北京：中华书局，1962 年，卷三十，第 1747 页。

③ 王勃著，蒋清翊注，汪贤度校点：《王子安集注》，上海：上海古籍出版社，1995 年，第 323—337 页。

此略引《拜南郊颂》为例，大体可明其句式结构以及句式之间的逻辑。其中犹有如汉大赋的三言、四言结构和散体句及漫词等。

显然四杰辞赋创作在复古在创新的驱使下，其文体特征呈现出前所未有之复杂性，各篇中的文体因子也极为丰富，因此这种分体归类只能是一种意向性大致归类，其目的旨在进一步说明四杰辞赋创作体类的齐备，以及创作方法的灵活创新，悉如王芑孙所云："总魏晋宋齐梁周陈隋八朝之众轨，启宋元明三代之支流。"①

（二）四杰辞赋与赋风特征

以上为四杰辞赋的大致分类及相关文体因子的介绍。从四杰赋各体因子及其分类趋向来看，我们可以看出四杰辞赋及赋风发展的一些大致特点。

其一，至四杰始，赋分体逐渐趋向精密，较两汉魏晋，扩大了赋表现的范围和体例形式，涉及宫苑、山川、名物、气象、情思，以及世俗、时政（如《对蜀父老问》对时政看法的委婉表达），各体赋因子在这个创作群体的赋作中都有运用，这在四杰以前的赋作家中是少有的。

其二，四杰赋存在大量的"破体"现象，即对各分体赋文体和表现手法都有相互借鉴和融合，在很大程度上突破了以往赋作中以铺排、描写为主的程式化表达，融入了一种以真情实感为基调的灵活多变的表达形式。甚至在一首赋中同时运用铺排、描写、议论、抒情、说理、正叙、反讽、骈句、散句、文体句、诗体句、骚体句等表达方式。四杰独特的身世际遇、天才的创造力和率真不屈的个性，也使他们敢于和擅长对文学的"破体"创造，发挥诗体之长，结合音韵之偶，加强赋作的抒情性和表现力，开创赋分体发展的新趋势。其赋作往往呈现出一种刚健挺拔、清峻不俗的风格气质，始开初唐赋体文学新创之风气。

其三，在唐初重"质""实"文学理论的倡导和影响下，四杰赋创作又展现出对时风的反思和对文学自身发展规律的思考。四杰在文学实践中并非一味反对"文饰"和骈俪，往往更注意文质并重，这与他们提出的"骨气"说思想是一致的。细思"骨气"的内涵，实际上包含了两个层次：一个是刚健的层次，即以"骨"为代表；一个为绵柔绝长的层次，其以"气"为代表。文章重"气"又是对曹丕《论文》称"文以气为主"思想的承绪。而"气"所展现的

____

① 王芑孙：《读赋卮言》，《续修四库全书》第1481册，上海：上海古籍出版社，2002年，第376页。

特征即是绵长无绝、情韵幽思为征，因此四杰对"气"的表现是以情志为主，但对情志的表现和描写又往往离不开反复与铺陈，以至有一唱三叹之感，骈俪之体的比对形式，实际正是对事物的反复铺陈在一句之中的表现。显然，四杰所抒之情志又是与上官体的模仿者的"艳情"迥异其趣的。艳情多是一种虚泛的无根之情，且率多模拟，更少有切己之思。四杰天才的创作才能、时代际遇和平生经历激发了他们难以压抑的激情壮思，所以他们的赋作大多是他们亲身经历和内心世界的写照，既有沉沦下僚的郁懑，也表现出他们力求干世的昂扬激情。在文学理论上，唐初尽管大倡"质实"或"文质并重"，但受六朝以来骈俪余风的影响，在文学创作中的践行者寥寥可数。当然，唐初的文风仍然呈现出南北差异，上官体的艳情更多是受六朝南方文风的影响，四杰与他们的路数显然也是不同的。

四杰的文质并重的文风，客观上来讲，一方面既有其对文学发展的自身规律的认识，另一方面也难免受当时时风的影响。颜之推《颜氏家训·文章篇》曾说：

> 凡为文章，犹乘骐骥，虽有逸气，当以衔勒制之，勿使流乱轨躅，放意填坑岸也。文章当以理致为心肾，气调为筋骨，事义为皮肤，华丽为冠冕。今世相承，趋末弃本，率多浮艳。辞与理竞，辞胜而理伏；事与才争，事繁而才损。放逸者流宕而忘归，穿凿者补缀而不足。时俗如此，安能独违？但务去泰去甚耳。必有盛才重誉，改革体裁者，实吾所希。[①]

正如颜氏所说，四杰文风的文质兼重，其时难免也有时俗时风的影响而不能独违，故后人有称其仍有六朝遗习。至唐初，这种江左余风依旧难以扭转，虽然四杰不能完全力革旧俗，但其从创作实践中来变革体裁却是其对此时俗的校弊。

由此来看，初唐四杰辞赋创作文风既有顺乎时风的一面，也有反时风的一面。其反时风正在其"去泰去甚"。但是要调和文质，去骈俪时风之"泰甚"，就必须将"复古"结合起来，而且这种复古又不是全然地照搬和抄袭古人，因而四杰又必须结合当下而加以创新。后人评价四杰辞赋等创作多有典故，其实化典既是"复古"也是古为今用的一种表现。颜之推在《颜氏家训·文章篇》中就已然提出创新与复古的关系，或许正是受这种文学发展"复古"主张和必

---

① 颜之推著，王利器撰：《颜氏家训集解》，北京：中华书局，1993年，第266—267页。

然趋势的潜启①，四杰辞赋创作突出地表现在将"古之体裁"与"今之辞调"相结合。这一特点也成为他们辞赋创作最突出的特征。从他们保存下来的作品看，各体赋齐备，特别是文赋创作颇有新意，既与汉代散体略有不同，又与当时之骈体在体制上各异，他们甚至将这种书写方法运用到书、序、启、颂等一类文体中，尝试摆脱骈体的羁束。只可惜四杰的文赋创作不多，但这已然为唐代新文赋开兆先声。除文赋、骈赋外，其中一些骚赋、律赋等也间或出现散化句式，这都可视为趋"古"（平）的一种倾向和实践。律赋当中的这种句式，也从另一个侧面反映了唐初律赋的要求尚未谨严，这也是唐初律赋发展的自然状况。无论是诗歌领域的创革还是辞赋领域的创变，四杰对当时文风的影响显然是潜在而深远的，其无疑对陈子昂以后文风的渐变，以及中唐复古之风的昌盛都是有潜在影响的。其辞赋和诗一样，实际对扭转六朝遗习也做出了不可忽视的贡献。至中唐萧颖士、李华、韩柳虽大倡复古，但其实践创作却主要集中于赋之外的"笔"类文体（无韵之文），也并不完全排除骈俪。而四杰"复古"则可以说是多维度的。虽然中唐以后，受古文运动影响，唐宋新文赋创作渐渐融入"笔"体的书写方式，至杜牧、欧、苏之后，文赋的特征与四杰所开创的唐代新文赋虽已呈相异之势，但亦已渐趋末流。

其四，四杰辞赋注重"开物""见志"，其"开物"不仅是汉魏赋以来的体物，更是要通过物象的描写来展示一种自然之理。而其"见志"则是对真情实感的抒发和流露。他们的作品，抒情直白，情思深沉，不似魏晋小赋的闲情逸致般泛泛宣泄。尽管四杰有部分作品有释道的思想色彩，但因其境其情与魏晋文人不同，所写赋作也就少了魏晋"玄"的朦胧，而多了一份对人生哲理的彰示和对生活的热情向往，这也从另一个侧面反映了更为丰富鲜明的个性表现。四杰中似唯以卢照邻最为低调沉沦，尽管卢照邻一直遭遇病魔的折磨，但到其至死绝笔他都是充满了对生活的希望的。他的《与洛阳名流朝士乞药直书》便是对生活的奋争的真切表现。当然，也许正因隋唐时期三教合一，思想包容和大度，不但使其时文人才士能兼容三教，汇通精神，也使他们在面对人生困境时亦能坦然处之，自生豪情。于是在四杰的辞赋和诗文中，往往儒释道思想混融，这恐怕是与其时风、遭际、学养和气概都相关的。因此，四杰辞赋之情志，犹超脱出艳情之丽色，物欲之贪鄙，而更多发乎稽古之理，人情之至。故

---

① 《颜氏家训·文章篇》说："必有盛才重誉，改革体裁者，实吾所希。……宜以古之制裁为本，今之辞调为末，并须两存，不可偏弃也。"曹聚仁说："他（颜之推）的言下也正期待一种新文学运动的到来，我们可以说古文运动也是时势所造成的必然趋向。"（《中国学术思想史随笔》第 444 页）

其赋中儒典、佛典并生，典绘词丽，气雄境阔，从而使其赋风呈现出"兼有纵横和辞赋家文之长，又具新的时代特色"①。

总之，可以说至四杰，已开肇赋体文学之盛，其为赋分体发展做出诸多积极有益的尝试。至此，赋分体发展的新趋势也逐渐形成，突破了汉魏以来仅以古赋、大赋、抒情赋、骈赋分体体例为主的格式，形成了真正意义上的新文赋、（新）律赋、诗体赋等赋体形式。四杰辞赋创作不仅"总魏晋宋齐梁周陈隋八朝之众轨"，而且确实又"启宋元明三代之支流"②。这也使唐以后赋体的分类更为繁复和细密，既有古、律或大、小赋之分，也有骚、骈、文、律等四分，甚至还出现了俗赋、诗体赋等分类，其分类更为合理。诗体赋的出现显然是与唐代诗歌的律化有直接关系的，在魏晋以前诗体赋毕竟只是凤毛麟角，骈赋也是到齐梁，以至隋唐初才逐渐成熟和发达。从这一点来说，魏晋以前赋体，无论是总体创作，还是作家群或独立作家的个别创作，体例上就显得"单调"多了，而只有到四杰，才对赋体分类的扩展做了实践上的贡献。为唐赋"众体皆备"成熟局面的到来做了准备，具有承前启后之功。

三、四杰集的结集传播与辑佚

四杰辞赋的传播当以其结集前后为界，大致可以分为两个时期。而且四杰文集结集本身对其作品的传播具有重要的影响和意义，故本节对其结集与传播情况略做考察，并兼对其诗赋的传播情况略做介绍，至于其辞赋在唐宋及其以后的传播接受则于其后专章介绍。

先看《王勃集》的结集与辑佚情况：

《王勃集》的结集在杨炯《王勃集序》中实际上有大致的说明：

> 《诗》《书》之序，并冠于篇。《元经》之传，未终其业。命不与我，有涯先谢。春秋二十有八，皇唐上元三年秋八月，不改其乐，颜氏斯殂；养空而浮，贾生终逝。……君平生属文，岁时不倦。缀其存者，才数百篇。……潸然揽涕，究而序之，分为二十卷，具诸篇目。《三都》盛作，

---

① 郭预衡：《中国古代文学史》，上海：上海古籍出版社，1998年，第二册，第179页。
② 王芑孙：《读赋卮言》，《续修四库全书》第1481册，上海：上海古籍出版社，2002年，第376页。

恨不序于生前；《七志》良书，空撰得于身后。神其不远，道或存焉。①

此序的时间大概在高宗上元三年秋八月或之后。那么其结集也只可能是王勃卒后。杨炯称《王勃集》有二十卷，然两《唐书》皆称有三十卷。《旧唐书》卷四十七载"《王勃集》三十卷"②。《新唐书》亦载"《王勃集》三十卷"③。《旧唐书》大概成于晚唐五代，而《新唐书》则成书于宋代。然至宋代《郡斋读书志》亦载《王勃集》二十卷。《郡斋读书志》称《王勃集》"有刘元济序"④，然今本皆未见。《通志》卷七十、《国史经籍志》卷五、《唐书合钞》卷七十五皆作"《王勃集》三十卷"⑤。而《唐书艺文志注》卷四载"《王勃集》三十卷"，其注云："《崇文总目》《王勃集》三十卷，晁氏《读书志》《王勃集》二十卷。勃，字子安，通之孙，对策高第，授朝散郎。今存十卷。"⑥ 而二十卷之说，又见于《文献通考》卷二百三十一、《四六丛话》卷三十二，以及明陈第《世善堂藏书目录》卷下。至清代又有十六卷本流传。显然，《王勃集》在传流中应有多个版本，其中甚至有仅存诗赋的钞本。大概其始，王勃初卒，门人弟子仅就其所见存者缀而成二十卷本，故杨炯称"缀其存者，才数百篇"⑦，其言下之意，当有流而未存录者，故杨炯所序之集为二十卷初始本。其后大概再经整理，故至五代刘昫等撰《旧唐书》时已能见全帙，故载为三十卷本。至宋代大概两种版本都尚能见阅，故欧阳修《新唐书》载"《王勃集》三十卷"⑧，宋代官修书目《崇文总目》亦载《王勃集》三十卷，然又录"《王勃雕虫集》一卷（阙）"⑨。宋代郑樵《通志》、明焦竑辑《国史经籍志》亦载《王勃集》三十卷。而于宋代私家藏书性质的晁公武《郡斋读书志》则载《王勃集》二十卷，其所见大概即为杨炯序初始本。其后元代马端临《文献通考》、

---

① 王勃著，蒋清翊注，汪贤度校点：《王子安集注》，上海：上海古籍出版社，1995 年，第 75—77 页。

② 刘昫：《旧唐书》，北京：中华书局，1975 年，卷四十七，第 2075 页。

③ 欧阳修、宋祁：《新唐书》，北京：中华书局，1975 年，卷六十，第 1600 页。

④ 晁公武著，孙猛校证：《郡斋读书志校证》，上海：上海古籍出版社，1990 年，卷十七，第 830 页。

⑤ 郑樵：《通志》，北京：中华书局，1987 年，卷七十，第 821 页；焦竑：《国史经籍志》卷五，《续修四库全书》第 916 册，上海：上海古籍出版社，2002 年，第 514 页；沈炳震：《唐书合钞》卷七十五，《续修四库全书》第 286 册，上海：上海古籍出版社，2002 年，第 543 页。

⑥ 佚名：《唐书艺文志注》卷四，清藕香簃钞本。

⑦ 董诰等编：《全唐文》，北京：中华书局，1983 年，卷一九一，第 1932 页。

⑧ 欧阳修、宋祁：《新唐书》，北京：中华书局，1975 年，卷六十，第 1600 页。

⑨ 王尧臣等：《崇文总目》卷十一，《景印文渊阁四库全书》第 674 册，台北：商务印书馆，1986 年，第 133 页。

清孙梅《四六丛话》实际都承晁氏《读书志》的记载。但大概至元明时期，四杰文集逐渐散佚，至明末张燮乃重新搜辑，缀为十六卷本。清蒋清翊注《王子安集注》二十卷本，但显然亦非杨序初始本之旧，因此本亦不见晁氏所称刘元济序。

《新唐书》卷五十七载王勃《周易发挥》五卷、《次论语》十卷，然《旧唐书》载《次论语》五卷。《新唐书》卷五十九载王勃《千岁历》（卷亡）。也就是说至宋代王勃所作《次论语》及《千岁历》等皆有阙佚或散亡。而《新唐书》卷六十又载王勃《舟中纂序》五卷，在元代脱脱等撰《宋史》中仍有记载。《宋史》载"《王勃诗》八卷，又《文集》三十卷，《杂序》一卷"和"王勃《舟中纂序》五卷"①。估计自唐代以来《周易发挥》《次论语》《千岁历》《舟中纂序》等应是单行本另外流传的。按清蒋清翊注《王子安集注》所存王勃所作序文仅占卷六至卷九，不到五卷，且其中所作大量序文亦不合于"舟中纂序"的书写场景。故可见《王勃集》阙佚尚多。

王勃辞赋在当世的传播，以杨炯《王勃集序》所描写可略知其一二：

> 考文章之迹，征造作之程。神机若助，日新其业。西南洪笔，咸出其辞。每有一文，海内惊瞻。所制《九陇县孔子庙堂碑文》，宏伟绝人，希代为宝。正平之作，不能夺也。……长风一振，众萌自偃。遂使繁综浅术，无藩篱之固；纷缋小才，失金汤之险。积年绮碎，一朝清廓。翰苑豁如，辞林增峻，反诸宏博，君之力焉。矫枉过正，文之权也。后进之士，翕然景慕。久倦樊笼，咸思自择。近则面受而心服，远则言发而响应。教之者逾于激电，传之者速于置邮。得其片言，而忽焉高视；假其一气，则邈矣孤骞。②

杨炯为王勃同时代人，其所记当较可信。王勃游历西南，碑序诗文及赋赞，咸称绝笔。杨炯所称"洪笔"大概即指王勃游蜀川剑南梓州时所作《游庙山赋》、游九陇县所作《孔子庙堂碑文》等。王勃漫游梓州时，创作了大量寺庙碑文和诗赋，如高宗咸亨元年秋游武担山，作《晚秋游武担山诗序》；冬至彭州九陇，撰《九陇县孔子庙堂碑》（即《益州夫子庙碑》）。咸亨二年春作

---

① 脱脱等：《宋史》，北京：中华书局，1977年，卷二〇八，第5330、5332页。

② 王勃著，蒋清翊注，汪贤度校点：《王子安集注》，上海：上海古籍出版社，1995年，第68—71页。

《春思赋》《彭州九陇县龙怀寺碑》等。《春思赋序》云："咸亨二年，余春秋二十有二，旅寓巴蜀，浮游岁序，殷忧明时，坎壈圣代。九陇县令河东柳太易，英达君子也，仆从游焉。高谈胸怀，颇泄愤懑。"① 之后，王勃游历梓潼、绵竹、德阳、广汉、成都等地，又创作有《梓潼南江泛舟序》《别薛华》《秋夜于绵州群官席别薛昇华序》《宇文德阳秋夜山亭宴序》《慈竹赋》《与蜀城父老书》等。王勃诗赋文辞在当时的传播之盛，杨炯虽可能过誉，但为后进之士所景慕当属实情。《旧唐书》载："其后崔融、李峤、张说俱重四杰之文。崔融曰：'王勃文章宏逸，有绝尘之迹，固非常流所及。'"② 中唐杜甫亦作《戏为六绝句》，对四杰诗赋给予了极高的评价。这些都可见四杰诗赋成就在当时的影响。王勃辞赋在结集前传播主要应为相互传钞，且难免有随兴题赋，故在初始本中或有阙如失收皆属自然。

至于《王勃集》在后世的流传情况大致可参《钦定四库全书提要》：

> 《王子安集》十六卷，唐王勃撰。《唐书·文苑传》称其文集三十卷，而杨炯《集序》则谓分为二十卷，具诸篇目。洪迈《容斋随笔》亦称今存者二十卷，盖犹旧本。明以来其集已佚，原目遂不可考。世所传《初唐十二家集》，仅载勃诗赋二卷，阙略殊甚。故皇甫汸作《杨炯集序》，称王诗赋之余，未睹他制。此本乃明崇祯中闽人张燮搜辑《文苑英华》诸书，编为一十六卷，虽非唐宋之旧，而以视别本，则较为完善矣。勃文为四杰之冠，儒者颇病其浮艳。案：段成式《酉阳杂俎》曰："张燕公尝读勃《夫子学堂碑颂》'帝车南指，遁七曜于中阶；华盖西临，高五云于太甲'四句，悉不解，访之一公（案：一公谓僧一行也。）一公言北斗建午，七曜在南方，有是之祥，无位圣人当出。华盖以下，卒不可悉。"洪迈《容斋随笔》亦曰："王勃等四子之文，皆精切有本原。其用骈俪作记序碑碣，盖一时体格如此，而后来颇议之。杜诗云'王杨卢骆当时体，轻薄为文哂未休。尔曹身与名俱灭，不废江河万古流'，正谓此耳。身名俱灭以责轻薄子，江河万古指四子也。"韩公《滕王阁记》云："江南多游观之美，而滕王阁独为第一。及得三王为序、赋、记等，壮其文词。"注谓王勃作《游阁序》，又云中丞命为记，窃喜载名其上，词列三王之次，有荣耀焉。

---

① 王勃著，蒋清翊注，汪贤度校点：《王子安集注》，上海：上海古籍出版社，1995 年，卷一，第 1 页。

② 刘昫等：《旧唐书》，北京：中华书局，1975 年，卷一九〇，第 5003 页。

则韩之所以推勃，亦为不浅矣。夫一行、段成式博洽冠绝古今，杜甫、韩愈诗文亦冠绝古今，而其推勃如是，枵腹白战之徒，掇拾语录之糟粕，乃沾沾焉而动其喙，殆所谓蚍蜉撼树者欤！今录勃集，并录成式及迈之所记，庶耳食者无轻诋焉。①

其次，再看《杨炯集》的结集与传播情况。

《杨炯集》的结集具体时间未可知，但亦当在武则天证圣元年后。据骆祥发作四杰年谱，杨炯当于本年前后卒。② 宋之问《祭杨盈川文》云："伤予命薄，益友凋零。生平之言，幽显相托。痛君不嗣，匪我孤诺。……今我伤悲，情勤昔时，子文子翰，我缄我持，子宅子兆，我营我思。了有神鉴，我言不欺；我有絮酒，子其歆之。我亦引满，傥昭神期，魂兮归来，闻余此词。"③《旧唐书》卷四十七载"《杨炯集》三十卷"④，《新唐书》卷六十亦载"《杨炯盈川集》三十卷"⑤。宋郑樵《通志》卷七十亦载"《杨炯盈川集》三十卷"⑥。而《宋史》卷二〇八载："《杨炯集》二十卷，又拾遗四卷。"⑦ 明焦竑撰《焦氏笔乘》续集卷三"王勃集序"条称："《杨炯集》二十卷，今不传。第诗数十篇耳。近童珮搜访遗文，合为十卷。"⑧ 明柯维骐撰《宋史新编》卷五十三亦承《宋史》载："《杨炯集》二十卷，又拾遗四卷。"⑨ 此当承前代文献目录，已非亲见其书。

《杨炯集》当在宋代已有散佚。宋晁公武《郡斋读书志》载"《杨炯盈川集》二十卷"，其注云："右唐杨炯也。华阴人。显庆六年举神童。授校书郎，终婺州盈川令，卒。炯博学，善属文，与王勃、卢照邻、骆宾王以文词齐名，海内称王、杨、卢、骆'四才子'，亦曰'四杰'。炯自谓'吾愧在卢前，耻居王后。'张说曰：'盈川文如悬河，酌之不竭。耻王后，信然；愧卢前，谦也。'

---

① 《钦定四库全书总目提要》，《景印文渊阁四库全书》第 1065 册，台北：商务印书馆，1986 年，第 61—62 页。

② 骆祥发：《初唐四杰研究》，北京：东方出版社，1993 年，第 450 页。

③ 董诰等编：《全唐文》，北京：中华书局，1983 年，卷二四一，第 2440 页。

④ 刘昫等：《旧唐书》，北京：中华书局，1975 年，卷四十七，第 2075 页。

⑤ 欧阳修、宋祁：《新唐书》，北京：中华书局，1975 年，卷六十，第 1600 页。

⑥ 郑樵：《通志》，北京：中华书局，1987 年，卷七十，第 821 页。

⑦ 脱脱等：《宋史》，北京：中华书局，1977 年，卷二〇八，第 5330 页。

⑧ 焦竑撰，李剑雄点校：《焦氏笔乘》，上海：上海古籍出版社，1986 年，《续集》卷三，第 267 页。

⑨ 柯维骐：《宋史新编》卷五十三，《续修四库全书》第 309 册，上海：上海古籍出版社，2002 年，第 298 页。

集本三十卷，今多亡逸。"① 宋代官修书目《崇文总目》卷十一亦载 "《盈川集》二十卷"②。元马端临《文献通考》卷二百三十一亦载 "《杨盈川集》二十卷"③，实乃参晁氏《郡斋读书志》。但元人辛文房《唐才子传》卷一载 "有《盈川集》三十卷行于世"④。其或当指唐初时的情况，可能并非亲见三十卷本。清人作《唐书艺文志注》卷四虽署 "《杨炯盈川集》三十卷"，然其注云："《崇文总目》：《盈川集》二十卷。晁氏《读书志》：杨炯，华阴人，显庆六年举神童，授校书郎，终盈川令。今存十卷，附录一卷。"⑤ 欧阳修等人所撰《新唐书》的成书略晚于王尧臣等人所修的《崇文总目》，但何以晚出的史书尚记载有《杨炯集》三十卷，而略早的书目文献却记作《杨炯集》二十卷。恐怕正是在北宋此期《杨炯集》开始散逸，但三十卷本在北宋应该还是可以见到的，因为元代脱脱等撰《宋史》尚记录有《杨炯集》二十卷，又录《拾遗》四卷。可见其时只不过多有散逸，三十卷本的全帙较难见了。明代散佚情况更为明显，童珮、张燮等都曾重辑，但分卷略有不同。清人所见的十卷本当以其为原本。又如《铁琴铜剑楼藏书目录》卷十九集部一载 "《杨盈川集》十三卷"⑥，当是明以来旧钞本，皆散佚不全。

《御选唐诗》卷十三沈佺期《紫骝马》诗 "长鸣遇赏难" 句注："杨炯赋：彼怀宝以遇赏，此不材而见嗟。"⑦ 考此句出于《全唐文》卷二百十七载崔融《瓦松赋》文，未知此篇究为崔赋还是杨炯赋？按《瓦松赋序》云："杨炯谓余曰：'此中草木，咸可为赋。'"⑧ 故可能将其赋文理解为杨炯所作，当然也有可能杨炯确实也作有《瓦松赋》。惜已难见《杨炯集》三十卷本旧貌。

《补注杜诗》卷三十三，《分门集注杜工部诗》卷三、《田亭草》卷二十，《山堂肆考》卷一百二十九，《御选唐诗》卷五、卷十三、卷十五、卷二十一、卷二十七、卷二十八、卷三十、卷三十一，《广事类赋》卷三十二，《癸巳存

① 晁公武著，孙猛校证：《郡斋读书志校证》，上海：上海古籍出版社，1990 年，卷十七，第 828—829 页。

② 王尧臣等：《崇文总目》，《景印文渊阁四库全书》第 674 册，台北：商务印书馆，1986 年，卷十一，第 133 页。

③ 马端临：《文献通考》，北京：中华书局，1986 年，卷二三一，第 1843 页。

④ 傅璇琮主编：《唐才子传校笺》，北京：中华书局，1987 年，卷一，第 42 页。

⑤ 佚名：《唐书艺文志注》卷四，清藕香簃钞本。

⑥ 瞿镛：《铁琴铜剑楼藏书目录》卷十九，《续修四库全书》第 926 册，上海：上海古籍出版社，2002 年，第 310 页。

⑦ 玄烨御定，陈廷敬等编：《御选唐诗》卷十三，《景印文渊阁四库全书》第 1446 册，台北：商务印书馆，1986 年，第 401 页。

⑧ 董诰等编：《全唐文》，北京：中华书局，1983 年，卷二一七，第 2191 页。

稿》卷十三，《佩文韵府》卷七之四、卷十四之二、卷二十之二、卷二十三之一、卷二十三之四、卷二十三之六、卷二十三之七、卷二十三之八，《求闻过斋文集》卷一，《曝书亭集词注》卷五等都多引注杨炯赋。如《求闻过斋文集》卷一载"东壁主文章"句下注"杨炯赋"①，实出其《浑天赋》。清人《佩文韵府》即引《浑天赋》达114条之多。此亦可窥四杰赋传播之概况。

接着再看《卢照邻集》的结集与传播情况。

《旧唐书》卷四十七载"《卢照邻集》二十卷"②，《新唐书》卷六十载"《卢照邻集》二十卷，又《幽忧子》三卷"③。《通志》卷七十亦载"《卢照邻集》二十了，《幽忧子集》三卷"④。《国史经籍志》卷五载"《卢照邻集》二十卷"⑤。《唐书合钞》卷七十五载"《卢照邻集》二十卷，又《幽忧子》三卷"⑥。《唐书艺文志注》卷四载："《卢照邻集》二十卷，又《幽忧子》三卷。"其注云："《崇文总目》：《卢照邻集》十卷，《幽忧子》二卷。晁氏《读书志》：卢照邻《幽忧子》十卷。照邻，字昇之。范阳人，自号幽忧子。谨案《崇文总目》两收，晁氏则合为一，或者并省与，今存七卷。"⑦宋陈振孙《直斋书录解题》卷十六载"《卢照邻集》十卷"⑧。《崇文总目》卷十一载"《卢照邻集》十卷，《幽忧子》三卷（阙）"⑨。《宋史》卷二百八载"《卢照邻集》十卷"，又载"卢照邻《幽忧子》三卷"⑩。《宋史新编》卷五十三亦据《宋史》载"《卢照邻集》十卷"和"卢照邻《幽忧子》三卷"⑪。明清时当有单行的诗集，如范邦甸撰《天一阁书目》载"《卢照邻集》二卷，刊本"，其注："明张逊业校正并序，云照邻字昇之，幽州范阳人，岁十余就义方之教于曹献王，善属文，拜典签邓王

---

① 朱方增：《求闻过斋文集》卷一，清光绪二十年刻本。该条注释下引"还标五字"句，注"郑宥判"。考《全唐文》卷九百八十，此句出于阙名所作《对署书题阁判》，如果朱方增所引有据，则能补《全唐文》作者之阙名。

② 刘昫等：《旧唐书》，北京：中华书局，1975 年，卷四十七，第 2075 页。

③ 欧阳修、宋祁：《新唐书》，北京：中华书局，1975 年，卷六十，第 1600 页。

④ 郑樵：《通志》，北京：中华书局，1987 年，卷七十，第 821 页。

⑤ 焦竑：《国史经籍志》卷五，《续修四库全书》第 916 册，上海：上海古籍出版社，2002 年，第 514 页。

⑥ 沈炳震：《唐书合钞》卷七十五，《续修四库全书》第 286 册，上海：上海古籍出版社，2002 年，第 543 页。

⑦ 佚名：《唐书艺文志注》卷四，清藕香簃钞本。

⑧ 陈振孙：《直斋书录解题》，上海：上海古籍出版社，1987 年，卷十六，第 466 页。

⑨ 王尧臣等：《崇文总目》卷十一，《景印文渊阁四库全书》第 674 册，台北：商务印书馆，1986 年，第 133 页。

⑩ 脱脱等：《宋史》，北京：中华书局，1977 年，卷二〇八，第 5330、5332 页。

⑪ 柯维骐：《宋史新编》卷五十三，《续修四库全书》第 309 册，上海：上海古籍出版社，2002 年，第 298、299 页。

府职。王尝以相如期之，后因底疾，再拜新都尉，疾作，竟不能任。得方士元明膏饵之。处太白山中，遇父丧，呕丹，疾益甚。徙居阳翟具茨山，预为墓，掩其所著《释疾》《五悲》等作，暨沉涸挛废，不堪其苦，与亲属执别，遂投颍水而死。时年四十，文集二十卷，《幽忧子》三卷，今无可稽，是集足以传其概云。"① 此二卷本可能为诗集或诗赋合集。今存李云逸校注《卢照邻集校注》分为七卷。

大概两《唐书》所载《卢照邻集》并非卢氏全集，其时应既有《卢照邻集》行世，又有《幽忧子集》（或名《幽忧子》）传世，故其全集实非二十卷之数。张鷟《朝野佥载》卷六云："著《幽忧子》以释愤焉。文集二十卷。"② 显然《幽忧子》大概主要收录其所作《释疾文》《五悲文》等骚辞，若按《天一阁书目》注所述"掩其所著《释疾》《五悲》等作"③，可见唐代《卢照邻集》与《幽忧子》应各自单行。刘昫《旧唐书》时可能并未见《幽忧子》，《幽忧子》当为作者掩于其墓，后得以逐渐为时人所传，故在同时代人好友张鷟《朝野佥载》记载，并在宋代欧阳修撰《新唐书》得以著录。但从今天《卢照邻集》七卷本看，显然卢照邻仍当有辞赋阙佚无存。李云逸校注《卢照邻集校注》卷四、卷五收卢氏骚体作品，但其作品数量显然不足三卷之数，而且从《天一阁书目》注所称"《释疾》《五悲》等作"，则显然《幽忧子》所录也并非仅此二篇。按宋代《崇文总目》载《幽忧子》三卷，但《唐书艺文志注》载引《崇文总目》署作"《幽忧子》二卷"，未知孰是。但宋代始《幽忧子》已有阙佚。

最后再看一下《骆宾王集》的结集与流传情况。

《旧唐书》卷四十七载"《骆宾王集》十卷"④，《新唐书》卷六十亦载"《骆宾王集》十卷"⑤。《郡斋读书志》载"《骆宾王集》十卷"，其注："右唐骆宾王也。义乌人。武后时，数言事，得罪，贬临海丞。不得志，弃官去。文明中，徐敬业乱，署府佐，为敬业传檄天下，斥武后罪。后读之矍然。及败，亡命，不知所之。后宋之问逢之于灵隐，已祝发为浮屠矣。宾王七岁能属文，

①　范邦甸：《天一阁书目》卷四之一，《续修四库全书》第 920 册，上海：上海古籍出版社，2002 年，第 186 页。

②　张鷟：《朝野佥载》，北京：中华书局，1979 年，卷六，第 141 页。

③　范邦甸：《天一阁书目》卷四之一，《续修四库全书》第 920 册，上海：上海古籍出版社，2002 年，第 186 页。

④　刘昫等：《旧唐书》，北京：中华书局，1975 年，卷四十七，第 2075 页。

⑤　欧阳修、宋祁：《新唐书》，北京：中华书局，1975 年，卷六十，第 1600 页。

妙于五言诗。中宗诏求其文，得百余篇，命郄云卿次序之。"① 《直斋书录解题》卷十六载"《骆宾王集》十卷"②。《崇文总目》亦载"《骆宾王集》十卷"③。《通志》卷七十、《文献通考》卷二百三十一、《宋史》卷二百八、《国史经籍志》卷五、《宋史新编》卷五十三、《全唐文纪事》卷一百八、《千顷堂书目》卷三十二、《（雍正）浙江通志》卷二百四十八、《钱遵王述古堂藏书目录》卷七、《唐书合钞》卷七十五、《明史》卷一百三十七、《唐书艺文志注》卷四、《书目答问》等皆作十卷之数。《宋史》载"《骆宾王集》十卷"，又载"骆宾王《百道判》二卷"④。明陈熙晋有《骆临海集笺注》十卷本传世，至清代仍有北宋板《骆宾王集》流传。

《新唐书》卷一百八引时人评价四杰语，其虽有诋谬之意，然从中可以发现四杰文学之影响在当代已流传甚广，尽管传裴行俭论其器识浮躁浅露，但仍不得不承认其文艺才能。《新唐书》云："李敬玄盛称王勃、杨炯、卢照邻、骆宾王之才，引示行俭，行俭曰：'士之致远，先器识，后文艺。如勃等，虽有才，而浮躁炫露，岂享爵禄者哉？炯颇沈嘿，可至令长，余皆不得其死。'"⑤ 虽然此段的目的主要在显示裴行俭之识才鉴人，但细究四杰与裴行俭之交结，其多次对王勃、骆宾王等都有援引荐举之意，只是二人都因故未就，故由此细考，"上述评论未必真正出自行俭之口，但传言者以'四杰'在世时的某些实情出发，杜撰了这一则故事，以证明行俭的'知人之鉴'"⑥。这些评论可能非出裴氏之口，但确可能为四杰之反动者、文场变革中的敌手的诋谬，这或许正可以作为杨炯所说的"临秀不容"而"以文罪我"⑦ 的佐证。但无论如何，四杰的才能却是被其时的一些文坛大家所认可的，如《旧唐书》卷一百九十上载："炯与王勃、卢照邻、骆宾王以文词齐名，海内称为王杨卢骆，亦号为'四杰'。炯闻之，谓人曰：'吾愧在卢前，耻居王后。'当时议者，亦以为然。其后崔融、李峤、张说俱重四杰之文。崔融曰：'王勃文章宏逸，有绝尘之迹，固非常流所及。炯与照邻可以企之，盈川之言信矣。'说曰：'杨盈川文思如悬

① 晁公武著，孙猛校证：《郡斋读书志校证》，上海：上海古籍出版社，1990 年，卷十七，第 831 页。

② 陈振孙：《直斋书录解题》，上海：上海古籍出版社，1987 年，卷十六，第 467 页。

③ 王尧臣等：《崇文总目》，《景印文渊阁四库全书》第 674 册，台北：商务印书馆，1986 年，卷十一，第 133 页。

④ 脱脱等：《宋史》，北京：中华书局，1977 年，卷二〇八，第 5330、5332 页。

⑤ 欧阳修、宋祁：《新唐书》，北京：中华书局，1975 年，卷一〇八，第 4088－4089 页。

⑥ 骆祥发：《初唐四杰研究》，北京：东方出版社，1993 年，第 452 页。

⑦ 董诰等编：《全唐文》，北京：中华书局，1983 年，卷一九一，第 1930 页，第 1931 页。

河注水，酌之不竭，既优于卢，亦不减王。"耻居王后"，信然；"愧在卢前"，谦也。'"① 又杜甫作《戏为六绝句》诗，实极力褒扬四杰的文学才能，除此，杜诗《寄峡州刘伯华使君四十韵》："紫殿九华灯，学并卢王敏。"② 又其《赠秘书监江夏李公邕》："近伏盈川雄，未甘特进丽。"③ 由此可见一代大家犹对四杰十分推崇。杜甫对李峤"近伏盈川雄"的评价，显然也有暗示其诗风对四杰的承绪。《新唐书》卷一百二十三《李峤传》称："然其仕前与王勃、杨盈川接，中与崔融、苏味道齐名，晚诸人没，而为文章宿老，一时学者取法焉。"④可见其时至陈子昂等文人辈出，但四杰的影响仍在继续。

---

① 刘昫等：《旧唐书》，北京：中华书局，1975 年，卷一九○上，第 5003－5004 页。
② 杜甫著，仇兆鳌注：《杜诗详注》，北京：中华书局，1979 年，第 1718 页。
③ 杜甫著，仇兆鳌等：《杜诗详注》，北京：中华书局，1979 年，第 1400 页。
④ 欧阳修、宋祁：《新唐书》，北京：中华书局，1975 年，卷一二三，第 4371 页。

第三章　骚心赋体：四杰骚赋创作

　　对四杰骚赋界定的主要依据有两点：其一是以"兮"字句为主，此因前所述，"兮"字句带有特殊的抒情色调；其二是骚心诗意的特色，此实际为抒情的具体内容和特色。因为诗赋总体来看都是言志抒情的，虽然汉魏以来出现的体物赋，其体物的目的实际亦与最终的言志相关，其目的绝不可能只是一种物象的铺陈，这种铺陈是为说明和表达某种意图的，正如汉赋的"劝百讽一"，虽然百劝而一讽，但"劝百"的目的亦在于谲谏，在于让听者能顺利地和心悦诚服地接受最后的劝谏，这正是《七发》《七启》的模式。

　　当然，笔者认为骚赋以上两个条件必须同时具备（具体篇目参见第二章）。然因论及"骚心诗意"，这实际涉及中国哲学的问题。从屈原赋的特点来看，其"骚心"实际涉及"忠君爱国"的忧愁骚思，这实际上是对先秦以来儒家学说的一种新阐释和弘扬。"诗意"的传统从周史来看既有尊王言、行教化之义，实际从周公以来的颂诗等也表现出"亲亲"的尊祖统绪。当然这些以颂雅居多，而风诗则以知风化俗，故从《易》《书》等的"稽古"来看，人类社会的情志当表现在两个途径：一是对天地自然的探索，一是对人文自身的发展和历史的关系的探索。也就是司马迁《史记》所谓的"究天人之际"，而用《易》的思维则演化为三维的层次，即天地人三才。换言之，人类一切的文学的表达实际都关乎天性与人性的问题，这也是中国哲学的范畴，而《诗》中所表现的最普遍的"亲亲"之情、爱情、友情等既有涉乎天性，亦有因乎人性，而"忠君爱国"之情则纯然为国家制度诞生之后的社会化产物，其情自然可视为人性之情。这种情又往往是博大而不可倏忽以求解结，故以骚以怨，以深沉之思。因此从文学的角度来看骚体赋，这种情感的因素呈现实际上是十分复杂的，虽然至为显要的就是"兮"字抒情长调的成分，但这毕竟只是其众多特征中的一点。

　　因此，笔者以为，为更准确地理解四杰的骚赋特征，不免以引入"骚赋因子"最为切实可行，其能使问题更简单易懂，故在叙述相关篇目上，此章论述有时又不拘于归类为骚赋的篇目。其他一些赋作尽管或有骚赋因子，但如上文

所说，或"兮"字句（或拟骚变骚句）较少，或缺乏楚辞之忧愁骚思精神的，其二者只居其一的，暂时在文体归类上皆不归入骚赋的范畴，如《七夕赋》《采莲赋》《同崔少监作双槿树赋》《浑天赋》等，仅因其文中出现的骚赋因子而引列，又或显示四杰赋各体因子杂糅的特点。

一、四杰辞赋的拟骚倾向

四杰赋对楚辞的发展主要表现在其对楚辞体句式的继承和创新。当然，其创新不仅在于句子形式，也表现在音韵方面较楚辞体以及汉散体赋都更为严密和规整，并继承和发展了"发愤抒情"的楚骚精神和传统。

（一）四杰辞赋对楚辞句式的发展

为明确四杰辞赋对楚辞句式的承继和迁变，也为以下叙述的方便，特列举以屈原为代表创制的楚辞句式的基本范型如下：

1. □□兮□□，□□兮□□。（以下简称"第一种体式"）

（"桂棹兮兰枻，斫冰兮积雪。"《九歌·湘君》）

2. □□□兮□□，□□□兮□□。（以下简称"第二种体式"）

（"君不行兮夷犹，蹇谁留兮中洲。"《九歌·湘君》）

3. □□□兮□□□，□□□兮□□□。（以下简称"第三种体式"）

（"操吴戈兮被犀甲，车错毂兮短兵接。"《九歌·国殇》）

4. □□□之□□兮，□□□之□□。（以下简称"第四种体式"）

（"惟草木之零落兮，恐美人之迟暮。"《离骚》）

5. □□□□，□□□些（兮）。（以下简称"第五种体式"）

（"后皇嘉树，橘来服些。"《橘颂》）

6. □□□□，□□□□。（以下简称"第六种体式"）

（"出自汤谷，决于蒙汜。"《天问》）[①]

四杰对楚辞的继承和借鉴是其文学创作复古表现的一种倾向，但这种复古又不是简单地对《离骚》《九歌》体句式的模拟，特别是其在对楚辞体句式进行变骚化用的过程中，更表现出其对楚辞体句式的创新与发展。在此主要从四

① 万光治：《汉赋通论》，北京：中国社会科学出版社、华龄出版社，2004年，第71—72页。

第三章　骚心赋体：四杰骚赋创作

杰骚赋在句式上的创变探讨其对楚辞艺术的开拓和发展，并于篇末附以列表，以明其拟骚创变之概况。

首先，以四杰骚赋中"兮"字句为例，看看四杰骚赋主要在哪些方面对楚辞句式有所继承和发展。

对《离骚》与《九歌》句式，姜书阁从一句字数的多寡，以及"兮"字所处的大概位置做了分别，他说："《离骚》等多长句，一般为六言句，亦有七、八、九言句；《九歌》多四、五言。《离骚》等多对偶排叠句，在每一奇数（一、三、五）句之末尾加'兮'字；《九歌》则句句有'兮'字，且皆加于句中。""《九歌》往往于句中省略动词、连词、介词，而于所省之处用'兮'字代之，遂使'兮'字具有某一介词或连词之意义。"① 这些总结明确道出了《离骚》与《九歌》句式的差别。《九歌》句式"□□兮□□，□□兮□□"，其"兮"字在并列词组间，有使语气暂歇和节奏舒缓之用。《离骚》句式则将"兮"字的位置移于第一分句"之"字偏正结构末，第二分句亦用"之"（虚字）杂其间，构成偏正结构，在语言意义和功能上似乎有骈行的倾向。两种句式，"兮"的位置不同，实际上也产生了一种语调音韵抑扬效果的不同，《离骚》更近乎文人吟诵，而《九歌》则近于巫祝的每句拖长声调的吟叹。当然，"兮"字都是调节语气，并能赋予语义结构转换的功能。这种语气上的暂歇和舒缓，从语调音韵的角度来看，正是运用一种拖长的语调，从而增加一种较为浓郁的抒情意味。

魏晋骈赋可以说极大程度上受楚辞骚体语言结构的影响，但其对"兮"字的改造又带来语调音韵，特别是其特有乐感的丧失。显然，对"兮"字句的改造和化用实际上是自汉就已经开始的行为，但这种改造却往往因作者性情、气度、思致、才识的高下和流贯与否而产生差异和不同的效果。如"兮"字被改造成为"其""而"等字，虽然在意义理解上可能并不造成任何滞碍和影响，但在语调上和句式节奏感上却是会呈现明显差别的。"其""而"等字由辅音加"i"，虽然与"兮"由元音加"i"一样都可归为仄声，但就音调节奏而言，前者显然更为紧凑急促，后者则舒缓得多。四杰辞赋在对楚辞体《九歌》《离骚》句式的发展中，则明显根据其文气之短长、语气之缓急，对其句式字数增减，也使"兮"字等虚字的意义、位置和所起的结构作用发生某种变化，甚至不得不变用其他虚字来代替"兮"字所不能承担的作用，或从意义上使部分虚字实化。如卢照邻："倚长岩以为枕兮，吸流光以高卧。""恭闻古之君子兮，将远

① 姜书阁：《骈文史论》，北京：人民文学出版社，1986年，第81页。

适乎百蛮。""使掌事者校其功兮，孰能与隼狸而齐举？"① 这些便是仿《离骚》的句式，但又明显突破《离骚》的五、六言的基本模式。这类句式皆将"兮"字置于首句之末。而且在结构上也多有打破既有模式的倾向，两分句之间既有并列关系，也有顺承关系。在结构上，一些句子则打破偏正的结构，在第一分句"之"位置换用其他虚字或将其省略。这使句中"兮"字多为语助而已，兼有咏叹之意。从意义上看，省略无妨。但文中之所以又不能省略，则显然出于作者之文气贯结和深婉怨骚的情思和语调表达的需要。

又如杨炯《浑天赋》虽体近文赋，又有诸多的骈赋特征，但其中亦杂用骚体句式，特别是化用《天问》《橘颂》等篇的语言句式结构，如对"矣""些"等语助词的运用，而这类语助词显然更多的是叹词，表现出作者对某种问题或现象的惊叹或思考。如《浑天赋》云："乾坤阖辟，天地成矣；动静有常，阴阳行矣。方以类聚，物以群分，吉凶生矣；在天成象，在地成形，变化见矣。"② 其中"矣"就起着感叹语气词的作用。杨炯《浑天赋》这几句，在句式似《天问》，亦基本以四言为主，但又略有变化，从句群和意群结构来看，其打破了两两为分的分句结构，而以二、三句数杂出（□□/□□/□□□/□□□）。当然，四杰骚赋更多的是直接杂用《九歌》《离骚》或《天问》《橘颂》句式而又加以改造，如《悲才难》："虽有晏婴、子产，将顿伏于闾巷；虽有冉求、季路，且耕牧于田园。"这种化用后的效果，其骚体意味就不太明显，从而使赋具有散体语气和意味，从中也略可窥见骚赋至散体赋发展过程的一些影子。当然，从《天问》《橘颂》来看，其既有"古诗"的一些影子，而汉代散体赋和魏晋骈赋也多有对这类句式进行改造，因此从其源流来看，四杰辞赋的这类虽无"兮""些"等语助词的句子，在结构上有骈俪的特征，但却依然有承袭骚体的特点，特别是其所咏之情思，对人生哲理的深沉思考，就落实于骚体表现的另一个重要的层面。

四杰辞赋中对"兮"等虚字的运用和变化，大致有几种情形，兹略为归纳如下，并由此可见其对楚辞体句式的发展。

（1）"兮"字等虚词放于主谓之间，多数没有实在意义，表语气的顿歇。

从所列《九歌》体式来看，"兮"字多位于并列名词之间、主谓之后或动宾之后。然而，除此之外，四杰赋也有将"兮"用于主谓之间的，如卢照邻：

---

① 所引四杰辞赋例句多引自《全唐文》，卢照邻《五悲文》《释疾文》是其主要的拟骚赋作，分别见《全唐文》卷一六六、卷一六七，北京：中华书局，1983 年，第 1696—1700 页、第 1701—1705 页。其后所引四杰赋句不再一一标明引书及页码，而非出于此两篇者则标明篇名。

② 董诰等编：《全唐文》，北京：中华书局，1983 年，卷一九〇，第 1916 页。

"昆兮何责？坐乾封兮老矣。季兮何负？横武陵而弃之。""彼圣人兮犹若此，况不肖于中间？""举天下兮称屈，何暗室之足欺？为小人之所笑，为通贤之所悲。"王勃："绿台兮千仞，绝楼兮百常。"①其中"兮"字所起的语气顿歇和叹咏之思尤其明显。

另外，四杰赋将"兮"（虚字）置于"动+宾+补"结构中，也有几种变化。这类句式虚字同时表语气停歇，也表结构性的顺承。

第一种：（主）+动+宾+（虚）+补语，补语与主语之间构成隐含的主谓关系，"兮"字等虚字在结构上起顺承关系，如"坐乾封兮老矣""横武陵而弃之"。

第二种：（主）+动+宾+（虚）+补语，补语与动词宾语构成主谓关系，虚字也表语气顿歇，无实意，如《七夕赋》："想佳人兮如在，怨灵欢兮不扬。"

第三种：宾语与补语之间不构成主谓关系，补语也不与省略的主语构成主谓关系，如《游庙山赋》："托宇宙兮无日，俟虹鸾兮未期。"其中虚字表结构上的顺承或语气的歇顿，可省略（但实际上"兮"字又起着"其"等具有代词性的逻辑指代意义）。

以上三种都是对虚字放于主谓之间的常见句式的变体。

在拟骚创作中，四杰赋还有些句式创造比较新颖突出，也是对楚辞体句式的创变。如"人兮代兮俱尽，代兮人兮共哀"，一个分句中两次使用"兮"字，"兮"字同时具有表语气暂歇、节奏停顿和属性指代的作用，也表示二者之间的并列。

（2）虚字放于并列结构之间，也表示语气的暂歇。

上面的"人兮代兮俱尽，代兮人兮共哀"句中的"兮"字一方面具有并列结构间虚字表语气顿歇的作用，另一方面"兮"字又与后面的谓语部分构成逻辑顺承叙述，算是比较特出的创例。当然"兮"字句放在并列结构之间的情况是最多的，在《楚辞》文本中也极多，因此后来魏晋骈体也多对这类句式进行改造。但四杰辞赋用"兮"字来桥联这类并列结构，又往往能生新化巧而不落俗套。这主要在于将并列结构本身加以复杂化，或字数的前后变化，或前后词组的逻辑关系变化，或前后分句的结构变化。如《采莲赋》："或暑雨兮朝霁，乍凉飙兮暮起。""洪川泱泱兮菡萏积，绿水湛湛兮芙渠披。"《七夕赋》："娃馆

① 《七夕赋》和《采莲赋》等皆含"兮"字句，具骚赋因子，但因其全篇忧愁骚思的楚骚精神并不浓郁，故不列入骚赋，而因论其骚赋因子，故往往涉入，从整体上以见四杰赋各体因子齐备的特点。下同此情况不再注明，读者可鉴。

疏兮绿草积，欢房寂兮紫苔生。"杨炯《青苔赋》："梁木兰兮椽玟瑁，草离合兮树珊瑚。""心震荡兮意不愉，颜如玉兮泪如珠。""渔父游兮汉川曲，歌沧浪兮濯吾足。"显然，从词性结构来看，"兮"字联结的往往是并列的词组，但在逻辑关系上它们却往往呈现出复杂的特征，一些是前后顺承，一些是前后照应铺排，景、物相应，情、事相承。如"或暑雨兮朝霁，乍凉飚兮暮起"句就表现出逻辑结构的顺承，而"洪川浟浟兮菡萏积，绿水湛湛兮芙渠披"句，"洪川浟浟"是写其场景，"菡萏积"则是写此情景中的物象，二者形成鲜明的衬托和应照。其后一句亦是如此。显然这种巧妙的句法又使赋体自然具有文体叙述的流畅性，使文气畅然纵横，自然不同于大多数骈赋的物象简单铺陈罗列，这也是读四杰辞赋尤须注意处。

（3）虚字置于谓语与补语之间或主语状语与谓语之间，起顺承作用。

杨炯《浑天赋》云："盘古何神兮立天地？巨灵何圣兮造山川？"《庭菊赋》云："山郁律兮万里，天苍莽兮四下。""花的皪兮如锦，草连绵兮似织。"在语意上，部分虚字可以省略。另外在一种特殊句型中，"兮"字等虚词放在"主语＋状语"之后，谓语之前，也可以省略。如《浑天赋》"日何为兮右转？天何为兮左旋？"这种句式为疑问句，与常见的陈述句式不同，其虽然是由《天问》中的"何由考之？""何以识之？""惟时何为？""东南何亏？""何开而明？""师何以尚之？""何不课而行之？"等句式化衍而来，但就单句结构和分句结构都显然是一种新变。

（4）对虚字的运用变化丰富。

如《五悲·悲才难》："高明者鬼瞰其门，正直者人怨其笔。"其中"者"字，在结构上有助词的作用，附缀于形容词之后变为名词，同时兼有表语气停顿的作用，楚辞体中的"兮"字有时也有这种用法，可用"兮"字换读。在变骚句中，四杰赋对虚字的灵活运用，使句式丰富多彩、变幻错出。如"王则官终于郡吏，杨则官止于邑丞"，其"则"字之妙，也是如此。在语气上停歇，在结构上使句式顺畅。卢赋在句式运用中，又善于同中求异，"其""于"二词的"能指"性功能与"兮"字同，在句中起相同语言结构的功能，这是其相同性；而它们之间"所指"性功用各异，即二词的指代性（意义、内容）不同。一为代词之义，一为介词之义，这是二者的差异。① 四杰赋在拟《九歌》句式

---

① "能指"和"所指"都是索绪尔语言学的术语。"能指"指语言的声音形象，"所指"指语言所反映的事物的概念。参见索绪尔：《普通语言学教程》，高名凯译，岑麒祥、叶蜚声校注，商务印书馆，1996年。

中，如"蹇谁留兮中洲"（□□□兮□□，□□□兮□□）这种句型时，"兮"字更多地表现出介词的功用，有时可以用其他介词或连词"之、于、其、而"等虚字代换。如《江曲孤凫赋》："灵凤翔兮千仞，大鹏飞兮六月。"《洞底寒松赋》："寓天地兮何日？凌雨露兮几秋？"此皆是直接用"兮"字做表时间、地点的介词。当然，四杰辞赋也较多地使用变骚句，将"兮"字处改用其他介词、连词等。如《五悲·悲才难》："何故违父母之宗国，从禽兽于末班？""宁曲成而薄丧，不直败以厚颜？""圣人百虑而一致，君子同归而殊途。""兵法作而断足，《史记》修而下室。""高谈则龙腾豹变，下笔则烟飞雾凝。""故才高而位下，咸默默以迟迟。"或者在一句之中"兮"字用法不一，如杨炯《青苔赋》"王孙逝兮山之隈，披薜荔兮践莓苔。怅容与兮徘徊。一去千年兮时不复来"，打破《九歌》体上下分句整齐的形式，使"兮"字等虚字运用更为复杂、灵活。

四杰赋中除大量运用《九歌》体（□□□兮□□，□□□兮□□）外，也将各种体式糅合，形成别具新意的骚体隔句对。如《五悲·悲才难》云："一仁一义，柴也来兮由也醢；一忠一孝，微子去兮箕子奴。""杲也，杲杲兮，如三足之乌；昂也，昂昂焉，如千里之驹。""杲之为人也，风流儒雅，为一代之和玉；昂之为人也，文章卓荦，为四海之隋珠。"这些句子别出于一般骚体句之上，使人耳目一新。另外，四杰赋在拟骚中也不完全拘于上下分句整齐，在变"兮"字同时，也变句式顺序或字数，如上举杨炯《青苔赋》例句即是。又如《五悲·悲才难》"因其所有而有之，则万物无不有；就其所无而无之，则万物无不无"句，其出语自然、生动，既富思辨哲理，又于骈行中透出散行语气。如《释疾文》："盛之孝兮，姚何感而遂开？合之恭兮，昆何嫌兮不起？""杳兮霭，川绵旷兮水如带；聊兮籁，山巉嶻兮云似盖。"完全用楚辞《九歌》中第二、三种句型的骚体句，又或者杂《离骚》《九歌》等几种楚辞句式，糅合妥帖自然。如杨炯《青苔赋》："皓兮荡兮，见潢汙之满庭；倏兮忽兮，视苔藓之青青。"有些骚体句与诗体句合用，如卢照邻《释疾文》："寂兮寞，岁岁年年长少乐；慌兮惚，朝朝暮暮生白发。"又如其《五悲·悲穷道》："一离一别兮，汉家宫掖似神仙；独坐独愁兮，楚国容华竞桃李。"其隔对句二、四分句用七言诗体，与一般的六言赋体句不同，也改变了常见骚体句式。有些通过增加字数以达到散体韵味，如《五悲·悲才难》："掞工倕之指而天下始巧，胶离娄之目而天下始明。""萋兮绿，春草生兮长河曲，试一望兮心断续；晚兮婉，夕鸟没兮平郊远，试一望兮魂不返。""春也万物熙熙焉感其生而悼其死；夏也百草榛榛焉见其盛而知其阑。""秋也严霜降兮殷忧者为之不乐；冬也阴气

积兮愁颜者为之鲜欢。"① 这些都凸显出散体气势和长句的音节感。当然也正是因为"兮"字、"焉"字等虚字的运用，使语气能有舒缓和暂顿，故而不需要逗点断开而自为意气连贯的长句。当然有些时候在一些变骚句前加"然后""是以""虽"等转呈其意，也增强其散体韵味。

其次，为进一步明确四杰赋对楚辞的发展，再举一些化用"兮"字的变骚句。

在《楚辞》中，尚难见隔句作对的情况，故于隔对的创造运用实亦较易见出四杰骚赋对楚辞体的发展。仔细考校四杰骚赋隔句对，大多是对楚辞体的化用，在情志意境上亦不乏诗心骚意的呈现和流露。首先以卢照邻《五悲文》为例："为书为礼，驱季俗于三古之前；垂誉垂声，正颓纲于百王之后。"其句式完全可以改成："为书为礼（兮），……；垂誉垂声（兮），……"或"……驱季俗兮三古之前；……正颓纲兮百王之后"。"于"字的功用等同于"兮"字的部分功用，这种取替是符合语言学语料及词义的发展的。将"兮"字的功用运用大量其他虚字如"于、其、而、以、则"等来代替，并时时夹入四六隔句对中，也可算是四杰变骚处。当然，如果将其视作对六朝徐庾骈体的袭承，似乎亦无不可。但这其实只是看到句式间模拟的表象，事实上，徐庾亦是对楚辞体加以改造较成功的范例，故往往又为初唐人加以取法借鉴。如果从源头来探查，这种句式实际源于《招隐士》和宋玉《风赋》等对屈赋的化用。淮南小山的《招隐士》云："桂树丛生兮山之幽，偃蹇连蜷兮枝相缭。"首句较为接近"□□□（□）○□（□）之□（□）"的句式（其中○为虚字，下同。括号中为可增减字）。它将"兮"与"之"合用于一个分句，与《离骚》和《九歌》比较规范化的基本句式"□□□□○□□兮，□□□□○□□"不同。这便于增长句式、延缓语意。这是一种趋于散体赋（文赋）句式发展的新倾向。其中个别句子在"字数上略有增减"，则能使"板滞的节奏稍有波澜"②。四杰骚赋中一些句式在楚辞句式的基础上更进一步有所新变：骈而能散，俪而化骚。例如卢照邻："笙簧六籍，则秦谷有坑儒之痛；黼藻百行，则汉家有党锢之诛。"与前面的"驱季俗于三古之前"等句子相比，其在结构上虚字实字交错，加之对隔句运用的陈出变化，也增加了四杰变骚句的新意。这些尽管没有明显的"兮"字，但却是明显的变骚句，其骚体因子和意味较强。如此句以骚体语气读之，

① 董诰等编：《全唐文》，北京：中华书局，1983 年，卷一六七，第 1702 页、第 1703 页、第 1703 页。

② 万光治：《汉赋通论》，北京：中国社会科学出版社、华龄出版社，2004 年，第 78 页。

则可为："笙簧六籍（兮），则秦谷有坑儒之痛；黼藻百行（兮），则汉家有党锢之诛"。其中"则"字为漫语，使骈对略含散化语气。从文学发展的角度看，四杰这类赋句都可视为是在字数上增减或变化的拟骚化骚结果。

另外，四杰变骚句式杂出，并不似汉赋句式单一，也可以说是对楚辞体句式变化灵动特点的继承。万光治先生评汉魏赋体发展时说："在内容和形式上一意仿袭前人，竟成为一代风气。楚辞中句型的丰富多彩、参差互用的传统被彻底抛弃，只剩下单一的句型贯穿全篇。"① 从初唐卢照邻骚赋文本来看，可以看出其似乎完全摆脱了此弊。卢照邻《五悲文》等篇中有："生于战国，则管乐之器；长于阙里，则游夏之徒。""当成康勿用，何暇谈其兵甲？典谟既作，焉得耀其书论？""巢由满野，不知樛契之尊；周召盈朝，吴救夷齐之饿。""（若夫）管仲不遇齐桓，则城阳之赘壻；太公不遭姬伯，亦棘津之渔夫。""邺都倾覆，飞祸缠于高鼻；洛阳板荡，横死坐其无须。"这些句子都省略了带有语气词功用的"兮"字，而仿《离骚》句式，或在字数上变化，或在语顿处换用其他连词，取代"兮"字的作用。如第　一句最为明显，第三、五句则杂取第五种和第四种体式的前半部分和后半部分，错综而成"□□□□，□□□之□□"句式。有时在这一种句式中，卢赋往往各句也富变化，使后半句虚字的位置不同，从而产生不同语气和音韵的抑扬效果。从诵读的音韵效果来看，这种融合后的句式可以读作"□□□□兮，□□□之□□"，前半可视为第五种体式中《橘颂》"□□□些（兮）"句式的字数增减后的句式形态；后半则可以视为同于《九歌》类句式（第二种体式）。若将其中"于""其"解读为"兮"字，其意也通，此"兮"字也具有虚字介词的作用。故而四杰赋这类句子也可以用两种方式来吟诵："邺都倾覆（兮），飞祸缠于高鼻；洛阳板荡（兮），横死坐其无须。""邺都倾覆，飞祸缠于（兮）高鼻；洛阳板荡，横死坐其（兮）无须。"

然而尽管"兮"与"于""其"在句子结构中的作用相同，却并没有"于""其"二字精准。"兮"字等虚字的变化，既是对楚辞体化用的结果，也是语言发展的必然。第四句"管仲不遇齐桓，则城阳之赘壻；太公不遭姬伯，亦棘津之渔夫"比较特殊，形似第四种体式。然前半部分并不完全同于《离骚》体式的"□□□之□□兮"，变虚字缀的偏正结构为陈述句式的主谓宾结构，仍旧是化用而成的"□□□□，□□□之□□"句式。只是前半部字数变化（加宾语），也可以在句末加"兮"字，读作"□□□□兮，□□□之□□"结构形

---

① 万光治：《汉赋通论》，北京：中国社会科学出版社、华龄出版社，2004年，第78页。

式。不过，由于六言句式的韵节特点，也可以视作"管仲不遇（兮）齐桓，则城阳之赘婿；太公不遭（兮）姬伯，亦棘津之渔夫"；或者完全改造成"管仲（之）不遇齐桓（兮），则城阳之赘婿"，这种偏正结构就完全同于《离骚》体（第四种体式）。此处"兮"都起一种语气结构的作用。第二句"当成康勿用，何暇谈其兵甲？典谟既作，焉得耀其书论"后半分句变陈述句为疑问句，在通常用虚字的位置用具有实词意义的词代替，突破一般拟骚的范围，完全脱离了骚体句的影子，被视为一种新颖的赋体隔句。

四杰赋对楚辞句式的继承和发展列表如下：

句式 / 例句 / 作者	卢照邻	王勃	杨炯	骆宾王
拟骚句 《九歌》体	"侏儒何功兮短饱？曼倩何负兮长贫？"（《同崔少监作双槿树赋》）"玉为粒兮桂为薪，堂有琴兮室无人"（《秋霖赋》）	"去复去兮水色夕，采复采兮荷华秋。""莲有藕兮藕有枝，才有用兮用有时"（《采莲赋》）"灵凤翔兮千仞，大鹏飞兮六月"（《江曲孤凫赋》）（拟《九歌》体最多）	"隰有兰兮兰有枝，赠远别兮交新知。"（《幽兰赋》）"渔父游兮汉川曲，歌沧浪兮濯吾足。"（《青苔赋》）	
拟骚句 《离骚》体	"倚长岩以为枕兮，吸流光以高卧。"（《悲才难》）"恭闻古之君子兮，将远适乎百蛮。"（《悲才难》）		"相彼草木兮，或有足言者。"（《青苔赋》）	
拟骚句 袭用或化用《橘颂》《天问》体	"仰而视睛，翳其若瞽；俯而动身，羸而欲折。"（《悲穷道》）"三界九地，往返周旋；四生六道，出没牵联。"（《悲人生》）"……不可以陟邱陵些；……不可以混樵蒸些。"（《悲才难》）"鸰其鸣矣；思诸兄矣；荆其悴矣，思诸季矣。"（《悲才难》）			

初唐四杰辞赋研究

作者 句式 例句	卢照邻	王勃	杨炯	骆宾王
变骚句（包括《离骚》《九歌》等楚辞体）	"昆兮何责？坐乾封兮老矣。季兮何负？横武陵而弃之。"（《悲才难》）"人兮代兮俱尽，代兮人兮共哀。"（《悲才难》）（＊变《九歌》体）"因其所有而有，则万物无不有；就其所无而无之，则万物无不无。"（《悲才难》）"一离一别兮，汉家宫掖似神仙；独坐独愁兮，楚国容华竞桃李。"（《悲穷道》）"览万物兮，窃独悲此秋霖。"（《秋霖赋》）（＊变《离骚》体）	"况风景兮同序，复江山之异国。"（《春思赋》）"风兮风兮，来何所图？"（《寒梧栖凤赋》）	"蜾何细兮？师旷清耳而不闻，离娄拭目而无见，鹏何壮兮？搏扶摇而翔九万，运海水而击三千。"（《浑天赋》）"相彼草木兮，或有足言者。"（《青苔赋》）（＊变《离骚》体）"日何为兮右转？天何为兮左旋？"况曲涧兮增波，复坳塘兮涨水。"（《浮沤赋》）（＊变《九歌》体）	"抗左贤而列阵，比右校以疏营。沧波积冻连蒲海，雨雪凝寒遍柳城。""既拔距而从军，且扬麾而挑战。"（《荡子从军赋》）（这些都是变兮为其他虚字的拟骚句，变化较大。）"伊元功之播气，有丹鸟之赋象。"（《萤火赋》）（既可视为变《九歌》体，也可视为变《离骚》体，于第一分句之末省"兮"字）
糅合体	"使掌事者校其功兮，孰能与隼狸而齐举？金为舟兮玳瑁楫，不可以陟邱陵些；珠为衣兮翡翠裳，不可以混樵蒸些。"（《悲才难》）		"龟与蛇兮异其短长之质，椿与菌兮殊其大小之年。"（《浑天赋》）"尔有卷兮尔有舒，为道可以集虚；尔有方兮尔有直，为行可以立德。济笔海兮尔为舟航，骋文囿兮尔为羽翼。"（《卧读书架赋》）	

（二）四杰骚赋音韵用例略论

在四杰骚赋中骚、赋、诗句式混杂运用，是对屈宋骚赋句式的创新。楚骚句式有着独特的审美内涵，万光治先生称："屈原采楚地民歌而自铸伟词，不仅在句型上是总其成者，而且还多有创造。"[①] 显然四杰骚赋不是简单地模拟和拘同于屈骚"兮"字句，而更多是创造，大量杂糅诗体句、散体句和变骚句，为初唐赋体创作带来一丝新鲜的空气。四杰骚赋对楚骚的继承不仅表现在

---

① 万光治：《汉赋通论》，北京：中国社会科学出版社、华龄出版社，2004年，第71页。

句式上，也表现在音韵和对"发愤抒情"的楚骚精神的继承。

四杰辞赋创作中，王勃《游庙山赋》《江曲孤凫赋》《驯鸢赋》《涧底寒松赋》《慈竹赋》《青苔赋》，杨炯《青苔赋》《幽兰赋》，骆宾王《萤火赋》等篇中"兮"字句和变骚句式较为突出，用韵也整齐致密。初唐四杰中卢照邻《释疾文》《五悲文》等诸篇用韵几乎包容四杰骚赋主要用韵特点，故以卢照邻《释疾文》《五悲文》诸篇为例，对其用韵特点略做分析于下：

首先，考《五悲文》中《悲才难》，其韵脚用次显然（文长不录，仅附韵脚字）：

> 蛮、班、还、颜、间；｜（来）、哉、摧、哀；｜疾、室、笔、日；｜卿、名、生、婴；｜偶、口、后、（取）、垢；｜（彼）、此；｜亨、精、横、陵、凝、丞；｜翼、力、（得）、之；｜驹、玉、珠、雏、徒；｜时、迟、丝、之、欺；｜悲、龟；｜（冥）、（默）、争、明、精；｜肥、昏、尊、论；｜园、言；｜鼠、举；｜些、夥；｜卧、过、饿；｜夫、奴、途、拘、诛、鬃（须）、隅、驱、无、儒、愚；｜荆、鸰；｜季（矣）、棣、翳、（惠）、济。

从句式看，此文隔句对比比皆是，多达十五对。整个句式也不全是骈体，而是散骈结合。从用韵特点来看，押韵比较有规律，大致为"平平仄平仄/仄/平仄平仄平/平/平平仄仄仄/平平仄……"，接近诗歌用韵形式。可以说用韵有律化的倾向或尝试。尽管其篇名为"文"，但文体却应是有韵之"赋"，不属于今天的"文"的概念范畴，也就是说它基本上还是与齐梁以来的文笔观念是一致的。从韵脚字运用的疏密来看，往往疏密相间而又复杂多变。

又观《五悲》其余各篇，用韵方式同样复杂多样，但大致都平仄相间，有句句韵，也有隔句韵。如《悲穷道》起首几段，有一些疏韵，多数为隔句用韵，许多换韵处，首句入韵或不入韵，其后隔句偶句一般押韵，类于诗歌用韵形式。有些篇章如《释疾文》各篇，用韵复杂、灵活多变：有隔句韵，有交韵，除脚韵外，也有句中韵（一句之中有二字或二字以上押韵），有偶数句入韵，也有奇数句入韵。如《悲夫》篇中"蘼芜叶兮紫兰香[①]，欲往从之川无梁"一段中"兰、川""香、往、梁"可视为句内韵。从整体上看，在"蘼芜叶兮紫兰香，欲往从之川无梁，日云暮兮涕沾裳。松有萝兮桂有枝，有美一人

---

① 韵脚符号为笔者所加，下同。

兮君不<u>知</u>。气欲绝而何<u>为</u>"数句中，第一、二、三句押韵，第四句则与第五、六句押韵，从音韵上为三句换韵。这几句源出《越人歌》："山有木兮木有枝，心悦君兮君不知。"不但句式相同，且直承其韵。《楚辞》中《九歌》之《湘夫人》："沅有芷兮醴有兰，思公子兮未敢言。荒忽兮远望，观流水兮潺湲。"也是借鉴和拓展了《越人歌》。然比之《越人歌》和《湘夫人》二句，卢照邻赋句又意象迭出，段意倒置错比，用韵也不遵循四句一韵。从文意看，此六句依旧为一个意群，较《楚辞·湘夫人》之句的意义递进，别有一番铺陈渲染的艺术效果，使怅惘失志之情溢于言表。其中起兴、比对、赋咏、复沓，较《楚辞》也更为细密。从句式看，"欲往从之川无梁""日云暮兮涕沾裳""蘼芜叶兮紫兰香"都是对楚辞句式的化用，且一、二句"蘼芜叶兮紫兰香，欲往从之川无梁"变化较大，直接突破了《越人歌》和《湘夫人》的双句都用"兮"的特点（《九歌》体式），而变次句"兮"字为其他虚字，实为楚辞之变体。从整段用韵变化上看，大多偶数句入韵，偶尔单数句也入韵，灵活多变。有时用韵绵密，句句入韵，有时于一完整意群或完整隔对联中换韵，出现同一组意群句中用多个不同韵部的韵脚字，或同一韵脚句中出现不同意群。如《释疾文·悲夫》："萋兮绿，春草生兮长河曲，试一望兮心断续；晚兮晼，夕鸟没兮平郊远，试一望兮魂不返。"在长隔联中句句用韵，而上下联换韵。又如《释疾文·悲夫》："遥兮远，山谷萦回兮屡转，状若登蓟门兮望胡苑；断兮连，井邑邱墟兮知几年，又似登陇首兮见秦川。"则于长隔联中，句句用韵，而不转韵。

　　由于唐初赋风受六朝"绮靡"的余风影响，四杰骈赋中确实也有许多骈句和隔对。一篇中隔句对多达七八联至十几联不等。而赋的用韵与句式的特点紧密相关，汉代散体大赋句式的散行，也使其韵脚呈现疏密不同、规律性不强的特征，但是四杰赋对骈句和隔句对的运用，却也使赋的用韵逐渐由无规律到形成隔句偶句用韵的主要形式。这恐怕对唐代律赋用韵规律化是存在潜在影响的。尽管在魏晋，一些抒情小赋中偶尔有比较整齐的隔句用韵，但还不足以形成初唐以后那般盛况。在四杰骚赋中，由于隔句对运用比较灵活，有长隔对，也有长隔而不对者，所以也使四杰骚赋用韵比较灵活。如《释疾文·悲夫》中，除上举二联长隔对外，还有：

　　　　悲夫，事有不可得而已矣。是以古之听天命者，饮泪含声而就死。推不言兮焚于介山，妃不偶兮跂于嶷水。仰天而叹，员愤骨于吴江；下泪交

颐，卿悲歌于燕市。天无雷兮，闻蚁聚于床下，家非牧兮，见牂生于奥里。①

其中隔句对两组，有上、下两联入韵，也有仅末联三、四分句尾字押韵。或者句句押韵，如《释疾文·悲夫》中"杳兮霭，川绵旷兮水如带；聊兮籁，山巅嶙兮云似盖"。又如《释疾文·命曰》篇：

> 天且不能自固，地且不能自持，安得而育万物？安得而运四时？彼山川与象纬，其孰为之主司？生也既无其主，死也云其告谁？何必拘拘而踟蹰？固可浩然而顺之。吾知恶之不能为恶，故去之曰群生之所蠹；吾知善之不能为善，故就之曰有生之大路。虽粉骨而糜躯，终不改乎此度。②

其中或者一、二、四分句尾字押韵，或奇数句与奇数句押韵、偶数句与偶数句押韵，或者用交韵等。不同韵部韵脚字错出，似乎散而无迹。如"纬、谁""主、蹰""司、之"分别协韵。这段韵节中第六句"司"、第十句"之"与前面的第二、四句尾字"持、时"押韵。第六句与第十句相隔之间的七、八、九句却另外押不同的韵。第七、九句末字与第十一句后一小段尾字"恶、蠹、路、躯、度"，以及前面第一、三句"固、物"押韵，从而形成一种疏韵方式，使文句显露出散体化特征。四杰骚赋句式与用韵的复杂性、灵活性，反映了四杰骚赋尽力摆脱初唐骈俪化影响的创作倾向。不过，骚赋形式上的散漫和句式、音韵运用上的灵活，却又自有一根贯串的珠线，将这些珠玑般铿锵之韵连接其中。

四杰骚赋其余各篇用韵，大致也是规则而灵活，在转韵处，多首句入韵，然后偶句相押直至换韵。可见此时诗歌用韵对赋的影响。当然，某些韵脚字落处无规则，也不全在偶数句，亦有奇数句用韵，或奇数、偶数句混用。这种情况在四杰非赋名篇中更为复杂，其中多处不乏将疏韵、密韵结合，一些句式还呈律赋和诗体赋平仄对应的特征。四杰在他们的骚赋中明显地表现出对楚辞句式的继承与发展，由于四杰各体赋因子杂融，其骚体偶尔也具有骈俪的特点。关于音韵方面，在后文与汉魏骈赋比较的章节中也有进一步说明。

---

① 董诰等编：《全唐文》，北京：中华书局，1983年，卷一六七，第1702页。
② 董诰等编：《全唐文》，北京：中华书局，1983年，卷一六七，第1704页。

二、"诗心骚意"与文人才情

长期以来，人们据王勃、卢照邻某些篇章中一二句只言片语，片面地认为他们反对楚骚传统①，或者认为他们对楚骚持批评的态度，认为四杰觉得其开张淫风，而致斯文变衰。事实上从四杰创作实践来看，他们对楚骚艺术极为关注，甚至说偏好，在他们心中流淌着浓郁的楚骚精神。

"楚骚精神"也是骚赋界定的依据之一，它不仅仅拘于"兮"字句的多寡或有无。姜书阁论扬雄《反离骚》体例说："能不能说，用骚体句型加'兮'字，就是楚骚体而非汉赋体？就是学屈辞而非效相如为赋呢？不能。姑无论其内容纯是以藻丽之辞敷陈郊祀之事，全无作者自己内心的忧愁幽思；即仅就其文章形式与艺术手法来看，亦全无屈辞之遗痕，而尽采相如之旧式。"② 显然，姜书阁先生论楚骚之体，是兼注重其"楚骚精神""忧愁幽思"的。事实上，对屈子"忧愁幽思"的"楚骚精神"的继承，正是初唐四杰骚赋所表现的主要精神，也是骚赋的主要因子。骚赋因子除"兮"字等特殊楚辞体句式因素，便主要是其"楚骚精神"了，这也正是将四杰中王勃的《涧底寒松赋》《青苔赋》等多篇和杨炯的《青苔赋》《庭菊赋》《幽兰赋》、卢照邻的《秋霖赋》等归为骚赋的主要原因。下面就对四杰之楚骚心迹略做讨论，以明其骚赋情志之渊源。

（一）怀才不遇之悲吟

以屈宋为代表的《楚辞》风貌和精神，历来为后世所师从者汲养并作为典范。初唐四杰既致力于开张道统、革新文风，自然不得不通变今古，涵育高才。这其中难免不萃《诗》《书》之精义，而撷楚骚汉赋之芳华。

虽然一些人依据王勃《上吏部裴侍郎启》、卢照邻《驸马都尉乔君集序》中一些只言片语，便隔断王卢与"楚辞"关系，其实不过附会己意，认为四杰有贬屈的"心迹"，其中的偏颇是很显然的。③ 王、杨、卢、骆大多数作品都具有屈子所主张的"发愤抒情"精神，他们对屈原和《楚辞》是有着自己独特

---

① 王勃《上吏部裴侍郎启》："自微言既绝，斯文不振。屈宋导浇源于前，枚马张淫风于后。"

② 姜书阁：《骈文史论》，北京：人民文学出版社，1986年，第130—131页。

③ 罗宗强说："王勃从政教作用出发而否定屈、宋和建安，而在另一些地方，他却持有相反的观点，例如，在《越州秋日宴山亭序》中他就肯定屈原：'东山可望，林泉生谢公之文；南国多才，江山助屈平之气。'（《王子安集》卷五）他所肯定屈原的，是屈原的激越壮大的感情。"（《隋唐五代文学思想史》，北京：中华书局，2003年，第34页）

的理解和认识的，至于一些言不由衷之论或者所谓的非毁之言，如《上吏部裴侍郎启》"自微言既绝，斯文不振。屈宋导浇源于前，枚马张淫风于后"①，其实并非有贬屈宋之意，而是那些断章取义者，往往未加通篇训读，故多生怪论，此则应另当别论。

从四杰的遭遇和其创作实践来看，怀才不遇的"怨情"抒发乃是其作品的一个显著特征，而这也是屈原作品的显著特色。《史记·屈原列传》称："屈平正道直行，竭忠尽智以事其君，谗人间之，可谓穷矣。信而见疑，忠而被谤，能无怨乎？屈平之作《离骚》，盖自怨生也。"② 四杰由于和屈原相似的人生际遇，不为人主所识赏，遭贬周游，因此怀才不遇的悲怨成为四杰和屈宋创作中相似的重要内容和情志抒写。

以卢照邻为例，四杰之中卢照邻最为不幸。明人张燮在《幽忧子集题词》中说："古今文士奇穷，未有如卢昇之之甚者。夫其仕宦不达，则亦已耳，沉疴永痼，无复聊赖，至自投鱼腹中，古来膏肓，无此死法也。"③《旧唐书·文苑传》称卢照邻"著《释疾文》《五悲文》等诵，颇有骚人之风"④。《四库全书总目》也记卢照邻"平生所作，大抵欢寡愁殷，有骚人之遗响，亦遭遇使之然也"⑤。所谓"骚人之风"或"骚人之遗响"，其表现之一正是楚骚的"悲怨"抒发。这种带有愤郁的悲怨，在卢照邻赋中随处可见：

> 《同崔少监作双槿树赋》：侏儒何功兮短饱？曼倩何负兮长贫？
> 《释疾文·粤若》：天盖高兮不可问，地盖广兮不容人。……东郊绝此麒麟笔，西山秘此凤凰柯。死去死去今如此，生兮生兮奈汝何？
> 《释疾文·命曰》：天之生我兮胡宁不辰，少克己而复礼，无终日兮违仁。既好之以正直兮，谅无负于神明。何彼天之不吊兮，哀此命之长勤？百罹兮六极，横集兮我身，长挛圈以偃蹇，永伊郁以呻嚬。

在这些赋中充满对时命的探问，甚而指斥天道之不公。对于天道的诘问，事实上，正是对命运多舛之叹的哀喻。

杨炯《浑天赋》中有大段的天命论和对人生哲理的忧愁深思，其序阐释其

① 董诰等编：《全唐文》，北京：中华书局，1983年，卷一八〇，第1829页。
② 司马迁：《史记》，北京：中华书局，1959年，卷八十四，第2482页。
③ 卢照邻著，祝尚书笺注：《卢照邻集笺注》，上海：上海古籍出版社，1994年，第542页。
④ 刘昫等：《旧唐书》，北京：中华书局，1975年，卷一九〇，第5000页。
⑤ 纪昀等：《钦定四库全书总目》（整理本），北京：中华书局，1997年，第1992页。

初
唐
四
杰
辞
赋
研
究

创作意图显然也是与人事天命论相关，实际以天地之仿人事，以人事之法天地，这正是《易》《书》所阐扬的"稽古"说的精义。而这种问诘的天命沉思实际上也是继承屈原《天问》式的骚思精神，具有骚赋因子。杨炯在《浑天赋》中说：

> 日何为兮右转？天何为兮左旋？盘古何神兮立天地？巨灵何圣兮造山川？……以颜回之仁也，贫居于陋巷；以孔子之圣也，情希乎执鞭。冯唐入于郎署也，两君而未识；扬雄在于天禄也，三代而不迁；桓谭思周于图谶也，忽焉不乐；张衡术穷于天地也，退而归田。我无为而人自化，吾不知其所以然而然。①

其《浑天赋序》称："卧病邱园，二十年而一徙官，斯亦拙之效也。代之言天体者，未知浑盖孰是？代之言天命者，以为祸福由人，故作浑天赋以辩之。"其中寓含自身遭际是显然的，其称"两君未识""三代不迁"，正是表现了冯唐、扬雄的怀才不遇，而其遭际与扬雄何异呢？故称"卧病邱园，二十年而一徙官"，足以见其怀才不遇之悲慨。然而这种怀才不遇又不能正道以诉，故只能以物相寓，以人事而思其天道，其思不可谓不深沉，其情不可谓不悲苦，此又骚心诗意与艳情之别其机趣也。杨炯作《浑天赋》的目的，既确有显示其才华和天文历算之学的一面，但其主要之宗旨却正是由"天道""天命"寓人之祸福之思。这与屈原于苦闷、彷徨中作《天问》是相似的。卢照邻"何彼天之不吊兮，哀此命之长勤"的悲叹与屈原《远游》"惟天地之无穷兮，哀人生之长勤"如出一辙。

四杰怀才不遇的悲吟，不仅表现在对天命不公的追诘，甚至也表现在一咏一物一观的举止中，似乎在其文中无不呈现出失路之悲。因此四杰赋不但于"天命"愤然诘问，甚至对物体的观察也附以主观的情感，而使其别具失意的悲吟，这使他们在物象描写和表现上也多呈现出沉郁悲凄的特点，故其遣兴寄物也往往不自觉地带有一种哀讽悲吟之气，其或者借古人古事抒怀，也往往于隐约中不经意地比兴"林壑逢地，烟霞失时"的"不遇"之悲。如王勃赋就更多地借助对"飞凫""偃鹤""寒松""青苔"等一些意象描写，来宣泄他"抚穷贱而惜光阴，怀功名而悲岁月"的"怨情"，以表明其"殷忧明时，坎壈圣

---

① 董诰等编：《全唐文》，北京：中华书局，1983年，卷一九〇，第1918页。

代"① 的忧思。这其实与他在《上绛州上官司马书》《感兴奉送王少府序》等文中所发的时命之叹是一致的。又如王勃《游庙山赋（并序）》云："林壑逢地，烟霞失时。托宇宙兮无日，俟虹鸾兮未期。"《七夕赋》云："抚今情而恨促，指来绪而伤遥。"骆宾王由于赋篇较少，对时命的忧叹主要隐于《萤火赋》和他的一些诗、序中，如《萤火赋》云："览光华而自照，顾形影以相吊，感秋夕之殷忧，叹宵行以熠耀。熠耀飞兮绝复连，殷忧积兮明且煎。见流光之不息，怆警魂之屡迁。如过隙兮已矣，同奔电兮忽焉。傥余光之可照，庶寒灰之重然。"② 这种骚思又是深蕴其内的。

卢照邻等在无奈和大胆的诘问中，时时流露出无可奈何的凄迷感伤。与屈原的身世和所处时代不同，卢照邻等身非贵族，处唐初逐渐兴盛的时代，时代不可逆转的进步，与个人命运的渺小和无奈，于是在诗赋中就被形诸一种不被时人了解的无奈和凄婉。四杰由于天纵的才情，又受到传统儒学的影响，其在对人生命运的思考中，往往多有建功经世的梦想，故不甘愿悲塞于盛世的背景中被淡然遗忘，然而在他们看来这似乎又是时代笼罩于其不幸命运之上的无可奈何之哀，因而他们的这种悲吟往往也会变换为另一种视角的吟唱和自适的淡然之举。这实际上是历来怀才不遇者所选择的两个面向的结果，一个是行吟自哀，一个是淡然自适。而后者往往又趋近于豪放，正如苏轼，一般都认为其诗风具有豪放的风格，殊不知正是其身处无奈中的自适的变相。而四杰中王勃和骆宾王这种自适的气度最为明显。

因此虽然四杰都沉身下僚而怀才不遇，但一般认为四杰中王勃和骆宾王之豪放之气纵然。王勃赋作确实往往于无可奈何的吟叹中又深透豪放淡然之气，如其《驯鸢赋》云："谓江湖之涨不足憩，谓宇宙之路不足穷。……与道浮沈，因时俯仰。"而《江曲孤凫赋（并序）》则云："宇宙之容我多矣！造化之资我厚矣！何必处华池之内，而求稻粱之恩哉？""迹已存于江汉，心非系于城阙。"当然这类表达和行吟还多，在其他类赋篇中也多有这种深沉骚思，因此这些赋篇也往往被视为具有骚赋因子。当然，四杰的这种豪放淡然，也是与其对自身才能的自信有关的，这是与四杰多强烈的自我表现和深沉骚思相颉颃的。

（二）满腔激怀之愤慨

"骚人之风"表现之二，便是四杰强烈的自我表现意识。扬雄所谓"诗人

① 董诰等编：《全唐文》，北京：中华书局，1983年，卷一七七，第1798页。
② 董诰等编：《全唐文》，北京：中华书局，1983年，卷一九七，第1994页。

之赋丽以则，辞人之赋丽以淫"①。辞骚同旨，辞人之赋就是指骚人之赋。"淫"在这里就是指语言铺陈侈俪，所以从外在形态来看给人以言繁意富的感觉，而不像诗人之赋言简而意赅，寓微言于其中。这种言繁意富实际上是强烈情感驱遣的结果，因此"淫"实际上暗寓着对主观情感的宣泄。

所谓"骚人之风"，不仅有牢骚哀怨之思的悲怀愁吟，也有对经世务实的强烈主观责任意识。班固《离骚赞序》云："屈原以忠信见疑，忧愁幽思而作《离骚》。离，犹遭也。骚，忧也。"② 忧既有对自身命运的忧虑，也有对国家命运的担忧，因此骚思愁情又不仅止于个人命运的忧虑，也强烈地表现出一种社会责任意识。这种责任意识一方面表现在对天道、天命、人事的探究，这种深层的心理机制展现了其不同于一般俗儒陋儒的偏安寄世，这也是与其对自然人生等深层哲理认知及其博贯通达的学养相联系的。另一方面则表现在他们对现实的关注，他们对现实的不满又表现出强烈的愤激和谴斥。因而他们往往是融理想与现实于一身的，其将理想与现实比较，又往往徒增失意，于失意中又暗生愤激。

或者可以称他们这种对现实的干预和热情是一种强烈的自我表现意识，正如班固称屈原的"露才扬己"③。当然这种自我表现意识根本上又源于对自我才能的自信和对理想的期许，这既是时代精神所赋予的，也是对屈骚精神的继承。这种意识和精神不仅表现在其诗文创作中，也表现在其辞赋文学创作中，因此也使他们的辞赋文学又突出地表现出骚体文学因子的特征。班固《离骚序》称："今若屈原露才扬己，竞乎危国群小之间，以离谗贼。然责数怀王，怨恶椒兰，愁神苦思，非其人。"④ 显然，无论是"竞于危国群小之间"，还是"责数怀王"，实际乃出其对国家命运和前途的担忧，出于自己强烈的社会责任意识，因此屈原这种强烈的自我表现，在班固看来就变成了所谓的"露才扬己"。在作品中，屈原对自己的才华充满了无比的自信。他自比为鸾鸟、凤凰、骐骥，视他人为燕雀、鸡鹜、驽马。而且在文中大饰自己"师者"形象，为楚王"导夫先路"，并不断地予以自身美好人格认同和欣赏，甚而将自己比对为真善美的化身。对自己的这种善美和形美大加赞颂曰："扈江离与辟芷兮，纫

① 班固：《汉书》，北京：中华书局，1962 年，卷三十，第 1756 页。
② 洪兴祖：《楚辞补注》，北京：中华书局，1983 年，卷一，第 51 页。
③ 刘勰《辨骚》篇称："班固以为露才扬己，忿怼沈江。"见洪兴祖《楚辞补注》卷一《离骚经章句第一》末，北京：中华书局，1983 年，第 52 页。又见班固《离骚序》，严可均校辑：《全上古三代秦汉三国六朝文》，北京：中华书局，1958 年，第 611 页。
④ 严可均校辑：《全上古三代秦汉三国六朝文》，北京：中华书局，1958 年，第 611 页。

秋兰以为佩。""朝饮木兰之坠露兮，夕餐秋菊之落英。""被明月兮佩宝璐。"
"举世皆浊我独清，众人皆醉我独醒。"①

再来看四杰的骚愁忧思和愤激之怀，又与屈原的"露才扬己"何其相似。
四杰由于年少才高，更由于性格浪漫，故而恃才傲物、放浪不羁，这一方面是
由于对自身才能的自信，另一方面则由于强烈的社会责任意识。杨炯在《王勃
集序》中称："（勃）九岁读颜氏《汉书》，撰《指瑕》十卷。"② 其不讳名儒大
师，自负才华和放浪之形可以想见。又《新唐书》所记王勃作《滕王阁序》故
事："初，道出钟陵，九月九日都督大宴滕王阁，宿命其婿作序以夸客，因出
纸笔遍请客，莫敢当，至勃，泛然不辞。都督怒，起更衣，遣吏伺其文辄报。
一再报，语益奇，乃矍然曰：'天才也！'请遂成文，极欢罢。"③ "泛然不辞"
充分展现出王勃放纵任性的才性气质。在王勃的文章中也多次出现绝俗不尘的
言辞，如《绵州北亭群公宴序》："下官人间独傲，海内少徒。志不屈于王侯，
身不绝于尘俗。孤吟五岳，长啸三山。"《春思赋序》云："高谈胸怀，颇泄愤
懑……窃禀宇宙独用之心，受天地不平之气……未尝下情于公侯，屈色于流
俗，凛然以金石自匹，犹不能忘情于春。"王勃多以骏马、凤鸟、大鹏等自喻，
在以咏物为题材的赋中所咏对象也多"寒梧栖凤""江曲孤凫""涧底寒松"等
孤傲高致的物象。如《寒梧栖凤赋》云："凤兮凤兮，来何所图？出应明主，
言栖高梧。""择木而俟处，卜居而后歇。岂徒比迹于四灵，常栖栖而没没？"
于这些物象或题材的描写中，不仅表现作者的高洁之志和过人才华，也见其
"放怀于诞畅""寄心于寥廓"。

在骆宾王和卢照邻的作品中也多强烈的"愤激之情"。如卢照邻《五悲
文》云：

> 近有魏郡王公曰方，华阴杨氏曰亨，咸能博达奇伟，覃思研精，探孔
> 门之礼乐，吞鬼谷之纵横。岳秀泉澄，如川如陵。高谈则龙腾豹变，下笔
> 则烟飞雾凝。王则官终于郡吏，杨则官止于邑丞。何异夫操太阿以烹小
> 鲜，飞夜光而弹伏翼？灼金龟兮访兆，邀玉骐兮聘力。虽劳形而竭思，吾
> 固知其不得。予之昆兮曰杲之，余之季兮曰昂之。杲也，杲杲兮，如三足

---

① 以上所引四句分别出自《离骚》《九章·涉江》和《渔父》篇。见洪兴祖：《楚辞补注》，北
京：中华书局，1983 年，卷一，第 4—5 页，第 12 页；卷四，第 128 页；卷七，第 179 页。

② 王勃著，蒋清翊注，汪贤度校点：《王子安集注》，上海：上海古籍出版社，1995 年，第 66
页。

③ 欧阳修、宋祁：《新唐书》，北京：中华书局，1975 年，卷二〇一，第 5739 页。

之乌；昂也，昂昂焉，如千里之驹。杲之为人也，风流儒雅，为一代之和王；昂之为人也，文章卓荦，为四海之隋珠。并兰馨兮桂郁，俱龙驹兮凤雏。生于战国，则管乐之器；长于阙里，则游夏之徒。以方圆异用，遭遇殊时。故才高而位下，咸默默以迟迟。青青子衿兮时向晚，黄黄我绶兮鬓如丝。昆兮何责？坐乾封兮老矣。季兮何负？横武陵而弃之。举天下兮称屈，何暗室之足欺？为小人之所笑，为通贤之所悲。童子尚知其不可，矧衡镜与蓍龟？故曰至道之精，窈窈冥冥；至道之极，昏昏默默。焚符破玺而人朴鄙，剖斗折衡而人不争，掞工倕之指而天下始巧，胶离娄之目而天下始明。然后除其矫点之患，安其性命之精。①

显然，卢照邻对自身的际遇是不满且愤慨的，但却不直接写自己的遭忧不遇，而是借对周边朋友、兄弟的处境，来揭示这个社会的弊象，其中不仅暗寓了对自己遭际的愤慨，也强烈地展示了其社会责任意识和对社会弊政的谴责。赋中举王方、杨亨二位之宦途不达，官止于郡吏邑丞，其强烈的愤激之情溢于言表，故其后所谓"何异夫操太阿以烹小鲜，飞夜光而弹伏翼"的谴责则勃然倾泻而出。不仅如此，其又举其兄弟卢杲之、卢昂之的遭遇，痛其高才不用，鹏鸟挚伏，故发出"昆兮何责？坐乾封兮老矣。季兮何负？横武陵而弃之。举天下兮称屈，何暗室之足欺？为小人之所笑，为通贤之所悲"的愤慨，何其痛哉！

又看其《释疾文》，则模拟《离骚》之迹至为明显，如：

皇考庆予以弄璋兮，肇锡予以嘉词。名余以照邻兮，字余以昇之。余幼服此殊惠兮，遂阅礼而闻诗，于是裹粮寻师，褰裳访古，探旧篆于南越，得遗书于东鲁，意有缺而必刊，简无文而咸补。入陈适卫，百舍不厌其栖遑；累茧重胝，千里不辞于劳苦。既而屠龙适就，刻鹄初成，下笔则烟飞云动，落纸则鸾回凤惊。通李膺而窃价，造张华而假名。郭林宗闻而心服，王夷甫见而神倾。俯仰谈笑，顾盼纵横。自谓明主以令仆相待，朝廷以黄散为轻。②

---

① 董诰等编：《全唐文》，北京：中华书局，1983年，卷一六六，第1696—1697页。按：《全唐文》本与李云逸《卢照邻集校注》本引文略异。如"王则官终于郡吏"，《全唐文》本作"土则官终于郡吏"，然按上下文，"土"应作"王"，故依《卢照邻集校注》本改（中华书局，1998年版）。

② 董诰等编：《全唐文》，北京：中华书局，1983年，卷一六七，第1701页。

其述自己身世经历则与《离骚》刻鹄肖形，而述其理想期许，则无比自负和自信，称"下笔则烟飞云动，落纸则鸾回凤惊"，这是怎样的一种文采和气度？而对自身遭际的描写，则又充满了何等的愤郁？如其《释疾文·粤若》又云：

> 积怨兮累息，茹恨兮吞悲。怨复怨兮坎凛乎今之代，愁莫愁兮佗傺乎斯之时。皇穹何亲兮诞而生之？后土何私兮鞠而育之？何故邀余以好学？何故假余以多辞？何余庆之不终兮，当中路而废之？彼有初而鲜克兮，贤者其犹不欺。况陶钧之象物，胡不贞而谅之？①

卢照邻的《五悲文》和《释疾文》，可以说是满纸郁愤的激情和无奈的感伤。当然，在卢照邻的其他作品中也不时有这种激情和愤郁之思的流露。卢照邻早期也是对未来充满了渴望和憧憬的，他于乾封二年冬应州举入京②，便是其积极用世和强烈自我表现的明证。骆宾王由于所传赋不多，然而这种心性、意识与个性特征，在他的其他诗文中仍是可以窥蠡的，如《畴昔篇》《上瑕邱韦明府启》《上李少常启》《上吏部裴侍郎书》《上司刑太常伯启》等。杨炯的强烈自我表现，则体现于其诗歌和《浑天赋》等对"天道""天命"的诘问中。

（三）"香草美人"之比兴

"骚人之风"的表现之三，则体现在四杰作品中最频繁出现的"香草美人"式的比兴。王逸《离骚经序》说："《离骚》之文，依《诗》取兴，引类譬喻。故善鸟、香草以配忠贞；恶禽、臭物以比谗佞；灵修、美人以媲于君，宓妃、佚女以譬贤臣；虬龙、鸾凤以托君子，飘风、云霓以为小人。"③ 楚辞的比兴与其所表现的内容合而为一，比《诗经》的比兴运用更具系统性和象征性，形成屈原独特的"香草美人"式的比兴象征表现手法。当然楚辞"香草美人"式的物喻是与南方自然地理极相关系的，其所随兴取譬实际皆周遭所常见之物，常思之事，故自然贴切。

四杰在赋中也大量继承了屈原"香草美人"的比兴象征手法。如卢照邻

---

① 董诰等编：《全唐文》，北京：中华书局，1983年，卷一六七，第1702页。

② 卢照邻著，任国绪笺注：《卢照邻集编年笺注》，哈尔滨：黑龙江人民出版社，1989年，卷一，第2页。

③ 严可均校辑：《全上古三代秦汉三国六朝文》，北京：中华书局，1958年，卷五十七，第787页。

初唐四杰辞赋研究

《释疾文·悲夫》：

> 靡芜叶兮紫兰香，欲往从之川无梁，日云暮兮涕沾裳，松有萝兮桂有枝，有美一人兮君不知……木叶落兮长年悲，红颜谢兮鬓如丝，王孙来兮何迟迟，思公子兮涕涟洏……郁金槐兮木兰舟，青莎裳兮白羽裘。①

显然，如果不是长年游历南方，涵泳于南方风物，则卢照邻必熟知《楚辞》，不然这些南方物象也不可能如此驾轻就熟而融于其赋。这类香草灵菌美木的物象可以说在四杰的辞赋中累陈如积，如卢照邻《释疾文·粤若》云："绍金柯而玉秀，穆兰馨而菊滋。"② 《释疾文·命曰》："思故池之渌水，忆中园之桂枝。"《五悲·悲才难》："并兰馨兮桂郁，俱龙驹兮凤雏。""岩有芳桂，隰有棠棣。枝峣嵷兮相樛，叶翩翩兮相翳。"《五悲·悲昔游》："河水河桥木兰槐，金闺金谷石榴裙。"《五悲·悲今日》："自高枕箕颍，长揖交亲，以蕙兰为九族，以风烟为四邻。""兰交永合，松契长并。"在卢照邻《狱中学骚体》《病梨树赋》中也出现"芳桂""扶桑""椿菌"类名词，这些都是譬喻其美好品质和才华。如《狱中学骚体》云："山有桂兮桂有芳，心思君兮君不将。"其以香木比美人，赋予作者深婉的情意寄托。

在王勃的作品中，也多"香草美人"式的比兴手法。如《游庙山赋》："启松崖之密荫，攀桂岊之崇柯。"或如《涧底寒松赋》描写"松"之"盘柯跨嵚，沓柢凭流"。又如《采莲赋》："餐素实兮吸绛房，荷为衣兮芰为裳。……芳华兮修名，奇秀兮异植，红光兮碧色。……莲有藕兮藕有枝，才有用兮用有时，含香婀娜华实移，为君何当藻凤池？"明显是采用"香草美人"式的比兴象征手法。在其他赋体篇目中，他也多次提到兰、桂、莲、松等形象。无疑这类美好意象是与作者心迹和人格相匹配的。如：《九成宫东台山池赋》："被兰邱而结佩，照莲服而披冠。""雪芝献液，露菊倾津。"《七夕赋》："抗芝馆而星罗，擢兰宫而霞起。""下芸帱而匿枕，弛兰服而交筵。""金声玉韵，蕙心兰质。"

杨炯《幽兰赋》则更多对幽兰品质的描述："惟幽兰之芳草，禀天地之纯精。抱青紫之奇色，挺龙虎之嘉名。不起林而独秀，必固本而丛生。"明显此赋予了幽兰以人格的象征。"隰有兰兮兰有枝，赠远别兮交新知。气如兰兮长

---

① 董诰等编：《全唐文》，北京：中华书局，1983 年，卷一六七，第 1702—1703 页。

② "绍金柯"二句：以下句首字为"穆"，疑上句首字"绍"当作"昭"。参《卢照邻集编年笺注》（黑龙江人民出版社，1989 年版）。

不改，心若兰兮终不移。"这也是借赋幽兰赞美人格品质，正是楚辞"香草美人"式的比譬。文中还大量出现"兰陵""兰台""兰亭""兰若""兰泽""兰殿""兰英"等意象。又《青苔赋》："桂舟横兮兰枻触，浦淑邅回兮心断续。"甚至就一些细微之物，如"青苔""庭菊"等，作者也运用"香草美人"式的象征，从而使其独具人格魅力和特色。如其赞青苔云："其为谦也，常背阳而即阴。重扃秘宇兮不以为显，幽山穷水兮不以为沈。有达人卷舒之意，君子行藏之心。唯天地之大德，匪予情之所任。"其赞庭菊则云："含天地之精气，吸日月之淳光。云布雾合，箕舒翼张。郁兮蔓衍，郁兮芬芳。珉枝金萼，翠叶红芒。"

而骆宾王对"香草美人"式的比兴运用，则更多地见于其诗歌和一些序文。其在赋中，虽不以香草，但却同样借物喻和比譬，从而达到发抒骚愁怨思的目的。如《萤火赋》云："乍灭乍兴，或聚或散。居无定所，习无常玩。曳影周流，飘光凌乱。泛艳乎池沼，徘徊乎林岸。状火井之沈荧，似明珠之出汉。值冲飙而不烈，逢淫雨而逾焕。炤灼兮若湛卢之夜飞，的皪兮像招摇之夕烂。与庭燎而相炫，照重阴于已昏；共爝火而齐息，避太阳于始旦。尔其光不周物，明足自资。偶仙鼠而伺夜，对飞蛾之赴熺。类君子之有道，入暗室而不欺；同至人之无迹，怀明义以应时。"[①]

初唐四杰对屈原"香草美人"式的比兴手法的继承，最明显地表现于赋作题材，特别是一些咏物赋中。其作品中大量出现了松、菊、梅、竹、兰、莲、桂等意象，此在后面章节详述。

第三章 骚心赋体：四杰骚赋创作

---

① 董诰等编：《全唐文》，北京：中华书局，1983年，卷一九七，第1993页。

初唐四杰辞赋研究

第四章　承前别后：四杰文赋创作

据《全唐文》《王子安集》《卢照邻集》《骆临海集》等所载赋的篇目来看，四杰文赋包括卢照邻《对蜀父老问》、骆宾王《钓矶应诘文》，但从文赋因子来看，也可容纳杨炯《浑天赋》、卢照邻《穷鱼赋》、王勃《释迦佛赋》。《浑天赋》《穷鱼赋》两篇虽没有汉代散体赋那般宏大而明显的问对体式，但在全篇结构中却也隐含了假设问对；尽管王勃赋没有假设问对，但与杨、卢、骆文赋一样，通篇杂用散体句式，使赋具有散体语气特征，只是王勃《释迦佛赋》的"律赋因子"更为明显，故本书又将其归入律赋一章专门讨论。文赋与文赋因子的区别，可参见前面第二章相关说明。笔者鉴于四杰辞赋创作基本上已经存在着后来成熟的文赋的一些主要因子，而且又与汉代散体赋略有差别，受马积高先生启发，故将四杰具有主要文赋因子的作品纳入"新文赋"① 的范畴加以考察。

文赋特征是一个历时性②范畴，为明确文赋特征，有必要略陈文赋产生时代之争。关于文赋的产生时代众说纷纭，一说始于秦汉，一说始于宋代，一说始于唐代，未有定论。明代徐师曾就说文赋源于楚辞《卜居》《渔父》，其在《文体明辨序说》中"文赋"下注云："按《楚辞》《卜居》《渔父》二篇，已肇文体；而《子虚》《上林》《两都》等作，则首尾是文。后人仿之，纯用此体。

---

① 参见马积高先生《赋史》。其称："古文运动进入高潮，形成了比较明确的纲领。与之相联系，接近散文风格的新文赋和骚体赋有很大的发展。"（马积高：《赋史》，上海：上海古籍出版社，1987 年，第 256 页）只是他认为这种新文赋到德宗时期，也即是柳宗元的时期才得到了发展，所以对四杰对文赋的创变性的突破却未予注意。

② "历时性"是索绪尔创立的结构主义语言学用语，与共时性相对。历时性研究是从一种语言的历史发展情况进行研究，本文指对文赋因子（文体）特征应结合其时域特点，从发展演进的角度来看它与具体社会时代背景的联系和各个历史时期的反映。与语言学研究一样，"分为共时性研究和历时性：前者是一定时间内的静态的、横断面的研究；后者则是随时间变化的研究即演化性的研究"（侯文瑜：《索绪尔的结构主义语言观》，《东北农业大学学报》2007 年第 3 期）。

盖议论有韵之文也。"① 褚斌杰先生《中国古代文体概论》说："文赋，是受唐宋古文运动的影响而产生的。它的主要特点，是一反俳赋、律赋在骈偶、用韵方面的限制，而接近于古文，也就是说趋向于散文化。"② 他暗示文赋始自唐宋，晚于律赋。当然，任何一种文体的产生，其催长因素是多种多样的，不可能一蹴而就，瞬间就诞生并成熟。正如一个胎儿，其必须在母腹中经历成形的等待。唐代产生的文赋，它明显地受汉代散体赋的影响，也受楚骚的影响，所受历时性和共时性的时域影响因素也是多方面的。从初唐一开始，就有文赋的创作，只不过与学者所说的"新文赋体"还不完全相同罢了。唐代古文运动只不过是给这种赋体一种洗礼，使它真正成为"成人"意义上的"新文赋体"。而初唐文赋与中晚唐或宋代文赋的差异，也可以说正是以这场古文运动为标志，这场运动使这种差异必然存在。尽管初唐文赋没有经历古文运动这场"洗礼"，但我们却绝不能忽视初唐文赋的存在，和它对后代文赋的影响。不妨可以说，唐代新文赋在文体意义上的完全成熟并自成一代之文学，则始于古文运动。

尽管从历时性的角度观照，四杰文赋有受汉文赋等因素的影响，但从共时性与历时性的角度综合而论，四杰文赋也存在与汉文赋不同的"自具特色"之处，与成熟的晚唐文赋也有些不同。马积高先生论及唐代"自具特色"的"新文赋体"，又以中盛唐间的李华、萧颖士为首。他说：

> 新文赋体。此体祝氏谓始于宋，殊不然。此类赋的兴起，实与唐代古文运动相联。唐李华、萧颖士等的文体赋实为之先导，韩愈、柳宗元、杨敬之、杜牧等继之，宋欧、苏等之赋则是其发展。③

但笔者以为唐代新文赋的一些"自具特色"的因素并非始于古文运动之后，在初唐赋特别是在四杰赋中就已存在新体文赋的诸多因子。只不过，到中唐古文运动后，受古文运动的推波助澜，新体文赋的这些特色更为显明。

四杰赋许多篇目既具有文赋的因子，也具有骚赋、骈赋、律赋、诗体赋或俗赋的因子。如卢照邻《五悲文》《释疾文》，既具有明显的骚赋因子，同时亦含有骈赋、诗体赋和文赋因子特征。如杨炯《庭菊赋》《幽兰赋》《浑天赋》亦

① 徐师曾：《文体明辨序说》，北京：人民文学出版社，1962年，第102页。
② 褚斌杰：《中国古代文体概论》，北京：北京大学出版社，1990年，第92页。
③ 马积高：《历代辞赋研究史料概述》，北京：中华书局，2001年，第19页。

含有骚赋、骈赋和文赋因子，其中《庭菊赋》有多处句式散行，《浑天赋》有主客问答之体，《幽兰赋》有骈辞俪句，也有仿骚的重言、歌曰及"兮"字句等。这些也是与后世的"一片之文"① 不一样的。

有些学者认为汉赋和唐文赋"凡用散体，总为一格"②，皆被称为"文赋"。总体来说，汉唐文赋的体裁特征皆具有以下一些共同特点：一是必须是韵文；二是文体中有散体化倾向，时杂散句，句式不一；三是议论、说理有情致；四是体式多袭主客问答（但非绝一）。尽管学者们对汉代散体赋与唐文赋的特点总结都有各自不同的创见，但总体趋于上述标准。卢照邻《对蜀父老问》、骆宾王《钓矶应诘文》与学界归纳的文赋特征也极为相近，故笔者将其归为文赋范畴。不过，汉文赋与唐文赋，四杰新文赋与汉、晚唐及宋文赋又是有所区别的。在历时性研究的视野下，明显具有各自的时域特点和自身特色。

一、四杰文赋因子及其表现特征

从文学的继承性来看，楚辞中所存在的文赋因子，对汉代散体赋、唐代文赋的形成可谓导其先路，具有重要的启迪意义。但真正意义上的"新文赋"的产生，应是唐代。特别是唐代古文运动兴起后，这种新文赋的特点更为显明。对于唐代新文赋的产生，四杰的文赋和骈赋、律赋、骚赋中的文赋因子，无疑也对这种"新文赋"的真正确立和产生具有不可磨灭的影响。

四杰文赋以散行骈的句式、散文化的章法结构和表现手法，都是受其文风理论主张所影响的。

> 唐代开国，文人受时代精神的感召，都怀有昂扬奋进的激情。与此同时，从魏徵到陈子昂，都"质""文"并重，提倡有"骨气""风骨"的刚健文风。因此，初唐的骈赋和骚体赋，已在不同程度上御以散文的气势。③

这种骨气刚健、文质并重、情韵与气貌兼蓄的赋风创作倾向，在四杰文赋

---

① 祝尧：《古赋辩体》，《景印文渊阁四库全书》第 1366 册，台北：商务印书馆，1986 年，第 818 页。

② 据马积高《历代辞赋研究史料概述》引清陆葇《历朝赋格》语（中华书局，2001 年，第 15 页）。

③ 霍松林：《论唐人小赋》，《文学遗产》1997 年第 1 期。

中更为显明朗然。对于四杰于诗、赋、文等创作中所表现出来的刚健文风，明人胡应麟、今人罗宗强都曾论及。胡应麟《诗薮·内篇》说："唐初五言律惟王勃'送送多穷路''城阙辅三秦'等作，终篇不著景物，而兴象宛然，气骨苍然，实首启盛、中妙境，五言绝亦抒写悲凉，洗削流调，究其才力，自是唐人开山祖。拾遗吏部并极虚怀，非溢美也。"① 此虽看似只论王勃之诗，但其引杜甫评价，当为其《戏为六绝句》所论，其以讥时人尔曹妄讥四杰"轻薄为文"，"文"的对象自然指诗赋，故杜诗为之溢美翻案自然也包括对赋体的评价，可见其所评鉴又非特指诗。事实上，胡应麟所评不只当拘于王勃之诗，亦应包括其诗其赋，故乔象锺等说："总的看来，王勃文词宏放，知识渊博，众体兼长。"② 所谓"文词""众体兼长"者，正包括诗赋等；所谓"宏放"，正是就其文风而论。四杰辞赋中所体现出来的刚健气骨和音情爽朗的文风，也是初唐甚至整个有唐一代赋风发展的风向标。罗宗强先生称："没有'四杰'，就不会有陈子昂……也就不会有盛唐的灿烂群星。"③ 四杰处于魏晋至晚唐迄宋之间赋风发展的继往开来的重要位置，其对赋风由骈趋散倾向的功劳确应如此。故四杰的文赋和文赋因子，不应被摒斥于学者的视野之外。

关于四杰文赋的特征，首先表现在句式上趋于散化，但又不排斥骈偶句。在四杰文赋中，骈句不像俳赋那样一味追求声色的华丽。其句式以四言、六言为主，但也掺用大量的长句，除连接词语外，还使用"之""也""乎""哉""邪""矣""焉"等虚词。在用韵上，如《穷鱼赋》，尽管用韵似乎较密而有规则，但却绝不滞碍其散行语气表达，大都采用疏韵，"有时若干句不用韵，有时又每句用韵，有时又隔句用韵；有时用句末韵，有时又用句中韵"④，这正是文赋的特点。《对蜀父老问》用韵也较绵密而有规则，可以认为这是卢照邻文赋用韵的特征。四杰文赋大段采用规整的用韵，与汉魏散体文赋用韵同中存异。散化灵动的句式、变化协谐的音韵，使四杰文赋独具宏放的散文体气势。

其次，在谋篇布局上，初唐文赋也吸收了古文章法。所谓古文章法，其一，包括假设问对的结构，其二，包括一些如议论、说理、铺排、描写等表现手法。

初唐四杰文赋对古文章法的吸收，最明显也最为大家所认同的，便是对汉代散体赋问答体式的继承。明代徐师曾认为文赋源于《楚辞》《卜居》《渔父》，

① 胡应麟：《诗薮》，北京：中华书局，1958年，《内篇》卷四，第64页。

② 乔象锺主编：《唐代文学史》，北京：人民文学出版社，2006年，第115页。

③ 罗宗强：《隋唐五代文学思想史》，北京：中华书局，2003年，第294页。

④ 叶幼明：《辞赋通论》，长沙：湖南教育出版社，1991年，第131页。

《子虚》《上林》等篇"首尾是文"①，大概也因为这些篇章大都为问答体式。卢照邻《对蜀父老问》，从题目上就可以明确地知道其为对问体。这类对问体在刘勰《文心雕龙》中就被归为"杂文"类，实际上已可明确看出对问体所具有的文赋因子特征。卢赋明显袭用汉赋的问答体，文中借蜀父老与"余"（作者）的问对展开议论说理和抒情。卢照邻于乾封二年冬应州举自蜀入京，但终未见擢用，于总章二年春失意归蜀，七月又自益州府治成都归返新都，众客相送至"送客亭"②。"遇蜀父老，皤然庞眉华发者休于斯，谓余曰：'子非衣冠之族欤？文章之徒欤？……何其不一干圣主，效智出奇？何栖栖默默，自苦若斯？吾闻克为卿，失则烹，何故区区尤尤，无所成名？'"③卢照邻借对蜀父老问难而直抒牢骚怨怼，无不于曲意中见卢应举失意的情绪。骆宾王《钓矶应诘文》也借助同行者与"余"之间问对的问答体式抒情：

时同行者顾诘余曰："夫至人之处世也，拟迹而后投，隐心而后动……而吾子沈约莫绪于川，登鱼干陆……曩求之将何图？今舍之将何欲？"余笑而应之曰："圣人不凝滞于物，智士必推移于时。……由此观之，蹲会稽而沈犗者，鲍肆之事也；踞沧海而负鳌者，渔父之事也。斯并眇小者之所习，安知大丈夫之所钓哉？"④

从形制上看，杨炯《浑天赋》似大赋；从音韵格律上论，又近律赋。⑤但是《浑天赋》突破了律赋体制短小的形式，其中有不少文赋因子，如其涉入了问答体式，它假托"客"言"宣夜""盖天"之说，又借赋中人物"太史公"驳斥宣、盖之说，以申作者阐发"浑天"之论。"客有为宣夜之学者，喟然而言曰""有称周髀之术者，辴然而笑曰""太史公有睟其容，乃盱衡而告曰"⑥等，皆是袭用汉代散体赋中问答体式的痕迹。许结先生说："杨炯《浑天赋》通过三大段铺演而成：首段仿效汉大赋述客主以首引的方法，假借'宣夜'

---

① 徐师曾：《文体明辨序说》，北京：人民文学出版社，1962年，第102页。

② 又作"送客观"，见《华阳国志·蜀志》，参任国绪笺注《卢照邻集编年笺注》（黑龙江人民出版社1989年版）第412页注释五。

③ 董诰等编：《全唐文》，北京：中华书局，1983年，卷一六七，第1706页。

④ 董诰等编：《全唐文》，北京：中华书局，1983年，卷一九九，第2016—2017页。

⑤ 邝健行说："《浑天赋》的基本形式，距离律赋的较近，距离骈赋的较远……称《浑天赋》为律赋，未尝不可。"（《诗赋合论稿》，南京：江苏古籍出版社，2002年，第174页）

⑥ 董诰等编：《全唐文》，北京：中华书局，1983年，卷一九〇，第1915—1916页。

'周髀'（盖天）、'浑天'三家有关天体结构的对话，引出作者对浑天思想的阐发。"① 不过，杨炯《浑天赋》确与卢照邻《对蜀父老问》、骆宾王《钓矶应诘文》，以及汉代散体赋不同，并非全篇大部为主客问答，而仅"述客主以首引"②，篇幅占全文少数，近于序，或者可以说为下文主要部分"浑天论"的引子。

以假设问对为特点的文赋因子在四杰其余诸篇中也有相互杂糅。如王勃《七夕赋》、杨炯《卧读书架赋》《盂兰盆赋》《幽兰赋》、卢照邻《同崔少监作双槿树赋》《五悲·悲穷道》《五悲·悲今日》《五悲·悲人生》《释疾文·悲夫》《释疾文·命曰》等篇，尽管从严格的文体意义上而言，这些并不算作文赋，但却依旧可以觅出汉赋问答体的残迹。这是文赋因子在四杰其他分体赋中的表现。王勃《七夕赋》"仲宣跪而称曰"、杨炯《卧读书架赋》"因谓之曰"、《盂兰盆赋》上公列卿"再拜稽首而言曰"、《幽兰赋》于重曰、歌曰之后"赵元淑闻而叹曰"等，其后皆假设赞叹之词，具有问答体的痕迹。卢照邻《同崔少监作双槿树赋》也借赋中假想的人物抒发其情，如："东方生闻而叹曰：故年花落不留人，今年花发非故春。"③ 很明显化用东方朔的典故。不难看出有汉赋《答客难》《解嘲》④ 等篇对卢赋的影响。卢照邻在《五悲·悲穷道》中借用公子和"幽岩之卧客"（作者）之间的对话，抒发失路之悲，近于汉赋的代言体。卢照邻《五悲·悲人生》则假托"大圣"和儒道二客之间的辩答，其问答体意义稍浓。如：

> 有超然之大圣，历旷劫以为期……闻儒道之高论，乃撞钟而应之。曰："根力觉道，不以为功。"
>
> 所言未毕，儒道二客离席，再拜稽首而言曰："大圣哉！孔晚闻道，聃今已老。徒知其一，未究其术，何异夫戴盆望天，倚杖逐日？苍苍之气未辨，昭昭之光已失。"⑤

---

① 许结：《说〈浑天〉谈〈海潮〉——兼论唐代科技赋的创作与成就》，《南京大学学报》1999 年第 1 期。

② 按：范文澜《文心雕龙注》作"遂客主以首引"，其注云："许云：当作述。"（人民文学出版社，1958 年，卷二，第 134 页）《四库全书考证》卷一百亦云"《铨赋》篇：'述客主以首引，极声貌以穷文。'刊本'述'讹'遂'。"其《铨赋》篇当作《诠赋》篇。（《钦定四库全书考证》，北京：书目文献出版社，1991 年，第 2453 页）

③ 董诰等编：《全唐文》，北京：中华书局，1983 年，卷一六六，第 1687 页。

④ 按：马积高《赋史》及《历代辞赋研究史料概述》、姜书阁《骈文史论》等都视二篇为赋。

⑤ 董诰等编：《全唐文》，北京：中华书局，1983 年，卷一六六，第 1700 页。

卢照邻《五悲·悲今日》篇略有不同，尽管也有"曰语"，却似乎并无对问的主客双方，纯为作者直抒其情。其"子曰"一段，纯粹可视为作者的满腔抒情议论的直白哀怨："哀王孙而进馈，问公子之所须。因谓子曰：'哀哉可怜，圣人之过久矣！君子之罪多焉！……传语千秋万古，寄言白日黄泉，虽有群书万卷，不及囊中一钱。'"① 又如《释疾文·悲夫》篇："圣人知性情之纷纠，故叹之曰：'予欲无言，吾将焉往而适耳？箕有峰兮颍有澜。'"② 这些篇章的对问意义比较微弱，有的或许根本谈不上是问答体，只有赋中主人公近于"重曰""歌曰"的牢骚或赞语。《释疾文·命曰》篇"重曰"一段，则直接将作者（"予"）置于赋中，与巫阳、伯阳共语，摆脱了代言体的一些局限。卢照邻在《穷鱼赋》中袭庄子典故，赋予大鹏人格化精神，从而引入问话式自叹："大鹏过而哀之曰：'昔予为鲲也，与是游乎？自予羽化，之子其孤。'"③

除假设问对这一重要文赋因子特征外，四杰文赋因子的突出表现也在于其在赋中大量运用说理、议论的散体句式。比起两汉辞赋，唐代文赋虽然也有铺陈的特点，但基本上克服了喜用僻字和堆砌辞藻的毛病。内容上，也不再像汉赋那样专事歌功颂德或执着于"以讽谕为宗"④。而且，说理、议论成分更为明显。明代徐师曾说："文赋尚理，而失于辞，故读之者无咏歌之遗音，不可言丽矣。"⑤ 这已当属于对晚唐、宋文赋的评论，"失辞""无丽"和"无咏歌之遗音"，皆是对过分尚理而缺乏抒情性的批评。不过，在四杰的一些极具文赋因子的篇目中，不仅有议论、说理，也有叙事、写景、抒情，语言形象、生动，文字清新流畅，既有诗歌的意韵，又有古文的气势。

以四杰文赋因子最明显的《钓矶应诘文》《对蜀父老问》两篇而论，则明显见出议论、说理等表现手法在文赋中运用的普遍性和重要性。如《钓矶应诘文》："势牵于人，道穷乎我。将欲以下座而歌冯子，又安能中辙而呼庄周哉？"又谓：余乃祝之曰："猛兽搏也，拘于槛阱；鸷鸟攫也，絷于樊笼；……何不泥潜而穴处？何故贪饵而吞钩乎？"又同行者诘问："而吾子沈缗于川，登鱼于

---

① 董诰等编：《全唐文》，北京：中华书局，1983年，卷一六六，第1699—1700页。
② 董诰等编：《全唐文》，北京：中华书局，1983年，卷一六七，第1703页。
③ 董诰等编：《全唐文》，北京：中华书局，1983年，卷一六六，第1688页。按："自予羽化，之子其孤"句，《全唐文》《文苑英华》和《卢照邻集编年笺注》所记略异。
④ 晋李轨《扬子法言》注："辞赋可以讽谕劝人也。"《定盦全集》续集卷二《古史钩沈论二》云："序诗以断章为初指，以讽谏为本义。"《全唐文纪事》卷一一六载："表笺、制诰、文赋、歌诗、赞颂、碑铭、议论、箴诔，无不以讽谏为旨。"白居易认为其新乐府诗，"大抵皆以讽谕为体，欲以播于乐章歌曲焉"。
⑤ 徐师曾：《文体明辨序说》，北京：人民文学出版社，1962年，第101页。

陆，烹之可以习政术，羞之可以助庖厨，曩求之将何图？今舍之将何欲？"①
议论与说理有效结合，使文句更丰富、生动、形象，更有逻辑性和说服力。与
作者同行者所云"夫至人之处世也，拟迹而后投，隐心而后动，终始不易其
业，悔吝不乖其情"也是明显具有说理成分的议论。《钓矶应诘文》后面大段
作者辩论，皆是说理，而且这些说理又是为句末所发的议论提供逻辑上的依
据，如："圣人不凝滞于物，智士必推移于时。知几之谓神，含生之谓道。殷
乙圣也，囚于夏矣；孔某贤也，畏于匡矣。以明哲之贤，尚罹幽忧之患，况鳞
羽之族，能无弋钓之累哉？"议论与说理结合得非常紧密，往往于论中议，或
于议中论（说理），又如"曩吾有心也，恐求之不得；今吾无心也，既得之而
亡求。……斯并眇小者之所习，安知大丈夫之所钓哉"一段，亦议论与叙事说
理相结合。

卢照邻《对蜀父老问》中答蜀父老"余笑而应之曰"一段，散体句与骈句
混用，组合俪对，极具有诗歌的韵味。大段议论说理中又寓抒情，以人之得
路，而衬己之失道，以去留之不可违，而喻人生之迹不可测，虽表面声称"易
时变术"，实则终抱人生如"白驹过隙"之叹。特别是结尾"彼一时也，此一
时也，易时而处，失其所矣"②，其不辩之"情"，于上文的堂皇中更见其"哀
宛悲怨"。

骆宾王《钓矶应诘文》与卢照邻《对蜀父老问》略有不同，卢照邻借假设
问对而行文，骆宾王却以第一人称直抒胸臆，类似小品文。而且"余以三伏晨
行，至七里濑"一段皆为淡淡的描写，其句式、语气完全似游记之体。此篇对
中唐和以后小品文的发展是有影响的，而且此篇用韵较疏，甚至也使用一些句
中韵，整体而言用韵不太规律。如祝辞（"余乃祝之曰"后一段）中"阱"
"灵""津""神""鳞"押韵，段中"周""钓""流"也谐韵，不过较为疏远，
往往不被察觉。尽管这些韵字较疏，但却正是它们的运用使此篇不失赋的文体
特征，全篇音韵也极自然流畅，而不归之于"笔"（无韵之文）。祝辞中："猛
兽搏也……何故贪饵而吞钩乎？"文字几乎全属议论，但议论中抒情之意不言
自明。"何不泥潜而穴处？何故贪饵而吞钩乎？"无疑是作者对世相的精到概括
和深沉之思，这种深沉中无不透露出作者对世事的无可奈何和自身莫名的
悲怨。

---

① 董诰等编：《全唐文》，北京：中华书局，1983年，卷一九九，第2016页。按：其后所引此赋
皆参《全唐文》卷一九九，第2016−2017页，故不再一一注明，或仅标列篇名。

② 董诰等编：《全唐文》，北京：中华书局，1983年，卷一六七，第1706页。

初
唐
四
杰
辞
赋
研
究

当然，议论、说理方式并非文赋仅有，在其他文体中也有运用。但议论等表现方式成为文赋因子的主要特征，在前代学者已有定论。徐师曾说文赋源于楚辞《卜居》《渔父》，"而《子虚》《上林》《两都》等作，则首尾是文。后人仿之，纯用此体，盖议论、有韵之文也"①。他认为文赋之体，主要从押韵和议论表达方式来看。用赋来说理，发表议论，早在汉代大赋"曲终奏雅"就已萌芽。从唐代开始，这种尚理倾向就于律赋和文赋中显现，文赋中尤为明显。虽然议论、说理并不是文赋特有的表现特征和手法，律赋、骈赋、俗赋等依旧也可以使用，但因这种手法大量运用，以及为了确切地达到议论和说理效果，不得不从句式上打破骈对的格局，运用更多的散句、长句，从而使赋趋向散化，具有散体文赋的因素。

四杰文赋因子特征表现灵活，极具创造性，不局限于假设问对，也借助于散行句式和语气。这影响了中晚唐文赋的发展趋向，使之更多地重视散体句式和语气的表达，形成所谓"接近散文风格的新文赋"②。这种散体语气，表现在对古文章法、气势的吸收借鉴，对议论、说理兼抒情等表现手法的采入，可以说这是四杰文赋因子最主要的表现特征。如王勃《释迦佛赋》在文体上，可谓是一篇十分值得关注的赋作，既有一般骈赋的特征，也有律赋和文赋的因子。《释迦佛赋》的文赋因子特征就表现在句式的散化，不完全是骈体；其次是文中议论、说理手法的运用，而不局限于抒情和描写。如："帝释梵王，尚犹皈敬③；老聃宣父，宁不参随？""宝殿之龙颜大悦，春闱之凤德何虞？""岂不知海量无边，天情极广？"④ 其议论、说理之意甚为显明，奇情壮思通过议论、说理得到有效表达，发挥了散体赋语气的长处。

二、四杰文赋与汉赋异同及其创新

对文赋的肇始，历来都是有争议的，无论是汉代的散体赋，还是始于唐代的新文赋，都可称为文赋。但从句式、音韵、叙事方式、抒情色调之浓淡看，二者所表现的赋风又是有差异的。仅以司马相如《子虚赋》《上林赋》为代表的汉代散体赋，与卢照邻《对蜀父老问》、骆宾王《钓矶应诘文》等篇来看，

---

① 徐师曾：《文体明辨序说》，北京：人民文学出版社，1962年，第102页。
② 马积高：《赋史》，上海：上海古籍出版社，1987年，第256页。
③ 《全唐文》下阙一字，据詹杭伦补作"敬"。参詹杭伦：《唐宋赋学研究》，北京：中国社会科学出版社、华龄出版社，2004年，第89页。
④ 董诰等编：《全唐文》，北京：中华书局，1983年，卷一七七，第1800页。

即可窥蠡两代盛世之不同与赋风之变化，更能窥其世俗人情和作家个性特点。

马积高先生称汉散体赋为"汉赋之近文"，根据韵语、句式等，又说"不如称汉文赋为较安"①。在马积高所著的《赋史》和《历代辞赋研究史料概述》中皆称唐文赋为"新文赋体"②，很明显，所谓"新"者，自然表现唐文赋与汉散体赋之间存在差异。四杰文赋创作，为唐文赋发展阶段重要的一环，其所显示的章法、构思等文体特征都表现出与汉散体赋之不同。这在唐文赋的发展过程中是极其重要的，它促成和影响了"自具特色"③的唐代文赋最终诞生和成熟。

四杰文赋中卢照邻《对蜀父老问》、骆宾王《钓矶应诘文》两篇文赋因子最为明显，可直接与以司马相如为代表的汉散体赋略做比较探讨。结合其时域差异，我们不难发现两个时期的赋，的确存在着文体概述性描述所不能说尽的差异。

（一）四杰文赋与汉赋句式、音韵及文体结构特征比较

本节主要以司马相如《子虚赋》《上林赋》两篇与卢照邻《对蜀父老问》和骆宾王《钓矶应诘文》两篇相比较。为什么要将卢、骆赋与司马相如赋做比较呢？一是因为卢、骆与司马相如处所的时代有比较近似之处，都处于渐趋繁荣的盛世；二是就作家本身来说，他们都身处盛世的时代大背景下，力求一展雄才，积极干谒。他们都曾有上书或献赋，都力求为朝廷重用，但其结果却表现出极大的差异。《子虚赋》《上林赋》为献赋，司马相如因之而受俊赏，而卢、骆《对蜀父老问》和《钓矶应诘文》两篇则为考功求仕后的失意之作。可以说他们都具有儒家的正统思想，又具有诗人的放诞气质；三是从文体上看，《子虚赋》《上林赋》可谓汉散体赋的代表之作，其全篇的散文句式和气势，也成为汉代文赋最典型的文体代表，故霍松林说："以《子虚》《上林》为代表的汉大赋，韵散结合，或称散体赋，或称文赋。"④而卢、骆《对蜀父老问》《钓

① 马积高：《历代辞赋研究史料概述》，北京：中华书局，2001年，第17页。

② 参马积高《赋史》第256页（上海古籍出版社1987年版）及《历代辞赋研究史料概述》第98页（中华书局2001年版）相关论述。

③ 霍松林在《论唐人小赋》中说："以《子虚》《上林》为代表的汉大赋，韵散结合，或称散体赋，或称文赋。"马积高说："但唐代的各体均有变化，其中最重要的是在汉文赋体的基础上形成了新文赋体（即前人所谓'文赋'体）。"（《历代辞赋研究史料概述》第98页）郭预衡说："唐代的文赋……已不同于汉代的文赋而自具特色。"（《中国古代文学史》，上海：上海古籍出版社，1998年，第二册，第168页）

④ 霍松林：《论唐人小赋》，《文学遗产》1997第1期。

矶应诘文》二篇则可视为四杰文赋的杰作。

对文体的界定，主要的依据是结构、句式、音韵等。马积高说"东汉尤时杂偶句，亦难以散体目之"①，这便是从句式上区别。句式的骈散协韵是决定文赋的主要文体特征，正似上述遗传基因的共性作用。其修辞手法、叙事方式等则可视为其变性，故对卢、骆与相如赋的比较，也主要从这些共性和变性因子而论。

第一，从句式上看，散文句式与文赋关系紧密，但文赋并不全属散句，也时用骈对俪辞。不仅汉代散体赋中时时存在骈辞俪句，四杰文赋《对蜀父老问》《钓矶应诘文》也是散骈结合。《子虚赋》的"主体"部分多为三、四言，或者于四言的基础上加上"其北""其南""则有"或其他一些虚字、漫语，构成六言，或偶尔杂用陈述句式的散句，写得"有声有色，淋漓尽致，句式长短，亦有变化，少则三言，多则七言，而主要的则为四、六言句，且对仗较为工丽"②。卢、骆二篇句式也较灵活，句式字数更有增加，多为六、七言，也有至九、十、十三言不等，从句式上看散体倾向更为明显。

第二，在结构章法上，司马相如《子虚赋》设子虚、乌有先生、亡是公三人为客主，"空籍此三人为辞，以推天子诸侯之苑囿。其卒章归之于节俭，因以风谏"③。这种主客问答的体制在四杰文赋中得到了继承，《对蜀父老问》和《钓矶应诘文》皆是采用主客问答的形式。然而卢、骆二篇与司马相如的《子虚赋》《上林赋》的主客问答形式又表现出明显的不同。在四杰赋中，客的成分得以弱化，而且问语也明显减少。《钓矶应诘文》中同行者诘"余"仅数句，《对蜀父老问》只"庞眉华发"的蜀父老的一段问难。不难看出，"客"体形象是较为模糊和弱化的，只有语言的描写，而无动作的刻画；从对问体制上看，四杰文赋的问对形式简单明了得多，多只一问一对，即问一段，然后答一段，而《子虚赋》《上林赋》则稍为繁杂，其中多为一段之中，数问数答。如《子虚赋》：

> 坐定，乌有先生问曰："今日畋乐乎？"子虚曰："乐。""获多乎？"曰："少。""然则何乐？"对曰："仆乐齐王之欲夸仆以车骑之众，而仆对以云梦之事也。"曰："可得闻乎？"

① 马积高：《历代辞赋研究史料概述》，北京：中华书局，2001年，第17页。
② 姜书阁：《骈文史论》，北京：人民文学出版社，1986年，第110页。
③ 司马迁：《史记》，北京：中华书局，1959年，卷一一七，第3002页。

子虚曰："可。王车驾千乘，选徒万骑，畋于海滨……"①

　　另外，相如赋中主、客的问对也多以对客观事物的铺排为主，而四杰赋中的主、客问对，则更多地表现为作者心性的主体设问和对答，其主体性色彩更为浓郁。而且，以司马相如为代表的汉文赋多体制巨大，与四杰文赋从体制上也呈现出明显的差异。姜书阁先生说《子虚赋》"就结构而言，首有序，末有风，中间数大段以韵语敷陈，可谓'极声貌以穷文'"②。司马相如《上林赋》也可称为汉代散体文赋的代表，其结构基本上与《子虚赋》相同，大段采用韵语，在赋的主体部分用韵也非常绵密。姜书阁先生说："作为《子虚》的下篇，《上林》较前篇远为巨丽：篇幅长达一倍以上，文章更多骈对，而铸词造语，藻采纷披；岂独繁类成艳，抑且声和韵谐。方之前篇，后来居上；求诸古人，绝无仅有。"③ 所谓"巨丽"者，不仅是就骈对俪偶、音谐辞美而言，更是就体制之宏阔而论。四杰文赋由于其铺排体物成分的减少，故体制短小得多。

　　第三，在音韵方面，万光治先生称汉代散体赋"句型丰富，韵散结合，富于韵律美"④。从司马相如散体赋《子虚赋》《上林赋》诸篇来看，就其整篇文章言，连同"序""引"等，押韵的主体部分只占全文的少量篇幅。但就其赋的"主体"部分而言，其用韵则是十分绵密的。大致来说，自汉以后，文赋用韵总体由疏而密，至四杰则为转折，之后的新体文赋体式散漫，用韵由密至疏，散而无规则。唐代渐重律赋对经义的考察，特别是宋代直接以经义、策论为科考内容，这使赋体创作犹重议论说理，无疑影响了赋体句式结构和音韵疏密等。四杰文赋处于新、旧文赋转型这一独特时期，其文赋用韵表现出打破常例的新态，呈现出疏密并呈多样化的特点，这是文赋受音韵格律时风影响的必然。在与先唐、初唐之后的文赋用韵实例的比较中，四杰文赋用韵承前启后的作用和意义便豁然可见。

　　以《子虚赋》为例，《子虚赋》⑤ 首段赋序，尽管为序，却依旧协韵。如其中："齐"（脂部）"骑"（歌部）"罢"（歌部）、"乐"（沃部）"多"（歌部）、"骑"（歌部）"地"（歌部）"泽"（铎部）、"生"（耕部）"存"（文部）"定"

① 萧统编，李善注：《文选》，上海：上海古籍出版社，1986 年，卷七，第 348－349 页。
② 姜书阁：《骈文史论》，北京：人民文学出版社，1986 年，第 111 页。
③ 姜书阁：《骈文史论》，北京：人民文学出版社，1986 年，第 113 页。
④ 万光治：《汉赋通论》，北京：中国社会科学出版社、华龄出版社，2004 年，第 82 页。
⑤ 参萧统编，李善注：《文选》，上海：上海古籍出版社，1986 年，卷七，第 348－357 页。按：用韵参《实用音韵学》《宋本广韵》《集韵》及周祖庠《新著汉语语音史》等书。

（耕部）"麟"（真部）"轮"（文部）、"年"（真部）"园"（元部）（真元合韵）、"鹿"（屋部）"浦"（鱼部）、"无"（鱼部）"睹"（鱼部）皆各自协韵。其中"真""文"和"真""耕"协韵；"脂"和"歌"协韵。《子虚赋》正文"臣闻楚有七泽……众色炫耀，照烂龙鳞"一段中：

> 其山则盘纡弗郁（物部），隆崇嵂崒（物部）。岑崟参差（歌部），日月蔽亏（歌部）。交错纠纷（文部），上干青云（文部）。罢池陂陀（歌部），下属江河（歌部）。其土则丹青赭垩（铎部），雌黄白坿（侯部），锡碧金银（文部）。众色炫耀，照烂龙鳞（真部）。①

姜书阁先生称："全用四言句，而且押韵，但韵法不同：前四句是二、四的隔句韵，后四句是一、二句为韵，三、四句为韵。其语或对或不对，一任自然，不强求工。"② 实际上，前四句完全可视为一、二押韵，三、四押韵。当然，若"崒"（zú）读为cuì，元音相近或韵尾相同合韵，则也可视"郁""崒""亏"又是押韵的。姜书阁先生又称"其土则丹青赭垩"一段"用了五个四言句，一、二句韵，三、五句韵。再叙这山的石，用四个四言句，而二、四为韵。继之，分别描述云梦之山的东、南、西、北各方的景物，仍皆用四言句而且押韵。"③ 此列分叙四方一段：

> 其东则有蕙圃，衡兰芷若，芎藭菖蒲。茳蓠麋芜，诸柘巴苴。其南则有平原广泽，登降陁靡，案衍坛曼。缘以大江，限以巫山。其高燥则生葴菥苞荔，薛莎青𬞟。其埤湿则生藏莨蒹葭，东蔷彫胡。莲藕觚卢，菴闾轩于。众物居之，不可胜图。其西则有涌泉清池，激水推移。外发芙蓉菱华，内隐钜石白沙。其中则有神龟蛟鼍（tuó），玳瑁鳖鼋（yuán）。其北则有阴林，其树楩柟豫章。桂椒木兰，檗离朱杨。栌梨梬栗，橘柚芬芳。其上则有鹓雏孔鸾，腾远射干。其下则有白虎玄豹，蟃蜒貙犴（àn）。④

从此段来看，用韵较密且似乎有一定规律。其中描写东向五句，一、三、四、五押韵。根据"在元音相同的情况下，阴、阳、入三声可以互相对转"，

---

① 萧统编，李善注：《文选》，上海：上海古籍出版社，1986年，卷七，第349—350页。
② 姜书阁：《骈文史论》，北京：人民文学出版社，1986年，第110页。
③ 姜书阁：《骈文史论》，北京：人民文学出版社，1986年，第110页。
④ 萧统编，李善注：《文选》，上海：上海古籍出版社，1986年，卷七，第350—351页。

从而"鱼铎通韵"①，那么则又可视为一、二、三、四、五句皆押韵，韵脚绵密。接下来，"其南"十三句，用韵则略显复杂：三、五、七句尾字"曼""山""苹"属元部，尾韵相同押韵。"葭""胡""卢""于""图"属鱼部，尾韵相同押韵。然"靡""荔""之"相隔较远，分别属歌部、锡部和之部，但"靡""荔""之"元音相同，支、脂、锡等部在具有相同元音的情况下，可以通韵或合韵，故此小段中"靡""荔""之"又可视为疏韵。十三句中则多达八句至十一句押韵，用韵绵密可见一斑。"其西"后六句和"其北"十句，"都无不用韵，韵法又颇自由"②。"其北"一段一、二句押韵，三、四句押韵；"其中"二句，"鼍"（tuó）、"鼋"（yuán）通韵。"鼍"（tuó）属歌部，"鼋"（yuán）属元部，"歌元通韵"③。"其北"一段，则二、三、四、六、七、八、十句的"章、兰、杨、芳、鸾、干、豻"等元音相近或相同，分属元部和阳部，可合韵，韵脚亦比较密。接下来的一段写楚王田猎并及郑女曼姬陪猎。此段用韵较为频繁，有交韵、包韵④，一定程度上借鉴了《诗经》用韵的方法。可见，《上林赋》《子虚赋》诸篇在音韵上，皆表现出复杂而绵密的特点。

先唐文赋和初唐以后的新体文赋用韵都与四杰文赋用韵略有不同，初唐以后的新体文赋用韵趋势由密至疏，故元代祝尧《古赋辩体》论唐宋（文）赋时说："若以文体为之，则专尚于理而遂略于辞……以论理为体，则是一片之文，但押几个韵尔，赋于何有？"⑤可见，初唐以后的唐宋文赋，体近于文，用韵疏淡。祝氏之语虽非的当，但却道出了唐代新体文赋与汉文赋的一个共同的重要特征：都必须为有韵之文。四杰文赋，正如上文所说，由于处在整个赋史发展中"百体争开，昌其盈矣"⑥的交替过渡的时代，其文赋用韵也自然呈现出非比寻常的特征：其用韵疏密相兼，适意达情。细看卢、骆二篇用韵，在骆宾王《钓矶应诘文》中，有些韵脚字相隔较远，尤难察觉。然而全文韵谐流畅，有一些句中韵、双声叠韵词等的运用。如："猛兽搏也，拘于槛阱；鸷鸟攫也，

① 殷焕先、董绍克：《实用音韵学》，济南：齐鲁书社，1990年，第409—410页。

② 姜书阁：《骈文史论》，北京：人民文学出版社，1986年，第110页。

③ 殷焕先、董绍克：《实用音韵学》，济南：齐鲁书社，1990年，第411页。

④ 《实用音韵学》："交韵是指奇数句与奇数句押韵，偶数句与偶数句押韵。""包韵也是四句两韵，但第一句与第四句押韵，第二句与第三句押韵。"（殷焕先、董绍克：《实用音韵学》，济南：齐鲁书社，1990年，第419页）

⑤ 祝尧：《古赋辩体》卷八《宋体》，《景印文渊阁四库全书》第1366册，台北：商务印书馆，1986年，第818页。

⑥ 王芑孙：《读赋卮言》，《续修四库全书》第1481册，上海：上海古籍出版社，2002年，第376页。

縶于樊笼；素龟灵也，被发河津；白龙神也，挂鳞且网。何不泥潜而穴处？何故贪饵而吞钩乎？"其中"阱""灵""津""神"和句中的"鳞"押韵；"处""乎""钩""流"分别押韵，而"流"又与"理"有相同的元音，也是谐韵的。又如："而吾子沈缗于川，登鱼于陆，烹之可以习政术，羞之可以助庖厨，曩求之将何图？今舍之将何欲？"① 这一段，"陆""术""厨""图""欲"押韵。尽管如此，《钓矶应诘文》全文押韵仍较为疏散，体近于文，不似卢照邻《对蜀父老问》用韵复杂，且呈现出一定规律。《对蜀父老问》全文语谐韵畅，极易识别。《对蜀父老问》中最明显的是偶数句用韵的特点。如"大唐之有天下也"以下：除第二句的"代"和第三句"载"、第五句的"塞"谐韵外，不计漫语，如"无所用也""将焉设也"等，其余则如第四句"庭"始，以下偶数句的"平""兵""行"；"封""雍"；"儒""图"；"修""俦""流"；"薰""闻"；"歌""和"；"兴""升"；"凝""词""时""之"；"成""衡""亨""声""倾""楹""轻"皆为位于偶数句末的韵脚字。又如最后一段"焉""篇""年""弦""迁""烟""然""篇""天""惑""国""塞""北""棘"亦皆为偶数句末的韵脚字。当然，在卢照邻《对蜀父老问》中，也有用韵较为复杂变化者，如："咸英并作，韶武毕用，奏之方泽而地祇登，升之圆丘而天神降。虽有伶伦伯夔，延陵子期，操雅曲则风云动，激凄音则草木悲，又何施也？"② 此九句，"用""动"押韵，"期""施"等押韵，韵脚字位置全无规律。也有单数句入韵的，如："行苏、张之辩于娲、燧之年则迁矣，用彭、韩之术于尧舜之朝则舛矣。守夷齐之节于汤、武之时则孤矣，抱申、商之法于成康之日则愚矣。彼一时也，此一时也，易时而处，失其所矣。"③ 这几句中，一、三、四、七、八句押韵，五、六句则为迭韵④，偶句用韵最为明显。

从卢、骆与司马相如主要文赋篇目的比较中，不难看出，四杰文赋与司马相如为代表的汉散体文赋形成一个鲜明的对照：在四杰文赋创作中，四杰力图摆脱骈对俪偶对句式的约束，使文谐意畅。尽管依旧还不断有骈对俪句的出现，但他们已经翻新出奇，并将句式变长。出句和对句增长增多，意象扩充，从而在形式上形成长隔对或散隔对（不规整的隔对），在意象和文气上潜隐着

---

① 董诰等编：《全唐文》，北京：中华书局，1983年，卷一九九，第2016页。

② 董诰等编：《全唐文》，北京：中华书局，1983年，卷一六七，第1706页。

③ 董诰等编：《全唐文》，北京：中华书局，1983年，卷一六七，第1706页。

④ 按：《实用音韵学》称"迭韵就是两句连用相同韵字，以增强音乐美，往往是一句承上，一句启下。其中又分两句字数相同的和字数不同的两类。"（殷焕先、董绍克：《实用音韵学》，济南：齐鲁书社，1990年，第419页）

散体的无限韵味。这些骈对俪句的运用，显然是四杰受六朝余习的影响。但四杰赋中又明显表现出挣脱这种束缚的倾向。而于汉魏散体文赋中，特别是两汉散体大赋中，作者更多地呈现出对骈对俪句的追摹，他们似乎要将古代散文尽量改造成俪对的韵文：即他们将散文更多地写成韵散结合的文字。这种由散至韵的倾向，必然使他们注重韵律，因而许多句子表现出句句用韵的特点。因此，卢、骆文赋和司马相如所代表的汉代文赋可以说分别代表了两个不同的发展趋向，一是将文体向骈体靠近，一是去骈俪而向散体回归。这是两个不同时代的文风和文学思潮所影响的结果。

第四，在叙事方式上，卢、骆二篇赋作更多地采用第一人称进行主观性的抒情、议论和描写，多抒发作者身世和怀才不遇的忧思。即便作为客体的问难方，也只是作者虚设的"蜀父老"和"同行者"，采用设问对答，极似一种心性宣扬和消解似的自问自答，类似于"解嘲"和"设难"。而《子虚赋》《上林赋》等篇，则采用假拟的第三人称人物，如"子虚""乌有先生""亡是公"，作者的主体色彩则不明显，而是退隐或消解于叙述人物的背后。这种叙事方式，也使对客观事物的客观性的铺排描写更占主要成分，客体的主观体验也并不明显和丰富，当然这有利于客观地体物描写和情景叙事。另外，相如散体赋更多移步换景的时空描写方式，这种他者的视角从逻辑上也有利于多维视野的展开，而四杰文赋则多用情感逻辑的勾连，对于空间方位视野的变化则不明显，这当然也是受制于其主观性叙述和人物设置。

第五，由于叙事方式的不同，决定了他们的作品之间抒情色彩的浓淡也呈现出明显的不同。加之时代和身世的影响，卢、骆二赋，由于作者主观视角或假设主体的主观心性的描写展示，其抒情色彩远比《子虚赋》《上林赋》浓郁。他们的赋中对讽谏之义的表达也表现出不同：四杰之赋多显于文中，而汉代文赋则往往流于句末，这是由汉赋的体物多而言志少的特征决定的。比如《子虚赋》最后，就借"乌有先生之口，以反驳子虚之言，作为风谏之辞，用示劝诫之意，盖所谓'乱以理篇，写送文势'者也"①。其《上林赋》，亦从"天子芒然而思"后一段，即为"归余于总乱"，兼表讽谕之意。汉文赋的这种体制，正如扬雄所认为的"靡丽之赋，劝百而风一，犹骋郑卫之声，曲终而奏雅"②。至魏晋，由于受动荡不宁的时代影响，作者在诗赋中很少能有谏议或"奏雅"之类的"乱词"，即便在文中略有讽谏之义，也只是隐而不显或一些无关痛痒

---

① 姜书阁：《骈文史论》，北京：人民文学出版社，1986 年，第 111 页。
② 班固：《汉书》，北京：中华书局，1962 年，卷五十七，第 2609 页。

初
唐
四
杰
辞
赋
研
究

的文字。他们更多的是抒情和描写，此种时代影响也造成了更多抒情和山水诗赋的诞生。

第六，从他们的作品中反映出两代文赋创作倾向上的不同，即各自的创作题材选择不同。抒情的表现方式和表现程度，必然影响其题材的选择。以相如赋为代表的汉散体赋更多注重于宏大的场面和声势的描写，铺排体物，无漏巨细，故而更多散体大赋之作；唐文赋则注重于抒情和议论，更多个人情感和意志的宣泄，则游兴寄怀类的行吟散体赋较多。当然，四杰文赋中更多抒情和议论，不仅表达对个人命运的愤议，也表达对时代、世事和人生、理想的广泛关注。从而反映出人性自由的趋向逐渐走向解放，凡能寄发感兴之物或事，都可以成为赋作对象。

事实上，无论是其用韵特点，还是其抒情、议论、描写、铺排、说理并用等特征，还是体兼诗、骚、骈、律、文等各体因子，这都是四杰赋所独具的独特艺术魅力，为前者所无，也为后来者所钦羡。

（二）四杰文赋与汉赋形成差异的原因

汉唐两代在文赋中所表现的差异，体现在作家各自性格不同、时域不同，各代所产生的文学观念也有所不同。

首先，作家个性特征不可能完全一样，甚至同时代，或同类性格不同时代，他们受多种因素影响，也是不一样的，这也会影响其文学创作活动。在四杰文学群体内部，虽然其身世处境大致相近，但由于其个性亦存在一些差异，也使他们的文学表现是不一样的。此正如史载裴行俭"先器识而后文艺"的批评一样，其虽然是说明裴氏的鉴人识才之能，但却确实说明一个人品行气质性格是对其文有影响的。当然对一个人的影响因素又是复杂而综合的。其与家庭和家学有关，也与时代整体的知识水平和认知结构等有关。这些因素太过复杂，故在此不深论。但与这些因素密切相关的一点，则必须加以注意，它显然对两个时代的作家的赋作表现是有影响的。如司马相如的赋，虽穷形尽象地对物象描写，可以"包括宇宙，总览人物"①，但其词汇则显然多为自己创树，特别是一些叠韵、象声词等，以及一些闻所未闻之物事者，这些都是前代所未睹者，所未描写者，故而也不可能引经而据典，也就是说其用典的特征显然不如初唐四杰来得明显。而从初唐四杰赋创作来看，其时虽为盛世，其所包举之

---

① 黄叔琳《文心雕龙辑注》卷二引《西京杂记》云："相如曰：'赋家之心，包括宇宙，总览人物。'"又见葛洪撰，周天游校注：《西京杂记》，西安：三秦出版社，2006年，卷二，第93页。

物象大多皆为前人所书写，但也不泛新兴的物象事件等。四杰由于学贯古今，有着深厚的教育背景和经历，对典故熟悉，故而引经据典比比可见。这一方面是其学识和才能的体现，另一方面实际也是时代的风气使然。经历汉代以后，经学也得到进一步发展，在唐代科举考试中重经义也就是必然之举，这些都影响到四杰对文学的表现方式。

其次，司马相如和四杰都是处于盛世或盛世前夕，但他们所处的时代和地域是不一样的。汉武帝的拓边开疆与唐高宗的保疆安民，必然影响着他们各自的政治生涯，也必然影响到作家的时命观、人生观，以及文学创作观。另外，各自时代所提出的文学要求也是不同的。罗宗强先生说："从文学思想的发展过程看，从散到骈，是一种重文学自身的艺术特点、特别是抒情特点，重视艺术形式的文学思想取代重功利文学思想的过程；从骈又到散，则是重功利文学思想的再度出现。"① 秦汉之际，正是文学由散趋骈，力求表现其文学性之际；而初唐则要求文学由骈趋散。不过笔者认为影响它的这种文学功利思想，主要"是出于实用的目的"，"便于朗诵与记忆"②。当然，这是从文学创造者的视角来看问题，这种文学的功利性确实往往趋于创作者和阅读接受者的主观取向，但另一方面，从文学发展自身的规律特征来考察，则会发现这实际亦是历代文学发展必然经历的创新、复古的结果。人们追求创新，是要去"常"去平庸化，"复古"不是复旧，也不是复近古，而是复远古，这种复古实际追求的是一种陌生化的创新效果，也就是与现实所面临的"平常"的对立面。因此，这两种文风的变化既是人的主观性追求的结果，也是时代风气好恶的一种倾向性结果。另外，随着人类理性思维的进一步发展，又加之语言学和语料学的进一步发展，人们在运用语言来表达理性逻辑思维时，就要求更细致更精准更丰富，这也促成文体在语言运用上更具有叙述性、描写性、议论和说理性。换言之，诗体的语言方式和逻辑思考方式与文体的语言方式和逻辑思考方式也是有所差别的。正因为这种差别，使唐代的小说类，如志怪、传奇、戏曲等方面都得到进一步的发展，这实际上是与人们的思维方式、语言习惯和语料的发展都有至为密切的关系的。罗宗强先生就说，后代"叙事日趋详尽，细腻，要求记叙文表述准确、寓褒贬于一字之间；理论思维的迅速发达，哲学思想的发展与活跃，适应理论阐述的与理论论战的需要，说理文字要求论证严密，避免疏

---

① 罗宗强：《隋唐五代文学思想史》，北京：中华书局，2003 年，第 142 页。

② 罗宗强：《隋唐五代文学思想史》，北京：中华书局，2003 年，第 116 页。

漏。这些地方，骈体就往往受到限制，散体就可以大显身手了"①。这恐怕是两代赋有差异的最主要的原因。

当然，由此来看汉代散体赋的（散）"文"化，实际上只是一个相对的概念。汉代散体赋的散化和文化实际上是相对于当时的古诗、乐府及楚辞等来说的。相对于这些传统的文体来说，汉赋确实又具有散化和"文"体化的特征。但细究起来，这种趋散近文的倾向，仍是对先秦上古《尚书》及"古诗"等所代表的散体"文"的复古。今天出土的《清华简》及相关出土简帛材料，其中所收的《周公之琴舞》《楚居》《五子之歌》等，形式更趋于散的特征，特别是《周公之琴舞》篇则可能就是"古诗"的一种状态，与今本《诗经》改造后的《周颂·敬之》篇显然是不一样的，其更接近于颂体和楚辞九体的样态。由此或许可以说明，屈原骚体的创作，可能也是对"古诗"的一种复古摹写，司马相如等人所创造的汉赋等也是对上古"古诗"和"尚书体"等的一种复古模拟，并在此基础上进行的一种创造，但显然这种散文化的特征还是不十分明显的，只是与当时的骈体和诗比较起来，具有"文"（散文化）的特征。这恐怕也是一些学者不将汉代散体赋与唐宋以后新文赋等同而视的原因，但两者显然是有因循和承袭关系的。

再次，由于这种骈散的倾向在各个时代的具体要求不同，也影响着各代文学观念的变化。汉代是继短暂的秦王朝之后新兴的封建王朝，赋家更多地关注那些新鲜的、令人振奋的东西，无不希望穷形尽相地将其描写出来。如有学者就讲："秦汉大一统帝国的出现，使再现因素的发展获得了强大的势头。"这种再现因素借汉代散体赋得以穷形尽相的刻画，但汉代散体赋"却在'表现'方面频频失分。在大力追求形式美的同时，却付出了'繁采寡情'、脱离抒情传统的沉重代价"②。其"繁采寡情"的时弊必然反过来又要求汉赋发展趋向要注重骈偶俪对、音韵和抒情等文学性综合因素和特点。这就是秦汉的赋风倾向。也就是其一方面取法于古诗古赋传统的散体化因素，但既要"体物"又要"写言"，则繁采缛情则必须兼之，故大量的物象铺排与堆叠就由汉赋来承担，这是诗已经分途发展后所不能承载的使命了。但情志的表现则是通过叙述、议论和说理、抒情等语言方式来综合完成的，这又要求赋仍有古诗散体的韵味，而不是纯粹为追求入"乐"的歌诗和诵赋效果。所以秦汉时，其赋尚保留有

---

① 罗宗强：《隋唐五代文学思想史》，北京：中华书局，2003 年，第 116 页。

② 张国风：《一种过渡的折衷状态——诗、赋、骈文、散文的相互消长》，《中国人民大学学报》1995 年第 5 期。

骈、散的双面性因素和特征，而至魏晋，这种骈俪的倾向大盛，其又与诗歌的进一步律化骈化是相关的。但赋发展的另一种倾向也得以发展，这就是从古赋体或者说"尚书"体文中发展出来的"笔"。但无论是趋近于后来的"诗"还是"笔"，显然都是会出现弊端的，因此至唐初赋体发展就不得不要求改革流弊。于是在四杰文赋中更多地表现出追求由韵至散的倾向，这是对六朝文风的变革和改正。中唐古文运动也是这种文艺思潮的真实反映。由此可以说明，其实在文体发展中，诗体、赋体、文体（笔体）又都是相互影响和趋近似发展的，这就是文学发展中的"破体"现象。这种"破体"就是为了趋近和相互取鉴，但这种结果在经历一定时期后又必然因"辨体""禁体"等因素和意识而加以改创。古文运动以后，文赋无论是在句式，还是音韵方面，散化的倾向都更为明显，这又是由于晚唐至宋，科举政策的变化而引起的。科举政策的变化势必会影响到文学的发展，其"禁体""破体"往往又相互作用，甚至出现一时纠缠不清的结果。故而元人祝尧批评宋文赋"一片之文"。当然四杰与汉魏诸人所受的时风影响的差异，也必然影响到作者的创作观、文艺观、以及创作题材、创作心理等及具体创作活动。初唐的这种由韵、骈至散的文赋观，以及其与汉魏人的时域差异和个性差异，表现在四杰的文赋中，必然又使它们表现出与汉魏文赋不同的特征。

第四章　承前别后：四杰文赋创作

初唐四杰辞赋研究

第五章 体迈思远：四杰骈赋创作

从骈赋因子的角度看，初唐四杰创作的大多数赋篇都可以算作骈赋，正是因其骈赋特征极为明显，也往往被人视为仍余六朝遗风。高光复先生就称："在风格上，王勃的辞赋同初唐的其他赋家的作品一样，还带有六朝辞赋的遗风。一方面是作品的语言风格往往于秀丽中见谐整。……另一方面，王勃辞赋又往往于作品中杂有五、七言诗一样的句子，这是从南朝辞赋继承过来而又加以发展了的。"① 姜书阁先生也说："王勃文集今存赋十二篇，其中七篇有序，赋与赋序均是骈体。"② 并说除《寒梧栖凤赋》外，"其他十一篇赋则都是骈赋"③。若以骈赋因子而论，此论确当。四杰赋中处处可见骈体句式，甚至在文赋中也不乏见，但因此而从文体上将王勃所有的赋作皆归为骈赋，又似并不确当和精审。王勃《游庙山赋》《江曲孤凫赋》《驯鸢赋》《涧底寒松赋》《慈竹赋》《青苔赋》几篇尽管有一些骈赋因子，但同样也有很多骚赋因子。而王勃《七夕赋》《九成宫东台山池赋》《采莲赋》《春思赋》虽有一些骚赋因子，但骈赋的特征更为明显。特别是《九成宫东台山池赋》等所体现的"忧愁骚思"远不如前几篇赋作明显。王勃《春思赋》和骆宾王《荡子从军赋》的骈体句运用也是比较普遍的，但其有至为明显的诗体赋特征，故而可解读为骈赋，亦可作为诗体赋探究。另外，杨炯《浮沤赋》《卧读书架赋》《盂兰盆赋》《老人星赋》、卢照邻《同崔少监作双槿树赋》《驯鸢赋》《病梨树赋》亦是多种文体因子相混杂，因其骈赋特征至为明显，故而从文体上亦视为骈赋。卢照邻的骚赋《释疾文》，其骈句亦丰，姜书阁认为它是"骈文中的上品"④。

按照骈赋的主要文体特征——句式骈俪，去划定四杰赋，或者说只要较多具备骈赋因子的赋便可以称为骈赋，则四杰骈赋就有王勃《游庙山赋》《江曲

---

① 高光复：《赋史述略》，长春：东北师范大学出版社，1987年，第170页。

② 姜书阁：《骈文史论》，北京：人民文学出版社，1986年，第449页。

③ 姜书阁：《骈文史论》，北京：人民文学出版社，1986年，第450页。

④ 姜书阁：《骈文史论》，北京：人民文学出版社，1986年，第454页。

孤凫赋》《驯鸢赋》《涧底寒松赋》《慈竹赋》《青苔赋》、杨炯《浮沤赋》《卧读书架赋》《盂兰盆赋》《老人星赋》、卢照邻《同崔少监作双槿树赋》《驯鸢赋》《病梨树赋》等诸篇。

一、四杰骈赋因子及其表现特征

骈赋因子，主要是就句式而言，指赋文中的骈体句式，是相对于散体句式而言的。我们所说的散体句式主要是指中国古代散文那类"专用散而不整，奇而不偶，长短错落，无韵律之拘束"的句式，这种句式往往"少用典事，以古朴为尚，不务词藻之华丽"①。而骈体句讲究辞藻、韵律和对偶。骈体句式的表现特征正如唐柳宗元《乞巧文》说："眩耀为文，琐碎排偶；抽黄对白，唵哢飞走；骈四俪六，锦心绣口；宫沉羽振，笙簧触手。"② 是"专务于排偶对仗，锦绣雕饰"，"讲求音律，谐调宫羽"③。骈体句式最重要的特征，便是相同结构的词句两两并列，如骈之驾二马。这种并列句，以两句或四句为主，但早期骈文有不限为偶数而间有三句者。如贾谊的《过秦论》："其强也……其弱也……其削也……"④ 这类句式在四杰的赋和文中依旧能见到影子，而且在某种程度上，更有拓展和创变，由简单的文句而衍为错比骈俪的段落。如《盂兰盆赋》中：

> 至如立宗庙，平圭臬，绣栭文楯，山栤藻棁。昭穆叙，樽罍设，以觐严祖之耿光，以扬先皇之大烈，孝之始也。
>
> 考辰耀，制明堂。广四脩一，上圆下方。布时令，合烝尝。配天而祀文考，配地而祀高皇，孝之中也。
>
> 宣大乘，昭群圣，光祖考，登灵庆，发深心，展诚敬。刑于四海，加于百姓，孝之终也。⑤

三小段句式整饬，对偶形式多样，可谓是早期三句对仗形式的创变。也有

---

① 姜书阁：《骈文史论》，北京：人民文学出版社，1986年，第1页。

② 董诰等编：《全唐文》，北京：中华书局，1983年，卷五八三，第5883页。

③ 姜书阁：《骈文史论》，北京：人民文学出版社，1986年，第2页。

④ 见司马迁：《史记》，北京：中华书局，1959年，卷六，第278页。又参宋陈仁子编《文选补遗》卷二十一，《景印文渊阁四库全书》本。

⑤ 董诰等编：《全唐文》，北京：中华书局，1983年，卷一九○，第1920页。

以散句漫语构成的隔对，而以两两为比的，看似散体文句，实则骈偶相对。如杨炯《盂兰盆赋》：

> 夫其远也，天台杰起，绕之以赤霞；夫其近也，削成孤峙，覆之以莲花。晃兮瑶台之帝室，艳兮金阙之仙家。其高也，上诸天于大梵；其广也，遍法界于恒沙。上可以荐元符于七庙，下可以纳群动于三车者也。①

这种骈体句不光注重句式的排列，亦讲求语词对偶、音韵协调，所谓"宫沉羽振""谐调宫羽"。

当然，骈赋的另一个隐性特征就是用韵也较有规律。骈赋因为处于由汉代散体文赋向唐代律赋发展的中间阶段，其用韵也呈现出由汉代散体赋的疏韵和无规律状态向律赋的密韵和规律状态转变的特点。虽然用韵是律赋的最主要的文体判定特征，但在骈赋中亦能看出一些规律性的倾向。句式的用韵一般包括两个方面：一是文句之末的韵脚；二是文句之内的音韵。姜书阁先生称这种"文中章句之内的音韵"，"是骈文的最重要的特征"，"是任何骈文都必须注意追求的"。当然，这也是文与赋的骈句所具有的共同特征，故他说："（骈文）四六通篇句法，平仄相衔，与律诗律赋同体。"②

尽管骈文也几乎全篇是骈句，但骈文（句末）却不必如诗赋一样押韵，这也是骈文与骈赋相区别的主要特征。我们细校四杰与其他诸多作家的骈文和骈赋，就不难发现这一事实。这种区别在马积高、高光复等先生的一些论著中也得到认定。姜书阁先生在《骈文史论》中将骈赋归入骈文一大类，值得商榷。

在骈赋中，骈体句也讲对偶工范、语言精辟。如卢照邻《驯鸢赋》："孕天然之灵质，禀大块之奇工。"③ 其中"大块"借用庄子语典，亦为"自然"之意，与天然相对。对偶是骈句的一大主要特点，对偶的形式多样，既有上下分句对偶，也有些赋句形成当句对。如"若乃风去雨还，河移月落"，"风"与"雨"对，"去"与"还"对。又如"狎兰砌之高低，玩荆扉之新故"，"兰砌"与"荆扉"相对，"高""低"与"新""故"又各自相对。

---

① 董诰等编：《全唐文》，北京：中华书局，1983年，卷一九〇，第1919页。
② 姜书阁：《骈文史论》，北京：人民文学出版社，1986年，第10页。
③ 董诰等编：《全唐文》，北京：中华书局，1983年，卷一六六，第1687页。

二、四杰骈赋的律化倾向

细读四杰骈赋，会发现其骈赋具有律化倾向①，与六朝骈赋已有差异。

在早期赋中，许多对偶，仅"惟意所适，不务精工，甚至上下联字数不尽相等，也不勉强增减一字以求整齐"②。至魏晋，骈赋出现，"骈赋也受这种风气的影响，而向着讲求声律和骈四俪六、隔句作对的方向发展，并成为这个时期辞赋的主要形式，逐渐向律赋发展。"③ 根据上下文，这种风气当指魏晋时"文之正宗"的骈文讲求声韵平仄和隔句作对等现象。叶幼明说："沈约提出四声八病之说而俳遂入律，徐庾开创骈四俪六、隔句作对而律益加细，加上限韵，律赋正式形成。"④ 不难看出，正是骈赋的律化为律赋的正式确立做了准备。在声律方面，促进律赋的形成和成熟，是骈赋律化倾向和这一转型过程所承担的重要责任。如果说徐庾之作已开骈赋律化的倾向，那么至初唐，由于诗歌律化，特别是五言律诗等进一步成熟，这些因素都进一步影响到四杰的骈赋创作。在初唐四杰的赋中，不难看出骈赋律化的倾向更为明显。除开王勃的《春思赋》等外，王勃《寒梧栖凤赋》《释迦佛赋》和杨炯《浑天赋》等也极富骈句，甚至被有些学者认为就是律赋，其律化因子自不必说。律化主要指骈句为主，且骈句中已开始注重句中的音韵平仄以及对仗工稳。以四杰中王勃的《采莲赋》为例：

> 至若金屋丽妃（——｜—）⑤，璇宫佚女（——｜｜），伤凤台之寂寞（—｜—△｜｜），厌鸾扄⑥之闲处（｜——△—｜）。侍饮南津（｜｜——），陪欢北渚（——｜｜），见矶岸之纤直（｜—｜△——），觌旌旃之低举（———△—｜）。上苑神池（｜｜——），芳林御陂（——｜—）；楼

---

① 唐代兴起的"古律论"，实从句式上区分当时以散文句法为主的文骚（赋）与骈律（赋）的区别。骈赋的名称更多源于其句式特点，律赋则源于句式和音律。学界通常认为律赋是在骈赋的基础上发展来的，骈赋在先，律赋在后，故而说骈赋的律化，而不说律赋的骈化。律赋本身有句式骈行的特征，只是在初唐和晚唐由于要求松散，律赋偶尔间杂散句。

② 姜书阁：《骈文史论》，北京：人民文学出版社，1986年，第9页。

③ 叶幼明：《辞赋通论》，长沙：湖南教育出版社，1991年，第62页。

④ 叶幼明：《辞赋通论》，长沙：湖南教育出版社，1991年，第63页。

⑤ 文中平仄符号为笔者所加，下同。（—：代表平声；｜：代表仄声；△：代表介词等虚字）

⑥ 宋本广韵为"下平声，青部"。然字本"同"声，"同"作上声。

阴架汇（——｜｜），殿彩乘漪（｜｜——）①。

黛叶青跗（｜｜——），烟周五湖（——｜—）；红菂绛花（——｜—），电烁千里（｜｜—｜）。

亦复衔恩激誓（———｜），佩宠缄愁（｜｜——），承好赐之珍席（—｜｜△——），奉嬉游之彩斿（｜——△｜—）。

其中平仄基本对应，音韵谐畅。而且四字句中二、四字基本平仄相对。"苑""池"为仄平，"林""陂"为平平，最后一字虽不甚相对，显然又是因"池""漪"等押平声韵所致。"阴""汇"与"彩""漪"则为平仄、仄平，完全相对。可以说，各句尾字，除需押韵处，偶尔有照应入韵而改变平仄规律外，余皆基本平仄对应。"亦复衔恩激誓，佩宠缄愁，承好赐之珍席，奉嬉游之彩斿"一句刚好置于上节"傅粉兰堂之上，偷香椒屋之里"仄声韵"子""齿""里"等换韵处，"愁"与"斿""舟""流""稠""讴""秋""仇"等构成平声韵。而"誓"与"席"又谐韵，从而此句又构成交韵的用韵形式。

又如：

蓬飘梗逝，天涯海际。似还邛之寥廓，同适越之淫滞。萧索穷途，飘飖一隅。昔闻七泽，今过五湖。听菱歌兮几曲？视莲房兮几珠？非邺池之宴语，异睢苑之欢娱。况复殊方别域，重瀛复嶂，虞翻则故乡寥落，许靖则生涯惆怅。感芳草之及时，惧修名之或丧。誓将划迹颖上，栖影渭阳。枕箕岫之孤石，泛磻溪之小塘。餐素实兮吸绛房，荷为衣兮芰为裳。永洁已于邱壑，长寄心于君王。②

其中骈俪之句，如"蓬飘梗逝""天涯海际""殊方别域""重瀛复嶂""餐素实兮吸绛房""荷为衣兮芰为裳"等皆构成当句对，而且声律协谐，体现了骈赋的主要文体特征。

另外，王勃《春思赋》不但音韵流畅，而且句式也多化用诗体，历来也为赋论家所关注。高光复先生说此赋"语句流动而又情辞婉丽"③。叶幼明先生也说王勃《春思赋》与骆宾王《荡子从军赋》相似，"全赋除序言外，本部

---

① 《宋本广韵》："池"歌部和支部皆录，"漪"为"支部第五"；"汇"在上古音中属"之部"，但为仄声。

② 董诰等编：《全唐文》，北京：中华书局，1983年，卷一七七，第1805页。

③ 高光复：《赋史述略》，长春：东北师范大学出版社，1987年，第169—170页。

204 句，七言律句占 114 句，五言律句占 50 句，诗句多，赋句少，也像一首律化的五、七言歌行体诗"①。可见，这篇赋的律化倾向也是比较明显的。如：

> 蜀川风候隔秦川（｜－－｜－－－），今年节物异常年（－－－｜｜－－），霜前柳叶衔霜翠（－－｜｜｜－－），雪裏（里）梅花犯雪妍（｜｜－－｜｜－），霜前雪裏（里）知春早（－－｜｜－－｜），看柳看梅觉春好（－｜－－｜－｜）。思万里之佳期（－｜｜△－－），忆三秦之远道（｜｜－－△｜｜）。

此数句，除首联平仄不太工整外，其余联平仄基本上相对。如清代赋论家徐斗光以王勃《滕王阁序》为例论赋句格律认为：四言句以二、四字位置同声为病；六言句二、四、六位置之字同声为病；七言句则以二、五、七位置之字同声为病。② 与七言诗的要求一致。则上引《春思赋》数句平仄工对，而且，按七言诗律的特征，用律抑扬顿挫，错落有致。其第一联对句与第二联出句明显构成粘对，最后一联六言虚字赋句平仄对仗尤工。又如：

> 帝乡迢递关河里（｜－－｜－－｜），神皋欲暮风烟起（－－｜｜－－｜）。黄山半入上林园（－－｜｜｜－－），元灞斜分曲江水（－｜－－－－｜）。玉台金阙纷相望（｜－－－－－｜），千门万户遥相似（－－｜｜－－｜）。昭阳殿里报春归（－－｜｜｜－－），未央台上看春晖（｜－－｜－－－）。水精却挂鸳鸯幔（｜－｜｜－－｜），云母斜开悲翠帏（－｜－－－｜－）。竞道西园梅色浅（｜｜｜－－｜｜），争知北阙柳阴稀（－－｜－｜－－）？

此一段，粘对自然，体近排律，又五言和七言相杂，又似歌行之体。

> 敛态调歌扇（｜｜｜｜－），回身整舞衣（－－｜｜－）。银蚕吐丝犹未暖（－－｜－－｜｜），金燕衔泥试学飞（－－－－｜｜－）。妾本幽闺学歌舞（｜｜－－－－｜），宁知汉代多巡抚（－－｜｜－－｜）？前年斋祭谒甘泉（－－－｜｜－－），今岁笙箫祠后土（－｜－－｜｜｜）。桃花万骑喧

---

① 叶幼明：《辞赋通论》，长沙：湖南教育出版社，1991 年，第 60 页。
② 徐斗光：《赋学仙丹》，柳深处草堂家塾藏版，清道光四年刻本。

长薄（——｜————），兰叶千旗照平浦（—｜——｜—｜）。①

由于《春思赋》用韵复杂，一节韵中往往又暗杂其他韵，韵法多样，有交韵、包韵、遥韵，而且有时于一节韵中往往用类于诗歌首句入韵形式，从而使这些联的尾字为达到谐韵，而平仄并不相对。但这并不是病犯，我们从中看出赋韵赋律和诗韵诗律的相互影响。中、晚唐律诗律赋，诗律、赋律的格律要求更严格，平仄也更为讲究，基本上为偶数句押韵，从初唐四杰的骈赋创作中，已完全可以看出这种倾向，他们的许多赋，基本上已是偶数句入韵。

骆宾王《荡子从军赋》既可视为骈赋，向来也被视为诗体赋的代表，其诗律化的倾向也很明显。仅举数句便知：

> 隐隐地中鸣战鼓（｜｜｜｜——｜｜），迢迢天上出将军（———｜———）。边沙远离风尘气（——｜———｜），塞草长萎霜露文（｜｜｜—｜—｜—）。
>
> 蘼芜旧曲终难赠（——｜———｜），芍药新诗岂易题（｜｜｜——｜｜—）？池前怯对鸳鸯伴（——｜｜——｜），庭际羞看桃李蹊（—｜———｜—）。②

赋句律化的倾向在四杰其他骈赋中也表现明显，如：

> 王勃《九成宫东台山池赋》："骤冲情于月道（｜——△｜｜），飞峻赏于烟墟（—｜｜△——）。指山楹而思逸（｜——△—｜），怀水镜而神虚（—｜｜△——）。"③
>
> 王勃《七夕赋》："启鱼钤而分帝术（｜——△—｜｜），授虹璧而控神州（｜—｜△——）。拥黄山于石磴（———△—｜），泄元灏于铜沟（｜—｜△——）。"④
>
> 王勃《七夕赋》："珠栊绮槛北风台（——｜｜｜——），绣户雕窗南向开（｜｜｜———｜—）。响曳红云歌面近（｜｜｜———｜｜），香随白雪舞

① 以上所引三段《春思赋》赋句皆见董诰等编《全唐文》，北京：中华书局，1983年，卷一七七，第1799页。
② 董诰等编：《全唐文》，北京：中华书局，1983年，卷一九七，第1992页。
③ 董诰等编：《全唐文》，北京：中华书局，1983年，卷一七七，第1798页。
④ 董诰等编：《全唐文》，北京：中华书局，1983年，卷一七七，第1801页。

腰来（———｜｜——）。"①

其中粘对工稳，用韵亦似七绝的一、二、四平声韵。

杨炯《浮沤赋》："细而察之（｜△——），若美人临镜开宝匲（｜
｜——｜—｜｜）；大而望也（｜△｜｜），若冯夷剖蚌列明珠（｜———
｜｜——）。"

杨炯《卧读书架赋》："开卷则气杂香芸（—｜△｜———），挂编则色
联翠竹（｜—△｜—｜—）。风清夜浅（——｜｜），每待蘧蘧之觉（｜
｜——△—）；日永春深（｜｜——），常偶便便之腹（—｜｜｜△｜）。"

杨炯《卧读书架赋》："两足山立（——｜｜），双钩月生（——｜—）。
从绳运斤（——｜—），义且得于方正（｜｜｜—△——）；量柄制凿（—｜
｜—），术乃取于纵横（｜｜｜△｜—）。"

杨炯《盂兰盆赋》："少君王子（｜——｜），掣曳兮若来（｜｜△
｜—）；玉女瑶姬（｜｜——），翩跹兮必至（——△｜｜）""离娄明目
（———｜），不足见其精微（｜—｜△——）；匠石洗心（｜｜｜—），不
足征其奥秘（｜—｜△｜｜）。"

杨炯《庭菊赋》："道合盐梅（｜｜——），功成辅弼（——｜｜）。降
文星之命（｜——△），修彭祖之术（——｜△｜）。"（注：此处"术"
字是为与下句的"虚""疏"等押韵，为仄声。）

杨炯《庭菊赋》："叹摇落于三秋（｜—｜△——），委贞芳于十步
（｜——△—）。伊纤茎之菲薄（—｜—△——），荷君子之恩遇（——｜
△—｜）。不羡池水之芙蓉（｜｜｜—｜△——），愿比瑶山之桂树（｜
｜——△｜｜）。"

杨炯《老人星赋》："大电绕枢（｜｜｜—），轩辕受图（——｜—）；
殷馗则黄星见楚（——△——｜｜），雷焕则紫气临吴（—｜△——｜—）。
青方半月（——｜｜），东井联珠（—｜——）。"②

卢照邻《同崔少监作双槿树赋》："地则图书之府（｜△——△｜），
人则神仙之灵（—△——△—）……叶镂五衢（｜｜｜—），荣分四照

① 董诰等编：《全唐文》，北京：中华书局，1983年，卷一七七，第1802页。
② 以上所引杨炯赋见董诰等编：《全唐文》，北京：中华书局，1983年，卷一九〇，第1918页；
卷一九〇，第1919页；卷一九〇，第1919页；卷一九〇，第1919页；卷一九〇，第1922页；卷一九〇，
第1922页；卷一九〇，第1923页。

（——｜｜）……青陆至而莺啼（—｜｜△——），朱阳升而花笑（———△—｜）。紫蒂红蕤（｜｜——），玉蕊苍枝（｜｜——）。"

卢照邻《同崔少监作双槿树赋》："金悬秦市（———｜），杨子见而无言（—｜｜△——）；纸贵洛城（｜｜｜—），陆生闻而罢笑（｜——△｜｜）故知柔条朽干（□□——｜—），吹嘘变其死生（——｜△｜—）；落叶凋花（｜｜——），剪拂成其光价（｜｜—△—｜）。"

卢照邻《驯鸢赋》："怀九围之远志（—｜—△｜｜），托万里之长空（—｜｜△——）。阴云低而含紫（———△—｜），阳星升而带红（———△｜—），经过巫峡之下（—｜—－△｜），惆怅彭门之东（—｜——△—），既而摧颓短翮（□□——｜—），寥落长想（—｜—｜），忌蒙庄之见欺（｜—△—｜—），哀武溪之莫往（—｜—△｜｜）……听鸣鸡于月晓（———△｜｜），侣群鹊于星暮（｜—｜△—｜①）。狎兰砌之高低（——｜△——），玩荆扉之新故（———△—｜）。"②

而卢照邻《病梨树赋》命意是承楚骚的"诗心骚意"的，然赋文"兮"字句较少，更多为骈体四、六言句式，视为骈赋更为合理。如：

挺芳桂于月轮（｜—｜△｜—），横扶桑于日域（———△｜｜）。建木耸灵邱之上（｜｜｜——△），蟠桃生巨海之侧（———｜｜△｜）。（注：上与侧，尽管同为仄声，但分别为上声和入声，亦可视为非病犯。）

夕鸟怨其巢危（—｜｜△——），秋蝉悲其翳窄（———△｜｜）。怯冲飙之摇落（｜——△—｜）③，忌炎景之临迫（｜｜—△—｜）。既而地歇（注：《广韵》属月部，入声）蒸雾（□□｜｜｜—｜），天收耀灵（——｜—）。④

显然，四杰骈赋中，平仄对应已比较工整，于关键字位的平仄已大多数合于后来成熟的诗赋格律要求。特别是王勃赋中一些诗体句已完全合乎成熟的五

---

① 此处应为平声，以避免与"晓"同声，但为与上句"路""树"和下句"故"押韵，从而变为仄声韵。

② 以上所引卢照邻赋见董诰等编：《全唐文》，北京：中华书局，1983 年，卷一六六，第 1687 页；卷一六六，第 1687 页；卷一六六，第 1688 页。

③ 《宋本广韵》"落"属铎部，入声韵。"迫"属"陌第二十、麦昔同用"，入声韵。"白""窄"亦属陌部（490、491 页），而此处"迫"显然是为与上句的白、窄押韵，而致与出句的"落"同声。

④ 董诰等编：《全唐文》，北京：中华书局，1983 年，卷一六六，第 1689 页上。

七言律诗格律，平仄协谐，粘对自然。赋中诗体句的大量运用，无疑是对七言和五言格律在赋体中的实践探索和尝试，更可见出其诗赋的相互影响。四杰辞赋格律的成熟无疑与四杰对其五言律诗的定型有很大关系。①

需要注意一点，四杰赋中部分四言或六言句也呈现出另外一个特点：上下句平仄基本相同。如杨炯《庭菊赋》："山郁律兮万里（－｜｜△｜｜），天苍莽兮四下（－－｜△｜｜）。""凭南轩以长啸（－－－△－｜），出东篱而盈把（－－－△－｜）。"卢照邻《同崔少监作双槿树赋》："迫而视之（｜△｜－），鸣环动佩歌扇开（－－｜｜－｜－）；远而望之（｜△｜－），连珠合璧星汉回（－－｜｜－｜－）。"这多出现在四杰骚赋句或一些不太工仗的隔句对中。实际上下句平仄相同也应是一种格律对应规则，只是由于后来诗歌格律理论和赋律规定的逐渐成熟，骈赋（特别是律赋）的格律要求就比较接近诗歌格律了。另外，四杰骈赋，又明显大量化用散句，或加虚字、漫语，有于骈中求散的倾向。不过，总体而言，其四六言赋句都比魏晋赋律化倾向更为明显。隔句对的平仄对应尽管也比魏晋有明显变化，但又远不如中晚唐律赋中的隔对格律成熟。

以魏晋赋为例：

陆机《文赋》："收百世之阙文（－｜｜△－－），采千载之遗韵（｜－｜△｜｜）。谢朝华于已披（｜－－△｜－），启夕秀于未振（｜－｜△｜｜）。观古今于须臾（－｜－△－－），抚四海于一瞬（｜｜｜△－｜）。"

木玄虚《海赋》："则有海童邀路（□□｜－－｜），马衔当蹊（｜－－－）。天吴乍见而仿佛（－－｜｜△－｜），蝄像暂晓而闪尸（｜｜｜｜△｜－）。"

郭璞《江赋》："聿经始于洛沫（｜－｜△｜｜），洮万川乎巴梁（｜－△－－）。冲巫峡以迅激（－－－△｜－），踦江津而起涨（－－－△｜－）。极泓量而海运（－－－△｜｜），状滔天以淼茫（｜－－△｜－）。总括汉泗（｜｜｜｜），兼包淮湘（－－－－），并吞沅澧（｜－－｜），汲引沮漳（｜｜｜－）。源二分于崏嵊（－｜－△－－），流九派乎浔阳（－｜｜△－－）。鼓洪涛于赤岸（｜｜－－△｜｜），沧余波乎柴桑（－－－△－－）。网络群流（｜｜－－），商搉涓浍（－｜－｜）。表神委于江都

① 骆祥发说："终于在他们的手里完成了五言律诗的定型工作，对七言律诗也进行了探索实践，成为中国近体诗的开启者。"（《初唐四杰研究》，北京：东方出版社，1993年，第230页）

（｜－－△－－），混流宗而东会（－－－△－｜）。注五湖以漫溣（｜｜－△｜｜），灌三江而溯沛（｜－－△－｜），滈汗六州之域（｜－｜－△｜），经营炎景之外（－－－｜△｜）。"①

在关键字位的平仄大多并不完全相对。又王子渊《洞箫赋》《舞赋》，孙绰《游天台山赋》，傅亮《感物赋》《喜雨赋》《芙蓉赋》《征思赋》，何承天《木瓜赋》，谢灵运《长溪赋》《山居赋》等，皆似如此。至六朝徐庾渐求格律，其赋中骈句平仄又稍为合律。

至初唐四杰骈赋，大多杂用诗、骚、赋等多种句式②，故白承锡评王勃《采莲赋》：

> 对六朝骈赋又有较大发展，赋文中除了引进五、七言诗句外，又较多吸收了骚体赋的句法，如在六言句中常用'兮'字……又如在六言句中间以虚字……虚字的穿插，自然而富有节奏感。这些灵活的句式和自由的韵脚，打破了四六骈赋的板滞、雕饰，显得清新、活泼，别有风致。③

虽然四六句式，音节协整而有规律，"四字密而不促，六字格而非缓"④，然全篇句式和音节单一而无变化，久之则又往往生厌，故那种句式多变，音韵舒畅、铿锵抑扬之文便成为作者和读者所欣赏的"共美"。四杰赋对句式美的追求，正表现于不独用四六句式，"或变之以三五，盖应机之权节也"⑤。如杨炯《浑天赋》《盂兰盆赋》《卧读书架赋》等，其中句式变化，大量运用长骈对，有四、五、六、七乃至八、九、十字及以上者，如《浑天赋》："言宣夜者，星辰不可以阔狭有常；言盖天者，漏刻不可以春秋各半。""出于卯入于西而生昼夜，交于奎合于角而有春秋。""太阴当日之冲也，成其薄蚀；众星傅月

---

① 以上三段分别见萧统编，李善注：《文选》，上海：上海古籍出版社，1986年，卷十七，第763页；卷十二，第547页；卷十二，第557－558页。

② 骚赋同体，即骚赋亦为赋。但此为区别句式，故以《离骚》《九歌》及《天问》等篇章中的含有"兮"字句或一些骚体意味明显的句子句式为"骚"，以别于赋体之散体和四、六言等形式。此特说明，故读者需注意其语境叙述之异同。

③ （韩）白承锡：《王勃赋之探讨》，《江苏社会科学》1995年第2期。

④ 刘勰著，范文澜注：《文心雕龙注》，北京：人民文学出版社，1958年，卷七，第571页。

⑤ 刘勰著，范文澜注：《文心雕龙注》，北京：人民文学出版社，1958年，卷七，第571页。

之光也，因其波澜。乾坤阖辟，天地成矣；动静有常，阴阳行矣。"①《卧读书架赋》："读《易》则期于索隐，习《礼》则防于志悦。倘叔夜之神交，固周公之梦绝。其始也一木所为，其用也万卷可披。墨沼之前，谓江帆之乍至；书林之下，若云翼之新垂。"《盂兰盆赋》："夫其远也，天台杰起，绕之以赤霞；夫其近也，削成孤峙，覆之以莲花。""若乃山中禅定，树下经行。菩萨之权现，如来之化生。"其骚体句式更浓的《青苔赋》《幽兰赋》《庭菊赋》等，也有大量的骈行句式，如杨炯《青苔赋》："尔其为状也，幂历绵密……夫其为让也，每违燥而居湿；其为谦也，常背阳而即阴。重局秘宇兮不以为显，幽山穷水兮不以为沈。"杨炯《庭菊赋》："当此时也。和其光，同其尘，应春光而早植。……当此时也。弱其志，强其骨，独岁寒而晚登。"无疑，四杰骈赋摆脱了六朝骈赋大量运用四四、四六或四六隔对的情况，其句式显然更为灵活秀脱，很少在一段中反复运用同一种句式，其往往在两三联后则必加以变化，此不但使四杰骈赋潜隐了一种散体意韵，也从而使其咏物骈赋"洗去铅华"，"尤多磊落不平之气，文风亦较挺拔"②。

另外，四杰骈赋又多大胆的自我抒情，其"磊落不平之气"也主要是靠大胆的抒情来得到张扬的。他们的许多骈赋，真实反映"年轻文人心中的苦闷和追求"③，与魏晋咏物体裁的骈赋所表达的内容和情感价值是不同的。在表现技巧上，他们"既继承了秦汉骚赋和六朝骈赋的传统技巧"，却又主要"进行了大胆的探索和创造"，特别是王、骆等赋"糅合了歌行体诗歌的意境和手法而自成一格"④。

三、四杰骈赋的哲理内蕴

对于骈赋，人们一向认为其如齐梁之诗，乃"声色之淫"而又"彩丽竞繁"⑤。针对其烦冗的骈对和谀词诞语，至唐初，人们就提出了变革文风的要求。杨炯《王勃集序》云："尝以龙朔初载，文场变体，争构纤微，竞为雕刻。糅之金玉龙凤，乱之朱紫青黄。影带以徇其功，假对以称其美。骨气都尽，刚

第五章　体迈思远：四杰骈赋创作

---

① 董诰等编：《全唐文》，北京：中华书局，1983 年，卷一九〇，第 1916 页，第 1915－1916 页，第 1916 页。

② 马积高：《赋史》，上海：上海古籍出版社，1987 年，第 264 页。

③ （韩）白承锡：《王勃赋之探讨》，《江苏社会科学》1995 年第 2 期。

④ 皆引自（韩）白承锡《王勃赋之探讨》，《江苏社会科学》1995 年第 2 期。

⑤ 计有功辑撰：《唐诗纪事》，上海：上海古籍出版社，2013 年，卷七，第 94 页。

健不闻。思革其弊，用光志业。"① 也就是说，四杰是反对这种"骨气都尽，刚健不闻"的文风和创作实践的，在他们的辞赋创作中显然都追求一种积极的刚健之风，而且要做到骨气都畅。显然，四杰主张赋体形式的变革，在内容上也追求一种自适的气度和风骨。细读四杰骈赋，显然气骨朗朗，其赋作中可以说大多含有丰富的哲理内蕴。然而因倡炽的反骈时风，后人只注意到对其对文体形式的创革，其哲理之精神却几乎很少为人提及。四杰骈赋的哲理内蕴主要表现在以下几点：一、探究天人关系的人生哲理，即自然和社会及人的关系；二、儒、释、道三教思想的融汇与浮沉，即修身达命的儒世哲学与无为自化的庄老之思以及释者的达人观。因笔者学力所限，这里仅略做探微。

（一）对天人关系的探究

对天人关系的探索，实际上是一种对自然与社会及人的关系思考的一种折射，它包蕴了人与社会政治、人与自然万物的关系。"社会"是一个广泛的历史和政治的范畴，在封建社会，历来又与神牵上关系，与神化的政治脱离不开联系。封建统治者宣扬"君权神授"，便将社会、政治与神牢牢地捆绑在一起。这种封建意识的渊源相当早，所以历来人们称国家、社会又叫"社稷"，而社稷本指土神和谷神，古时君主都祭祀社稷，后来就用社稷代表国家。政治的神性化是很明显的。神化政治一开始，人们就步入了探究天人关系的历史，屈原《天问》便是最著名的例子。当然，经学、文学、史学实际都关涉天命的探索与思考，故《易》《书》之"稽古"论文，《史记》则"欲以究天人之际，通古今之变，成一家之言"②。显然人的认识和文学都随着社会进步在不断发展，人的意识和文学表现主题，也逐渐从对神的神秘力量的咏叹，转化为对决定人世的天道的探索，故而对人世的变幻兴叹，也几乎成为各种文学体裁不可避免的主题。

此在秦末战国时期，为一思想之小高潮，其后至东西汉之交，如扬雄等亦从理性的思辨企图求解其秘，再至魏晋乃因时变之巨，人们既从玄理中追求思想的解脱，也欲从游仙和山水中寻求自然之真诠。如庾信《哀江南赋》、王绩《游北山赋》、太宗《感旧赋》等，几乎都寄寓着"天命无常，人生易逝"的慨叹。王绩《游北山赋》云："天道悠悠，人生若浮，古来圣贤，皆成去留。"这类叹惋，自然也就更多地表现出抒情写志的特征。庾子山《哀江南赋》于写志

---

① 董诰等编：《全唐文》，北京：中华书局，1983年，卷一九一，第1931页。

② 班固：《汉书》，北京：中华书局，1962年，卷六十二，第2735页。

抒情中已包蕴人生哲理的阐发。不仅其赋如此，其诗亦如此。如《拟咏怀》其一云："眼前一杯酒，谁论身后名。"或许正是这些多维的因素，促成了徐庾赋体在形式和内容上的独有特征，这恐怕也是徐庾对唐初文人影响较大的一个最主要原因。虽然唐初"效庾信体"确实可能是从形式上展开的模拟，但对于四杰来说，显然突破了徐庾骈赋形式的模式化。恐怕其所追慕又在于其思想的深沉和有意义，这就是其中充盈的哲理。对天人关系的探究，自然也就紧紧地将人生与哲学联系在一起。冯友兰《中国哲学简史》谈中国人与哲学时说："人不需要宗教化，但是人必须哲学化。"① 既然人必须"哲学化"，也就是说人类对哲理的理解和掌握都有着一个逐渐探索和认知的过程。但是有的人的思考只是宗教的，而非哲学的，虽然"宗教也和人生相关联"，但冯友兰先生认为："哲学是对人生的系统的反思。人只要还没有死，他就还是在人生之中，但并不是所有的人都对人生进行反思，至于做系统反思的人就更少。"② 而初唐四杰骈赋，则可以说是对天命乖蹇、人生沉浮的哲学思考，这种对人生的反思，往往却得以宗教的和哲学的双面舒张。

明人张溥说："夫唐人文章，去徐庾最近，穷形尽态，横范是出。"③ "穷形尽态"，说的正是四杰自由、放诞、愤懑的情感宣泄。在初唐四杰的许多诗、赋、书、启中都可读出他们的奋进、挣扎和失意。这种挣扎之后的无奈"必然波及情感的哀恸，情感的哀恸必然动摇思想的规式"④，故其赋作更多对宇宙、人生的思索，在思索的苦闷中又往往有着难郁的不平之气，故而难免又有如其《春思赋序》所申的"窃禀宇宙独用之心，受天地不平之气，虽弱植一介，穷途千里，未尝下情于公侯，屈色于流俗，凛然以金石自匹"的绝俗清高。

王勃《春思赋》中大段地谈对宇宙、人生的解悟。其云："解宇宙之严气，起亭皋之春色。况风景兮同序，复江山之异国，感大运之盈虚，见长河之纤直。……野何树而无花？水何堤而无草？"⑤ 在对宇宙、自然的探索中，巧妙隐伏自身命运乖蹇的自况。"野何树而无花？水何堤而无草？"这种似是放达的无可奈何，在弥漫着释道因子的氛围中，又无不显露出哲理的深邃。

社会历史的发展，正如自然一样，何年而无春？既为《春思赋》，则必然

---

① 冯友兰：《中国哲学简史》，北京：生活·读书·新知三联书店，2013年，第8页。
② 冯友兰：《中国哲学简史》，北京：生活·读书·新知三联书店，2013年，第4页、第2页。
③ 张溥著，殷孟伦注：《汉魏六朝百三家集·庾开府集·题辞》，北京：中华书局，2007年，第365页。
④ 陶绍清：《试论初唐骈赋的哲理内蕴》，《柳州师专学报》2001年第4期。
⑤ 董诰等编：《全唐文》，北京：中华书局，1983年，卷一七七，第1799页。

有春情的流动。王勃在遭遇不幸和挫折之后，突然看到东方的一点星光，于是宇宙自然赋予的希望之秘的力量，又使他看到"春"的兴奋："忽逢边候改，遥忆帝乡春。"然而，正如对宇宙、自然的解悟不尽一样，人生也充满了莫测难料。风候倏改，再临帝春，人的心理活动也就往往复杂微妙，接下来大段对"风烟""玉台"等的描写，无疑正是作者此情此景的写照："竞道西园梅色浅，争知北阙柳阴稀……乍怪前春节候迟，预道今年寒食晚。伤紫陌之春度，惜青楼之望远……恨雕鞍之届晓，痛银箭之更赊。"对征人和闺妇的抒写，也无不透露出"惜光阴""悲岁月"的哀思："闻道河源路远远，谁教夫婿苦行行？……君度山川成白首，应知岁序歇红颜……为问逐春人，年光几处新……风物虽同候，悲欢各异伦。"其中"闻道河源路远远，谁教夫婿苦行行"一句质问，看似不经意，却蕴含人与社会的深刻关系，成为历来哲学家和社会学家解读不尽的主题，也成为诗人边塞征战题材的灵感和思想之源。结尾的"长卿未达终希达，曲逆长贫岂剩贫。年年送春应未尽，一旦逢春自有人"，更是哲理深蕴，让人细咀而倍觉滋味无穷。

四杰在对时命的探索和悲叹中，却往往又于不知不觉中萌发出哲理的思辨。四杰诗赋中最常用的"……何……而（虚词）……""何……不……"句型，最具明显的思辨哲理，它对后来的唐代诗歌具有重要影响，甚至可以说直接催生了张若虚名诗《春江花月夜》的诞生。尽管于四杰之前，也有用此（变骚）句型的，如：李世民《感旧赋》云："林何春而不花，花非故年之秀；水何日而不波，波非昔年之溜。"但至四杰，这一句型运用达到普遍，几于完全成熟。如王勃《春思赋》："野何树而无花？水何堤而无草？""何年春不至？何地不宜春？"杨炯《浑天赋》中这类句子也多，"日何为兮右转？天何为兮左旋"此一段这类句型可谓比比皆是。又如杨炯《青苔赋》："苔何水而不清？水何苔而不绿？"卢照邻《同崔少监作双槿树赋》："侏儒何功兮短饱？曼倩何负兮长贫？"《病梨树赋》："何偏施之雨露？何独厚之风烟？"《释疾文·粤若》："人何代而不贵？代何人而不才？""皇穹何亲兮诞而生之？后土何私兮鞠而育之？""何故邀余以好学？何故假余以多辞？"《释疾文·命曰》："明夷何辜兮羑里？洪范何恃兮佯狂？""盛之孝兮，姚何感而遂开？合之恭兮，昆何嫌兮不起？""共何壮兮而损其盈？娲何神欤而补其阙？""何晚悟之逶迤？何早计之觳觫？"这类句式，在王勃其他文体中也有。如王勃《游庙山序》："王孙何以不归？羽人何以长往？"王勃《馨鉴图铭序》："何勤非戒？何述非才？"王勃《八卦大演论》"又何往而不通乎？又何疑而不释乎？"然四杰骈赋中，这类句式"何"后接名词、形容词、动词，"不"后接形容词、动词，而变以"无"接名词等，变化更灵活，题材更广泛，寓意更深刻。

杨炯《浑天赋（并序）》既有文赋和律赋因子，但也有骈赋因子。其文直白于天体的探究，也蓄隐着对时命的慨叹，其序称：

> 上元三年，始以应制举补校书郎，朝夕灵台之下，备见铜浑之象。寻返初服，卧病邱园，二十年而一徙官，斯亦拙之效也。代之言天体者，未知浑盖孰是？代之言天命者，以为祸福由人，故作浑天赋以辩之。①

赋文大段近于屈子《天问》式对天命的探究：

> 日何为兮右转？天何为兮左旋？盘古何神兮立天地？巨灵何圣兮造山川？螟何细兮？师旷清耳而不闻，离娄拭目而无见，鹏何壮兮？搏扶摇而翔九万，运海水而击三千。龟与蛇兮异其短长之质，椿与菌兮殊其大小之年。钟何鸣兮应霜气？剑何伏兮动星躔？列子何方兮御风而有待？师门何术兮验火而登仙？鲁阳挥戈兮转于西日，陶侃折翼兮登乎上元。女何冤兮化精卫？帝何耻兮为杜鹃？②

对于天道的问诘，最终也是申对"人事"的不公：

> 以天乙之武也，焦土而烂石；以唐尧之德也，襄陵而怀山；以颜回之仁也，贫居于陋巷；以孔子之圣也，情希乎执鞭。冯唐入于郎署也，两君而未识；扬雄在于天禄也，三代而不迁；桓谭思周于图谶也，忽焉不乐；张衡术穷于天地也，退而归田。③

许结先生说《浑天赋》"作者取则天象以言'天命'，以寄发人生不遇的牢愁"，"以'北斗''南斗'为坐标，纬之'东宫''北宫''西宫''南宫'之描写，继述日、月、五星（金、木、水、火、土）的方位、属性，以明地理分野，兼喻人事祸福之机。末段复借'灵心不测，神理难诠'的疑惑，反讽人

---

① 董诰等编：《全唐文》，北京：中华书局，1983年，卷一九〇，第 1915 页。
② 董诰等编：《全唐文》，北京：中华书局，1983年，卷一九〇，第 1918 页。
③ 董诰等编：《全唐文》，北京：中华书局，1983年，卷一九〇，第 1918 页。

生，再次阐发'我无为而人自化，吾不知其所以然而然'的自然观思想"①。这与庄子思想默合相通。杨炯与王、卢一样，既受佛儒之影响，亦受道庄之潜启。卢照邻《五悲文》便是对时命之悲叹骚思，其《五悲·悲人生》云："死生有命，富贵在天。一变一化，一亏一全。"② 杨炯《王勃集序》说："卢照邻人间才杰，览清规而辍九攻。"③ 四杰骈赋无论其表现题材和内容，都"将思想由现实的人生上升到宇宙之人生，从哲学的角度对人生命题加以审视总结"④。四杰辞赋题材一个突出的特点，就是许多赋题目就隐喻着深刻的哲理，如卢照邻联系自己的遭际，自比为病梨树，而作《病梨树赋》，又化庄子寓言，而做《穷鱼赋》，这种自比是深刻而丰涵的。四杰骈赋哲理内涵的深蕴，也几乎成了后来唐人赋的风向标，清代赋论家浦铣《复小斋赋话》上卷就说："唐人赋好为玄言。"⑤ 所谓玄言，自然应包含哲理的成分。

四杰骈赋哲理内蕴的另一个突出特征，便是文本中儒、释、道三教思想的交融。

（二）儒、释、道思想的交融

四杰骈赋中的儒、释、道三教思想的融汇和交杂，被视为一种模棱的慨叹，剥离了其赋的壮大思想和哲学层面，从而被误解为一种无所作为的心境。

初唐四杰三教融合的思想，既与其经历有关，也与其身世和所接受的传统儒学有关。自魏晋以来，"士大夫子弟，皆以博涉为贵，不肯专儒"，即便经学名家，"虽好经术，亦以才博擅名"。"明六经之指，涉百家之书，纵不能增益德行，敦厉风俗，犹为一艺，得以自资。"⑥ 沿承时风影响，四杰自然博涉儒、佛、道书籍，"夙契三元，通宗众典"⑦，从而形成三教思想的起伏跌宕。他们一面充满了积极入世的思想，一面却又有着"无为而自化"的出世淡漠之态。如王勃《七夕赋》：

① 许结：《说〈浑天〉谈〈海潮〉——兼论唐代科技赋的创作与成就》，《南京大学学报》1999年第1期。

② 董浩等编：《全唐文》，北京：中华书局，1983年，卷一六六，第1700页。

③ 董浩等编：《全唐文》，北京：中华书局，1983年，卷一九一，第1931页。

④ 陶绍清：《试论初唐骈赋的哲理内蕴》，《柳州师专学报》2001年第4期。

⑤ 浦铣：《复小斋赋话》卷上，《历代赋话校证》，上海：上海古籍出版社，2007年，第379页。

⑥ 皆引自颜之推《颜氏家训》卷三《劝学第八》，见颜之推撰，王利器撰：《颜氏家训集解》，北京：中华书局，1993年，第177、177、157页。"博涉"的倾向，在《宋书》《南史》等中皆有记载。如《宋书·傅亮传》《宋书·王韶之传》《南史·王昙首传》等。

⑦ 何林天《重订新校王子安集》引《山西通志》语，第267页，校勘[一]。（见王勃著，何林天校：《重订新校王子安集》，太原：山西人民出版社，1990年，第267页）

烟凄碧树，露湿银塘。视莲潭之变彩，睨松院之生凉。引惊蝉于宝瑟，宿懒燕于瑶筐。绿台兮千仞，赪楼兮百常。拂花筵而惨恻，披叶序而徜徉。结遥情于汉陌，飞永睇于霞庄。想佳人兮如在，怨灵欢兮不扬；促遥悲于四运，咏遗歌于七襄。①

其闲淡消适之情露于其间，其物换星移之感张于其外。《七夕赋》中"娃馆疏兮绿草积，欢房寂兮紫苔生"的人世沧桑之慨，也就自然难免。不难看出，四杰的这种出世的淡漠之态，往往是其失路之后所作。如《游庙山赋（并序）》云："有其志，无其时，则知林泉有穷路之嗟，烟霞多后时之叹。"但这又毕竟不能完全解脱他们的失路之悲，在他们的赋中自然就借助于道释的精神哲学，来消解和抚慰他们心灵的创伤。如《游庙山赋（并序）》云：

俯泉石之清泠，临风飚之飓瑟，仰绀台而携手，望元都而容膝。于是蹑霞冈于玉砌，步云岊于金坛。怀妙童与真女，想青螭及碧鸾。情恍恍而将逸，心回回而未安，见丹房之晚晦，忘紫洞之宵寒。②

从他们的兴叹中，我们又时时能看到一些入世致用的"希望"。如《游庙山赋（并序）》云："使蓬瀛可得而宅焉，何必怀于此山也？"③ 他们的道释哲学只是无可奈何的精神寄托，是在"托宇宙兮无日，俟虬鸾兮未期"④ 后的别无选择，是受客观制约的主观放达：

其悲婉和骚愁如："莲有藕兮藕有枝，才有用兮用有时，含香婀娜华实移，为君何当藻凤池？"⑤

其自放则如："处上下而无穷，任推移而不系。似君子之从容，常卷舒而不滞。"⑥

这种悲叹和无可奈何的自放，在四杰杂糅以骈赋因子的骚赋中也有所表现，这主要因为四杰骚赋的命意立篇便是为抒发"怨思牢骚"。如《涧底寒松赋（并序）》所表达"徒志远而心屈，遂才高而位下"以及《幽兰赋》中"虽

---

① 董诰等编：《全唐文》，北京：中华书局，1983年，卷一七七，第1801页。
② 董诰等编：《全唐文》，北京：中华书局，1983年，卷一七七，第1802-1803页。
③ 董诰等编：《全唐文》，北京：中华书局，1983年，卷一七七，第1803页。
④ 董诰等编：《全唐文》，北京：中华书局，1983年，卷一七七，第1803页。
⑤ 董诰等编：《全唐文》，北京：中华书局，1983年，卷一七七，第1805页。
⑥ 董诰等编：《全唐文》，北京：中华书局，1983年，卷一九〇，第1918页。

处幽林与穷谷，不以无人而不芳"的牢骚悲怨和自放无奈之情，在四杰骚赋、骈赋中比比皆是，如王勃《涧底寒松赋》《青苔赋》《驯鸢赋》、杨炯《幽兰赋》《庭菊赋》《青苔赋》、卢照邻《五悲文》等。无怪乎许梿《六朝文絜》于庾信《春赋》评曰："六朝小赋，每以五七言相杂成文，其品质疏越，自然远俗。初唐四子，颇效此法。"① 其虽是说初唐四杰仿徐庾小赋之法，但却明显强调了四杰也同时兼采其"品质疏越，自然远俗"的风格，这种远俗显然是与儒家世功精神不同的。其入世不能，建功无望，因而一方面转向道释的精神寄托，另一方面又皈依于儒家的"修身"适性，强调内敛的个性修为，这是受儒学影响的中国古代文人的普遍心态。

王勃在《驯鸢赋》中就表达了"悲授饵之徒悬，痛闻弦之自落"，真切地见出王勃经历事变之后的惊魂，其放达是多么地沉痛和无可奈何。这也难怪以出世、入世为代表的三教哲学思想始终交替出现于四杰的骈赋中。如卢照邻《驯鸢赋》借鸢自喻："孕天然之灵质，禀大块之奇工。嘴距足以自卫，毛羽足以凌风。怀九围之远志，托万里之长空。"然而，这种昂扬的豪情壮志，很快就化为"摧颓短翮，寥落长想"。对庄老思想的继承，使四杰赋不完全近于佛宗的"无为""空寂"，他们更多的是对自由之思和逍遥无碍的人性自由的深发和扣思。对同"禀大块之奇工"（自然化育）的物我，由于遭遇"悲欢各异伦"，除无可奈何的咏叹之外，他们就只能更多以大鹏似的"壮思远志"而抱贞守坚。这在四杰的赋中是有显明而集中的表现的，如：

> 叹摇落于三秋，委贞芳于十步。伊纤茎之菲薄，荷君子之恩遇。不羡池水之芙蓉，愿比瑶山之桂树。岁如何其岁已秋，丛菊芳兮庭之幽，君子至止，怅容与而淹留。岁如何其岁将逝，丛菊芳兮庭之际，君子至止，聊从容以卒岁。②

王勃《春思赋序》则明白地张性泄怀，称：

> 殷忧明时，坎壈圣代。……仆从游焉。高谈胸怀，颇泄愤懑。……仆不才，耿介之士也。……虽弱植一介，穷途千里，未尝下情于公侯，屈色

---

① 许梿评选，黎经诰笺注：《六朝文絜笺注》，北京：中华书局，1962 年，第 38 页。
② 董诰等编：《全唐文》，北京：中华书局，1983 年，卷一九○，第 1922 页。

于流俗，凛然以金石自匹，犹不能忘情于春。①

由于唐初社会对佛道的双重肯定，使佛道两教都得以很快的滋生和发展。佛道思想的广泛流播，对唐初文人也产生了深刻的影响。从而使从佛道哲义中寻求人生意义的实现成为唐初赋作中赋家们思考的哲学主题。四杰作品，无论诗文还是赋，几乎都弥漫着浓郁的佛道气息。王勃作有《观佛迹寺》诗和《益州绵竹县武都山净慧寺碑》《益州德阳县善寂寺碑》等寺碑文，也作有《游庙山赋》《释迦佛赋》等赋。杨炯亦有《盂兰盆赋》等。四杰中卢照邻由于其坎坷的人生经历，不仅精于儒学，亦曾求道问佛，如《与洛阳名流朝士乞药直书》载其"学道于东龙门山精舍"，《寄裴舍人遗衣药直书》则称"晚更笃信佛法"②，故卢赋中所表现的佛道思想也比比可见：

> 时有处士孙君思邈居之。君道洽今古，学有数术。高谈正一，则古之蒙庄子；深入不二，则今之维摩诘。……同托根于膏壤，俱禀气于太和……齐天地之一指，任乌兔之栖息。……宁守雌以外丧，不修襮而内否？……生非我生，物谓之生；死非我死，谷神不死。混彭殇于一观，庶筌蹄于兹理。③

所谓"高谈正一"，正是泛指讲论道家学说，"正一"即是道家学说所认为的世界万物之正本。《老子》第四十二章曰："道生一，一生二，二生三，三生万物。"④《淮南子》卷三《天文训》曰："道曰规，始于一，一而不生，故分而为阴阳，阴阳和而万物生，故曰'一生二，二生三，三生万物'。"⑤庄周更进而把道讲成为独立不倚、无所不包、无处不在、无生无死的至大而又精微的永恒存在。东汉张道陵创建道教组织，尊崇老子，名其教为"正一道"，"正一"遂成为道教教义的代名词。卢照邻对孙思邈其人的品评，使用道家的"正一"而论，不仅缘于孙为道之遵从者，亦主要因为在卢照邻的世界观和认识观中庄老思想的深刻影响和其心目中佛道的崇尚地位。对人品博大的赞誉，除

---

① 董诰等编：《全唐文》，北京：中华书局，1983年，卷一七七，第1798页。

② 所引两文文句分别见董诰等编：《全唐文》，北京：中华书局，1983年，卷一六六，第1690页上栏第1行；第1690页下栏第17行。

③ 董诰等编：《全唐文》，北京：中华书局，1983年，卷一六六，第1688-1689页。

④ 范永胜译注：《老子》，合肥：黄山书社，2005年，第100页。

⑤ 高诱注：《淮南子注》，上海：上海书店，1986年，卷三，第46页。

第五章 体迈思远：四杰骈赋创作

"正一"而论外,卢又辅之以佛教的思辨和精微,故卢又赞之"深入不二"。"不二"为佛教名词,意指脱离语言文字平等而无差异之至道。《维摩诘经·入不二法门品》:"如我意者,于一切法无言无说,无示无识,离诸问答,是为入不二法门。"①

对道家思想的融合,更多地表现于四杰赋中对《庄》《老》典故的化用。其中"禀气于太和""齐天地之一指""宁守雌以外丧,不修襮而内否""为其吻合""生非我生,物谓之生;死非我死,谷神不死""混彭殇于一观""庶筌蹄于兹理"皆是。如"太和",便是道家所认为的阴、阳二气合和而成的冲和状态之大气。《老子》:"万物负阴而抱阳,冲气以为和。"②《庄子·田子方》:"至阴肃肃,至阳赫赫,肃肃出乎天,赫赫发乎地;两者交通成和而万物生焉。"③古人认为万物都禀受这种冲和之气而生,卢照邻也承继了这一观点,故言"俱禀气于太和"。"生非我生"四句,其意也源出于《庄》《老》。《庄子》卷六《至乐》篇庄子论其妻死一段说:"察其始,而本无生;非徒无生也,而本无形。"④《老子》云:"谷神不死,是谓玄牝。"⑤陈鼓应《老子注译及评介》引车载说:"'谷神',是'道'的写状;'不死',就道的永恒性说。'谷神不死',是指'常道'。"⑥任国绪笺注本则据此解剖卢之思想,说:"按这里所谓的'我',实即照邻欲求超脱现实、解脱痛苦的主观思想,显然是接近了老庄所宣扬的物我两忘,无生无死,归返大道的思想。"⑦卢照邻《五悲文》《释疾文》尽管为骚赋,但也有骈赋的因子,其中既有楚骚精神的体现,也有释、道思想充盈其间。如《五悲·悲才难》:"至道之精……宁惟混沌?"《五悲·悲人生》:"全身养精……根力觉道,不以为功。"

四杰对佛道义理的精熟,其赋篇中佛道思想的宣泄,并不是对二教教义的宣扬,而是生命中期望未遂和太多生活压力的逃避之术和精神遣释。四杰几乎全为落拓才子,身居下僚,难免感叹人生之变幻。加之四杰处初唐贞观盛世之后,社会全面趋向繁荣发达的太宗、高宗时期,又难免有奋羽翼而建伟功的雄心。这种历史和人生环境,也使四杰赋中有理想的张扬和抒发。其赋中既有对

① 僧肇等注:《注维摩诘所说经》,上海:上海古籍出版社,2011年,卷第八,第154页。

② 范永胜译注:《老子》,合肥:黄山书社,2005年,第100页。

③ 郭庆藩撰,王孝鱼点校:《庄子集释》,北京:中华书局,1961年,卷七下,第712页。

④ 郭庆藩撰,王孝鱼点校:《庄子集释》,北京:中华书局,1961年,卷六下,第614—615页。

⑤ 范永胜译注:《老子》,合肥:黄山书社,2005年,第11页。

⑥ 陈鼓应:《老子注译及评介》,北京:中华书局,1984年,第86页。

⑦ 卢照邻著,任国绪笺注:《卢照邻集编年笺注》,哈尔滨:黑龙江人民出版社,1989年,第51页注释9。

天命的探究、命运的悲叹、佛道的逍遥远俗，也有对理想的张扬。

　　初唐崇佛敬道，且初唐社会有一定程度的自由和开放，对人身的心理羁束较魏晋和六朝都更为放松。初唐四杰近于"玄言"的哲理成分，对天人关系的哲学思考，以及炽烈的人性关怀，无疑使他们与初唐其他赋家一起，影响了初唐乃至整个唐代的赋风。在初唐屈指可数的赋家中，四杰骈赋数量多、题材广、抒情性强，成就突出，可以视为初唐骈赋的代表。骈赋中三教的融合，使四杰赋作更具有深刻的哲理内涵。加之四杰天才的文学创造能力，使他们的骈赋不同于六朝也异于后世，是对汉大赋、六朝抒情小赋的一次重大转折。[①]

---

　　① 刘师培著，程千帆等导读：《中国中古文学史讲义》，上海：上海古籍出版社，2000 年，第 119 页。

第六章　情志相生：四杰律赋创作及其探索

　　许多论唐代科举制以及唐代律赋的史学或文学著述，都认为以诗赋取士始于唐代。在唐代，律赋或多被称为试赋。其实，唐代试赋取士是沿隋制，并非唐统治者的创举，这不仅涉及考试性质的律赋起源问题，也涉及历来对王勃《释迦佛赋》《寒梧栖凤赋》的一些质疑。

　　笔者认为，若认为律赋就是标题限韵的科甲赋，那么试赋或可以认为始于唐初。然从实际情况看，无论从音韵平仄讲究而论，还是从限韵而论，其肇始似乎更早。从文学发展的眼光来看，"声韵说"的兴起，以及此理论在骈赋领域的应用，从一开始就为律赋的产生和成熟在创造和准备着条件。以律赋试士，只是加快了律赋的发展进程而已。从广义而论，律赋又当分为限题、和韵、限某字韵及完全限韵的发展演变阶段。限题、和韵和限某字韵，是律赋发展至标题限韵前的重要准备阶段。作为试士考察的手段和方式，限题、和韵以及限某字韵赋同样在文学发展历程中担任过重要的试士功能。四杰律赋作为唐代初期律赋，尽管或许有试的性质，但形式还不那么板滞，亦能够于其中抒情写意，情志相生。

　　为明确王勃等律赋在律赋发展史上的重要地位，本章就这一系列问题略做探源和阐述。因而本章所述律赋，不限于传统的标题限韵，而尽量包容一些新说，如王勃《寒梧栖凤赋》《释迦佛赋》和有律赋因子的杨炯《浑天赋》。从韵"律"的角度看，杨炯《幽兰赋》在用韵平仄上似乎也有对律赋形式的探究和尝试。

　　这几篇有"律"性质的赋作，全篇抒情浓郁。以标题限韵的《寒梧栖凤赋》也不同于经学化倾向浓郁的中晚唐律赋一般明经宗圣。即便如《释迦佛赋》，其大部分句子也是议论、抒情，伏隐着作者之生世自叹。

　　关于试赋取士肇始的见解，部分已见前说。至于"试"与"律"之关系，对于研究律赋发展之历程尤需明之。

一、律赋的"试"与"律"略论

律赋的起源，向有争议，对此一争议的解决，必须明辨与律赋相始终的"试"与"律"性质的演进。从文学发展史的角度而论，律赋的发展和逐渐成熟定型，是经历了一个逐步的、渐近的过程的。律赋肇端于齐梁，而逐渐成熟于唐代。

对于试赋取士的时间，由于典籍和文献的引误或缺佚，近年来学者也向持己说，各秉异论。有据《唐书》《册府元龟》等，断为肇始于天宝之际；有据新旧《唐书》《唐会要》《登科记考》，或李调元《赋话》，或《全唐文》文本篇目，而认为始于唐初。然据《通典》《隋书》和一些笔记文献等记载，如宋人吴曾《能改斋漫录》（卷二）等，实又早于唐初，详论参第一章相关叙述。①试赋取士的现象，完全可以证明律赋的肇始。

然而，试赋取士，毕竟只应是律赋发展史上一个重要现象。其于律赋最明显的特征就是限韵，也只是律赋发展过程中逐渐形成的一个对律赋创制的重要条件。显然，不能简单地以律赋发展中的某一个重要特征或限制条件，来简单地辨认或规定律赋肇始的时域。

（一）唐代试赋与律赋的合璧

试赋又叫"甲赋"或"律赋"，其起源向有争议，有认为起于齐梁，有认为始于唐代。实质上，律赋与试赋最初发展并不是同步的，律赋最初只应是从韵和格律的角度，以别于它赋而言。从律赋重要的文体特征就是限韵来看，它的发展应经历了限题、和韵、限某字韵及严格的限韵等几个过程。在后来成熟的律赋中，这些对于律赋的限制条件又往往复合运用或时有交叠。不过，律赋之"律"除格律的意义外，另外也像律诗之"律"一样，隐含了"严格要求"的含义，这就有倾向于"试"的特征。只是这种略含"试"性质的律赋最初多为娱情遣兴之作。故对律赋试士，实际当分为娱情试赋和科甲试赋。隋及隋前当主要以娱情试赋为主，而唐宋及以后则主要以科甲试赋为主，又间有娱情之作。学界所谓"试赋取士"，又当主要指科甲试赋。然而，试赋色彩浓郁的"试"和"律"又是紧相联系和纠缠的两个重要因素。"试"以娱情、取士为目的，"律"以音韵规范为方式。到后来，律赋的"试"与"律"性质相叠合，

---

① 何易展：《以试赋取士并非始于唐代》，《文史杂志》2007年第4期。

才成为后来通常意义的"律赋"("试赋")。而律赋的发展又是伴随其"试"与"律"性质相始终的。

律赋从其定义本身即可窥出:"律"者,即有"严格要求"的含义,故而具有"试"的性质。律赋的这种"试"倾向,最初也许并不是官方正式的考试行为,而有一种试才、逞能的性质。具有这种"试"倾向的赋主要包括献赋和和赋。作为真正具有考试性质的律赋,最早大概应算是诏命赋。诏命赋最初可能仅限题,发展到后来则可能限韵,或既限题又限韵。其间可能试官取士开始采用限题限韵形式,出现试官限韵赋,主要形式虽然为限韵,但其已经完全正式具备"试""律"的双重性质。赋的"试""律"性质的演进,从某种角度上讲,是与"试赋取士"的发展息息相关乃至同步的。至赋的"试""律"双重性质的确定,试律赋也便成为制度性的"试赋取士"手段。

为了探究试赋取士现象的肇始和正确认识律赋的体源,我们有必要明确律赋的发展历程,并从中明辨"试""律"纠缠的关系。从文学发展史的角度而论,律赋的发展和逐渐成熟或定型,是经历了一个逐步的、渐近的过程的,应肇端于齐梁,而逐渐成熟于唐代。一些赋论家所论律赋始自唐前,也正是从律赋发展的这种广义的角度来谈的。

律赋几乎从一开始就与试赋有着抹不掉的联系。律赋的发展,不是一开始就是标题限韵的。至秦汉以后,多献赋之作,赋作题材、内容或题目多由作者自定,或随帝王出游、随幸,赋所见,稍稍局限了赋作题材,此已属纯粹的宫廷制作。至陈隋,则大量出现限题(包括限题材或题目)的作品。如:《全隋文》卷十四下虞世基《讲武赋(并序)》下注:"《隋书·虞世基传》,陈主尝于莫府山校猎,令世基作《讲武赋》,于座奏之。陈主嘉之,赐马一匹。"[①]《隋书》列传第三十二亦记此事:"虞世基字茂世,会稽余姚人也……仕陈,释褐建安王法曹参军事,历祠部殿中二曹郎、太子中舍人。迁中庶子、散骑常侍、尚书左丞。陈主尝于莫府山校猎,令世基作《讲武赋》,于坐奏之曰……陈主嘉之,赐马一匹。及陈灭归国,为通直郎,直内史省。"[②]又《隋书》记杜正玄举秀才试后,杨素促召,令作赋,想必当是命题(大概是《白鹦鹉赋》)或限某字韵的赋作。《隋书》记虞绰以词赋称善,曾"从征辽东,帝舍临海顿,见大鸟,异之,诏绰为铭"[③]。此类诏作书、铭、诔、赋、记等,在魏晋及六

---

① 严可均校辑:《全隋文》卷十四,《全上古三代秦汉三国六朝文》,北京:中华书局,1958年,第4096页。

② 魏徵等:《隋书》,北京:中华书局,1973年,卷六十七,第1569—1572页。

③ 魏徵等:《隋书》,北京:中华书局,1973年,卷七十六,第1739页。

朝，是常见之事。

《隋书》中还有一条记载值得注意。《隋书》列传第四十一《文学·潘徽传》记潘徽："尤精三史。善属文，能持论……尝从俊朝京师，在途，令徽于马上为赋，行一驿而成，名曰《述恩赋》。俊览而善之。复令为《万字文》，并遣撰集字书，名为《韵纂》。徽为序曰……至于寻声推韵，良为疑混，酌古会今，未臻功要。末有李登《声类》、吕静《韵集》，始判清浊，才分宫羽，而全无引据，过伤浅局，诗赋所须，卒难为用。"① 可见隋代诗赋已讲求声韵格律当是无异。而"寻声推韵"则极有可能为严格的标准，故而这一时期亦极有可能出现限某字韵的作品。《全隋文》卷二十九下阙名《陈思王庙碑》记曹植"寻声制赋，膺诏题诗。词采照灼，子云遥惭于吐凤；文华理富，仲舒远愧于怀龙"②。此处"寻声制赋"不但有讲究声律的意思，更可能指和赋之意。即便不一定是和韵，但至少是近于和赋之作，即题材相同、内容一致，或用韵偶有相同的赋作。考曹植赋，如《酒赋（并序）》称："余览扬雄《酒赋》，辞甚瑰玮，颇戏而不雅，聊作《酒赋》，粗究其终始。"③ 可见其和扬雄《酒赋》无疑。《全三国文》卷十三记曹植有《橘赋》，而曹丕《论文》亦说："如粲之《初征》《登楼》《槐赋》《征思》，幹之《玄猿》《漏卮》《圆扇》《橘赋》，虽张、蔡不过也。然于他文，未能称是。"④ 可见，徐幹也有《橘赋》，大概曹植《橘赋》便为和作。傅巽有《槐树赋》，曹植亦有《槐树赋》；闵鸿有《羽扇赋》、徐幹有《圆扇赋》，曹植亦有《扇赋》《九华扇赋》之作。另外，曹植和曹丕皆有《愁霖赋》和《喜霁赋》，大概为同时和作，或限题（材）命作。二者还有许多题材相同之作：曹植有《登台赋》，武帝曹操亦有《登台赋》，文帝曹丕亦有《登台赋（并序）》。可见，此赋极有可能为同时限题之作。这实际上也是魏武帝考察其子文学才能的一种试赋形式，故而云植："寻声制赋，膺诏题诗。"⑤

这种题材相同的和赋，成为后来赋作重要的题材。当然，"和赋""不必同

---

① 魏徵等：《隋书》，北京：中华书局，1973年，卷七十六，第1743-1745页。

② 严可均校辑：《全隋文》卷二十九，《全上古三代秦汉三国六朝文》，北京：中华书局，1958年，第4196页。

③ 严可均校辑：《全三国文》卷十四，《全上古三代秦汉三国六朝文》，北京：中华书局，1958年，第1128页。

④ 严可均校辑：《全三国文》卷八，《全上古三代秦汉三国六朝文》，北京：中华书局，1958年，第1097页。

⑤ 严可均校辑：《全隋文》卷二十九，《全上古三代秦汉三国六朝文》，北京：中华书局，1958年，第4196页。

初唐四杰辞赋研究

一题"①，上述不论是仅题材相同之作，还是有意和赋为之，至少这些前后之作是或多或少有一些关联的，特别是中晚唐许多律赋题材皆取自前代赋。这一方面是因经学和选学对文人的影响，另一方面，则是由文学本身的继承和发展所决定的。还有一点，也许往往为学者所忽略：律赋除取士，亦表现出娱乐遣兴和骋才逞能的功用，这在晚唐律赋和各期的一些律赋习作中，已可明显见出。正因为律赋这一功用，也决定了律赋的题材往往多取于旧。一是为了娱乐应和，二则是为了炫耀才华，与前人一较高低。这足可见出和赋在律赋发展过程中的重要地位。如曹植有《藉田赋》，缪袭有《藉田赋》，后来潘岳亦有《籍田赋》；曹植有《闲居赋》，潘岳也作有《闲居赋》；隋李德林作《春思赋》，王勃亦作《春思赋》；三国吴闵鸿作《芙蓉赋（并序）》，曹植亦有《芙蓉赋》，后来继之者甚众，如鲍照《芙蓉赋》、萧统《芙蓉赋》。

（二）唐代律赋用韵的衍进

和韵、限某字韵或限题等律赋发展阶段，又并不是截然分开的，这种要求和形式可能在同一首作品中同时运用。这样，也就衍变成后来"试""律"性质齐全的律赋了。

现有的文献中虽无赋某字韵的明确记载，但诗歌中，却有限某字韵的情况，这种方式是完全可以移植于赋中的。如骆宾王《送宋五之问得凉字》："愿言游泗水，支离去二漳。道术君所笃，筌蹄余自忘。雪威侵竹冷，秋爽带池凉。欲验离襟切，歧路在他乡。"② 又如骆宾王《送郭少府探得忧字》："开筵枕德水，辍棹舣仙舟。贝阙桃花浪，龙门竹箭流。当歌凄别曲，对酒泣离忧。还望青门外，空见白云浮。"③ 这种赋得某字，即限某字韵的情况，在《全唐诗》中可谓不胜枚举。应诏诗在唐前已有，《隋书》《全隋文》《北齐书》《全三国文》《文选》等并有记载。

许多随幸命作，或与帝王同观之作，皆可视为应诏赋，如上举三曹《登台赋》，其子二曹之作实际上即可算为应诏赋。《宋书·谢庄传》记："南平王铄献赤鹦鹉，普诏群臣为赋。太子左卫率袁淑，文冠当时。作赋毕……'江东无我，卿当独秀，我若无卿，亦一时之杰。'遂隐其赋。"④ 严可均校辑《全宋

---

① 王芑孙：《读赋卮言·和赋例》，《续修四库全书》第1481册，上海：上海古籍出版社，2002年。

② 彭定求等编：《全唐诗》，北京：中华书局，1960年，卷七十八，第847页。

③ 彭定求等编：《全唐诗》，北京：中华书局，1960年，卷七十八，第847页。

④ 沈约：《宋书》，北京：中华书局，1974年，卷八十五，第2167页。

文》卷三十四即载有谢庄《赤鹦鹉赋应诏》《舞马赋应诏》，均为应诏赋无疑，而且已明显具有考察文士才能，即试赋的性质。只不过所试对象，是已从仕者，而非新人。唐初，应诏诗和应诏赋依旧极为普遍，如谢偃《观舞赋》《听歌赋》，则极可能为应诏赋，而《述圣赋》《惟皇诫德赋》则可能为颂德、劝谏之作。而直接明确以应诏命赋的，在唐初则有许敬宗《小池赋应诏》《敧器赋应诏》《掖庭山赋应诏》《麦秋赋应诏》。有些和赋是自发创作，而有些则是受命而赋。受命而赋，就包含应诏赋或上官对下臣的指令性或指示性命作。当然，这种应诏赋或命作极有可能为限题，或限部分韵。这和诗歌限题或限韵的发展情况是一致的。许多这类赋作往往具有半测试性质。太宗创作有《小池赋》，许敬宗《小池赋应诏》就即为应诏赋，又属于和赋，二赋大部分韵部相同。又许敬宗《掖庭山赋应诏》云："命小臣而并作，赋大雅而承欢。"① 其同时之作，惜无记载，亦无可比对是否和韵。虽王芑孙说"和赋起于唐""和韵起于宋"，然排除史籍缺佚的因素，从广义的角度而言，和赋在唐前，和韵在宋先也是完全有可能的。广义地讲，和赋可能和其题或和其意；和韵则有可能和其韵部而不和其韵字，或仅和某字韵，或全部韵脚字合韵。显然，这种和赋在魏晋南北朝时期就已经存在的。而且，王芑孙论和赋、和韵，实则也是辩证的，从其论述中，实自可体会和赋、和韵内涵的狭、广义之分。兹引王芑孙《读赋卮言·和赋例》考察各种和赋情况：

> 和赋起于唐。唐太宗作《小山赋》，而徐充容和之；元宗作《喜雨赋》，而张说诸人和之。要是同作不和韵。前此则邺下七子时相应答，已为导源，特不加"奉和"字耳。和赋亦不必奉和圣制，有侪友自相和者。唐高适有和李邕《鹘赋》；宋苏辙有和兄轼《沉香山子赋》；梅尧臣有和潘叔治《鱼琴赋》。和韵起于宋。田锡有依韵和吕抗《早秋赋》，然只和其韵，略如唐人和诗不次韵。次韵之赋亦起于宋，而盛于明。宋李纲《浊醪有妙理赋》次东坡韵；明祁顺、舒芬、唐龙诸人《白鹿洞赋》，次朱子韵，乃用元白和诗之例矣。和赋有不必同一题者。唐张说作《虚室赋》，魏归仁作《宴居赋》以和之，此但和其意也。②

---

①　董诰等编：《全唐文》，北京：中华书局，1983 年，卷一五一，第 1537 页。

②　王芑孙：《读赋卮言》，《渊雅堂全集》本，《续修四库全书》第 1481 册，上海：上海古籍出版社，2002 年，第 383 页。

尽管上述所论命题、限某字韵或和赋之作，由于对格律的要求和规范，还不如后来成熟的"试"性质的律赋，或许会被某些学者不纳入律赋的范围。但从律赋发展史的角度来看，它们都应属于律赋，却是无可争辩的。如李调元《赋话》引宋人吴曾《能改斋漫录》云："赋家者流，由汉、晋，历隋、唐之初，专以取士，止命以题，初无定韵。至开元二年，王邱员外知贡举试《旗赋》，始有八字韵脚。"①

《全唐文》卷四记有太宗《小山赋》，卷九十五亦载徐惠（太宗徐贤妃）《奉和御制小山赋》，按合韵和通押的规则，其所押韵部大致相同。可见最初和赋或和韵，"只是用其韵部但不用其韵字"②，还不似后来严格的和次韵。然而，既然韵部相同，或大致相同，题材一致，就说明和赋至少在形式上是有某种要求和规定的，这种限制自然免不了测试应和者能力的潜在意义。这种形式的赋作，尽管最初还不以限韵标题，或同时限题限韵，或仅限题，然而试才的功能却是必然存在的。这种形式的赋作，自然也免不了试赋取士的功用。到唐初，则直接出现了用于试士的标题限韵之赋，至后来，更出现限次韵之赋。从律赋的这种发展角度审视，试赋取士出现于唐初武德、贞观之世，甚或更早，是完全可能的。正如元代祝尧和明人徐师曾说：

> 　唐赋无虑以千计，大抵律多而古少。夫古赋之体，其变久矣，而况上之人选进士以律赋，诱之以利禄耶……后山云：四律之作，始自徐庾。俳体卑矣，而加以律……后生务进干名，声律大盛，句中拘对偶以趋时好，字中揣声病以避时忌。③

> 　六朝沈约辈出，有四声八病之拘，而俳遂入于律。徐庾继起，又复隔句对联，以为四六，而律益细焉。隋进士科专用此体，至唐宋盛行，取士命题，限以八韵。要之以音律谐协、对偶精切为工。④

即便有人认为徐说唐前以"此体"（律赋）取士为捕风捉影之说，但想必徐师曾不见"影"是不会发此论的。而且文钞、史籍记载的缺佚或疏忽，许多限韵的赋，不记限韵的情况，想必是很多的。而且，一些试赋，往往又不被保

①　李调元：《赋话》，《丛书集成初编》，北京：商务印书馆，1936 年，卷一，第 1 页。

②　尹占华：《律赋论稿》，成都：巴蜀书社，2001 年，第 362 页。

③　祝尧：《古赋辩体》卷七，《影印文渊阁四库全书》第 1366 册，台北：商务印书馆，1986 年，第 801 页。

④　徐师曾：《文体明辨序说》，北京：人民文学出版社，1962 年，第 102 页。

存下来，给这些结论的判定造成疑惑。如尹占华说："高郢赋现存九篇，四篇注明限韵，其实九篇都是律赋。如府试时所作《沙洲独鸟赋》当然是律赋，却亦未注限韵，无疑是注文脱落。其他几篇未注限韵的情况亦如之。"[①] 而且，高郢宝应二年（763）应进士试时礼部试赋题为《日有王字赋》，高郢此赋就没有流传下来。事实上，徐所称"此体"（律赋），正应是从律赋发展的角度，予以广义的论定的。虽可能隋以赋取士不一定标题限韵（严格的仅限某某韵），但其讲究音韵平仄的格律和限题或限某字韵则是完全可能的。

二、唐初律赋开肇与王勃《寒梧栖凤赋》

《寒梧栖凤赋》是较早见于记载的一篇限韵律赋，历来论及唐律赋的，少有不提及此赋。姜书阁先生说："我认为在今所能见到的唐人文集中最早一个存有律赋的是王勃，其赋题为《寒梧栖凤赋》，题下注有'以"孤清夜月"为韵'。而其他十一篇赋则都是骈赋。"[②] 他又说："勃此赋虽是现今所能见到的唐代最早的律赋，也可能是他在麟德初（按：高宗李治年号，麟德初为公元664）以刘祥道之表荐，对策高第时所作，这时勃年仅十五岁，当即《旧唐书·文苑》所说'勃年未及冠，应幽素举，及第'那一次。"[③] 关于此赋的具体作年是有争议的。对此赋的文学意义，也少能予以正确的认识和恰当的评论。此赋无论是用韵和题材，以及表现手法等多方面，都对唐宋律赋产生了重要影响。尤其是律赋的散化倾向，虽无法确知律赋散化是否肇端于此，但由此可知初唐律赋已经潜隐散化倾向。这种散化的倾向，曾一度被盛唐、中唐一些体制严格、工于骈对的精巧律赋所打断，至晚唐律赋作家不唯于应试，而重新回归于抒情、咏史，大大拓宽律赋题材，散化倾向分外明显。人们因而注意到了晚唐律赋的散化光芒，却往往忘却了它的前身——曾被中断的初唐律赋。因而，笔者在此拟从两个方面探讨王勃《寒梧栖凤赋》：一是其大致作年；二是其散化及向情倾向。

（一）《寒梧栖凤赋》大致作年

关于此赋的大致作年，已有一些论述提及，但都不够详细，认定也不统

---

① 尹占华：《律赋论稿》，成都：巴蜀书社，2001年，第148页。
② 姜书阁：《骈文史论》，北京：人民文学出版社，1986年，第450页。
③ 姜书阁：《骈文史论》，北京：人民文学出版社，1986年，第450页。

一。若以"标题限韵"这一标准来界定律赋，此赋无疑是律赋。不过，在唐初明确标明限韵的律赋，并不止王勃此篇，还有蒋王（李）恽《五色卿云赋》（以题为韵）。"此赋或写于永徽元年或稍后。"① 刘允济《天行健赋》，以"天德以阳故能行健"为韵，作于公元 684 至 690 年间。② 刘知几《韦弦赋》，大致于"证圣前后写成"③，证圣（695）仅一年。一种说法认为王勃《寒梧栖凤赋》"当作于上元三年以前"④。那么王勃此赋便早于刘允济《天行健赋》、刘知几《韦弦赋》和初唐的其他几篇限韵律赋。与蒋王恽《五色卿云赋》作年比，孰早孰晚，由于资料尚乏，一时难以定论。然姜书阁对王勃此赋作年做了一个时间范围较细的推测："勃此赋虽是现今所能见到的唐代最早的律赋，也可能是他在麟德初（按：高宗李治年号，麟德初为公元 664 年）以刘祥道之表荐，对策高第时所作，这时勃年仅十五岁，当即《旧唐书·文苑》所说'勃年未及冠，应幽素举，及第'那一次。"⑤ 按骆祥发说，王勃应幽素举，则当在高宗乾封元年丙寅（666），此时王勃十七岁，"王勃本年初，通过李常伯上《宸游东岳颂》一篇，接着应幽素科及第，授朝散郎……大约经刘祥道、皇甫常伯、李常伯等人的推荐，王勃参加本年的幽素科举，高第。《旧唐书》本传云：'勃年未及冠，应幽素举及第。'《新唐书》本传亦云：'祥道表于朝，对策高第，年未及冠，授朝散郎。'徐松《登科记考》卷二载麟德三年（666）幽素科及第十二人，王勃为其中之一。"⑥ 姜书阁和骆祥发都引新旧《唐书》为凭，但结论略有小异，都认为是"举幽素科"试，只是具体时年认定不一。据《登科记考》，王勃麟德三年（666）应举及第，惜《登科记考》未载王勃此赋，也不见当年试赋情况和题目。不过，王勃此赋被视为应试赋却为一致之认同。若王勃此赋为应试之作，此赋作于"应幽素举"当年则是有极大可能的。对于王勃这样一位才子，其恣情放浪，性不受羁，想必他是不会多作受拘束的限韵律赋的，此篇极有可能只是早年应试之作。这从他步入仕途后所做的《上吏部裴侍郎启》中亦可得到证明：

　　　　君侯受朝廷之寄，掌熔范之权，至于舞咏浇淳，好尚邪正，宜深以为

① 邝健行：《诗赋合论稿》，南京：江苏古籍出版社，2002 年，第 135 页。

② 邝健行认为此赋大概作于"垂拱载初之际"（《诗赋合论稿》，南京：江苏古籍出版社，2002 年，第 136 页）。

③ 邝健行：《诗赋合论稿》，南京：江苏古籍出版社，2002 年，第 139 页。

④ 邝健行：《诗赋合论稿》，南京：江苏古籍出版社，2002 年，第 137 页。

⑤ 姜书阁：《骈文史论》，北京：人民文学出版社，1986 年，第 450 页。

⑥ 骆祥发：《初唐四杰研究》，北京：东方出版社，1993 年，第 398－399 页。

念者也。伏见铨擢之次，每以诗赋为先，诚恐君侯器人于翰墨之间，求材于简牍之际，果未足以采取英秀，斟酌高贤者也。徒使骏骨长朽，真龙不降，炫才饰智者奔驰于末流，怀真蕴璞者栖遑于下列。①

从中可见，王勃是不屑于以试赋谋入仕的。那么王勃此赋就应是作于此启（671）② 之前，极有可能是"应幽素举"那次。从王勃《上吏部裴侍郎启》来看，这种铨选"每以诗赋为先"也并不是一种新兴现象，之前是肯定存在试赋情况的。许结先生就认同"唐高宗麟德二年王勃试《寒梧棲凤赋》"③。尽管《登科记考》于王勃"应幽素举"试时未收录其赋，但有可能为漏载。

不过，也有人认为蒋王（李）恽《五色卿云赋》和王勃《寒梧栖凤赋》都不是应试律赋④，蒋王恽"是帝子宗室，当然不须参加考试"⑤。蒋王恽虽然不一定参加试举，但仿效士子所作限韵试赋，加之他作为王室的身份和此篇赋内容的特殊性，就被保存下来，这也是极有可能的。但若仅依据"皇亲"身份，来推定不曾参加科试，恐怕缺乏说服力。《旧唐书》载："壬寅，天后上意见十二条，请王公百僚皆习《老子》，每岁明经一准《孝经》《论语》例试于有司。"⑥ 那么，"王公百僚皆习《老子》"，其学习的结果依靠"例试"来评判，故而王室贵胄在唐初或许也可以参加"明经"之类的选试活动，或另外的专门"例试"。两赋都是初唐早期的限韵作品，有可能是试赋或拟试习作。笔者以为，王勃《寒梧栖凤赋》不应晚于麟德初"应幽素举"那一年。

无论王勃《寒梧栖凤赋》是否为第一篇见载史籍的限韵律赋，其在文学史上的地位是不容置疑的。首先，不管是试赋还是习作，证明作此赋之前已经存在试赋情况应该是肯定的，它是初唐律赋发展史最重要的一个明证。"唐代律赋在高宗时代就形成了，而非通常所说玄宗开元之后才有律赋，这是王勃对赋

---

① 董诰等编：《全唐文》，北京：中华书局，1983年，卷一八○，第1830页。

② 参见张志烈《初唐四杰年谱》（巴蜀书社，1993年）对此启的作年考定。

③ 许结：《制度下的赋学视域——论赋体文学古今演变的一条线索》，《南京大学学报》（哲学·人文科学·社会科学）2006年第4期。

④ 邝健行说："《五色卿云赋》和《寒梧栖凤赋》，可以肯定都不是试赋。"因"唐代的制科只考策文，不必考试赋……王勃年代根本连进士试都不必考赋"。（《诗赋合论稿》，南京：江苏古籍出版社，2002年，第142页）此说有待探讨。历来对唐初试举的情况各家据新旧《唐书》《册府元龟》等记载而所得结论互有违逆。事实上，早在唐初贞观就有试文（包括诗赋）的情况。而且从王勃自己所作《上吏部裴侍郎启》"伏见铨擢之次，每以诗赋为先"来看，他所在的时代是肯定试赋的。若王勃《寒梧栖凤赋》仅为闲暇创制，则又当有类似的其他作品，而其文集不载，这也正可与王勃其人和性格相证。

⑤ 邝健行：《诗赋合论稿》，南京：江苏古籍出版社，2002年，第142页。

⑥ 刘昫等：《旧唐书》，北京：中华书局，1975年，卷五，第99页。

第六章 情志相生：四杰律赋创作及其探索

体文学发展的又一贡献。"① 其次，王勃此赋题材、内容，与中晚唐律赋和初唐相近时代的一些律赋有所不同，这或可说明王勃律赋在唐代律赋发展过程中起到了重要的桥梁作用。

(二)《寒梧栖凤赋》散化及向情倾向

值得一提的是，王勃此赋具有明显的散化倾向。这在晚唐以前的律赋作品中是不多见的。其散化倾向正在于句式脱离板滞拘束。"《寒梧栖凤赋》虽为律赋，却无后世律赋拘泥束缚的弊病，而在追求对仗工巧、音调谐和之中，又注意描写事物的简明。"② 此篇赋不同于纯骈赋，尽管有骈对，但散体句式更多，如："凤兮凤兮，来何所图？""九成则那，率舞而下。怀彼众会，罔知淳化。""念是欲往，敢忘昼夜？""苟安安而能迁，我则思其不暇。""故当披拂寒梧，翻然一发。""岂徒比迹于四灵，常栖栖而没没？"即便是一些对句，亦不甚工整，或明显具有散行语气，如："自此西序，言投北阙。""之鸟也，将托其宿止；之人也，焉知乎此情？"③ 整篇赋为 40 句，散体句占全篇的 35%，散句与骈句的比例为 7∶13。

初唐四杰的作品有这样的特点：其诗、赋、文互相影响，而分体赋中也是各种赋体因子杂糅。唐代新文赋的创作，无疑是受赋骈律化拘限之弊而兴起的。其中难免在发端之际的初唐赋中有所反映。四杰文赋中如《对蜀父老问》《钓矶应诘文》中有大段较为规整的用韵，便是文赋中残留的"律"的痕迹。同理，文赋的创作实践和当时反骈的文风理论也使得唐初律赋粘附上散化倾向。王勃律赋已经和某些文赋一样，也具有议论说理的特征，如："凤兮凤兮，来何所图？""理符有契，谁言则孤？""之鸟也，将托其宿止；之人也，焉知乎此情？""岂徒比迹于四灵，常栖栖而没没？"可见文律二者是相互影响的，后人很难说清谁是施影响者，谁是受影响者。

此外，王勃此篇取材上具有去经向情的倾向。它不同于常见的盛唐及后世律赋的经学化题材，从命题上即可见出其抒情的基调。"寒梧"比喻窘境，"凤"是自比高才。《寒梧栖凤赋》可算是咏物抒情之作，如："若用之衔诏，

———————————

① （韩）白承锡：《王勃赋之探讨》，《江苏社会科学》1995 年第 2 期。

② （韩）白承锡：《王勃赋之探讨》，《江苏社会科学》1995 年第 2 期。

③ 何林天《重订新校王子安集》本为"鸟也将托，其宿止人也焉。知乎此情"少"之"字（见《重订新校王子安集》，太原：山西人民出版社，1990 年，第 13 页）。《全唐文》作"之鸟也。将托其宿止。之人也。焉知乎此情。"《文苑英华》本为"高歌和鸣之鸟也，将托其宿之人也焉。知此情"，同张绍和刊本。《四部丛刊》《王子安集》与《四库全书》《王子安集》皆采张绍和刊本。显然此句近骈，为隔对，《全唐文》标点较为正确，今从之。

冀宣命于轩阶；若使之游池，庶承恩于岁月。可谓择木而俟处，卜居而后歇。岂徒比迹于四灵，常栖栖而没没？"凤兮凤兮，来何所图？出应明主，言栖高梧。"皆是于议论、说理中抒情写志，表现出强烈的求仕意图。在一定程度上，也可算作是抒情咏物之作。从题材和文意，此篇都较蒋王恽《五色卿云赋》、刘允济《天行健赋》生动。

王勃律赋以其对生活的直接和间接感悟为主线，在一定程度上偏离后世正体试赋的严格要求，其宗经明圣或褒德颂赞的色彩相当微弱。蒋王恽《五色卿云赋》（以题为韵）、刘允济《天行健赋》（以"天德以阳故能行健"为韵）、苏珦《悬法象魏赋》（以"正月之吉悬法象魏"为韵）、刘知几《韦弦赋》（以"君子佩之用规性情"为韵）、刘知几《京兆试慎所好赋》（以"重译献珍信非定也"为韵）①、徐彦伯《汾水新船赋》（以"虚舟济物利涉大川"为韵）等，明显近于中晚唐一些正体试赋。其明经致用，颂圣褒德的倾向十分鲜明。王勃以"孤清夜月"为韵的《寒梧栖凤赋》，表达了怀才不遇的期遇之欲，不屈身于流俗的高峻之气，表明王勃律赋的抒情化、文学化倾向，在一定程度上并不受律赋程式化的束缚。它是在汉魏抒情赋的基础上，糅之以时之开明、锻之以己之性格，而铸就的新篇。或许对中晚唐律赋自我抒情之作的繁育是有影响的。这类抒情写意题材，多被视为晚唐律赋的杰作。由于晚唐律赋题材的广泛和成熟，人们更多地注意到晚唐律赋的新贡献或者说新创造，却忽略了初唐四杰为律赋脱离经学化倾向已经指明了方向或者说已经做出了重要的尝试，为文赋的新变推波助澜。其余向来被视为具有律赋格律音韵特色的杨炯《浑天赋》、王勃《释迦佛赋》②等，也有此类去经向情的倾向。

三、《释迦佛赋》性质及作者考辨

《全唐文》收录有王勃《释迦佛赋》③，是唐代赋中较早描写与佛释内容相关的作品。但《文苑英华》及《四部丛刊》本《王子安集》却不曾记载该赋，而《金文最》中收有丁晦仁《释迦成道赋》，与《释迦佛赋》内容基本相同，

---

① 邝健行据刘知几《自叙》，断此赋"当写于仪凤二年至调露元年之间"。（《诗赋合论稿》，南京：江苏古籍出版社，2002年，第138页），此也可驳试赋始于"永隆二年"或"开元、天宝"之说。

② 邝健行认为王勃《释迦佛赋》为律赋。参邝健行：《诗赋合论稿》，南京：江苏古籍出版社，2002年，第174页。

③ 董诰等编：《全唐文》，北京：中华书局，1983年，卷一七七，第1800−1801页。按：其后引《全唐文》录《释迦佛赋》，不再标明出处页码，仅列篇名。

有学者因此提出疑问，以为《文苑英华》及《四部丛刊》本《王子安集》不载此赋，且其用韵为晚唐及宋律赋之常态，故而将《释迦佛赋》归为丁昉仁作。从此赋版本及内容来看，笔者以为极有可能为王勃所作。下面略做探讨。

（一）《释迦佛赋》的版本情况

较早收录王勃此赋的有《全唐文》、明重刊《五台山清凉传》。在《文苑英华》、四库本和丛刊本《王子安集》皆不收此赋。

《全唐文》卷一七七下收录王勃赋十二篇，包括《释迦佛赋》，《文苑英华》中录王勃《青苔赋》《春思赋》《七夕赋》等11首赋作，但不收《释迦佛赋》。中华书局1966年版《文苑英华》"出版说明"明确指出："一些为历来的选家都不肯放弃的有名的诗篇，这部一千卷的大书却摒而不录。这种应有而无，应无而有的情况，给这部书的资料价值造成了不少损失。""在作品的收录上，给人一个突出的印象是又滥又缺。"至于《文苑英华》版本，"在北宋是否刻过，还是一个疑问。"能够确知的仅200卷以后的部分底本是宋本，而200卷以前的赋作卷却并不能肯定是宋代的底本。[①] 可见，并不能因今本《文苑英华》不载而推断《释迦佛赋》有可能出现较晚。[②] 当然，一些据《文苑英华》本刊刻的本子，也就不能为据了。

尽管《四部丛刊》本《王子安集》不曾收录《释迦佛赋》，但从《四部丛刊》本影印《王子安集》的版样来看，版缝间分别列有"三百十九""三百廿四""二百廿四"等数字[③]，次序混乱。若这些数字为刻工代码，何以在仅两卷40多页的版面上就需要有三十多位刻工呢？若为原页码，又何以在篇卷中"三百廿四""一百〇二"重出？而且每篇赋都单独排印于几页纸上，没有两赋文字在同一页衔接的情形。再者，由于对王勃的生卒年的认定历来有争议，而何林天先生重新解读新旧《唐书》和杨炯《王子安集序》等史料，将王勃卒年

---

① 《文苑英华》出版说明：卷二〇一至二一〇、卷二三一至二四〇、卷二五一至二六〇、卷二九一至三〇〇、卷六〇一至七〇〇，其底本都是宋本。（中华书局，1966年，第9页）

② 詹杭伦说："而且收采唐代律赋很多的《文苑英华》也未见收录，说明《释迦佛赋》有可能出现较晚。这是王勃作《释迦佛赋》的疑点之一。"（《王勃〈释迦佛赋〉乃丁昉仁作考》，《文学遗产》2006年第1期。）

③ 见《王子安集》卷之四《续书序》等部分的中缝。王勃：《王子安集》，《四部丛刊初编》集部102册，上海：上海书店，1989年。按：《四部丛刊初编》本《王子安集》据卷首题作"王子安集十六卷附录一卷"，次页题印："上海涵芬楼借江南图书馆藏明张绍和刊本景印，原书版匡高营造尺六寸三四分宽四寸六分。"

推定到文明元年（684）。^①那么受以往王勃卒于上元年间的传统说法影响^②，或唐以后刊定《王子安集》漏收赋作则也是极有可能的。^③纪昀、陆锡熊等称："明以来其集已佚，原目遂不可考，世所传《初唐十二家集》仅载勃诗赋二卷，阙略殊甚。"^④明人曹荃《刻初唐四子集序》说："既已搜刻汉魏以来七十有二家，将渐次及于三唐两宋，令后世尚友作者如入宝林，岂非快事。乃所梓仅及初唐四君子，尚未竣事，而绍和告殂矣！"^⑤显然，明张绍和刊本《王子安集》未竣工，今本经后人整理，可能有佚脱。清初以后遂沿《文苑英华》和《四部丛刊》本《王子安集》之缺误。值得一提的是，高光复先生说："王勃辞赋多为抒情小赋……如《元武山赋》《涧底寒松赋》《青苔赋》《九成宫东台山池赋》等。其《元武山赋》序文云：'呜呼！有其志无其时，则知林泉有穷途之嗟，烟霞多后时之叹，不其悲乎！'"^⑥《元武山赋》不见于《全唐文》和《文苑英华》。考其序文，实当为《全唐文》和《文苑英华》所载《游庙山赋（并序）》。若不是高先生据内容另赋新名，则所见书目当与二本不同。另北京图书馆等存有《王子安集残卷》，惜不能亲睹这些残本，乞有更多的残卷遗本发掘面世，或可资证明。《四库全书》本《王子安集》采明张燮刊本，与《四部丛刊》本《王子安集》底本同，亦仅录赋11首，无《释迦佛赋》。可见《文苑英华》和《四部丛刊》本《王子安集》不载，并不能说明《释迦佛赋》不属王勃所作。

（二）《释迦佛赋》用韵情况考察

《全唐文》录王勃《释迦佛赋》题下没有标韵。有学者根据各段押韵情况，推断出此赋以"随步图相，明灭闻迹"为韵^⑦，认为此赋"完全遵守四平四仄，相间而行的规范"^⑧。并说："在律赋发展史上，一般认为这种规范的律赋

---

① 王勃著，何林天校：《重订新校王子安集》，太原：山西人民出版社，1990年，第1—4页。
② 何林天说："我怀疑杨炯《王子安集序》中，'春秋二十八，皇唐上元三年秋八月。不改其乐，颜氏斯殂，养空而游，贾生终逝'这段话中，在'秋八月'一句之下一定还有阙文，因为'不改其乐'与上句是无法衔接的。"（《重订新校王子安集》，太原：山西人民出版社，1990年，《前言》，第3页）
③ 见前第二章第三节四杰集的结集传播与辑佚相关论述。《王勃集》既有二十卷初始本，后亦有三十卷本，故其集当初有未收辑完全者。
④ 《〈王子安集〉提要》，《王子安集》，《景印文渊阁四库全书》第1065册，台北：台湾商务印书馆，1986年，第61页。
⑤ 王勃：《王子安集》，《四部丛刊初编》集部102册，上海：上海书店，1989年，卷首序。
⑥ 高光复：《赋史述略》，长春：东北师范大学出版社，1987年，第169—170页。
⑦ 詹杭伦：《王勃〈释迦佛赋〉乃丁旿仁作考》，《文学遗产》2006年第1期。
⑧ 詹杭伦：《王勃〈释迦佛赋〉乃丁旿仁作考》，《文学遗产》2006年第1期。

出现在晚唐五代，到宋代才完全定型化。"① 笔者认为这种说法有待商榷。

其一，在《全唐文》中《释迦佛赋》并没有标明限韵。而且从逻辑上来看，也不能因其合律，以及唐初不太可能存在这种韵律形式的赋体这样的先入之见，就草率地断之为非唐初之作。朱光潜说："齐梁时律诗仍不多见，而律赋则连篇皆是。"很明显，他所说的律赋"不但求意义的排偶"，也求"声音的对称和谐"②。因此，即便将《释迦佛赋》作为律赋来看待，它也并不违背唐代律赋发展的规律。

宋洪迈《容斋续笔》"试赋用韵"条指出"唐以赋取士，而韵数多寡，平仄次序，元无定格"，只是到了文宗大和以后，"始以八韵为常"③。既然"无定格"，那么四韵、八韵，甚至五六韵至十几韵都有可能的，只不过至大和时"始以八韵为常"罢了。但是大和以前这种八韵的形式是完全可能存在的，大和以后非八韵形式也是有可能存在的。彭叔夏就检索出文宗大和以后犹有六七韵试赋存在。不同韵数的律赋，唐代几乎各期都存在，如《全唐文》载唐初刘允济《天行健赋》（以"天德以阳，故能行健"为韵）、晚唐黄滔《御试曲直不相入赋》（以题中"曲直"两字为韵）、钱起《泰阶六符赋》（以"元亨利贞"为韵）、吕令问《金茎赋》（以"日华川上动"为韵）、王泠然《止水赋》（以"清审洞澈涵容"为韵）、许尧佐《日载中赋》（以"汉文帝时数如此"为韵）、裴度《二气合景星赋》（以"其状无常出有道之国"为韵）④，其余十韵及以上者，如张汇《千秋镜赋》（以"鹊飞如向月龙蟠似映池"为韵）等。⑤ 文宗大和以后"始以八韵为常"应是指的试赋情况，这只是一种特例，在现实创作中如果文宗以后能以八韵律赋为常，则可见其前必有相关的创作尝试，才可能逐渐推行并以之为常律。而且其时杨炯的《幽兰赋》等实际就已接近八韵律赋。

而且大和以前存在八韵的试赋也是事实，上举唐初刘允济《天行健赋》（以"天德以阳，故能行健"为韵）便是，又如《登科记考》记玄宗开元二十

---

① 詹杭伦：《王勃〈释迦佛赋〉乃丁昕仁作考》，《文学遗产》2006 年第 1 期。

② 朱光潜：《中国诗何以走上"律"的路》，见赵敏俐编：《文学研究方法论讲义》，北京：学苑出版社，2005 年，第 213 页。

③ 洪迈著：《容斋随笔》，上海：上海古籍出版社，2014 年，《容斋续笔》卷十三，第 149 页。

④ 以上见董诰等编：《全唐文》，北京：中华书局，1983 年，卷一六四，第 1679－1680 页；卷八二二，第 8669 页；卷三七九，第 3851－3852 页；卷二九六，第 2995 页；卷二九四，第 2978－2979 页；卷六三三，第 6394－6395 页；卷五三七，第 5453－5454 页。

⑤ 董诰等编：《全唐文》，北京：中华书局，1983 年，卷六一五，第 6207－6208 页。

五年（737）试赋《花萼楼赋》，即是以"花萼楼赋一首并序"为韵。① 邝健行说："盛唐以后用作考试的律赋，多限八韵。"而"八韵"之名，"早在中唐较前期便已出现了"。② 甚至他从《文苑英华》《全唐文》中对初唐律赋收载的情况观察，认为"早在律赋始创期的初唐，从现存的十三首作统计，八字韵脚的共十一首，当中包括刘知几的试赋和可能模仿试赋的梁献《大阅赋》。这么看来，以八字为韵，早就接近常态或者就是常态。"③ 此显然将"八韵"用韵情况推前到了唐初。那么，王勃作八韵的《释迦佛赋》，也就无足为怪了。

其二，虽不标韵，然却以某种韵律规范来创制的律赋，在唐初也是存在的：

> 律赋考试限韵，既不始于开元二年，而是早在初唐时已存在的事实。而限韵的规矩，也不是由考官始创……真正情况，试赋题下限韵，恐怕是考官后来引入早已存在的流行办法。④

李曰刚说："试赋之限韵，殆因其时在野之作品如上举《寒梧栖凤赋》已盛行，故政府亦用为规律之一耳。"⑤ 在已有八韵律赋创制的情况下，而后才出现试赋中"以八韵为常"，又在试举的政治推动力下，或许由于某一次官试的诱因，抑或由于个人趣尚，在私制中出现这种限韵之作（或合律韵）都是极自然的。只是有些作品不标韵或记载脱落罢了，如高郢赋《沙洲独鸟赋》就未注限韵，"无疑是注文脱落"⑥。

其三，从用韵形式上看，与王勃时代相近的杨炯，所作《幽兰赋》就运用了基本接近于四平四仄的韵，用到了"远""芳""袭"（之）"人"（生）"终""古"（枯）"无"（亾）"绝"韵，是后代仲子陵、乔彝等人《幽兰赋》题材以"远芳袭人，终古无绝"限韵的四平四仄赋的雏形。其《幽兰赋》⑦押韵情况如下：

精、名、生（平）；

① 徐松撰，赵守俨点校：《登科记考》，北京：中华书局，1984年，卷八，第282页。按：此赋限韵情况，并参李昉等编：《文苑英华》，北京：中华书局，1966年，卷四十九，第220页。
② 邝健行：《诗赋合论稿》，南京：江苏古籍出版社，2002年，第181—182页。
③ 邝健行：《诗赋合论稿》，南京：江苏古籍出版社，2002年，第143页。
④ 邝健行：《诗赋合论稿》，南京：江苏古籍出版社，2002年，第142页。
⑤ 李曰刚：《辞赋流变史》，台北：文津出版社，1987年，第181页。
⑥ 尹占华：《律赋论稿》，成都：巴蜀书社，2001年，第148页。
⑦ 参李昉等编：《文苑英华》，北京：中华书局，1966年，卷一四七，第679页；又见董诰等编：《全唐文》，北京：中华书局，1983年，卷一九〇，第1920—1921页。

　　豌、远（仄）；

　　滋、之（平）；

　　变、见、宴、县（仄）；

　　知、移（平）；

　　晚、坂（仄）；

　　曛、分、氲、云、君（平）；

　　侣、渚、楚、女、予、伫（仄）；

　　灵、庭、萤、青（平）；

　　（"重曰"后：）多、何（歌部）（平）；

　　阳、光、堂、芳（平）；

　　雏、枯、刍（平）。

　　由于唐初试赋"韵数多寡，平侧（仄）次序，元无定格"①，杨炯《幽兰赋》又或本非试赋，可视为押十二部韵，是四平四仄的雏形，当然如果通转合并韵部的话，则完全同于四平四仄用韵形制。② 按上古音就有"歌元通韵"和"元月通韵"的现象③，在中古音中"歌""月"也可通韵。这样就可能随着律赋限韵的发展，最后韵脚规定在"月部"的"绝"字。换言之，杨炯《幽兰赋》已经初具"远芳袭人，终古无绝"八韵韵部形式。杨赋虽然不是标准的四平四仄的押韵形式，但如果仅视"重曰"（相当于汉赋的乱或赞语）以前的赋句，完全可以认为是比较规范的四平四仄后连用四平的形式。在后来律赋的发展过程中，人们通过对诗歌格律形式的掌握和运用，又通过对前人赋作的韵律研究，总结出定型的规整的四平四仄八字韵脚形式，将前人作品中一部分同韵的情况进行规并整理，例如《幽兰赋》这类赋题从而就可能最终形成"远方袭人，终古无绝"的八字韵脚押韵形式。

　　与王勃几乎同时的刘永济《天行健赋》（以"天德以阳，故能行健"为韵）也是四平四仄的八字韵脚④：

　　测、直、息、德（职部）（仄）（入声）；

---

　　① 洪迈：《容斋随笔》，上海：上海古籍出版社，2014年，《容斋续笔》卷十三，第149页。

　　② 又见本书第八章第三节《四杰辞赋的同名题材创作》中相关论述。

　　③ 殷焕先：《实用音韵学》，济南：齐鲁书社，1990年，第411页；另参中国书店1987年版《宋本广韵》、北京中国书店1983年版《集韵》。

　　④ 参考《宋本广韵》《集韵》。

名、清、精、行（耕部）（平）（行属阳部，阳耕合韵）；

理、始（之部）（仄）；

阳、张、攘、王（阳部）（平）；

蠹、固、故（铎、鱼部）（仄）（"蠹"属铎部，鱼铎通韵）；

冰、崩、能（蒸、之部）（平）（之蒸通韵）；

健、恩、建、论（元、文部）（仄）（真文、真元合韵）；

元、权、虔、天（元、真部）（平）（真元合韵）。

詹杭伦说："四平四仄乃北宋官方规定的律赋押韵规则，自北宋太宗太平兴国三年以后，律赋用四平四仄押韵始成惯例，在王勃时代便出现四平四仄押韵整齐的律赋是很难想象的。"[①] 尽管四平四仄在北宋才成为惯例，但并不排除北宋前有特例。如果仅因为"很难想象"，就因此而否认王勃《释迦佛赋》的"著作权"，显然有失公允。

清代徐斗光以王勃《滕王阁序》为例，论述律赋的平仄。[②] 他认为王勃《滕王阁序》的句式与赋的句式比较接近，遵循律赋用韵平仄。从骈文和赋的特征看，《滕王阁序》并非赋，但"四六通篇句法，平仄相衔，与律诗律赋同体。"[③] 既然王勃对五言律诗的定型有贡献已是定论，而且他诗、赋、文兼擅，那么从格律的角度考虑，他完全可能作像诗一样用韵格律严整的律赋了。那么王勃以律赋的体例来创作用韵比较严整的《释迦佛赋》也就不存在什么技术问题了。

其四，赋用四六隔对问题。《释迦佛赋》隔句对比较多，达七联。詹杭伦认为《释迦佛赋》非王勃赋的又一理由是："初盛唐律赋隔句较少，一般一篇之中的隔句对在五联以下。"[④] 这种说法也有待商榷。首先，王勃《释迦佛赋》并未标题限韵，是否为试赋未可知。以一般创制赋看，其隔对应用与初唐以及中晚唐赋并无太大差别，初唐许多赋中隔对都达到五联以上。其次，即便以律赋论，初唐赋家创制的律赋中隔对也并非全在五联以下。如初唐刘允济律赋《天行健赋》达六联；武后朝张泰《学殖赋》达六联；武周朝徐彦伯《汾水新船赋》与唐初刘知几《京兆试慎所好赋》隔对均达六联之多；刘知几《韦弦赋》也多达五联。从《历代赋汇》《全唐文》记载看，初唐隔句对在律赋和其

---

① 詹杭伦：《王勃〈释迦佛赋〉乃丁晞仁作考》，《文学遗产》2006年第1期。

② 徐斗光《赋学仙丹》曰："凡律赋中所论平仄，则可于歇断读处调度。昔严为字字论之，《滕王阁序》，四六体也，其调协者，可一举似之。"

③ 姜书阁：《骈文史论》，北京：人民文学出版社，1986年，第10页。

④ 詹杭伦：《王勃〈释迦佛赋〉乃丁晞仁作考》，《文学遗产》2006年第1期。

他赋体中的运用已是比较普遍，多数并不只在五联之下。另外，就同时代的同题之作往往所用隔对数也大不一样。即便明清一些赋作，也不一定首首隔句对运用都比前代作品多，因此隔句对数量多寡不能成为评判赋作先后的绝对理由。

最后，需要说明一点：王勃此篇赋也并不是像学者所认为的像晚唐以后成熟律赋一样，毫无病犯。以徐斗光所论赋句例式来看，《释迦佛赋》大致有三处犯上尾之病，犯平头处也不少。① 另外，不押韵单数句末字，"道""敬"二字同为去声，犯鹤膝之病，犯蜂腰者也不少。② 如果按"律赋在平仄声律运用上基本遵循由粗而精的发展规律"③ 的话，显然，赋篇首句与末尾两句这样明显应该注意的地方，该赋却明显犯平头之病，想是在金代这样格律比较成熟的时代不太可能的吧，反而在唐初对四平四仄用韵还不是那么苛刻的情况下却是可能出现这种情况的。

综上，在王勃时代是完全有可能出现《释迦佛赋》这种四平四仄韵式赋作的。尽管没有严格要求限韵和格律，但却由于诗文于"意义的排偶"和"声音的对称和谐"④ 方面较早的实践创造，加之同时代沈、宋格律论在诗歌领域的繁荣与成熟，这完全可能影响王勃等杰出文学家在赋体创作领域做出尝试和探索。

（三）王勃所作相近题材诗文

据宋人潜说友撰《咸淳临安志》⑤、明田汝成撰《西湖游览志余》卷十四载，王勃作《释迦如来成道记》无疑。比较《释迦佛赋》，其《释迦如来成道记》的句式、句意与《释迦佛赋》甚为相近，使人读来，如觉一人一时之言流于不同篇什而已。择几句稍做比较，即见相近之处十分明显。如"九水"与"九龙吐水"等意象。又如：

---

① 上尾：指赋一联中的第一句末与第二句末同声。平头：指赋一联的第一句首字和第二句首字同声、第一句第二字和第二句第二字同声，尤以第二字为要紧。

② 鹤膝：指相邻不押韵单数句的末字同平上去入。《文镜秘府论》"蜂腰"条曰："如第二字与第五字同上去入，皆是病，平声非病也。"诗赋大致同论。（另参《诗赋合论稿》，南京：江苏古籍出版社，2002年，第128页）

③ 詹杭伦：《宋赋学研究》，北京：中国社会科学出版社、华龄出版社，2004年，第109页。

④ 朱光潜：《中国诗何以走上"律"的路》，见赵敏俐编：《文学研究方法论讲义》，北京：学苑出版社，2005年，第213页。

⑤ 潜说友：《咸淳临安志》卷七十，《景印文渊阁四库全书》第490册，台北：商务印书馆，1986年，第719页。《咸淳临安志》卷七十"道诚"条载："慧悟大师，钱塘人，居月轮山。天禧中，撰《释氏要览》三卷，又注王勃所撰《释迦成道记》。"

《释迦如来成道记》："由是魔军威慑于慈力，愁怖旋归。"

《释迦佛赋》："莫不魔军振动，法界奔惊。"

《释迦佛赋》："群机而不睹灵踪，万世而空留圣迹。"

《释迦如来成道记》："顺古佛之嘉谟，应群机之鄙欲。"

"不睹"而"空""迹"，睹而"应""欲"。可谓正反两种叙述，实为同义。《释迦如来成道记》云：

> 或说法假于六方，或化身变为三尺。或掌覆而指变，或光流而佛来，或一身普集于众身……其间所说，阿含四有，般若八空。密严华严，佛藏地藏，思益天之请问，楞伽山之语心。万行首楞严，一乘无量义；……或谓之有空守中也，或谓之无转照持也。或谓之顿也渐也，或谓之半也满也。或无说而常说，或不闻而恒闻。或保任而可恃，或加被而不忘。①

此段可谓正是《释迦佛赋》所描述的"普光殿里，会十地之华严；耆阇山中，投三乘之记别"②的别一种记述，也是对《释迦佛赋》"演摩诃般若之教，示阿耨多罗之诀"具体而详尽的演绎。

据《重订新校王子安集》卷十七《灵光寺释迦如来成道记》前一段说明载："唐高宗永徽三年，勒建灵光寺。诏虢州参军王勃，夙契三缘。通宗众典，撰《释迦如来成道记》，勒石其中。"③据何林天对王勃生卒年考订，高宗永徽三年（652）时，王勃才三岁左右，即以新旧《唐书》所载卒年推定，永徽三年时也不过五六岁，不大可能撰著此文。而王勃任虢州参军，为高宗咸亨三四年事。④何林天在校勘中说："或此寺建于永徽三年，奉诏为文，则为咸宁（引者按：当为咸亨之误）三年或四年时事也欤？"⑤白承锡解释此疑点说："其中的疑问，可做这样解释：永徽三年勒建灵光寺，而咸亨四年建成，诏令王勃撰文勒石。"⑥并且，他认为《释迦佛赋》与《释迦如来成道记》"两者的内容、结构基本相似，只是文写得平实、详细，赋写得华美、生动。据此又可

---

① 董诰等编：《全唐文》，北京：中华书局，1983年，卷一八二，第1851-1852页。

② 董诰等编：《全唐文》，北京：中华书局，1983年，卷一七七，第1801页。

③ 王勃著，何林天校：《重订新校王子安集》，太原：山西人民出版社，1990年，卷十七，第264页。

④ 张志烈：《初唐四杰年谱》，成都：巴蜀书社，1993年，第151-166页。

⑤ 王勃著，何林天校：《重订新校王子安集》，太原：山西人民出版社，1990年，第267页。

⑥ （韩）白承锡：《王勃赋之探讨》，《江苏社会科学》1995年第2期。

以认为，文与赋当作于任虢州参军期间。"①

王勃有关道释的作品较多，也与僧人多有往来。如王勃《观佛迹寺》《上许左丞启》《益州绵竹县武都山净慧寺碑》《益州德阳县善寂寺碑》《梓州郪县兜率寺浮图碑》《广州宝庄严寺舍利塔碑》《梓州慧义寺碑铭（并序）》《梓州通泉县惠普寺碑》《梓州元武县福会寺碑》《彭州九陇县龙怀寺碑》《梓州飞乌县白鹤寺碑》《梓州郪县灵瑞寺浮图碑》等诗文皆是。《王子安集》中还有一篇《四分律宗记序》，何林天先生说："这是王勃给西京太原寺索律和尚的著作所写的序言，从中可看出，王勃还精通佛学……这里他以佛门弟子自居，且以'归依胜侣'自勉。"② 若《释迦如来成道记》与《释迦佛赋》同作于咸亨年间。咸亨四年与上元年紧邻，其赋中所透露的"一心归命圆寂"与上元初隐退，从思想上是相关的。王勃自虢州任后，始真正弃官沉迹，《释迦佛赋》可能是在任期末在奉诏创制《释迦如来成道记》后，有感于怀而创制的。其经历和思想在赋中可窥出些端倪，故赋结尾云："嗟释迦之永法将尽，仰慈氏之何日调伏。我今回向菩提，一心归命圆寂。"这种看破红尘、洞达人生痛苦的经历恐怕是金代仕途畅达而"卒于官"③ 的丁昉仁所无的。

王勃对佛释的关注与他的经历际遇有关。早期雄心勃勃，以期投身功业，报效家国，然则出仕不久，就连遇挫折，不断遭受打击和构陷，于是心灰意冷，倾心释佛，以求心志得以解脱。可见，王勃作《释迦佛赋》，极符合其生平际遇，也符合其思想认识。

（四）佛典和它书载记情况

阮元撰《古清凉传二卷、广清凉传三卷、续清凉传二卷提要》记：

> 唐释慧祥撰《古清凉传》、宋释延一撰《广清凉传》。《续清凉传》，宋张商英、朱并（当作"朱弁"）所撰。《广》《续》二编，藏书家多未著录，惟《古清凉传》，见《宋史·艺文志》。凡方域名胜及高僧灵迹，莫不详载。延一收捃故实，推广祥《传》，更记寺名胜迹以及灵异药物，其中多涉及儒家，且有六朝人文，如晋释支遁《文殊像赞序》，又殷晋安郗《济川赞》，并世所希见，而遁《序》尤足补本集之所佚。若王勃《释迦如来

---

① （韩）白承锡：《王勃赋之探讨》，《江苏社会科学》1995 年第 2 期。

② 王勃著，何林天校：《重订新校王子安集》，太原：山西人民出版社，1990 年，《前言》，第 11 页。

③ 脱脱等撰：《金史》，北京：中华书局，1975 年，卷九十，第 2008 页。

成道记》《释迦佛赋》，今《四杰集》《文苑英华》俱无之。①

詹杭伦《王勃〈释迦佛赋〉乃丁昇仁作考》一文说：

　　根据阮元所说，署名王勃的《释迦佛赋》，先见于宋张商英、朱弁等合编的《续清凉传》。张商英、朱弁皆北宋知名学者，如果王勃《释迦佛赋》真是由张商英、朱弁采入，则可信度甚高。但是，仔细检查该书，我们发现，张商英、朱弁其实只是各写了一篇五台山菩萨显灵的传记，附于《清凉传》之后。张商英所作虽名《续清凉传》，其实只是一篇文章。②

细审阮元《提要》，王勃二文可能属宋释延一《广清凉传》所附（据蒋清翊考阮元所见明刻本，王勃二文是独立成编）。从中并不能肯定地解读出收于《续清凉传》中。在《五台山清凉传》中《续传》实非单篇文章③，然确有缺佚。但《广清凉传》却分上、中、下三卷，不应是单篇文章。《续清凉传》卷下《古井崇善禅寺》"常住记"下载：

　　释慧祥《清凉传》，见《宋史志》。《广传》《续传》，则史志及诸家藏书志，俱不著录。杭州何梦华（元锡）得之，示阮文达。文达，缮录进呈，世乃知有此书。第天府卷轴，既非草茅能窥，阮氏文选楼书，又毁于火，藏书家以不得见为憾闻。此书原本，今藏归安陆氏丽宋楼，武陵赵君伯藏（于密）为居闲得借读，纸脆殆不可触，内佚《广传》中卷。（清翊）恐其日就湮没，方录付梓，颇以佚卷为憾，适钱塘丁氏正修堂藏有钞本，则佚卷存焉，亟合梓之，甫成全璧。钞本讹字颇多，然无可校正，姑仍其旧。忆咸丰同治间，游迹淹留太原，距台山仅数百里，尘鞅牵绊，竟未游

----

① 阮元撰，邓经元点校：《揅经室集》，北京：中华书局，1993 年，《研经室外集》卷二，第 1227—1228 页。

② 詹杭伦：《王勃〈释迦佛赋〉乃丁昇仁作考》，《文学遗产》2006 年第 1 期。

③ 《五台山清凉传》，阮元辑：《宛委别藏》第 91 册，南京：江苏古籍出版社，1988 年。按《宛委别藏》本录《续清凉传》卷上有："商英曰：'善哉！喻乎吾一语涉妄，百千亿劫沦于恶趣。谨书之以附《清凉传》后，又述清凉山赋并诗附之卷末云。"由此可见张商英所作《续清凉传》应并非一单篇文章，而是其时已附有诗赋，可能其后板毁或缺佚，故存留者不多，而至金元或明人又加以补缀之。

礼灵峰。今筋力日衰，息影东南，五顶云山，无因投迹，香火缘悭，抚书慨叹。

　　　　光绪甲申十月吴县蒋清翊字敬臣识。①

　　《广传》应是上、中、下三卷。阮元所说"是编"当包括《广》《续》二编，至少他认为《广》《续》二编应是"金大定时寺中藏板"②，后来所补传赞可能为金或以后历代附入。

　　另外，金大定姚孝锡作《重雕清凉传序》说："慧祥始为《清凉传》二卷，延一复为《广传》三卷，张相国朱奉始又为《续传记》以附于后，其他超俗谈玄之流与夫高人达士作为诗颂赞偈附名传末。"③ 那么证明至少在金大定时已见《续传》之后附有"高人达士"的"诗颂赞偈"。王勃二文则极有可能于金大定时便已被收录。明代高僧释明得撰《释迦如来成道记序》即明确表示此为唐王勃所撰。④

　　对于王勃二文在三《传》刊定中的编定顺序问题：阮元《提要》后有蒋清翊按："是书原本，今在归安陆氏皕宋楼，实洪武丙子，山西崇善寺所刊。末缀寺僧性彻募刊缘起云：重刊《释迦赋》《帝王崇教事迹》《成道记》《补陀传》《清凉传》，合部印施。其王勃文二首，各自为书，不在延一传。"⑤ 那么，阮元行文说"延一收捃故实，推广祥《传》"，其所列王勃故实，极可能也是证明延一所收确是多"世所希见"⑥ 罢了。不过，至少可以证明王勃《成道记》《释迦赋》于《广清凉传》原刊时已见收或单独刊行。对于蒋清翊所见的明单

　　① 张商英：《续清凉传》卷下，《大正新修大藏经》第51册，第1134页。按：此本为清吴县蒋氏双唐碑馆本，标点为引者所加。杜瑞平《清凉传研究》认为蒋氏刊本从《宛委别藏》本而来，是《宛委别藏》本和丁氏抄本的合璧，但删去了《峨眉赞》，只刊刻了《清凉传》和《补陀传》（《清凉传研究》，太原：三晋出版社，2013年，第38页）。蒋清翊注《王子安集》即载《释迦佛赋》，并于题下注据"洪武年崇善寺刊本"（《王子安集注》，上海：上海古籍出版社，1995年，卷二，第58页）。

　　② 杜瑞平《清凉传研究》认为"其中所论为金大定时寺中藏板，恐未确。因为版本中缝刻有明代官职如'神武右卫''守备都指挥''守备右监'等"。（《清凉传研究》，太原：三晋出版社，2013年，第37页）

　　③ 张金吾辑：《金文最》，台北：成文书局，1967年，卷十九，姚序。

　　④ 董斯张辑：《吴兴艺文补》卷三十八，明崇祯六年刻本。按：明代高儒撰《百川书志》卷十一子部佛家类录："《释迦如来成道记》一卷，唐太原王勃撰，钱塘慧悟大师道成注。"慧悟大师当为五代至北宋时人，宋代释道潜有《送慧悟大师还阙下》诗，释道潜，本名昙潜，号参寥子，赐号妙总大师，钱塘人，与苏轼、秦观友善，常有唱和。

　　⑤ 转引自《重雕清凉传》，《中国佛网》2008年3月14日，http：//www. fowg. cn/fxdg/ShowArticle. asp？ArticleID＝142422007年10月31日。

　　⑥ "若王勃《释迦如来成道记》……"笔者以为，其"若"字是为举例，论证前面宋释延一《广清凉传》记事"收捃故实，推广祥《传》"，多"世所希见""补本集之所佚"的功用。

独刊本，或许是后来明释重刊"附缀"时，打乱了次序，附于《广传》后另编文册。

今《宛委别藏》本《五台山清凉传》就是将其（王勃文）排于《续传》[①]之后，这也合于金姚孝锡《重雕清凉传序》所论列的次序。《广清凉传下》印金姚孝锡《重雕清凉传序》：

> 白马东来象教流行于中土……昔有沙门慧祥与延一者，皆缁林（照）化之人……芳尘经久或熄，乃广搜见闻与目所亲睹，编次成秩，慧祥始为《清凉传》二卷，延一复为《广传》三卷，张相国朱奉始又为《续传记》以附于后，其他超俗谈玄之流与夫高人达士作为诗颂赞偈附名传末……偶四禄之构灾，致龙文之俱尽，不有与者圣功神化，岁久弗传……赵因造门嘱余为序，以冠其首，明净与前提点僧善谊相继以书为请……故为之书。大定四年九月十七日古豊姚孝锡序。[②]

从这段序中，我们可以看出：金代刊印时，不是首刊，而是因"四禄之构灾"致"龙文"将尽，才承前代"广搜见闻与目所亲睹"所编刊本。重刊有据，重刊时已见"高人达士"之"诗颂赞偈"。

现藏《宛委别藏》本《五台山清凉传》也与金刊本叙次大致相合，附于传末。另外，王勃二文，专收于一书（卷），或附于三传之后，也是符合"诗颂赞偈附名传末"的。因为王勃二文确是"世所希见"，于"附名"传末之后，另刊二篇一书，也完全合理。后来元集和明释"附缀"或分刊都是有所本的。故不能说明《释迦佛赋》《成道记》作者乃王勃是明时才首次确认的。至于分刊或附缀于后的问题，证明都是有所依据的。明洪武寺僧性彻既称"重刊《释迦赋》"，专收王勃文二首，各自为书，《宛委别藏》本直接"附缀"于后。因历代战火等原因，书籍流失，重刊变定次序，也在所难免。在金、元、明时期都曾分别刊印过《清凉传》等，明代曾因兵革、火燹等原因几度刊刻，这从

---

① 詹杭伦说："张商英、朱弁其实只是各写了一篇五台山菩萨显灵的传记，附于《清凉传》之后。"《五台山清凉传》载张商英所作题名《续清凉传》、朱弁作名为《台山瑞应记》，其后也收有一些他人叙述之作（《宛委别藏》第91册，第230－245页、第268－272页）。笔者以为，或许二篇只是《续清凉传》其中的两篇，张作与所编《续传》同名罢了。后世以其集中某篇之名为集命名者也多，现当代诗歌集便多是如此，恐怕是有来源的。另外也有他作，可能散亡不录。当然，也可能张朱二人只此二篇传记罢了，并未撰集，徒因篇名致误。最大的可能性应为其他大部分篇目缺佚。

② 《五台山清凉传》，《宛委别藏》本第91册，南京：江苏古籍出版社影印，1988年，第227－229页。

《台山瑞应记》附"后序"及"台山清凉石上"所记即可得到证明。

从现存明刊本来看，明洪武时已有编者认定《释迦佛赋》为王勃赋①，较清代编定《钦定古今图书集成》时，明初去金未远。金大定姚孝锡是入金的宋人，曾出任五台簿，与丁昞仁同时代，均卒于大定二十一年（1181）。如此赋为丁昞仁作，大定年间重刊《清凉传》不可能不提及。而且姚孝锡《重雕清凉传序》称为"高人达士"的，恐怕是不包括丁昞仁的。《钦定古今图书集成》不知依据何书采入而将其列于丁昞仁名字之后，而且丁名之后唯此一篇，别无其他文字。《释迦佛赋》为丁昞仁作是至为可疑的。

《四部丛刊》本《王子安集》不收《释迦佛赋》，一是因为这些本子关于《王勃集》部分的底本都残缺不全，补版都较后出；二是《释迦佛赋》散佚后，可能因此赋题材的原因，不便于在民间或一些才子书集中见到，只存在较少的佛教典籍中，比较稀见，后编《王勃集》者不曾据补，又幸赖《清凉传》《全唐文》等采入。三是虽有可能金代之后出现了题名丁昞仁的《释迦成道赋》，其与王勃《释迦佛赋》实为同作，致使编者在王集散佚无据的情况下，不能准确判断，因而阙如。但事实上这只是一种理论上的推测，考稽众多文献史料，唯有《金文最》录丁氏《释迦成道赋》，而别无所本，《金史》亦不载其能赋之事。而且金大定时藏板中已收录有王勃此赋，后元明人所集《五台山清凉传》亦当据此而来。如果金大定时人刻版署王勃所作，又《释迦如来成道记》与《释迦佛赋》二篇同出，此距丁昞仁生活的时代不远，应不致误。

（五）《金文最》误题献疑

《金文最》注丁昞仁《释迦成道赋》："谨从《钦定古今图书集成》恭录。"② 但《钦定古今图书集成》也可能为沿袭之误。詹杭伦称在《钦定古今图书集成》录丁昞仁《释迦成道赋》题下注明："绍兴二十年正月望日。"③ 查《钦定古今图书集成·博物汇编·神异典》第八十九卷《佛菩萨部·艺文一》，署丁昞仁《释迦成道赋》，但题下并无"绍兴二十年正月望日"句，而此句当为《释迦成道赋》前宋人孙觌《普贤应梦记》题后语。④ 当然也就更不能因此

① 何林天《重订新校王子安集》录《释迦佛赋》校勘中说："此文载明洪武崇善寺刊本，《四部丛刊》本无此文。清蒋注本增补，应补录。"（《重订新校王子安集》，太原：山西人民出版社，1990年，第281页）

② 张金吾辑：《金文最》，台北：成文书局，1967年。

③ 詹杭伦：《王勃〈释迦佛赋〉乃丁昞仁作考》，《文学遗产》2006年第1期。

④ 陈梦雷等：《钦定古今图书集成》，北京：中华书局，1934年，第497册，第8页。

"具体之作年"而怀疑或推断《释迦成道赋》必为丁作，极可能《钦定古今图书集成》亦是沿流传或杂书之误。

然为何《金文最》录丁暐仁此作《释迦成道赋》与王勃《释迦佛赋》完全相同呢？大概有几种可能：

一，可能丁暐仁曾过录王勃《释迦佛赋》，因王又有《释迦成道记》，故误题为《释迦成道赋》。金代士人多崇佛，或可能因而书王勃此赋，而落款书法者名字，后人因而误记为丁作。据山西大同古善化寺（崇善寺）保存的朱弁《大金西京大普思寺重候船大殿记》碑额十二字"西京大普恩寺重修大殿记"即为丁暐仁所书。

二，因丁有"首兴学校，以明养士法"[①] 之功，可能编辑修订一些书籍。在崇佛的金代，丁完全有可能编订一些释教书目或其他集子，并书上编者姓名。至于原作者姓名或许他由于种种原因当时不书，或书后缺损或脱落，后人误记为丁作。或者在编定《图书集成》时刻写错误，于丁名之下漏刻，或误刻入王勃赋作。

三，王勃此赋，后人罕知。而金代好佛，丁在有金一代，为名望之辈[②]，后人因而强以附之。张燮《王子安集序》说："自裴氏以器识程人而抹杀文艺，谓'四杰'轻浮浅露，必非骋迈长享之骨，而四子淹蹶不振一时，剖断终莫能拔此。"[③] 显然，由于在明清以前，若作者不详，即便有可能是王勃的作品，人们也可能因为偏见而归之于所谓"器识"高者。如前面所述，在宋代《王勃集》篇目即有散佚，更由于所谓"器识"的原因，作品无考，或转入他者名下，这是完全可能的。如《四库全书总目》"王子安集提要"称："《传》（按：指《旧唐书·王勃传》）称其文集三十卷，而杨炯《集序》则谓'分为二十卷，具诸篇目。'洪迈《容斋随笔》亦称今存者二十卷，盖宋代所行犹其旧本，明以来其集已佚，原目遂不可考，世所传《初唐十二家集》仅载勃诗赋二卷，阙略殊甚。"[④]

最后，笔者有一个大胆的猜想，若《钦定古今图书集成》再编时不存在错脱，那么是否有可能丁暐仁之名为前篇宋人孙觌《普贤应梦记》的编订者呢？

---

① 脱脱等撰：《金史》，北京：中华书局，1975 年，卷九十，第 2008 页。

② 脱脱等撰《金史》卷九十丁暐仁本传记："暐仁冲淡寡欲，读书之外，无他好，辽季避难，虽间关道涂未尝释卷。皇统二年，登进士第。""暐仁召邑中俊秀子弟教之学，百姓欣然从之。""暐仁以廉摄守事。""士民闻暐仁之官，相率欢迎界上，相属不绝。"（中华书局，1975 年，第 2008 页）

③ 王勃：《王子安集》，《四部丛刊初编》集部 102 册，上海：上海书店，1989 年，序二。

④ 纪昀等：《〈王子安集〉提要》，《景印文渊阁四库全书》第 1065 册，台北：商务印书馆，1986 年，第 61 页。

然若为籍于孙《记》之后的题书落款人则非，其"绍兴二十年正月望日"可能正是书者落款时间①，然北方金人不可能署南宋年号。《钦定古今图书集成》编撰者可能正是参丁氏书法卷钞，此赋未署作者，而仅记书者姓名，撰者于原样录，以致造成如此严重的学术误会呢？

综上而论，《释迦佛赋》完全可能是王勃所作，而不大可能为丁作。

---

① 按：绍兴二十年即公元1150年，也正是金完颜亮天德年间，在金大定之前。按《金史》，丁時仁卒于金大定二十一年，也即是说绍兴二十年正是丁氏年富力强之时。

第七章　雅俗兼存：四杰诗体赋与俗赋创作

初唐四杰的诗体赋与俗赋，虽然数量不多，但是其特点却至为鲜明突出。在第二章四杰赋篇目分类中，四杰诗体赋代表只列了王勃《春思赋》和骆宾王《荡子从军赋》，而俗赋则只列了骆宾王的《荡子从军赋》。骚、骈、文、律、俗赋及诗体赋的分类标准，皆是从语言（音韵、句式、结构）的角度来说的，因而所论定的角度和层次不一样，也影响了分类的结果。骆宾王《荡子从军赋》、王勃《春思赋》是四杰赋中较为特殊的两篇。从音韵与句式整谐与否看，二赋可被目为诗体赋；从语言表达的通俗化与语言结构体现的叙事方式，以及语言反映的内容题材看，《荡子从军赋》又可以被视为俗赋。《荡子从军赋》语句通俗，题材生活化，风格与敦煌俗赋近似，具有俗赋和诗体赋双重因子特征，可以既视为诗体赋，又视为俗赋。

四杰诗体赋和俗赋的篇目不多，主要为王勃《春思赋》和骆宾王《荡子从军赋》，故本文将它们合而论之，较为妥帖。《春思赋》具有多种文体因子，既运用骚赋的"兮"字句，也大量地使用俪句、隔对，所以在前篇骚赋和骈赋两章中皆已分别提及。但就其赋体分类因子特点来看，其实四杰辞赋中的诗体赋因子在多数辞赋篇目中都有表现。

一、诗体赋渊源与四杰赋诗互渗

四杰辞赋创作有着极其明显的几个特点：首先，四杰辞赋创作既表现出赋的散体文化倾向，同时又具有赋的诗化倾向。其次，四杰辞赋创作既表现出雅化的倾向，又表现出俗化的一些特征。因此从表面上来看，四杰辞赋既有骈散兼具的特点，又有雅俗共存的特点。这两个特征似乎本来是相对立的，但是四杰是如何将其熔铸于一体而加以表现的呢？

赋体的骈化、律化以及对雅的文风气质的表现，是离不开诗化特征的，而其俗化又是离不开其散文化的倾向的。诗化与雅之间的关系是很好理解的。首先，因《诗》有"风""雅"，《毛诗正义序》云："上从周始，下暨鲁僖，四百年间，六诗备矣，卜商阐其业，雅颂与金石同和。"① 孔颖达疏："风、雅之诗，止有论功颂德、刺过讥失之二事耳。"② 《毛诗序》谓："是以一国之事，系一人之本，谓之风；言天下之事，形四方之风，谓之雅。"③ 又正义云："雅，正也。言今之正者，以为后世法。""'雅'既以齐正为名，故云'以为后世法'。"④ 显然，雅诗被称为正诗，即具有传统儒家所称的雅正传统和雅正思想的诗，也就是言天下之事、形四方之风，具有"论功颂德""刺过讥失"之能，因此具有"诗心骚意"正是具有"雅"的一种赋诗表现。当然，这只是诗赋的"雅"之义，而诗之风、雅、颂三体，又有其形的外在表现，故《毛诗》又分雅为大小焉。如孔氏《正义》云："则雅诗自有体之大小，不在于善恶多少也。《关雎序》曰：'雅者，正也。政有小大，故有小雅焉，有大雅焉。'此为随政善恶，为美刺之形容以正物也。所正之形容有小大，所以为二雅矣。故上以盛隆为大雅，政治为小雅，是其形容各有区域，而善者之体，大略既殊，恶者之中，非无别矣。详观其叹美，审察其讥刺，大雅则宏远而疏朗，弘大体以明责；小雅则躁急而局促，多忧伤怨诽。司马迁以良史之才，所坐非罪，及其刊述坟典，辞多慷慨。班固曰：'迹其所以自伤悼，小雅《巷伯》之伦也。夫唯大雅既明且哲，以保其身，难矣哉！'又《淮南子》曰：'国风好色而不淫，小雅怨诽而不乱。'是古之道又以二雅为异区也。"⑤ 其次，这里所说的雅化不仅有风诗雅义的内涵，也有后世所谓在形制上"典雅"的特点，所谓"典雅"就是取镕经典，这是其雅化的最外在表现。刘勰《文心雕龙·体性》云："典雅者，镕式经诰，方轨儒门者也。"⑥ 显然，儒门所宗，即以诗赋为其经旨之表现，故典雅的表述形态就是赋的诗化和诗的赋化。直白地讲，在四杰辞赋中就是其诗化的表现。

至于其俗化与散文化的关系，亦是其辞赋创作的主要特征之一，此在后面一节专门论述。

初唐四杰辞赋的诗化倾向，既表现出其对传统的继承，又表现出对传统的

① 毛亨传，郑玄笺，孔颖达疏：《毛诗正义》，北京：北京大学出版社，2000 年，第 3 页。
② 毛亨传，郑玄笺，孔颖达疏：《毛诗正义》，北京：北京大学出版社，2000 年，第 6 页。
③ 毛亨传，郑玄笺，孔颖达疏：《毛诗正义》，北京：北京大学出版社，2000 年，第 19 页。
④ 毛亨传，郑玄笺，孔颖达疏：《毛诗正义》，北京：北京大学出版社，2000 年，第 13 页。
⑤ 毛亨传，郑玄笺，孔颖达疏：《毛诗正义》，北京：北京大学出版社，2000 年，第 644 页。
⑥ 刘勰著，范文澜注：《文心雕龙注》，北京：人民文学出版社，1958 年，卷六，第 505 页。

创新。为什么讲是对传统的继承呢？因为在前文已经说明，四杰辞赋的诗化倾向，一方面因为其对赋诗源流关系的认识，充分体现出他们对赋源于古诗之流的深刻体悟，正因如此，他们认为赋诗在根本上本无甚区别，这应是他们在实践创作中将赋诗相融的根本驱动因素。四杰将赋诗的这种关系在创作实践中深刻地表现出来，这为后人进一步认识赋诗关系、追溯赋诗渊源无不有深刻的启示。另一方面，即便是到了刘勰所说的至屈宋以后赋诗划境分野①，但赋仍从古诗取鉴，或借鉴古诗乃为常法。因此赋用诗从汉代开始亦成为传统。

（一）诗体赋渊源与汉赋用诗传统

诗体赋的判定主要依据句式的平仄协谐，其格律多用诗体的格律形式。诗体句一般不运用"之""而""以"等虚字，多数为四、五、七言等诗体。赋句中由于"而、以、于"等虚字夹杂，不可能使上下联句式的平仄完全相对。王勃《春思赋》、骆宾王《荡子从军赋》打破每句以"而、以、于"等贯之的主要形式，杂糅进平仄对仗的五、七言诗体句为主。二篇平仄协谐的声韵格律在骈赋一章已有提及，此不再赘述。

如果讲诗体赋渊源，恐怕首先就要明确"赋者古诗之流"的真义。赋既源于古诗，其与诗之关系自然密不可分。自班固所谓"赋者古诗之流"②说之后，其辨体而继踵者不绝，晋皇甫谧云"诗人之作，杂有赋体"，"故知赋者古诗之流也"③。元人刘因说："三百篇之流，降而为词赋，《离骚》《楚辞》其至者也，词赋本诗之一义。秦汉而下，赋遂专盛。至于《三都》《两京》极矣，然对偶属韵，不出乎诗之律，所谓源远而末益分者也。"④ 在今天来看，与《诗经》四言形式比较接近的赋体，最早应可溯及战国士人所创的赋作，如刘勰《文心雕龙》称："至如郑庄之赋大隧，士蒍之赋狐裘，结言短韵，词自己作，虽合赋体，明而未融。"⑤ 据《春秋左传》载："公从之，公入而赋：大隧之中，其乐也融融。姜出而赋：大隧之外，其乐也洩洩。"⑥ 而《春秋左传》

---

① 刘勰《文心雕龙·诠赋》云："及灵均唱骚，始广声貌。然赋也者，受命于诗人，拓宇于楚辞也。于是荀况《礼》《智》，宋玉《风》《钓》，爰锡名号，与诗画境，六义附庸，蔚成大国。"（见刘勰著，范文澜注：《文心雕龙注》，北京：人民文学出版社，1958年，卷二，第134页）
② 萧统编，李善注：《文选》，北京：中华书局，1977年，卷一，第21页。
③ 萧统编，李善注：《文选》，北京：中华书局，1977年，卷四十五，第641页。
④ 刘因：《静修续集》卷三《叙学》，《景印文渊阁四库全书》第1198册，台北：台湾商务印书馆，1986年，第686页。
⑤ 刘勰著，范文澜注：《文心雕龙注》，北京：人民文学出版社，1958年，卷二，第134页。
⑥ 孔颖达正义：《春秋左传正义》，北京：北京大学出版社，2000年，卷二，第64页。

亦载："（士𦲷）退而赋曰：'狐裘龙茸，一国三公，吾谁适从？'"① 显然这种结言短韵的赋体最早就是由诗体变衍而来的，其中四言诗体句明显是其一个较突出的特征。至荀况《礼》《智》等篇，如：

> 爰有大物，非丝非帛，文理成章。非日非月，为天下明。生者以寿，死者以葬，城郭以固，三军以强。粹而王，驳而伯，无一焉而亡。臣愚不识，敢请之王。王曰：此夫文而不采者与？简然易知而致有理者与？君子所敬而人小人所不者与？性不得则若禽兽，性得之则甚雅似者与？匹夫隆之则为圣人，诸侯隆之则一四海者与？致明而约，甚顺而体，请归之礼。（《礼》）

> 皇天隆物，以示下民，或厚或薄，帝不齐均。桀、纣以乱，汤、武以贤。涽涽淑淑，皇皇穆穆，周流四海，曾不崇日。君子以修，跖以穿室。大参乎天，精微而无形。行义以正，事业以成。可以禁暴足穷，百姓待之而后宁泰。臣愚不识，愿问其名。曰：此夫安宽平而危险隘者邪？修洁之为亲而杂汙之为狄者邪？甚深藏而外胜敌者邪？法禹、舜而能弇迹者邪？行为动静，待之而后适者邪？血气之精也，志意之荣也。百姓待之而后宁也，天下待之而后平也。明达纯粹而无疵也，夫是之谓君子之知。（《智》）②

从荀赋来看，基本上前面大段对物事的描述都是采用的四言诗体句，而之后应者的推测则采用了比较长而散的文体句，其中也有五言句式。这些篇章都明显遗留有由诗体向赋体衍变的痕迹，其中前半部分大段用当时骈化韵化的四言诗体句，而其后则用长言的文体句，但前后句式变化明显，这种杂融的技巧尚略显粗疏。这也进一步证明了赋体的性质和源流变化的问题。赋确实既有诗的因素也有文的因素，这就使后来赋体一方面趋于诗化骈化，一方面又向散文化的方向发展，至清代和近人则断之以"非诗非文"和"既诗既文"的特征，而从文体意义上很难给予明确的定义。细思唐代科举中"杂文"目内容的变化，其虽最先可能包容诗赋和其他论策类考试，但其专考以赋，则显然应暗示其时人们的观念中至少应该明确赋体不仅有诗的特征，而且尚蓄隐有文（散

---

① 孔颖达正义：《春秋左传正义》，北京：北京大学出版社，2000年，卷十二，第390页。

② 王先谦撰，沈啸寰、王星贤点校：《荀子集解》，北京：中华书局，1988年，卷十八，第472—474页。

文）的特征，因而付之"杂文"科目考试。① 虽然其时律赋渐趋律化，但在句式上尚有长言的散体，内容上尚取法于经义，这从四杰的律赋和玄宗时期的律赋大致可以看出来。至后来诗、赋、文的并称，赋作为至于诗文（笔）之间的一种文体，往往具有二者的文体因素，这种独立文体特征得以被确立，显然对于赋在历代的经典化亦是一种回应。

再回过头来看荀况之后的汉代赋作，其在文体特征上不仅保留了大量四言体句式，而且还出现了大量的用《诗》引《诗》的情况。当然，其用四言诗体句式则变得更为巧妙和灵活，往往融杂诗体与散文体长言句式于一体，甚至将诗体的四言与《楚辞》以来以虚字"兮"字等构成的六言、七言杂糅，形成隔句的效果。而对于诗体句的判断我们则以"与时俱进"的标准，这也是因为"诗"的概念和范畴是随着历史在不断衍进变化的。汉代时诗歌主要形式仍是四言，五言尚在逐渐形成与摸索中，故其以诗融于赋体基本上是以四言体式为主，如《两都赋》之末引《明堂》《辟雍》《灵台》《宝鼎》《白雉》，前三篇即为四言诗，而后两篇则为骚体。由此综观，汉人观念中的诗骚关系和诗赋关系同样极为密切，汉赋中较多四言体或三言、五言及六言等情况。此外，汉赋用《诗》的形式亦比较丰富多样，归纳起来则主要为修辞、讽喻、引述、经传等方式，既有"直引"，也有"论诗""乐歌""取义""取辞"等以"传"解"经"的方法。②

汉赋和战国末期屈宋等人的赋中既有直接引《诗》的，也有似对今本《诗经》所传诗句进行改造的。③ 如在秦末汉初，宋玉曾作《登徒子好色赋（并序）》云："臣观其丽者，因称诗曰：遵大路兮揽子祛。赠以芳华辞甚妙。于是处子有悦若望而不来，忽若有来而不见……复称诗曰：寤春风兮发鲜荣。洁斋

---

① 赋为"古诗"之流，而溯及其源，"古诗"究竟为什么形态实际上尚难完全明白，其可能本身既有后来韵文"诗"的因素，也有后来散文的文体因素，且其时一是未有明确的文体概念，二是文体不可能有后来一样的明确分界。故风、雅、颂皆可视之为"诗"，从诗的归类性质来看，或者《尚书》中的《五子之歌》亦可称之为"诗"。这从出土的"清华简""上帛简""安大简"等材料中已可窥见一些影子。也就是说赋本来从一开始就是后来所谓诗文的共体。此可参何易展《清代汉赋学理论与批评》相关叙述。

② 许结、王思豪：《汉赋用〈诗〉的文学传统》，《中国社会科学》2011年第4期。

③ 由于今本《诗经》已经孔子等删述，后又经过多家今古文诗学者所传述，至西汉刘向、刘歆父子又对其石渠阁等国家藏书予以整理，这种整理有打破编次、重新编定等情况，对于《诗》的异文版本也可能有统一定型的过程，这其中可能又难免对《诗经》文本的某些句型有所改造。相关叙述可参何易展《清代汉赋学理论与批评》第七章的叙述。

俟兮惠音声。赠我如此兮不如无生。"① 其中首引"遵大路兮揽子祛"句当出自《诗经·遵大路》中"遵大路兮，掺执子之祛兮。无我恶兮，不寁故也"②。从今本《诗经》来看，宋玉赋"遵大路兮揽子祛"当是对《诗》的改造融契，而其后"复称引诗"中"寤春风兮发鲜荣"等句不见于今本《诗经》，如果非为逸诗，则其当为宋玉的自创诗。此外，屈原《离骚》等篇中对《诗经》加以改造或"取义"或"取辞"的情况亦皆有之。由此则可显然印证和明白上述所说的几个层面的意思：一是在秦末汉初的楚人看来，所谓"楚辞"就应属于"诗"，在文体范畴上至少与"古诗"同类。二是关于"诗"的观念确实是与时俱变的。三是赋体文学中的引诗用诗既是传统，也是诗赋关系的一种延伸和衍变。当然，我们也可以借此考察赋、骚、诗的源流关系和先秦文人文学观念的衍变。

汉赋用《诗》的情况，已有学者做过专门的统计和深入的研究③，此仅举数例说明汉赋用《诗》的情况。

如东方朔《答客难》云："虽然，安可以不务修身乎哉！《诗》云：'鼓钟于宫，声闻于外。'"④ 此两句出自《小雅·白华》篇。枚乘《七发》云："诚奋厥武，如振如怒。"⑤ 此句虽未标明引《诗》，但却亦当出自对《诗》文本的取义用辞。如《诗经·大雅·常武》曰："王奋厥武，如震如怒。"⑥ 若考虑古代汉字通假，则其诗句仅一字之别，这是因于赋和《诗》各自写照的主人公和对象的不同，高亨称："周宣王时，徐国叛乱，宣王派大将领兵征伐，取得胜利，平服徐国。这首诗就是叙写这件事，对于宣王和王师，大力加以赞扬。"⑦ 而《毛诗序》云："《常武》，召穆公美宣王也。"《郑笺》云："王奋扬其威武，而震雷其声，而勃怒其色。"⑧ 枚乘在描写波涌涛急的铺叙中云："横奔似雷

---

① 萧统编，李善注：《文选》，上海：上海古籍出版社，1986年，第894页。按："遵大路兮揽子祛"句后原为逗号，今依引《诗》之意，则当于此句为断，故改作句号。其后"复称诗"所引若为宋玉自创诗，则当为"寤春风兮发鲜荣，洁斋俟兮惠音声"二句或连同其后三句，皆为宋玉所创诗，则其诗意方能连贯，故"发鲜荣"后亦可为逗号。

② 高亨：《诗经今注》，上海：上海古籍出版社，1980年，第114页。

③ 许结、王思豪《汉赋用〈诗〉的文学传统》称其依据《全汉赋》做统计，"其中用《六经》名13次，用《诗》名10次，用《国风》188次，用《雅》191次，用《颂》37次，计用《诗》440次，其中西汉96次，东汉344次"。

④ 费振刚等：《全汉赋校注》，广州：广东教育出版社，2005年，第181页。

⑤ 费振刚等：《全汉赋校注》，广州：广东教育出版社，2005年，第36页。

⑥ 高亨：《诗经今注》，上海：上海古籍出版社，1980年，第466页。

⑦ 高亨：《诗经今注》，上海：上海古籍出版社，1980年，第465页。

⑧ 毛亨传，郑玄笺，孔颖达疏：《毛诗正义》，北京：北京大学出版社，2000年，第1468页、第1474页。

行……状如奔马，混混庵庵。声如雷鼓，发怒庢沓。"① 他将《诗》中的"虓虎"之怒改为奔马之状，而又将其余"如飞如翰，如江如汉，如山之苞，如川之流，緜緜翼翼"② 之义融契于铺叙之中，故而这种改造是顺合文意，也恰切自然的，而且将《诗》文本极其自然地融契于赋体四言中。在《七发》中还有一段如："故曰：发蒙解惑，不足以言也。"③ 此虽非引《诗》，但实亦为引旧典或习语。宋洪兴祖《楚辞补注》于汉东方朔《七谏》篇"将方舟而下流兮，翼幸君之发矇"句下注："《素问》曰：'发蒙解惑，未足以论。'"④ 此可见枚乘所引此句亦应为《黄帝素问经》语或其习语。这亦是对旧典的引用。

又如赵壹《疾邪赋》云："有秦客者，乃为诗曰：河清不可俟，人命不可延。"⑤ 此诗当出古逸诗，《左传·襄公八年》载："子驷曰：'周诗有之曰："俟河之清，人寿几何？兆云询多，职竞作罗。""谋之多族，民之多违，事滋无成。'"⑥ 则显然赵壹赋所称秦客引诗，亦当为对《诗》的取义、取辞，而不完全同于直接引用。其诗歌形式已将四言体演变为五言形式。

实际上，在汉赋中这类引用尚多，如班固《东都赋》"于赫太上，示我汉行"乃是对《诗经·鹿鸣》篇"人之好我，示我周行"的改造；张衡《七辩》"汉虽旧邦，其政惟新"则是对《诗经·文王》篇"周虽旧邦，其命维新"的借鉴和改造。⑦ 此类实多，不一一列举。

从上述这种引用中，可以看出赋对《诗》等旧典的引用，为了使文意及句式的贴切自然，因此赋体对诗体的借鉴和扩张显然是一种传统。从某种程度上讲，汉赋中的四言多源于对《诗》的改造和引用，或者说至少有诗体的启发。

至汉以后，这种引《诗》的传统一直未辍，从齐梁、唐宋至元明，赋中都多有直接引《诗》的情况，也有对引诗在体式上加以与时俱进的改造。而且随着诗歌文体自身的发展，特别是在六朝齐梁以来进一步骈律化，近体诗歌与古诗相去愈远，人们在赋中虽然依旧引诗用诗，但却已多加改造，甚少直接引《诗》了。虽后代文人赋中偶有如此，但已非常例，而在赋中将诗赋渊源血系

---

① 费振刚等：《全汉赋校注》，广州：广东教育出版社，2005 年，第 36 页。按：此处标点，引者略有改动。

② 毛亨传，郑玄笺，孔颖达疏：《毛诗正义》，北京：北京大学出版社，2000 年，第 1475 页。

③ 费振刚等：《全汉赋校注》，广州：广东教育出版社，2005 年，第 36 页。

④ 洪兴祖：《楚辞补注》，北京：中华书局，1983 年，卷十三，第 241 页。

⑤ 费振刚等：《全汉赋校注》，广州：广东教育出版社，2005 年，第 894 页。

⑥ 孔颖达：《春秋左传正义》，北京：北京大学出版社，2000 年，卷三十，第 983 页。

⑦ 王思豪：《论汉赋文本中的"大汉继周"意识书写——以汉赋用〈诗〉为中心的考察》，《孔子研究》2013 年第 1 期。

承袭的常例则是取法楚辞《离骚》和汉赋等篇章中的"乱辞"。如梁江淹《倡妇自悲赋（并序）》末云："乃为诗曰：曲台歌未徙，黄壤哭已亲。玉玦归无色，罗衣会成尘。骄才雄力君何怨？徒念薄命之苦辛！"[①] 此诗实为其自创的五言诗，其后又融入七言，其体近于乐府诗歌或歌行体。这恐怕寓示其时诗歌发展的动向和趋势，在某种程度上可能为作者有意的展现其文才或在诗歌创造上的某种新举动。

当然，这种篇辞的处理可能喻示着两个方面的可能：一是对传统的赋骚"乱辞"的功能和传统的继承；二是随着赋诗发展的各自趋异，但又为了维持"赋"乃诗六义之本，为六诗之一，唯有如此处理既能见诗赋相契的传统，又能处理赋文句式与诗歌句式的融契问题。可以看出，齐梁时期已经将五言诗体融入于赋，但其时尚用"诗曰"的引入，以示与其体不同。但至四杰辞赋，则将诗体与赋体自然融契，谐畅无间。当然，如学者所谓"论诗""乐歌""取义""取辞"的引《诗》方法，则属于对《诗》的化用，从文体创变的意义来看，其与诗体形式已无甚相关，但这些却是与引经据典的博学传统相关的，这在四杰的辞赋中亦有相当多的表现。

引《诗》用诗实际乃先秦以来的一大传统，这一传统遗留下来的影响，可以从后代的近于赋体的箴、铭、颂等中看出一些痕迹来。这些类赋之体，其后多有如赋一样的乱辞，赋体中的乱辞，从《离骚》篇来看，一方面在内容上多为总结性语辞，另一方面在形式上比较灵活，可能为其时的诗体形态。为什么这么讲呢？因为《离骚》篇中的乱辞与清华简所载的《周公之琴舞》篇的乱辞在句式形式及篇章结构安排上都略有变化。《周公之琴舞》篇乱辞正是古颂诗体的形式，其每"启"之后皆有"乱"辞。[②] 而《离骚》的乱辞则是楚辞体形式，且仅陈于全篇之末，而且可能屈原时的诗歌本就已是如此的形态，与商周时的古诗形态可能已略有不同。从荀子《佹诗》篇中可以窥见这种变衍的端倪。此外，在那些类赋之体中，多有如"颂曰""铭曰""歌曰""诗曰"等，这些只不过由引《诗》变为自创自作，但其自创却依旧往往留有古诗一样的韵味和痕迹。而且从根本上来讲，这种形式应是赋体或者说古诗（颂诗）或古赋的一种主要特征。因为如果本为诗体，自当不会有"诗曰"之说，而从《尚书》等篇来看，散文体中又很少缀有"诗曰"或"乱曰"这类总结性篇辞。既然为散体，只需意贯其中，似乎不需要做总结性感情和主旨梳理，反而应是只

① 胡之骥注，李长路、赵威点校：《江文通集汇注》，北京：中华书局，1984年，第15页。
② 李学勤主编：《清华大学藏战国竹简》（三），上海：中西书局，2012年。

有介于二者之间的赋体（或古颂诗体等）可以缀此"乱曰""诗曰"等，其从理论上和逻辑上都是可以讲得通的。由此也就引发文体学中对赞、铭、箴、颂等体类的归属以及其渊源的思考，显然这些文体同出于古赋，乃因于体同异用而于后世渐相区分，其在句式、音韵处理上的根本特征最初并无甚差别。当然，这有待做专门的探讨。

（二）四杰辞赋的赋诗互渗

四杰辞赋的赋诗互渗同样表现在两个方面：一是引《诗》；二是用诗。引《诗》方面，其既有直接引用《诗》旧典和其他经典的情况，也有"取义""用辞"的情况。而用诗则突出地表现在于其赋中融入自创的当时渐趋流行的五、七言诗体，也有借鉴古诗或骚体"乱辞"，于篇末缀以"诗曰""歌曰"的情况。特别是在他们创作的颂体中，各篇"颂曰"之后多为四言体古诗形式。其引《诗》如杨炯《浑天赋》云："《诗》云：'谓天盖高。'《语》云：'惟天为大。'至高而无上，至大而无外。"① 所引诗句当出自《诗经·正月》："谓天盖高？不敢不局。谓地盖厚？不敢不蹐。"② 而《语》则当指《论语》，其语曰："子曰：'大哉尧之为君也！巍巍乎！唯天为大，唯尧则之。'"③ 而其后"至高""至大"两句当引自《文子》篇论老子言。《文子·符言》云："《老子》曰：'道至高无上，至深无下。'"④ 《文子·自然》云："至大无外，故为万物盖。"⑤ 显然此处杨炯为直接引《诗》和《论语》及《文子》等经典，但在构语上又自然形成六言和五言的句式结构。如前所述，在赋体正文中直接引《诗》的主要根据整体句式情况而定，总体上汉赋之后骈赋由于句式主要为四六言隔对和融入五言等，直接引《诗》的情况已经变得较少，有些则为在赋序中引用，有些则变为引诗名或诗章之关键语词。如南朝梁张缵《怀音赋（并序）》："《诗》云：'怀我好音。'敢为《怀音赋》云尔。"⑥ 三国吴杨泉《五湖赋（并序）》："故梁山有'奕奕'之诗，云梦有《子虚》之赋。"⑦ 此"奕奕"之诗当指《诗经·韩奕》篇，其谓："奕奕梁山，维禹甸之。"⑧ 这些引《诗》

① 董诰等编：《全唐文》，北京：中华书局，1983 年，卷一九〇，第 1917 页。
② 高亨：《诗经今注》，上海：上海古籍出版社，1980 年，第 275 页。
③ 杨伯峻：《论语译注》，北京：中华书局，1980 年，卷八，第 83 页。
④ 王利器：《文子疏义》，北京：中华书局，2000 年，卷四，第 175 页。
⑤ 王利器：《文子疏义》，北京：中华书局，2000 年，卷八，第 356 页。
⑥ 陈元龙编：《历代赋汇》，南京：江苏古籍出版社，1987 年，外集卷七，第 588 页。
⑦ 陈元龙编：《历代赋汇》，南京：江苏古籍出版社，1987 年，卷二十七，第 115 页。
⑧ 高亨：《诗经今注》，上海：上海古籍出版社，1980 年，第 457 页。

用诗的表现形式在四杰辞赋中都能窥见。

王勃《春思赋》："殷忧明时，坎壈圣代。"① 此句当化自《诗经》。《诗·北门》："出自北门，忧心殷殷。"② 《诗序》云："《北门》，刺仕不得志也。言卫之忠臣不得其志尔。"③ 又《诗·柏舟》曰："耿耿不寐，如有隐忧。"④ 《韩诗》曰："耿耿不寐，如有殷忧。"⑤ "殷忧"既喻隐忧，亦以喻忧之深切。如果将"明时"与"北门"之喻联系起来，则其心之隐忧和坎壈不平之气自可理解。《毛传》云："北门背明乡阴。"《郑笺》："喻己仕于暗君，犹行而出北门，心为之忧殷殷然。"⑥ 《楚辞·九辩》云："坎壈兮贫士失职而志不平。"⑦ 洪兴祖补注即谓"坎壈"为"失志"，或曰"不平"⑧。

又王勃《春思赋》云："此仆所以抚穷贱而惜光阴。"此句则当借用汉魏古诗："何不策高足？先据要路津。无为守穷贱，轗轲长苦辛。"⑨ 傅玄《杂诗》云："志士惜日短。"⑩ 这种引用虽不是对《诗经》文本的引用，但却是对汉魏古诗的化用，将数诗融入一炉，其意蕴自然贴切而不着痕迹，四杰辞赋引诗基本上都有这一特点。

如《春思赋》："岂徒幽宫狭路，陌上桑间而已哉。"从序和赋文来看，其所表达的情思幽怨，亦受傅玄《阳春赋》、庾信《春赋》、沈约《伤春赋》等影响颇多，故赋中既沉于此春情，又想游心于外而寄思于远。如果将其与所引诗的意蕴结合，我们就更能理解这种寄思。《诗·桑中》云："云谁之思，美孟姜矣。期我乎桑中，要我乎上宫，送我乎淇之上矣。"⑪ 《诗序》云："《桑中》，刺奔也。卫之公室淫乱，男女相奔，至于世族在位，相窃妻妾，期于幽远。"⑫

① 董诰等编：《全唐文》，北京：中华书局，1983 年，卷一七七，第 1798 页。按：后面引四杰诗赋文等皆出于《全唐文》，不再一一标明卷数及页码。
② 毛亨传，郑玄笺，孔颖达疏：《毛诗正义》，北京：北京大学出版社，2000 年，第 200 页。
③ 毛亨传，郑玄笺，孔颖达疏：《毛诗正义》，北京：北京大学出版社，2000 年，第 200 页。
④ 毛亨传，郑玄笺，孔颖达疏：《毛诗正义》，北京：北京大学出版社，2000 年，第 134 页。
⑤ 萧统编《文选》卷二十三《咏怀诗》"感物怀殷忧"句李善注。
⑥ 毛亨传，郑玄笺，孔颖达疏：《毛诗正义》，北京：北京大学出版社，2000 年，第 200 页。
⑦ 洪兴祖：《楚辞补注》，北京：中华书局，1983 年，卷八，第 183 页。
⑧ 洪兴祖：《楚辞补注》，北京：中华书局，1983 年，卷八，第 183 页。按：中华书局本《楚辞补注》本作："坎壈，失志，曰一不平。"《四部丛刊》景明翻宋本作："坎壈，失志，一曰不平。"中华书局本词不达，疑乙误。
⑨ 萧统编，李善注：《文选》，上海：上海古籍出版社，1986 年，卷二十九，第 1345 页。
⑩ 萧统编，李善注：《文选》，上海：上海古籍出版社，1986 年，卷二十九，第 1367 页。
⑪ 毛亨传，郑玄笺，孔颖达疏：《毛诗正义》，北京：北京大学出版社，2000 年，第 226－227 页。
⑫ 毛亨传，郑玄笺，孔颖达疏：《毛诗正义》，北京：北京大学出版社，2000 年，第 225 页。

而古辞《相逢行》："相逢狭路间，道隘不容车。"① 此所引"幽宫狭路"与"陌上桑间"非简单语，而是化用典故，意蕴于其中。此句的不简单，正是源于其用《诗》用典，唯有如此，则言约而意丰。显然，如果文学没有这种集体无意识或者是潜意识心理的理解范示和思维逻辑，显然失却了其应有的趣味。就如今天的门外者看计算机的二进制的符号语言一样，有什么意义呢？文学和语言一开始就将言、象、意相结合，这种结合正是以"前见"和集体知识架构和个人知识结构为基础的。因此这种语言艺术达成的效果也应是集体无意识的心理体验。

　　因此四杰辞赋引《诗》实际上也是其用典的一大特征。当然四杰辞赋引《诗》可能并不是最多，其引用《楚辞》、汉赋以及《庄》《老》等典籍最多。他们的引用既有直引，也有取辞用义的情况，此因主要考察其引《诗》情况和其赋诗互渗，故对此略而不论。卢照邻的《五悲文》《释疾文》等篇既大量化用楚辞体句式，也融契《楚辞》语典。当然也有偶尔直接引用《楚辞》语的，此仅举一例。如王勃《春思赋》引屈宋楚辞，其称："屈平有言，目极千里伤春心。"这显然是直引其句，此句出自《楚辞·招魂》篇"目极千里兮伤春心"②（或作"目极千里兮伤心悲"。疑王勃所见版本为"伤春心"，且认为此篇出自屈原，而非汉王逸所猜测为宋玉③）。王勃既有取《诗》等旧典，也有取熔魏晋近人作品的。如王勃《七夕赋》："伫灵匹于星期，眷神姿于月夕。"其当引谢惠连、谢灵运诗，但又取意《诗经》。谢惠连《咏牛女诗》："云汉自有灵匹，弥年阙相从。"谢灵运《七夕咏牛女诗》："星明弦月夕。"④《诗·东

---

① 王勃著，蒋清翊注，汪贤度校点：《王子安集注》，上海：上海古籍出版社，1995年，第2页。此诗又见《玉台新咏》卷一、清倪璠《庾子山集注》注引。

② 洪兴祖：《楚辞补注》，北京：中华书局，1983年，第215页。按：清蒋清翊注《王子安集注》本注作"《楚辞·招魂》：'目极千里兮伤心悲。'"（上海古籍出版社，1995年，第2页）但洪兴祖《楚辞补注》本作"目极千里兮伤春心"。金赵秉文《滏水集》卷二《栖霞赋》云："日暮日春兮浮云滋，目极千里兮伤心悲。"《历代赋汇》卷一〇六亦收赵秉文此赋，题作《栖霞赋送道人还山》。而《绎史》卷一百三十二引作"湛湛江水兮上有枫，目极千里兮伤心悲。"钱谦益《牧斋初学集》卷一〇八读杜小笺下《秋兴》篇注："《招魂》曰：'湛湛江水兮上有枫，目极千里兮伤心悲。'宋玉以枫树之茂盛伤心，此以枫树之凋伤，起兴也。"（《四部丛刊》景明崇祯本）

③ 王逸云："《招魂》者，宋玉之所作也。"洪兴祖补注："李善以《招魂》为《小招》，以有《大招》故也。"此或可释作者之疑。

④ 两诗皆见《王子安集注》，上海：上海古籍出版社，1995年，第17页。前诗又参《艺文类聚》卷四岁时部中引。后诗又见《谢康乐集》卷三、《艺文类聚》卷四，但皆引作"明经弦月夕"。而《初学记》卷四、《古诗纪》卷五十八则引作"新明弦月夕"。其或与王勃改造以"眷神姿于月夕"相关。其后引自《王子安集注》者亦不再一一标明。

门之杨》："昏以为期，明星煌煌。"① 又《七夕赋》："鄙尘情于春念，拟仙契于秋诺。""春念"一词似是臆创，但"春念"应有着特定的内涵，那么"春念"是什么意思呢？"尘情"若为世俗男女之情，则"春念"肯定与此相关。《诗·野有死麕》云："有女怀春，吉士诱之。"《郑笺》："有贞女思仲春以礼与男会，吉士使媒人道成之。"② 当然单独从第一分句似乎看不出与引《诗》之间的关系，但若联系下一分句，则其用诗之意就甚明。《诗·氓》："将子无怒，秋以为期。"③ 显然"仙契"与"秋诺"应是男女之间的私约密会，"秋诺"和"仙契"乃如牛郎织女之约。"仙契"自可比于神人之间的契约，亦可以喻逍遥自适之念。《上清大洞真经》云："世得仙契，所感必成。"④ 而宋李纲《梁溪集》卷二十五《道勾漏山灵宝观窃睹两朝御书谨成古风》云："游仙契初心，幽赏协清梦。"⑤

当然也有直引《诗》名者，如王勃《九成宫东台山池赋》："敢抽'南亩'之才，聊叙《东山》之事云尔。"《诗·甫田》："今适南亩，或耘或耔，黍稷薿薿。"⑥《诗序》云："《甫田》，刺幽王也。君子伤今而思古焉。"《毛传》："刺者，刺其仓廪空虚，政烦赋重，农人失职。"《郑笺》："今者，今成王之法也。使农人之南亩，治其禾稼，功至力尽，则薿薿然而茂盛。于古言税法，今言治田，互辞。"又《笺》云："使民锄作耘耔，闲暇则于庐舍及所止息之处，以道艺相讲肄，以进其为俊士之行。"⑦《汉书》称："于是公卿言：'郡国颇被灾害，贫民无产业者，募徙广饶之地。陛下损膳省用，出禁钱以振元元，宽贷，而民不齐出南亩，商贾滋众。贫者畜积无有，皆仰县官。'"⑧ 显然"南亩"之才就应是指《甫田》诗中讲的治禾稼之能。"东山之事"指什么呢？《世说新语·雅量篇》："谢太傅盘桓东山时，与孙兴公诸人泛海戏。风起浪涌，孙、王诸人色并遽，便唱使还。太傅神情方王，吟啸不言。舟人以公貌闲意说，犹去不止。既风转急，浪猛，诸人皆喧动不坐。公徐云：'如此将无归？'众人即承

① 毛亨传，郑玄笺，孔颖达疏：《毛诗正义》，北京：北京大学出版社，2000 年，第 522 页。
② 毛亨传，郑玄笺，孔颖达疏：《毛诗正义》，北京：北京大学出版社，2000 年，第 117 页。
③ 毛亨传，郑玄笺，孔颖达疏：《毛诗正义》，北京：北京大学出版社，2000 年，第 269 页。
④ 蒋宗瑛校勘：《上清大洞真经》卷五，明正统道藏本。
⑤ 李纲：《梁溪集》，《景印文渊阁四库全书》第 1125 册，台北：商务印书馆，1986 年，卷二十五，第 726 页。
⑥ 毛亨传，郑玄笺，孔颖达疏：《毛诗正义》，北京：北京大学出版社，2000 年，第 974 页。
⑦ 毛亨传，郑玄笺，孔颖达疏：《毛诗正义》，北京：北京大学出版社，2000 年，第 973－974 页。
⑧ 班固：《汉书》，北京：中华书局，1962 年，卷二十四下，第 1166 页。

响而回。于是审其量，足以镇安朝野。"① 其"东山之事"或与谢安游赏的典故有关。但《诗》亦有《东山》篇，《诗序》云："《东山》，周公东征也。周公东征，三年而归，劳归士，大夫美之，故作是诗也。一章言其完也，二章言其思也，三章言其室家之望女也，四章乐男女之得及时也。君子之于人，序其情而闵其劳，所以说也。'说以使民，民忘其死'，其唯《东山》乎？"② 如此说来，《东山》的主旨就是述征劳归。但如按《诗序》之言，若为大夫所作，则亦有美周公之意，而如朱熹所辨，则为周公所作，其意又不同也。清蒋清翊注王勃此赋引《世说新语》而不注《诗》语，则显然意指王勃赋篇之意在于游赏之雅致，而没有寄情于征戍之劳而持执辔之愿矣。当然，从其赋序来看，其意实则含蓄邈远，既有游赏之情，亦不乏登用之愿。何以如此讲呢？若《东山》诗有美周公之意，则"东山之事"似乎又有隐喻褒美周公执鞭远举而治天下之能。若如此，那么此赋"东山之事"到底是指什么呢？《孟子·尽心上》云："孟子曰：孔子登东山而小鲁，登太山而小天下。"③ 王勃登九成宫，其有游赏之意乎？则"东山"内涵宜应有可见其胸襟处。当然，这种胸襟虽以谢公的外在表现，但却实应内蕴周公和孔子登临的壮思。后人虽又往往多将"东山"与谢公游赏并相关联，然其内涵应实有未发明者。如明陈耀文撰《正杨》卷四："东山李白"条载"乐史序本集具载，并无慕谢安风流自号东山之事。传正新碑、杜田既欺人于前代。乐史集序、吾子复作伪于今时。故知心劳日拙，实繁有徒矣。"④ 胡应麟在辨杜工部"汝与东山李白好"诗句时，亦引晁公武等诸说。如《少室山房笔丛》甲部丹铅新录五载"东山李白"条："杜子美诗'近来海内为长句，汝与东山李白好'，流俗本妄改作'山东李白'。案乐史序李白集云：'白客游天下，以声妓自随，效谢安风流，自号东山，时人遂以"东山李白"称之。'子美诗句正因其自号而称之耳，流俗不知而引杜诗为证，近于郢书燕说矣。"⑤ 其后引晁公武《读书志》："不知乐史所序谓太白携妓游山，慕谢安之风，自称东山李白……而俗士不知，倒之为'山东'也。"又引陈耀文说："陈晦伯曰：乐史序并无慕谢安风流自号东山之事，考白事见新、旧《唐书》本传及《南部新书》。噫！传正新碑，杜田既欺人前代；乐史旧序，吾

① 刘义庆撰，徐震堮校笺：《世说新语校笺》，北京：中华书局，1984 年，第 206 页。

② 毛亨传，郑玄笺，孔颖达疏：《毛诗正义》，北京：北京大学出版社，2000 年，第 606 页。按：朱熹辩说："此周公劳归士之词，非大夫美之而作也。"见《诗序》卷上，明《津逮秘书》本。

③ 焦循撰，沈文倬点校：《孟子正义》，北京：中华书局，1987 年，卷二十七，第 913 页。

④ 陈耀文：《正杨》卷四，《景印文渊阁四库全书》第 856 册，台北：商务印书馆，1986 年，第 131 页。

⑤ 胡应麟：《少室山房笔丛》，上海：上海书店出版社，2009 年，第 89—90 页。

子复作伪今时。故知心劳日拙，实繁有徒矣。"① 从叙述来看，"东山"之号并非谢公，实应为李白自号。王勃之称"东山之事"或又可能取熔前典诸说。因"东山李白"之辨或许应与王勃所谓的"东山之事"有关，至少与"东山"这一典故的逐渐成形和传播是有关的。李白以"东山"自号或许与此不无关系，故此略做申说，既明"东山李白"之辨，亦明王勃赋"东山之事"② 的内涵。至少可从中发现赋诗典故的互用互渗与融契。

又如王勃《游庙山赋》："陟彼山阿，积石峨峨。"《诗·载驰》："陟彼阿丘，言采其蝱。"③《楚辞·九歌》："若有人兮山之阿。"④ 王勃《涧底寒松赋》："惟松之植，于涧之幽。"《诗·采蘩》："于以采蘩？于涧之中。"⑤ 王勃《慈竹赋》："有竹猗猗，生于高陂。"《诗·淇奥》："绿竹猗猗。"⑥ 这些都可以明显看得出王勃赋引用化取《诗经》辞义。至于四杰中杨炯、卢照邻、骆宾王的作品亦不乏其例，兹不一一申叙。

除开上述的引《诗》之外，四杰辞赋中用诗的情形亦尤其突出，这种用诗主要指自创诗体，将诗赋句融契的情况。兹仅列举数例。

如王勃《春思赋》用诗体句最繁：

> （若夫）年临九域，韶光四极……蜀川风侯隔秦川，今年节物异常年。霜前柳叶衔霜翠，雪裹梅花犯雪妍。霜前雪裹知春早，看柳看梅觉春好。……澹荡春色，悠扬怀抱。……（于是）仆本浪人，平生自沦。怀书去洛，抱剑辞秦。……忽逢边候改，遥忆帝乡春。帝乡迢递关河里，神皋欲暮风烟起。黄山半入上林园，元灞斜分曲江水。玉台金阙纷相望，千门万户遥相似。昭阳殿里报春归，未央台上看春晖。水精却挂鸳鸯幔，云母斜开悲翠帏。竞道西园梅色浅，争知北阙柳阴稀？敛态调歌扇，回（一作端）身整舞衣。银蚕吐丝犹未暖，金燕衔泥试学飞。妾本幽闺学歌舞，宁知汉代多巡抚？前年斋祭谒甘泉，今岁笙箫祠后土。桃花万骑喧长薄，兰叶千旗照

① 胡应麟撰：《少室山房笔丛》，上海：上海书店出版社，2009 年，第 90 页。

② 明王锡爵撰《王文肃公文集》卷二十八《李修吾捴漕》："至如病身潦倒，恰正答瑶老书，以早休逃责为幸，而吾似猥责以东山之事。此常文套语，不望之于深知也。"其或许对于理解"东山之事"的内涵有帮助。可见自四杰之后，"东山之事"确可能成为"常文套语"，这或许对李白自号也确有影响。

③ 毛亨传，郑玄笺，孔颖达疏：《毛诗正义》，北京：北京大学出版社，2000 年，第 251 页。

④ 洪兴祖：《楚辞补注》，北京：中华书局，1983 年，卷二，第 79 页。

⑤ 毛亨传，郑玄笺，孔颖达疏：《毛诗正义》，北京：北京大学出版社，2000 年，第 79 页。

⑥ 毛亨传，郑玄笺，孔颖达疏：《毛诗正义》，北京：北京大学出版社，2000 年，第 254 页。

平浦。……长安路狭绕长安，公子春来不厌看。杏业装金辔，蒲萄镂玉鞍。錊盖临平乐，迴笳出上兰。上兰经鄠杜，挥鞭日将暮。白马新临御沟道，青牛近出章台路。章台接建章，垂柳复垂杨。草开驰马埒，花满斗鸡场。南邻少妇多妖婉，北里王孙驻行幰。乍怪前春节候迟，预道今年寒食晚。……紫陌青楼照月华，珠帷黼帐七香车。蛾眉画来应几样，蝉鬓梳时半欲斜。……狂夫去去无穷已，贱妾春眠春未起。自有兰闺数十重，安知榆塞三千里？榆塞连延玉关侧，云间沈沈不可识。葱山隐隐金河北，雾里苍苍几重艳。忽有驿骑出幽并，传道春衣万里程。龙沙春草遍，瀚海春云生。疏勒井泉寒尚竭，燕山烽火夜应明。闻道河源路远远，谁教夫婿苦行行？君行塞外多霜露，为想春台（一作园）起烟雾。游丝空冒合欢枝，落花自绕相思树。春望年年绝，幽闺离绪切。春色朝朝异，边庭羽书至，都护新封万里侯，将军稍定三边地。长旆犹衔扫云色，宝刀尚拥干星气。昨夜祁连驿使还，征夫犹在雁门关。君度山川成白首，应知岁序歇红颜。红颜一别成胡越，夫婿连延限城阙。羌笛横吹陇路风，戎衣直照关山月。春色徒盈望，春悲殊未歇。复闻天子幸关东，驰道烟尘万里红。析羽摇初日，繁笳思晓风。后骑犹分长乐馆，前旌已映洛阳宫。洛阳宫城纷合沓，离房别殿花周匝。河阳别舍抵长河，丹轮绀幰相经过。戚里繁珠翠，中闺盛绮罗，凤移金谷舞，莺引石城歌。向夕天津洛桥暮，争驱紫燕黄牛度。闲居伊水园，旧宅邙山路。武子新布金钱埒，季伦欲碎珊瑚树。复道西墉春雾寡，更值南津春望写。……锦障萦山，罗帏照野。……春来并是春，何啻两违秦？忽逢江外客，复忆江南春。罗衣乘北渚，锦袖出东邻。江边小妇无形迹，特怨狂夫事行役。凤凰山上花无数，鹦鹉洲中草如积。春江澹容与，春期无处所。春水春鱼乐，春汀春雁举。君道玉门关，何如金陵渚？为问逐春人，年光几处新？何年春不至？何地不宜春？亦有当春逢远客，亦有当春别故人，风物虽同候，悲欢各异伦。归去春山恣间放，蕙畹兰皋行可望，何为悠悠坐惆怅？比来作客住临邛，春风春日自相逢。石镜岩前花屡密，玉轮江上叶频浓。高平灞岸三千里，少道梁山一万重。自有春光煎别思，无劳春镜照愁容。盛年耿耿辞乡国，长路遥遥不可极，形随朗月骤东西，思逐浮云几南北。春蝶参差命俦侣，春莺绵蛮思羽翼。余复何为此？方春长叹息，会当一举绝风尘，盖翠珠轩临上春。朝升玉署调天纪，夕憩金闺奉帝纶。长卿未达终希达，曲逆长贫岂剩贫。年年送春应未尽，一旦逢春自有人。①

四杰辞赋，除王勃《春思赋》和骆宾王《荡子从军赋》中诗体因子极多外，在王勃《七夕赋》《采莲赋》、卢照邻《同崔少监作双槿树赋》《五悲文》《释疾文》、杨炯《幽兰赋》等篇中亦有诗体因子。

如王勃《七夕赋》云："上元锦书传宝字，王母琼箱荐金约。绽襻鱼头比目缝，香缄燕尾同心缚。罗帐五花悬，珉砌百枝然。""珠枕绮槛北风台，绣户雕窗南向开。响曳红云歌面近，香随白雪舞腰来。"王勃《采莲赋》云："北溪花尚密，南汀花更多。""何当婀娜花实移，为君含香藻凤池。"而王勃《拜南郊颂》《九成宫颂》《乾元殿颂》三篇之末的大段四言颂辞，实际也是四言诗体。

又如卢照邻《同崔少监作双槿树赋》："朝朝暮暮落复开，岁岁年年红以翠。""故年花落不留人，今年花发非故春。"卢照邻《五悲文》："凤凰楼上陇山云，鹦鹉洲前吴江水。""旧乡旧国白云边，飞雪飞蓬暗远天。暂辞蓟门②千万里，少别昭邱三十年。昔时人物都应谢，闻道城隍今可怜。忽忆扬州扬子津，遥思蜀道蜀桥人。""烟波森森带平沙，阁栈连延狭复斜。""长安绮城十二重，金作凤凰铜作龙。荡荡千门如锦绣，岩岩双阙似芙蓉。""平明共戏东陵陌，薄暮遥闻北阙钟。洛阳大道何纷纷？荣光休气晓氤氲。交衢近接东西署，复道遥通南北军。汉帝能拜嵩邱石，陈王巧赋洛川云。河水河桥木兰枻，金闺金谷石榴裙。曾入西城看歌舞，也出东郊送使君。""一朝憔悴无气力，暴骸委骨龙门侧。当时相重若鸿钟，今日相轻比蝉翼。"

还有卢照邻在隔对中使用七言诗体句的情况，如《同崔少监作双槿树赋》："迫而视之，鸣环动珮歌扇开；远而望之，连珠合璧星汉回。"上下分句的最后一句实为诗体句。此实为诗体因子在赋中的创造性运用。这种句式在卢照邻《五悲文》《释疾文》中也能见到影子，如《五悲文》："一离一别兮，汉家宫掖似神仙；独坐独愁兮，楚国容华竞桃李。""贵而不骄，人皆共推晏平仲；死且不朽，吾每独称范巨卿。"《释疾文》："寂兮寞，岁岁年年长少乐；慌兮惚，朝朝暮暮生白发。"又如卢照邻《释疾文》："东郊绝此麒麟笔，西山秘此凤凰柯。死去死去今如此，生兮生兮奈汝何？"这实际亦是对七言诗体的一种改造。

其余如杨炯《幽兰赋》："昔闻兰叶据龙图，复道兰林引凤雏。鸿归燕去紫

---

① 此亦将四言列出，其虽取效骈体四六句式，或袭承汉赋四言，但其与古诗体颇近。省略号中所省者为赋体带虚字句六言等句式。董诰等编：《全唐文》，北京：中华书局，1980年，卷一七七，第1799—1800页。

② 《全唐文》卷一六六作"蓟门"，蒋清翊注《王子安集注》作"蓟北"。

茎歇，露往霜来绿叶枯。"① 骆宾王《灵泉颂》后"颂曰"一段，实际也是四言诗体，与王勃三颂亦类。

当然也有融赋入诗的情况。论融赋入诗，唐人尤以杜甫、李白为突出，但初唐四杰亦有之。清黄生云："杜公本一赋手，故以《骚》《雅》为胎骨，以经史为肴馔，以《文选》为藻缋，见之篇什，纵横驰骋，难受束缚，如千里霜蹄，虽按辔康庄，其笯云绝尘之气自不可御。"② 杜甫《咏怀》《北征》等篇最为擅长，也最得赋体义。近代胡小石《杜甫〈北征〉小笺》云："《北征》，变赋入诗者也，题名《北征》，即可见之。其结构出赋，班叔皮《北征》、曹大家《东征》、潘安仁《西征》，皆其所本，而与曹、潘两赋尤近。"③ 而初唐四杰卢照邻《长安古意》与骆宾王《帝京篇》犹得赋法。余恕诚谓："文体互参，诗中参用赋体，自始至终存在于唐诗演进过程中。如果将这一过程划分为几个阶段。则第一阶段应以初唐四杰中的卢照邻、骆宾王为代表。卢骆承齐梁以来诗赋融合的趋势，吸收齐梁赋的语言辞藻、情调意境、押韵方式和汉大赋的博丽雄迈之气，形成可以对纷繁客观世界（如京都）进行大规模描写的初唐歌行体。第二阶段，以李白、杜甫为代表。"④

以上可见初唐四杰赋诗互渗的大略情况。

二、四杰俗赋及其对汉赋的化承

初唐四杰俗赋篇目不多，学者一般认为骆宾王《荡子从军赋》具有俗赋的特征，这恐怕也主要是从写意的角度来审视。如何来判定俗赋或俗赋因子呢？俗赋的源流显然与秦汉杂赋有关，与汉代的民间俗赋有关，如王褒的《僮约》等，一般被视为俗赋。还有出土的汉代《神乌赋》也被视为俗赋。这些赋或借用故事或用寓言来表达。《僮约》虽不是寓言，但其所记却是杂俗之事；《神乌赋》有寓言的架构，这些特点在唐代敦煌俗赋中多有继承。

（一）俗赋的形式特点

除开上述的大致状貌外，从句式特征上来看，俗赋有什么特点呢？笔者以为，俗赋的形式特征是与其内容表述紧密相关的。因此其俗化是与其散文化的

① 董诰等编：《全唐文》，北京：中华书局，1983年，卷一九〇，第1921页。
② 黄生撰，徐定祥点校：《杜诗说》，合肥：黄山书社，1994年，第4页。
③ 胡小石：《胡小石论文集》，上海：上海古籍出版社，1982年，第115页。
④ 余恕诚：《杜甫与唐代诗人创作对赋体的参用》，《文学遗产》2011年第1期。

倾向离不开的。所谓"俗",亦可视之为"平"。

俗的本义是什么呢?《大乘玄论》卷五云:"何谓真以俗为义?个自是欲令深识第一故说世谛,何谓俗以真为义耶?今明,何故说世谛?只为欲令识第一,岂不是真以俗为义,俗是真家之所以故,真以俗为义。"① 而《说文解字注》云:"俗,习也。从人谷声。"② 段玉裁释曰:"习者,数飞也。引伸之凡相效谓之习。《周礼·大宰》:'礼俗以驭其民。'注云:礼俗、昏姻丧纪,旧所行也。《大司徒》:'以俗教安。'注:俗谓土地所生习也。《曲礼》:'入国而问俗。'注:俗谓常所行与所恶也。"③ 也就是说"俗"有真、常、平之义。为什么俗化与散文化有关呢?中唐古文运动提倡的"古文"实际又称"平文运动"④,所谓平文就是指平白易晓的文字,也就是回到平朴的"古文"形态。因此,从这一点来看,四杰辞赋的俗化倾向,既是指其复古的倾向,又是指其辞赋的散文化倾向。

如果从俗赋文体的趋"常"来看,四杰的诗体赋对于当时的文风和文学创作情况来讲,虽然内蕴了对赋体传统的继承,又包含了对赋体的现代创变,但实际上这种创变是有趋时近俗倾向的。我们可以将之与唐代的变讲俗文结合起来看。两者都有追求韵唱的特点,这种俗讲变文一方面受西来佛经梵音吟诵的影响,另一方面这种变化也确实便于记诵和传播。相较于汉赋而言,唐代赋的传播和接受显然要广得多,容易得多。按汉宣之世的统计,其时诗赋创作极多,恐怕两汉累世以计,亦不当低于两三万篇,然迄于今日,所传者甚少,又多残篇剩语,而其传者多以史书为途,至魏晋、唐宋方以结集而行。而唐赋至清尚有两万余篇,此数可参《全唐文》《文苑英华》《唐文粹》等。其中体式改变与韵唱等形式融入恐怕是其传播极盛的主要原因,这从敦煌佛窟中尚有传流赋体,而不唯于文人雅士间,便可知其概。

那么,变换一个角度来看,或许四杰辞赋的诗化倾向或有引领赋体发展的另一个趋向。换言之,诗化既是雅化,又是俗化的一种表现。至少在当代以诗歌为盛的时代应大概如此。王勃《春思赋》、骆宾王《荡子从军赋》由于对五、七言诗体句的大量运用,确实可依此归为诗体赋,但却不无俗赋的因子。

俗赋的文体特征,我们可通过对俗赋的渊源辨析中得出一个大概。俗赋的

---

① 释吉藏:《大乘玄论》卷五,大正新修大藏经本。又见《三论玄义大乘玄论二谛义》,《大乘玄论》卷五。

② 许慎撰,段玉裁注:《说文解字注》,上海:上海古籍出版社,1981年,卷八,第376页。

③ 许慎撰,段玉裁注:《说文解字注》,上海:上海古籍出版社,1981年,卷八,第376页。

④ 曹聚仁:《中国学术思想史随笔》,北京:生活·读书·新知三联书店,2003年,第14页。

渊源，是一个复杂的问题，有人认为其起于唐代的俗讲变文。如郭预衡先生说：

> 俗赋则是在唐代俗讲变文影响下产生的一种民间用白话口语说唱的新赋体，如《韩朋赋》《燕子赋》等。其揭露之深刻、描写之生动活泼都有民间文学的特色，对后世的说唱文艺影响深远。①

有学者则认为："俗赋源自民间，肇始于先秦，明显受到当时民间'谐隐'风俗和'客主问答'通俗文艺形式的影响。"② 并认为秦时杂赋"即民间俗赋一体"③，后来则主要指一种游戏之作。钱仲联、傅璇琮等主编《中国文学大辞典》称："它（俗赋）源于古代民间杂赋。据《荀子·成相》及各家注解，赋体文学肇端于役夫劳讴和瞽矇讽诵，尽管后来文人赋盛行，但民间赋一直以杂赋的名义独立存在。俗赋即是民间赋长期存在并流传的典型证据。"④ 其源流解说甚详。同时《中国文学大辞典》释俗赋曰："它采用韵诵方式在歌场表演，故具有口语化、故事化、以对话展开情节、用诙谐语作夸张描写、句式散漫、叶韵宽泛的特点。"⑤ 这些皆是对俗赋文体特征的描述。马积高先生认为唐代俗赋"内容更新鲜，语言更通俗，形式更活泼"⑥，也主要是从文体特征来看的。显然，俗赋的通俗化为其主要文体特征，它不仅靠叙事方式，有时插入"滑稽调笑、幽默讽刺、寓庄于谐"⑦ 的表述，甚至有时采入对话，也依靠题材内容的故事化、语言的明白浅近来得以体现。

不过，从上面对俗赋"句式散漫"与便于"口语说唱"的要求看，在文学的发展中，这二者之间尽管有时可以融合，但有时也是存在冲突的。散漫而无规则的句子，在某种程度上，有时并不利于记忆和说唱。而诗体的谐韵和规则句式，却往往能够突破记忆和表达上的缺陷。这可以说是从魏晋后出现文人创作的诗体化俗赋，以及唐代俗赋出现"内容更新鲜，语言更通俗，形式更活泼"这些新特点的原因。这从敦煌文献中所收录的大量诗体俗赋即可看出。

唐代俗赋，大多由诗体句式创作而成，如保存于敦煌文献中的刘希夷的俗赋《死马赋》，几乎全篇皆为七言律句，近于诗体。"这篇赋就与当时流行的七

① 郭预衡：《中国古代文学史》，上海：上海古籍出版社，1998年，第二册，第168页。

② 马丽娅：《先唐俗赋与其他文体的互为接受》，《内蒙古社会科学》（汉文版）2006年第2期。

③ 马丽娅：《先唐俗赋与其他文体的互为接受》，《内蒙古社会科学》（汉文版）2006年第2期。

④ 钱仲联、傅璇琮主编：《中国文学大辞典》（上册），上海：上海辞书出版社，2000年，第451页。

⑤ 钱仲联、傅璇琮主编：《中国文学大辞典》（上册），上海：上海辞书出版社，2000年，第451页。

⑥ 马积高：《赋史》，上海：上海古籍出版社，1987年，第253页。

⑦ 霍松林：《论唐人小赋》，《文学遗产》1997年第1期。

言歌行体诗完全没有区别。故王重民《补全唐诗》就将其收入书中。"①《死马赋》收入敦煌文献，通常被视为俗赋。俗赋的文体特点，概括起来说，主要就表现在语句的通俗和题材的生活化。马积高先生说："俗赋，即用近似于白话的通俗语言写的赋。"②

我们看一下诗体赋与俗赋的关系。俗赋多是借助通俗的口语化句式来表现，或者以主客问答的形式，在文中运用散体句在所难免。俗赋作为以讲唱为特点的民间文学样式，无论是借鉴变文或杂赋，都力主谐韵合律，便于记忆和讲唱，而诗体形式与俗赋题材结合，正有利于记忆和讲唱，这也就是民间文学、诗、赋相互影响，致使俗赋大量吸收诗等的一些表达特点的原因。从而使魏晋至唐代，出现大量的诗体俗赋，它们既是诗体赋，又是俗赋。汉魏曹植《鹞雀赋》便是以四言诗体写作的俗赋。马积高说："俗赋有的近于诗体赋，有的同于文赋，只是语言的雅俗不同而已。"③ 可见，俗并不是与诗体相对的，它只是主要在于语言、题材的通俗和生活化。诗也是可以以俗的形式来表达的，如白居易等的新乐府题材诗。诗体句式如何来表达散漫化和口语化的效果呢？其实，句式的散漫不仅指结构上的平仄无序和字数的长短不齐，也可以指句式的词序变化从而表达语意的通俗化和明白化。如刘长卿《饯别王十一南游》："望君烟水阔，挥手泪沾巾。飞鸟没何处，青山空向人。长江一帆远，落日五湖春。谁见汀洲上，相思愁白蘋。"④ 其中"长江一帆远"与"谁见汀洲上"，尽管都是五言诗体句，但词序的不同，却显示出不同的雅俗程度。又如杜甫《江畔独步寻花七绝句》（其六）："黄四娘家花满蹊，千朵万朵压枝低。留连戏蝶时时舞，自在娇莺恰恰啼。"⑤ 与沈佺期《古意呈补阙乔知之》："卢家少妇郁金堂，海燕双栖玳瑁梁。九月寒砧催木叶，十年征戍忆辽阳。白狼河北音书断，丹凤城南秋夜长。谁谓含愁独不见，更教明月照流黄！"⑥ 这两首同样都是七言诗句，但杜甫诗明显畅达易懂得多。骆宾王《荡子从军赋》中有大量的这类七言、五言诗句，如"胡兵十万起妖氛，汉骑三千扫阵云""裁鸳帖夜被，薰麝染春衣"，类同于杜诗的明白畅达。

---

① 叶幼明：《辞赋通论》，长沙：湖南教育出版社，1991年，第60页。

② 马积高：《赋史》，上海：上海古籍出版社，1987年，第9页。

③ 马积高：《赋史》，上海：上海古籍出版社，1987年，第9页。

④ 彭定求等编：《全唐诗》，北京：中华书局，1960年，卷一四八，第1512页。

⑤ 彭定求等编：《全唐诗》，北京：中华书局，1960年，卷二二七，第2452页。

⑥ 彭定求等编：《全唐诗》，北京：中华书局，1960年，卷九六，第1043页。按：其题下注："一作《古意》，又作《独不见》。""郁金堂"注一作郁金香。"音书断"一作军书断。"更教明月照流黄"一作使妾明月对流黄。

（二）四杰俗赋的诗化与散化的融契

初唐四杰辞赋从总体上来看，既具有诗化的倾向，也具有散文化的倾向，这是由其时代文学风气和文学发展的自身规律所决定的。关于其缘由已见前文论述，这里主要以骆宾王《荡子从军赋》为例，结合其语言句式结构及篇章寓意等来略析其俗体的一些特征。

有学者认为《荡子从军赋》为诗体赋，这单从句式来看是成立的。叶幼明先生《辞赋通论》就说："唐骆宾王《荡子从军赋》更以五、七言律句为主。全赋 54 句，七言律句 34 句，五言律句 8 句，四言六言赋句才有 12 句，而且这些五、七言律句对仗工稳，音律和谐，用韵或六句一转，或八句一转，或十句一转，与唐初律化的五、七言歌行极为相似。"① 从语句的雅俗，题材的生活化，风格与敦煌赋的近似，又显然是可以将之视为俗赋的。

骆宾王此赋尽管形式为诗体赋，但其诗体句都比较通俗易懂，其口语化和讲唱的特点十分明显。如："隐隐地中鸣战鼓，迢迢天上出将军。边沙远离风尘气，塞草长萎霜露文。荡子辛苦十年行，回首关山万里情。远天横剑气，边地聚笳声。铁骑朝常警，铜焦夜不鸣。"前人多以歌行评之。此赋音节、格律自由，运用双声、叠韵等，使全段极富一种讲唱的韵味，极似后来章回文学之末的讲唱评赞。如："池前怯对鸳鸯伴，庭际羞看桃李蹊。花有情而独笑，鸟无事而恒啼。荡子别来年月久，贱妾空闺更难守。"接近于浅近口语，通俗易懂。其中末句"个日新妆始复罢，只应含笑待君归"，运用俚俗之语入辞，如"个日"，即可能是当时俗语。

骆宾王此赋不但在句体形式力求散漫通俗，在赋作题材内容上，也表现出明显的口语化、通俗化。从内容上看，尽管有边塞风云，使赋平添一种雄壮，但其所描写的内容，又恰恰应是初唐战争频仍时下层人民最普遍关注的话题，故而自然也是当时民间文学极好的表现主题。赋的民间性题材和内容选择，也是此赋可以归入俗赋的原因。

民俗文化对文人的影响主要反映在他们的创作中，不仅表现在对民间文学各种体裁、技巧手法的借鉴、题材的选择，也表现在一种更接近民众的"侠"气质的文化精神。由于初唐的特殊时代环境，文人多侠文化精神气质，这在骆宾王的思想历程中表现至为明显。侠文化实质上又是一种民俗文化：

---

① 叶幼明：《辞赋通论》，长沙：湖南教育出版社，1991 年，第 60 页。

中国古代文人士子的人格构成是复杂的，人们习惯性地从儒、道、释三家的调和来进行分析，然而，这样的分析又往往是不够全面的，其中一点就是忽略了民俗文化对文人士子人格的影响，与儒、道、释这类属于精致典雅的上层文化不同，民间的价值观、伦理观、审美观等如汪洋大海一般包围他们，具有极强的渗透力，在众多的影响面上，民间侠文化对中国古代文人士子人格理想的影响至为重要。①

从题材和表现内容上来看，骆宾王《荡子从军赋》多少有这种侠文化的痕迹。杨炯和骆宾王的《从军行》，也是变相地对侠文化的倾尚。特别是骆宾王晚年随义军讨檄武则天，更是其侠精神气质最激扬的显露。从体例上看，《荡子从军赋》近似于采用说唱形式的杂赋（俗赋）表现手法。闻一多先生评四杰"都曾经是两京和成都市的轻薄子，他们的使命是以市井的放纵改造宫廷的堕落，以大胆代替羞怯，以自由代替局缩"②。闻一多先生这句话显然透露出了四杰之作接近或习染市井民间文学的意思。

此外，至于骆宾王《荡子从军赋》被视为俗赋，前辈学者已有持此认识的。周绍良先生在《敦煌文学作品选》中说："在敦煌所发现的材料中，名为'赋'的如……这是一种叙事体的俗赋，在形式上和杂赋的格局是一类的……虽仅存残篇，但两相比较，就会感到它们之间无论在体裁和题材上都很相近。特别是其中以五言诗组成的一篇，这种体裁在唐人文集中是可以找到的，骆宾王的《荡子从军赋》，假如不收在《骆临海集》中，而是发现于敦煌石室，那么绝不会想到这是唐初四杰的文章，很可能认为是属于《燕子赋》一类体裁的说唱文学。我们看巴黎藏伯三七一六《瑜伽师地论手记》背后所录《晏子赋》一首与赵洽《丑妇赋》一首同载，可见出是和一般的赋并列的。"③ 他显然是视骆宾王《荡子从军赋》为俗赋。

《荡子从军赋》为何既被归为诗体赋，又被视为俗赋。其一，从俗赋与诗赋的关系来看，它们之间在语言表形式达上，有相同之处。尽管俗赋的界定同时兼顾了题材与内容，但同时也注意到了语言结构的因素。内容题材的表达也是与语言密切相关的。特别是至唐代俗赋具有"新特点"后，诗体更成为二体

① 蔡燕：《论初唐四杰的人格精神与唐诗刚健风格的形成》，《曲靖师范学院学报》2003 年 9 月第5 期。

② 闻一多：《唐诗杂论·四杰》，上海：上海古籍出版社，1998 年，第 25 页。

③ 周绍良：《唐代变文及其它（代序）》，见周绍良主编：《敦煌文学作品选》，北京：中华书局，1987 年，第 27 页。

之间共同性因素。其二，此篇有诗体的特征，也有俗的因子，有民俗文化影响的影子，甚至有些侠文化精神气质。其三，由于四杰赋创作在各体文学因素的影响下，极具有创新性，许多兼容多种赋因子。诗体赋与俗赋，它们也不是完全不能融入一体的。唐代许多作品都是既可归为俗赋，又可视为诗体赋。如敦煌文献中刘希夷《死马赋》、刘长卿《酒赋》、卢竧《龙门赋》以及无名氏的《韩朋赋》《燕子赋》等。

　　《荡子从军赋》的散化特征并不主要是对汉赋的对问体结构模仿，而是同样采用了"若乃""岂""既""且"等承绪语气和转接的散词漫语。特别明显的是其中采用"岂"勾连的问句形式，使全篇颇有议论和说理的散化倾向，这与其《萤火赋》和《灵泉颂》都有类似特点，颇近模拟《天问》义法。至于王勃《春思赋》，由于在前章骈赋的章节中大量分析比较了其诗体骈句，以及它们的音韵平仄，显然符合诗体赋的分类特征。其文内容虽有寄远之思，然其中所含的闺情怨思，颇有艳俗之义，于义又无不是写人之"常情""常态"。如叶幼明先生说："还有王勃《春思赋》亦与此赋（骆宾王《荡子从军赋》）相似。全赋除序言外，本部 204 句，七言律句占 114 句，五言律句占 50 句，诗句多，赋句少，也像一首律化的五、七言歌行体诗。"[1] 也就是说，他是认为此赋是可以归为诗体赋的，但他又说："此时更有全篇皆为七言律句的赋，保存于敦煌文献中的刘希夷《死马赋》即是。"[2] 而《死马赋》为俗赋无疑。可见对俗赋的定义，不独表现在句式上，最主要表现在上面所说的"语句的雅俗，题材的生活化，风格与敦煌赋的近似"。因之推及，骆宾王《荡子从军赋》、王勃《春思赋》虽为诗体赋，其实亦可当作俗赋无疑。

　　这些诗体赋的形式和俗化的倾向，对此后唐代的俗赋（如敦煌文献所录）多采用诗体形式表达或多或少是有影响的。

---

①　叶幼明：《辞赋通论》，长沙：湖南教育出版社，1991 年，第 60 页。
②　叶幼明：《辞赋通论》，长沙：湖南教育出版社，1991 年，第 60 页。

第八章 四杰辞赋题材及原型考察

初唐四杰辞赋的题材充分体现了赋体"体物言志"的特点，其题材既有体物类，亦有言志类。从题材类型上来看，其体物类有写动物、植物及昆虫的，也有写事象物理的。写动物和昆虫类如写栖凤、孤鸟、驯鸢、穷鱼、萤火虫等，写植物类如寒松、慈竹、青苔、莲、槿树、梨树、庭菊、幽兰、浮沤等，写节气天象如浑天、七夕、秋霖、盂兰盆节、星象等，写其他物象物理如卧读书架、佛像庙宇、山池台阁、灵泉、宫殿苑宇、祭祀、荡子等，也有写登临游观与述怀的，如《游庙山赋》《春思赋》《钓矶应诘文》等，而《五悲文》《释疾文》等则属言志抒情类。其题材不可谓不广，然综理其迹，其隐然又透露出四杰趋于共同的选材倾向，即其题材多侧重幽微之物，这恐怕与其迹历和心境极相关。

一、四杰赋题材的倾向性与价值批评

在四杰辞赋题材中，大多选取如庭菊、幽兰、寒松、庭树、驯鸢、青苔、浮沤、萤火等幽微的物象，这些物象题材确实能在一定程度上反映四杰处身遭际和其落寞不遇的心境。这些物象虽然没有鲲鹏、蛟龙的高致，但却于幽微中又别有一种不同流俗的清雅。其中松这一题材及意象应是四杰辞赋中最有特征，也最能映射其心境的。这一物象和象喻不仅作为专门的题材写入王勃的《涧底寒松赋》，也在四杰的其他作品中多有写照和呈现。故在此略以四杰等辞赋中的松题材选取和意象表现来探讨其审美倾向及价值等。

（一）四杰诗赋中松的题材与意象描写

在先唐赋作中有不少关于松的描写，或者直接以松名篇，或者杂用松的原型意象。松这一传统的原型母题意象大致表现在四个方面：一是超群出众的类喻；二是贞洁不渝的写照；三是坟茔青葱的代指（衍于第二义）；四是幽远隐

逸，而近乎神化仙驾。在初唐，对松的隐逸意象运用尤多，特别是于四杰文赋中，这自然是与时代倡导的儒、释、道精神哲学中所潜隐的隐逸思想有关。也与四杰的"志远心屈""才高位下"的人生经历有关，也正是因四杰放旷的才情和曲折的人生经历，使得其文赋中对松这一母题原型意象既有继承，更有创新，或者说是叛逆。

从四杰的赋作来看，松这一形象突出地成为其创作题材，或者在他们的诗文中直接或间接地表现其象喻或隐喻意义。如在王勃《九成宫东台山池赋（并序）》中："尔其松峰桂壑，红泉碧磴。""高松偃鹤，清筱吟鸾。"又《七夕赋》："视莲潭之变彩，睨松院之生凉。"又《游庙山赋（并序）》："俄而泉石移景，秋阴方积，松柏群吟，背声四起。""启松崖之密荫，攀桂岊之崇柯。"又如《涧底寒松赋（并序）》就全篇写松，松的意象连翻叠出。就"松"字而言，仅标题就出现了四次。如："茅溪之涧，深蹊绝磴，人迹罕到，爰有松焉。""虽崇柯峻颖①，不能逾其岸。呜呼斯松！""惟松之植，于涧之幽。"王勃《青苔赋（并序）》亦有："若夫桂洲含润，松崖秘液。"杨炯《青苔赋（并序）》也有松这一意象的出现，如："斑驳兮长廊，黄缘兮古树，肃兮若远山之松柏。"显然，他们对松的印象都是一种正面的描述，松与桂之类往往相衬和对举，如"松峰桂壑""桂洲松崖""松崖桂岊"等。写松的气质则是"高松""寒松"等，写松的环境则为"松院""松崖""松涧"等。而卢照邻则别其意象，其《同崔少监作双槿树赋》写松则曰："岂与岩幽弱篠，涧底枯松？徒冒霜而停雪，空集凤而吟龙。"他将松的印象虽目为枯松，其所处之环境与喻象则与"岩幽弱篠"相类，于无人闻焉的涧底，这种写法实际为以反喻正。于幽岩尚能挺拔，于涧底尚能不屈地生长，何来"弱"与"枯"呢？若枯枝弱干，又岂能冒霜停雪，集凤吟龙呢？这显然是充满解嘲式的反讽，与植于庭中的槿树相比，这些高栖幽处之木确实似乎只能"徒冒霜而停雪，空集凤而吟龙"。槿树则"叶镂五衢，荣回四照。纷广庭之霏靡，隐重廊之窈窕。青陆至而莺啼，朱阳升而花笑。紫带红蕤，玉蕊苍枝。露华的皪，风色徘徊。采縩照灼，婀娜隈缕。迫而视之，鸣环动佩歌扇开；远而望之，连珠合璧星汉回。状仙人之羽盖，疑佚女之瑶台。"②看似无比荣耀和显光，实不过"柔条朽干，吹嘘变其死生；落叶凋花，剪拂成其光价"③。因此作者马上换予另一种视角来描写槿

---

① 此以中华书局1983年版《全唐文》为底本，尹赛夫编《中国历代赋选》为"高柯"（山西教育出版社，1989年，第446页）。

② 董诰等编：《全唐文》，北京：中华书局，1983年，卷一六六，第1687页。

③ 董诰等编：《全唐文》，北京：中华书局，1983年，卷一六六，第1687页。

树的处优而寂，其实乃正欲与岩栖枯松做比较。其谓槿树"寂寞攸利，栖闲此地，委命卷舒，随时荣悴。外无婴夭之祸，内有逍遥之致。朝朝暮暮落复开，岁岁年年红以翠。若夫游蜂戏蝶封其萼，轻烟弱雾络其条。去不谓之损，来不谓之饶。故能出君子之殊俗，入诗人之旧谣；齐显昧于两曜，效生死于一朝。同丧我之非我，固虽凋而不凋。"① 寄身廊庑，受制流俗，则自然只能无奈地视物我为同一，效生死于一朝，虽凋而不凋，这其实不是庄老的达观，而是一种无奈。故卢照邻于赋末设人物东方生对此给予反讥："故年花落不留人，今年花发非故春。"显然此篇是作者有所寄寓的，潜隐着作者对自身遭际的无奈叹咏。槿树与松树的处境不同、气质各异，以此衬托出作者对自身不遇、社会不公的谴责和叩问，故赋末云："侏儒何功兮短饱？曼倩何负兮长贫？聊寄辞于庭树，傥有感于平津。"②

除赋之外，四杰在其诗文（主要指序、表、碑、铭等之类）中对松的意象的构造更多。如卢照邻《释疾文·悲夫》云："蘼芜叶兮紫兰香，欲往从之川无梁，日云暮兮涕沾裳。松有萝兮桂有枝，有美一人兮君不知。气欲绝而何为？"③ 卢照邻《益州至真观主黎君碑》："又于学射灵山别立仙居一所，即至真之珠庭也。栽松莳柏，与月树而交轮；刻角雕甍，共星楼而接翼。苍郊却倚，犹太行之北登；锦肆前通，似灞陵之南望。"④ 杨炯《遂州长江县先圣孔子庙堂碑》："河内王君，时称未有。飞雪千里，不能改松柏之心；名都十城，不能动夷齐之行。"⑤ 《隰州县令李公墓志铭》亦说："义形于金石，节贯于松筠。"⑥ 骆宾王《上郭赞府启》："孕钟岭而飞华；虹玉绚荆岩之气。松秋表劲，翙赪霞而插极；菊晚驰芳，涵清露而炫沼。"⑦

在四杰诗中，关于松的意象更是比比皆是。在《全唐诗》中，卢照邻、骆宾王至少各有 11 首关于松这一意象的诗。而王勃在诗作中也有不下 7 首描写松，如《相和歌辞·铜雀妓》《上巳浮江宴韵得址字》《咏风》《圣泉宴》《寻道观》《游梵宇三觉寺》《送卢主簿》等。这些诗或写与松相关联的幽栖环境，或写松所直寓含潜的意象。

---

① 董诰等编：《全唐文》，北京：中华书局，1983 年，卷一六六，第 1687 页。
② 董诰等编：《全唐文》，北京：中华书局，1983 年，卷一六六，第 1687 页。
③ 董诰等编：《全唐文》，北京：中华书局，1983 年，卷一六七，第 1702 页。
④ 董诰等编：《全唐文》，北京：中华书局，1983 年，卷一六七，第 1709 页。按：引《全唐文》者，本章首次标列卷数页码，再引则省略，或仅标卷数，以避烦琐。
⑤ 董诰等编：《全唐文》，北京：中华书局，1983 年，卷一九二，第 1938 页。
⑥ 董诰等编：《全唐文》，北京：中华书局，1983 年，卷一九五，第 1978 页。
⑦ 董诰等编：《全唐文》，北京：中华书局，1983 年，卷一九八，第 2007 页。

卢照邻有 11 首诗写到松这一意象：

《早度分水岭》："瑟瑟松风急，苍苍山月团。"

《至望喜瞩目言怀贻剑外知己》："涧松咽风绪，岩花濯露文。"

《长安古意》"昔时金阶白玉堂，即今唯见青松在。"

《怀仙引》："披洞户，访岩轩，石濑潺湲横石径，松萝幂羃掩松门。"①

《酬杨比部员外暮宿琴堂朝跻书阁率尔见赠》："闲拂檐尘看，鸣琴候月弹。桃源迷汉姓，松径有秦官。空谷归人少，青山背日寒。羡君栖隐处，遥望在云端。"

《相如琴台》："园院风烟古，池台松槚春。"

《石镜寺》："古墓芙蓉塔，神铭松柏烟。"

《羁卧山中》："洞户无人迹，山窗听鸟声。春色缘岩上，寒光入溜平。雪尽松帷暗，云开石路明。"

《过东山谷口》："泉鸣碧涧底，花落紫岩幽……多谢青溪客，去去赤松游。"

《哭明堂裴主簿》："故琴无复雪，新树但生烟……送君一长恸，松台路几千。"

《同崔录事哭郑员外》："白马西京驿，青松北海门。"②

骆宾王也有 11 首诗写到松的意象：

《夏日游德州赠高四》："霜松贞雅节，月桂朗冲襟。"

《出石门》："层岩远接天，绝岭上栖烟。松低轻盖偃，藤细弱丝悬。"

《代女道士王灵妃赠道士李荣》："只言柱下留期信，好欲将心学松薜。"③

《夏日游山家同夏少府》："谷静风声彻，山空月色深。一遣樊笼累，唯余松桂心。"

①　以上分别见彭定求等编：《全唐诗》，北京：中华书局，1960 年，卷四一，第 514 页、第 516 页、第 519 页、第 520 页。

②　以上分别见彭定求等编：《全唐诗》，北京：中华书局，1960 年，卷四二，第 522 页、第 524 页、第 524 页、第 529 页、第 529 页、第 530 页、第 530 页。

③　以上分别见彭定求等编：《全唐诗》，北京：中华书局，1960 年，卷七七，第 829 页、第 830 页、第 838 页。

《乐大夫挽词五首》之二："蒿里谁家地，松门何代丘。"

之四"草露当春泣，松风向暮哀。"

《丹阳刺史挽词三首》其一："丹桂销已尽，青松哀更多。"

其二："唯余松柏垄，朝夕起寒烟。"

其三："独此伤心地，松声薄暮来。"①

《浮槎》："昔负千寻质，高临九仞峰。真心凌晚桂，劲节掩寒松。"

《咏怀》："槐疏非尽意，松晚夜凌寒。"②

王勃也在 7 首诗中描写了松：

《相和歌辞·铜雀妓》："高台西北望，流涕向青松……西陵松槚冷，谁见绮罗情。"③

《上巳浮江宴韵得址字》："松吟白云际，桂馥青溪里。"

《咏风》："肃肃凉景生，加我林壑清。驱烟寻涧户，卷雾出山楹。去来固无迹，动息如有情。日落山水静，为君起松声。"④

《圣泉宴》："兰气熏山酌，松声韵野弦。"

《寻道观》："碧坛清桂阈，丹洞肃松枢。"

《游梵宇三觉寺》："萝幌栖禅影，松门听梵音。"

《送卢主簿》："东岩富松竹，岁暮幸同归。"⑤

这些表现松的诗文也阐释了松与禅的关系，从而体现和揭示了诗人思想中的禅意境界。在佛宗、禅宗圣地多植松、柏，这与松所象征的高洁意象有关，也与松所表征的"清静""深幽"的意蕴有关，也正与禅宗的"空明""幽远"境界相合，所以松成为居士、道人或仙游野客喜赏之景。他们这种趋松慕松的取向似乎也可体现出他们的高尚志洁。如蜀人朱桃椎，"澹泊绝俗，结庐山

---

① 以上分别见彭定求等编：《全唐诗》，北京：中华书局，1960 年，卷七八，第 845 页、第 851 页、第 852 页。

② 以上分别见彭定求等编：《全唐诗》，北京：中华书局，1960 年，卷七九，第 857 页、第 861 页。

③ 彭定求等编：《全唐诗》，北京：中华书局，1960 年，卷一九，第 219－220 页。

④ 以上分别见彭定求等编：《全唐诗》，北京：中华书局，1960 年，卷五五，第 670 页、第 670－671 页。

⑤ 以上分别见彭定求等编：《全唐诗》，北京：中华书局，1960 年，卷五六，第 674 页、第 674 页、第 675 页、第 675 页。

中"，《全唐文》卷一百六十一有一段朱桃椎的记载，称："尝织十屦置道上，见者曰：'居士屦也，为鬻米苟易之。'置其处，辄去，终不与人接。高士廉为长史，遣人存问，见辄走林草自匿云。"① 其作《茅茨赋》："散诞池台之上，逍遥岩谷之间。逍遥兮无所托，志意兮还自乐；枕明月而弹琴，对清风而缓酌。望岭上之青松，听云间之白鹤。用山水而为心，玩琴书而取乐，谷里偏觉鸟声高，鸟声高韵尽相调。"② 其所赏叹的青风明月、青松白鹤，正是他寄心幽明旷远之景、逍遥无为之际的禅境世界的表现。

　　贞观时人陈宗裕作《敕建乌石观碑记》，对佛境禅宗之地的描写，正是松竹修立。他说："日游于何远公故宅处，揽其胜境，左有药水灵泉，右有丹崖翠壁，前有幽竹森罗，后有苍松挺秀。且轻烟散彩，薄雾呈祥，山鸟朝歌，渔灯夜灿。诗曰：'偶来奇绝处，倏忽悟元关。药水龙沙近，丹崖咫尺间。图分八卦定，炉成九转还。远翁相慨赐，逍遥非等闲。'"③ 就是在这样"幽竹森罗""苍松挺秀"的地方被许敬之募求而结庐其间，炼丹清修，后其徒裔又远寻而至并重构殿庑。显然，松是与禅、道清修有密切关系的，这不仅缘于松风生龙吟，也缘于松树作为常年不落叶植物，其干越长越壮越密，在外部环境上会给人一种"清凉静谧"的心理暗示和影响。这有助于佛、道二家所追求的清修，从环境影响心理，并进一步影响修习的效果。其次，松与禅修静境相关联也是与赤松子、偓佺等成仙得道故事有关的。《列仙传》载："偓佺者，槐山采药父也，好食松实，形体主毛，长数寸，两目更方，能飞行逐走马，以松子遗尧，尧不暇服也。松者，简松也。时人受服者，皆至二三百岁焉。"④《文选》卷十一《游天台山赋》注云："《列仙传》曰：'赤松子好食松实，绝谷。'"⑤《仙苑编珠》卷中"犊子易貌桂父变容"条亦记《列仙传》载犊子服松子、茯苓事。⑥ 晋葛洪《抱朴子·内篇卷十一》载："仙人以一囊药赐之，教其服法。瞿服之，百许日，疮都愈，颜色丰悦，肌肤玉泽。仙人之又过视。瞿谢受更生活之恩，乞丐其方，仙人告之曰：'此是松脂耳，此山中更多此物，汝炼之服，可以长生不死。'瞿乃归家。家人初谓之鬼也，甚惊愕。瞿逐长服松脂，身体

① 董诰等编：《全唐文》，北京：中华书局，1983年，卷一六一，第1644页。
② 董诰等编：《全唐文》，北京：中华书局，1983年，卷一六一，第1644页。
③ 董诰等编：《全唐文》，北京：中华书局，1983年，卷一六二，第1660页。
④ 刘向：《列仙传》卷上，上海：上海古籍出版社，1990年，第2页。
⑤ 萧统编，李善注：《文选》，上海：上海古籍出版社，1986年，卷十一，第494页。
⑥ 王松年：《仙苑编珠》卷上，明正统道藏本。

转轻，气力百倍，登危越险，终日不极。年百七十岁。"①《千金翼方》《养生类纂》《本草纲目》等都载有"服松子法"。

当然，由此再来看上述王勃等诗赋中对松所处之环境的描写，或如幽岩绝蹊，众芳所不愿居息者；或如清阴静穆，荫者而生淡泊之意趣者。禅理与机趣往往相融相契。如王勃对松院的描写，显然松院正是禅院清修之地，故王勃称"睨松院之生凉"，就是对其环境静幽的描写。这种意趣，又是借一动一静、一上一下、一天一地、一云一水来加以映衬的，静如松荫，动如"变彩"。不唯"变彩"寓动，而且又于变彩中暗寓院落之静幽，于莲潭中尚能窥见天空中云朵飞逝变幻的倒影，此足见莲潭之清之幽之冷寂，故"莲潭之变彩"与"松院之生凉"乃形成自然的应照。

（二）松的原型溯源与意象批评

早在《诗经》和《论语》中关于松的描写就比比皆是。在赋中较早的则有班婕妤《自悼赋》："愿归骨于山足兮，依松柏之余休。"②《捣素赋》："伫风轩而结睇，对愁云之浮沈。虽松梧之贞色，岂荣雕其异心。"③《西京杂记》下又记中山王胜《文木赋》云："修竹映池，高松植巘。"④又《全汉文》记："（刘）向有《芳松枕赋》。"⑤扬雄《羽猎赋》有："及至获夷之徒，蹶松柏，掌疾藜。"⑥《全三国文》载曹植《愁思赋》云："居世兮芳景迁，松、乔难慕兮谁能仙？长短命也兮独何怨？"⑦《全后汉文》卷二十八载杜笃《首阳山赋》

①　葛洪：《抱朴子》，上海：上海书店出版社，1986年，《内篇》卷第十一，第50页。按：与《四部丛刊》景明本文字略异。

②　严可均校辑：《全汉文》卷十一，《全上古三代秦汉三国六朝文》，北京：中华书局，1958年，第186页。又见《汉书·外戚传》《列女传》八、《艺文类聚》三十。

③　严可均校辑：《全汉文》卷十一，《全上古三代秦汉三国六朝文》，北京：中华书局，1958年，第186页。按：此赋亦载《古文苑》，又见《艺文类聚》八十五，有删节。

④　葛洪撰，周天游校注：《西京杂记》，西安：三秦出版社，2006年，卷六，第255页。文又见严可均校辑：《全汉文》卷十二，《全上古三代秦汉三国六朝文》，北京：中华书局，1958年，第191页。

⑤　严可均校辑：《全汉文》卷三十八，《全上古三代秦汉三国六朝文》，北京：中华书局，1958年，第339页。

⑥　严可均校辑：《全汉文》卷五十一，《全上古三代秦汉三国六朝文》，北京：中华书局，1958年，第405页。

⑦　严可均校辑：《全三国文》卷十三，《全上古三代秦汉三国六朝文》，北京：中华书局，1958年，第1122页。

云："长松落落，卉木①蒙蒙，青罗落漠而上覆，穴溜滴沥而下通。"② 又朱穆《郁金赋》云："比光荣于秋菊，齐英茂乎③春松。远而望之，粲若罗星出云垂。近而观之，晔若丹桂曜湘涯。"④ 《全上古三代文》卷十录有宋玉《风赋》云："缘泰山之阿，舞于松柏之下。"⑤ 其《高唐赋》亦多次提到松。

而在初唐及中唐时代，将松作为原型意象继承的就有很多，如：唐太宗《小山赋》："尔其移芳植秀，擢干抽茎；松新翠薄，桂小丹轻。"《追赠殷太师比干谥诏》："况乎正直之道，迈青松而孤绝；忠勇之操，掩白玉而振彩者哉。"唐高宗（李治）《大唐故司空太子太师上柱国赠太尉扬州大都督英贞武公李公碑》："金石齐贞，松筠表劲。"唐中宗（李显）《答张说让起复黄门侍郎制》："卿操烈寒松，心横劲草。"《授杨再思检校左台大夫制》："森乎抱松柏之心，凛乎贯冰霜之气。"⑥ 王绩《游北山赋（并序）》："窗临水石，砌绕松篁。类田园之去来，亦已久矣；望山林之故道，何其悠哉！"⑦ 而且在该赋中，王绩多次提到松，如："松落落而风回，桂苍苍而露溥。""菊花两岸，松声一邱。""松花柏叶之醇酎，凤翮龙唇之素琴。""杞叶煎羹，松根溜醽。"特别是太宗"松新翠薄，桂小丹轻"和王绩"窗临水石，砌绕松篁"之类，明显有将松比类为"清静""空灵"的意象，这与禅宗主张的意境是比较切合和相近的，这与魏晋玄学与禅宗的发展是密切相关的。在魏晋南北朝赋中多有此类表述：

《全宋文》卷三十四有谢惠连《松赞》。《全晋文》卷三十八亦收有庾肃之《松赞》："流润飞津，沈精幽结，贞蕤含芳，仰拂素雪。"⑧ 《全宋文》卷四十七有鲍照《石帆铭》："祇心载惕，林简松括。"⑨ 《全晋文》卷十三左九嫔作有

---

① 严可均校注云："《天台赋》注作'卉草'。"（《全后汉文》卷二十八，第 626 页）

② 严可均校辑：《全后汉文》卷二十八，《全上古三代秦汉三国六朝文》，北京：中华书局，1958 年，第 626 页。

③ 严可均校注云："《文选·洛神赋》注'乎'作'于'。"（《全后汉文》卷二十八，第 628 页）

④ 严可均校辑：《全后汉文》卷二十八，《全上古三代秦汉三国六朝文》，北京：中华书局，1958 年，第 628 页。按：又见于《艺文类聚》八十一。

⑤ 严可均校辑：《全上古三代文》卷十，《全上古三代秦汉三国六朝文》，北京：中华书局，1958 年，第 72 页。

⑥ 以上分别见董诰等编：《全唐文》，北京：中华书局，1983 年，卷四、卷七、卷十五、卷十六、卷十六。

⑦ 董诰等编：《全唐文》，北京：中华书局，1983 年，卷一三一，第 1316 页。

⑧ 严可均校辑：《全晋文》卷三十八，《全上古三代秦汉三国六朝文》，北京：中华书局，1958 年，第 1682 页。按：又见于《初学记》卷二十八。

⑨ 严可均校辑：《全宋文》卷四十七，《全上古三代秦汉三国六朝文》，北京：中华书局，1958 年，第 2695 页。按："括"当为"栝"，指一种柏叶松身的植物。如张衡《西京赋》注："枞，松叶柏身也。栝，柏叶松身。梓，如栗而小。"（《文选》，上海：上海古籍出版社，1986 年，卷二，第 64 页）

初唐四杰辞赋研究

《松柏赋》：

> 何奇树之英蔚，记峻岳之嵯峨。被玄涧之逶迤，临渌水之素波。擢修本之丸丸，萃绿叶之芬葩。敷纤茎之茏苁，布秀叶之葱青。列疏实之离离，馥幽蔼而永馨。纷翕习以披离，气肃肃以清泠。应长风以鸣条，似丝竹之遗声。禀天然之贞劲，经严冬而不零。虽凝霜而挺干，近青春而秀荣。若君子之顺时，又似乎真人之抗贞。赤松游其下而得道，文宾餐其实而长生。诗人歌其荣蔚，齐南山以永宁。①

《全晋文》卷六十一录孙绰《游天台山赋（并序）》："藉萋萋之纤草，荫落落之长松。觌翔鸾之裔裔，听鸣凤之嗈嗈。过灵溪而一濯，疏烦想于心胸。荡遗尘于旋流，发五盖之游蒙。追羲农之绝轨，蹑二老之玄踪。"②又戴逵《闲游赞》云："故荫映岩流之际，偃息琴书之侧，寄心松竹，取乐鱼鸟，则澹泊之愿，于是毕矣。然奇趣难均，玄契罕遇，终古皆孤栖于一岩，独玩于一流，苟有情而未忘，有感而无对，则缀斤寝弦之叹，固已幽结于林中，骤感于遐心，为日久矣。"③戴逵《松竹赞》曰："猗欤松竹，独蔚山皋。肃肃修竿，森森长条。"④

这些文中多松竹、松篁意象并用，显然对松的意象是取其贞洁而隐幽、超迈而特出。这无疑是与禅宗的空灵幽明相通的。在初唐、中唐时代，对松的描写亦多承此原型意象。如唐太宗有《大唐三藏圣教序》《晋祠铭（并序）》《祀北岳恒山文》。唐高宗有《隆国寺碑铭》《万年宫碑铭（并序）》。其中《万年宫碑铭（并序）》云："镜冰霜则廉洁斯在，抚松筠则贞操非遥。"⑤唐中宗有《册崔元晔博陵郡王文》。唐肃宗有《赠李齐物太子太师诏》《答颜真卿谢浙西节度使批》；唐宪宗有《宣慰魏博制》。李漼有《光禄卿王公墓志铭（并序）》。其余如王绩《答冯子华处士书》《答刺史杜之松书》、李大亮《昭庆令王璠清德

---

① 严可均校辑：《全晋文》卷十三，《全上古三代秦汉三国六朝文》，北京：中华书局，1958年，第1533页。按：严氏注又见《艺文类聚》八十八、《初学记》二十八。

② 严可均校辑：《全晋文》卷六十一，《全上古三代秦汉三国六朝文》，北京：中华书局，1958年，第1806页。按：又见于《艺文类聚》卷七。

③ 严可均校辑：《全晋文》卷一百三十七，《全上古三代秦汉三国六朝文》，北京：中华书局，1958年，第2250页。按：严氏注又见《艺文类聚》卷三十六。

④ 严可均校辑：《全晋文》卷一百三十七，《全上古三代秦汉三国六朝文》，北京：中华书局，1958年，第2250页。按：严氏注又见《艺文类聚》卷八十八。

⑤ 董诰等编：《全唐文》，北京：中华书局，1983年，卷十五，第181页。

颂碑》、陈子良《平城县正陈子干诔（并序）》等皆有对松意象的提及。崔敦礼作《种松赋》："乃若松之茂也，干排风雷，根裂崖石，鳞蹙百丈，髯苍千尺。其柯参天，则鸾凤栖其颠；其肪入地，则龙蛇伏其窟。凛高节兮，四时不能易其操；建大厦兮，万牛不得轻其力。兹岂众木之凡姿，与夫百草之弱质者所能比哉？呜呼！在物固然，于人亦尔。"[1] 初唐虞世南《破邪论序》："然其叠嶂危岑，长松巨壑，野老之所栖盘，古贤之所游践，莫不身至目睹，攀穴指归。"[2] 孔颖达《礼记正义序》："类此松筠，负贞心于霜雪。"[3] 欧阳询《大唐宗圣观记》："崇台虚朗，招徕云水之仙；闲馆错落，宾友松乔之侣。"[4] 谢偃《高松赋》取松之贞节不群义最为明显，然其义杂以"斧斤"之忧，物象迭出，其义又不无隐而折，则无四杰赋中松韵意象那么明显畅达。在一些作品中，松柏的原型或形象意义与佛教禅宗从表面上结合得更紧密。如李君政《宣雾山镌经像碑》："长松映彤庭之彩，文石晃紫金之像。"[5] 在长期的文化积淀和文人心理中，松成为一种表洁抒志的"母题"[6]。这种文人趋于共同的文化心理选择，主要原因正如李师政《空有三》说："若篠荡比质于松柏，蕙若同气于兰芷，翠陵寒而未渝，芳在幽而不已，草木之贤俊者也。"[7] 然而，松这个母题的内涵又是深广的，它不唯于能表"岁寒之心"，以匹隐逸高洁之士，亦以青葱之姿，以覆坟冢之侧。不过，这都是与松的贞洁意象相关的，是其"贞洁"意象的沿用。

二、四杰辞赋的意象审美与原型塑造

从上面的一些引例中，我们已可见出，松这一原型意象及其象喻主要表现在四个方面：一是超群出众的类喻；二是贞洁不渝的写照；三是坟茔青葱的代指（衍于第二义）；四是幽远隐逸而契乎仙界（实衍于第一、第二义。当然隐逸又常常是与佛、道、禅联系在一起的）。而且从前面的分析，我们可以大致看出四杰赋中对松这一物象题材的书写是极其丰富和含蓄的。其有着四杰特殊的精神寄托和比兴之义。因此可以说在四杰的赋中对松的意象的塑造既有对中

---

① 董诰等编：《全唐文》，北京：中华书局，1983 年，卷一三五，第 1367 页。
② 董诰等编：《全唐文》，北京：中华书局，1983 年，卷一三八，第 1399 页。
③ 董诰等编：《全唐文》，北京：中华书局，1983 年，卷一四六，第 1476 页。
④ 董诰等编：《全唐文》，北京：中华书局，1983 年，卷一四六，第 1479 页。
⑤ 董诰等编：《全唐文》，北京：中华书局，1983 年，卷一五六，第 1601 页。
⑥ "母题"是指不同时代、不同作品中反复出现的主题、情节、意象等。
⑦ 董诰等编：《全唐文》，北京：中华书局，1983 年，卷一五七，第 1612 页。

国传统文化原型的积淀与生发，也有其特定境况下的比兴和创新。①

当然，要明确四杰赋中松意象对原型的塑造和创新，就必须进一步明确松的象喻的既有内涵，在这种比对梳理中，逐渐明确四杰赋松这一意象与象喻的使用，及其是如何来完成辞赋艺术的审美境界的提升的。因此，我们有必要对前面所述的松意象的四个象喻义指进行简单的分类探讨。

（一）松意象的象喻指义与审美

在传统的松的意象类喻中，第一义的"超群出众的类喻"就衍于庄老哲学和孔孟的立身修命的儒教观。如："岁不寒无以知松柏，事不难无以知君子无日不在是。"②《论语》子曰："岁寒，然后知松柏之后凋。"③《庄子》亦曰："朝菌不知晦朔。"④ 左思《蜀都赋》亦引此原型喻义，其注称："《孙卿子》曰：松柏经隆冬而不凋，蒙霜雪而不挛，晔晔、猗猗。"⑤ 殷仲文《南州桓公九井作一首》云："何以标贞脆，薄言寄松菌。"⑥ 王观《家戒》："朝华之草，夕而零落；松柏之茂，隆寒不哀。"⑦ 晋左九嫔《松柏赋》："禀天然之贞劲，经严冬而不零。虽凝霜而挺干，近青春而秀荣。"⑧ 潘安仁《西征赋》："劲松彰于岁寒，贞臣见于国危。"⑨ 刘公幹《赠从弟三首（五言）》："亭亭山上松，瑟瑟谷中风。风声一何盛，松枝一何劲。冰霜正惨怆，终岁常端正。岂不罗凝寒，松柏有本性。"⑩

在四杰辞赋和诗文中颇有几次提到松的意象，实际多源于此类原型意义的审美接受。这既因于四杰对传统母题题材的继承，也有对其象喻义指的审美选

---

① 在王勃文中大致有 46 处提及松的形象（不包括诗赋）。

② 王先谦撰，沈啸寰、王星贤点校：《荀子集解》，北京：中华书局，1988 年，卷十九，第 506 页。

③ 《文选》卷十"赋戊"下潘安仁《西征赋》"劲松彰于岁寒，贞臣见于国危"句注。见萧统编，李善注：《文选》，上海：上海古籍出版社，1986 年，卷十，第 455 页。

④ 见《文选》卷二十二"诗乙"殷仲文《南州桓公九井作》"何以标贞脆，薄言寄松菌"句注。其注亦解"朝菌"说："松，贞，菌，脆也。松菌殊质，故贞脆异性也。"（萧统编，李善注：《文选》，上海：上海古籍出版社，1986 年，卷二十二，第 1033 页。）

⑤ 萧统编，李善注：《文选》，上海：上海古籍出版社，1986 年，卷四，第 177 页。

⑥ 萧统编，李善注：《文选》，上海：上海古籍出版社，1986 年，卷二十二，第 1033 页。

⑦ 严可均校辑：《全三国文》卷三十六，《全上古三代秦汉三国六朝文》，北京：中华书局，1958 年，第 1256 页。按：严可均注又见《魏志·王昶传》《御览》六百九十四。

⑧ 严可均校辑：《全晋文》卷十三，《全上古三代秦汉三国六朝文》，北京：中华书局，1958 年，第 1533 页。按：严可均注又见《艺文类聚》八十八、《初学记》二十八。

⑨ 萧统编，李善注：《文选》，上海：上海古籍出版社，1986 年，卷十，第 455 页。

⑩ 萧统编，李善注：《文选》，上海：上海古籍出版社，1986 年，卷二十三，第 1115 页。

择。如卢照邻《五悲文》云："松门草合，石路苔新。""荡荡千门如锦绣，岩岩双阙似芙蓉。题字于扶风之柱，系马于骊山之松。""松架森沈兮户内掩，石楼摧折兮柱将倾。""自谓兰交永合，松契长并，通宵扼腕，终日盱衡。"其中对松的描写，看似不经意，然则恰是借松所隐喻的高洁超拔来影喻环境的不同。谢灵运《入彭蠡湖口》云："攀崖照石镜，牵叶入松门。"虽然有学者注"松门"似为一地名①，但考全诗，实际乃述林深涧幽，既无路可踏，故上谓"攀崖"，下谓"牵叶"，舍门无路，早被森森松木所掩，故只能随其林木，寻觅幽径履蹊而入。而卢照邻所谓"松门草合，石路苔新"，正同其意趣，此舍久未有访，主人幽居潜隐明矣。

在四杰的文中，松的此类原型意象更是比比皆是。如杨炯《遂州长江县先圣孔子庙堂碑》："飞雪千里，不能改松柏之心；名都十城，不能动夷齐之行。"又《隰州县令李公墓志铭》亦说："义形于金石，节贯于松筠。"② 骆宾王《上郭赞府启》："松秋表劲，翊赪霞而插极；菊晚驰芳，涵清露而炫沼。"③ 王勃《越州永兴李明府宅送萧三还齐州序》："良谈落落，金石丝竹之音辉；雅致飘飘，松柏风云之气状。当此时也。尝谓连璧无异乡之别，断金有好亲之契。"④ 王勃《常州刺史平原郡开国公行状》："望严雪而识寒松，观疾风而知劲草。"⑤ 王勃《上刘右相书》："不然，则荷裳桂楫，拂衣于东海之东；菌阁松楹，高枕于北山之北。焉复区区屑屑，践名利之门哉？"《上绛州上官司马书》："则秋风明月，西江留独往之因；桂峤松岩，南山有不群之地。矧区区者，而重高明之阃阈哉？""南山异志于文史，餐花佩叶；入兰室而谈元，挹露攀霞。坐松局而啸逸，扬子云之澹泊，心窃慕之。嵇叔夜之逍遥，真其好也，未尝露才扬己。"⑥《梓州慧义寺碑铭（并序）》："濮右驰情，竞起松筸之节。"⑦ 卢照邻《驸马都尉乔君集序》："缝掖书生，时通驿骑。坐兰径，敞松扉，北牖动而清风来，南轩幽而白云起。"⑧ 当然，"兰径""松扉"又有隐逸之幽。与第四义

① 《文选》卷二十六引顾野王《舆地志》曰："自入湖三百三十里，穷于松门，东西四十里，青松遍于两岸。"（萧统编，李善注：《文选》，上海：上海古籍出版社，1986年，卷二十六，第1249页）
② 以上分别见董诰等编：《全唐文》，北京：中华书局，1983年，卷一九二，第1938页；卷一九五，第1978页。
③ 董诰等编：《全唐文》，北京：中华书局，1983年，卷一九八，第2007页。
④ 董诰等编：《全唐文》，北京：中华书局，1983年，卷一八一，第1838—1839页。
⑤ 董诰等编：《全唐文》，北京：中华书局，1983年，卷一八五，第1886页。
⑥ 以上分别见董诰等编：《全唐文》，北京：中华书局，1983年，卷一七九，第1821页；卷一七九，1824—1825页。
⑦ 董诰等编：《全唐文》，北京：中华书局，1983年，卷一八四，第1874页。
⑧ 董诰等编：《全唐文》，北京：中华书局，1983年，卷一六六，第1691页。

亦为相近。但显然作者不取用其他物象，而以松门、松扉、松架、松契、松筠等来表义，则其审美选择倾向是潜喻其中的。

关于松的贞洁或贞节的象喻并不独用于男士，亦可配用于女子。如曹植《洛神赋（并序）》："其形也，翩若惊鸿，婉若游龙。荣曜秋菊，华茂春松。仿佛兮若轻云之蔽月，飘飘兮若流风之回雪。远而望之，皎若太阳升朝霞；迫而察之，灼若芙蕖出渌波。"[①] 秋菊、春松显然是对洛神的美貌和清俊洁秀的描写。为什么要将女子的容颜比作春松呢？一是形容女子貌美若花。《诗经》有"桃之夭夭，灼灼其华"，而"灼灼桃花"显然是对女子姣好面容的描写，带有一定的特写性质。而此所谓"华"（花）是形容整个的气质和状态，那如何来写这种整体的观感呢？用桃花形容整体既不宜，而且用一般的花来描述，又暗寓着气质的易泄而非久，故唯有以春松比譬可谓最妙。春松既是新绿，颇有旺盛成长之气象，而且松叶之绿意似又永不凋谢，用来形容神女自是最妥。而且这种特有的整体气象和气质又非妖冶的桃花等可比，其自有一种节贞傲霜的气质。又如姚信《表请褒陆绩女郁生》一章似乎更易理解松与贞节的关系，其义见《全三国文》卷七十一"吴九"。此类以松喻贞洁的文字在《全三国文》《全汉文》《文选》中也是比较多的。

至于四杰，如骆宾王《上吏部裴侍郎书》："藜藿无甘旨之膳，松槚阙迁厝之资。抚躬存亡，何心天地？"[②] "藜藿"指粗劣的饭菜，《韩非子·五蠹》云："尧之王天下也，茅茨不剪，采椽不斫；粝粢之食，藜藿之羹；冬日麑裘，夏日葛衣；虽监门之服养，不亏于此矣。"[③] 唐王辅之《贫赋》云："每入樵苏之给，长甘藜藿之羹。"[④] 另外，"松槚"乃指松树和槚树，此二树常被栽植于墓前，往往亦作为墓地的代称。《北史·隋纪上·文帝纪论》云："坟土未干，子孙继踵为戮；松槚才列，天下已非隋有。"[⑤] 唐张说《赠吏部尚书萧公神道碑》："松槚虽幽，音徽不昧。"[⑥] 清吴伟业《永和宫词》："昭邱松槚北风哀，南内春深拥夜来。"[⑦] 显然，此"松槚"应是代指其父的墓地，其时其母尚在，

---

① 严可均校辑：《全三国文》卷十三，《全上古三代秦汉三国六朝文》，北京：中华书局，1958年，第1122页。

② 董诰等编：《全唐文》，北京：中华书局，1983年，卷一九七，第1997页。

③ 张觉等译注：《韩非子译注》，上海：上海古籍出版社，2007年，第676页。

④ 董诰等编：《全唐文》，北京：中华书局，1983年，卷七七〇，第8019页。

⑤ 李延寿：《北史》，北京：中华书局，1974年，卷十一，第431页。

⑥ 董诰等编：《全唐文》，北京：中华书局，1983年，卷二二九，第2316页。

⑦ 沈德潜选编，吴雪涛、陈旭霞点校：《清诗别裁集》，石家庄：河北人民出版社，1997年，卷一，第9页。

故称"老母在堂"。"藜藿""松槚"二句显然是形容家贫无资，食以藜藿，甚至连父客死他乡，亦不能迁葬故里，因此何来关于天地、"高谈王霸"呢？这显然是骆宾王对史部裴侍郎荐举的委婉谢绝。这在其文中表达得十分清楚，如其云："宾王一艺罕称，十年不调。进寡金、张之援，退无毛、薛之游。亦何尝献策干时，高谈王霸，露才扬已，历诋公卿？不汲汲于荣名，不戚戚于卑位，盖养亲之故也，岂谋身之道哉？"① 又如杨炯《后周青州刺史齐贞公宇文公神道碑》（其八）、王勃《益州绵竹县武都山净慧寺碑》《梓州妻郪县兜率寺浮图碑》《梓州慧义寺碑铭（并序）》《梓州飞乌县白鹤寺碑》《九成宫颂（并序）》② 等，尽管所写为松殿、松轩类居所环境，实为所居之人的写照，此为以境衬人，突出居者的清高自洁。其中松居又有自比高洁之意的象征。当然，何以将自比高洁和具有比德意义的物喻与墓茔坟冢相联系呢？这恐怕是与道家的生死齐一观以及其追求空寂的清修有莫大的关系。对于道家来说，死亦是生，亦是乐，亦是对清修无妄世界的皈依。因此人们于坟头植松，恐怕便有这种宗教的寄寓和念想，恐怕不唯常青（情）常思（丝）的象喻。

此类又如王勃《上明员外启》《山亭兴序》《送白七序》《上已浮江宴序》《夏日诸公见寻访诗序》《越州永兴李明府宅送萧三还齐州序》③，大量所谓"薜衣松杖""临远登高""琴樽之亲""烟霞之赏"的描写，这也正是一种隐者的闲逸放旷和清高自洁的写照。当然，这些文句不唯对隐逸生活的描写，其中又自有表现其高洁之意，而不独放任清俊。再比如《梓州慧义寺碑铭（并序）》云："濮右驰情，竞起松篁之节。"④ "松篁之节"既是一种超群独秀的气节，也是贞洁不渝的象征。松篁和松筠一样，乃指松与竹，将二者并举，即因松与竹并有坚贞之节。如前蜀韦庄《春愁》诗云："后庭人不到，斜月上松篁。"⑤ 将"斜月"与"松篁"连属给人一种静谧宁淡的意境，将这种闲适和寂愁隐隐地渗透出来，但这显然又似乎不是一般的仕女春愁，淡淡中又透出一种别有的高致，这种别生出来的隐约的意致，恐怕就是松篁给予人的不一样的清雅之感。也就是说作者通过主人公后庭的环境写照又反衬了其意趣和气质。四杰诗赋在创作实践中对松这类题材进行书写时，又往往是将多种原型意象加以融

① 董诰等编：《全唐文》，北京：中华书局，1983年，卷一九七，第1997页。
② 分别见《全唐文》卷一九三、卷一八三、卷一八四、卷一八四、卷一八四、卷一七八。
③ 分别见《全唐文》卷一八〇、卷一八〇、卷一八二、卷一八一、卷一八一、卷一八一。
④ 董诰等编：《全唐文》，北京：中华书局，1983年，卷一八四，第1874页。
⑤ 韦縠编：《才调集》卷三，《四库文学总集选刊》本，上海：上海古籍出版社，1993年，第48页。

契，往往将第一义与第二义联系紧密，这实际已经是对松原型意象的拓宽。

关于第三义青葱坟茔的代指，如曹植《寡妇赋》："高坟郁郁兮巍巍，松柏森兮成行。"① 实际上，中国人不仅在墓旁植松，在驰道左右也常植松，今在南方亦常如此。如左思《吴都赋》："朱阙双立，驰道如砥。树以青槐，亘以绿水。玄荫眈眈，清流亹亹。"② 李善注曰："《汉书》，贾山上书曰：'秦为驰道，树以青松。然古之表道，或松或槐也。'"③ 可见并不是只有在坟冢前才植松，除开前面所述的松居幽栖之地外，在一般的驰道左右也植松，一部分是野生的，一部分则可能是有意种植，这可能是因为松不落叶，且常年是绿色，故能常阴（荫），由此又寄植于坟冢，既寄思先辈，亦转喻能常荫庇后人。因此在许多诗赋中都渐将青松与坟茔互举，这最初可能只是对这种现象和习俗的真实描写，久而久之，便形成一种集体无意识理念，使青松在许多诗赋文辞中又成为坟茔的喻象代指。如潘岳《怀旧赋（并序）》云："坟垒垒而接垄，柏森森以攒植。"④ 这些是始于唐前的一些赋作中青松代指坟茔类原型意象。在四杰的赋中此类原型意象运用不是太多，但在诗，特别是碑铭中运用较多。如杨炯《唐上骑都尉高君神道碑》《从弟去盈墓志铭》《彭城公夫人尔朱氏墓志铭》《伯母东平郡夫人李氏墓志铭》《左武卫将军成安子崔献行状》⑤，骆宾王《与博昌父老书》《祭赵郎将文》，卢照邻《南阳公集序》。⑥ 这些作品中皆直接出现青松代坟茔类的原型意象，这是与直接书写的对象有关的，这类题材中较少涉及表达自己的高洁心志。

在四杰诗、赋、文中，关于第四义的松的幽远隐逸原型意象至为突出。松所承载的幽远隐逸的神化原型意象起自《列仙传》所记："赤松子者，神农时雨师也，服水玉以教神农。""王子乔者，周灵王太子晋也，道人浮丘公接以上嵩高山。"这些神话传说使松又具一种仙道气质和内蕴意义。关于松或松实与仙道的密切关系，亦见前述松与禅修的关系叙述。其缘于在汉唐以来的神话传说中松实与仙药之间的密切联系，以及神仙与采松炼食的渊源，于是后来文章

---

① 严可均校辑：《全三国文》卷十三，《全上古三代秦汉三国六朝文》，北京：中华书局，1958年，第1125页。

② 萧统编，李善注：《文选》，上海：上海古籍出版社，1986年，卷五，第217页。

③ 萧统编，李善注：《文选》，上海：上海古籍出版社，1986年，卷五，第217页。

④ 萧统编，李善注：《文选》，上海：上海古籍出版社，1986年，卷十六，第732页。

⑤ 以上分别见董诰等编：《全唐文》，北京：中华书局，1983年，卷一九四、卷一九五、卷一九六、卷一九六、卷一九六。

⑥ 以上分别见董诰等编：《全唐文》，北京：中华书局，1983年，卷一九七、卷一九九、卷一六六。

中多赤松或松乔联称，这些仙家可能本名并非如是，但因与松之间的密切关系，故被后人以"某松"或"松某"相称，从而逐渐演化为仙家逸者的代指。班固《西都赋》："庶松乔之群类，时游从乎斯庭。实列仙之攸馆，非吾人之所宁。"其注称"《列仙传》曰：'赤松子者，神农时雨师也，服水玉以教神农。'又曰：'王子乔者，周灵王太子晋也，道人浮丘公，接以上嵩高山。'"①《全三国文》曹植《上书请免发取诸国士息（太和五年）》曰：

> 臣才不见效用，常慨然执斯志焉。若陛下听臣，悉还部曲，罢官属，省监官，使解玺释绂，追柏成、子仲之业，营颜渊、原宪之事，居子臧之庐，宅延陵之室。如此，虽进无成功，退有可守，身死之日，犹松、乔也。然伏度国朝终未肯听臣之若是，固当羁绊于世绳，维系于禄位，怀屑屑之小忧，执无已之百念，安得荡然肆志，逍遥于宇宙之外哉？②

显然，松乔成为得道成仙的象征，也就寓示着高寿百龄，这也就成为禅修和追求空寂的玄学者所崇尚的，甚至他们那类野僻的居处也成为养生论者的清修圣境。后来嵇康《答向子期难养生论》《卜疑》、伏义《与阮嗣宗书》便也引用此神话，其义不言而喻。嵇康《卜疑》："将进趣世利，苟容偷合乎？宁隐居行义，推至诚乎？将崇饰矫诬，养虚名乎？宁斥逐凶佞，守正不倾，明臧否乎？将傲倪滑稽，挟智任术，为智囊乎？宁与王乔、赤松为侣乎？将进伊挚而友尚父乎？宁隐鳞藏彩，若渊中之龙乎？守舒翼扬声，若云间之鸿乎？宁外化其形，内隐其情，屈身随时，陆沈无名，虽在人间，实处冥冥乎？"③ 嵇康《答向子期难养生论》云："若比之于内视反听，爱气啬精，明白四达，而无执无为，遗世坐忘，以实性全真，吾所不能同也。今不言松柏，不殊于榆柳也，然则中年枯陨，树之于重崖则荣茂日新，此亦毓形之一观也。"又云："赤松以水玉乘烟。务光以蒲韭长耳，邛疏以石髓驻年。方回以云母变化，昌容以蓬蔂易颜。若此之类，不可详载也。"④ 伏义《与阮嗣宗书》："蜎迹灭光，则无四

---

① 萧统编，李善注：《文选》，上海：上海古籍出版社，1986年，卷一，第18页。

② 严可均校辑：《全三国文》卷十六，《全上古三代秦汉三国六朝文》，北京：中华书局，1958年，第1140页。按：又见《三国志·魏书·陈思王植传》注引《魏略》。

③ 严可均校辑：《全三国文》卷四十七，《全上古三代秦汉三国六朝文》，北京：中华书局，1958年，第1321页。

④ 严可均校辑：《全三国文》卷四十八，《全上古三代秦汉三国六朝文》，北京：中华书局，1958年，第1326页、第1327页。按：此引与夏明钊译注《嵇康集译注》本《答难养生论》篇文字略异。见夏明钊译注：《嵇康集译注》，哈尔滨：黑龙江人民出版社，1987年，第65-66页、第69页。

皓岳立之高；丰家富屋，则无陶朱货殖之利；延年益寿，则无松乔蝉蜕之变。"① 于是后来赤松子、王子乔仙化的地方甚至一些器物都被神化了。《全三国文》曹植《神龟赋（并序）》云："龟号千岁，时有遗余龟者，数日而死，肌肉消尽，唯甲存焉，余感而赋之曰：'黄氏没于空泽，松乔化于株木。蛇折鳞于平皋，龙蜕骨于深谷。亮物类之迁化，疑斯灵之解壳。'"② "松乔"之仙家与松牵上关系，大概正是源于仙者食松实之果的传说。扬雄《甘泉赋》"虽方征侨与偓佺兮，犹彷彿其若梦"句李善注亦引《列仙传》称："偓佺，槐里采药父也。食松实，形体生毛数寸，能飞行逮走马。"③ 张衡《西京赋》曰："华岳峨峨，冈峦参差。神木灵草，朱实离离。"其注称："华山为西岳。峨峨，高大貌。参差，低仰貌。神木，松柏灵寿之属。灵草，芝英朱赤也。离离，实垂之貌。"④ 自然，在这一系列原型意象的承继与衍化中，松就自然被神化了，从而成为神木。这种神木自然也就与隐逸超俊有了一种脱不了的干系。故江淹《从冠军建平王登庐山香炉峰》诗云："藉兰素多意，临风默含情。方学松柏隐，羞逐市井名。"《文选》注曰："方，犹将也。言将隐而弃荣利也。《楚辞》曰：'山中人兮芳杜若，饮石泉兮荫松柏。'"⑤ 由此，松柏渐渐从神话传说中的仙药，自然衍进为神木，从而也自然成为神仙或仙居的代称，使松柏、青松既有代表死，又有代表不死长生的双层意蕴，这使松柏具有了特殊的物喻意义。

四杰赋对于松幽远隐逸意象的承继与悖逆，不但与时代对道、释的倡导有关，更与他们各自的身世经历有关。正如王勃《涧底寒松赋》所谓"徒志远而心屈，遂才高而位下"的人生仕途历程，使他们不得不生"至若身处魏阙之下，心存江湖之上"⑥ "不如深泽之鸟焉，顺归潮而出没，迹已存于江汉，心非系于城阙"的慨然之思。显然，四杰辞赋对传统松意象中的高洁、神逸、邈远，甚至死生之齐同，都有超越和突破。对这一意象的处境赋予人与社会的影喻，又显然有其无奈与孤寂。因此笔者常以为儒、道实际皆为治世之术，所不

① 严可均校辑：《全三国文》卷五十三，《全上古三代秦汉三国六朝文》，北京：中华书局，1958年，第1351页。

② 严可均校辑：《全三国文》卷十四，《全上古三代秦汉三国六朝文》，北京：中华书局，1958年，第1130页。

③ 萧统编，李善注：《文选》，上海：上海古籍出版社，1986年，卷七，第328页。

④ 萧统编，李善注：《文选》，上海：上海古籍出版社，1986年，卷二，第75—76页。

⑤ 萧统编，李善注：《文选》，上海：上海古籍出版社，1986年，卷二十二，第1058页。

⑥ 董诰等编：《全唐文》，北京：中华书局，1983年，卷一八二，第1855页下；卷一七七，第1805页下。

同者乃在于二者的处身行事和心态，儒者达故以积极之态入世，而道者穷则必以无可奈何之心出世，其出世实亦为入世的另一种方式。如汉初的道家虽称"无为而治"，实以"阴阳灾异"之思想影响政治颇深。因此二家又有相通之精神，故儒者亦倡穷而独善，实学庄老，隐而静待其时。且二者所尊之经皆齐于《易》，《易》理主变，皆在精神之通脱变达。因此那些在传统中不断反复申说松柏隐逸之志、宁淡之趣的，恐怕只是对这种物喻精神的单一的观照，至少并没有申明圣哲达人对物喻比德思想的真义。

有学者认为四杰或有归隐之志，与其说他们在归隐与入世之间不断徘徊，不如说他们在二者之间求其"变"而取其"达"，这也是儒、道的经纶致用之术。杨炯在《王勃集序》中论王勃归隐之思时说："长卿坐废于时，君山不合于朝，岂无媒也，其唯命乎！富贵比于浮云，光阴逾于尺璧，著撰之志，自此居多。"[1] 说明了其仕途和人世经历与他的隐逸情怀之间的纠结关系，正可谓一语中的。骆祥发先生说："杨炯不愧为王勃的挚友，对王勃思想的捕捉，真是一丝不差！"[2] 其实，此话也无不显示了杨炯晚年的思想倾向。他曾努力在仕途中跋涉，志存千仞，雄心万丈，以文辞和才智希求在宦海中一任风帆，但最终却淹没于无闻的浅涛，任一盈川令而已。所以杨炯在《李舍人山亭诗序》一文中说："大隐朝市，本无车马之喧；不出户庭，坐得云霄之致。于是乎百年无几，万事徒劳，唯谈笑可以遣平生，唯文词可以陈心赏。既因良会，咸请赋诗，虽向之所欢，已为陈迹；俾千载之下，感于斯文。"[3] 这种恬淡的心境和落寞的情绪，无不露之于笔端，渗之于纸背。然而正是这种志不申于时，才成就了其文章之"达"，与曹丕经国盛事之论岂有谋乎？

（二）四杰诗赋对其他意象原型的再塑造

在四杰的诗、赋、文中，咏写松柏之志，确实是其文章题材及物象选择的一大主要特点。如王勃《上许左丞启》云："望芝兰之渐远，觉鄙吝之都生。所以暂下松邱，言游洛邑。永怀前眷，逡巡元礼之门；延首下风，匍匐文章之府。"[4] 此"松邱"意为高洁之所，隐逸之地。但作者对这种隐栖的方式并不是羡慕和企归的，而是称"暂下"，这与前文所说四杰对儒、道精神的内涵和实质是相通的。又如王勃《夏日宴张二林亭序》《越州秋日宴山亭序》《宇文德

---

① 董诰等编：《全唐文》，北京：中华书局，1983 年，卷一九一，第 1931 页。
② 骆祥发：《初唐四杰研究》，北京：东方出版社，1993 年，第 106 页。
③ 董诰等编：《全唐文》，北京：中华书局，1983 年，卷一九一，第 1926－1927 页。
④ 董诰等编：《全唐文》，北京：中华书局，1983 年，卷一八〇，第 1831 页。

阳宅秋夜山亭宴序》《晚秋游武担山寺序》等，其中不乏对山亭、松扉的描写，这些山亭、松扉都是隐逸之士所向往的静谧之所。"黛柏苍松""竹径松扉"不唯是对环境的白描，也确实表现了一种隐逸清俊。但这种隐逸清俊不是作者的主观所企，只是以此来映衬自己的不屈流俗。从其意象的原型意义的勘进来看，这些自然都是对神化原型意象的幽远隐逸意境的进一步衍用和升华。这种仙契隐逸环境的描写，也正是王勃《梓潼南江泛舟序》所云"纵观于丘壑，渺然有山林陂泽之思，遂长怀悠想"的侧观反照。往往是遭遇不平而生发的无奈的林泉之思。四杰作为一代才杰，文采斐然，才情纵奇，思想不羁，因而他们对隐逸和仙居生活的写照实际上是反映他们对精神自由的渴望，而非在于身栖林泉。四杰文赋中，如其描写"披云雾傲松乔"①，其实就暗寓着对这一理想的诉求。因此他们对松乔所代表的神化原型意义又是有所勘破和叛逆的，也就是松乔可能只是代表一种肉体的久生，然却于精神或未可知。如果能披云雾、畅神思、纵奇情，又何逊于松乔呢？当然，这些隐匿的情思在四杰的诗赋中是可以慢慢寻绎出来的，如杨炯《登秘书省阁诗序》《群官寻杨隐居诗序》《宴族人杨八宅序》等篇。

对于四杰诗赋而言，松与竹、崖、涧、溪等联属生成的意象大多是隐蓄的"琴尊野尚，松竹山情"②式的绝俗遥想，如杨炯《原州百泉县令李君神道碑》、骆宾王《上廉使启》《答员半千书》。而且在四杰的文句中有时四义又往往是不能截然分开的，会出现几种原型意象的叠用或联用，在意象的层积中不断勘进，既有高洁出群之志，又有隐逸逍遥之想。比如"松篁之节"③，既含有孑世独立之行、高风不群之节，又有隐贞逸世之操。而且这种意境的塑造，又是靠大量的同类的物喻和意象的选择来共同建构的。如王勃《送白七序》："幽桂一丛，赏古人之明月；长松百尺，对君子之清风。既而花鸟争飞，烟霞竞集。"④幽桂、长松、烟霞等一系列的物象叠积，就使这种超群出众之志、高洁清朗之怀更加明白显豁。这种写景与抒情结合，正是赋体中的体物与言志相融，纯写景中亦不乏渗透出一种清旷远逸的奇想，或者隐示作者超妙绝俗的追求和向往。

虽然松有着独立的意象和物喻意义，但在四杰诗赋中大多却是与其他物象结合起来，从而产生一种浓郁的艺术效果。这种象喻意义结合，不仅是同一物

---

① 董诰等编：《全唐文》，北京：中华书局，1983年，卷一九一，第1929页。
② 董诰等编：《全唐文》，北京：中华书局，1983年，卷一九四，第1967页。
③ 董诰等编：《全唐文》，北京：中华书局，1983年，卷一八四，第1874页。
④ 董诰等编：《全唐文》，北京：中华书局，1983年，卷一八二，第1849页。

象的原型意象的叠用，也包括对同类物象的铺排夸俪。原型意象的叠用，在四杰的赋中表现得尤为突出。如王勃《九成宫东台山池赋（并序）》："尔其危岑漏影，曲渚留寒。高松偃鹤，清筱吟鸾。被兰邱而结佩，照莲服而披冠。"①从艺术手法来看，这是赋体常用的铺排描写，虽有体物的成分，但与司马相如等所作汉大赋那种穷形尽相的体物描写方式又是不一样的。它是借大量意象趋近的物象的铺排来展示，来起兴，从而造成一种艺术熏染的所谓环境衬托的效果。而且这种写照，从"危岑""曲渚""高松""清筱""兰邱""莲服"等，似为静境，但"偃鹤""吟鸾"又是动景，给人动静相生的感觉，而且也将作者的意会神驰含寓其中，如"漏影""留寒""结佩""披冠"，这些既是作者细心的心理感受，也是拟人化的比兴，而且也给人一种作者目之所及，万物奔骤而来的感觉，从而形成一种对环境刻写的整体艺术效果。又如《七夕赋》："于时玉绳湛色，金汉余光。烟凄碧树，露湿银塘。视莲潭之变彩，睨松院之生凉。引惊蝉于宝瑟，宿懒燕于瑶筐。绿台兮千仞，艳楼兮百常。"②《游庙山赋（并序）》："盖怀霄汉之举，而忘城阙之恋矣。思欲攀洪崖于烟道，邀羡门于天路，仙师不存，壮志徒尔。俄而泉石移景，秋阴方积，松柏群吟，背声四起。背乡关者，无复向时之荣焉。呜乎！有其志，无其时，则知林泉有穷路之嗟，烟霞多后时之叹，不其悲乎？"又如："陟彼山阿，积石峨峨。亭皋千里，伤如之何？启松崖之密荫，攀桂岊之崇柯，隔浮埃于地络，披颢气于天罗。"③ 王勃《青苔赋（并序）》："若夫桂洲含润，松崖秘液。绕江曲之寒沙，抱岩幽之古石，泛回塘而积翠，萦修树而凝碧，契山客之奇情，谐野人之妙适。"④ 杨炯《青苔赋》："斑驳兮长廊，黂缘兮古树，肃兮若远山之松柏，泛兮若平郊之烟雾。"⑤ 这些赋句中关于松的意象，初看确实具有写实的味道，但若与前后的其他物象与物喻联系起来，则其比譬之义又油然而生。

这种虚实相生的艺术效果，在一定程度上就是借助了这些物象的叠用，从而产生奇特的联想和意象的延伸。这使赋中的物喻似乎都有隐逸的意境，而往往又不独于此，更有一种含蓄朦胧的"言外之意""象外之象""弦外之音"和"味外之旨"。比兴是中国诗赋传统的艺术表现手法，"比"的运用，既有同类而比，也有相关而比，这在《诗经》的比兴中尤多。在四杰赋的物象和题材选

---

① 董诰等编：《全唐文》，北京：中华书局，1983年，卷一七七，第1798页。
② 董诰等编：《全唐文》，北京：中华书局，1983年，卷一七七，第1801页。
③ 董诰等编：《全唐文》，北京：中华书局，1983年，卷一七七，第1802页。
④ 董诰等编：《全唐文》，北京：中华书局，1983年，卷一七七，第1806页。
⑤ 董诰等编：《全唐文》，北京：中华书局，1983年，卷一九〇，第1921页。

择中，大多数是与其抒志和书写愤郁之心情相关的。如王勃对松的描写，就是取"松"与"己"的相关，这种相关就是处境相类。因此在王勃诗赋中除开孤崖高松，还有一种独特的形象就是"涧底寒松"。今录王勃《涧底寒松赋（并序）》全文如下：

> 岁八月壬子，旅游于蜀。寻茅溪之涧，深溪绝磴，人迹罕到，爰有松焉。冒霜停雪，苍然百丈，虽崇柯①峻颖，不能踰其岸。呜呼斯松！托非其所②，出群之器，何以别乎？盖物有类而合情，士因感而成兴③。遂作赋曰：

> 惟松之植，于涧之幽，盘柯跨岭，杳柢凭流。寓天地兮何日？霑雨露兮几秋？见时革之屡变，知态俗之多浮。故其磊落殊状，森梢峻节，紫叶吟风，苍条振雪。嗟英鉴之希遇，保贞容之未缺。攀翠崿而形疲，指丹霄而望绝。已矣哉！盖用轻则资众，器宏则施寡，信栋梁之已成，非樜梗之相假，徒志远而心屈，遂才高而位下。斯在物而有焉，余何为而悲者？④

这篇赋大概作于作者游蜀期间。纵观王勃入蜀前的《寒梧栖凤赋》和游蜀期间的《江曲孤凫赋》《涧底寒松赋》和虢州任上的《驯鸢赋》⑤。他的思想发展脉络便似乎一目了然。作者在《寒梧栖凤赋》中借凤自喻："苟安安而能迁，我则思其不暇，故当披拂寒梧，翻然一发，自此西序，言投北阙。若用之衔诏，冀宣命于轩阶；若使之游池，庶承恩于岁月。可谓择木而俟处，卜居而后歇，岂徒比迹于四灵，常栖栖而没没。"⑥ 此赋虽以"寒梧"命题，但却以"栖凤"自居，寒梧既有对自己所居不俗的自谦之誉美，亦有对自己目前才高位下的现实处境的暗寓，但其对环境的改变是抱有信心和期望的，故谓："凤兮凤兮，来何所图？出应明主，言栖高梧。"⑦ 而且又称"择木而俟处"，其中不仅洋溢着"孔夫子何须频删其诗书，焉知来者不如今；郑康成何须浪注其经史，岂觉今之不如古"⑧ 那种时代激发的强烈自信，更有儒者的理性和高洁情

① 尹赛夫编《中国历代赋选》为"高柯"（山西人民出版社，1989年，第445页）。

② 尹赛夫编《中国历代赋选》标点为"呜呼，斯松托非其所"。

③ 尹赛夫编《中国历代赋选》此句分别作"殊类""士有因感"。

④ 董诰等编：《全唐文》，北京：中华书局，1983年，卷一七七，第1806页。

⑤ 骆祥发先生《初唐四杰研究》认为此赋"大约写于虢州任上"（《初唐四杰研究》，第324页）。

⑥ 董诰等编：《全唐文》，北京：中华书局，1983年，卷一七七，第1801页。

⑦ 董诰等编：《全唐文》，北京：中华书局，1983年，卷一七七，第1801页。

⑧ 董诰等编：《全唐文》，北京：中华书局，1983年，卷一八一，第1838页。

怀。此赋所表现的仕进之心是分外明显的。的确正如骆祥发先生说此赋："既有表明心志高洁、才用超群的意思，亦有借此招引当道注目的用心。"① 《江曲孤凫赋》则与《寒梧栖凤赋》不同，所赋的对象从珍木梧桐上的凤凰转而变成了江曲幽溪的孤凫。从"风兮风兮，来何所图。出应明主，言栖高梧。梧则峄阳之珍木，凤则丹穴之灵雏。理符有契，谁言则孤"，"择木而俟处，卜居而后歇"② 到"不如深泽之鸟焉，顺归潮而出没，迹已存于江汉，心非系于城阙"，"耻园鸡之恋促，悲塞鸿之赴永。知动息而多方，屡沿洄而自省。故其独泛单宿，全真远致，反复幽溪，淹留胜地，伤云雁之婴缴，惧泉鱼之受饵，甘辞稻粱之惠焉，而全饮啄之志也"③，细细味来，其中充满了无奈失望和自嘲自解。尽管二赋中同样用到了"孤"这一字眼，甚至一些孤的意象，所表现的同样是孤芳自赏和傲岸不群，但二赋所表现的情绪却是全然不一样的。在《江曲孤凫赋》中，王勃由于时运和心境的变化影响，对"灵凤翔兮千仞，大鹏飞兮六月，虽凭力而易举，终候时而难发"的无奈转而投向"不如深泽之鸟焉，顺归潮而出没"④ 的感叹。王勃和其他三人对鹏这一形象的咏唱也是比较多的。这又是与心志高远的才学之士对时代的壮思分不开的，这也自然促成了其诗赋文的另一个比较壮大奇美的艺术特点。

对鹏的描写，王勃《梓州郪县兜率寺浮图碑》谓："元甍湛霭，若鹏飞之戾九天；丹楹联骞，如凤翔之据九仞。"王勃《常州刺史平原郡开国公行状》："凤鸣千仞，鹏搏万里。情关峻远，得意于众妙之门；性宇沈凝，忘筌于毁誉之境。"但在对鹏这一类壮大物象的选择中，四杰由于多处卑位，虽有"赫若朱螭，负汉而辉横海之鳞；默若苍鹏，架壑而振垂天之翮""龙跃浩荡，鹏飞寥廓"⑤ 这样的情思，但在唐初科举"行卷""温卷"之风盛行，以及尚有汉制以来的荐举、门阀等制度影响，因此他们看到的往往更是鹏需假六月之息，故对鹏的待时而举、候机应发的描写则较多。如《上刘右相书》："阳侯息浪，长鲸卧横海之鳞；风伯停机，大鹏铩垂天之翼。"《上绛州上官司马书》："天衢可望，指鹏程而三休；巨壑难游，伏龙门而一息。"《为人与蜀城父老书》："则知洪涛未接，长鲸多陆死之忧；层风未翔，大鹏有云倾之势。"《上皇甫常伯

① 骆祥发：《初唐四杰研究》，北京：东方出版社，1993 年，322 页。

② 董诰等编：《全唐文》，北京：中华书局，1983 年，卷一七七，第 1801 页。

③ 董诰等编：《全唐文》，北京：中华书局，1983 年，卷一七七，第 1805—1806 页。

④ 董诰等编：《全唐文》，北京：中华书局，1983 年，卷一七七，第 1805 页。

⑤ 董诰等编：《全唐文》，北京：中华书局，1983 年，卷一七八，第 1811 页；卷一八三，第 1862 页。

启》："君侯饰扬刍议，提奖芜词，白圭成再见之荣，黄金定一言之重。鹏飚既接，仰云迳而将趋；龙阪可登，指星台而有望。"《益州绵竹县武都山净慧寺碑》："烛龙韬景，避尧日于幽都；云鹏敛翼，候虞风于晏海。"《益州德阳县善寂寺碑》："尔其虹旗万里，御六气而鹏飞；霜戟千群，拥三州而鹗视。"《梓州飞乌县白鹤寺碑》："或鹏垂待运，终变道于中台；或蠖屈求伸，且毗风于下邑。"《再上武侍极启》："况乎九天鹏术，一代龙门，荣枯舛致，山川在目，而可以追腾白日，忘言于咫尺之书。"

王勃对孤凫的倾心注目，正是由于时运的不遂，他看到了鹏"终候时而难发"的命运，更加之他被逐出沛王府这一经历，使他从一个儒者的"达则兼济天下，穷则独善其身"立场出发，于是期望如"去就无失，浮沈自然"之孤凫"独泛单宿，全真远致，反复幽溪，淹留胜地"。尽管言语中所表现的是从不愿"常栖栖而没没"到"甘辞稻粱之惠"的心志，然实则为对时运无可奈何的悲歌。鹏需"有待"却"终候时而难发"，而深泽之孤鸟，却亦需"顺归潮而出没"。所表现的是对退隐无可奈何的心理寄托。所以《寒梧栖凤赋》和《江曲孤凫赋》二赋所表现的主旨含义也便大异其趣。

在杨炯的赋和文中也有对鹏的描写，如《浑天赋》："鹏何壮兮？搏扶摇而翔九万，运海水而击三千。"《大唐益州大都督府新都县学先圣庙堂碑文（并序）》："驰欃枪而扫秽，上廓鹏云；决河海以澄奸，下清鼍极。"《唐右将军魏哲神道碑》："大鹏垂翰，驭风伯而指南溟；天马腾姿，偶云师而集东道。"《彭城公夫人尔朱氏墓志铭》："四时衔火，烛龙开照地之光；六月抟风，大鹏运垂天之翼。"《中书令汾阴公薛振行状》："合其道也，大壑纵其鲲鹏；遇其时也，名山出其云雨。"

又骆宾王《答员半千书》："夫鲲之为鱼也。潜碧海，泳沧流，沈鳃于勃海之中，掉尾乎风涛之下，而濠鱼井鲋，自以为可得而齐焉。鹏之为鸟也，刷毛羽，恣饮啄，戢翼于天地之间，宛颈乎江海之畔，而双凫乘雁，自以为可得而袭焉。及其化羽垂天，抟风九万，振鳞横海，击水三千，宁肯借翰于抢榆，假力于在藻，资江滨涓流之水，待堀堁扬尘之风哉？"[①] 骆宾王《上李少常启》："将恐在藻纤鳞，终寡登龙之望；栖榆弱羽，徒仰抟鹏之高。"《上兖州崔长史启》："且煦辙波鳞，侧羡鳌潭之跃；触笼云翼，局望鹏程之迅。"《上梁明府启》："攀骥逸而无由，仰鹏飞而自失。"

由此来看，他们对鹏既寄寓"抟风九万"的豪情，但对其又时时遗露出

① 董诰等编：《全唐文》，北京：中华书局，1983年，卷一九七，第1999页。

"待息"之限的忧戚。这种近于一致的感悟和情思，是与他们几近相似的际遇相关的。在卢照邻赋中有一篇《穷鱼赋》，实际便是借穷鱼与鲲鹏的对比来写的，既写穷鱼之困厄，又写大鹏之义举。这在一定程度上突破了鹏的单一的高远绝俗的形象。兹录其赋如下：

> 余曾有横事被拘，为群小所使，将致之深议，友人救护得免。窃感赵壹穷鸟之事，遂作《穷鱼赋》。常思报德，故冠之篇首云：
> 有一巨鳞，东海波臣。洗净月浦，涵丹锦津。映红莲而得性，戏碧浪以全身。宕而失水，届于阳濒。渔者观焉，乃具竿索，集朋党，凫趋雀跃，风驰电往，竞下任公之钓，争陈豫且之网，蝼蚁见而甘心，獝獭闻而抵掌。于是长舌利嘴，曳纶垂钩，拖髻挫鬐，抚背扼喉，动摇不可，腾跃无由，有怀纤润，宁望洪流？
> 大鹏过而哀之曰："昔予为鲲也，与是游乎！自予羽化，之子其孤。"俄抚翼而下，负之而趋。南浮七泽，东泛五湖。是鱼也已相忘于江海，而渔者犹怅望于泥涂。[1]

无论是对寒松，还是对孤凫、鲲鹏等物象的塑造和描写，其中都充盈着四杰对自身遭遇不时的隐喻，而且这些意象和指喻意义的建构又往往是靠无数的物象叠用，从而产生一种艺术的共趋。这些意象尽管大多选择的是一些寒微甚至低贱的物象，但在他们的赋中却被赋予一种新的生命和意义，从而使它们和它们所隐喻的对象都具有一种不卑的意义。《涧底寒松赋》尽管是借寒松自况，有孤高清俊的气象，但却如骆祥发先生所说并无"孤高自赏、傲岸挺拔的心态"[2]。不过，"涧底寒松流露出的是才不我用的愤慨"[3]却是事实，它与《江曲孤凫赋》，"一个'避世'，一个'愤世'；一个放旷江潭，自得其乐；一个怀才不遇，愤郁难平"[4]。此种心态的变化乃是王勃在蜀中悠游期间思想逐渐发展和通达的必然。王勃对松的隐逸意象的描写完全超出了自然的归隐之思，特别是在《涧底寒松赋》中无不流露出一种无可奈何的痛苦和愤懑。"斯在物而有焉，余何为而悲者？"令人何等怆然而涕下。而且他对松的意象的描写，远远超出了前人只言片语式的雕摹。他以一种更深透的笔力，更细致的描摹，更

---

① 董诰等编：《全唐文》，北京：中华书局，1983 年，卷一六六，第 1688 页。
② 骆祥发：《初唐四杰研究》，北京：东方出版社，1993 年，323 页。
③ 骆祥发：《初唐四杰研究》，北京：东方出版社，1993 年，323 页。
④ 骆祥发：《初唐四杰研究》，北京：东方出版社，1993 年，323 页。

丰富的意象组合，更切实的身世之感的渗透，将松与自我的形象都载于文学史册。那种"盖用轻则资众，器宏则施寡，信栋梁之已成，非樲槔之相假"和"托非其所"的慨叹与牢骚，又是魏晋以来的赋家在他们所处的政治环境下所少有的现实批判之作。其《春思赋序》所云"高谈胸怀，颇泄愤懑""未尝下情于公侯，屈色于流俗"之举，也是对汉魏以来那些隐逸者只能屈身于山林或藏志于流水的缄默的最大胆的冲突。《中国历代赋选》说："这篇（《涧底寒松赋》）赋短小精悍，运用比兴手法，以生于涧底的寒松空有栋梁之材，却'托非其所'，'器宏而施寡'，舒泄了封建时代知识分子志远心屈，'才高而位卑'的牢骚与不满，并借'樲槔'之木居于高位，'用轻而资众'，对松树采取不予宽容的排挤态度，表达了作者对封建贵族官僚的愤懑。"①

在四杰赋中有大量同类型题材原型意义的结合和延伸，这与四杰复杂的经历和心境有关，也与一个天才的作家所具有的多样丰富的情感体验是相通的。此类题材抒写和原型融创无疑是对主题或题材原型意义的进一步深发和挖掘，为后来者做出了楷范和有益的探索。四杰赋对隐逸情怀的纠结与排解又不独于松的原型意象的衍化与悖变，同样也体现在赋作中对竹、菊、梅、鹏等原型意象的关照。

（三）四杰辞赋的同名题材创作

我们再来看四杰赋中有关驯鸢、青苔及幽兰等题材的描写。卢照邻、王勃都有《驯鸢赋》，王勃、杨炯都有《青苔赋》，杨炯有《幽兰赋》，他们同时也有许多同题赋作。我们可以通过大略的比较，结合其创作背景来看一下他们对同类题材的书写的差异及其特征。

卢照邻《驯鸢赋》：

孕天然之灵质，禀大块之奇工。嘴距足以自卫，毛羽足以凌风。怀九围之远志，托万里之长空。阴云低而含紫，阳星升而带红，经过巫峡之下，惆怅彭门之东，既而摧颓短翮，寥落长想，忌蒙庄之见欺，哀武溪之莫往。进谢扶摇之力，退惭归昌之响。腐食多惧，层巢无像。屈猛性以自驯，抱愁容而就养。于是傍眺德门，言栖仁路。不践高粱之屋，翔止吾人之树。听鸣鸡于月晓，侣群鹊于星暮。狎兰砌之高低，玩荆扉之新故。循广庭之一息，历长檐而径度。若乃风去雨还，河移月落，徘徊乱于双燕，

---

① 尹赛夫、吴坤定：《中国历代赋选》，太原：山西人民出版社，1989年，第446页。

鸣舞均乎独鹤。乍啸聚于霞庄，时追飞于云阁。荷大德之纯粹，将轻姿之陋薄。思一报之无阶，欣百龄之有托。①

王勃《驯鸢赋》：

> 海上兮云中，青城兮绛宫。金山之断鹤，玉色之惊鸿。谓江湖之涨不足憩，谓宇宙之路不足穷。终衔石矢，坐触金笼。声酸夕露，影怨秋风。已矣哉！何气高而望阔，卒神悴而智痒？徒骛迹于仙游，竟缠机于俗网。未若兹禽，犹融泛想。惭丹邱之丽质，谢青田之逸响，与道浮沈，因时俯仰。去非内惧，驯非外奖。夫劲翮挥风，雄姿触雾，力制烟道，神周天步。郁霄汉之宏图，受园亭之近顾。质虽滞于城阙，策已成于云路。陈平负郭之居，韩信昌图之寓，似达人之用晦，混尘濛而自托。类君子之含道，处蓬蒿而不作。悲授饵之徒悬，痛闻弦之自落。故尔放怀于诞畅，此寄心于寥廓。②

李云逸《卢照邻集校注》于卢氏《驯鸢赋》注中认为："王勃尝为沛王府修撰，以戏为檄英王鸡文被斥出府，失职不平，遂于总章二年五月赴蜀旅游，翌年九月九日，在梓州偕卢照邻、邵大震同登玄武山赋诗（见本书附录《卢照邻年表》）。今观卢、王同题之赋，多用蜀中地名，如青城、彭门、巫峡等，又并有遭遇挫辱之语，殆即咸亨元年二人相遇蜀中之作乎？"③ 这是对此赋的大致作年的推测。从骆祥发《初唐四杰年谱》以及张志烈《初唐四杰年谱》来看④，王勃于总章二年（669）游蜀，大概于咸亨二年（671）返京，与卢照邻相会亦在此间，卢照邻亦于咸亨二年夏秋间离蜀。但是二人皆没有注明《驯鸢赋》的具体作年。从同题赋的一般情况来看，往往都是应景即时抒兴之作，很少事后有同题更赋的。因此《驯鸢赋》极可能为卢照邻与王勃在蜀中相遇时所作，而且从其内容来看，应是同游成都近郊或彭州至青城一带时所作。当然，

---

① 董诰等编：《全唐文》，北京：中华书局，1983年，卷一六六，第1687—1688页。
② 董诰等编：《全唐文》，北京：中华书局，1983年，卷一七七，第1803页。
③ 卢照邻著，李云逸校注：《卢照邻集校注》，北京：中华书局，1998年，第7页。
④ 骆祥发先生认为高宗总章二年己巳（669），骆宾王五十一岁，卢照邻约四十岁，王勃二十岁，杨炯二岁。且于此年五月，卢照邻由长安返回蜀中。王勃入蜀第一站为梓州，即于此年首游梓州。见骆祥发：《初唐四杰研究》，北京：东方出版社，1993年，第402—404页。但张志烈认为总章二年卢照邻约三十六岁，骆宾王约三十五岁，王勃二十岁，杨炯二十岁（张志烈：《初唐四杰年谱》，成都：巴蜀书社，1993年，第115—126页）。也就是说他们对卢、骆的年龄推定差距颇大。

此两篇赋非纯为写景，因此景物对照很难详悉。两赋所作亦可能是见有笼蓄之驯鸢，又比之于己之窜伏，故生此志而作亦有可能。但考虑鸢为鸷鸟，李云逸云"俗称鹞鹰"①，应是老鹰的一种，川西一带颇多鸷鸟，或于游此间所作。

按张志烈考证，总章二年春，王勃被贬出沛王府，五月赴蜀，过始平、扶风、长柳、普安，七月抵达绵州，八月居梓州，作《江曲孤凫赋》《涧底寒松赋》《青苔赋》，九月至玄武，与卢照邻遇。重九日与卢照邻、邵大震同游玄武山并赋诗。冬复至梓州。② 当时郪县为梓州州治所在，即今四川三台县。③ 卢照邻于暮春返蜀，经剑门，五月抵成都，九月至玄武访王勃。玄武县，按张志烈考证："《旧唐书·地理志》四剑南道梓州玄武县云：'玄武，汉底道县，属蜀郡，晋改为玄武。武德元年属益州，三年割属梓州也。'即今四川省中江县。"④ 那么也就是说，此年王勃尚未抵成都，而咸亨二年卢照邻于"夏秋离蜀，北归京洛"⑤，王勃于同年秋抵长安。则《驯鸢赋》只可能作于咸亨元年或二年春。⑥ 而且从卢照邻此赋末"思一报之无阶，欣百龄之有托"，当是有所寓指的。则此赋当与《穷鱼赋》先后而作。

骆祥发考证卢照邻五月由长安返回蜀中，其返蜀时间推定大致与张志烈相同。骆祥发引卢照邻《还赴蜀中贻示京邑游好》诗为证，认为"盖上年秋冬经友人救护出狱后，友人假使事名义带其到吴、楚一带奔波一阵之后，经长安回蜀。此诗写于离京时，诗云：'篡宿花初满，章台柳向飞。……敛衽辞丹阙，悬旗陟翠微。野禽喧戍鼓，春草变征衣。'……同集卷六《对蜀父老问》云：'龙集荒落，律己蕤宾，余自丰镐，归于五津，从王事也。'……盖照邻于新都尉任上招横事下狱，由于为人所嫉，处境孤危，欲置之于死地者大有人在，故友人救其出狱后，即让其假事外出暂避。待再回蜀中，即被褫去宦职，故只得'婆娑于蜀中，放旷诗酒'。《穷鱼赋》最后云：'是鱼也，已相忘于江海，而渔者犹怅望于泥涂。'说明照邻本人已无意再返回任上，而构陷者却仍伫立以待，不肯罢休，可作为去职之证。"⑦ 由此进一步推测，卢照邻《穷鱼赋》应作于

---

① 卢照邻著，李云逸校注：《卢照邻集校注》，北京：中华书局，1998年，第7页注释一。

② 张志烈：《初唐四杰年谱》，成都：巴蜀书社，1993年，第119页。

③ 张志烈：《初唐四杰年谱》，成都：巴蜀书社，1993年，第125页。

④ 张志烈：《初唐四杰年谱》，成都：巴蜀书社，1993年，第119页。

⑤ 张志烈：《初唐四杰年谱》，成都：巴蜀书社，1993年，第138页。

⑥ 张志烈先生《初唐四杰年谱》将卢照邻《病梨树赋》《驯鸢赋》《同崔少监作双槿树赋》等同归于咸亨四年所作。其称"《驯鸢赋》以病鸢自比"，但从其赋文来看，似非有病态之征。今不从张先生之说。见张志烈：《初唐四杰年谱》，成都：巴蜀书社，1993年，第161页。

⑦ 骆祥发：《初唐四杰研究》，北京：东方出版社，1993年，第402-403页。

其辞去新都尉之职后，或已有辞职之念。卢照邻于咸亨元年冬作有《赠益府群官》诗，其已"流露秩满北归的意向"①。大概此年秩满，第二年咸亨二年即"婆娑于蜀中"并旋即北归。则其与王勃则可能在咸亨二年春于其所谓辞职婆娑蜀中时又在成都同游，并作此赋。

从王勃赋来看，所谓"海上兮云中，青城兮绛宫。金山之断鹤，玉色之惊鸿"句，清蒋清翊注对其中关键的信息如"海上""金山""玉色"等皆无注释，其所注略显浮泛无依。如果结合其所创作的背景来看，首先，则此"海上"应指青城山周围的湖泊，一是北方皆有称湖为海的习惯，二是此不过为文学的兴喻夸张，三是下句突接青城，与卢赋"彭门之东"相对应。也就是说他们感兴诵赋的地点是一个共处的时空，唯有此地在两赋中都同时有表现。其次，"金山"也应是指成都以西一带的群山，如杜甫"窗含西岭千秋雪，门泊东吴万里船"，或者可能泛指湔江源头的玉垒山，其位置大致与赋所写的方位空间相近。那么何以称"金山""玉色"呢？如果按蒋清翊注引《史记·封禅书》谓："蓬莱、方丈、瀛洲，此三神山者，其传在渤海中，其物禽兽尽白，而黄金银海为宫阙。"② 其言下意，此金山应指渤海三神山，但与前述的青城地理空间又相去甚远，从其赋的上下文逻辑来看，似不应为其一东一西的瞬息跨纵之思，而且如果将其所谓禽兽尽白以喻玉色，或以银宫喻玉色，以黄金宫以喻"金山"，则从整体效果上都不足以形成如此象喻，而且鹢鹰亦少见之于海之中。此"金山"显然应是指日光照耀之下所呈现的西岭群山，"玉色"则指被雪所覆映之下的观感。无论是从鹢鹰的高空视角还是作者的遥视，都会有这种效果，因此这种比譬是极其形象生动的。而且正是因有雪，才能在日光照耀下金辉耀眼，这也于其作赋的时间在春天暗合。

其后王勃是如何来描写"鸢鸟"的呢？前四句显然是起兴，以寓鸢鸟本可以自由翱翔于宇天，但却"谓江湖之涨不足憩，谓宇宙之路不足穷"，贪恋于腐食，故而"终衔石矢，坐触金笼。声酸夕露，影怨秋风"。显然，作者对鸢鸟形象的塑造是有着某种寓意的，似乎将人、鸟的情形与境况交织书写。一会儿似写鸟，一会儿似写人。而且从后文对鸢鸟的"去非内惧，驯非外奖""似达人之用晦，混尘濛而自托"的描写来看，则显然此赋对驯鸢又是执允中之论的，并不是对驯鸢有某种讽刺，反而更像是劝喻要像驯鸢一样处世，要"与道

---

① 张志烈：《初唐四杰年谱》，成都：巴蜀书社，1993年，第128页。

② 王勃著，蒋清翊注，汪贤度校点：《王子安集注》，上海：上海古籍出版社，1995年，第35页。

浮沉，因时俯仰"，"类君子之含道，处蓬蒿而不怍"。尤其"何气高而望阔，卒神悴而智痒？徒鹜迹于仙游，竟缠机于俗网。未若兹禽，犹隔泛想"中，"未若兹禽"之前显然是写人，则此人是指何人呢？从赋句来看，此人极有可能是指卢照邻，因其此时被系"横事"，故王勃以切己之感而对其加以谕劝。其中称"驯鸢"虽被执金笼，但"犹融泛想"，所谓"融泛想"大概指既就于驯养犹不忘江湖之思，实谓有两全之策。故其后的言论实际皆是劝谕卢应淡然自顺。而且从卢照邻作《五悲文》《释疾文》及其后自沉颍水来看，其性格颇有急躁的一面。从其《穷鱼赋》等所写，或许也能窥出其性格另一种面向。因此赋末"故尔放怀于诞畅，此寄心于寥廓"，可谓是对卢真诚地劝喻，也是一种自我的安慰。正因如此，二人可能并于本年离蜀返京，一个辞官归北再任，一个返京应辟。王勃虽因疾辞三府交辟，但于咸亨四年去虢州就任，而且在其赋中称"质虽滞于城阙，策已成于云路"，可见这种喻写是与其后的选择路径相关的。再看卢照邻《驯鸢赋》，则显然是以鸟喻人，完全是自我形象的心志抒写。由此来看，两篇赋作题材虽同，但其物喻意象侧重则是不同的：一是在于以人与鸟的比较，来劝谕如何与时俯仰；一是以鸟喻人，写其"孕天然之灵质，禀大块之奇工。嘴距足以自卫，毛羽足以凌风。怀九围之远志，托万里之长空。阴云低而含紫，阳星升而带红，经过巫峡之下，惆怅彭门之东，既而摧颓短翮，寥落长想"，完全是对人的正面形象描写，虽"不践高粱之屋，翔止吾人之树"也是落笔于思恩报德的托词。

至于王勃和杨炯的《青苔赋》，骆祥发称杨炯《青苔赋》大约作于总章二年前后。[①] 张志烈考证，王勃在被贬入蜀前，在长安与杨炯等相聚，其谓："四月，杨炯等来相慰。作《夏日诸公见寻访诗序》。"[②] 其时杨炯待制弘文馆。张志烈认为王勃"（总章二年）八月，居梓州。有《江曲孤凫赋》《涧底寒松赋》《青苔赋》"[③]。也就是说他认为王勃《青苔赋》当作于总章二年，也就是与杨炯见面的同一年，只是创作时间是在与杨炯见面数月之后。那么这种同题之作就可能有一方是应和某人之作。当然这种应和可能还只是和题，而非严格和韵。因此可能是王勃初由京入蜀，到达蜀中第一站梓州后归书京邑，在王、杨之间寄书，从而引发的同题赋作。从音韵的繁复来看，王勃赋作押韵较有规律，且字数也略少于杨炯赋作。而杨炯赋篇长韵密，且用韵次序及韵脚字多少

① 骆祥发：《初唐四杰研究》，北京：东方出版社，1993年，第405页。
② 张志烈：《初唐四杰年谱》，成都：巴蜀书社，1993年，第120页。
③ 张志烈：《初唐四杰年谱》，成都：巴蜀书社，1993年，第124页。

没有规律。

首先，王勃《青苔赋》，除赋序不严格押韵外，赋正文用四韵，每部韵脚大概为四字，除在换韵处使用交韵，则三部韵都有交韵，基本上可视为五字变韵。如（i）：（液）、石、碧、适、寂、（砌）；（ang）：光、堂、霜、行；（u）：（冪）、潆、路、遇、赴；（ing）：（阴）、静、影、永、整。而杨炯《青苔赋》用韵则大致如下：

ang：光、堂；

a：下、马；

an：言、塞；

ai：开、苔、徊、平；

u：玉、绿、曲、足、触、续、涂、瑚、芜、铺、隅、蹰、愉、珠、舞、赴；

ing：星、冥、庭、青；

u：潆、树、雾、（花）、暮、露；

an：蕃、垣、钱、贱；

ing：深、（湿）、阴、沈、心、任。

其次，王勃《青苔赋序》称："吾之旅游数月矣，憩乎荒涧，睹青苔焉，缘崖而上，乃喟然而叹曰：'嗟乎！苔之生于林塘也，为幽客之赏；苔之生于轩庭也，为居人之怨。斯择地而处，无累于物也。'"其时间正与五月离京入蜀至八月作赋，其间游赏时间大致相近，且对青苔"择地而处"是与自己处境的变化相联系并有感而发的。其时所处正与青苔同其境况，故生"契山客之奇情，谐野人之妙适"，且自我宽慰云："宜其背阳就阴，违喧处静，不根不蒂，无华无影。耻桃李之暂芳，笑兰桂之非永。故顺时而不竞，每乘幽而自整。"显然这种青苔的形象其实就是作者形象的自喻。兹录王勃《青苔赋（并序）》如下：

吾之旅游数月矣，憩乎荒涧，睹青苔焉，缘崖而上，乃喟然而叹曰："嗟乎！苔之生于林塘也，为幽客之赏；苔之生于轩庭也，为居人之怨。斯择地而处，无累于物也。"爱憎从而生，遂作赋曰：

若夫桂洲含润，松崖秘液。绕江曲之寒沙，抱岩幽之古石，泛迴塘而积翠，萦修树而凝碧。契山客之奇情，谐野人之妙适。及其瑶房有寂，琼室无光，霏微君子之砌，蔓延君侯之堂。引浮青而泛露，散轻绿而承霜。起金钿之旧感，惊玉筋之新行。若夫弱质绵羁，纤滋布濩。措形不用之境，托迹无人之路。望夷险而齐归，在高深而委遇。惟爱憎之未染，何悲欢之诡赴？宜其背阳就阴，违喧处静，不根不蒂，无华无影。耻桃李之暂芳，笑兰桂之非永。故顺时而不竞，每乘幽而自整。①

杨炯《青苔赋》虽无赋序，但其称："相彼草木兮，或有足言者。吁嗟青苔，今可得而闻也。"其先称从汉代开始设博望、思贤之堂，《白氏六帖事类集》卷十一"苑囿廿四"载："立思贤以招宾，开博望以通客。"② 又《汉书》卷六十三《戾太子刘据传》："及冠就宫，上为立博望苑，使通宾客，从其所好，故多以异端进者。"③ 颜师古注"博望"谓："取其广博观望也。"④ 其时杨炯尚在弘文馆待制，故亦有博望通观之职事，故对其所进异言博志或有辩白，正因如此，可能其览王勃赋作，以识青苔之趣机，故称"相彼草木兮""吁嗟青苔，今可得而闻也"，不然如此开篇则显突兀。然后其赋文则大量抒写环境，以衬托青苔之非俗微，其时可能对王勃以青苔自比又多少有些劝慰，故称："苔何水而不清？水何苔而不绿？""苔之为物也贱，苔之为德也深。夫其为让也，每违燥而居湿；其为谦也，常背阳而即阴。重扃秘宇兮不以为显，幽山穷水兮不以为沈。有达人卷舒之意，君子行藏之心。唯天地之大德，匪予情之所任。"最后显然是杨炯的自谦之辞。因王勃以"青苔"自比，而杨炯则虽一翻盛赞其性其德，但终之以此天地之大德"匪予情之所任"。可见这种自谦应是有所喻义的。江淹曾作《青苔赋》，亦以哀怨之情为多，其谓："彼木兰与豫章，既中绳而获；及薜荔与蘪芜，又怀芬而见表。至哉青苔之无用，吾孰知其多少？"⑤ 此情实与二者异也。其后唐陆龟蒙亦作有《苔赋》，其对江淹《青苔赋》颇有微词，其云："尽苔之状则有之，惩劝之道，雅未闻也。"⑥ 其前不但已有江氏赋，也有王勃、杨炯《青苔赋》，但他却仅以江文通无"劝惩之道"，可见陆氏至少认为王、杨二作是有所寓指的，而非一般的咏物赋作。为进一步加强对王、杨《青苔赋》的理解，兹又录杨炯《青苔赋》及陆龟蒙《苔赋》

---

① 董诰等编：《全唐文》，北京：中华书局，1983年，卷一七七，第1806页。
② 白居易：《白氏六帖事类集》帖册三，北京：文物出版社，1987年。
③ 班固：《汉书》，北京：中华书局，1962年，卷六十三，第2741页。
④ 班固：《汉书》，北京：中华书局，1962年，卷六十三，第2742页。
⑤ 胡之骥：《江文通集汇注》，北京：中华书局，1984年，卷一，第21页。
⑥ 董诰等编：《全唐文》，北京：中华书局，1983年，卷八〇〇，第8392页。

于后。

杨炯《青苔赋》曰：

　　粤若稽古圣皇，重晖日光。开博望之苑，辟思贤之堂。华馆三袭，珊轩四下。地则经省而书坊，人则后车而先马。相彼草木兮，或有足言者。吁嗟青苔，今可得而闻也。

　　借如灵山偃蹇，巨壁崔嵬。画千峰而锦照，图万壑而霞开。王孙逝兮山之隈，披薜荔兮践莓苔。怅容与兮徘徊。一去千年兮时不复来，至若圆潭写镜，方流聚玉。苔何水而不清？水何苔而不绿？渔父游兮汉川曲，歌沧浪兮濯吾足。桂舟横兮兰枻触，浦溆邅迴兮心断续。别有崇台广厦，粉壁椒涂。梁木兰兮椽玳瑁，草离合兮树珊瑚。白露下，苍苔芜，暗瑶砌，涩琼铺。有美人兮向隅，应闭门兮踟蹰。心震荡兮意不愉，颜如玉兮泪如珠。请循其本也，见商羊兮鼓舞，召风伯兮电赴，占顾兔兮离毕星，雷阗阗兮雨冥冥。浩兮荡兮见潢汙之满庭，倏兮忽兮视苔藓之青青。

　　尔其为状也，幂历绵密，浸淫布濩，斑驳兮长廊，夤缘兮古树，肃兮若远山之松柏，泛兮若平郊之烟雾。春淡荡兮景物华，承芳卉兮藉落花；岁峥嵘兮日云暮，迫寒霜兮犯危露。触类而长，其生也蕃。莫不文阶兮镂瓦，碧地兮青垣。别生分类，西京南越。则乌韭兮绿钱，金苔兮石发。苔之为物也贱，苔之为德也深。夫其为让也，每违燥而居湿；其为谦也，常背阳而即阴。重扃秘宇兮不以为显，幽山穷水兮不以为沈。有达人卷舒之意，君子行藏之心。唯天地之大德，匪予情之所任。[①]

陆龟蒙《苔赋（并序）》曰：

　　江文通尝著《青苔赋》，尽苔之状则有之，惩劝之道，雅未闻也。如此则化下风上之旨废，因复为之，以嗣其声云。

　　天地闭，风雨积，门迳秋，莓苔植。离方抱圆，累紫叠碧。始分封于危亭之下，终略地于荒畦之侧。侵竹坞而纵步，占兰畤而盈尺。丽色何似？嘉名孰为？高有瓦松，卑有泽葵。散岩窦者石发，补空田者垣衣。在屋曰昔邪，在药曰陟厘。质被绿钱之美，香闻艾纳之奇。或薄或薙，或薛或荐。谅含姿而是类，斯感物以随时。则有卫霍夭姻，金张世族。侯以恩

① 董诰等编：《全唐文》，北京：中华书局，1983年，卷一九〇，第1921页。

泽拜，馆以形胜筑。壁僭涂椒，阶缘城玉。床丹徽之象尽，帐苍梧之翠秃。谓爵禄不必仁守，英髦可以力服。行叶四凶，身图五福。一日盈满，中年颠覆。斯苔也，染婕好之彗，殆晚偏青。封廷尉之门，经秋更绿。彼失宠以亡家者，鲜不怮哭。则必林塘倚薄，衡泌萧条。茅茨上古，机格南朝。昼偃则书淫画圣，晡归则妇饷儿樵。沟通坏堑，路隔危桥。雨霁而鱼惊沫聚，霜干则鹤刷翎飘。浪求名而蟆屈，虚卜命而龟焦。窗敧瘿枕，树挂风瓢。山无价买，隐有词招。斯苔也，周内史宿酒壶边，烟皴思起。屈大夫捣衣砧上，黛点情饶。彼遗形而放志者，能无独谣。谣曰：苔之生兮自若，人有哀兮有乐。哀者贵兮乐者贱，贵者危兮贱者宴。噫哀乐兮何时止，贵贱循环兮而后已。①

至于杨炯《幽兰赋》，其后虽有同题之作，但这些作品应是先后的创作，并非一时兴起之作。唐初限韵律赋虽尚不严格，但其时应已经出现律赋的形制要求，或限题，或限数韵（如得某字韵，或仅示其中必限之一二韵字），但不严格要求次韵及韵脚字数等。观杨炯诸篇，此篇颇合律赋体制，极有可能为其应试之作。而且从其赋法来看，此篇明显表现个人情志的成分并不明显，而是历叙与兰相关的雅植旧典，其用经史典故极多，充分表现其才情，最后引赵元淑事，寓其警喻，实以史鉴入论议，与律赋实考文艺，实又为经义策论考察之附庸的律体要求是一致的。其首句即破题，而不同一般赋作的先借物或叙事以起兴，而是直承主题，这与其后的仲子陵、乔彝、韩伯庸、李公进、陈有章等人的同题《幽兰赋》作的开篇方式大致相同，可见杨炯此篇确应可能为当时考赋作品，这种模式被此后的科举考赋以《幽兰赋》命题的考察所取鉴。为什么这样讲呢？一是杨炯《幽兰赋》并不是其自创命题，而是取鉴前朝。考赋命题多参鉴前朝经史名家硕学所作，前朝颜师古即有同题《幽兰赋》作。而且颜师古等正五经，当时唐初即多以孔颖达、贾公彦、颜师古等多注五经及整理经史诸书为教材和科举考试出题之纲举范畴。二是《幽兰赋》也与经史的考察极相关系，兰心蕙质之论已在《诗经》《楚辞》多有出现。因此以《幽兰赋》为题来考察当时士子才学亦极为可能。三是考察杨炯《幽兰赋》用韵与颜师古《幽兰赋》用韵，显然杨炯赋对其用韵有承袭并有扩大的倾向。从《全唐文》现存颜师古《幽兰赋》文句来看，出现了"远""绝""袭"三韵，只是尚未用本字，而是用同韵字。当然其赋作尚不排除还有佚句的可能。为进一步明白两赋

用韵等衍进，兹分别列颜师古《幽兰赋》和杨炯《幽兰赋》如下：

颜师古《幽兰赋》：

> 惟奇卉之灵德，禀国香于自然。俪嘉言而擅美，拟贞操以称贤。咏秀质于楚赋，腾芳声于汉篇。冠庶卉而超绝，历终古而弥传。若乃浮云卷岫，明月澄天。光风细转，清露微悬。紫茎膏润，绿叶水鲜。若翠羽之群集，譬彤霞之竞然。感羁旅之招恨，狎寓容之流连。既不遇于揽采，信无忧乎剪伐[①]。鱼始陟以先萌，鹖虽鸣而未歇。愿擢颖于金陛，思结荫乎玉池。泛旨酒之十酝，耀华灯于百枝。[②]

当然，颜师古赋篇用韵可能当时还没有严格的要求，只是随兴择韵而押。但至杨炯《幽兰赋》时，韵脚字数以及韵部都在原来基础上有所变化。杨炯《幽兰赋》曰：

> 惟幽兰之芳草，禀天地之纯精，抱青紫之奇色，挺龙虎之嘉名。不起林而独秀，必固本而丛生。尔乃丰茸十步，绵连九畹。茎受露而将低，香从风而自远。当此之时，丛兰正滋，美庭闱之孝子，循南陔而采之。楚襄王兰台之宫，零落无从；汉武帝猗兰之殿，荒凉几变？闻昔日之芳菲，恨今人之不见。
>
> 至若桃花水上，佩兰若而续魂；竹箭山阴，坐兰亭而开宴。江南则兰泽为洲，东海则兰陵为县。隰有兰兮兰有枝，赠远别兮交新知。气如兰兮长不改，心若兰兮终不移。及夫东山月出，西轩日晚。授燕女于春闱，降陈王于秋坂。乃有送客金谷，林塘坐曛。鹤琴未罢，龙剑将分。兰缸熠耀，兰麝氛氲。舞袖回雪，歌声遏云。度清夜之未艾，酌兰英以奉君。
>
> 若夫灵均放逐，离群散侣。乱鄢郢之南都，下潇湘之北渚。步迟迟而适越，心郁郁而怀楚。徒眷恋于君王，敛精神于帝女。汀洲兮极目，芳菲兮袭予，思公子兮不言，结芳兰兮延伫。借如君章有德，通神感灵，县车旧馆，请老山庭。白露下而警鹤，秋风高而乱萤。循阶除而下望，见秋兰之青青。
>
> 重曰：若有人兮山之阿，纫秋兰兮岁月多。思握之兮犹未得，空佩之

---

① 按："伐"亦为上古月部月韵。

② 董诰等编：《全唐文》，北京：中华书局，1983 年，卷一四七，第 1487 页。

初唐四杰辞赋研究

兮欲如何？乃抽琴操为幽兰之歌。歌曰："幽兰生矣，于彼朝阳。含雨露之津润，吸日月之休光。美人愁思兮采芙蓉于南浦；公子忘忧兮树萱草于北堂。虽处幽林与穷谷，不以无人而不芳。"赵元淑闻而叹曰："昔闻兰叶据龙图，复道兰林引凤雏。鸿归燕去紫茎歇，露往霜来绿叶枯。悲秋风之一败，与蒿草而为刍。"①

显然，杨炯赋中也出现了"远""袭"，同时出现了"人""终"（丛）"古""无""芳"。其中直接出现了"芳""远"等韵字，其他仍用同韵字，这已比颜师古的用韵要详悉得多，而且已经基本上出现了"远芳袭人，终古无绝"的用韵韵部形式。在杨炯赋中似乎无"绝"的韵字和韵部情况，其中的"阿、多、得、何、歌"属歌部。"葛、曷、渴"及"绝、雪"等属月部②，也就是说歌、月部应有通转或通韵的。江永《四声切韵表·凡例》云：

> 曷一等开口呼，为寒旱翰之入，末一等合口呼，为桓缓换之入，而曷又为歌哿个之入，末又为戈果过之入，曷末又同为泰韵之入，皆音呼等列同，得以相转也。寒桓与歌戈音每相转，如难字得通傩，䓡字得音秆，若干即若个，䴢骅骅皆从单，惮瘅有下佐切之音。字从番转重唇者，桓韵为潘蟠，而番有波音，蟠鄱有婆音。至入声，则怛与笪从旦，颊从安，斡从乾省声，何曷亦一声之转，故寒桓歌戈同用曷末为入声。③

有学者因此认为"歌月"是相通的，杜恒联说："在谐声上，歌元可以相谐，元月可以相谐，这样歌月通过元部被联系起来。江永在《四声切韵表·凡例》中分析等呼和谐声，以月兼配歌元，歌月元互转，可称卓识。""'寒桓歌戈同用曷末为入声'即歌月元相配。江永正是从谐声字的歌元相谐、元月相谐来间接证明歌月相配的。"④

换言之，也就是说杨炯《幽兰赋》在题材和音韵上应是承颜师古《幽兰赋》创作而来。《全唐文》卷一百四十七曰："师古字籀，雍州万年人。高祖朝

---

① 董诰等编：《全唐文》，北京：中华书局，1983年，卷一九○，第1920—1921页。

② 杨剑桥：《汉语音韵学讲义》，上海：复旦大学出版社，2005年，第190—191页。

③ 江永：《四声切韵表》，北京：中华书局，1985年，第27—29页。按：此引文字与1996年上海古籍出版社《四声切韵表》略异。"下佐切之音"疑作"丁佐切之音"，"重唇者"疑作"重唇音"，"则怛与笪从旦"它本或作"则怛妲笪从旦"。

④ 杜恒联：《古韵歌月相配的证明及歌月元在谐声上的独特性》，《电子科技大学学报》（社科版）2010年第3期。

授中书舍人，专掌机密。太宗即位，拜中书侍郎，封琅邪县子，迁秘书监，宏文馆学士。贞观十九年卒，年六十五，谥曰戴。"① 也就是说杨炯与颜师古都曾同职秘书监，弘（宏）文馆。那么杨炯极有可能参看查阅前辈职任和学者的档案资料，这对其创作《幽兰赋》应是存在影响的。如果再来看后来仲子陵、乔彝、韩伯庸、李公进等人的试赋《幽兰赋》，其押韵规律逐渐明显，说明试赋对限韵要求逐渐严格。

仲子陵赋韵次序为"芳绝终古无远人袭"，乔彝赋韵次序为"芳远人古终绝无袭"，韩伯庸赋韵次为"芳袭终绝无古人远"，李公进赋韵次序为"芳远人绝终古无袭"，且每部韵押韵字数亦尚有差别。一般都将古无合韵通押，仲子陵赋和乔彝赋前四个韵部基本上用四个韵脚字，韩伯庸赋基本上每部韵为三个韵脚字，若考虑交韵的情况，则首个韵部字有四字入韵。《登科记考》卷十一记仲子陵大历十三年（778）进士及第，其榜进士二十一人，有杨凝、卫次公、仲子陵等。但未记当年考赋题名。乔彝的生卒年未详，未知是否与仲子陵为同榜，或曾同年参选试。但《幽闲鼓吹》载："乔彝京兆府解试时，有二试官。彝日午叩门，试官令引入，则已醺醉，视题曰《幽兰赋》，不肯作。曰：'两个汉相对作此题。'速改之为《渥洼马赋》，曰：'校些子奋笔，斯须而就。'警句云：'四蹄曳练，翻瀚海之惊澜；一喷生风，下胡山之乱叶。'便欲首送京尹曰乔彝峥嵘甚，宜以解副荐之。"②《太平广记》卷一百七十九"贡举二"亦载有此故事，但此为乡试解试，非制举进士第等，疑《幽兰赋》或为另试时所作。有学者认为："应该说此年京兆府试赋只是在乔彝的要求下针对其一人更改了题目，别的应试者依旧以《幽兰赋》为题考试。……有可能在完成了试官为其所换题目后，为炫耀自己与众不同的才能，在所剩时间内又完成了《幽兰赋》的写作。权德舆《尚书司门员外郎仲君墓志铭并序》谓仲子陵'大历十三年举进士甲科'，疑《幽兰赋》《渥洼马赋》为大历十二年（777）京兆府解试赋。"③ 但综合来看，首先《文苑英华》所录乔彝、仲子陵等五人《幽兰赋》可能并非同榜同次作品，这从同卷收录杨炯《幽兰赋》可知。其次，仲子陵籍贯当非京兆府，其是否为贡生或考选解送亦未可知，即便解试亦当由所进州府解试报送。即是说如果《幽兰赋》为京兆府解试赋题，则其五人都应出于京兆府解试，则此涉及唐代科举选拔贡等制度及考选生员户籍及名额分配制度等问

---

① 董浩等编：《全唐文》，北京：中华书局，1983 年，卷一四七，第 1487 页。
② 张固撰：《幽闲鼓吹》，明顾氏文房小说本。
③ 王士祥：《唐代解试赋考论》，《河南师范大学学报》（哲学社会科学版）2010 年第 2 期。

题，或者说明当时各地考生皆须至京兆府先行应试然后再解送参加尚书等礼部、吏部考试，然此种情况发生的可能性较低。故此考赋题极可能为中央一级制举考试时的赋作，当然也不排除两级命题相同的情况。虽然《全唐文》等未收参与仲子陵同榜的其他人的赋作，但这并不足以反证此榜考题并不是《幽兰赋》。如同榜卫次公有《渭水贯都赋》（以"帝王建都，取诸上象"为韵），但仲子陵亦无此赋，杨凝在《全唐文》亦不收载其人其作。无论该赋题作为考赋的情况如何，但从上述赋的比较可以看出，杨炯赋作对其后以《幽兰赋》命题考赋及其限韵的成熟都是有影响的。

对于杨炯《幽兰赋》的作年，骆祥发虽未有辨，但却将之与其《青苔赋》同时论，也就是说他认为此可能作总章二年左右。但杨炯《幽兰赋》为律赋，可能为应试之作，则当为他参与制举或铨选所作，其时间当不在总章二年，应在咸亨二年之后，也就是大概作于高宗上元三年。骆祥发《初唐四杰年谱》考证，杨炯于咸亨二年至咸亨五年都仍未出仕，至高宗上元三年，"杨炯本年应制举及第，补校书郎"[①]。其引杨炯《浑天赋序》为证。但张志烈认为上元二年冬，杨炯应制举及第，补官校书郎。[②] 张志烈先生亦据《浑天赋序》，但其所引版本注为《文苑英华》卷十八，其称别本作"三年"。其后又引《登科记考》卷二为证，即同年沈佺期、宋之问、刘希夷、张鷟等人进士及第。那么《幽兰赋》作于此年是比较可信的，而《浑天赋》则只可能作于上元三年之后。

---

① 参骆祥发：《初唐四杰研究》，北京：东方出版社，1993年，第409－413页。按：骆祥发于上元三年引杨炯《浑天赋》以证上元三年应制科及第，对该赋作年虽未明示，然其意有在此年先后。但张志烈认为此赋当作于调露元年，较为可信。（张志烈：《初唐四杰年谱》，成都：巴蜀书社，1993年，第207页）

② 张志烈：《初唐四杰年谱》，成都：巴蜀书社，1993年，第185页。

结　言

　　从前面的叙述，我们已经可以大致看出来，四杰赋确实具有特殊的文学史价值和意义，在唐代文学转型时期有着承先启后的重大意义。其赋作体式杂糅，很难按后来的分体文学观念严格区分，但这正说明其特殊的时代意义和文体价值。

　　首先，虽然本书较为详细地研究了四杰辞赋的文体特征，将四杰辞赋按后来分体赋范畴进行了大致的分类，但四杰辞赋中实际具有多种文体杂糅的因素，往往是将骚体、骈体、文体、诗体等因子杂融于一体，且对后来分类赋体的进一步趋精趋严应是有所影响和导示意义的，正如清人王芑孙所谓"总魏晋宋齐梁周陈隋八朝之众轨，启宋元明三代之支流"①。

　　其次，从初唐四杰辞赋创作实践来看，其时新体文赋和律赋都在唐初向两个不同的方向发展。唐初的文赋既对汉赋有承继，又有骈赋的影子，其抒情说理尤重，至宋代文赋渐融议论叙事说理等，其在形式上更散。律赋在唐初从题名、限韵等情况来看，都尚不严格，但从四杰赋创作来看，其已经存在有意向性地对律赋的用韵形式、韵脚等进行创新，融入经史题材和典故，使赋题限韵作为参考，并对其后的律赋创作产生了影响。律赋限韵有限题、和韵、限某字韵及限韵和限次韵等多种具体情况，汉代时虽以举荐为主，但已经偶尔出现试赋的情况，虽尚未作为一种通行的全国性制度推广，但对唐代科举试赋是有影响的。唐初试文学或杂文，主要试赋，其时赋尚未严格如后来的律赋，所谓"律"最先应是指对赋题加以约束。至后来限韵，则不仅于题约束、于韵约束，甚至对句式对仗以及经史用典等都开始出现了要求。和诗在汉魏以来已经成为比较常见的现象，但和赋却是比较少见的。和赋始于魏晋六朝人以汉赋同题创作，颇有拟效的风气。四杰相互之间亦有同题赋作，则并非相互拟效和比附，

---

　　① 王芑孙：《读赋卮言》，《渊雅堂全集》本，《续修四库全书》第 1481 册，上海：上海古籍出版社，2002 年，第 376 页。

而多是如和诗赠答一类的互勉互慰的作品。

另外，四杰辞赋作品多以诗赋相融契，其中虽未有明确的相关赋论，但从这些创作实践中已经完全可以体味出其体系深博周思的赋学思想。也即是说在他们的赋学观念中，他们是主张和赞同"赋者古诗之流"的赋学观念的。因此，四杰在创作中，一方面于诗歌创作中融入赋体抒写方法，一方面又于赋体创作中融入诗歌的表现手法。不仅如此，他们对待赋骚的观念也是对赋源思想的正本清源。特别是唐初，《文选》逐渐被作为具有科考教材性的参考书被士子参阅的时候，极可能对赋骚源流观念形成一种误导和影响。

此外，在四杰的创作中还可以看出一个重要的赋学理论问题，就是关于赋颂关系的问题。从四杰创作的颂篇来看，他们对颂赋应是持同源同体的观念的。但至四杰始，又开始对颂体加以改创，与其他赋体创作一样，在乱辞部分基本上采用当时流行的诗体句式，或者用四言诗体。他们的颂体创作进一步扩大了刘勰论颂所说的或"变为序引"或"雅而似赋"的倾向，在刘勰时代虽认为其颇有"谬体"的倾向，但这既是与文学之破体相关，实际上也是颂赞等之归宗，还原古赋的范畴和本质。

从文学史地位和意义来看，四杰辞赋创作无论是在题材选择、意象塑造、情志抒发、典故运用方面，还是在经学根底和趣旨方面似乎都有着一些共同的趣向。这是与他们共同的才高位卑而遭时不遇有关的。加之他们多有交集，又曾同游蜀川，在当时就有"四杰"才名，又各负盛名，因此他们的创作也呈一种集体性的特征，对唐代乃至其后的文学史都具有重要的影响。

由于四杰对情思浓郁和气势壮大的理论追求并不表现在空洞的口号上，而是集中地体现于他们的创作中，因而相近的理论主张也影响了他们形成相近的创作风格。四杰在与以"上官体"为代表的齐梁形式主义诗风的斗争中挺身而出，大胆倡革，为改革齐梁浮艳诗风做出了贡献，成为唐代古文运动的先驱。四杰赋也受时风、声律论和文笔说等因素影响，对赋体文学的音韵和形式也做了不同程度的探究。其辞赋创作注重浓郁的抒情和气势，且杂糅各体赋因子，形成与前代赋不同的新风气。

作为一个文学群体，四杰辞赋作所呈现出的主要特点、影响及其文风革新理论，皆有共通性，这也与他们的时代、游历和际遇相关。据张志烈先生《初唐四杰年谱》考证，以及四杰文本中一些明确材料记载，四杰中王、杨、卢都曾在蜀中游历或为官。蜀地风景和人物等都给他们的诗、赋、文创作留下了深刻的影响。王勃、卢照邻在蜀中有大量即兴和请托应和之作，如王勃《绵州北亭群公宴序》《梓潼南江泛舟序》《益州夫子庙碑》《游庙山序》《入蜀纪行诗

序》等，卢照邻《中和乐九章》《九月九日登玄武山旅眺》等。王、卢在蜀中也创作了大量辞赋，如王勃"（总章）二年八月，居梓州。有《江曲孤凫赋》《涧底寒松赋》《青苔赋》"。"居汉州山间，作《慈竹赋》"。[1] 王勃《游庙山赋》《春思赋》、卢照邻《对蜀父老问》等也作于蜀地，大都为抒情写志，于咏物中寄发怨思牢骚。

四杰赋风和理论主张的形成和相似也与他们之间的密切交往分不开。王、卢在蜀中就有许多酬唱，从他们的许多诗、赋、序等文本中就可以看出来。"（总章二年）九月，（卢）访王勃于玄武。重九与王勃、邵大震登玄武山，有诗酬唱。"[2] 张志烈先生据《唐诗纪事》和《元和郡县志》说卢照邻《九月九日登玄武山旅眺》便为和王、邵之作，他们三人多次同游玄武山。由于后来骆宾王参与讨伐武则天失败，一些记载或文人都讳言骆与其他文人的关系。不过，在部分记载和一些诗、赋、序文本中，我们还是可以见出王、卢、杨与骆宾王的关系不一般。张志烈先生就说："宋之问与骆宾王、杨炯交往亲密，酬唱不绝。"[3] 王勃与杨炯的关系也比较亲密，从杨作《王勃集序》便可看出。王勃在遭斥出沛王府时，"四月，杨炯等来相慰。作《夏日诸公见寻访诗序》"。"此后，王勃赴蜀，思想上抑郁而不消沉，愤激而又振奋，在创作上获得丰收，与这种友谊鼓舞不无关系。"[4] 四杰之间的相互交往和友谊，也促成了他们之间共同的理论倾向和相似的赋风。由于他们的辞赋文学创作实践在许多方面呈现出一些相似的特征，故可以将他们作为一个赋体文学创作作家群来研究。

四杰辞赋创作的相似特征大致表现在几个方面：一是其题材广泛，多抒情咏物的作品。从题材内容上看，他们的赋作题材较为广泛。其赋作表现内容从宫廷到市井生活，从台阁到山川风物，从纪行述志到抒情咏物，基本都有涉及。如《释迦佛赋》《春思赋》《卧读书架赋》《盂兰盆赋》《荡子从军赋》为描写市井或世俗生活之作；《九成宫东台山池赋》《游庙山赋》《秋霖赋》为描写山川风物之作；《七夕赋》《浑天赋》为书写气令、天象或人情之作；《驯鸢赋》《穷鱼赋》《病梨树赋》《采莲赋》《江曲孤凫赋》《涧底寒松赋》《青苔赋》《慈竹赋》《幽兰赋》《青苔赋》《庭菊赋》《寒梧栖凤赋》《对蜀父老问》《钓矶应诘文》为抒情咏物或感事之作；而《老人星赋》则为呈祥瑞抒颂赞之作。当然，结合创作动机来看，《九成宫东台山池赋》和《盂兰盆赋》亦可视为献呈和写

① 张志烈：《初唐四杰年谱》，成都：巴蜀书社，1993 年，第 124、132 页。
② 张志烈：《初唐四杰年谱》，成都：巴蜀书社，1993 年，第 118 页。
③ 张志烈：《初唐四杰年谱》，成都：巴蜀书社，1993 年，第 2 页。
④ 张志烈：《初唐四杰年谱》，成都：巴蜀书社，1993 年，第 120—121 页。

瑞祥的作品。《五悲文》《释疾文》则纯为自叹伤怀的抒情写志之作。

二是四杰对汉魏赋传统既有继承，也有开拓创新。他们在魏晋抒情小赋的基础上，扩大了咏物抒情赋的题材范围。特别是这些咏物赋不再似魏晋小赋的闲情逸致。由于四杰性格特征和时风影响，其抒情咏物赋题材立意角度也往往不同。许多赋都注入了他们各自对生活的热情，表现了他们鲜明的个性，既有对时代的关注和担忧，也有对人生的悲叹和思索。即便一些抒情咏物之作渲愤吐气、悲身世之凄凉、道际遇之不平，其中磊落之气也自与汉魏六朝不同。与其骈文一样，四杰辞赋风格劲拔，典绘词丽，气雄境阔，"兼有纵横和辞赋家文之长，又具新的时代特色"①。这种特色即是刚健挺拔、清峻不俗、孤傲不凡。

三是其辞赋多情思浓郁、气势壮大。四杰辞赋于抒情咏物中抒发其浓郁的情思，并且气势壮大，"渲愤吐气"之作，绝不显哀怜之相。其情思浓郁的特征既融契他们的遭际和人生哲理的思考于其中，又显露出他们的"才学"于其里。这就是他们包综六经，综会神思，也是他们对"稽古"的考察和思考。刘熙载说其"赋兼才学"，称："才，如《汉书·艺文志》论赋曰'感物造端，材智深美'，《北史·魏收传》曰'会须作赋，始成大才士'；学，如扬雄谓'能读赋千首，则善为之'。"② 显然赋体文学创作要求作者兼具才情和学识。既然才学并举，"才"自然重于"情"，而"学"则重于"识"。四杰在吸纳前人创作的优点后，对齐梁以来华而不实的赋风也力求改革创变。他们"华而不实"的赋风符合他们"追求情思浓郁和气势壮大的文学思想倾向"③ 的理论主张。四杰对"实"的强调并不是排斥抒情，讲求平直，而是要求抒真情，吐真意，发真思。四杰吸收和继承了赋体文学和前代诗歌文学的句式，创造性地发挥了诗体之长，并结合对偶声律，大大加强了赋体作品的抒情性，丰富了赋的表现力。同他们的诗体作品一样，四杰辞赋"极能发人才思"④。四杰辞赋大量的抒情咏物、个性表白、天命探究，都是其情思浓郁的表现。在他们的辞赋中，大量兼蓄诗、赋、文各种表达手法和技巧，兼融各体赋因子，吸收和借鉴了汉赋和楚骚的气势、精神，又吸收了魏晋小赋的抒情特色。

四是四杰的辞赋创作尤重力于语言平直，虽然也有大量的用典，但这些典故多为熟典旧典，生僻的典故较少。这一方面与其才学相关，另一方面也与其

①　郭预衡主编：《中国古代文学史》，上海：上海古籍出版社，1998年，第二册，第179页。

②　刘熙载：《艺概》，上海：上海古籍出版社，1978年，卷三，第101页。

③　罗宗强：《隋唐五代文学思想史》，北京：中华书局，2003年，第28页。

④　胡应麟：《诗薮》，上海：中华书局上海编辑所，1958年，内编（卷三），第52页。

文学理论主张和创作实践倾向相关。因此他们的辞赋作品总体上表现出骈散兼趋的特征，对语言的运用也尤其注意简而有义，变而生新，这也在一定程度上使他们的辞赋气势壮大。在赋体文学语言创变方面，四杰以骈为主，散骈结合，修辞手法灵活多样，特别是王勃赋语言含思蕴藉、情韵丰厚。四杰辞赋同他们的诗歌一样，明显表现了重刚健、重气质的特征。无论是四杰赋作的思想气质，还是题材内容，都与汉魏的都城赋、纪行赋、述志赋或咏物赋大不一样，即便是一些描写宫城都邑之作，其思想也不再表现为阿谀奉承式的颂扬或肤浅乏力的讽谏，如王勃《九成宫东台山池赋》《九成宫颂》《乾元殿颂》等。

四杰辞赋创作实践也对其诗歌等文体创作产生了重要影响。他们将诗、赋、文因子加以融契，写诗时多将赋的笔法和句式融入诗歌的创作，为诗歌"张大气势"，从而使其自具"激荡的情思和磊落的风神"[1]。这种类赋的诗歌作品，其实是对赋体文学的铺张、叙事、句式、修辞等的借鉴。卢、骆的许多长篇诗歌和一些歌行体作品就明显表现出对纪行赋、述志赋等手法综合借鉴的特点。这种融赋入诗的运用手法，在诗歌发展历史中是一种颇富新意的变化。它极大地增强了诗歌，特别是歌行体作品的表现力。所以《诗薮》认为四杰歌行"一变而精华浏亮。抑扬起伏，悉协宫商；开合转换，咸中肯綮"[2]。章培恒《中国文学史》评价这种创新"成为以后李白、李颀、高适、岑参一路诗人所喜用的形式，其开拓之功是不容轻忽的"[3]。反过来，融赋入诗的创作实践对赋体文学的创作也带来了创新。四杰的一些赋作明显地表现出借鉴诗歌的创作方法，如骆宾王《荡子从军赋》、王勃《春思赋》等许多句式采用诗体形式，所以清代陈熙晋《骆临海集笺注》考骆宾王《荡子从军赋》版本及流传情况，称此赋曾被作为歌行录入其他版本集子中。

作为一个文学创作群体，四杰对情思浓郁和气势壮大的文学实践追求，以及对语言方面的创新，都显示了他们共同或相近的理论倾向和文风变革趋尚。其辞赋也表现出相近的题材范围和一些具有共同特色的创作手法或技巧。但他们四人的赋作成就又是不一样的。以赋体文学创作数量论，王勃最丰，次则卢、杨、骆。王勃在骈赋、诗体赋和律赋方面较为突出，卢照邻在骚赋、骈赋、文赋方面突出。而杨炯主要在骈赋、文赋领域，骆宾王主要在诗体赋和俗赋领域。他们在赋体创作领域都做出了各自的探究。

① 章培恒主编：《中国文学史》（中），上海：复旦大学出版社，1996年，第 33 页。

② 胡应麟：《诗薮》，上海：中华书局上海编辑所，1958年，内编（卷三），第 44 页。

③ 章培恒主编：《中国文学史》（中），上海：复旦大学出版社，1996年，第 33 页。

由于四杰天才的创造能力和清俊不俗的个性，其赋体创作往往具有突破前人之处。在他们的辞赋中兼容并蓄各体赋因子的优点，一般难以以某体赋为四杰具体赋篇目定名，以某某赋因子而论似更为确当。从这种角度而言，初唐四杰的赋作确实在时代背景和天纵的才能中熔铸成了具有自己时代特色和个人精神气质的佳作。四杰不但赋体文学众体兼备，而且在诗歌领域亦独树一帜。

主要参考书目

（按书名音序排列）

B

〔唐〕白居易撰：《白氏六帖事类集》，北京：文物出版社，1987 年。

〔晋〕葛洪著：《抱朴子》，上海：上海书店，1986 年。

〔唐〕李延寿撰：《北史》，北京：中华书局，1974 年。

C

〔蜀〕韦縠编：《才调集》，《四库文学总集选刊》本，上海：上海古籍出版社，1993 年。

〔宋〕王钦若等编纂，周勋初等校订：《册府元龟》，南京：凤凰出版社，2006 年。

李曰刚著：《辞赋流变史》，台北：文津出版社，1987 年。

叶幼明著：《辞赋通论》，长沙：湖南教育出版社，1991 年。

〔唐〕张鷟撰，赵守俨点校：《朝野佥载》，《唐宋史料笔记丛刊》本，北京：中华书局，1979 年。

〔唐〕王勃著，何林天校：《重订新校王子安集》，太原：山西人民出版社，1990 年。

〔宋〕王尧臣等撰：《崇文总目》，《景印文渊阁四库全书》第 674 册，台北：商务印书馆，1986 年。

杜晓勤著：《初盛唐诗歌的文化阐释》，北京：东方出版社，1997 年。

张志烈著：《初唐四杰年谱》，成都：巴蜀书社，1993 年。

任国绪选注：《初唐四杰诗选》，西安：陕西人民出版社，1992 年。

骆祥发著：《初唐四杰研究》，北京：东方出版社，1993 年。

〔宋〕洪兴祖撰，白化文等点校：《楚辞补注》，北京：中华书局，1983 年。

〔周〕左丘明传，〔晋〕杜预注，〔唐〕孔颖达正义：《春秋左传正义》，北京：北京大学出版社，2000 年。

D

〔隋〕释吉藏撰：《大乘玄论》，大正新修大藏经本。

〔清〕徐松撰，赵守俨点校：《登科记考》，北京：中华书局，1984 年。

〔元〕陈栎撰：《定宇集》，《景印文渊阁四库全书》第 1205 册，台北：商务印书馆，1986 年。

〔汉〕刘珍等撰：《东观汉记》，《景印文渊阁四库全书》第 370 册，台北：商务印书馆，1986 年。

〔清〕王芑孙撰：《读赋卮言》，《渊雅堂全集》本，《续修四库全书》第 1481 册，上海：上海古籍出版社，2002 年。

〔唐〕杜甫著，〔清〕仇兆鳌注：《杜诗详注》，北京：中华书局，1979 年版，1999 年重印本。

周绍良等辑校：《敦煌变文讲经文因缘辑校》，南京：江苏古籍出版社，1998 年。

周绍良主编：《敦煌文学作品选》，北京：中华书局，1987 年。

E

〔晋〕郭璞注，〔宋〕邢昺疏：《尔雅注疏》，《十三经注疏》本，北京：北京大学出版社，1999 年。

F

〔清〕浦铣辑：《历代赋话·复小斋赋话》，《续修四库全书》第 1716 册，上海：上海古籍出版社，2002 年。

〔清〕李调元撰：《赋话》，《丛书集成初编》本，北京：商务印书馆，1936 年。

马积高著：《赋史》，上海：上海古籍出版社，1987 年。

高光复著：《赋史述略》，长春：东北师范大学出版社，1987 年。

〔清〕徐斗光汇选：《赋学仙丹》，柳深处草堂家塾藏版，清道光四年（1824）刻本。

马积高、万光治主编：《赋学研究论文集》，成都：巴蜀书社，1991 年。

G

〔清〕赵翼著：《陔余丛考》，上海：商务印书馆，1957 年。

〔元〕祝尧撰：《古赋辩体》，《影印文渊阁四库全书》第 1366 册，台北：商务印书馆，1986 年。

〔明〕焦竑撰：《国史经籍志》，《续修四库全书》第 916 册，上海：上海古籍出版社，2002 年。

H

〔清〕王先慎撰，钟哲点校：《韩非子集解》，北京：中华书局，1998 年。

张觉等撰：《韩非子译注》，上海：上海古籍出版社，2007 年。

万光治著：《汉赋通论》，北京：中国社会科学出版社，华龄出版社，2004 年。

〔明〕张溥著，殷孟伦注：《汉魏六朝百三家集题辞注》，北京：中华书局，2007 年。

〔汉〕班固撰：《汉书》，北京：中华书局，1962 年。

〔清〕沈钦韩撰：《汉书疏证》，《续修四库全书》第 266 册，上海：上海古籍出版社，2002 年。

杨剑桥著：《汉语音韵学讲义》，上海：复旦大学出版社，2005 年。

〔宋〕范晔撰，〔唐〕李贤等注：《后汉书》，北京：中华书局，1965 年。

胡小石著：《胡小石论文集》，上海：上海古籍出版社，1982 年。

〔晋〕常璩撰，刘琳校注：《华阳国志校注》，成都：巴蜀书社，1984 年。

〔汉〕刘安撰，〔汉〕许慎注：《淮南鸿烈解》，上海：商务印书馆，1937 年。

何宁撰：《淮南子集释》（新编诸子集成本），北京：中华书局，1998 年。

〔汉〕高诱注：《淮南子注》，上海：上海书店，1986 年。

J

〔宋〕丁度撰：《集韵》，北京：北京市中国书店，1983 年。

〔清〕林联桂撰，何新文等校证：《见星庐赋话校证》，上海：上海古籍出版社，2013 年。

〔梁〕萧绎撰：《金楼子》，鲍廷博辑刊《知不足斋丛书》本。

〔宋〕陈造撰：《江湖长翁集》，《景印文渊阁四库全书》第 1166 册，台北：台湾商务印书馆，1986 年。

〔宋〕陈起编：《江湖后集》，《景印文渊阁四库全书》第 1357 册，台北：商务印书馆，1986 年。

〔明〕胡之骥注，李长路、赵威点校：《江文通集汇注》，北京：中华书局，1984 年。

〔明〕焦竑撰，李剑雄点校：《焦氏笔乘》，上海：上海古籍出版社，1986 年。

〔元〕脱脱撰：《金史》，北京：中华书局，1975 年。

〔清〕张金吾编：《金文最》，台北：成文出版社，1967 年。

〔唐〕房玄龄等撰：《晋书》，北京：中华书局，1974 年。

〔后晋〕刘昫等撰：《旧唐书》，北京：中华书局，1975 年。

〔宋〕晁公武撰，孙猛校证：《郡斋读书志校证》，上海：上海古籍出版社，1990 年。

K

〔明〕李梦阳撰：《空同集》，《景印文渊阁四库全书》第 1262 册，台北：商务印书馆，1986 年。

〔魏〕王肃注：《孔子家语》，《四部丛刊》景明翻宋本。

L

〔春秋〕李聃著，范永胜译注：《老子》，合肥：黄山书社，2005 年。

陈鼓应著：《老子注译及评介》，北京：中华书局，1984 年。

〔宋〕钱杲之撰：《离骚集传》，宋刻本。

〔宋〕吕祖谦撰：《丽泽论说集录》，《景印文渊阁四库全书》第 703 册，台北：商务印书馆，1986 年。

〔清〕孙希旦撰，沈啸寰、王星贤点校：《礼记集解》，北京：中华书局，1989 年。

〔唐〕李白撰，〔清〕王琦注：《李太白集注》，《景印文渊阁四库全书》第 1067 册，台北：商务印书馆，1986 年。

〔清〕陆葇撰：《历朝赋格》，《四库全书存目丛书》第 399 册，济南：齐鲁书社，1995 年。

马积高著：《历代辞赋研究史料概述》，北京：中华书局，2001 年。

〔清〕浦铣著，何新文、路成文校证：《历代赋话校证》，上海：上海古籍出版社，2007 年。

〔清〕陈元龙编：《历代赋汇》，南京：江苏古籍出版社；上海：上海书店，1987 年。

〔唐〕姚思廉撰：《梁书》，北京：中华书局，1973 年。

张烈点校：《两汉纪》，北京：中华书局，2002 年。

〔汉〕刘向撰：《列仙传》，上海：上海古籍出版社，1990 年。

〔清〕许梿评选，〔清〕黎经诰笺注：《六朝文絜笺注》，北京：中华书局，1962 年。

〔清〕董沛撰：《六一山房诗集》，《续修四库全书》第 1558 册，上海：上海古籍出版社，2002 年。

〔明〕黄佐著：《六艺流别》，台北：商务印书馆，1973 年。

〔唐〕卢照邻著，任国绪笺注：《卢照邻集编年笺注》，哈尔滨：黑龙江人民出版社，1989 年。

〔唐〕卢照邻著，祝尚书笺注：《卢照邻集笺注》，上海：上海古籍出版社，1994 年。

〔唐〕卢照邻著，李云逸校注：《卢照邻集校注》，北京：中华书局，1998 年。

尹占华：《律赋论稿》，成都：巴蜀书社，2001 年。

〔汉〕王充著，黄晖撰：《论衡校释》，北京：中华书局，1990 年。

杨伯峻译注：《论语译注》，北京：中华书局，1980 年。

〔清〕刘宝楠撰，高流水点校：《论语正义》，北京：中华书局，1990 年。

〔唐〕骆宾王著，〔清〕陈熙晋笺注：《骆临海集笺注》，北京：中华书局，1961 年。

M

〔汉〕毛亨传，〔汉〕郑玄笺，〔唐〕孔颖达疏：《毛诗正义》，北京：北京大学出版社，2000 年。

〔宋〕朱熹撰：《孟子集注》，济南：齐鲁书社，1992 年。

〔清〕焦循撰，沈文倬点校：《孟子正义》，北京：中华书局，1987 年。

张崇琛主编：《名赋百篇评注》，西安：三秦出版社，2003 年。

〔清〕沈德潜、周准编：《明诗别裁集》，上海：上海古籍出版社，2013 年。

N

〔唐〕李延寿撰：《南史》，北京：中华书局，1975 年。

P

〔清〕李兆洛编：《骈体文钞》，《万有文库》本，上海：商务印书馆，1937 年。

姜书阁著：《骈文史论》，北京：人民文学出版社，1986 年。

Q

〔清〕张惠言辑：《七十家赋钞》，清道光元年合河康氏家塾刻本。

〔唐〕杜甫著，〔清〕钱谦益笺注：《钱注杜诗》，上海：上海古籍出版社，2009 年。

〔清〕陈梦雷等编：《钦定古今图书集成》，上海：中华书局；1934 年。

李学勤主编：《清华大学藏战国竹简》（三），上海：中西书局，2012 年。

〔清〕沈德潜选编，吴雪涛等点校：《清诗别裁集》，石家庄：河北人民出版社，1997 年。

〔清〕朱方增撰：《求闻过斋文集》，清光绪二十年刻本。

费振刚等校注：《全汉赋校注》，广州：广东教育出版社，2005 年。

〔清〕严可均校辑：《全上古三代秦汉三国六朝文》，北京：中华书局，1958 年。

〔清〕彭定求等编：《全唐诗》，北京：中华书局，1960 年。

〔清〕董诰等编：《全唐文》，北京：中华书局，1983 年。

〔清〕陈鸿墀纂：《全唐文纪事》，上海：上海古籍出版社，1987 年。

周绍良主编：《全唐文新编》，长春：吉林文史出版社，2000 年。

R

〔明〕陶汝鼐撰：《荣木堂合集》，清康熙刻世綵堂汇印本。

〔宋〕洪迈著，穆公校点：《容斋随笔》，上海：上海古籍出版社，2014 年。

S

〔汉〕赵岐等撰，〔清〕张澍辑，陈晓捷注：《三辅决录》，西安：三秦出版

社，2006 年。

〔宋〕黄庭坚撰，〔宋〕史容注：《山谷外集诗注》，《四部丛刊》景元刊本。

〔晋〕蒋宗瑛校勘：《上清大洞真经》，明正统道藏本。

〔清〕孙星衍撰，陈抗等点校：《尚书今古文注疏》，北京：中华书局，1986 年。

〔明〕胡应麟撰：《少室山房笔丛》，上海：上海书店出版社，2009 年。

〔明〕谢天瑞辑：《诗法》，明复古斋刻本。

邝健行著：《诗赋合论稿》，南京：江苏古籍出版社，2002 年。

高亨注：《诗经今注》，上海：上海古籍出版社，1980 年。

〔梁〕钟嵘著，向长清注：《诗品注释》，济南：齐鲁书社，1986 年。

〔明〕胡应麟撰：《诗薮》，北京：中华书局，1958 年。

〔南北朝〕崔鸿：《十六国春秋》，明万历三十七年兰晖堂刻本。

〔汉〕刘熙撰：《释名》，《丛书集成初编》（补印本），上海：商务印书馆，1939 年初版，1959 年补印。

殷焕先、董绍克著：《实用音韵学》，济南：齐鲁书社，1990 年。

〔汉〕司马迁撰：《史记》，北京：中华书局，1959 年。

〔南朝宋〕刘义庆撰，徐震堮校笺：《世说新语校笺》，北京：中华书局，1984 年。

〔汉〕许慎撰，段玉裁注：《说文解字注》，上海：上海古籍出版社，1981 年。

〔南唐〕徐锴撰：《说文解字系传》，北京：中华书局，1987 年。

〔汉〕刘向撰，赵善诒疏证：《说苑疏证》，上海：华东师范大学出版社，1985 年。

〔清〕纪昀等撰：《钦定四库全书总目》（整理本），北京：中华书局，1997 年。

〔清〕江永编：《四声切韵表》，《丛书集成初编》本，北京：中华书局，1985 年。

〔宋〕陈彭年编：《宋本广韵》，北京：中国书店，1982 年。

〔宋〕宋祁撰：《宋景文公笔记》，明刻本。

〔元〕脱脱等撰：《宋史》，北京：中华书局，1977 年。

〔明〕柯维骐撰：《宋史新编》，《续修四库全书》第 309 册，上海：上海古籍出版社，2002 年。

〔梁〕沈约撰：《宋书》，北京：中华书局，1974 年。

王国维著：《宋元戏曲史》，上海：华东师范大学出版社，1995 年。

〔唐〕魏徵等撰：《隋书》，北京：中华书局，1973 年。

毛水清著：《隋唐五代文学史》，南宁：广西人民出版社，2003 年。

罗宗强著：《隋唐五代文学思想史》，北京：中华书局，2003 年。

T

傅璇琮主编：《唐才子传校笺》，北京：中华书局，1987 年。

〔宋〕宋敏求编：《唐大诏令集》，北京：商务印书馆，1959 年。

傅璇琮著：《唐代科举与文学》，西安：陕西人民出版社，1986 年。

乔惟德、尚永亮著：《唐代诗学》，长沙：湖南人民出版社，2000 年。

陈飞著：《唐代试策考述》，北京：中华书局，2002 年。

胡朴安、胡怀琛著：《唐代文学》，上海：商务印书馆，1931 年。

邓小军著：《唐代文学的文化精神》，台北：文津出版社，1993 年。

乔象锺等主编：《唐代文学史》，北京：人民文学出版社，1995 年。

〔宋〕王溥撰：《唐会要》，北京：中华书局，1955 年。

〔清〕陈均编：《唐骈体文钞》，台北：世界书局，1975 年。

〔宋〕计有功辑撰：《唐诗纪事》，上海：上海古籍出版社，2013 年。

〔明〕陆时雍编：《唐诗镜》，《景印文渊阁四库全书》第 1411 册，台北：商务印书馆，1986 年。

傅璇琮著：《唐诗论学丛稿》，北京：京华出版社，1999 年。

〔清〕蘅塘退士编，〔清〕陈婉俊补注：《唐诗三百首》，北京：线装书局，2009 年。

何方形著：《唐诗审美艺术论》，杭州：浙江大学出版社，2007 年。

闻一多撰：《唐诗杂论》，上海：上海古籍出版社，1998 年。

〔清〕沈炳震撰：《唐书合钞》，《续修四库全书》第 286 册，上海：上海古籍出版社，2002 年。

〔清〕佚名撰：《唐书艺文志注》，清藉香簃钞本。

詹杭伦著：《唐宋赋学研究》，北京：中国社会科学出版社、华龄出版社，2004 年。

高步瀛选注：《唐宋文举要》，上海：上海古籍出版社，1982 年。

吴云、冀宇编辑校注：《唐太宗集》，西安：陕西人民出版社，1986 年。

〔明〕胡震亨撰：《唐音癸签》，《景印文渊阁四库全书》第 1482 册，台北：商务印书馆，1986 年。

〔清〕范邦甸撰：《天一阁书目》，《续修四库全书》第 920 册，上海：上海古籍出版社，2002 年。

〔清〕瞿镛撰：《铁琴铜剑楼藏书目录》，《续修四库全书》第 926 册，上海：上海古籍出版社，2002 年。

〔清〕李调元撰：《童山集》，清乾隆刻函海道光五年增修本。

〔宋〕郑樵撰：《通志》，北京：中华书局，1987 年。

W

〔唐〕王勃撰：《王子安集》，《四部丛刊初编》集部 102 册，上海：上海书店，1989 年。

〔唐〕王勃撰：《王子安集》，《四库全书》本第 1065 册，上海：上海古籍出版社，1987 年。

〔唐〕王勃著，蒋清翊注，汪贤度校点：《王子安集注》，上海：上海古籍出版社，1995 年。

（日）遍照金刚：《文镜秘府论》，北京：人民文学出版社，1975 年。

〔清〕章学诚著：《文史通义》（附《校雠通义》），上海：上海书店，1988 年。

〔明〕徐师曾著：《文体明辨序说》，北京：人民文学出版社，1962 年。

〔元〕马端临撰：《文献通考》，北京：中华书局，1986 年。

〔南朝梁〕刘勰著，范文澜注：《文心雕龙注》，北京：人民文学出版社，1958 年。

〔梁〕萧统编，〔唐〕李善注：《文选》，上海：上海古籍出版社，1986 年。

〔梁〕萧统编，〔唐〕李善注：《文选》，北京：中华书局，1977 年。

赵敏俐编著：《文学研究方法论讲义》，北京：学苑出版社，2005 年。

〔宋〕李昉等编：《文苑英华》，北京：中华书局，1966 年。

颜之推著，王利器撰：《文子疏义》，北京：中华书局，2000 年。

《五台山清凉传》，《宛委别藏》（091 册），南京：江苏古籍出版社影印，1988 年。

X

〔明〕田汝成辑撰：《西湖游览志余》，上海：上海古籍出版社，1980 年。

〔宋〕叶适撰：《习学记言》，《景印文渊阁四库全书》第 849 册，台北：商务印书馆，1986 年。

〔唐〕王松年撰：《仙苑编珠》，明正统道藏本。

〔宋〕潜说友撰：《咸淳临安志》，《景印文渊阁四库全书》第 490 册，台北：商务印书馆，1986 年。

〔汉〕贾谊撰：《新书》，《景印文渊阁四库全书》第 695 册，台北：商务印书馆，1986 年。

〔汉〕贾谊撰，阎振益等校注：《新书校注》，北京：中华书局，2000 年。

〔宋〕欧阳修、宋祁撰：《新唐书》，北京：中华书局，1975 年。

周祖庠著：《新著汉语语音史》，上海：上海辞书出版社，2006 年。

〔元〕郝经撰：《郝氏续后汉书》，《景印文渊阁四库全书》第 385 册，台北：商务印书馆，1986 年。

〔清〕阮元编订：《学海堂集》，清道光、光绪中刊本。

Y

〔清〕费经虞撰：《雅伦》，清康熙四十九年刻本。

〔清〕阮元撰，邓经元点校：《揅经室外集》，北京：中华书局，1993 年。

颜之推著，王利器撰：《颜氏家训集解》，北京：中华书局，1993 年。

〔唐〕杨炯著，谌东飚校点：《杨炯集》，长沙：岳麓书社，2001 年。

〔清〕刘熙载撰：《艺概》，上海：上海古籍出版社，1978 年。

〔唐〕欧阳询撰，汪绍楹校：《艺文类聚》，上海：上海古籍出版社，1982 年。

〔唐〕张固撰：《幽闲鼓吹》，明顾氏文房小说本。

〔南北朝〕庾信撰，〔清〕倪璠注，许逸民校点：《庾子山集注》，北京：中华书局，1980 年。

〔清〕玄烨御定，陈廷敬等编：《御选唐诗》，《景印文渊阁四库全书》第 1446 册，台北：商务印书馆，1986 年。

〔宋〕林駧撰：《古今源流至论》，《景印文渊阁四库全书》第 942 册，台北：商务印书馆，1986 年。

Z

〔清〕章学诚撰：《章氏遗书》，北京：文物出版社，1982 年。

〔唐〕吴兢编撰：《贞观政要》，上海：上海古籍出版社，1978 年。

〔明〕陈耀文撰：《正杨》，《景印文渊阁四库全书》第 856 册，台北：商务印书馆，1986 年。

〔宋〕陈振孙撰，徐小蛮等点校：《直斋书录解题》，上海：上海古籍出版社，1987年。

褚斌杰著：《中国古代文体概论》，北京：北京大学出版社，1990年。

郭预衡主编：《中国古代文学史》，上海：上海古籍出版社，1998年。

叶朗著：《中国美学史大纲》，上海：上海人民出版社，1985年。

刘麟生著：《中国骈文史》，上海：上海书店，1984年。

钱仲联、傅璇琮等主编：《中国文学大辞典》（上册），上海辞书出版社，2000年。

刘大杰著：《中国文学发展史》，北京：商务印书馆，2017年。

章培恒、骆玉明主编：《中国文学史》，上海：复旦大学出版社，1996年。

姜书阁著：《中国文学史纲要》，西宁：青海人民出版社，1984年。

曹聚仁著：《中国学术思想史随笔》，北京：生活·读书·新知三联书店，2003年。

冯友兰著，赵复三译：《中国哲学简史》，北京：生活·读书·新知三联书店，2013年。

刘师培撰，程千帆等导读：《中国中古文学史讲义》，上海：上海古籍出版社，2000年。

赵俊波著：《中晚唐赋分体研究》，北京：中国社会科学出版社，华龄出版社，2004年。

〔汉〕郑玄注，〔唐〕贾公彦疏：《周礼注疏》，北京：北京大学出版社，2000年。

〔唐〕令狐德棻等撰：《周书》，北京：中华书局，1971年。

〔魏〕王弼注，〔唐〕孔颖达疏：《周易正义》，北京：北京大学出版社，2000年。

〔后秦〕僧肇等注：《注维摩诘所说经》，上海：上海古籍出版社，2011年。

〔清〕郭庆藩撰，王孝鱼点校：《庄子集释》，北京：中华书局，1961年。

论文（以发表先后为序）：

皇甫煃：《唐代以诗赋取士与唐诗繁荣的关系》，《南京师院学报》1979年第1期。

万光治：《汉代颂赞铭箴与赋同体异用》，《社会科学研究》1986年第4期。

傅正义：《初唐"四杰"与陈子昂》，《渝州大学学报》（哲学社会科学版）1991年第2期。

许结：《中国辞赋流变全程考察》，《学术月刊》1994年第6期。

（韩）白承锡：《王勃赋之探讨》，《江苏社会科学》1995年第2期。

张国风：《一种过渡的折衷状态——诗、赋、骈文、散文的相互消长》，《中国人民大学学报》1995年第5期。

霍松林：《论唐人小赋》，《文学遗产》1997年第1期。

许结：《说〈浑天〉谈〈海潮〉兼论唐代科技赋的创作与成就》，《南京大学学报》（哲社版）1999年第1期。

陶绍清：《试论初唐骈赋的哲理内蕴》，《柳州师专学报》2001年第4期。

蔡燕：《论初唐四杰的人格精神与唐诗刚健风格的形成》，《曲靖师范学院学报》2003年第5期。

詹杭伦：《王勃〈释迦佛赋〉乃丁昕仁作考》，《文学遗产》2006年第1期。

马丽娅：《先唐俗赋与其他文体的互为接受》，《内蒙古社会科学》（汉文版）2006年第2期。

韩银政：《诗赋取士：唐代新兴的人才选拔制度》，《文史杂志》2006年第5期。

许结：《制度下的赋学视域——论赋体文学古今演变的一条线索》，《南京大学学报》（哲学·人文科学·社会科学）2006第4期。

王士祥：《唐代解试赋考论》，《河南师范大学学报》（哲学社会科学版）2010年第2期。

杜恒联：《古韵歌月相配的证明及歌月元在谐声上的独特性》，《电子科技大学学报》（社科版）2010年第3期。

余恕诚：《杜甫与唐代诗人创作对赋体的参用》，《文学遗产》2011年第1期。

许结、王思豪：《汉赋用〈诗〉的文学传统》，《中国社会科学》2011年第4期。

王思豪：《论汉赋文本中的"大汉继周"意识书写—以汉赋用〈诗〉为中心的考察》，《孔子研究》2013年第1期。

祝尚书：《论初唐四杰骈文的"当时体"》，《文学遗产》2017年第5期。

后　记

　　对赋的研究，是我步入研究生学习阶段后才开始的。由于我的导师李丹教授其时更多地关注古代辞赋的研究，又以为我颇有文人的灵气，且其时吾又欲求之以捷径，故乃命以唐赋为研究之题目。从此我便慢慢倾心于赋的学习，经过时近三年对古代辞赋的学习和研究，总算对赋有了一个大致的认识。可惜无过多的精力和时间完全翻遍《全唐文》《文苑英华》和《唐文粹》中的赋作，先唐的作品，更只能偶尔涉猎。故而浅说漫诞，必在所难免。本书对四杰文集和版本也并无新考，皆承前人之说，对于生卒年的争论，由于本书侧重于文本的研究，故皆略而不论，或需提及处，亦皆承前辈通论。不过，由于更多地对初唐这一特定时期"四杰"创作群体的赋体文学的关注，对其在唐赋史中的地位更为明晰。其时也尚无专述唐代赋史和研究个别赋家作品的专著，那时乃便有能将此论文扩展为一部有系统的著作的愿望。

　　本书结撰时拟附先前论文之后记足矣，似未有再赘烦言的必要。然念此十余年来，又累增旧忆，亦更添新获。且夫求诠于南雍，访学于北廊，奔候于途命，期执于获薪，虽契契瘵叹，然邑邑可欣，故亦不免再叨俗念而接绪旧记。十余年来，怅惘失意者有之，略可慰心而知足者亦有之。

　　虽琐事滋繁，银发暗生，然快慰吾心之事者亦多。庚子甲申月丁亥日，吾喜得爱女，其资纯化于璞碧，性禀受于神启。实我最可慰心者！吾妻未知有孕之先，其尝数日夜梦，梦一小小天鹅，又似凤雏，与妻同处一室内，其衔啄妻手，欲让妻携其出也。后连续数夜同梦，吾与妻皆觉神异。其后妻亦记其事于微博，时间在戊戌甲子月壬午日（2018 年 12 月 16 日）。后吾妻欲绝育，乃就医，始发觉有诞育之气象。虽前此两年确有思育凤雏之望，但念吾俩年龄渐大，神疲力倦，又长子渐趋成年，且新迁灵巢，已绝再育之意。其时又恐高龄怀孕，乃颇犹豫不能立决。然思前梦，吾曰或有灵瑞之兆，必有徕凤之祥。

　　己亥年丁卯月壬寅日（2019 年 3 月 6 日）前夕，大概是惊蛰，吾妻半夜又作一梦，梦见吾儿伸揣踢腿，破肚而出，吾妻以手覆压，其啮而出之。妻醒，忽然一声惊雷，然后春雨骤然大降。吾亦醒也。妻仍心有余悸，语余曰：梦生一似妖怪也。吾戏侃曰：此乃哪吒灵童再世也。然心仍甚怪之，其时暗忖此或寓剖腹产子之兆象乎？然未明语。其时离产期尚早，且妻一直保有顺产之念。后数月，至其预产期已过十余日，其在腹中反未有动静，方大恐，乃至新桥医院剖腹而产，果如其梦所寓。

吾幼女之诞育，始有瑞梦呈祥，又托之以神异之征兆，吾乃期其有灵仙之丹彩，昱彤之辉光，故以名之。迄今方满一岁零二十六日，整日呱呱学语，叨缠不休，甚堪爱怜。余往往于神驰笔飞之际，其突叩门欲入，然后爬窜膝前，单手抵地，昂首而待怀抱。吾女模仿力极强，见吾在键盘上敲击，亦喜俯趋效之。其在键盘上调皮的乱敲，却往往能启电脑文档语音诵读等诸多未知之新功能，实于我又忽增新知。

本书撰述之计虽早，然真正着笔修定乃始于吾女新诞不久，迄今一年矣，吾女已周岁又近一月矣，其间又常因其他杂事而中断。然往往在劳命奋笔之际，其忽窜于膝前叨扰，使我不得不辍笔稍息，然却予我之健康和保持健力而功甚大也，实亦为我暇娱之闲乐。此亦快慰而可勘记忆者一也。

又吾常年求学负笈，业有未新，心常怀戚戚焉。虽幸得"博望"之学者，聘"英才"之计任，然不过虚假名相，终似浮云，乃常怀耽思。身寄林莽，虽非有颖材之秀，然何尝曾想假虚名以相高，负膺才而无用呢？故虽无经国之能，然潜不朽之愿。因明丕质之论，重孔门之科，去凤凰之旧蹊，来缙绅之新址。然卜居未成，有葺荷盖。新巢既安，则寄望凤诞，日心多劳，鬓颜齐衰。幸得父母辅助，分劳去忧，然其年事日高，忧心日劳。常思恩有未报，不知其所与而何所报焉。幸天赐童女，乃承膝下之欢娱，父母虽日劳而康健焉，斯又慰心者二也。

吾女新诞月余，吾赴北大访学，妻与吾儿彦伯欲瞻京华繁盛，乃于己亥丁丑月十六日（2020年1月10日）抵京，独留幼女于家。其时年关将近，自京返渝已难速达，人流潮涌，交通滞碍。思幼女在家，乃欲提前返渝。于是妻子退掉预定的晚一日的火车票，而匆促中又另购三票，因妻子对北京并不熟悉，加之当时大家游兴未衰，又欲尝京华美食，心思在彼，故亦未经意始发站的变化。待是夜匆忙赶至北京西站，始知误矣，又匆忙赶往北京站。其时至渝的火车多经江城，不料我们却无意间绕道丰镐，取径洛邑，穿三门峡涧，贯黄河故道，既历京洛之飞雪，又睹咸都之晚辉。其时外界早传武汉疫情，然因多种原因未予重视，我们亦茫然无知。我们于周末15日左右返渝，返渝后疫情就大爆发了，其间过往武汉的高铁、动车等乘客多被征询或疑似感染。然未想此疫

之盛，破坏之巨，非亲历者亦往往颤声变容。及至观抗疫纪念报道，仍不时心有戚戚焉。既为逝者之不幸而哀婉，亦为生者之有幸而动容。吾仁可谓幸运，与死神擦肩而过。此所经历，又实甚幸而可慰者三也。

白驹隙影，时光飞逝，弹指一数，去我研究生毕业已十余载，然当日宏愿，至今未遂。其时因觉研究与创作是互为生发的，如果仅研究赋，而不懂赋之创作，实悬隔太远，总有隔靴之叹。乃习作《鹏赋》一篇，虽为初作，亦不废比兴之义，因假情于物，而抒"赴万里而振翼，奋九霄以长啸"之志，然未量垂天之翼未振，独落寞于幽蹊；练食之髓未啖，已彷徨其十年。醴泉未饮，高枝无择，终栖寄于寒梧，成南方之梦想。于是引啸聚于烟霞，托风情于片言。虽有宏计，然量裁实繁，又琐琐之事日多，故唯增短章数篇，附杂于中，以成此稿，亦可慰心一也。又每念及斯，乃思灵瑞之征契，念椿萱之鼓舞，故拾旧篇，重新厘裁，增作新章。原拟增第九章《四杰辞赋理论及开拓》、第十章《四杰辞赋的接受史与批评》，以及《四杰赋篇作年疏证》等，皆因事烦而辍，唯俟修订时再予增写。

自狮山问道之始，其时已慨然有沈潜于学术之志，故亦在论文的《后记》作短赋明志，今亦补题《述志》之名而录之以为纪，赋曰：

梦未解兮，蒙昧而立；知可学兮，佐以良师。蔡子乙酉，尚修身饰知，访道问师；予本茂年，岂闭门杜见，弃唐生决疑？皓首穷经，岂慕纡青拖紫；悬梁刺股，宁却朱丹其毂。其志何必在于云霄，奋翼垂羽即可；其学何必在乎古奥，心张神怡即妙。身外之志，方中之学，虎啸山丘，俯钓长流，其趣同也，适而已；宝光云台，林荫侧畔，其旨一也，达而然。佳人有在，灵欢可扬。故学志皆集于己，达适皆蒙于我，而三年乃成此文，亦为偶得也。虽无林壑之妙，渊溯之深，其义理可解，事义可明。书成获麟，恩荡于心。尊师之诚，有鉴于庄老诸史；四六之作，无泥于诗书子集。书史膺胸，赋诗可歌，星月倚梦，河汉作乐，揽此明月，寄我蹉跎。希静夜之长美，愿长昊之亘阔。

时戊子乙卯月（2008 年 3 月）。此虽为旧志，附此以志不忘初心之意，并附吾女之稚照，以备将来犹新之忆也。

此书的出版既难且幸，其稿约本于三年前已与出版社定契，然因当时主持巴文化研究院工作，事烦神劳，无能静心操翰。2018 年调任重庆师范大学，斯后稍得闲适，不久吾妻又喜孕幼子，乃得振奋神思，有操翰抒怀之志。此亦成此稿之动力焉。特予再记耶！

2020 年 9 月 9 日

记于虎溪师大苑寒舍